Superpanda

别和投资人谈恋爱

上册

Superpanda 著

机会

是需要争取的

她曾经也龟缩一隅

按部就班地上学

工作

然而

后来

被迫改变

……

图书在版编目（CIP）数据

别和投资人谈恋爱 / superpanda 著 . — 北京：北京燕山出版社，2023.7
ISBN 978-7-5402-6807-7

Ⅰ . ①别… Ⅱ . ① s… Ⅲ . ①长篇小说—中国—当代 Ⅳ . ① I247.5

中国国家版本馆 CIP 数据核字（2023）第 003507 号

别和投资人谈恋爱

作　　者	superpanda
责任编辑	王月佳
出版发行	北京燕山出版社有限公司
社　　址	北京市西城区椿树街道琉璃厂西街 20 号
电　　话	010-65240430（总编室）
印　　刷	小森印刷（北京）有限公司
开　　本	710 mm × 1000 mm　1/16
字　　数	693 千字
印　　张	43.75
版　　次	2023 年 7 月第 1 版
印　　次	2023 年 7 月第 1 次印刷
定　　价	98.00 元（全二册）

目录

C E N T E N T

第一章　升职 …………1

第二章　丑闻 ……… 27

第三章　思恒 ……… 49

第四章　新 CEO …… 65

第五章　新 CTO ……118

第六章　增资 ………199

第七章　A 轮 ………259

第八章　推广 ………299

第一章　升职

早上，阮思澄给自己打了一杯咖啡，回到狭小的隔板间，抿了一口，动动舌头，觉得略苦，于是放在桌子一角不再碰它，正正屏幕，又正正键盘，十指开始噼里啪啦地敲代码。

阮思澄是IT民工，也叫“码农”“攻城狮”，正正经经地说是“软件工程师”，硕士毕业三年整，一年以前升职过一次，现在是五级。她工作的地方叫澎湃科技，是国内三大互联网巨头之一，与另外两家并称“PAY”，其中澎湃科技是P，爱未是A，扬清集团是Y。听听，PAY，多有气势，门内似有万丈金光。

她研究生读的方向是人工智能。说来也是撞了大运，八年以前，也就是2010年，这专业还不太火，但她所在的J大计算机学院有个教授刚好跳槽去了P大，她就和教授猛套近乎，而那教授刚到新学校、新学院，人生地不熟的，怕分不到好学生，就在阮思澄保研时帮了把手，招入自己麾下。于是，虽然对AI一窍不通，但为进入P大读书，阮思澄还是一咬牙一狠心，同意了去。没想到毕业后风云突变，人工智能热得烫手，她当年的教授如今已是一般学生打破头也抢不到的了。

阮思澄有一个特征，就是小事都很倒霉，大事都很幸运。

一直干到中午，阮思澄到公司食堂吃了顿饭，回来看到项目组里几个四级的小朋友鹌鹑似的抱着饭盒窝在一台电脑前面看直播，阮思澄扫了一眼，发现正在直播的是互联网三巨头中的扬清集团的发布会。

对了，阮思澄想起来，今儿扬清发布新的 AI 医疗产品，用于肠道肿瘤筛查。

“啊啊啊啊！”她手下的小朋友——四级的朱天球捧着大脸惊叫，“扬清这个新副总裁好帅好帅！”

作为 27 岁的“单身狗”，如果说一点都不花痴是不可能的，听到朱天球的“啊啊”，阮思澄也凑过去看，发现巨大的电脑屏幕前面，一个男人正左手持着话筒讲解产品，从容有度，另一只手插在兜里，有时走几步路，有时站在台上，大屏幕上的画面在他脸上映出五颜六色的光。

的确是帅，阮思澄没办法不承认。脸蛋、身材都不输任何流量明星，高大挺拔，肩宽，胸阔，两腿巨长，五官长得有些嚣张，鼻梁挺直，眼神很犀利，嘴唇薄薄两片，正在吐着句子：“‘扬清医者’对肠息肉实时定位的准确率已达到 95.0%，实时鉴别是否肠癌的准确率已达到 97.5%……”

“是帅，”虽比朱天球等人的职位高一级，阮思澄和他们却很熟稔，“不过他不是太子爷吗？”

“对，”朱天球说，“新副总裁叫邵君理，扬清董事长的独子。但我刚刚搜过，他非常强，伯克利的本科，斯坦福的博士，还辅修了两个硕士，一个传播和一个什么专业，毕业以后在 Google Brain 里干了四年，一年升一次，走时都是总监级了。回来后在自家公司扬清集团又干了一年，刚刚当上副总裁，主管‘互联网 +’，才不到 30 岁，嗷嗷。”

AI 医疗在扬清的“互联网 +”事业部门，属于“互联网 + 医疗”，此外这个部门还有“互联网 + 教育”“互联网 + 家居”“互联网 +……”都归邵君理管。

组里农村出身的邢笑佳不屑地说：“爸妈是牛人，本人未必。给伯克利和斯坦福捐两栋楼，还能进不去？至于谷歌，可能在跟扬清合作，收个儿子还不简单。”

朱天球：“真酸，真酸！”

邢笑佳还说个不停：“长得帅也很正常吧，他妈妈是电影明星。”

朱天球：“太酸了。”

“才没有。”

阮思澄却静静地听邵君理公布的数据，末了，说："准确率已达到97.5%，扬清集团果然是跟澎湃科技一样强呢。"

"还好吧，"邢笑佳说，"咱们澎湃科技可是最早布局人工智能医疗的，有好几个重点产品。在人才和技术上，扬清集团竞争不过咱们。"

阮思澄想想，说："那倒是。"

趁着午休看完扬清集团的发布会，顺带养了养眼，感受了美的熏陶，阮思澄的心情愉悦，继续噼里啪啦地敲代码。

她目前的这个项目是眼疾的早期诊断，预计明年发布。这个东西即将能从3D视网膜扫描片上辨识50种眼部疾病，比专业眼科医生提早数月发现问题，准确率也高。

五级的阮思澄带着四级的朱天球、邢笑佳负责其中的一个重要部分。

她想借着这个项目再升一级，而且目测失败率在1%以下。

嗯，东西明年就要发布，产品重要、前景巨大、技术困难、瓶颈无数，她为这个项目提供原始创意，负责核心部分，还与其他团队沟通、合作，有啥理由不给自己升职呢？

没有。没有。没有。重要的话要说三遍。

想到这里，阮思澄一兴奋，抖了好几下腿。

正想再抖抖，她的老板王思任就打来内线："阮思澄，过来一趟。"

阮思澄回："一分钟！"

59秒钟后，阮思澄与王思任在会议室中四目相对。作为老板，王思任的气场不强，十分瘦小，不化妆也不打扮。

对王思任，阮思澄并不大喜欢。原因无他——王思任的能力不行，纯靠熬资历上来的，已在六级待了数年。她平时根本就抢不到任何项目，如今这个"眼疾诊断"是阮思澄提出来的，王思任申请的，因此只能给王思任，不能给别人，这才终于让她有了个好项目。

"阮思澄，"王思任开门见山地道，"刚才，初颜主动要求加入眼疾诊断'3D图像识别'这个部分，说想到你那边学学新东西。我答应了。"

阮思澄一脸蒙圈。

王思任是眼疾诊断这个项目的大领导。而在项目当中，阮思澄负责最重要的部分，初颜负责另一个小部分，并且已经做完了。初颜也是五级，但她是今年三月刚刚升的，而阮思澄是去年三月升的。

阮思澄想：什么意思？

本来是她自己带着两个小兵没日没夜干活，现在空降来一个跟她同级别的？

那究竟谁是这小组里的领导？

阮思澄思考半晌，又摆出一副干练的样子："初颜技术很好，她肯过来帮忙我敞开怀抱欢迎。但是，我在这个小组里面已经工作一年多了，比较熟悉整体情况，所以我希望能站在更核心的位置，做百分百的贡献，这对项目……"

老板王思任不留情地打断了她："你想让我宣布你是领导？"

"……"阮思澄沉默了一会。

"阮思澄，"王思任说，"领导不是我宣布的，而是你争取来的。你要通过努力让朱天球、邢笑佳他们从心里认为你是领导。"

"他们……"阮思澄本想说"他们确实这样认为，我就是领导者"，可话到嘴边又收回去了。

"好了，"王思任又道，"你和初颜公平竞争。一段时间以后，我会根据你俩的表现决定谁来做汇报。"

"谁做汇报谁就是领导？"

"如果你要这样认为，我也没办法。"

"好吧。"

阮思澄真讨厌初颜。

初颜跟她同班、同届，也不知道她哪里有毛病，什么都爱抢自己的。阮思澄的优点就是有眼光、有格局，缺点是不注重细节，于是老被别人抄袭创意和想法，人家随后执行起来还比她好，简直让她气炸。

当年保研时，阮思澄并不知道初颜这人不能深交，初颜那可爱的脸蛋、无辜的眼神，还有"思澄思澄，我不晓得如何才能保送名校，你有策略吗，能讲讲吗”的温言软语，让她保护欲、帮助欲爆棚。阮思澄用自己举例子，说她报了 P 大、S 大，告诉对方可以试着联系一下 J 大跳槽去的老师，介绍自己，强调优势，要是能说动老师招她进去干活，这事儿就成一半了。在申请截止时，阮思澄惊讶地发现，初颜报的学校全部和她一样！套近乎的老师也全部和她一样！而不管是 P 大还是 S 大，一个学校是不可能接收两个 J 大来的免试生的！初颜是觉得自己比阮思澄更优秀，故意想要顶掉她的！

没想到那回初颜阴沟翻船，P 大老师还是更喜欢阮思澄，初颜则进了 S 大。后来，在 P 大读研的三年当中，阮思澄发现她的那个导师简直是活体白莲花鉴定机。

没想到冤家路窄，在阮思澄入职澎湃一年以后，初颜也跳槽来到澎湃！而且还在同一个组！阮思澄也不会因初颜和她在一个组就离职，只是一直保持着纯洁的同事关系，不管以前的恩恩怨怨，没有刻意针对，没有冷漠无视，但自然也没有攀交情拉关系，井水不犯河水。

如今？

阮思澄和王思任又聊了会儿，说起打算明年三月申请升职的事儿。

王思任的嘴角撩起一个笑容：“阮思澄，升六级你的技术没有问题，但是领导力这部分还有欠缺。这样下去，到时候咱们公司的人事部拿到你的材料以后未必给过。”

阮思澄再次蒙圈：“比如呢？”

“比如眼光、格局。”王思任说，“这个项目一直都是我让做什么你才做什么。”

这个时候，即使是阮思澄这种很会与人交往的姑娘都忍不住，说：“眼疾诊断这个项目最早是我提出来的呀！”

王思任的眼睛睁得很大：“阮思澄，不要乱讲。怎么是你提出来的呢？明明是我最先想到的啊。”

阮思澄想说扯淡，项目最初几个文件还是用我 ID 建的，给你报告用的，咱们现在就查，可她也知道这样无济于事，王思任不可能认账，于是只好沉默。

“还有人际关系。初颜说她曾经约你去吃饭，你没同意，她很担心是因为她无意中做错过事。这还只是我知道的。组里跟你同级别的一共就那三个人，你已经至少搞僵一个了。”

阮思澄说:“哪有这事？”不过她也十分清楚,初颜看着人畜无害的样子,很难让人想象她是在说谎。

“好了好了,”王思任这时候又安抚阮思澄，“简而言之，领导能力这部分，我看初颜做得不错，意见多，人缘好。咱们一起努力提高，再尝试升职，也不一定没有希望。”

阮思澄绝望地想：还要怎么提高呢?

项目是我提出的，框架是我设计的，时间表是我规划的，最重要部分的代码是我写的，两三个下属的程序是我看的。朱天球、邢笑佳他们都支持我，合作过的部门老板也喜欢我。我融入团队，帮人带午餐、带咖啡，组织圣诞活动、新年活动。每回开会积极发言，汇报项目进展，讲述下步规划，与上级下属都隔三差五地沟通，有问题就直说，从不让人操心，还时不时群发一个总结报告。

只要有个大项目中重要部分的领导头衔，拿到领导经历，证明领导能力，等一年后产品上市了，公司的人事部没有任何理由拒绝她的升职。到时候，她就能和王思任一样，开始尝试负责完整的大项目。

可是现在，初颜，和她平级的初颜，要抢这个领导位置，让王思任官宣她，在最后的项目总结里面写:“核心部分领导者：初颜。”

即使自己做了两年，而初颜只做了一年。

初颜肯定看得出来，王思任手里最好的项目就是这个，去干别的项目根本没用，即使破罐破摔也要来自己这边抢一抢的。

至于自己，如果没有任何领导经历，从五级升到六级就很难了。

而最神奇的是，王思任有顺着初颜的趋势，因为刚才她一直极力否认阮思澄当领导者的潜质，见缝插针地说初颜这方面的能力更强，她说的“你领导力不行，初颜做得不错”就是一个好的借口。

阮思澄浑浑噩噩地回到座位上，朱天球还在兴奋地嚷嚷着:“我刚看了好多邵君理的照片，被帅晕了。邢笑佳你知不知道，原来在看大帅哥时，真的会大脑兴奋、血流加快、呼吸急促、全身缺氧，要晕倒！字面意思的那种要晕倒！”

邢笑佳：“你省省吧。”

朱天球一转身，看见阮思澄，脖子一缩：“啊，那啥，我没占用工作时间，蹲厕所时随便看的。”

阮思澄也懒得计较，看就看吧。

工作、升职、老板都是说变就变，只有帅哥还是那么帅，靓妹还是那么靓，不会突然就背叛了，不会瞬间就糟心了，干吗不看呢。

阮思澄是真的不解：她的“对头”初颜想要干什么？

还有她的老板王思任，又在打什么算盘？

※※※※※※

在被告知初颜要加入项目以后，阮思澄知大事不妙，翻开日历，火速与兄弟组一直与她对接的六级员工贝恒和七级大佬钱纳都约了面谈。后者是前者的老板，在合作时与阮思澄打过不少交道。

会议室里，阮思澄分别与贝恒和钱纳说自己希望升职，两个人都表示：“一定全力支持！”

阮思澄稍微松了口气。在澎湃科技，申请升职时的材料包括工作简介、业绩考核、内部奖项和同事推荐。最后一项“同事推荐”非常重要。一般来说，人事部门不是非常看重申请人老板写的评价，而主要是参考合作组的老板的态度，因为前者经常胡吹，并不客观。

阮思澄想，她有两个奖，虽然没有领导，但是兄弟部门一个六级一个七级“全力支持”，也未必不能升。虽然很难，但并非没戏唱。

同时她也感到悲哀，合作组的老板全力支持她，她自己的老板却不支持。

没几天，第 × 届云京人工智能峰会开启购票通道。

作为员工福利，澎湃科技提供100张免费票。这玩意儿自己买要2499元一张，普通码农自然不想自己掏腰包，可如果是公司花钱那就不一样了！

“啊啊啊啊啊啊！”朱天球永远活力无限，“嘉宾里有大帅哥！有大帅哥！扬清集团那个新副总裁！邢笑佳，我不管，你快帮忙一起抢票！”公司内部邮件里说下午四点开始抢票，每人一张。朱天球怕手速不够，拉着邢笑佳一起参与抢票。

邢笑佳：“好吧。”

到了四点，邢笑佳便狂刷页面，真的用他单身28年的手速抢到一张！

而阮思澄，也不知道是否是被邢笑佳的气势感染了，也抢到一张。

峰会前一天，阮思澄下班后与地京市来的J大同学见面。同学毕业以后加盟创业公司，也是来参加AI峰会的。她的公司有个展位，下午已经布置完毕，便出来见阮思澄。澎湃科技自然也有公司展位，然而与阮思澄没有任何关系，她到展厅逛逛摊位，到主会场听听演讲，就完事了。

阮思澄带同学吃饭，喝酒，溜达。同学一路走，一路看着云京市的街道建筑、路上行人，大叫：“太土了，太土了！云京市太土了！云京人也太土了！”让阮思澄中枪无数。

因为白天有个汇报，阮思澄穿着高跟鞋，这是她的工作习惯。码农平时不修边幅，然而只要做汇报阮思澄就会化妆打扮，比较正式。

把同学送回AI峰会举办地云京大饭店边上的快捷酒店，阮思澄脚丫子疼，实在是走不动了。也不知道怎么回事，越好的鞋越是磨脚。

阮思澄说：“亲爱的，我脚后跟磨破了，走不了了。打车也不太行，我家小区不让外面的车进去，下车得走好久。我把鞋先放你这儿，明早过来穿走，行吗？反正这个酒店离云京大饭店走路七八分钟，我明早也正好在旁边下地铁。”

“那你怎么回去？”

“我穿酒店拖鞋回去。”

“能行吗？”

“行，这家酒店拖鞋质量还挺好的。”

“那好吧。”

于是，阮思澄穿着酒店拖鞋搭乘地铁回家。

第二天，阮思澄早早掀被起床，洗澡、化妆、盘头，扯出一条裙子，又趿拉着那双拖鞋坐地铁到快捷酒店，噌噌噌地上到三楼，敲门，喊：“亲爱的，我来了，来拿鞋，咱们一起去会场呀。”她在脚后跟上贴了东西，应该不会再有问题。那双鞋子是新买的，她很喜欢，配身上的裙子正好。

结果敲了半天，那门纹丝不动。

阮思澄又哐哐砸门，足足敲了两三分钟，才终于确定——里面没人！

哪儿去了？阮思澄掏出手机，给同学打电话、发短信，却始终没有回音！

她琢磨着：没有授权，酒店前台也不可能上来开门，算了算了，云京大饭店的边上就是国贸，到那买双鞋吧。

没想到，国贸里面最便宜的鞋也要几千块钱。

眼看时间所剩无几，阮思澄无奈，趿拉着拖鞋直接去了。她飞速签到，进了主会场，云京市的某副市长正在进行开场致辞：“这是国家战略，政府高度重视基础研究，激发创新活力，推动人才培育……”

阮思澄在最后一排悄悄坐下。周围好几个人拧着脖子看她，毕竟码农里面美人非常少见，何况还是像她这么美的。

两个图灵奖获得者发表演讲，一个美籍华人，一个印度人。

过了不久，阮思澄看见了她的学长，P大计算机学院“头牌”，颜值担当，易均！

他是美国名校博士毕业，入选“青年千人计划”，回到P大教书，俨然一个明日之星。他看上去斯斯文文，优优雅雅，讲课深刻而又生动，“钻石王老五”，在学校里“迷妹”无数。

夸张到什么程度？易均的课永远都是座无虚席，还有不少学生坐在窗台上听！讲桌上、麦克前摆着一大排录音笔，每节课都能在网上找到音频。

阮思澄和这个学长并不相识——当时对方还在美国，只听说过关于他的种种传说。

此时，易均戴着一副没有框的眼镜：“不必担心AI取代人类工作。举个例子，在银行用电脑替换纸张那会儿，人们都说银行柜员即将失业。可实际上，柜员不但没有减少反而增多了。为什么？因为有了电脑，银行可以开展更多业务。AI 也是一样，未来会有更多现在没有的工作，人们可以享受更多现在没有的便利……”

嗯，阮思澄想，听他演讲如沐春风，真的舒服，怪不得他是“头牌”！

几个学者讲完，会议迎来了小高潮——峰会成立人工智能高校联盟，主旨就是加深合作，共同进步。接着，业界大佬开始轮流发表演讲。

第一个就是让下属朱天球“啊啊啊啊”的邵君理！大屏幕上的简介写着：扬清集团副总裁，扬清“互联网 +”CEO。

他气势惊人，穿着一件黑色衬衣，两腿修长笔直，几步迈上台子，有人给他调高讲桌上的麦克，他站定了，望着台下。

阮思澄觉得，与其看不认识的邵君理装酷耍帅，不如看认识的朱天球“要晕倒”更加有趣，于是抻长脖子，扫视全场，四处搜寻朱天球的身影。

就像中学班主任们说的一样：你在台下的小动作我在台上看得一清二楚！

邵君理正正麦克，只见各路学界大牛、业界大咖都在盯着自己的一举一动，只有最后一排一个女生左顾右盼，完全忽视他的存在，抻着脖子像只大鹅。

邵君理又看了两眼，不再管了，说：“第一个上台来讲，感到有点受宠若惊，那就用这篇《人工智能 2.0》抛砖引玉吧！”

阮思澄没看见朱天球在哪里，于是收回目光，在本子上随手记录听到的话。

“扬清集团将与 P 大合作，将新成果用于产业……”20 分钟后，邵君理开始结尾，末了，问，“在座者有问题没有？”

没人吱声。

“没有？”

阮思澄想：他刚才有处讲得不对。也不是不对，而是讲得有些高高在上，不懂普通员工疾苦。是的，企业员工要有创新意识，墨守成规会让大家都跟着一起玩完。可问题是，大部分人是普通人，自下而上的创新流程非常困难，会被怀疑，会受阻挠，它还有风险，一旦失败就会付出代价。

阮思澄挺爱出风头，最好人人都夸她是牛人，于是举起手左右一挥。

大会工作人员立马递上话筒。

她便擎着，声音好听："刚才邵总讲得很好，但是……"

邵君理的狭长眼睛牢牢锁住阮思澄。

好嘛，刚才无视他，现在怼他，好几年都没见过像她这样的了。

不过，她说的有些道理。

邵君理又正正麦克："企业需要一些机制保护人的好奇和创新。举个例子，在扬清集团的 AI 部门……"

出了风头，阮思澄爽了，说："谢谢邵总。"刚才媒体相机咔咔地拍，也不知道能不能有几个新闻配图。

"嗯。"邵君理问，"还有人有问题没有？"

果然没有。

邵总气势吓人。

接下来，澎湃、爱未的人也都做了演讲，代表澎湃的是无人车部门的老大，讲无人车；代表爱未的是 AI 娱乐的老大，讲 AI 娱乐。

都是聪明人。

中午 12 点 10 分，大会休息，全体与会人员移驾到某个厅吃自助午餐。阮思澄在那里没见到任何一个大佬，自己吃完又趿拉着酒店拖鞋凶巴巴地跑到展厅，寻到同学摊位，吼道："我早上到快捷酒店，你并不在房间里面！"

"啊？"同学蒙圈，"我们 7 点就过来了。"

"什么？"

"你不是说晚上拿鞋？"

"我说早上……"

同学看着阮思澄脚上穿的酒店拖鞋，一时无语。

再回三楼演讲和讨论的主会场时，下午活动已经开始，走廊空空荡荡，与半个小时前的热闹及喧哗仿佛两个世界。

大厅里面隐隐传来讲话声音："深度学习算法突破，使得 AI 再次进入人们视野……”

阮思澄一路小跑，穿过走廊，走到门口发现门边站着一个身材挺拔的男人。

正是邵君理，他在会场外面讲电话。

阮思澄赶到时，邵君理正好挂断手上的电话，转身打算进屋。

两人在大门口打了一个照面，阮思澄礼貌地冲他笑了一笑。她知道，经过刚才那一通怼，对方对她应该是有点印象的。

邵君理挑了挑眉。

眼前这个女生长得不错，穿着正式裙装，化着精致妆容，盘着复杂发型，脚上穿着一双写着“华庭”的酒店拖鞋。

见邵君理上下打量，阮思澄说：“呃……”

邵君理随便一嘲：“挺舒服。”

“嗯……”阮思澄想，反正以后也不会再见对方，无所谓，说，“这表明我在 AI 这条康庄大道上如履平地。”

没有什么好解释的，那故事太长，一句话说不清，而且谁都能看得出来穿着拖鞋肯定是因为某种意外。

邵君理一愣，笑出一个气音，道：“还会讲相声儿。”

※※※※※※

峰会一共两天。

第二天，阮思澄到 AI 医疗分会场里听人演讲，只在中午跑去展厅溜达、参观，品味技术。对她来说，看展才是最重要的。那些演讲里面干货实在不多，也就邵君理等各路“硬核”有一些。话说回来，有些细节，那些 CEO 们自己也不一定很懂。

她把大公司和小公司的摊子都一一逛了，看人家的产品，听人家讲讲特性，时不时地针对技术提些问题，看人家是怎么做出这东西的，再想想如果是自己要怎么弄。展厅中，最气派的摊位就是互联网三巨头，占了大厅四个中心位置中的三个，摊位面积大，人多，布置豪华，连宣传片都做得大气磅礴，彰显特殊地位。四个中心位置边上的几个展位，都是老牌跨国企业或者当前最炙手可热的创业公司。

人山人海。

他们说话、交流，求知若渴；合作、签约，雄心万丈。

眼前这幅景象让阮思澄忽地涌起一点骄傲。

人工智能这东西，几次进入人类视野，又几次滑入低迷甚至几近退场，鲜有人提起，直到2006年杰弗里·辛顿模仿人类大脑，提出使用深度学习训练多层神经网络。那三页纸如今看来重若千钧，因为它改变了整个研究格局。2012年首次参加ImageNet图像识别挑战赛的杰弗里·辛顿拿到了冠军，比赛结果完胜其他团队，人工智能终于等到属于它的历史舞台。

人们都说，人工智能是第四次工业革命，与机器、电、计算机并驾齐驱，将再次改变人类生活。而她呢，与同事们一道学习、思考、行动。何其有幸，他们赶上一次洪流，见证并参与历史，并且作为领域当中的佼佼者站在这个大时代的浪潮之尖。

有那么多的工程师在四五十岁转学AI，放弃一切从头开始，经历无数纠结痛苦，为的无非就是追赶上这个时代的潮流。

下午主会场中有个社交茶歇，大会主办方已准备好了点心，阮思澄叫上朱天球一起去了。

邵君理也在。

他有宛如顶级明星般的待遇，一堆平时有头有脸的人站在他的周围。邵君理有礼有度，唇角带着点笑，然而眼神十分冷淡，对他们并不真感兴趣。这当然不仅仅因为他是扬清集团的副总，还因为他是邵城的儿子。

阮思澄并没有想到她自己也挺受欢迎。

许多穿格子衫的IT男过来，戴着眼镜，有一半人脑壳中间有地中海趋势，腼腆道：“那个，您……您好，可以互相认识下吗？”

不到十分钟，阮思澄已收下好几十张名片，加了好几十个微信。

有人刚刚离开就发来了消息：“我是刚才××公司的××，周末可以一起看个电影吗？”

“我去，”朱天球说，“美女待遇。”真美女，就是无论走到哪里都能碰到男人搭讪。

过了会儿，朱天球随口说道：“想和帅哥说几句话……”

阮思澄也随口答：“那就去呗。”

朱天球惊：“这可叫人如何开口？人家是扬清副总，我在澎湃搬砖，哪好意思？”

阮思澄说：“社交茶歇就是用来社交的呀，大大方方讲话，难道他会不理。”

“不行……”

“天球，”阮思澄就扯到别处，“有时候吧，你在私下里和在工作中是两个人。明明性格外向活泼，可开会时都不发言，见客户时也不开口，你这样好难升到六级的。你的胆子大一点呀，不要害怕大大咧咧会得罪对方。”

朱天球用一根手指戳阮思澄：“那你示范给我看看。”

既然，都已经用五级身份教了一通，阮思澄也没有办法赖着不去，否则下不来台，只得答应：“好吧。”

没什么的。

一分钟后，邵君理到角落取水，阮思澄见时机正好，噌噌几步凑到边上，说：“邵总。”

邵君理有些惊讶。

阮思澄也有点紧张，但她想连 IT 男都会搭讪，自己不可能不会搭讪的，犹豫纠结十来秒钟，终于鼓起勇气，开口道：“这两天听了邵总一个演讲和一次讨论，非常佩服邵总的眼光和远见。就……可不可以留个邮箱？方便以后请教问题。”

阮思澄没说谎。AI 峰会全部嘉宾的发言中，她最喜欢邵君理的那两篇。她想要对方邮箱，也不为做什么，但是万一未来某天因为能力不足而陷入某种困境，她便可以向她心目中的这位“聪明的人”咨询咨询。收到这种邮件，邵君理可能回复她也可能不回复她，然而即使有个可能有个念想也是好的。

邵君理垂眸，见阮思澄手里握着一大沓子追求者的名片，没说话，迈开长腿，走了。

走了……

她想错了，对方傲娇。

阮思澄回到朱天球那儿，朱天球说："真聊上了！厉害厉害。"

阮思澄怕对方再问具体内容，不置可否，哼哼两声转移话题。

没有想到过了一阵，一个戴着眼镜的30来岁男人走到两人面前，双手拿着一张名片，递给阮思澄，说："邵总给的。"

阮思澄惊讶地接过名片。

邵君理的名片？琢磨琢磨又给她了？而且他自己不来派助理来？姓邵的在想什么呢？

阮思澄知道扬清集团邮箱构成是"姓_名@yangqing.com"，推测邵君理的邮箱地址该是"shao_junli@yangqing.com"，结果抬手一看，发现自己想的完全错误，名片上面"邮箱"那个位置清楚写着：shao@yangqing.com。

呵呵，阮思澄想，霸总就是与众不同，别人都要带着名字，他光溜溜一个姓氏，单独占据一个分类，仿佛扬清好几万人里面就他一个姓邵。

朱天球说："特意让人送来名片……思澄，厉害。"

阮思澄也一样蒙了，但对下属不动声色，高深莫测地笑了笑。

"行了思澄，"朱天球道，"后面演讲我不听了，想早点回家。"

"注意安全，明儿见。"

再回会场，阮思澄听旁边人说今天晚上某协会举办社交酒会，不过请的都是商界大佬、学界精英，还有一些明日之星。

趁着休息，阮思澄到那个协会的管理处，有点紧张地说："请问，那个，晚上咱们是不是在××酒店有个酒会？"

对方认出她就是峰会期间经常发问的人，帮主办方避免了无数冷场。而且她闲聊时听到两个大佬说过"刚才那女生的问题有点意思"。

阮思澄豁出去了："您好，我在澎湃科技从事AI医疗，五级，正在做的一个产品明年上市……我提供原始创意，负责核心部分。P大毕业，是高阳老师的研究生，是易均、蓝生的小师妹。那个……晚上酒会我可不可以也去参加？您别为难，就是问问，不行也没关系。"

被拒就被拒呗。

百分之九十九要被拒的。

对方看看阮思澄，说："在表格上填写姓名、电话还有邮箱。"

阮思澄大喜过望，拿起笔，用细长的手指工工整整地填写了注册表，说："谢谢谢谢，谢谢小姐姐！"

小姐姐："要有人问，就说你是申请去的。"

"好的。"

阮思澄是非常喜欢争取机会的一个人。

她曾经也龟缩一隅，按部就班地上学、工作，然而后来被迫改变。

在J大上大三大四时她想去云京实习，可她外省的学历无法跟别人竞争，投给互联网三巨头的简历都折戟沉沙。后来，她在职场社交网络上摸到了一些目标公司总监、经理一级的人，记下他们的名字，用她打听到的对方公司邮箱组成格式发邮件，介绍自己，专门发给那些想招实习生又没时间走正式招聘流程的老板们。扬清集团邮箱"姓_名@yangqing.com"的格式，她就是那时候知道的。发了100多封邮件后，阮思澄收到了10个面试通知，因为只有她一人面试，只要表现别太离谱就行，当场收到9个录用通知书，最后选了爱未。

毕业前，她本来并没有接到澎湃科技打来的第一轮面试邀请电话。当时她在上课，等阮思澄再把电话打回去，对方的HR就不接了。这也可以理解——学生乌泱乌泱的，资历也差不多，漏掉一个人没人在意。她想了想，在面试那天带着简历杀到澎湃总部，终于给安排上面试了。

不过她也知道，她表面看上去精明、干练，实际上是个傻白甜。她的那套做事方式有点儿"欧美风"，比较积极、激进，然而光明正大，能对任何人讲。

至于心机，她是没有的。

比如初颜那些招数，别说让她干了，她连想都想不出来。

保研被坑以后，阮思澄也陆陆续续听到关于初颜的一些江湖传说。

大四，初颜带着班费去超市买春游零食。她花掉了2000元，又自掏腰包200元，多买两兜，请全班同学吃吃喝喝，说"小金库都清空了"。大家都说初颜真好，投票选了她当“学院优秀学生”。只有一个男生发现，那家超市次日店庆搞全场九折活动，初颜不但没花200元，反而赚了20。她先把东西全都买了，第二天再退钱。而那班费，阮思澄是实打实地多交了100元。

进澎湃时，初颜说她搞不太懂七险一金，总觉得到手的钱好少，她始终表情困惑，那个HR懒得再讲，给她工资加了800元，是同一档工资的最高线。于是，虽然阮思澄有在爱未的四年实习经历，最后还是跟初颜挣一样的工资。最气的是，初颜还对阮思澄说：“看了一天才弄明白，咱们公司系统没错，这钱拿得让人脸红。”阮思澄直翻白眼，想：那你倒是还回去啊！

晚上，社交酒会的大厅里觥筹交错。

阮思澄与她的学长易均聊天。没办法，商界大佬都在阳台，她只能找学界精英聊天搭讪，而学长易均无疑就是合适的人选。

他们聊阮思澄的导师“高老头儿”，聊P大最近学术考核改革，聊与隔壁那所大学之间的恩怨情仇。

易均还是令人感到如沐春风，让阮思澄本能地想要亲近。

社交酒会快结束时，阮思澄还非常想与那些商界大佬套套近乎。

一种预感在她心中汩汩涌动。说不好那是什么，因为只有一个面目模糊的影子在摇晃：也许有天，她会辞职单干。

阮思澄端着酒杯缓缓地走向阳台，心里琢磨着究竟如何才能插入那一群人的聊天中。

“嗯……好难……”

走着走着，阮思澄在瞬间发现一样东西，猛地刹住脚步，因为穿着高跟鞋差点翻过去，手里端的酒猛地泼出一半。

她像一只受惊的猫，瞪圆眼睛看着前面。

玻璃。

在大厅和阳台之间，有一层玻璃！

玻璃擦得锃亮，光线又暗，根本让人看不出来！

一位大佬似乎感觉不对，扭头看看，冲她呵呵笑。

阮思澄想机会正好，急急忙忙拉开拉门，走出去站在外面:“吓一大跳。”

“正常正常，”大佬道，“刚才我也差点撞上。”

阮思澄便上前一步，打招呼:“嗨，我叫阮思澄，在澎湃科技。”因为喝了酒，阮思澄的脸颊微红，显得十分明艳。

“有印象，你在大会上提过问题，提得挺好。”

“谢谢。”阮思澄挤啊挤，终于占到一个空位，开始听这群人聊天，偶尔插点个人见解。

邵君理上下打量着阮思澄。

她这点伎俩，他一看便知。

她渴望机会，向往成功，并且比别人都渴望、都向往，然而还很稚嫩，带着天真，还有点憨莽。

这种渴望、向往、天真、憨莽，非常可笑，也非常珍贵，总是在一个人的成功或失败当中快速流逝，烟消云散。

谈了大概 15 分钟，阮思澄把最得意的个人见解见缝插针地都讲了出来。

一个香港人操着一口港味十足的普通话说:“阮小姐，其实你适合创业。”

阮思澄表示有点惊讶。

“你看问题非常整体。”

阮思澄说:“谢……谢谢。”

眼见大家就要散伙，阮思澄忙掏出手机:“各位老总，方便留个微信号吗？”

自然没人说“NO”。

有几个人摁亮手机，阮思澄点头哈腰，带着恭维的笑，一个一个地扫过去。偶尔有人不拿手机，她就执拗地不肯动。还有人说“等下发个名片给我就好”，阮思澄只好赔笑:“直接加微信嘛，方便一些。”

最后终于加了一圈。

邵君理倒没有被催，很主动地让她扫了，而后手指一划，找到她的 ID 设置备注：路人丁卯。

再设置标签：路人。

作为公司副总，他少不了应酬，于是微信里面什么牛鬼蛇神都有。对于用不上的，邵君理统称“路人”。

一开始是“路人甲乙丙丁”，后来发现路人太多，甲乙丙丁 10 个天干不够用了,便与地支配合着来,从“甲子”“甲丑”开始排,一共可以列 60 个，而阮思澄就是路人丁卯。

然而几秒钟后，鬼使神差一般，邵君理想起阮思澄那句话，“这是表明我在 AI 这条康庄大道上如履平地”，又再次打开“设置备注及标签”，没动“路人丁卯”和“路人”分组，却在最下面的“描述：添加更多备注信息”一栏当中写了四个字：讲相声的。

她渴望、向往、天真、憨莽，求知心切，喜欢表达，邵君理想，未来也许能有百分之一的可能把她从“路人”组里拿出来，摘掉“路人丁卯”的头衔。

那他就为这百分之一的可能性加个提醒。

※※※※※※

晚上，阮思澄回家后仔细整理名片，给几个业界大佬统统发了邮件。

给邵君理发邮件时，阮思澄有一点犹豫。她跟邵君理在对方演讲时互怼过，在主会场大门口又互怼过，最后虽然跟一群人一起聊天，但彼此之间并没有交流。

算了，发吧。

阮思澄写道:“邵总,您好。非常高兴在 AI 峰会与您结识,也很喜欢《人工智能 2.0》的演讲。这是我的个人邮箱，希望可以保持联系。澎湃科技，阮思澄。”

那边，邵君理见了邮件，随手就要删。

鼠标移到“删除”时却又顿了顿，将邮件移动到“以防万一”这个分类。

回到澎湃科技三个星期以后，阮思澄的老板王思任叫大家开会。

与会人员有王思任、阮思澄、初颜、朱天球、邢笑佳。

初颜已经过来四周了。不出意料，她不是很懂这一块儿业务，事还巨多，这个方案不同意那个方案也不同意，自己又没主意。阮思澄也学乖了，先抛几个破烂方案，被初颜说一通，再把原定计划拿出来，让对方最终认可、显显本事。初颜整整一个来月才写了 1 个变更列表，而阮思澄则写了 50 个，朱天球写了 10 个，邢笑佳写了 20 个。不过，初颜最爱与各个老板一对一开会，不仅约王思任，甚至还约王思任的老板、王思任的老板的老板，将做项目的全部功劳归于自己。阮思澄真想把“初颜一个来月就写了 1 个变更列表”的事群发出去，让大家都知道。

在会议室“东三环”里，王思任说：“今天这会，主要想让大家明确各自责任。我思考了很久，也纠结了很久，难受了很久，最后决定，以后‘3D 图像识别’这个部分就由初颜负责汇报。”

阮思澄的表情甚至没有变化。

她早知道会这样。

可这才一个月。

初颜长相显小，十分可爱，圆脸，有肉，白皮肤，黑头发，齐刘海，喜欢穿 T 恤衫和牛仔裤，而阮思澄头天上班穿得就很职业。初颜说：“谢谢老板，我一定跟思澄、天球、笑佳好好完成任务。”

朱天球、邢笑佳二人有点蒙了。

阮思澄即使再能混社会，这时候也懒得假笑，耷着眼皮，一言不发，双手摆弄着杯子，百无聊赖似的。

幸好，合作组的六级、七级都承诺过“全力支持”她的升职，即使不当这个领导者，她也能最后一搏。

王思任又讲了几句，宣布散会，让初颜跟相关方都发个邮件，又道：“阮思澄，你留一下。”

王思任安慰了阮思澄十来分钟，对她解释：“思澄，目前来说，初颜的领导能力要好一点，与上级的交流沟通非常顺畅，出于这个原因，由她来做汇报对项目会有利一些……”

阮思澄无语。

“我也知道你想升职，需要一个领导者的身份。可是作为负责人，我不能因为你要升职而给项目增加阻碍，必须得理性判断。”

王思任一下子站在制高点上。

“我明白。”阮思澄服软了，毕竟把这事闹掰她也没好处，不如打碎牙齿和着血吞下去，借这机会讨讨好处，她说，“我没情绪，服从安排。但是，我还是想明年三月尝试升职。您能不能在其他地方支持我一下？最后能升就升，不能升就不升。”她的语气恳切，表情真诚。

她也不是非要当领导。经过面谈，合作组的六级贝恒、七级钱纳说他们会“全力支持”，多讲好话，她还有获奖，也该试试。

需要王思任做的事情只有两件，都不影响眼疾诊断这个项目。

一个是在评分时别打太低。在澎湃科技，每半年的“老板评分”对于升职也很重要。也就是说，接下来的两次评分最少需要一个 4 分一个 5 分，最好两个都是 5 分。阮思澄心里清楚，依她做的各种贡献打两个 5 分绝不勉强。

另一个是走流程时勾选“支持”。人力资源部门的 HR 会问她的老板及合作组的老板“对阮思澄申请升职支不支持”，有五个选项：强烈支持，支持，一般，不支持，强烈不支持。选强烈支持和支持未必有用——HR 不太参考申请者老板的意见，但是，如果申请者的老板选不支持和强烈不支持，那升职是百分百没戏的。

阮思澄想：这个应该没问题吧，好简单的。她不知道王思任在打什么算盘，想来想去，觉得对方可能是想培养初颜当她的左膀右臂，于是全力助其成长，毕竟初颜听话而自己不听话。

王思任微微一个愣神，抿抿唇，张口道：“我不认为明年三月你就可以准备好。”

阮思澄睁大眼睛，难以相信她听到的。

她的老板王思任，刚才明确表示——她不支持！

自己根本就不需要她做什么，举手之劳而已，可她不支持！

她不支持，钱纳、贝恒再力挺也没有用了！申请者本人的老板勾“强烈不支持”，哪个缺心眼的HR会通过申请？

为什么？

阮思澄的眼泪几乎涌出眼眶，四处乱滚，她全力压制却没能忍住，终于掉下一滴。

哭了。

在工作场合哭了，在老板面前哭了，这太不职业了。

“对不起。”阮思澄哑着嗓子，站起身，还不忘把皮椅子推进桌子，低头快步走出明亮的会议室。

我要走，我不干了，她哭着想：去他的眼疾诊断，去他的人工智能，去他的造福人类，去他的改变世界。

为什么有这种事情？

她没办法向更高的上级投诉，因为对方绝对不会干涉王思任的用人。

阮思澄没回隔板间，而是失魂落魄地走下楼梯，推开大门，走进院子。只要回想起来那句“我不认为明年三月你就可以准备好”，她就一阵恶心反胃，仿佛嗅到粗糙舌头在口腔里闷久了的酸腐气味。

三月的上午还有点凉，太阳挂在光秃秃的枝丫上，给楼群涂上一层稀薄的白光。

阮思澄在楼群当中慢慢走路，平复情绪。公司很大，有几十栋楼，无数员工进进出出。小路两旁的绿化很好，有花有草，还有公司重点产品的模型。

仔细体会，风中也有些许暖意。阮思澄吹了会儿风，觉得好了点儿，摸摸脸上，是干的，于是走回属于医疗事业部的那幢大楼。

朱天球、邢笑佳二人十分担心，明显想问又不敢问。阮思澄知道朱天球、邢笑佳在看她，王思任和初颜也在看她，故作淡定地投入工作。

当天下午五六点钟，王思任再次找阮思澄单独聊。

“思澄，”王思任的语气温柔，“你好像挺不好受的，我希望再解释一下。明年三月的确太急。你的技术没有问题，但领导力还得提高。当上六级就等于当上经理、老板，要带几十人的大团队，这可能和你想的情况不太一样。我会帮忙，倾尽全力，后年三月咱们申请。”

“后年三月？”阮思澄问。

“对，再准备一年。”王思任信心十足，“下个项目我会宣布你来领导核心部分。”

“可是下个项目——”可就没有眼疾诊断这样好了，后半句话阮思澄没有说出来。

“对你的升职我有规划。”王思任说，“就是把技术部分和领导力部分拆开。这个眼疾诊断的‘3D 图像识别’可以证明技术，下个项目——先不管是什么，可以证明领导力，这样也能升职，百分之九十九没有问题。而初颜的技术普通，就需要强领导力来补，这个项目对她比较合适。我是站在老板角度为大家考虑的。”

“思澄，只是再多一年而已，很短。”

“谢谢老板，我会努力。”阮思澄说。

她一瞬间有些迷茫。

莫非是真的，自己的领导力还不够？自己过于积极、激进？后年三月才是更合适的时机？

她还能够继续信任她的老板吗？

她不知道。

好像有希望，又好像没希望。

谈话以后，阮思澄又浑浑噩噩干了两周。

走还是不走？

如果换组，甚至换公司，也不可能明年三月得到升职，后年三月都不好说。她在目前的组已经工作三年，从四级升到五级用了两年，从五级升六级本来打算用两年，如今看来得需要三年了。

不过，从五级升到六级本来就比从四级升五级困难，如果后年三月真的可以通过，也还好。

只是，还是那个问题——还能够继续信任她的老板吗？

这让她想得头秃。

她想用年轻人那般滚烫的心熨平那些形迹可疑的褶皱，却无法做到。

这天，阮思澄与合作组的贝恒一起吃饭。由于一些工作上的原因，阮思澄直接与六级的贝恒对接，也能接触到七级的钱纳。

贝恒在沙拉盒里挑挑拣拣，活得像个了不起的精致男孩，无意中道："对了，你老板跟我老板也在这吃饭。"

阮思澄："哦？"

"你老板想明年三月申请升七级。"

一个小西红柿从筷子间掉落，阮思澄捡了起来，问："我老板想明年三月申请升职？"

"对，她想让钱纳给她写好的评语。"

"哦……"

十分莫名地，阮思澄想起来，在王思任批自己的眼光格局不行时，自己不服地说"眼疾诊断这个项目最早是我提出来的呀"，而王思任回答的是"怎么是你提出来的呢？明明是我最先想到的啊"。

阮思澄的手开始发抖。

像有黄蜂爬进耳朵，不是一只，而是一群，许多翅膀在上下扇动，发出嗡嗡嗡的声音。

眼疾诊断是她提出的项目，她设计的框架，她规划的时间表，她写的核心代码，王思任却要拿去升七级。

既然她想用眼疾诊断升职，那自然要最大限度吹嘘自己的贡献了。想也知道，申请材料不会写"下属阮思澄把老板应该干的事情全都干了，我闲着"。

王思任在六级上面已经整整待了六年，原因无他，能力不行，平时根本就抢不到任何项目，如今这个眼疾诊断还是阮思澄先提出来的，王思任去申请的，这才终于有事干了。

也许因为被虐多了，冷静过后，阮思澄竟觉得还好。

眼疾诊断，她不争了，既不和王思任争，也不和初颜争，就给她们好了。

她开始琢磨后年三月升职的事。

到底靠不靠谱？

无比淡定地回到格子间里，阮思澄看见邢笑佳在发呆。暮色渐渐涂上墙壁，他穿着连帽衫，两条短腿疯狂抖动，厚重镜片后面藏起来的眼睛好像在看屏幕又好像在看虚空。

阮思澄“啪”地打了下他的后颈，问：“怎么了？”

“哎，老板让我别说，可我憋不住了。”邢笑佳真的郁闷，“我想明年申请升职，从四升到五，可是咱老板王思任说我资质还不够，让我再等等，后年三月帮我上去。”

“啊？”阮思澄说，“你完全够五级了啊。”

“我知道，所以很纳闷。”

“她想干吗？”

话刚问完，忽然之间，她便感觉一桶冰水当头浇下！

醍醐灌顶。

是啊，他们全都知道老板能力不行，难道老板自己反倒不知道？

不，她知道。

王思任非常清楚——只要阮思澄、邢笑佳或朱天球得到升职，他们马上就会离开这组，去寻找更光明的前程。

职场当中最悲惨的就是跟了一个没本事的老板。如果老板没有人脉，没有资源，没有思路，没有项目，你就没有前途。

于是，王思任用“再过一年给你升职”吊着组里的人，毕竟培养新人需要一段时间，再优秀的员工也无法一来就能上手干活儿。

大家心里不爽，可王思任并不在乎。阮思澄和邢笑佳被告知必须再等一年，心里自然十分郁闷，然而想要升职便得咬牙留下，怀着“再忍忍，等到升职了立马走人”的想法继续工作。因为相比在这组中延迟一年得到晋升，到新组里从头再来看起来更加艰难。如果这时候走了，之前的工作就白干了。

有了这鱼饵，阮思澄和邢笑佳至少要在组里再干两年。

而到了约定好的那个时间，就能有好结果吗？

未必。

王思任很可能又有理由再拖上一年。

如果到了明年三月王思任能成功升七级，后年三月阮思澄还有点希望，否则绝无可能。

阮思澄是这组当中最有想法的好员工。正常来讲，一个健康的组应该是老板升一级，下属也升一级，老板再升一级，下属也再升一级。

可王思任没有能力，无法晋升到七级，那她当然要阻止下属与她同级。因为阮思澄一旦升到六级，便会在“AI 医疗——影像”这个大组当中拉出小组，跟王思任争夺资源。阮思澄是有本事的，王思任怕争不过。现在，“AI 医疗——影像”这一大组中只有六个小组，王思任都抢不到项目，再来一个竞争对手，她就更抢不到了。

而扣下阮思澄，用鱼饵吊着她，不但没有强有力的竞争对手，同时阮思澄为了升职肯定还会尽心尽力再想项目，这样王思任在公司里的日子便能好过一些。

她必须拦住阮思澄升职的步子。

说“资质不够升职”就得找到理由，阮思澄的技术谁都无法否认，于是王思任便找了个虚头巴脑的“阮思澄领导力不够”的理由。

王思任不知道初颜的小九九吗？不知道初颜想不劳而获吗？

她知道，却选择顺着初颜。

作为老板，王思任很清楚初颜是个怎样的人，但她为了证明阮思澄领导力不行，还是举了许多初颜提供的例子，什么“人际关系”，什么……总之，她按照公司手册上面列的，一条一条否定，把阮思澄干了的说成没干的，把没干的说成干了的。至于“目光远见”那条，没法儿给初颜，就给她自己了。

阮思澄终于后知后觉地想明白了。

她之所以狼狈不堪，是因为她强。她的老板惧她，用她，依赖她。

在弱者的世界当中，强是原罪。

她应该到更优秀的圈子中去。

第二章 丑闻

卡尔维诺《国王在听》一书中有一句话："没有夜晚比一个发生火灾的夜晚更加黑暗，没有人比在吼叫的人群中奔跑的人更加孤单。"

阮思澄开始在暗中"活动"，和认识的别的项目组的员工吃饭喝茶，打听对方组里的基本情况，对方产品的应用前景，对方老板的管理风格，对方团队的整体氛围，有没有在招聘，有没有……她可不想重蹈覆辙，再遇上王思任和初颜那样的同事。

最后，阮思澄请两个 P 大学长帮忙递交简历，打算换组，跟新老板。

然而，人生就像一盘混了各种馅儿的饺子，你永远不知道下一个饺子是猪肉白菜馅儿的、鲜肉蘑菇馅儿的，还是虾仁韭菜馅儿的。

还没等阮思澄进行任何面试，澎湃科技便陷入了惊天丑闻。

一篇只有一千多字的朋友圈，一夜之间在网络上掀起滔天巨浪。

文章署名"天天爸爸"，挖骨剜心地详细讲了他儿子的去世过程。天天只有 12 岁，可爱、懂事，是父母的心肝宝贝。10 岁时被确诊为绝症，用常规手段无法治好，爸爸妈妈心急如焚，用手机 App"澎湃医生"寻医问药。

"澎湃医生"是一款 App，已经上线数年，患者及患者家属可以在上面提问，拥有资质的医生们会在上面回答。

不过，这款 App 页面右边列有医疗广告。程序根据提问内容自动推荐广告，而广告下方的"推广"二字极不显眼。天天爸爸提问以后发现一个治疗推广，正好针对天天的病，讲得可谓天花乱坠，说是美国的新方法，绝对有效，否则退款。他不知道这是纯粹的广告，还以为是官方推荐。

天天爸爸查到那是家民营医院，按照联系电话寻到主治医生，对方表示治疗方法无比先进，“对一半患者有显著疗效”，还拿出许多媒体报道、获奖证书、院长参加各种顶级医疗大会的照片、网络好评、锦旗、感谢信，并且保证治疗无副作用，顶多就是发烧、打寒战，最后主任一句“别让孩子遭罪”彻彻底底打动了天天的爸妈。

他们二人在网上查，发现的确有很多患者都在赞扬这家医院。

没有想到，这却是噩梦的开始。

到了医院，天天爸妈在“副作用”表上签字，其间曾经表示困惑，然而医院却说肯定不会有事，这个只是以防万一。

再后来，一家三口发现治疗过程其实非常痛苦，可既然已经入院，也没办法，天天爸妈便劝儿子“忍耐一下，这个有用，回家爸妈给做好吃的”，并且对未来充满美好的期盼。

首个疗程过后，天天回家歇了 10 天，那家医院又让复查，还说“各家医院机器不同，检测的数字也有差异，在同个医院进行复查才对治疗效果把握得准”，于是天天一家又去了。主任看完片子表示“特别有效”，天天当即入院进行下个疗程。

也就是在这个疗程的最后一天，天天呈现极端严重的副反应，晕厥、紫绀，血氧掉到 60，最后狂打激素也没拉得回来，天天走了。

而本来，天天那病不可能这么快就离世。

天天爸爸控诉医院提供虚假治疗信息，斥责澎湃助纣为虐、不加审核。

一石激起千层浪。

而后记者发现，那家民营医院早已经被某个生物公司控股，后者便是这种疗法产品、服务的提供方。也就是说，生物公司是通过自己控股的这家医院进行销售。疗法不能说是骗人，它有希望，也有风险，问题出在“隐瞒事实”，而且它的治疗费用非常昂贵，一个月要花费 10 万元以上，天天爸妈倾家荡产却换来了这种结局。

许多帖子表示，个别医院为了赚钱根本不管患者的死活，发公关稿，发水军帖，再买几个获奖证书，在“顶级医疗大会”休息期间站上讲台装作演讲让人拍照，不让患者接受正规治疗，而是采用试验性的甚至没作用的治疗方法，利用患者及家属对于生的迫切渴望，吃人血馒头，拿走患者那最后的宝贵时光。

显然，澎湃科技并不认为自己需要承担责任。

它在微博发布公告，称云京 ×× 医院具有正规资质，也有临床批件，符合推广要求。不过出于人道关怀，愿意给予家属帮扶 20 万元。

言外之意，它提供平台但无法负责内容，把脏水全泼给医院。

这高高在上的嘴脸彻底激怒了广大网友。

医院在你的平台上面虚假宣传引起死亡，而你的“推广”标识尺寸小得可怜，颜色暗淡无比，你真觉得没有责任吗？真觉得无须反思吗？

那是 12 岁的小孩子啊！

“澎湃医生”及澎湃科技的其他医疗产品被扒了个精光。

比如，“澎湃医生”App 里面有一个功能叫作“圈子”，供患者、患者家属、医生在里面提问、回答、交流、探讨。不过，现在各种疾病的“圈子”中全都是托儿，卖各种药物和保健品，说吃药就能吃好，不需要去医院，而澎湃毫无作为，完全不管。

再比如，“澎湃医生”App 广告中，有一部分标题上写的是大医院、正规药店，然而点进链接就会发现被引到了民营医院、非法药房。要知道，网上的非法药房基本没有资质，而且假药横行！

阮思澄觉得，澎湃科技走到这步其实完全可以预见。

这是一家利润导向的大公司——一切朝利润努力，一切以业绩为中心，对员工的态度与做法也是让人一言难尽。

对于好的项目，澎湃会交给两个团队去做，让他们互相竞争，谁先做完功劳归谁，另一个团队则空手而归。公司没有零食、饮料，只有咖啡、红牛。据说，工人的工作条件极差，仓库闷热，澎湃科技有救护车常年停在仓库外面，随时准备把犯病的工人送去医院。即使这样，它也不想改善工作环境。

被骂以后，澎湃科技依然没把这当回事儿。

先是雇用水军拼命洗白，接着抹黑扬清转移舆论。扬清无端中枪，非常无辜，足足用了几天才甩干净。

阮思澄见邵君理在朋友圈里发了一条：

“恶心。”

据说，邵君理还把澎湃科技大CEO、澎湃医疗小CEO的微信全都删了！

也不知道是为什么，阮思澄对邵君理有了更多好感。

犹豫了几秒，阮思澄给邵君理发的这条朋友圈点了个赞。

尽管可能会被澎湃的同事看见这条点赞，但她没管。

她的情商明明很高，却公开支持对方公司。

而邵君理看见“路人丁卯”点赞，一瞬间就想起了她是谁，对于对方的这种白眼狼行为莫名觉得有点微妙。

连续两天，事件不像澎湃科技想的那样容易解决，既没能让民营医院承担全责，也没能让广大网友转移视线。

铺天盖地的口诛笔伐愈演愈烈，公司股价一泻千里，短短两天就在纽交所大跌24%，市值缩水百亿美元。因为这次事件，摩根士丹利等多家投行认为澎湃科技未来具有不确定性，下调评级。

接着，国家和云京市的有关部门成立了联合调查组，进驻澎湃科技调查本次事件，CEO被约谈。

民众、投行、政府，三方表示不满，事态失控，澎湃科技终于“识时务”地认错了。

CEO接受采访，表示自己“痛心疾首”，发誓吸取教训、严厉整改，不让悲剧再次发生。

可谁又会对此买账？

股价连跌四天后，联合调查组公布调查结果及整改要求，认为澎湃需要对这次事件负责。

医疗事业部一片大乱。

“澎湃医生”App及其他相关产品至少需要进行六项大的修改，包括全面审查推广服务，核对宣传内容，确定内容、链接二者相符；推广排序方式变为以信誉为主、以价格为辅，取消以往“价高者得”的做法；对于商业广告要做到标识醒目，进行风险提示;联合卫生管理部门对医疗内容分级，等等。

CEO 给全体员工发内部信，称“天天事件”已经超过澎湃历史上的任何一次危机，希望大家齐心协力，相信公司、相信自己，共同渡过难关。

言辞恳切，安抚军心。

因为这件事情，整个澎湃科技的医疗事业部都焦头烂额。

原先一直主管医疗事业部的副总被撤职，却没有新的副总来上任。

阮思澄的“眼疾诊断”再无领导过问，本来说好要面谈的几个老板杳无音信。

某天，阮思澄再也坐不住了，给两个老板发邮件:“您好，我是澎湃 AI 医疗‘眼疾诊断’的阮思澄，上周五收到信说这星期安排面试。能否冒昧问下具体时间吗？非常感谢您的耐心！澎湃科技，阮思澄。”要知道，这个星期还有不到一小时就结束了。

她也就是试探试探，其实已经想跳槽了，离开澎湃，到爱未也好，扬清也好，到哪儿都好。这并非是无法与澎湃共患难，只是道不同了。

再次没有回音。

本来雄心勃勃要扩张、要招人的几个老板都没动静了，不想招人了，这个事实让阮思澄坚信：这件事情的影响远远没完。

她所在的澎湃科技医疗事业部，正在经历前所未有的巨大变动。

所有老板都在观望，她却并不知道他们在观望什么。

想破脑袋也想不出来。

医疗事业部众大佬究竟是在观望什么、担忧什么？

虽然不喜欢澎湃科技的企业文化，但毕竟在这里度过了整整三年，要说一点儿感情都没有是根本不可能的。

她也希望澎湃科技和医疗事业部越来越好，各种意义上的好——坚守价值、关心用户，而后越来越强，越做越大，越赚越多。

眼见澎湃到这一步，阮思澄又感叹又伤怀，又不安又担心，打开微信，在朋友圈发了一条：

【澎湃科技，医疗事业部，未来究竟会怎么样？】

谁都知道她是这个部门的人，大家纷纷安慰她“稳住”“没事”。

20分钟后，也不知道出于一种什么心理，邵君理给阮思澄回了条评论：

【会作死。】

阮思澄心想：这么凶？

因为被澎湃狂泼脏水，这个家伙不仅删了澎湃老总和副总的微信，还在一切场合热盼对方“翘掉”？

讨好大佬的原则之一：不能由你结束对话。

怀着这个不良心思，阮思澄回道：

【哎……不知道，而且也不知道自己未来究竟会怎么样。】

又是20分钟后，阮思澄的手机一响，收到新留言。

打开一看，还是邵君理的，六个小字：

【会越来越好的。】

阮思澄继续找话，这回邵君理没回复她了。

※※※※※※

整改半个月以后，作为澎湃公司的技术人员，阮思澄与销售人员一起走访各大医院。经过与医院交流合作，“眼疾诊断”这一工具目前已经初步定型，计划今年十二月小批量生产，明年三月投入使用。现在，澎湃科技得跟关系不错的几家大医院商量进驻的事。

由于数据标准库并不统一、难以明确责任主体等问题，几乎没有公司可以通过官方审核。前者是说，因为各地各医院数据标准不同，比如同个肿瘤，有的医院测量是4.2厘米，有的医院测量是3.8厘米，那么基于某地某医院数据开发出的机器也许无法广泛应用；后者是说，倘若出现医疗事故，诊断责任是在公司还是医生，各国对此均感到十分棘手。因此各大公司基本都是“无证驾驶”，绕过审核，把产品给医院医生免费试用，也不担责，一方面抢占市场为将来布局，另一方面在实践中完善产品，这是法律所允许的。而医生们基本把 AI 当作辅助工具，用 AI 看一遍，自己再看一遍，提高准确率，减少误诊。

然而 AI 医疗已是大势所趋，免费产品注定无法长久生存，拿证上市、获取利润是必需的，为此各国都在努力完善相关规定。

AI 医疗，是人工智能研发领域的大热门。国外与国内的巨头们都在布局，澎湃最早进入，扬清后来居上。

申报是属于其他部门的工作，阮思澄与销售人员先求“无证驾驶”，先进驻医院，就像以前说的一样，“一颗红心，两手准备。”

这挺正常——对于免费产品，医生一般还会自己做二次判断。

会议室中，阮思澄将数据、报告摊开放在科室主任的桌子上，说：“澎湃科技‘眼疾诊断’，有效率是……对比医生……”

寻觅合作伙伴这事宁早勿晚，既然数据已经有了，而且结果相当不错，那就赶紧捉住医院签订合同，省得又被竞争对手捷足先登。大的医院就那几家，万一人家抢先签了排他性合同，可就哭都来不及了。

这家医院回应十分积极，离项目谈成基本就差临门一脚。

科室主任没看报告，长长吐出一口气，说：“阮小姐。”

阮思澄抬头，手一撩头发：“嗯。”

“合作的事……再看看吧！”

“啊？”阮思澄蒙了。

“现在澎湃医疗部门，”科室主任好像也难以启齿，“已经失去公信力了。”

阮思澄和销售人员傻呆呆地瞅着主任。

科室主任又道：“澎湃科技现在的对外形象就是不顾患者死活，能把黑的说成白的，白的说成黑的，让患者们用假疗法、吃假药，我们医院不能因为机器免费就被牵连进去。等到明年机器进来，患者一看上面的 Logo 是澎湃科技，会怎么想我们医院？哦，原来你们和澎湃科技沆瀣一气，同流合污，还在用它的机器、帮他们赚钱。到时候，即使机器诊断说患者有这个病，要这样治，患者也不会信的，可能还要骂街呢。”

阮思澄和销售人员无语。

“再说，你让我怎么去跟上级领导请示？不用别人的机器，用澎湃的，这合理吗？上级肯定怀疑我收了回扣。据我所知，现在也有几家公司在做这个，进度不如澎湃快，但我们也没有什么好着急的，有就用，没有就不用，我们的医生也不会觉得澎湃科技有 AI 而我们没使用，就来批评什么的。”

阮思澄的手指冰凉，试图努力争取：“可是，它能提前数月发现 50 种疾病，让患者们尽早治疗。”

“还好，”对方回答，“也没那么紧迫，来看眼疾的患者基本上都是已经觉得眼睛不舒服了，这种情况下，我们医生自己也能发现问题。有多少人闲着没事过来查眼的？再说，大家全都是这样看病。”

阮思澄又争取许久，科室主任看了看表，说：“阮小姐，我还有事。”

“哦……”

她猛然间反应过来，医疗事业部的大佬之前是在观望什么了。

他们一定是在头几天处理其他项目时，就已经发现各个医院对澎湃退避三舍，而 AI 医疗产品想要落地必须得有医院支持。假若医院不接收，那前期所有的研发制作费用都只能打水漂。换句话说，因为“天天事件”，澎湃科技在医疗口彻底失去公信力了，而信任的链条一旦断裂，怀疑的种子一旦发芽，就很难再恢复原状。即使医院愿意给他们机会，患者也不会愿意的。

正在进行中的众多 AI 医疗项目何去何从？是生是死？没有人知道。那么，本来想扩张的几个老板不回邮件就十分正常了——项目能不能活都不知道，也许明天就被砍了，再招人来干什么呢？

对方明确撵人，阮思澄与销售人员只好起身，科室主任将两人送出房间。

在走廊上，阮思澄挣扎着又说了几句话，那销售人员反而已经放弃了。科室主任嗖嗖走路，一看就是想快点离开。

几人都往大堂方向去。在路过一间更大的会议室时，忽见大门“哐”的一声从内打开，一个男人单手插兜迈步出来！

阮思澄扭头一看：咦，邵君理！

他排场超大，气势超强，后面紧紧跟着好几个西装男，其中一个还狗腿子似的替他拿着西装外套。

过了会儿，会议室里又出来几个穿着白大褂的中年男子。阮思澄曾做过调查，认出其中一个是院长，一个是医疗器械的负责人，还有几个科室主任。白大褂们与黑西装们两拨精英有说有笑，走廊里充满着他们的欢声笑语，与阮思澄这边形成鲜明对比。

双方打了一个照面，科室主任恭敬地喊道："王院长。"

阮思澄也站住脚，叫："邵总。"

本来也想叫王院长，想想还是别去蹭了。至于邵君理，两人都是在朋友圈互相留过评论的关系了，是应该打招呼的。

与王院长一起站在正中间的邵君理也转过身，挑挑眉毛，问："你近视？"

"啥？"

阮思澄发现这个男人对她来说是个谜。

伸手摸摸眼镜腿，阮思澄说："不太严重，双眼各 100 度近视，平时不戴眼镜，今天开车，所以戴了。"

邵君理点头："嗯。"

阮思澄又说："我这已经算很厉害了，码农哪有不近视的？"

邵君理说："我。"

"你是码农？"她想：好吧，这很可以。

邵君理看到刚才阮思澄紧赶慢赶地追在科室主任后面说话的样子，问："现在澎湃不好推广吧？"

在邵君理面前，也没办法硬扛着不承认，阮思澄心里一下子就酸酸涩涩，垂眸小声回答："邵总，您那天说会越来越好的，可是我看不出来在越来越好啊？"

明明越来越差了。

她毕竟在眼疾诊断这项目上花了 16 个月。这是她的首个项目，她希望可以落地并且实现最初目标——帮助因为眼疾而没办法再看世界的患者们。她也愤怒过、郁闷过，心想凭什么让王思任还有初颜拿走功劳，然而最终她想起了她的初衷，那是很单纯的一个念想。

现在，白做了。

同时，从个人来讲，产品不被医院接受，想要跳槽也更困难。只能凭着一张嘴说，无法给出好的业绩。

邵君理低头，看着阮思澄长长的睫毛、小巧的鼻尖、红红的嘴唇，说："你的事情自己考虑。"说完，绕过阮思澄等人，拔脚走了。

一大群人呼啦啦地立即跟上。

阮思澄想：真是酷到没有朋友。

不对，是酷到没有真朋友，假朋友肯定还是不缺的。

邵君理和院长并排往外走，阮思澄和销售人员还有那个科室主任拖在后面，与他们距离五米，各走各的，并不打扰。

双方转进一楼大厅，邵君理经过白色的问诊台，忽然脚下一顿，站住了，伸手从问诊台的透明罐子里捏出什么东西，转身看看在他身后不远处的阮思澄，忽然抬手一抛，说："别哭丧着脸。"

阮思澄本能地伸出两手接住，摊开一看，是一颗糖。

问诊台上的糖。

对方扭头就走，可她忽然间好受了许多。

是啊，要觉得苦就吃颗糖。

邵君理，表面冷酷寡言，内心其实十分温柔。

※※※※※※

再回澎湃，阮思澄听到了一个更加令人震惊的消息。

由于"天天事件"，众多合作伙伴持观望态度，澎湃医疗在竞争中处于不利，全部产品遭受重创，前途未卜，难以预期，公司高层已经决定撤并整个医疗事业部门，暂停目前所有项目，将资金、人才投入其他产品，力拼智能家居和无人车，紧密围绕"衣食住行"等刚需。

阮思澄有些蒙。

撤并整个医疗事业部门……竟然已经惨到这种地步了吗？

原来，大厦倾覆只需一夜。

澎湃明明最早布局 AI 医疗。

AI 医疗在澎湃属于医疗事业部门，在扬清则属于“互联网 +”事业部门，说明澎湃对于“医疗”这个单项要比扬清重视。但阮思澄忽然发现这样划分也有坏处——容易一起玩完。

瞧瞧周边，并没有人在敲键盘。不管是平时关系好的还是关系不好的，大家聚在一块儿，交头接耳，无意义地讨论着他们将会被合并到哪里去。

邢笑佳打开公司官网招聘页面，一项一项仔细研究：“智能家居正在要人，无人车也在要人……那无人车肯定更好，不过他们只要精英，咱们未必能进。”

朱天球说：“能进也不进。据说那个组忙到翻天，一天工作 15 个小时，一周 100 个小时，凌晨三点办公室还亮着灯。”

“唔，”阮思澄插话：“应该整组一起挪吧？到最缺人的项目组，或到新成立的项目组。应该不让大家自己选吧？”

邢笑佳：“那样如何保证员工喜欢自己的新工作？”

阮思澄：“不知道……”

她叹口气，开始发呆。

“眼疾诊断”竟然就这样无疾而终了。事到如今，她宁可叫王思任和初颜拿走功劳，让它出生。

“眼疾诊断”是她的心血，整整 16 个月她没有一天休息，白天工作，晚上看书，夜里两点睡觉早上七点起床，这 16 个月学的东西比过去 16 年学的还多。kindle 里有几百本教材，电脑里有几百条课件，代码写完了测、测完了写，不断尝试，不断完善。看着它一点点走向成熟，她心里面感到高兴、激动。

心血，心尖的血，一辈子也没有几滴。

她讨厌做无用功。

阮思澄一方面是标准老好人，对朋友们掏心掏肺毫无保留，宁可自己受委屈也要让别人开心。她关注慈善项目，每月固定捐款，在大街上见到有谁需要帮忙也永远是第一时间冲上去。她情商高，能把人哄得非常高兴，能跟人 10 秒成为朋友，看着虚伪，但实际上书上说了，一个人情商高，恰恰说明他能感知对方情绪、想法，能站在对方角度思考，这是一种体贴。

另一方面，她也非常固执，在某些事上绝对不想让步。这是她性格当中最突出的两点。她上初二时，全班有次上劳技课，做飞机模型。阮思澄用刀时一不小心把手切了一道大口子，血哗哗流，她却没有报告老师，也没有说给同学，忍住抽泣，把那飞机模型给做完了。事后别人全都说她有病，搞不清楚孰重孰轻，她自己也觉得她有病，但是有种东西在骨子里，就是——我想要做到的，就一定得干成，无论中间发生什么，都非做到不可。

想进 P 大，进去了；想进澎湃，进去了。

可最近她想升职，王思任却不支持，还让初颜抢功劳。她的固执在作祟，又约兄弟组的六级、七级谈话，打算无论如何都要拼上一把，结果还是失败，只能跳槽，“卷土重来”再谋升迁。接着，因为澎湃自身的问题，整个医疗事业部门被撤并，所有进行中的项目被暂停，“眼疾诊断”彻底夭折。她再不甘，再委屈，又有什么办法?

窗户开着，外面树木如照片上的景致一动不动，时间仿佛已经凝滞。周围同事还在嗡嗡地讨论，各种声音糅在一块儿，混乱不堪，无从分辨。阮思澄只知道，眼疾诊断项目被砍，像一根刺扎进心里，扎得又快又深，让她很疼。而那根刺就算自己勉强拔了，创口也是冰凉。

哎……

她肯定会给扬清、爱未投简历的，只是不知道以后是否会再经历同样的事，而且一想到要层层面试，她就头疼。

她很清楚，朱天球他们是真心地喜欢医疗，看到他们现在开始找工作，她难免也兔死狐悲。

正在发愣，手机一响，微信跳出新的消息，是来自兄弟组的六级员工贝恒。

就一段话：

【妹子，估计你也知道澎湃医疗被撤并了。我的老板，就是钱纳，打算出走自立门户，正拉队伍一起创业，你要不要来？】

阮思澄心里有些惊讶。

合作组的七级大佬钱纳不想等“分配”了？

打算出走自立门户？

还问自己是否加入！

多了一个选择，阮思澄一阵兴奋，但也还算比较镇定。

对于这种重要决定，在做之前需要慎重。

他们要做哪个项目？有什么目标？什么打算？有多少人？多少钱？他们掌握哪些资源？

阮思澄回:【挺有兴趣。约个时间具体聊聊？】

三分钟后手机再亮:【下午五点，公司对面的星巴克。】

阮思澄回:【不见不散。】

放下手机，更换思考方向，继续坐着发呆。

钱纳很有本事，不论专业水平还是管理能力都在金字塔尖，应该可以带自己飞。贝恒本科毕业，比自己小两岁，因跟对老板迅速起飞，在澎湃四年，用了一年从三级升到四级，一年从四级升到五级，又用了两年从五级升到六级，今年三月刚刚升的。刚合作时贝恒也是五级，与自己平级，钱纳是六级，结果项目干到一半合作组的他俩都升了，而自己明年都没可能。

贝恒十分崇拜钱纳，经常跟阮思澄讲他老板的事——T大毕业，钢琴十级，画画不错，足球踢得好，篮球打得好，滑雪滑冰滑得也好，今年30岁都俩娃了，娶妻生子全没耽误，老婆是P大毕业，顶级医院里的医生，升职也是像坐火箭。贝恒说，老板钱纳什么都牛，连超市的优惠券都比自己用得明白，每回出差不仅把各项工作全做完美，还能制作旅游攻略，带他们玩。阮思澄也只能由衷地感慨，“牛人”永远极端自控、精力高度集中、非常要强、不甘落后，于是常常什么都牛，“这方面强，别的方面就弱”可能只是安慰人的。

现在，钱纳有了俩娃，又要创业吗？

也许可以求他带自己飞。

下午五点。

阮思澄偷溜出大楼，到了星巴克，果然见到钱纳、贝恒。

“思澄！”贝恒手一挥，阮思澄便赶紧过去。

钱纳天生有白化病，肤色很白，头发也很白，眼瞳发红，鼻梁上架着眼镜，他指了指桌上的中杯拿铁，问：“点这个行吗？”他是典型的职场精英，声音沉稳，气度不凡，连微笑都恰到好处，多一分太多，少一分太少。

“行行，谢谢。”阮思澄说，“听说你们打算单干？”

“对，”钱纳回答，“还做医疗。我很看好这一块儿，但在澎湃干不了了。人员方面目前有我、贝恒，还有组里几个三四级的小孩儿。我和贝恒都认为你能力很强，想把你拉过来，所以问问你的意思。”

阮思澄点头：“我是挺有兴趣。”

贝恒拍掌：“太好了！”

“不过……”阮思澄又开口：“你们要做什么项目？医疗影像？辅助诊疗？医用机器人？虚拟助手？健康管理？还是别的？”

她列出的几个分类都是当今 AI 医疗领域的热点。

其中最大热点便是医疗影像，各大公司都有这方面的产品。阮思澄的“眼疾诊断”便属于这类，邵君理的“肠道肿瘤筛查”“胃部肿瘤筛查”“乳腺肿瘤筛查”也都是。它包含着图像识别、深度学习这些技术，可以用来识别、标注患者病灶……

在 2006 年出现“多层神经网络”以前，一台机器是没办法辨认出一张图片里面究竟有没有“猫”的。即使用命令说“猫长这样”，它也不行。然而现在，机器可以自己学习。人给机器几万张图，说“这是猫”，再给机器几万张图，说“这不是猫”，机器便能通过卷积、池化，一层一层学会辨别。比如，放大局部，通过色差找到边缘，第二层用边缘组合勾勒出来器官、纹路，第三层看全身颜色，第四层看整体形状……最后给它新的图片，它便会计算：这是猫的概率为……

这部分的前景巨大。用最火的“肺部影像”举例来说，在目前的大医院，放射科的医生每天需要接待上百名患者，每个患者又会产生上百张影像，也就是说，一个医生每天需要仔细阅读几万个 CT，非常疲惫，看得出看不出问题全靠一双眼睛。而且现在每年阅片量和放射科医生的增长分别是 30% 和 4%。如果机器能帮看片、识别肺炎肺癌及其他疾病，无疑是个好消息。如今，“肺部影像”识别的准确率及速度已经远远超过医生。

第二热点是辅助诊疗。AI 学习医疗知识、模仿医生思维，给出可靠诊断及治疗方案。其中以 IBM Watson 最为有名，可以诊断多种癌症，甚至曾经纠正被医生误诊的罕见白血病等。

第三热点是医用机器人，其中一种是手术机器人，一种是智能外骨骼——能够读取人类神经信号的可穿戴机器人。

第四热点是虚拟助手，比如医院的导诊机器人，帮忙初筛、分流。

第五热点是健康管理，通过可穿戴设备、电子病历等多数据整合，帮助提供个性化健康方案。

此外还有药物研发等方向……

听到阮思澄问的关键问题，钱纳喝了一口咖啡：“目前我有几个方向。”

“能说说吗？”

“行，”钱纳并未藏着掖着，“第一个是脑部成像，第二个是心脏成像，第三个是骨折成像，具体计划咱们再看。我上星期跟朋友们提了想法，有几个人确定投资，有 1500 万。另外，我和投行也说了项目，他们估计 A 轮融资拿到 3000 万问题不大。”

“都不错哎！全是有前景的！”

“你来的话，”钱纳又道，“我们可以算你是联合创始人。我、贝恒还有你，一共三个创始人，我是 CEO，主管战略；贝恒是 CTO，主管技术；你是总监；剩下的小孩儿都是员工。至于股权，天使轮后三个投资人共占 15%，几个小孩儿和新聘员工 5%，我 45%，贝恒 25%，你 10%，行吗？工资方面，可以比你现在的多 20%。”

联合创始人，10% 的股权，还能加薪。

阮思澄又鸡血上头，心被勾得痒痒的。

钱纳这时补了一句：“只要确定产品，咱们一定能给做出来。”

这句再次戳中了她。

整个项目都被砍掉的事让阮思澄很受打击，一年的努力，不但没有带来任何奖励，甚至没有带来最基本的成就感——产品根本不能上市。

她在心里分析、衡量：天使轮有1500万融资，A轮也要有3000万。钱纳、贝恒能力超强，剩下的人也是澎湃出身，而且项目不错，前景巨大，目前市场还是空白。钱纳是个技术大佬，他说能做出来，应该就真能做出来。

即使最后创业失败，她也能再出去应聘，甚至可以找到一个更好的工作。现在这个年景，创过业不是劣势而是优势。而一旦创业成功，依靠股份她就可以起飞了！转手一卖就能发达了！

机会难逢。

阮思澄的心脏狂跳，差点打翻桌上的咖啡，一上头，一冲动，说："好，我加入。"

"太好了。"钱纳起身，伸出白到发青的手，"祝愉快。"

"祝愉快。"

偷偷摸摸聊完以后，阮思澄又回到组里。邢笑佳、朱天球还在长吁短叹，阮思澄一瞬间有点儿愧疚。

"思澄！"朱天球一扭头，"你干什么去了？"

"嗯……走走而已……"

朱天球："走好久哦。"

接下来的几天，他们签了联合合伙协议，规定了股权份额、成熟机制、退出机制、转让条件、离婚继承等文件。

他们也常聚在一起讨论项目。

乱七八糟讨论出了好几十个。

说来哪个都有前景，却又没有任何一个能让他们感到非它不可。

他们希望自己的公司有革命性，有意义，能让更多的人不被疾病缠上身，能让更多家庭不受疾病困扰，并在人类对抗病魔的历史上写下那么一笔。

某日，三人又在星巴克里，围着一张桌子坐下。

"哎……"阮思澄的手在本子上的50个项目上面打圈，"扫描骨折……扫描……唔，总觉得医院并不迫切需要……"

贝恒："嗯。"

那天在医院里，对于“眼疾诊断”，科室主任一句“来看眼疾的患者基本上都是已经觉得眼睛不舒服了，这种情况下我们医生自己也能发现问题。有多少人闲着没事过来查眼的？”让阮思澄备受打击。

原来，AI 机器最有潜力的，不能光是比医生早发现问题，也不能光是帮医生节约时间，还不能光是比医生多点准确……

很多主任医生肯定会觉得，我们也可以看啊，我们也可以治啊，工作忙一点儿就行了，看得认真一点儿就好了，医术提升一点儿就好了，又不是非用 AI 不可。

怎么才能非用 AI 不可？

AI，一是快速，二是准确，三是数据库大，最好都能做到极致。

忽然，仿佛闪电劈开夜空，电光石火间，一个念头便转出来，阮思澄脱口而出：“急诊！”

钱纳、贝恒：“嗯？”

“急诊，”阮思澄道，“AI 根据过往病历，实时症状，呼吸、脉搏、血压、血氧、血液数据，还有对头部和身体的快速扫描、分析，迅速提供它的诊断，最可能的是什么，其次可能的是什么，第三可能的是什么，还有该用哪种方法、哪种药物进行医治。”

钱纳、贝恒坐直身体，聚精会神，几小时下来的疲惫一扫而空。

阮思澄继续说：“比如，如果患者腹痛，那就看看是否患有肠穿孔、肠梗阻；如果头痛，就查卒中；如果胸痛，就用人工智能分析心电图和心脏超声。”

钱纳、贝恒开始琢磨是否可行：“可是这相当于把几个项目糅在一起，难度太大。”

“可是很有趣呀。”阮思澄说，“首先，急诊无比复杂，医生总有知识盲点，然而用大数据搜索全国历史案例就有可能避免悲剧。其次呢，急诊要快，必须得快，这就逼迫医院、医生提高效率，使用 AI。第三，对急诊病患处置不力往往导致严重后果，大家就会希望诊断更加准确！”

“再说，难才能有技术壁垒。”

“嗯，”钱纳红色眼睛闪着野兽般的勃勃野心，说，“好，试试急诊。”

阮思澄："嗯。"

"今天晚了，大家散吧，明天再来具体讨论。"

"好，"阮思澄说，"我一回家就查资料。"

"谢了。"钱纳一顿，"对了——"

他从包里抽出两张纸："贝恒，思澄，那天看到这篇文章，打印出来送给你俩。"

"咦？"

她伸出手接过那纸，发现是《美国企业家宣言》，美国《企业家杂志》的发刊词。

我不要选择做一个普通人。

如果我可以，我有权成为杰出的人。

我寻求机会，不寻求安稳。

我不想成为一位有保障的国民。

……

我宁要充满挑战的人生，也不要万无一失的活着；

宁要心满意足的颤抖，也不要萎靡虚空的平静。

……

我要自由地思考和行动。

我要纵情于我创造的价值。

终有一天，我会面带自豪，向世界宣告：

"在上帝的帮助下，我做到了！"

※※※※※※

没过两天，阮思澄从钱纳、贝恒那儿听说，天使轮的投资人中有邵君理。

对此钱纳表示："我一创业朋友把他的投资人介绍给了我，就是咱们公司第一个投资人。他只愿意投 500 万，这不够，就拉了邵君理一起来。大家都在一个圈子，彼此比较熟悉。邵总愿意以个人名义投资 1000 万。"

"哦，好。"阮思澄想：本来还想要是没资金她就问问邵君理呢，毕竟这是个好项目。

不过，个人投资还能随手就甩 1000 万，邵君理比她想的还要有钱。

哎，也正常。毕竟人家在谷歌时期就是总监，一年百万美元应该只少不多，在扬清总不会更差，而且据说还创业过，最后把创业项目卖给大公司了。

晚上，阮思澄给邵君理发微信唠嗑，想给他一个惊喜：【邵总，您是不是打算投资钱纳、贝恒开的公司？】

邵君理：【嗯。】

阮思澄刚想说她自己也是创始人，便见对方又发来一段：【很有可能。钱纳、贝恒背景很强。钱纳嗅觉灵敏，做过几个项目，市场反应非常好。贝恒 MIT 毕业，在澎湃时一年升一级，经常负责核心部分，代码写得干净利落，技术过硬。公司里面人最重要，项目是次要的。钱纳这家公司创始人团队十分出色，只有一个背景薄弱，不太靠谱。】

阮思澄问：【谁？】

邵君理答：【你说呢？】

阮思澄心想，这是在说我吗？

是哦，邵君理既然打算投资，钱纳和贝恒当然会对他说又增加一个创始人！怎么可能没告诉他！

自己竟然以为对方并不知道，还想给他个惊喜。

丢人。

阮思澄想遁了：【12 点了，我睡了，邵总晚安。】这只是个理由。

邵君理说：【从没见过有创业者 12 点就睡。】

好，我弱，我小，她悲愤地想：我是整个创始团队唯一的短板！行了不？

只见对方发来一条一秒语音。

点开，邵君理那低沉磁性的声音便传了过来："晚安。"

阮思澄的脸颊微红。她是"单身狗"，还是"母胎单身狗"，突然听见一大帅哥的语音晚安，这种反应非常正常。

虽然明知对方发语音只是为了节省时间。晚安，说起来只用一秒钟，打起字来可不是这么快。

定下“急诊”方向以后，三人分别查询资料，觉得这个项目能做，便准备 PPT，打算立即向投资人汇报项目、敲定合作。

没有具体的产品创意，谁也不会砸钱过来，然而一旦俩投资人认可项目、签署协议，那注册公司、融天使轮就可以立即风生水起地做起来了。

创业必须抓紧时间。

创始团队与邵君理约在扬清集团总部大楼最顶层的会议室，时间是在下班以后，晚上八点，毕竟这是邵君理的个人投资，并非公事。

几个人在会议室里坐了会儿，邵君理才拿着咖啡姗姗来迟。面对起身叫着“邵总”的几个人稍一点头，坐在主位，抱着胳膊绷着下颏：“时间有限，开始讲吧。”

阮思澄心想：好大的派头……

对方发话自然得听。钱纳、贝恒和阮思澄轮番上阵，翻动 PPT，讲述各自所负责的技术部分。足足 45 分钟过后，他们才讲完项目。

阮思澄紧张兮兮地注视着坐在主位的那个人，又期待，又害怕，像一个等考试分数的中学生。

邵君理用长长的手指在桌子上敲了几下：“AI 急诊，有点儿意思，谁的主意？”

阮思澄道：“我，我我我。”

贝恒：“是她。”

邵君理淡淡一扫，没有再夸，又问钱纳：“病历有吗？”

钱纳想想，答：“有，十来万份患者病历。”对于人工智能，比起算法，更重要的是数据。一台机器需要海量训练素材来告诉它这样的是什么病，那样的又是什么病。

邵君理“嗯”了一声。

“云京第一医院、云京第二医院、地京人民医院，咱们都能合作。我与这些医院一向关系很好，之前初步问过他们，都说问题不大。”钱纳继续补充道。

邵君理说:“行。”

对于下属、合作伙伴,邵君理会给予信任,基本不会疑神疑鬼,叫人提交这个证明那个证明,是浪费自己的时间。在他看来,为那几个不诚信者消耗精力、逐一检查得不偿失,为此自己肯定需要承担一点风险。

再说,他相信钱纳是个聪明人,一定也知道病历数据的重要性,若没解决这个问题,钱纳绝对不会单干。

几个问题过后,邵君理的心里已经大概有谱了。

毫无疑问,这是一个好项目。急诊,需要数据多、速度快,还要准确率高,简直像是给 AI 的一片空间。

思索片刻,他继续说:“去吧,招聘人才,获取病历,完善算法,增加功能,不要担心资金的事。”说到这他扫了一眼钱纳,“上次是说多少? 1000 万?”

“对。”

阮思澄想:真是有钱哎,喊完 1000 万自己居然都不记得。

邵君理打了一个“翻转”手势:“再加一倍,加到 2000 万。”

贝恒和阮思澄:“啊!”只有钱纳依然沉稳。

意外之喜。

高兴蒙了。

这样,他们便有 2500 万的天使轮融资,即使是在 AI 领域这个数字也是比较多的。他们可以招聘优秀人才,可以购买好的设备,还可以租让人舒心的办公室。

而且,邵大佬的认可、喜欢,非常能够鼓舞人心。这仿佛是一个证明,在说他们可以成功。

几个人对投资进行了一番讨论,到了晚上十点,贝恒想上厕所,正好钱纳也想去,邵君理给指了指方向,他们二人拉帮结对一起走了。

室内一下变得沉默。

投资的事阮思澄是一窍不通。

邵君理抱着胳膊,忽然开口:“阮,翻回 24 页,有个地方我希望再了解一下。”第 24 页,正好是阮思澄负责的一部分,他想提点问题。

阮思澄一愣。

她琢磨着：这么酷？能叫一个字绝不叫两个字吗？

用一个姓就代替了？

牛人的时间是一秒一秒省的？

阮思澄在心里吐槽，脸上带笑，纠正对方："能叫思澄或阮思澄吗？"

"理由？"

对于这种纯图省事的称呼，阮思澄很委屈："谁叫'阮'啊，您才'阮'呢……"大脑一时有些短路，随口套用了句网络用语：你才 ×，你全家都 ×。可能潜意识里觉得对方温柔，也可能潜意识里认为俩人很熟。

邵君理听见，手顿了顿，抬头，盯着阮思澄，说："并不。"

阮思澄忽然意识到，她刚才说什么？

咦，"阮"这个发音同某个字……

阮思澄想拿头撞墙。

第三章　思恒

另外有个投资人也非常喜欢“急诊 AI”。

于是，钱纳、贝恒和阮思澄三人同时提出辞职。澎湃 HR 并未对他们如何——在这样的节骨眼上，公司欢迎员工主动离职。

在请老板在离职书上签名时，王思任面部的表情十分麻木，也没有问阮思澄要去哪儿，提笔签了字，将离职书推给阮思澄：“祝好运。”

“您也是，祝好运。”

王思任却没有反应。

显然，王思任已不愿意再跟她掰扯，也不关心阮思澄的事，只是表面还过得去——话说回来，与颐指气使凶巴巴的老板不同，王思任表面永远过得去。

各自为利。阮思澄对王思任也并没有特别厌恶。相比之下，“整所有人”的初颜让阮思澄更瞧不上。

偶尔，阮思澄也会觉得王思任还挺可怜的。这个老板能力不行，好像一只无头苍蝇从早到晚忙得要死，约这个七级喝茶，约那个八级吃饭，攀交情、抱大腿。阮思澄曾无意中听说，她跟一个八级大佬吃饭吃了整整半年，最后那个八级大佬也没支持她的升职。

拿到签字后阮思澄想：王思任在最初两年也是不错的，不知为何生完孩子后她的性情大变。

把离职书交回给 HR，阮思澄将坐了三年的格子间打扫干净。拿上课本、笔记、名片、水杯，还有装饰物、握力器等乱七八糟的东西。装了一塑料袋，还与邢笑佳和朱天球聊了会儿，说：“以后经常联系、经常吃饭。”

邢笑佳:“哎，我也有想法，也想创业。”

“咦？”朱天球问，“什么想法？”

“我想开发一个‘摘草莓机器人’，自动识别已成熟的草莓，用机器臂取下！摘别的也可以。话说我们村里……”

“噫，”朱天球拧拧眉毛，“土死了，土死了。”

“是，”邢笑佳也语带嘲讽，“没有你们大城市人时髦洋气。”

“行了行了，”阮思澄在朱天球的后颈一拍，“我倒觉得挺有前景。新闻里不是说这些年农民数量持续减少？”

邢笑佳“嚯”的一下转头:“你真心的？”

“嗯。”不过虽然是真心，阮思澄也没很在意。

邢笑佳说:“哎，再看吧。”

辞职完毕，钱纳、贝恒和阮思澄在创业园租了屋子，并给自己的新公司起名叫“思恒医疗”。钱纳说他不要留名，于是用了阮思澄的“思”字和贝恒的“恒”字。它有三重含义，一是包含创始人的名字，二是象征公司基业长青，三是希望病患长命百岁。

阮思澄知道，这个也是CEO钱纳的管理策略。首先，用自己和贝恒两个人的名字给公司起名，显得钱纳这个大股东非常真诚，将他俩与新公司紧紧联系在了一起，暗示钱纳想与他们合作到天荒地老。其次，这也是在行动上提供保障，意为“我没办法撵人，否则十分尴尬”，让他俩更加放心。再次，万一未来真有无法调和的矛盾，被迫拆伙，公众也并不会认为钱纳这个CEO在利用别人。最后，这也让他俩的主人意识爆棚，轻易不会退出公司。

接着，下文件模板，写公司章程，上网站填表，递交材料，领营业执照，刻企业公章，开银行账户……终于全部弄好。

注册资本一共100万元，不用实缴。

随后，两个投资人的2500万元人民币进来。2500万元占股15%，于是原先的100万元注册资本变为85%的股份，新注册资本变为117.65万元，增资17.65万元，剩下的2382.35万元转作资本公积。

办公室地处繁华地带，差不多有三百平方米。一个接待处，四个独立办公室，一大两小三间会议室，两个办公区域，一个茶水间。他们招来一个懂人力、懂财务的全能小伙子当 COO（首席运营官），还有一位刚刚才退休的急诊医生石屹立当 CSO（首席科学官）。于是，钱纳、贝恒、COO、CSO 每人一间办公室，而阮思澄作为总监，在格子间“主位”待着。顺便说句，主位就是最后一排，让所有人知道“I am watching you”。

此外，公司还招了几个总监和经理负责不同领域。阮思澄负责图像识别，给自己招了两个经理帮忙。再往下，是 29 名普通员工，包括从澎湃医疗来的小伙伴们。也就是说，没用多久，思恒医疗已经有了 40 名员工，光工资一年就要花掉近千万元，加上运营、设备、业务，还有聘请标注医生，2500 万的天使融资真的……不算是钱。

压力颇大。

某天，大忙人邵君理终于得闲过来看看思恒医疗。

搬进园区两三个月，邵君理都没来过。

“邵总，”钱纳讲解，右手挥舞，“思恒医疗初步打算只做脑部、胸部、腹部。这边的人在做脑部，那边的人在做腹部，至于胸部，还没开始……”

“嗯。”

他淡淡地看了阮思澄一眼。现在已是夏天，阮思澄穿着一身套裙，身材竟然凹凸有致。她的五官也是艳丽的，尖脸，大眼睛，高鼻梁，表面看上去非常精明，实际……没心眼儿，胆子确实一向不小，可惜只懂明面上的事。

一路走到 CEO 办公室，邵君理毫不客气，伸手拉开 CEO 的椅子，缓缓坐下，翘着长腿，手一指沙发，像赐座似的，让正牌 CEO 在那待着。

“嗯，”阮思澄开始拍马屁，“邵总，您喝茶吗？我给您倒茶吧？我有盒特别香的碧螺春。”

邵君理转眸一瞥：“从没听说有创业者喝热水。”

阮思澄有点愣住了。

“你有时间、精力惦记桌上的水是凉的还是热的？凉了就打，热了就等？”

阮思澄：“那碧螺春我今晚就找人送掉。”

“嗯。”

这种谜之鄙夷……

阮思澄想：好吧，我弱，我小，我是整个创始团队唯一的短板。

“投资人爸爸”真的可怕，周扒皮。不过也是，毕竟投了2000万呢。

啊，羡慕！我也想有一天拍出2000万来，当别人的“爸爸”！

四人说了几分钟话，邵君理把公司情况、项目进展一一掌握，觉得差不多了，站起身来说：“创业园区里有很多讲座、路演，可以听听，有些好处，不过别花太多时间。99%的演讲者自己也不知道自己是怎么成功的，99%的创业者目前在做的事没有交流价值。”

“嗯嗯，知道。”阮思澄说：“我午休时偶尔参加几个活动，不过……”歪歪脑袋，她又继续，“不是非常喜欢在那认识的人。”

“哦？”

“一多半人太浮躁了，太着急了，口中说着梦想、梦想，心里想着钱、钱、钱……一要融资就发慌了，做假数据、花钱冲量、吹牛皮、胡扯淡……”阮思澄的眼睛微抬，“我要是说，在创业圈，我依然相信天道酬勤，想一步步踏踏实实地往前走，觉得最后即使无法造福人类、历史留名也能得到与自己相配的东西，是不是显得很蠢？我想着，好好做事总有结果。如果当真没有拿到A轮融资，那有可能就是不配拿到A轮融资，勉强拿来了也没有用。”行业正在发展，没那么多瞎子。

创业园区，空气里都是钱的味道。

无数信徒在此聚集，希望见证诸神诞生。有人正在死去，有人正获新生，即使失败率大概是99%，也都相信自己最终会成功。有人衣衫褴褛草根出身，有人口含金钥匙名校海归，人人想到圣城朝拜，路上布满了英雄冢。世上的事情绝大多数重过程不重结果，创业却是百分之百地重结果不重过程。人人都想听纳斯达克那敲响的钟声，口口声声说“等上市了我就退出”“被收购了我就退休”，做着那么不着边际的一夜之间名成利就的美梦。浮躁充斥整个圈子，泡沫满得要溢出去。

在这里，创业者们一见面就“嗨，张三！融到钱没？”“哟李四！你融到钱没？”如果答案肯定，接着就是“融了多少？”特像20世纪80年代俩人打招呼说“吃过饭没”？“吃的啥啊”？吃了早饭就相当于有A轮了，吃了午饭就相当于有B轮了，吃了晚饭就相当于有C轮了。要是陌生人刚认识，就从“你做什么项目”开始，再迅速到“吃没吃饭”“吃几顿了”“吃的什么”。

创业园区还有各种午餐会、出国游学、北极旅行等，主办方找投资大佬一起活动，创业者如果想和大佬“亲密接触”就得交钱，几万十几万，莫名其妙的。

邵君理双手插兜，垂下眸子，看着阮思澄。

几秒钟后，他说：“我不知道。”

“哎？”

“不过，你可以保留自己的观点，等成功后，在你的演讲台上说这段话。”

他挺意外，倒没想到阮思澄是这样的人。

阮思澄一愣，说：“希望如此。”

“行了，”邵君理往房间外走，“我还有事，不多待了。”

贝恒正好不太自在，赶紧送人：“邵总慢走。”

“嗯。”

在经过一侧办公区时，邵君理忽然停下，长长的手指头在隔板外敲敲，问：“那花儿是谁的？”

“嗯？”阮思澄顺着邵君理的视线看去。

最后一排的桌子上摆着一枝盛开的花儿，橙黄色的玫瑰，装在白色的瓷瓶中。

“哦，”阮思澄解释说，“我的。今早上班路上看到有人卖花，心血来潮买了一朵。”

“从没见过有创业者——”

“还搞情趣。”阮思澄说，“我知道了，以后再也不会关注这种东西。”

邵君理被打断，也没再说下去，还是望着花儿：“这回我就带走。”

“啊？”阮思澄说，“我晚上就自己扔了。”

邵君理的手指一翻，手腕搭在隔板上，对着花儿，食指勾勾。

好像小学没收玩具的班主任……阮思澄在心里吐槽，不过还是拿起玫瑰递给了邵君理。

女孩子啊！因为创业，也直接变牲口了吗？没时间吃喝，没时间睡觉，没时间买花？

阮思澄又望了一眼玫瑰："您要直接扔垃圾桶？"

"怎么，还想翻垃圾桶？"

"没有，就是买的时候觉得这个颜色热情奔放，让人挺有干劲的，有点对不起它。"

"不用关心。"邵君理手接过玫瑰，"干活儿去。"

"是……"

邵君理攥着花儿，垂在腿边，还是一手插兜，装酷耍帅，被人拥着送出思恒医疗。

阮思澄回到隔间，倒掉水，收起瓷瓶，心里唏嘘：她这辈子头回买花，就被这个男人给没收了。

※※※※※※

公司建起，人员齐备，钱纳、贝恒与阮思澄梳理工作、拟时间表，并请总监、经理着手准备各自所负责的部分。

"图像识别""数据挖掘"是AI急诊两个核心，前者由阮思澄负责，后者由另一名总监负责。

不过有些东西太难，钱纳、贝恒也不知道，于是想与高校对接、合作。一般来说，高校理论水平、研发能力强于普通企业，于是不少企业与高校实验室搞产学研对接，甚至建立战略合作，将自己没能力做的项目交给高校，由高校老师组织团队参与项目。牛校牛导很少单纯为人民币接活儿干，一般需要先确认该项目的研究成果能否发论文，或者能否申请专利、拿奖项。

钱纳对这无能为力。贝恒本科毕业，还是在国外念的，也指望不上。于是阮思澄肩负重任，联系她在P大读书时的导师高老头儿，说自己创业啦！再说有些技术难题难以攻克，希望和导师一起合作。

高老头儿名叫高阳，以前在 J 大研究图像识别，原本是十分边缘的学科，然而“杰弗里得道，鸡犬升天”，2008 年他便被 P 大挖走，也算是时来运转。当然，这运气导致阮思澄也去了 P 大，也学了 AI……

高老头儿非常喜欢阮思澄，说：“我刚当上信科院长，可能没有太多时间。”P 大信息科学技术学院就是曾经的计算机学院，也就是说官方名称是“信科院”，但 P 大学生还是习惯于叫“计院”。

“啥？”阮思澄无比震惊，“您都当了信科院长？”

“呵呵。”高老头儿笑得可谓高深莫测。

“恭喜！恭喜！”阮思澄为导师高兴，也难免为自己失望，“那好吧！我再想想别的办法。”

“别急，”高老头儿说，“我给你介绍别的老师，你自己去谈谈看看。”

“好！”

高老头儿便在心里挑了一圈，最后终于选出一个人：“易均老师你听过吗？他的能力非常强，学生也好，应该是最合适的了。”

“知道！知道！”阮思澄当然知道，这位“头牌”，每堂课连几个窗台都能坐满学生的传奇男子！

阮思澄喜，说：“上次参加 AI 峰会跟易老师还讲过话！”那回聊天非常愉快，双方也互加了微信，不过并无太多联系。

如果是易均的话，肯定可以！如果易均这个美国名校博士、“青年千人”、论文发了一车的人都不可以，那全国也没人可以了。

“行，”高老头儿说，“我跟易均说一声儿。”

“谢谢老板！”

高老头儿办事靠谱，当天晚上便给阮思澄发来了一串手机号码，叫阮思澄联系易均约时间谈。

阮思澄也没有耽误。

双方约在周四。

到了时间，阮思澄回母校 P 大，不过这次是来谈项目，钱纳、贝恒也都跟着。

一路走到易均的办公室，发现对方已经在等他们了。

“易老师您好，”阮思澄笑，上前握手，“您还记得我吗？”

易均依然温文尔雅、风度翩翩，与“理工博士”这个词儿差了十万八千里：“阮思澄？你好，当然记得。别叫易老师，和上次一样叫学长就好。”

“那就不客气了，学长。”

“嗯。”易均适时撤回了手，“几个月没见，自己创业了？”

“对，”阮思澄见缝插针地推销一波，“做 AI 急诊。扬清集团的邵君理个人投资了两千来万，非常看好。”

“多好，”易均唇角一撩，“咱们 P 大学生一直非常优秀，前景应该值得期待。”

“哈哈哈哈……”

“不过也要注意身体，把要做的事情提前都计划好，有时不差吃饭、睡觉那几分钟。”

“嗯，会的。”在“从没听过有创业者 12 点睡”“从没听过有创业者喝热水”“从没见过有创业者……”的包围下，阮思澄都好几个月没有被人关心身体了，分外感动。

她定定神，回头介绍：“这是我们 CEO 钱纳，这是我们 CTO 贝恒。”

他们一一认识。

易均将几个人领到小会议室，双方开始讨论项目。看得出来，易均对于 AI 急诊、产品构想、技术难题全都挺感兴趣。再说，思恒医疗开的价码相当不错。

两个小时聊下来，阮思澄感觉事成一半了。

“行，”到中午时，易均起身，“我差不多都了解了。不过希望再考虑考虑，你们记得跟进。”

阮思澄也站直：“麻烦您了，特别感谢。”

“没事儿。”

看看时间已到中午，易均告别钱纳、贝恒，开口说：“那就这样。西门外面有些饭店，思澄可以带你们去。”

贝恒："谢了！"

"嗯……"阮思澄思索几秒，问，"学长，现在学校食堂还能打饭票吗？想让他们俩也尝尝P大食堂。"

"你们要去食堂？"易均想想，"那一起吧。能不能打饭票……说句实话我也不是非常清楚，如果不行就刷我的饭卡。"

拉拉关系也是好的，阮思澄便顺着杆爬："万一不行，我就手机转账给您。"

易均笑："不用。就当是我请你们吃食堂。"

几人到了阮思澄在P大上学期间最喜欢的学五食堂。

跟几年前并无差别。

阮思澄挺兴奋，给钱纳和贝恒推荐了一大堆，什么香辣鸡腿饭，什么宫保鸡丁，让易均觉得好笑。

中午人多，阮思澄并没有找到四人桌，只好拆伙，两两一对，坐前后桌。钱纳故意让那对"学长""学妹"坐一起了。

阮思澄与易均一边吃一边扯。

隔着一条过道坐着几个学生，好像正在讨论企业面试题目。

是啊，阮思澄也想起来，这个时候有些企业已经开始校园招聘了。她恍惚间回到四年以前，自己与同学们在校园里奔波，看招聘信息、参加宣讲会、投简历、笔试、面试……拿到自己心心念着的澎湃AI录用通知书的那天，她超激动，请全寝室吃了一顿，雄心万丈，没有想到短短三年她就离职了。

人生真是难以预料。

旁边那桌男生回忆："有一道题是这样的：有一摞烙饼，一共N张，大小不一，厨师一手托着盘子，另一只手翻转烙饼，按照从小到大的顺序从上到下排列，最少翻多少次？"

"经典问题……这个公司好没创意。"阮思澄对易均说道，"最简单的方法就是：捏着最上面的烙饼还有最大张的烙饼，翻转，让最大张的到最上面去。再把整摞翻转，这样最大张的就在最下边了。再如法炮制，处理第二大的、第三大的。"

“对，”易均笑，“但是未必得到最少翻转次数。如果这堆烙饼当中有两个或者多个相对有序……”

“是的，是的，所以穷举。”

“嗯。”

没几分钟，那个男生又抛出来一个问题：“五个山洞排成一行。有只狐狸，它第一天藏在某个山洞里面，从第二天开始，每天逃到相邻山洞当中，左右随机。但是，如果进了最靠边的1、5号洞，则只剩下一个选择，因为外侧已经没洞了。你是猎人，一天只能搜寻一个山洞，那么，一定可以逮到那只狐狸的策略最多需要几天？”

这题阮思澄没听过，那个公司打了她脸。

唔，如果是三个洞，那在第二个洞连续待上两天，必定可以抓到狐狸。那要是四个洞？

阮思澄在脑袋里面写起代码。

她一边啃鸡腿，一边想算法。

十分固执，非要做出来。

两分钟后，她抬起头，驼着背问易均：“是6天吗？猎人分别待在2、3、4、4、3、2号洞？”

易均看看阮思澄，微微笑着，颔首：“我觉得是。”

“呼……”阮思澄高兴了。

这时有个学生正好转头一望，发现易均，惊喜地道：“易老师！”

一时之间，叽叽喳喳喊“易老师”的声音此起彼伏。

阮思澄算见识了“计院头牌”的魅力了。

打完招呼，几个学生全都巨好奇地看阮思澄，一道道目光在易均与阮思澄之间来回打转，让阮思澄非常尴尬。

最后一个女生性格比较耿直，直接问了：“易老师，这位是？”

易均看看阮思澄，说：“我朋友。”

阮思澄并不敢当易均朋友，连忙解释：“我是来找易老师谈项目合作的！”

易均没有附和。

小插曲过后，阮思澄问易均："学长，刚才狐狸那题，您以前听说过？"

易均摇头："没有。"

"那您是用多长时间做出来的？"

"不知道。二十几秒？"

阮思澄抽一口凉气。

厉害！

邵君理、易均是阮思澄认识的最为厉害的人，其次是钱纳，再其次是……

对了，邵君理做这道题要多久呢？

因为好奇，阮思澄给邵君理发送微信：【邵总，刚在路上听到一道 IT 公司的面试题，五个山洞排成一行。有只狐狸，它第一天藏在某个山洞里面，从第二天开始，每天逃到相邻山洞当中，左右随机……】

发送过后不到 5 秒，手机发出"叮"的一声。

阮思澄像见到了鬼，想：不是吧！

5 秒？！

这么厉害？！

点开一看，是一句话：【创业让你非常闲吗？】

阮思澄无语。

创业就连数学题都不能想了？

又过了 5 秒，邵君理再回复微信：【可我不闲。】

阮思澄没有回复。

【病历分类都做完了？】

阮思澄再次感到无语。

自掘坟墓。

听说硅谷那边有个创业公司现在很受欢迎，就是给人吃糊糊。公司选择优质食材，保证营养均衡，混在一起捣成糊糊，装进管子，很像牙膏。这样硅谷精英就不需要吃饭，坐在办公室里喝糊糊就行了，味道好像还挺不错。据说那个创业公司已经估值过亿。

阮思澄想：为了那 2000 万，我要不要也吃糊糊啊？！

※※※※※※

很快，易均便同意了阮思澄的请求，帮助思恒医疗攻克技术瓶颈。思恒医疗重新起航，易均带着研究生们负责几个难关，贝恒带着公司员工负责突破剩余部分，一切看着有条不紊。

某个周六，P 大管理学院创业项目路演在大礼堂进行。思索片刻，阮思澄也跑去参加，听听别人都在做啥。

一般来说，这种路演会让团队报名、申请，官方筛选甚至举行初赛，最后 10 到 20 个团队现场演讲，大学教授、企业家、投资人等评委嘉宾点评打分，决出一二三四。通常也含有产品、营销、融资等创业顾问给出意见。路演还会邀请众多投资经理到场观看讨论，牵线搭桥，让投资者关注路演团队甚至直接投资。

阮思澄是踩着点进去的，大礼堂中座无虚席。

“好气派……”她念叨着，“与园区里一间教室一个屏幕那种风格完全不同。”

等到活动正式开始，P 大的主持人介绍评委嘉宾，阮思澄才忽然发现：有邵君理！就坐在第一排！他旁边有某微博的副总裁、某教育的副总裁、某金融的副总裁，还有爱未的首席营销官（CMO）。不过距离太远，也看不清什么，她只知道唯一一个有着浓密后脑勺的是邵君理。

主持人废话不多，10 分钟后进入正题。

路演团队一一登场。因为都是在校学生，每个人都青春飞扬，风华正茂。

如果他们当真创业，那几年内可能有人直上天堂，有人直下地狱，也有人在半空当中苦苦挣扎。

对年轻人来说，这是最好的时代，也是最坏的时代。好是因为他们不甘平凡，坏也是因为他们不甘平凡。

几个演讲过去，阮思澄惊讶地发现邵君理的话非常少，而且与“毒舌”风格不符。

怪了，他今天没有犯精神病？

10 个团队讲完，时间过去了 1 小时 50 分钟，路演进入中场休息。

阮思澄上了趟厕所，回来看见几个评委都在角落茶点边上，聊天寒暄。

阮思澄怕被邵君理说自己又没在工作，打算溜着墙根偷偷回到座位上。

没想到还没等脑袋转回来，便被邵君理看到了。

霸总双手插兜，淡淡扫了眼阮思澄，又扫了眼面前的地，重新抬眸。

阮思澄心想：连勾手指头都不用了。看一眼你，看一眼地，就是叫你麻溜过去。

阮思澄也只好掉头，到一群人面前停住，叫："邵总。"

"嗯，"邵君理说，"过来看路演？还是专门看谁？"

阮思澄说："路演。"

邵君理对其他人道："这是思恒医疗的创始人，叫阮思澄，也是 P 大毕业，还可以，我刚投了点儿。"

阮思澄惊了。

邵君理竟然在帮自己扩展人脉、认识大佬！

她忙递上自己的名片："您好，我是阮思澄，公司名叫思恒医疗。"

有大佬问："做什么的？"

"AI 急诊……"

整个过程邵君理没怎么说话，把时间都留给阮思澄去扩展资源。

阮思澄觉得挺感动。

上午 10 点，创业路演的下半段正式开始，众人入座，新的项目呈现在 PPT 上。

阮思澄觉得，真不愧是 P 大学生，每个项目都好有趣，这路演比电视上和园区里的都值得听。然而，还是有些投资经理十分毒舌、尖酸刻薄，将人批得体无完肤。

最后，一个医疗项目获得了金奖，一个金融项目获得了银奖，一个教育项目获得了铜奖。

主持人请邵君理来公布结果，邵君理没故弄玄虚，直接讲了，而后单手正正麦克风，再次凑近，声音低沉性感："另外，我还有几句话想要说。"

主持人："相信会让创业者们受益匪浅……"

邵君理没理她，道："来当评委，说句实话，我很犹豫。对于创业项目的创意来说，什么是好？什么是坏？哪个被需要？哪个不被需要？如何排出一二三四？而我，不好意思，还有在座的全体评委，又有什么资格来评价什么是好什么是坏，哪个被需要哪个不被需要？又有什么资格来给出一二三四？什么产品能成功，什么产品不能成功，除了上天谁说得准？我们，还有这世界上所有的投资人们，真的很懂消费者吗？真的知道大趋势吗？不是，我们没有那种智慧。如果有，我们自己公司产品就不会有扑街货了，也不会砍产品线了。所以，其实我们自己也还没摸到门，或者刚摸到门。今天排名并不说明太多问题，我投资谁，只能说是我的个人喜好而已。"

满室寂静。

邵君理继续说："20 个团队的创业者们，也许以后，你们会遭遇融资失败，也会受到投资人白眼，但是记住，你们能想到你们认为的对人类有用的产品，这很好，非常好，既然你们自己需要，那肯定就有人需要，不管是多是少。即使因为市场、金融、运气等原因最后失败了，也别认为那份初心一无是处。赚多少钱有时不是唯一的指标，甚至不是重要的指标。请记住，我也记住。行了，我今天来，除主办方盛情难却，就是想说这一段话。"

礼堂一阵寂静，而后忽然爆发出一阵热烈的掌声。

阮思澄也挺受触动。

邵君理是理想主义者？

天哪！

实在有些令人难以置信。

路演最后是官方举办的抽奖活动。

真不愧是 P 大路演，全场观众扫屏幕上的二维码，下载 App，输入姓名、联系方式，机器开始自动摇号，在场 12 名评委一一说"停"，抽出 12 名观众上台领奖。

阮思澄竟中了一个!

奖品是最新款的智能手表!

她挺高兴，觉得好像在被眷顾，是幸运者，比在场的创业者们更走运些。

离开时，阮思澄在礼堂门口又遇到了邵君理和他的助理章锦曦。

阮思澄叫:“邵总。”

邵君理回头:“嗯。”

由于害怕对方觉得自己没有努力工作，阮思澄决定先发制人:“邵总，思恒医疗已与P大达成合作，易均那个团队帮忙研究技术。另外，脑出血、脑梗死已经做完算法，正用片子训练卷积神经网络（CNN）呢。腹部我们选择从阑尾炎着手……”

邵君理点头:“行。”

“最近都没12点前睡觉，而且也没正经吃饭，全是外卖……我们三个连上厕所都跑着去，很努力了。”

听到这，邵君理很难得地讲了一句人话:“注意身体。饭吃热的，觉也多睡会儿，提高效率。”

“有时候是真没办法，”阮思澄挺诚心地道，“公司上下几十号人都在指望这个项目呢。”何况AI急诊是她提出来的，万一出现问题无法上市，她一定会愧疚死的。

末了，阮思澄又开了一个玩笑:“欠您2000万块呢。”

“也对。”邵君理的眸子上下打量对方，忽然道，“不是抽了一个智能手表吗，把‘紧急联系人’填上我的名字。万一心跳不对了、血压不稳了，或者晕倒了、摔倒了，我去救你。”

阮思澄心想:这还是百分之百的周扒皮啊。

人还活着就行了嘛。

既然对那20个团队都那么宽容，为什么对思恒医疗如此苛刻?

她应付说:“不用，一共只用填两个紧急联系人，两个关系近的我还是找得到的。”

邵总雷厉风行:“就填你妈和我。”

阮思澄想：我妈和你是一个级别吗？

不对，她想：邵总今天还是犯病了。

另外一边，邵君理自己也不是非常清楚为何想起这茬，为何想在那新手表上留点痕迹。

怪了。

第四章　新CEO

AI 急诊脑部诊疗算法一写好，阮思澄便开始带着手下的人用数据来训练机器。

脑部算法的技术不难，就是目前广泛用于图像识别的卷积神经网络（CNN），人类给它大量病历，让它不断学习，自行提取病症特征。

患者病历有一万份，是他们从两家医院收集来的，分别是云京第二医院和地京人民医院。阮思澄知道，与钱钠关系好的医院总共有三家，只有云京第一医院最后没有谈下来。这些数据其实并不足以训练 AI，因为有些患者根本没有患病，而剩下的还要分成脑血栓、脑出血等不同种类，只能先当初步资料。

他们请了几个医生兼职标注。AI 医疗需要医生先看片子，用专门的标注软件将病灶的边缘勾出，告诉机器这是病灶，让它学习。而这也是 AI 医疗的一个难点，因为标注工作非常枯燥，却又需要非常专业的医生，而人家通常并不缺钱。退而求其次绝对不行，所谓“上梁不正下梁歪”，如果“老师”教的就是错的，有遗漏的部分，“学生”自然学的也是错的。幸好，思恒医疗寻到几个专业的医生，其中大半是 CSO 石屹立的学生。

为了表示重视，阮思澄直接与医生联系。医生们将试标注的脑部片子给阮思澄，阮思澄如果觉得可以就请对方继续工作。

某天，阮思澄又检查医生交的“作业”。

“嗯，”她自言自语，“厉害……”软件使用方法虽然只教了一遍，但所有医生都没出过差错。

阮思澄一张一张快速地点击查看。

点到某张脑部 CT 时，阮思澄的手忽然停下了。

她怕自己看错，滚动滑轮，放大图像，仔仔细细瞧过。

她竟认得这张片子。

三年以前，有次中午，她叫同为澎湃员工却在另一个项目组研究脑瘤诊断的研究生室友到食堂吃午饭，对方却坐在办公椅上指着一张片子说:“这人好可怜啊……头回见到出血出成这样子的……肯定没救回来……太夸张了，太恐怖了……”

当时阮思澄是完全看不明白，盯着片子发呆，于是室友教她如何看脑 CT，在片子上东勾西画:“看到没有？这个人呀，只有这里……这里……这里……还有这里没有出血。”室友会看也很正常。她虽然是工程师，但是比较认真的码农们通常希望更加了解手头项目，也愿意学自己过去不知道的东西。确定要做急诊项目以后，阮思澄也啃了十几本厚书，从内科急诊到外科急诊，现在阮思澄也挺会看脑部 CT 了。

当时阮思澄说:“哦……”

随后也是一声叹息:“哎……”

由于那是第一次学脑部 CT，阮思澄的印象很深。而且那张片子的确非常特殊，出血部分的面积、形状还有正常部分的位置都有鲜明特征。

这座城市总不至于有两个人出血出得一模一样。

可是，这不对呀。

阮思澄清楚记得，三年前澎湃科技 AI 医疗刚刚起步，只有一个合作伙伴，就是云京第一医院。当时她做的是肺炎图像识别，觉得数据过于单一，王思任说目前只能先做云京第一医院，不过好消息是公司即将攻克地京人民医院。

也就是说，那张片子是云京第一医院数据库里面的。

现在问题来了。

思恒医疗的合作对象中并没有云京第一医院！

钱纳曾经说过他与三家医院一直关系良好，然而，也许是因为思恒医疗刚刚起步，云京第一医院并未答应合作。当时几人一度感到重重压力，直到后来钱纳终于搞定云京第二医院才有所缓解。而再后来，钱纳成功拿下地京人民医院，一切才开始向好的方向发展。

那现在，思恒医疗数据库中为何会有云京第一医院的片子?

她想起来，之前有个在云京第一医院当大夫的 CSO 的学生在聊天时无意说过，他应该是标注到自己的患者了。那时候阮思澄十分不以为然，觉得对方百分之九十九是看差了，惹得医生炸毛，要把患者片子及标记片子放在一起比对，说绝对是同一个人。然而现在想想，一个医生恐怕很难真的弄错吧。

一个可怕的念头在阮思澄的脑中闪过。

她甚至都不敢细想。

整个下午坐立不安，最后，阮思澄是真的再也坐不住了，“腾”地起身，踩着当上总监后就没脱下的高跟鞋，走到钱纳的办公室前，抬手笃笃敲了两下，开门进去。

“思澄？”钱纳笑了，镜片后的红色双瞳看不分明，“有事儿吗？”

“钱纳……”

一起创业的小伙伴之间等级没有那么分明，贝恒和她都不太叫钱纳“钱总”，而是叫“老大”“老板”，一听就是亲如家人。此刻阮思澄却直呼其名，显得场合十分严肃，意味着她正在使用创始人的对等身份进行对话。创业初期，贝恒和她就总是喊钱纳的名字，不过随着思恒医疗人数增多，自然而然就变成了既有尊卑又不生疏的“老大”“老板。”

钱纳:“嗯？思澄，怎么了？”

阮思澄深深地吸了一口气。本来打算把话说得委婉一点、温和一点，甚至调皮一点、搞笑一点，可一番话临到嘴边她却决定单刀直入，以显出她的认真严肃:“钱纳，有个问题希望你能诚实回答。”

钱纳停下手中的笔:“什么问题？你尽管说。”

阮思澄又顿了两秒，营造气氛，而后才是轻轻地问:“思恒医疗现在训练机器用的病历数据……是从澎湃偷出来的吗？”

空气骤然变得紧张，甚至好像要被撕裂。

钱纳干笑两声："当然不是，为什么会这么问？"

阮思澄直盯住对方："我看到了在澎湃时曾见过的CT片子……不止一张，而且云京第一医院来的标记医生在聊天时说过，数据库有他的患者，可我们的数据库中不应该有一院患者。"

钱纳忽然换了一个姿势拿笔，水笔尖在实木桌上一敲一敲，笃笃闷响，好像戳在人的心尖。许久之后，钱纳终于下了决定："思澄，我不喜欢创始人之间存在'怀疑'这个东西，不好。"

阮思澄有些意外地看着他。

"不用担心。"钱纳终于放下他手中的水笔，十指交握，"病历数据只是用来训练AI，除了思恒员工没有人能看得到，没有暴露到前台的可能性。"

阮思澄的表情、语气全是失望："钱纳！"

钱纳竟然真从老东家澎湃公司窃取数据！

在离职前，利用权限，登录数据库，拷了至少一万多份云京第一医院患者的病历！

阮思澄如坠冰窟，手脚冰凉，指尖发抖，眼前晕晕的，脑子麻麻的，心直往下沉，重力仿佛能实体化，牵得她连站在那里都站不太稳。

"我坦白吧。"钱纳又对阮思澄说，"我不认识医院的人。云京第一医院、云京第二医院、地京人民医院信息部主任或数据科主任的个人联系方式我全部是从澎湃医疗部门的朋友那里拿的。我本以为合作起来会很容易，所以一开始被云京第一医院拒绝也没在意，就告诉你们了。可是后来云京第二医院、地京人民医院竟然也都没谈成！现在医疗创业公司乌泱乌泱的，人家根本不想接待没听说过的公司。而且咱们那CSO说跟以前科室主任关系不好，也不肯牵线搭桥……到了这个时候，难道再去一家一家地跑医院？求爷爷告奶奶地挖病历？那得哪年哪月才能开始训练机器。创业公司在竞争中，每一分钟都是钱，每一分钟都是命！除了使用离职前从澎湃医疗拿到的数据，还能有什么办法？我倒觉得，幸亏当时以防万一把病历给拷了出来。"

"邵君理就没资源吗？"

"邵总是个人投的2000万，不会动用公司资源。思澄，我也不想这样，但现在是一个比谁更卑鄙的时代。”

阮思澄被气得不轻：“这是什么歪理！”

“商场如战场，”钱纳教育阮思澄道，“你才毕业没多久，自命清高也很正常。不过大家都是这样，干着干着也就懂了。命都没了，道德又算……”

“我反对，非常反对。”阮思澄没工夫听完 CEO 钱纳的那套准则，“大环境里别人都卑鄙，并不说明我们也得卑鄙。作为一家医疗企业，必须注重患者隐私，必须得有医院授权！你这样是自掘坟墓！澎湃科技目前为止是没发现，但它哪天要是调查历史操作，你和思恒未必可以全身而退！你想一想澎湃医疗的教训呀！如果这事曝光，患者发现思恒医疗随意窃取商业情报，丝毫不管患者隐私，会怎么看咱们？那可是一个人的身体数据！医院也会不敢合作了！而公司也有可能需要赔偿，甚至你还要坐牢！”

与欧美国家不同，国内的医疗系统没有公共数据，AI 医疗各个公司需要从医院获取病历，而大医院会先将数据脱敏，再给合作公司。所谓“脱敏”，就是遮掉患者们的身份信息，但事实上这点很难真正做到。许多人呼吁建立公共数据，不过应该还有一段路程要走。

钱纳说：“想做大事就需要冒险。创业本身就是赌博，每一步都是赌博。这也不敢，那也不敢，循规蹈矩就能成事？俗话说了，舍不得孩子套不着狼……再说，我倒认为这件事的风险很小。整个部门都撤并了，澎湃科技没事儿研究我的电脑干什么？”

钱纳心想：果然妇人胆小，瞻前顾后原地踏步，确实不易成功，尽管可能也不易失败。阮思澄和其他女人并没有区别。

“不行，绝对不行。”阮思澄向前两步，把手撑在办公桌上，一双眼睛瞪得溜圆，居高临下看着钱钠，“这个真的行不通。”

钱钠也有点烦躁：“我是思恒的 CEO，我有事情的决策权。”

“可是……”

“思澄，我是 C、E、O。”钱纳摘了眼镜，红色眼瞳一闪一闪。

两人争执半天，钱纳说要见人，阮思澄便只好先从房间退出。

这和升职那次不太一样。虽然都是她提供创意、负责核心，但是在思恒这里明显承载了更多感情、更多期望，就像自己的孩子一样，生怕被毁掉。

一想到思恒的患者病历是从澎湃偷出来的，阮思澄是又气又急又没办法，一点儿水汽又在眼眶聚集、浮现，要落不落。

阮思澄挺容易哭的。她理性上并不想哭，可不知道怎么回事眼泪就老自动出来！

莫名其妙。

害怕让人察觉到什么，阮思澄起身，一路走到楼梯间里，面对墙壁，拼命忍泪。

不行不行不行不行……

赶紧恢复正常状态，想想怎么死磕钱纳——

在阮思澄差点儿能在墙上戳出一个洞时，右耳廓上忽然间就感受到了一点儿热气，一个磁性的声音从身后传来："怎么了？"

※※※※※※

听到问话，阮思澄全身一僵——是邵君理。

"邵总……"眼眶有泪，阮思澄不回头，还在面壁思过，"老板已经在办公室了，您直接进公司就好。"

原来钱纳要见的人是投资人。

不回头是有点尴尬，但也真的没招儿了，阮思澄想：投资人应该没有兴趣，也不会管自己在干什么。

"答非所问。"邵君理说，"第二次问：有事儿？"

倒霉的是，一听见这句关心，不听话的眼泪竟一下子就冲出眼眶，阮思澄的脸颊倏地一凉，眼前水雾一片，墙壁上的斑驳就在当中摇曳。

蒙混过关已行不通，只能转过身好好说话。

阮思澄把眼泪努力压回去，用掌心将脸颊胡乱抹了一把，顿了几秒，等睫毛风干，觉得应该不算非常狼狈，转身，叫："邵总。"

邵君理明显一愣。

"邵总，有时间吗？"阮思澄说，"有件事情……我想和你商量一下。"

对“正在哭”这件事情，她没掩饰、没道歉，更没故意示于人前，尽量表现得与平日并无不同。

现在有件重要的事。

阮思澄要打小报告。

此时机会十分难得，毕竟是邵君理主动问的，能甩锅。

钱钠刚才说的没错，他是思恒的 CEO，自己只能提出建议，却无法干预决策。然而，窃取数据已经违法，一旦将来东窗事发，钱钠可能面临大额赔款甚至牢狱之灾，而思恒医疗也将因为窃取众多患者病历而万劫不复。她自己是公司股东，邵君理也是公司股东，应该是有知情权的。

不但有知情权，也许还能干预。她下午查过，《公司法》规定，股东不得直接或间接干预公司的决策及依法开展的生产和经营活动……然而现在违法了呀。

股东会也许可以强迫钱纳摒弃所窃取的数据……

其实都到不了那步。她自己管不了钱纳，但邵君理作为投资人是管得了钱纳的，毕竟钱纳对他又敬又惧，绝对不会想要得罪他。

为保住公司，阮思澄也别无选择，一狠心，一咬牙：“邵总，目前思恒医疗训练 AI 用的患者病历数据是老板钱纳从老东家拷出来的。我个人觉得这样不行……”

“嗯？”

“今天，我在检查兼职医生初步标记的片子时……”阮思澄将如何发现思恒医疗数据里有云京第一医院患者信息、如何想起某个医生曾标记到自己看过的患者、如何质问钱钠、如何得到回答的事一一说了，末了，带着期待问邵君理，“邵总，您能否让钱纳别干这种事情？我是觉得真不行。”

邵君理问：“钱纳真的那样说了？”

“我一个字都没记错，钱纳真是犯糊涂了。”阮思澄答，“邵总，有些事情您如果愿意施压，钱纳怕您撤资肯定就不干了。我很清楚钱纳认为澎湃不会调查他的电脑使用记录，风险很小，几乎是零，但是风险依然还是有啊！盗窃大量患者病历……到时肯定千夫所指。而且有些事是不能干的，一旦干了，底线就会变低，而且越来越低，CEO 的性格会影响到整个公司，

CEO 什么样公司就什么样，可是思恒不能变成那样子啊，我们必须尊重患者。医疗公司老是觉得医院、医生就是客户，我觉得不对，患者才是客户。如果不真正把患者当回事儿，公司迟早要出事的。邵总，您对这件事怎么想的？您如果也同意这点，就跟钱纳好好谈谈，行吗？”

若邵君理同意钱纳的做法，她可真要怀疑自己是不是小题大做了。

说到这儿，她一个没憋住，眼泪又在眼眶里滚。

阮思澄忙仰起脑袋，盯着上层的楼梯口，让泪千万别掉出来。

一段时间以后，未果，阮思澄偏过头，破罐破摔。

丢人。

她的脸颊没有扭曲，没有痛苦，表情十分木然，然而眼泪顺着鼻梁不间断地往下淌着，在下巴处汇聚，珠子一般掉落，将楼梯间的水泥地给洇湿了小小一块。眼睛仿佛连着一个漏了口的清澈湖泊，水一直漫出，挡都挡不住。

邵君理没说话。

不得不说，一个大美女对着自己哭，视觉效果相当惊人，而且这还是个一直以来比谁都要进取、比谁都要积极、比谁都要拼搏的大美女。

最近看着工作进度，他能推测出来对方有多努力。“脑部急诊”图像识别这个部分迅速推进，是整个项目当中最先开始训练 AI 机器的。

现在，她在恐惧自己的心血再次毁于一旦吗？

邵君理说：“阮。”

“嗯？”阮思澄没纠正称呼。

邵君理一动胳膊，抬起左手，轻轻覆在阮思澄的眼睛上面。

阮思澄身体僵直，瞬间就不敢动了。

邵君理的手掌温热，手指修长，她甚至能看得到掌心纹路，能嗅得到清新气息。

“好了，别哭，”邵君理的低沉声音再次响起，“出现问题，解决就好，只用理性别用感情。阮思澄，当创业者，你的心要变得冷硬，你这样以后会很辛苦。”

阮思澄的饱满红唇轻轻一颤，微启：“邵总……”

邵君理没移开手掌，感觉掌心、手指已经湿了，对方长长的眼睫毛在他手中扇动、搔刮，让他心尖也痒痒的。

因为眼被遮住，邵君理只能看到对方的鼻尖、嘴唇。现在因为试图止住眼泪，嘴唇微张，正在努力深呼吸着，热气一出一进。

知道阮思澄现在看不见他，邵君理放肆地向下看了两眼。女孩的胸膛努力起伏、正在平复情绪，两条长腿笔直笔直，站姿非常得体，还在维持尊严。

“邵总，”阮思澄说，“我自己……”

“不要说话，”邵君理道，“先别哭了。”

“嗯……”

大约一分钟后，阮思澄的呼吸终于变得顺畅，又对邵君理说：“已经好了……没再哭了，谢谢您。”

“嗯。”邵君理将左手拿开，又仔细看阮思澄。果然，眼眶发红，带着水汽，但是眼泪已经不再涌了。

“邵总，”阮思澄问，“您好像也创业过吧？”

“对。”

“您说当创业者，心要变得冷硬，您做到了吗？”

“我吗？”邵君理很难得地讲这么多话，“我也没有完全做到，但最后终于做到百分之九十九了。”

“那个时候您多少岁？”

“博一，21 岁。”

阮思澄小声说：“您真厉害。”

“你也会的。”

她不知道。

“行了，回归正题。”邵君理说，“其实钱纳不只这一件事。”

阮思澄：“啊？”

“公司的 COO 刘洋，每个月都贪一点儿。不多，四五万块。管财务的刘明涛一直觉得不太对劲，因为发票上的数字和她知道的不一样。她跟钱纳说了，对方不置可否。那天我看账时问刘明涛，你们公司聚餐吃了什么一顿花 6000，她的表情微妙，再一逼问，就说了出来。”

阮思澄疑惑地看着他。

“账不对劲，是从钱纳、刘洋地京出差回来才开始的。她想起来，出差期间她给刘洋打过电话，当时那边吵吵闹闹，好像是在 KTV。”

阮思澄没有说话，继续听他说。

“这样一想，可能在地京时他们到 KTV 玩，刘洋哄着给他叫了个小姐？人一喝高有点过火，钱纳就被握了把柄？刘洋回来开始捞钱，钱纳应该提醒过他，不过因为钱纳有妻有女，刘洋一提地京他也只能忍气吞声。”

阮思澄想：刘洋这人真是厉害。

他们出差去地京前高层一起吃过晚饭。当时贝恒笑话钱纳“有白化病居然还能二十几岁就有妻有女”，钱纳虽也笑了，但阮思澄能感觉到，人生赢家大老板这一辈子因为那病在“女人”上意难平。白头发、白皮肤、红眼睛，不管多牛，一直都没女人喜欢，妻子长相一般、身材一般，还是费了九牛二虎之力追来的，而且岳父岳母对他极不满意，他铆足劲在澎湃里呼呼升职，对方家里才终于点头同意。

刘洋肯定看出来了，于是利用这个弱点在地京时给他下套，回到公司开始捞钱。刘洋聪明，也不多拿，每月几万，不会对公司造成什么本质影响。

阮思澄不怀疑钱纳想要成功，他同样在思恒医疗花了心血。

可是，也许因为牛吧，阮思澄觉得，钱纳过于自信，不太小心，对于世界，对于医疗，对于创业，对于医院，对于患者，缺乏敬畏。

看着邵君理，阮思澄问：“那……怎么办呢？”

脑子乱乱的。

邵君理却忽然靠了过来。

阮思澄被对方吓了一大跳，急忙后退，被邵君理一把按住右边肩膀，动弹不得。邵君理又继续凑近，好像要说什么秘密。

几秒钟后，阮思澄感觉有热气呼上耳朵，邵君理的声音一字一字传来：“两周以后思恒医疗有股东会。你去提议，罢免钱钠 CEO 的职位，取消钱纳董事的职务。”

“啊？！”

果然是秘密。

“提案会不会写？不会的话，我给你发个模板。”

创业公司虽小，股东会、董事会也是有的，只是可能不太正规。

阮思澄茫然，问：“这是要干什么？”

邵君理直起身子，双手插兜，说：“我要清洗思恒医疗的管理层。”

阮思澄彻底呆了，愣愣地看着对方。

邵君理要“撸掉”钱纳？

那谁当 CEO？

※※※※※※

一脸懵懂的阮思澄也当真是问了出来：“那，贝恒当 CEO？”

邵君理笑得有些高深莫测：“贝恒那个性格不会想当 CEO 的。而且他性子有点软弱，不够坚定。”

阮思澄想想还真是这么回事，惴惴不安，十分想问又不敢问：“所以……”

邵君理道：“你当 CEO。”

果然！

这算什么？天上掉下个 CEO？

阮思澄并没有信心：“可我以前最多只带过几个下属。澎湃时的老板嫌弃我没有领导力，我不知道是真是假。”

她情商高，人缘好，但 CEO 显然不是只要有这点本事就可以当的。常常有人觉得老板非常好当——带着几个下属做完工作就好，可事实上根本不是那么回事。别的不提，单单说把上司、平级、下属等几十号人全哄高兴就很难了，毕竟涉及方方面面的利益。

邵君理没随口说行，默了几秒，道：“我不知道。现在并没有更好的人选，而我期待你的成长。”

阮思澄想：自己不再是创始团队里最弱的了？

她不知道，其实邵君理已不像开始时那样看好思恒医疗了。当时决定投资主要是因为钱纳管理能力很强，与此同时贝恒技术水平很高，他俩一个当 CEO 一个当 CTO 十分合适，非常美好。没有想到不到一年，钱纳居然出现原则性问题——胆子太大，以前没有出事并不说明以后也不会出事，只能换掉，否则可能不止损失 2000 万，还要搭点别的。这种事情很难预料，群龙无首，而贝恒、阮思澄都不适合当 CEO。

投天使轮风险很大，不成就不成，2000 万没了就没了，总归好过某天出了事投资者也受到牵连。要知道，树大招风，媒体喜欢打出头鸟——小小一个思恒医疗有何可讲，必然要拿它背后的自己和扬清集团做文章的，什么“你要没投资也没这事”，到时可管不了记者手中的笔。医疗领域如此敏感，他不想陪钱纳折腾。

现在思恒医疗的 2500 万还剩一半，邵君理并无意撤资，釜底抽薪。首先，他跟贝恒、思澄也有一些交情，他俩毕竟十分无辜，因为自己撤掉钱纳全都跟着玩完也挺可怜。其次，他仍喜欢“AI 急诊”这个创意，投的钱只剩 1000 万了，还不够买一辆车，让那两人再试一试也未尝不可——万一呢？万一阮思澄真能迅速成长呢？

只是，如果阮思澄和思恒医疗一直都是这个状况，他是不会再投钱的。2500 万烧光了，公司死就死了吧，他不可能继续填无底洞，陪一个 25 岁的小男生和一个 27 岁的小女生玩儿创业游戏。

邵君理就如同他自己刚刚说的，对于生意，只有理性没有感情，或者说，是百分之九十九的理性和百分之一的感情。

那边，阮思澄又低头想想，说：“可是，这公司是钱纳开的。他创业，他拉队伍，他跑融资，他找到王总和您并且拿到启动资金……这样踢掉钱纳，是不是……”在邵君理说清洗前，阮思澄没想过这个。

在新闻中，因为经营理念南辕北辙而开除创始人的股东总是邪恶的一方。

“阮，”邵君理将自身气势收敛了些，“思恒医疗已经不是他一个人的公司了，是我的公司、王选的公司，也是贝恒的公司、你的公司，还是目前 40 个员工的公司，更是存在于真实世界的公司，我们要为股东、员工、患者、社会负责。”

“嗯，我知道。”

阮思澄又何尝不懂。

只是她才27岁，毕业才3年，便要遭遇这种事情，“狠”到这种程度，斗得你死我活，她从本能上没有办法轻易接受。

钱纳也一样是抛弃一切离开澎湃，整整半年都在日思夜想、殚精竭虑啊！

她想起了自己晋升六级失败那时钱纳说的“全力支持”，想起自己走投无路那天钱纳邀请自己一起创业，想起公司挂牌那刻钱纳祝愿公司“地久天长”，想起这半年来钱纳吃盒饭、跑合作……

撕破脸吗？

分道扬镳？

阮思澄的眼前又起了一点水雾。

“别哭，”邵君理见了，说，“否则我就把……”

说到这里，邵君理也微愣了下。

否则他就什么？

其实，他在看见阮思澄的睫毛、眼睛和双唇时，第一时间涌上来的念头竟是“否则我就把你的眼泪全吻掉”。

这想法让他自己也心下一惊，不明白为何会如此莫名其妙。

阮思澄问：“否则您就把？”

邵君理说：“否则我就把你眼珠子抠出来。”

阮思澄想：为什么邵君理能用那种表情说出这样的话？

她还以为会有好话！

“行了，回去吧。”邵君理又低头看着她，“我跟钱纳还有个会。”

“嗯。”

邵君理在心里翻了下时间表：“周六中午12点整，你把贝恒约到长缘。”

“长缘？”

“一家日料餐厅。”

“行。”阮思澄也十分清楚，邵君理要拉拢贝恒。

她又摸摸自己眼角：“这样回去没异样吧？”

两人对视五六秒钟，邵君理说："好像还好。"他看见了自己的影，在一点点轻微水光当中晃动。

阮思澄说："那周六见。我先回去弄代码了。我想试试另外两种决策树，看哪个结果更加准确。"

"行，周六见。"

周六中午，长缘日料。

阮思澄是跟着邵君理进包间的。她想了想，觉得自己跟邵君理已经处于同一战壕，一致"对外"，好像应该坐在一排，于是绕到"霸总"边上，轻轻坐下，将桌对面留给贝恒。

没一会儿贝恒到了，随口问道："钱纳居然还没到吗？他一向都不迟到的。"

阮思澄说："没请钱纳。"

贝恒一脸诧异。

这是一家高档京都怀石日料。穿着繁复和服的日本籍女生正坐上餐、倒茶。菜单不固定，5000 块一份，会根据当日食材的新鲜程度进行调整。邵君理还叫了瓶酒，色泽清透，有浓郁的花香、果香，沁人心脾，余味悠长。

阮思澄没吃过这么讲究的日料，她穿的是套裙，在榻榻米上没办法盘腿坐着，便只有把两条长腿并在一起上下交叠，摆在一边。因为坐姿，裙子又被拉上去一些。

她一开始把腿放在自己外侧，坐一会儿觉得累了，没太注意，挺自然地将腿放到两人中间。

邵君理淡淡一扫，看见两截白花花的女人小腿。腿很细，修长，形状漂亮，小骨架子，但是有肉，一个毛孔都看不到。踝骨纤细，五根脚趾白皙圆润，没有涂指甲油，是粉红色的。

"贝恒，"酒过三巡进入正题，阮思澄把筷子放下，"现在思恒医疗训练 AI 的病历是从澎湃科技数据库里偷出来的，你知道吗？"

"啊？"

果不其然，贝恒也毫不知情。

阮思澄又继续说道:“钱纳其实没有好的医院资源,云京一院、云京二院、地京人民医院全都没搞定,于是他偷偷用了澎湃那些数据。我已经跟钱纳谈过,并且认为这不合适,他却觉得我太胆小……反正已经起了冲突。贝恒,你怎么看?”

“我……”贝恒蒙了,“也觉得,不太好……”

“所以——”

“阮思澄,别浪费时间,”邵君理突然打断,单刀直入,“贝恒,听着,我要清洗思恒医疗的管理层。”

“什么?!”

“换句话说,换掉钱纳。”

“邵总!这……”

“为此,需要你的支持。”

“我……”贝恒静静心神,举杯喝了点酒,“我想想。”

邵君理却继续逼迫:“我来分析一下形势。第一条路,你选钱纳,我和王总两人撤资,阮思澄她也会离开,你们重新想法融资,然后继续按那套干。第二条路,你选我们,钱纳走后重新划分股份,你们两个都会多些。”

贝恒表示:“这并不是股份的事。”

但第一点十分重要!当初融资有点困难,王总那500万是钱纳找来的资源,邵总那2000万是王总拉过来的。这两个人如果撤资,公司还能坚持下去吗?

然而与阮思澄又不一样,钱纳一直是他的老板,也是他的恩人。在澎湃的那几年,钱纳教他很多技术,每年带他升职加薪……因为“窃取数据”便把钱纳踢出公司,贝恒有些无法接受。

对于道德,有些人无比看重,有些人毫不在意,也有些人,或者说绝大多数人,比如贝恒,处于中间。

处于中间的这些人,自己绝不会干不道德的事,然而只要对方这种行为并非直接冲着自己,而是冲着别人,那自己也很难与朋友决裂。

何况,贝恒的性格本来就有一点软弱。

三个人在怀石料理谈了许久。

阮思澄的腿又有些麻，于是想再换个姿势。她一顿饭来回倒腾，自己都没注意到。

然而，也许因为两条长腿已经麻了，也许因为在听投资人说话，她一个不小心，碰到了旁边的邵君理！

脚在对方屁股上面踢了一下。

邵君理正说服贝恒，精神比较集中，冷不丁被哐当一碰，还有点疼，没多想，因为练过空手道，便本能般伸手一捞，制住对方——

入手软软的，滑滑的，十分细腻。

他手一顿。

垂眸一看，右手握着阮思澄的左脚脚踝。

好细，他想：像一用力都能捏碎。

一秒之后，邵君理和阮思澄一个迅速甩开手，一个迅速抽出脚，无比尴尬。

贝恒却没看清桌子下的动静，还在纠结。

阮思澄的脸通红通红，把腿伸到身体外侧，定定神，掩饰似的又找贝恒讨论“清洗”，腿往外撇，再也不想收回来了。

邵君理倒神色如常，用餐巾纸擦了擦手。

阮思澄想：这一辈子百分之九十九的丢人都是丢在这男人面前。

对面贝恒又问：“那病历的事如何解决？”

阮思澄也抿了口酒，装得气定神闲：“邵总打算介绍几个科室主任，但是谈成谈不成还得看咱们自己，他会告诉对方不要顾虑到他，这是个人投资，不是扬清的事，不能混为一谈。”

“那为什么……”

“不先谈吗？一样的，谈成谈不成都得撤掉钱纳。如果真没谈成……思恒就倒闭吧，至少咱们都没犯罪，还算清白。”

贝恒沉默不语。

大约聊了两个小时，最后，贝恒终于在“作为CTO已经知情，东窗事发后也有可能坐牢”的“恐吓”下屈服。他思索半天，确定为真，勉勉强强点头同意。

毕竟，搭上前途就不太值了。

他没钱纳那么敢赌。

一得到贝恒的应允，邵君理便立即抽出两张 A4 纸，说:“那这回的股东投票，请你委托思澄代为行使权力。”

很明显，邵君理怕贝恒反悔。不过既然已经做了决定，贝恒也没再计较，便签了。邵君理将那委托书仔细叠了，交给阮思澄，阮思澄便放在随身带的提包里。

搞定一个。

走出饭店后，阮思澄问:“邵总——”

“嗯？”

“用不用我也签个协议？”

对方不信贝恒，难道就信她吗?

邵君理闻言顿顿，说:“不用。”

※※※※※※

接下来的周一，阮思澄与 CSO 石屹立悄悄接触。

她查过了，罢免 CEO 的职位和取消董事的职务，在公司是两个层面上的事。

理论上讲，罢免 CEO 要在董事会通过决议。大家基于董事席位投票，决议得票超过三分之二就算通过。目前思恒医疗的董事会共有 8 人，分别是邵君理、王选、钱纳、贝恒、阮思澄、COO 刘洋、CSO 石屹立和一位独立董事，钱纳是利益相关人，不能参与投票。也就是说，“撸掉钱纳”的提案要想最终生效至少要有 5 人支持。刘洋肯定会投反对票，同时邵君理、王选、贝恒、阮思澄肯定会投支持票，这样一来，对 CSO 石屹立的争取尤为重要。

另一方面，开除董事得在股东会通过提案，因为董事职位比管理职位要高一个级别，它的任免需要拿到更高一级的会议上讨论。这回是大家基于股票份额投票，决议得票超过二分之一就算通过。思恒医疗当下的股权结构是：邵君理 12%，王选 3%，钱纳 40%，贝恒 20%，阮思澄 10%，石屹立 3%，刘洋 2%，两个总监 1%，四个经理 1%，期权池里还有 8%，用来分给后来者。这比例较最初预计略有调整，在邵君理的建议下增加了一些早期员工股份，减少了创始团队股份——钱纳和贝恒各自拿出 2%，阮思澄的那份没动。如此一算，邵君理、王选、贝恒、阮思澄加在一起总共有 43%，而钱纳与刘洋加在一起则是 40%。期权池里 8% 的股份不算数儿。也就是说，又要搞定 CEO 石屹立，“阮思澄”派 46% 的股票权就百分之百不少于一半，不仅能撸掉钱纳的董事职位，还能一并撤了他的 CEO 职务。那钱纳就必须离开——连董事都不是了，董事长自然就更不是了。根据《公司法》，只要持股，就能参与董事选举，不论是否利益相关。

阮思澄与 CSO 石屹立关系不算很熟。

因此，阮思澄没对石屹立单刀直入，而是试探再试探，分外委婉。她假装是随口聊天，漫不经心地问对方当急诊科医生时的经历。

幸好石屹立脾气耿直，没几秒就对阮思澄知无不言！

阮思澄听钱纳说过，石屹立跟以前医院的科室主任关系不好，故而不肯牵线搭桥。如今才知道，二人关系不好的最大原因是在 2003 年的一次医疗纠纷当中，科室主任私下暗示涉事医生重写病历并且销毁原有文件。当时石屹立说：“既然患者遭遇不幸，就要给家属一个交代。”双方产生冲突。

了解这段往事以后，阮思澄的心放下一半——不论病历中的患者是生是死，石屹立在尊重他们，而非只是把患者当作“客户”。这样的话，他应该不会同意钱纳窃取、使用患者信息。

而事实也正是如此。没费太大功夫，阮思澄便争取到了 CSO 石屹立的支持。

她觉得冥冥当中已有定数。邵君理、王选、贝恒、她、石屹立，加在一起人头数量刚好在董事会过半。

上交提案的前一天晚上，阮思澄与从前的下属朱天球、邢笑佳一起吃了顿饭。

朱天球被分到澎湃科技 AI 家居部门，对于产品没有喜欢也没有不喜欢，相亲认识一个搞金融的男人，最近在谈恋爱，基本没有考虑工作上的事，得过且过。

而邢笑佳辞职跟人开公司了！

而且产品就是“摘草莓机器人”！

“邢笑佳，你真的……”朱天球道，“土死了，土死了！”

“公司已经 6 个人了！”邢笑佳倒十分激动，“分为两组。我负责‘3D 图像识别’，合伙人负责‘机器人’。我负责让 AI 看到草莓，他负责让 AI 摘掉草莓，天使轮有 800 多万，4 个投资人，都特别牛。”

“恭喜！多好！”阮思澄一瞬间想到自己境遇，又开口问，“你们两个股份占比各是多少？”

“各 40%，投资人占 20%。”邢笑佳道，“我俩股份一样，权力一样。”

“这不好吧。”

“哎呀！我俩认识 20 年，发小，以前老穿一条裤子。”

“哦。”阮思澄也不好再说什么。

“你跟钱纳、贝恒两个大佬混得应该挺不错吧？”

“对，”阮思澄苦涩地道，“挺不错的，创业好像也不太难。”

上交提案当天一早，阮思澄到扬清医疗找邵君理最后确认。

她把车子扔在停车场。停车场的老大爷给邵君理的二号助理拨打内线，而后抬杆让人进去，指着远处一个入口，道：“你走错了，这是 A 座的停车场，扬清娱乐；后面是 B 座，扬清合作；邵总在 C 座，扬清互联网 +。喏，你从那个电梯进楼，上到二楼，经过前台，右转，走过玻璃走廊，就能看到 B 座大厅，开右边的那个铁门，顺着走廊一直走到底，右转，上小走廊，注意左边有另一个玻璃通道，穿过去到 C 座二楼。别上那个电梯，不到 33 楼。你先下到一楼，然后……再然后……那有一个电梯，3 号电梯。你上去，立刻左转一路到底，就是邵总的办公室。”

阮思澄：“嗯！”

她记性好。

然而悲催的是，还是迷路了。

老大爷的记忆有误，“开右边的那个铁门”需要员工刷卡进入！

当时，一男生对阮思澄说：“我不能帮你进公司，附近这片区域禁止访客进入，但是我可以带你走外面，光明正大到C座去！”

阮思澄喜：“谢谢啦！”

“走，我送你到3号电梯。”

“谢谢啦！”

事实证明他不靠谱。

到了扬清C座，可搞不清几号电梯。阮思澄进电梯后发现没有33楼，只好出来。男生摸摸头，羞赧一笑，嗖地溜了。阮思澄到处问人，可不知道是否因为只有高管用那个电梯，扬清的员工一顿乱指，没一个是3号电梯，阮思澄先走到2号，又走回1号，接着按照一个小姑娘的说法再找，还是迷路了，蒙了。

阮思澄有一点路痴。

这么说也不太准确。她记忆力好，能记得住周围的东西，只要走过一次脑中就有地图。可她方向感不行，光听别人指路特别容易搞糊涂。

“咦，这是哪？都没有人……”阮思澄想。

看看手表，已经迟到了。

兜里手机嗡嗡响起。

阮思澄把电话接了，邵君理的声音响起：“在干什么？”

阮思澄说：“不好意思，我在C座里迷路了。马上就到，三五分钟。”

邵君理手握着电话：“你在哪里？”

“呃，”阮思澄道，“这儿有个心形雕塑，大红色的。”

“我知道了。”邵君理一顿，说，“别动，我叫人去接你上来。”

“好，谢谢邵总。”

放下电话，邵君理开始拨助理内线，手在键上触了三秒，猛地抬起手，撂下话筒，一边起身走出办公室，一边扣上西装扣子。

黑色西装外套没有一丝褶皱，显得衬衣颜色更深，黑得好像墨染，颈间一条银灰色的细长领带。

助理章锦曦在外面正打算汇报工作，叫："邵总。"

"急吗？"

章锦曦："倒没有，不过只有一个问题，应该很快就好。"

"那等等，我接人。"

"啊……"

邵君理到 B 座二楼东侧偏厅，一眼便看见了穿着正装的阮思澄。

他走过去："还能迷路。"

听见声音，阮思澄"嗖"一下转身，拍马屁，笑："这象征着我与钱纳有了冲突，在创业的坎坷道路上迷失了，需要邵总指点迷津。"

邵君理又笑出一个短促气音："行了，走吧！"

"嗯。"阮思澄又回头看看心形雕塑，觉得它的造型充满美感，即使不懂欣赏的人也能感受到它的冲击，问邵君理，"这个雕塑有来历吗？"

"嗯，"邵君理也抬眼望着红色雕塑，"一个艺术大师因为用了扬清一款心脏器械把命捡回来了，就做了个心形雕塑送给扬清当作感谢，被立在这。"

"原来如此。"

心脏上面，一堆东西支棱巴翘，非常狂野，非常抽象。

这时阮思澄又发现心形雕塑的底座上被人贴了一张 A4 纸，上面写着几个黑字：禁止带领男女朋友来此约会。

阮思澄："这？"

"那艺术家管它叫作'Keep Beating'，'持续跳动'，又有美感，搞得不少员工带着男女朋友过来参观，顺便讲讲破烂情话。安全部门无法忍受，在这贴了一张条子，违者扣钱。"

"噗。"

"走了。"

"好的。"因为实在好看，阮思澄又盯着雕塑观摩几秒，一边走路一边回头，上下打量。

邵君理把右手放在阮思澄的脑袋顶上，一按，一扳，强迫对方把头转回来："不要耽误时间。"

"抱歉，走吧。"

一路上到B座33楼，也是顶楼。

这是莲花形状的楼。最顶上，四个长方形的三面是玻璃的房间支棱出去，各转45度，好像莲花的几片花瓣，邵君理的办公室是风景最好的那一间。

狭义的总经理办公室外是广义的总经理办公室，设有文秘、会议、公关、宣传等部门，大约几十号人。

两人一路走到最里边，邵君理用指纹开门。

办公室大得离谱，由黑白灰三种简单颜色构成，外侧是会客区，里侧是办公区。会客区有几张沙发、一张茶几，还有一个大的白板。办公区有一张黑色L形书桌，短边上是个人电脑，长边上有几份文件，办公室三面都是大落地窗，室内十分明亮。

邵君理在椅子上坐下，伸手又把扣子解了。

阮思澄在桌子对面稳稳站定，将"弹劾"的文件递去："邵总，您看这样行吗？"

邵君理把文件接了，手指修长，一页页翻。在这样的光线中，在这样的角度下，阮思澄能看见对方漂亮睫毛下的阴影。

二十秒后，邵君理通篇读完，还给阮思澄："没问题。"

阮思澄颔首："那就好。"

聪明人教，聪明人学，没有太多出错余地。

接着两人又把交提议的细节最后梳理了一遍，邵君理也觉得考虑到的问题已经十分全面，应该不会再出岔子，便道："行了，要是有事立即联系。"

"嗯。"想到一小时后她就被迫要和钱纳正式撕破脸，从此无法共存，阮思澄的心里还是有点难受，既紧张，又伤感。

钱纳毕竟两次在她落魄之时伸出了手。

这可算是恩将仇报。

仿佛看出什么，邵君理抬头道："阮，我说过，当创业者，为了公司，为了股东，为了员工，你的心要变得冷硬。"

阮思澄问："怎么才能做到？"

道理她懂。

邵君理的手停了下来，似乎在回忆久远的事："身边的人来来去去见得多了，也就行了。"

阮思澄问："像您一样吗？"

"对，像我一样。"

阮思澄不甘心，又问："就没有谁一直都在您身边吗？"

邵君理的语气好像在谈天气："几次以为有，实际上都没有。"

为利益，为理想，为新的人……也就散了。人和人不可能完全合拍，于是某天各奔前程。

阮思澄想到了在澎湃的下属邢笑佳和朱天球，又想到了钱钠、贝恒，还有石屹立，思恒的各总监、经理……

还是难受。

邵君理笑："女创业者应该无法接受这些分分合合？今天甩掉钱纳，明天可能就是贝恒，后天可能就是石屹立。"

"不，"阮思澄摇头，"我要做大思恒医疗，在人类对抗疾病的历史上留下一笔。为此，个人感情都不重要。邵总，我并不是玩玩儿的，我对做大思恒医疗的渴望已经超过对任何事情的渴望。我很清楚自己目前能力不足，但我以后会更努力。"

邵君理的眼睛看着阮思澄，半晌以后才又说道："希望如此。"

"嗯。邵总，那我回去交提议了。"

"祝顺。"

在阮思澄离开半个小时后，章锦曦终于成功汇报工作。

最后，邵君理见助理一脸好奇，两片薄唇一启："你想打听什么？"

"还好，"章锦曦笑，"刚在公司的咖啡厅听见两个女生说，邵总带头违反规定。”

邵君理的眼睛一眯：“我违反了什么规定？”

“就那条，禁止带领男女朋友来此约会。”

“那是——”

“还有，这是她们说的，可不是我说的，两人互动特甜。”

“甜？”

“好像是有摸头。”

邵君理回想了一下，自己确实曾把阮思澄的脑袋硬给扳回来——只是为了节省时间。

什么有的没的——

邵君理的态度冷淡：“她们想太多了。”

章锦曦问：“所以没有甜吗？”

邵君理说：“没有。”

※※※※※※

在阮思澄提交“弹劾”提议以后，钱纳震怒，目眦尽裂，连带声音都在发抖，平常那些成熟、镇定尽数消失，他发出了震天吼声：“阮！思！澄！！”

“钱纳，”阮思澄已做好准备，挺直背脊迎向目光，“对不起，我没办法接受窃取数据的事。”

“那就想要取而代之？”

“钱纳，在这件事上，我不是以下属身份提交提议，而是以股东身份。现在咱们两个出现重大分歧，我请求让思恒医疗的董事会和股东会做出选择。”

“阮思澄……”

“我们两个经营理念不同，就让全体股东决定谁去谁留，也让全体股东决定未来方向。”

知道无力回天，钱纳掉头而去，走时狠狠甩下一句：“疯婆子！”

接下来的 10 天时间，钱纳开始争取支持。

邵君理工作忙，一共接了三次电话，每回都说“等有时间我看一看”，一直到了股东会的前一天晚上 12 点半，他还是说“等有时间我看一看”。

至于贝恒，在老上司的期待下实在没脸断然拒绝，含糊答应，等于给了钱钠一个非常错误的信号，让他以为贝恒站在自己这边，不管是董事会还是股东会都已经稳操胜券。

周五，思恒医疗的股东会如期举行。

因为公司小得要命，一共只有 40 个人，股东会和董事会放在一起举行，定于每年三月。

阮思澄是第一个进会议室的。她早早起床、化妆，大约提前 50 分钟到公司门口。她为自己烧水、沏茶，坐在会议室主位上等。

CSO 石屹立是第二个进会议室的。

他瞥到阮思澄，猛然收脚、顿住，瞪大眼睛牢牢盯着她看！

阮思澄把头发剪了！

以前，阮思澄的头发散开时铺一背，几乎到腰，可如今头发刚刚过耳，发尖轻轻拢向下巴，一边掖在耳后，露出耳朵，一边自然垂着。因为人长得漂亮，剪了短发倒是另有一番风情。

阮思澄笑：“老石。”

“思澄……”

“准备好了？”

“嗯。”

“别紧张。”

石屹立道：“还好。”

第三个进屋子的是 COO 刘洋。他见阮思澄将一头长发剪了，也是明显一愣，阮思澄却几乎没有给他回应。

头发是阮思澄昨天晚上到理发店咬牙剪的，从大三开始，已经留了整整 9 年。阮思澄的头发挺厚，又黑又亮，不过也许因为又多又厚，她总觉得大二以前梳短发时更加清爽，晚上睡觉非常舒服，白天心情更加干脆，连做事都更加利落，风风火火。而且她这种短发并不需要特殊打理，还能节省一点洗头盘头的时间。另外，换个发型也是换个心情，提醒自己未来要用 CEO 的心态处理事情。

从今以后，她不再是思恒医疗的小总监，而是 CEO 了。之前她都是用总监这个身份跟人交往，遇到大佬拍拍马屁，与员工们距离不大……这些以后得改。

过去一年，她先是觉得管理员工十分简单，她能搞得定，后来觉得有些困难，她好像搞不定，再后来又觉得经过磨炼问题不大——现阶段是又傻又甜，不过能改，都是套路，而情商（EQ）方面原本就是她的长项。

今天她还特意穿了墨色西装西裤，不像以往总是套着半正式的裙子。

第四个进来的是 CEO 钱纳。他挺淡定，还与刘洋和石屹立二人分别打了招呼，见阮思澄坐在主位，他淡粉嘴唇深深抿起，红色眼睛也是一眯，但也知道这个女人是故意的，她不可能起来给他让座，而他也不可能在这撕扯，撂下一句“你疯了吧”，走到阮思澄对面的位置上坐了，也就是桌子的另外一个短边。不过走前，他将放在桌子上的小装饰物给拿走了，置于自己面前，显示那边才是“主位”。

紧接着进来的是小投资人王选。王选这人五官长得不错，不过脸上坑坑洼洼，年轻时应该是长过痘痘，看着有点儿黑，有点儿油。

踩点进屋的是大投资人邵君理。他穿的还是黑色衬衣，不过左肩直到下摆有一道金色暗纹。

钱纳开口：“邵总……”

“呦，”邵君理笑，“还挺剑拔弩张的啊，可吓死我了。”

钱纳没开口。饶是他，听到这话也现出了一丝紧张和局促。

“下次你们别来这套。”

钱纳还有阮思澄一起说：“抱歉。”

这一下子，“主位”瞬间不重要了。

而因为这个插曲，钱纳也没办法开口再问什么。

而贝恒始终没有现身。

钱纳脸上明显现出一丝焦虑。

这是什么意思？

贝恒打算今天开始彻底决裂、再也不见？

上午十点，董事会和股东会准时开始。

主持人是公司 COO 刘洋。

“刘洋，”阮思澄将文件抽出，修长白皙的几根手指按在上面，沿着桌面推了出去，“贝恒已经委托我行使投票权。”

钱纳已经察觉不对，也料到这出，然而还在试图挽回：“这是假的，绝对是假的！”他想，只要贝恒不敢面对，这件事就无法推进。

阮思澄说：“您可以打电话确认。”

钱纳打了，贝恒居然接了。

最令钱纳担心的事居然真的发生了。

贝恒赤裸裸的背叛让他感到脑子一阵阵眩晕。

钱纳提携贝恒三年，出来创业也没忘了他，没想到最后贝恒给予这份恩情的回报竟然是迎头一刀。

想想也是，贝恒胆小，应该很怕受到牵连。一旦澎湃调查，东窗事发，贝恒作为 CTO 也会有连带责任。

各自为利，谁会当真损害自己来维护朋友呢？

钱纳此时终于知道，让他签署委托书时贝恒为何并不愿意，而是表示他会直接到场，还问自己是否对他只有怀疑没有信任。钱纳尝试许久，未果，为了安抚对方也没法再继续坚持。

罢了。

还有王选和邵君理。他知道，王选和邵君理最初决定投资是因为看好自己，那俩人有胆有识。

创业公司何其艰难，老实巴交如何成功？

然而，钱纳做梦也没想到的事情是，阮思澄还没有结束她的发言！

她打开文件夹，又抽出几张纸，声音冰凉：“还有，这是石屹立的委托书，石屹立也委托我行使投票权。”

钱纳墨镜后的眼睛看向了 CSO，石屹立点头。

阮思澄又拿了一份文件出来："这是王选先生的委托书，王选先生委托我行使投票权。"

接着："这是邵君理先生的委托书，邵君理先生也委托我行使投票权。"

几份文件格式一模一样——将事项一和事项二的决定权交给阮思澄。正常来讲，授权委托书应有对列入董事会的每一审议事项投赞成、反对或弃权票的指示，而这几份委托书中并没有具体明确代理人可依照自己意思进行投票表决。

这也是邵君理的主意。

他认为，与其几人一起投票让 CEO 钱纳彻底出局，不如让阮思澄代理所有人投票表决。这样，不仅能让钱纳不再心怀希望，也可以向思恒医疗员工表明：大小股东和 CSO 完全信任阮思澄，全力支持阮思澄，"换人"并非无奈之举。

现在的董事会氛围还不明显，随后的股东会，总监、经理等人也要参与表决，阮思澄把几份委托书啪啪啪啪往出一拍，光气势也足以让人对她从此心悦诚服。而只要总监、经理知道这事，就不怕下面的人不知道。

这是树立威信。

到这时候，结局已经很明显了。

作为"罢免 CEO 职位"和"取消董事职务"两项提议的利益相关者，钱纳不能参与投票，这样一来，钱纳那方面只剩下刘洋一人，无论如何都搞不定了。

方才在这会议室内，短短几分钟就结束了一场"战争"，一些人在另一些人的身体上"碾过"。然而，这场"战争"却又披上了文明的外衣，表现出了一副极温顺的样子。

知道大势已去，钱纳甚至无意再走公司流程，惨笑一声，道："贝恒和阮思澄，我对你们两个真是好得过分了。"

阮思澄没有说话。

"这是教训。我为了让你们两个觉得公司是自己的，为了让你们好好干，根本没让你们签署一致行动协议。知道一致行动协议吗？创业公司的创始人经常是一致行动人。如果签了，那投票时你们两个必须跟从我的表决……我想，创始人之间应该合作，不能怀疑，这是我的天真幼稚。”

“钱纳，”阮思澄又有些想哭，但强忍住了，“既然公司拿了融资，就需要对股东负责。大家非常清楚你在思恒医疗投入了无数心血，可是……可是，愿赌服输。”

“呵，还好。”钱纳推开椅子站起身，“不到一年而已，没有特别可惜。”

“也对。”阮思澄说，“只要您把‘现在是一个比谁更卑鄙的时代’这个观念压回心里，再次创业应该可以非常成功。”

“不要摆出胜利者的姿态教训别人。”

“好吧。”阮思澄懒得再辩。

钱纳知道，他在思恒医疗即将一无所有。目前他虽然有 38% 的股份，可是公司还未成熟。初创公司为了防止有创始人没干两天辞职走人却能拿走大量股份，一般都会设置股权成熟机制。思恒医疗的章程是：如果没有干满一年，必须接受公司以极低的价格回购全部股份，干满一年不到两年可以带走自己股份的 25%，干满两年不到三年可以拿走 50%，干满三年不到四年可以拿走 75%，待到五年才可以拿走自己的全部股份。

因此，钱纳一股都带不走。

他在思恒医疗其实是吃亏的——他每月的工资只有从前的一半。

钱纳并不想看董事会和股东会如何踢他出去，他拿起手机、钱包、钥匙，走了。

窗外是创业园区的喷水池，正对着天喷水，好像一只孜孜窥视命运的眼。

COO 刘洋咬牙继续主持会议。

董事会的首项提议就是罢免钱纳的 CEO。

全票通过，包括刘洋。

第二项提议则是任命阮思澄当 CEO。

也是全票通过。

接着是……

上午 11 点是股东会，几个总监、经理陆陆续续进来，见阮思澄坐在主位，他们心里基本明白发生了什么。

阮思澄又解释了下，因为钱纳窃取澎湃科技的病历，董事会已撤掉原 CEO，任命新 CEO，也就是她。

而后，就像之前做的那样，阮思澄又从文件夹哐哐哐哐拍出四份授权委托，分别来自贝恒、石屹立、大投资人、小投资人，一时之间满座皆惊，无人质疑、无人不满。

刘洋很会见风使舵，说:“怎么没让我也签呀。”

阮思澄瞥了他一眼。

股东会的首项提议就是取消钱纳的董事职位，高票通过；第二项提议则是任命阮思澄当董事会主席，再次高票通过；第三项是……第四项是……倒数第二项是更换会计师事务所，而最后一项是——

由阮思澄转给钱纳思恒医疗 1.67% 的股份。

由于钱纳已经被股东会开除，而他服务不满一年，全部股份将被回购，阮思澄再转给他股份便算外部转让，需经过股东会认可。

阮思澄算过，踢掉钱钠以后，她大约有 16.67% 的公司股份。

而对钱纳，她的心里总归觉得有些亏欠。钱纳的做法，于理绝对无法容忍；于情，她不想赶尽杀绝。钱纳所为毕竟也是为公司好，并未故意对不起她。

她还无法做到像邵君理说的那样“冷硬”。

因此，作为对前老板钱纳工作大半年的感激、补偿，她决定给对方目前值几十万元的思恒股份。

而在以后，她相信那会是一串巨额数字。

这个提议，同样也被她自己给直接通过。

一切尘埃落定。

董事会和股东会全部结束以后，阮思澄和贝恒没再见到钱纳。

她觉得，钱纳对于 1.67% 的股份应该感到比较满意，毕竟那是在他意料之外的。

然而事实证明阮思澄还是太天真了。

某天，管财务的刘明涛说，钱纳拒绝交出公章。

公司公章这个东西，必须要在公司合法注册以后到公安局指定机构去办理。一个管公章的人离开公司，则需要将公章交给下一个人，在外头随便刻个萝卜章是违法的。

钱纳手里不仅握着公司公章，还有财务章、法务章。

刘明涛对阮思澄说："钱纳不接电话、不回短信。看他朋友圈，他正在南美游山玩水，一时半会儿回不来了。"

※※※※※※

钱纳的一番操作可谓令人窒息。

西方更认签字，而国内更认公章。公章之于法人，就相当于玉玺之于皇帝。它是信物，代表某人对公司的实际控制权，比签字对第三方更有可信度。谁手里有公司公章，谁实际上就是老大。

若原法人不交公章，公司甚至不能在工商局进行变更登记，也不能更改法人、更换营业执照。

原 CEO 就是要杠，企业只能陷入停摆，表面上的诸多解决方法在法律上全都不易实现。

比较容易想到的是去法院告。然而，由于公司新任法人没有公章，毫无疑问，起诉状上便也没有公章，在法院的立案庭上很难被人接纳受理，造成起诉困难。等费九牛二虎之力说服法院、起诉成功，持有公章的前法人收到法院传票以后，可以直接掏出公章并且递交《撤诉申请》，将起诉撤回来，让案件无限循环，而法院是没可能在开庭前就判决的。

即使被告没有撤诉，现实状况也很尴尬。《公司法》规定，若一家公司的董事会、股东会决议违反法律，比如召集程序、表决方式不合法规或者讨论事项、决议内容不符章程，利害关系人可申请法院撤销。但是《公司法》并未明示利害关系人是否可以请求法院判定决议合法有效。有些法院持肯定观点，认为法院可以受理申请、定纷止争、执行某家公司董事会和股东会做出的决定。而另一些法院持相反观点，认为他们只能处理违法事件，一家公司是执行还是不执行董事会和股东会所通过的提案属于公司自治范围内的事务，法院不应干涉——毕竟不是法律法规，谁也没说非做不可。于是一个有趣的现象是，对于这类纷争，有的法院受理，有的一概不予受理，有极大的不确定性。

而思恒医疗除了这些，还有一个不想闹到法院的原因，就是他们确实曾经窃取了病历。

另一个思路是挂失补办公章，同样不好操作。公章对公司无比重要，补办需要很多材料，包括报案证明、登报声明、营业执照、上级主管部门同意补刻证明、全体股东共同签的补刻申请书、法人的身份证、法人的授权书，等等。

这又陷入一个僵局。因为没有公章，不能到工商局更改登记信息，于是钱纳依然还是思恒医疗的最大股东、法人，想挂失补办公章必须得有他的同意，而这又是不可能的。因此，没有钱纳的签字和身份证、授权书，思恒医疗无法挂失公章。

最后一个办法就是公司改名。这样，就必须去公安局备案。可问题是，现在公司改名虽然不像以前那样必须交回旧公章进行销毁，整个过程依然需要法人出面办理，依然需要法人的身份证。况且没有公司愿意随随便便改名，那更麻烦，过去办的手续、签的合同、做的宣传、贴的招聘、出的产品……都会受影响。

出于这些客观原因，经常有公司激情上演“真假美猴王”的大戏，可惜并无“如来佛祖”。

“哎……”阮思澄觉得，这个情况需要告知投资人。

邵君理长长的手指拎着话筒，听完前因后果，开口问：“又哭了吗？”

“啊？”阮思澄没想到等到这么一句，回答，“这哭个屁。”

每回她掉眼泪，都是因为绝望，有些感情因素在内。只要还有解决的可能，她就不哭。

阮思澄早发现邵君理挺喜欢听她瞎扯淡的，与对方说话时已经不像开始那般小心拘谨，比较放松。哄别人高兴，自己也舒服。

“真没事儿？”邵君理顿了一下，思考两秒，“我过去吧。”

“咦？”

“一起想想，当面讨论。我也看看各项工作交接情况。”

“那行。”

章锦曦送邵君理到思恒医疗，邵君理让对方先回，说自己要多待会儿。他打开车门，上楼，一路走到阮思澄的 CEO 办公室——钱纳以前待的地方。

阮思澄让刘洋上水，邵君理瞥了刘洋一眼。

阮思澄将钱纳留的各项工作逐一汇报：“……他还在跟几家公司讨论合作，我也全都接过来了。”

她说到这里又有点儿伤感——钱纳真的很忙，做了很多工作。

最后话题绕回公章，阮思澄说：“我怀疑东西还在钱纳抽屉里。钱纳当时直接走的，好几个人都看见了，没有回办公室也没有收拾物品。”

邵君理垂眸了一秒——抽屉应该是上锁的。

“对，是锁着。”阮思澄说，“得先叫人开了。话说回来，迟早也得开了，不然我这没法儿用。”

说着，她打开网页，噼里啪啦搜索“开锁”，不想投资人邵君理却说“我没时间等”，出去溜达一圈，拎回一把螺丝刀，应该是码农装机用的，又从地上拿起钱纳的哑铃，用螺丝刀抵住锁里某个地方，哐哐两下给砸开了：“行了，你直接换一把新锁。”

阮思澄想：这么猛？

还有，怎么这事他也干过？而且还很熟练！

可他作为扬清集团的太子，并不应该具备撬锁技能啊！

不对，这并不是感慨的时候。刘明涛说 CEO 也应该配一个保险柜，看来真的不是夸张。这书桌锁可真脆弱，估计门锁也不靠谱……嗯，公章需要好好守护。

阮思澄将里面的东西全翻出来。她看到了营业执照，看到了……

就是没有公章。

钱纳居然在开会前就把它给揣回家了！

真是——

面对一地狼藉，邵君理对阮思澄说："抽屉里没有，得让他交。现在打算怎么处理？"

阮思澄又看看门口，压低声音："用刘洋吧。"

"哦？"

邵君理正占着CEO的位子，阮思澄搬了个小凳："刚才您来这儿的路上我想过了，用刘洋吧。我已经让刘明涛去整理刘洋贪污公款的证据了。他不是能威胁钱纳吗？不是有他胡搞的照片吗？那让刘洋再去威胁钱纳一回，否则思恒医疗立即送他坐牢。也就是说，咱们威胁刘洋，刘洋威胁钱纳，拿回公章。创业已经失败了，钱纳肯定不想家庭再出问题。"

邵君理笑："还算聪明。"

跟他想的一样。

"嘿嘿。留着刘洋就是因为他能稍微制住钱纳，我连之前罢免CEO时都没提过刘洋的事，他还以为自己挺安全呢。等到一切交接完毕，刘洋肯定是要开除掉的，至于报不报警目前还没想好。"

邵君理撩起眼皮看了看他身边这女孩儿。

经此一役，她成长了些。

这人善良、宽和、心软——名字软，人软，心也软，性格开朗活泼，喜欢扯淡，又积极进取，很能创造机会，就是人傻了点儿，没心眼儿，如今终于成长了些。

阮思澄问："邵总，行吗？"

"行，不过别让刘明涛知道太多，只说打算开除刘洋就可以了。"

"我懂。"

阮思澄十分庆幸——最近这些艰难时刻中总有邵总可以商量，不知不觉已经有些依赖他了。

要正式与前CEO钱纳撕破脸吗？

其实，钱纳的愤怒、不甘，她可以理解、体会。

没有钱纳，就没有今天的思恒医疗，也就没有今天的贝恒和她。他日思夜想、辗转反侧，冒着风险窃取数据，甚至没让他们知道，自己独扛，却因创业理念不同而被直接踢出公司。并且非常明显的是，贝恒本来在他那边，他根本就不应该输，是她舌灿莲花让贝恒反水了。

钱纳是个要强的人，肯定更加无法接受。

于是，他非不让自己顺心，不让思恒好过，无法看着自己、思恒顺顺利利继续前行而他灰头土脸黯然离场，非得硌硬他们一下。

某种程度上讲，钱纳说的并没有错。当今这个时代，没有几个杀出重围走向成功的公司是干干净净的。钱纳倒霉，遇上阮思澄和邵君理这两个罕见的理想主义者。而阮思澄十分幸运，有邵君理支持。

办公室中，两人针对刘洋的事又讨论了十几分钟，邵君理抬起手看看腕上的表："行了，我走了，有公章了通知一声。"

"邵总，其实……"阮思澄咬着嘴唇，欲言又止，白白尖尖的小虎牙嗑在水润的红唇上。唇凹进一块儿，两边更显丰盈饱满。嗑了一会儿，阮思澄的虎牙离开，于是下唇微微颤动，还带着点水光，直到再次被咬住。咬了放、放了咬来回几次以后，本就颜色红润的唇被她蹂躏得更艳丽。

邵君理移开目光，问："神秘兮兮的干什么？"

阮思澄把大门锁了，回来，拿过自己的小拎包，打开，又从里面捧出一个报纸团儿，一层一层拆开，动作活像个老太太。

邵君理说："用了整整一分钟，最好让我看到值得看的东西。"

阮思澄不吱声，打开最后一层，把中间的东西藏在被剥开的报纸当中，只露出一点，递到邵君理的眼睛下面，让他看了一眼。

邵君理的目光一扫，看到的是一枚公章。

即使是他，也没明白这是什么操作。

阮思澄小声道："公章其实在我这里，钱纳手里的是个假的……"

邵君理顺了口气，说："解释清楚。"

阮思澄小心翼翼地说："这不是要解释嘛，我可不敢瞒着。"奇怪，她怎么那么相信邵君理呢。

"说。"

“提交提议的前两天，钱纳和贝恒去中京出差，可是有一份紧急文件需要盖章，于是钱纳让我暂时保管……我听说过几起不交公章的事，有些担心，就到外面的小店刻了个萝卜章，趁机换了……”对于贝恒和她，钱纳是真的信任。

“钱纳回来我立即就交了提案。钱纳当然跳脚，他忙着争取支持，也没什么心思再管公司的事。而那几天贝恒、我和石屹立都仔细看着，并没有把重要文件给他。当然，我跟他俩没说实话，只说不想再让钱纳做太多事，否则交接麻烦。”

邵君理说：“私刻公章是违法的。”

目前来说，只要不是国家机关公章，就不算犯罪，但违法，违反《治安管理处罚法》，不会判刑，但有可能被拘留、罚款。

“我知道，我知道。”阮思澄道，“假公章中间有一个小小的 Hello Kitty，就那只猫。钱纳他有白化病嘛，视力不行，写程序时得把字母放得老大，看文件时眼睛都要贴上去了……汽车也不能开，电影也不能看，游戏也不能打，啥都不能干。公章星星里面有个袖珍的 Hello Kitty，当时还没隔空对撕，别人能看到，但他发现不了的。我问过几个律师，公章一看就是假的，不合公章规范，不算私刻公章。”

邵君理用手敲敲桌子，觉得非常不可思议：“扣押公章同样是不行的。”

“还好。几个律师都表示说，公章不是钱纳的，而是公司的。我没得到授权就放自己这也许可以算作侵占，但马上就还给公司，没有诈骗，没有干别的事，这么几天不算啥的……没事的……并不会有法官受理。而且万一钱纳发难，我就说弄混了，Hello Kitty 那个印章只是刻着玩的。我没偷拿，钱纳自己交过来的，是我还错了。”

“不要自作聪明。”

“而且我没还敢晾出来呢！”阮思澄说，“正在想尽一切办法让咱前 CEO 主动交了。公章需要直接交给新的法人，那就正好借着机会换回去了。这样最好，名正言顺，一点意外也不会有。”

邵君理无语。

“这个只是最后手段，还是尽量让钱纳还，在程序上无可指摘。万一真要用……哎，到时再想怎么圆吧。这事目前你知我知，没别人了。”

阮思澄接着说：“我当时就有种感觉——钱纳可能不还公章。那怎么办？如此棘手。我们明明没有做错，钱纳才是不占理的。难道真的坐以待毙？因为这种破烂事儿，思恒医疗没有公章，就此停摆？那不行的……反正，我没用它干任何事，没盖任何文件……以防万一，先拿过来，在自己的底线之上……”到了最后声音很小，几乎听不到了。

邵君理被气得笑了，虽然是假气，不是真的：“就你机灵。”

阮思澄忙拍拍马屁，谄媚讨好道：“您也机灵，双双机灵。”

邵君理一顿，说：“注意言辞，谁跟你‘双双’。”

※※※※※※

之后几天，刘明涛将刘洋贪污证据备齐，阮思澄将刘洋叫到办公室里直接向他发难。阮思澄逼对方立即联系钱纳，把所有印章都还回来，否则公司直接报案！

没有钱纳当庇护伞，刘洋明显傻了。不过，威胁钱纳这件事情，刘洋已经不是头一回干，为保护自己，刘洋很干脆地答应了，只是表示“他要打算鱼死网破我这边也束手无策”，阮思澄却不置可否。

她也曾经想过要用“窃取患者病历”的事直接联系钱纳，吓唬对方说要向警方报案，或者说要向澎湃报告，但又觉得并不合理，因为思恒医疗也将受到牵连，捞不着好处。

幸运的是，因为患有白化病，没有女人真心喜欢、只有老婆死心塌地为他养儿育女的钱纳，在理性上很珍惜家庭，也并不想为恶心谁而影响正常的家庭生活，他对刘洋说“我在南美，正玩儿呢，没有公章，过几天吧”，摆足了谱。不过 15 天后，钱纳乖乖地将刻章都寄了出来，交给刘洋。

阮思澄感慨：男人真是大猪蹄子！

钱纳说过，自己有白化病而且十分严重，人人见了都说“他可真吓人啊”，而他的孩子，要么同样患病，要么携带基因，一般的女孩子肯定无法接受。他的妻子最开始也不愿意，后来答应了他，还在遭遇家庭反对时与他一起跪在父母面前，恳求父母接受钱纳，当年他们两个甚至还没毕业。

于是，对于糟糠之妻，钱纳肯定不想放手。可是呢，在喝多了酒面对诱惑时，他终究还是没把持住，怀着侥幸心理，认为妻子不会知道。

终于解决了公章的事，阮思澄到扬清找邵君理汇报。

她这一回没再迷路。先进 C 座，找到红心，又沿上次走过的路直接上到 33 楼，心里感慨：这还不是扬清集团的总部呢，已经如此夸张……简直像个迷宫。

互联网三巨头都有各自特征，扬清集团十分注重设计感、时尚、格调，相比之下，阮思澄曾待过的澎湃公司喜欢技术、功能和人性化。而爱未是国内最早成立的 IT 公司之一，品牌个性则是老成、厚重、经典。

敲门进去，阮思澄觉得在超大的屋子一步一步走十分尴尬，何况邵君理是一个非常珍惜时间讨厌浪费生命的大公司总裁，于是哒哒哒哒一路小跑过去。

邵君理又发出他那个经典的只出一声的笑，随后说："还没人在我办公室跑跑跳跳。"

阮思澄手按着桌面，说："钱纳交出公章了呢。"

"那好。"邵君理顿顿，又夸奖道，"不错。"

"嗯嗯。"阮思澄将一份表格推了过去，"这是钱纳留下的事，还有我的完成进度。"

邵君理的眉毛一挑："很干净。"表格结构清楚，能跟他的秘书比了。

与一般的码农不同，阮思澄对办公软件十分熟练，也有审美，因此文件做得漂亮。Word、Excel 都行，连 PPT 都十分酷炫，各式花样各种效果，每回演讲都能惊到公司的人。她还会 Photoshop、Illustrator 等画图软件、Premiere 等视频软件……不过，她职场的重要一课就是"千万别让同事知道你都会使什么东西"，否则老得帮别人干活。

"嗯，"阮思澄又一一讲解，"首先，钱纳离开前已经在跟几家公司讨论合作，我已经全部接过来了，联系对方、介绍自己，这其中有一些人觉得思恒医疗内部动荡不太靠谱，剩下的都想先看看发展，比如最后可以进驻多少医院。”

邵君理的手碰碰下颏：“继续。”

“好，还有技术层面。钱纳在帮贝恒解决一个难题，关于快速心电图的，但是现在贝恒只能自己研究。他们有过几个主意，贝恒先做出来试试。”

“继续。”

“还有 P 大易均那边，好像陷入了瓶颈，我周末再问问进度。”

一路讲解直到最后：“最后，钱纳也在积极寻找合作医院，争取拿到官方数据……邵总，您上次说，可以介绍科室主任？”

听到这里，邵君理把抽屉打开，拿出一张薄薄的纸：“我认识的也并不多，这有 8 个联系方式。”

他将钢笔掉转过来，点着上面黑色的字，接着说：“其中，×× 军总医院信息科主任和 P 大一院数据科主任是我直接认识的，已经打过招呼。不过我也说了，这只是个人的投资，公事公办，不用看我的面子。我不想为思恒医疗欠着这人情，否则得用扬清集团的资源还。话说回来，他们本来就不会看我的面子，现在是企业求着医院，不是医院求着企业。另外 6 个电话号码是要来的，我不认识，看你自己能不能让他们感兴趣了。”

“好的好的，谢谢邵总。”

阮思澄无比珍惜，左右两手按着 A4 纸两个小角，小心翼翼拖到自己面前，看了看，掏出手机拍了个照，又用邮箱发给自己，确认收到，不会丢失，才仔细地把那张纸折了两折，揣进提包。在折纸时，她甚至把那张薄纸对叠整齐，把两道压痕也用手捋过。

邵君理见了，说：“还拍照，挺细心。”

“重要文件需要养成这个习惯。”

“好。”他也同意。

谈完大概晚上 6 点。阮思澄向窗外一看，发现竟然下雨了。雨丝细细密密，外面一切影影绰绰，好像隔了层雾，看不真切。雨水打在窗上，又汇聚成几股，蜿蜒流下。三面是窗的办公室此时像在汪洋大海。

阮思澄又掏出手机，打开地图搜了一通，说，“这个点儿，还下雨，估计不好打车也不好叫车，我坐 34 路公交回去，走 5 分钟有公交站，下车就是思恒医疗。”由于对路不大熟悉，她来这里没有开车。

作为严谨的码农，阮思澄还打开叫车的 App，输入起点、终点。App 告诉她，请等两个小时。

去他的两个小时……

邵君理问：“带伞了吗？”预报说过今天有雨。

“没有。没事，雨还不大，我快点走。”

邵君理却给了意见：“扬清前台有给员工预备的雨伞，你出门时登记一下，借一把。”

“可我不是扬清员工，”阮思澄又傻乎乎的，“甚至不是合作伙伴，也能顺走一把雨伞吗？思恒是您个人投资，我都不算公司访客。”再说了，哪天还得还回雨伞，怪麻烦的，也不知道猴年马月能再过来。

邵君理本想说“没事，我给前台拨个内线，让她别拦着”，但既然阮思澄这样讲了，他也不好表示什么，沉默几秒，从皮椅中站起身子：“也对。我借，行吧？把你送到车站。”

“别！”阮思澄被吓了一跳，“我真没事！”她身体好，并不觉得淋一下雨能怎么样，等回到家冲冲淋浴就好了。她思忖着，邵君理是富家少爷，金贵，他的词典里面没有“淋雨”，所以小题大做。

“走吧，”邵君理却已经迈开了脚，“正好再说两句联系医院的事。”

“哦，好。”

阮思澄忙跟了上去。

到前台，邵君理用手敲敲桌子，一指雨伞，漂亮姑娘立即双手递上一把，阮思澄也再次见识了霸道总裁。不过在接伞时，她总觉得前台姑娘偷摸打量了她一番。

扬清集团给的雨伞不是折叠的，而是直把的，黑色，上面有一个扬清 Logo，伞柄下是 J 形把手，邵君理握着伞，漂亮的手骨节分明，充满男人的力量感。因为握着雨伞，西装露出一截黑色衬衣袖子，上面带钻石的袖扣闪闪发光。

阮思澄发现，邵君理在照顾她的身高，手中雨伞微微偏向这边，他自己的左肩已经淋湿了。

西装很贵吧……阮思澄想。她不敢问，怕要她赔钱。再说这是废话，不用想也知道很贵。

雨大了些，如烟如雾。虽然这时候正是晚高峰，阮思澄却莫名觉得，这雨将她和邵君理与伞外面的人全都隔开了，整个世界好像只剩他们两个。

这时，有一辆车疾驰而过。邵君理正走在外侧，揽着阮思澄的右胳膊，一起往里躲了半步。

他们讨论着，一路走到公交车站。邵君理陪阮思澄等了两分钟，34 路车来了。

人看着有点多。

邵君理稍犹豫了下，问阮思澄："要不要等下一趟？"

"嘿，不用！"阮思澄还撸撸袖子，"看我的！挤爆！这世上没我挤不上去的车！"

几秒钟后，他又问："真的不用把伞带走？"

"不用不用。下车就是思恒医疗，特别方便。"思恒医疗所在的创业园区地点很好。

说到这里车门打开，拥挤着下来了几名男女。他们一脸幸存者的悲壮表情，整整上衣，拍拍裤子。

没有人再下来，大家开始往车上挤了。

上面有人叫："别挤啦，别挤啦，等下一趟吧！"

阮思澄吼："下雨呢！可大了！上面的再挤挤！使劲挤！"

司机也让人再挪动挪动，叫大家都有车可坐，于是众多乘客想招儿，还真腾出一点空间。

阮思澄发扬风格，让后面的老人、学生先上去了，她自己是最后一个，觉得肯定也能挤上去。

她一条腿蹬着台阶，另一条腿还在地上，轻轻踮脚，计算着自己应该把脚卡在哪里才好。

公交车的台阶很高，阮思澄的裙子因她这个姿势往上滑了一截，并且紧紧绷在臀上。邵君理在帮忙撑伞，垂眸一秒，正好瞧见对方白皙的大腿，还有十分圆润的臀形，赶紧移开目光。

阮思澄终于找到能站的位置，车上人与人卡着，贴着，她也不敢动，像只猫鼬，对司机说："好了好了，都上来了！"她靠边站，高跟鞋正落在台阶边沿。

谁知这时里面有个傻子才反应过来自己应该在这站下车，吼道："啊大家让一让，我要下车！我要下车！"

人太多，后门过不去，只能从前门下车了。

因为知道车要启动了，他的动作非常粗暴，拼命往外挤！车内顿时一片嚎叫！

里面的人这么一动，自然撞到了阮思澄！

她在最外面，一个站立不稳，右脚一挪，高跟鞋的细长鞋跟正好落在台阶边缘，没有踩实，唰地滑下："我去！"

邵君理还站在车下，见阮思澄要倒下来，心脏忽地一紧。

对方穿着裙子，腿不能碰，臀更不能碰，于是两手握住她的腰，撑了一下，让阮思澄重新站直。

他感觉到对方的腰细细的，没有一丝赘肉，两手仿佛都能合起。因为阮思澄正紧绷着，他还摸到一点肌肉。手掌正好卡在腰窝，十指捏着女孩两边腰上嫩肉。

阮思澄只穿了一件看着比较职业的连衣裙，半正式的，不厚。

由于着急，邵君理手中的雨伞啪地落在地上，而后被风吹着，打着滚儿，吹远了。

阮思澄没多想，站直了，不再绷着。邵君理只觉得手中骤然放松，对方腰肉变得好软。

阮思澄这时才终于反应过来刚才发生了什么，想道谢，于是侧过身，转回脸，却意外地被一双浅棕色的眸子直直地撞进心里。

邵君理的手还没收回，头发在风中有些凌乱，有些雨水沾在他长长的睫毛上面，有些雨水则顺着他高挺的鼻梁滑下。额上有水，唇上也有水，因为仰着脖子，还有不少雨水顺着他漂亮的脖颈滑进衬衫衣领。

他撤回手，停在半空。

两人对视片刻。

阮思澄的喉咙一紧，说：“邵总……”

“阮……”邵君理一向叫“阮”，此时突然想用个叠字说句“阮阮”，不过关键时刻还是咽了回去，有点迷茫。

二人看着看着，只听“呼”的一声，车门关上了，不过他们隔着玻璃谁都没有动，互相对望。

车开走了。阮思澄从车门玻璃探头张望，感觉邵君理好像还是站在原地。

另一边，邵君理低头看看自己手指，貌似无意识地轻轻捻了几下。

※※※※※※

回到家里，阮思澄还处在一种奇特的情绪当中无法抽离。

在脱裙子时，她不自觉地双手交叉，环住自己细细的腰。不过仅仅5秒钟后，她便猛地反应过来，扯掉裙子，换上睡衣，暗骂自己有精神病。

作为“单身狗”，被高帅富用那种眼神直直盯着，如果内心毫无波澜实在不太礼貌，但阮思澄非常清楚，男女之间偶有暧昧十分正常，当真以为可以发展就太傻了。

邵君理，是大佬！是“投资人爸爸”！

想想最近，踢邵君理屁股，让他捉住脚丫；从公交车跌下，让他扶自己腰……阮思澄竟觉得自己特别轻浮。

虽然都是无意的吧……

以后可得注意点了。

阮思澄忍不住用头哐哐撞了几下桌面。

接下来的一段日子，阮思澄为停止胡思乱想，没再联系邵君理了。

邵君理太傲娇，自然也没主动联系阮思澄，只是偶尔想到和她有关的事情时唇角会稍撩起一点儿。

与此同时，思恒医疗完成交接。

邵君理的股份升至大约 20%，王选大约 5%，阮思澄 16%，贝恒 30%，剩下的人包括钱纳和期权池一共 29%。

阮思澄与贝恒开始分摊公司上下的事。

并不需要多长时间，他们两人便深切地感受到了钱纳离开所带来的严重后果。

先是贝恒陷入困境。

急诊 AI 主要分为脑部、胸部、腹部三块儿。对于胸部，他们希望利用技术检测主体心脏功能，在 120 秒内快速诊断。传统上讲，如果胸痛，患者必须连心电图机（EKG），可这对于医生水平要求较高，国内会读图的才几万人。而新技术心磁图呢，能看懂的就更少了。思恒医疗希望通过机器进行快速诊断，弥补医生数量的不足，甚至能发现肉眼不易观察到的潜在危险，节约急诊黄金时间。按照计划，他们一期将做心电，等产品推出，二期再做心磁、超声。

对这部分，贝恒没有头绪。

这不仅是 AI 的事，还是医疗的事，偏偏心脏无比复杂，病种很多。

他看书、招人，都没解决。

而另一方面，阮思澄也踏上了“跪求”医院的路。

对 ×× 军总医院和 P 大一院这两家邵君理直接认识的医院，阮思澄想了想，不敢轻举妄动，打算积攒一点经验再去联系，于是先与另外几家讨论合作。

结果，因为思恒医疗实在又小又弱，四家谈过去后只有云京儿童医院答应提供部分病历。可是儿童医院样本数据明显不够广泛普遍，只能当作辅助。

思考过后，为了扩大影响，阮思澄又招聘了 1 名市场经理，负责发表公关稿件、运营科普急诊知识的微博和微信订阅号、做 PPT 和产品动画。阮思澄想在网络上先打出点知名度来，掌握更多谈判资本，再与医院讨论合作。

招过来的市场经理名叫梁言，以前在某大公司当品牌经理，有一番雄心壮志。

在面试时，当被问到“为何想要离开 ×× 企业、加盟初创公司”时，她悲愤道：“我的那个部门属于边缘部门，老板啥也不干！我的提案、策划全部被否决，因为一旦搞出动静、引起注意，总部就会发现之前的两三年老板啥也没干！他的目的就是减少存在感！”

阮思澄挺喜欢她，招了。

端午节前，正在创业的老下属邢笑佳忽然联系了阮思澄，哭道：“我们天使轮的大投资人之一，居然利用合同漏洞，毁约，跑了！800 万只剩 400 万左右了！”

阮思澄有点吃惊。

邢笑佳再哭：“大王，橙橙，Orange，您朋友圈大佬最多，能否问问有没有人愿意投资？”他知道阮思澄在 AI 峰会上得到不少大佬的联系方式。

阮思澄的外号叫橙子、橙橙、Orange，在澎湃时也曾开玩笑让下属邢笑佳和朱天球称呼她为“大王”。邢笑佳有求于人，腻腻歪歪叫了个遍。

阮思澄说：“我试试。”

“谢谢！”

撂下电话，阮思澄捧着手机寻思许久，最后终于帮邢笑佳在微信朋友圈广而告之：

【朋友创业，寻天使轮！公司已有 6 名员工，400 万资金，现在还缺 400 万左右！产品很有应用前景，是“摘草莓机器人”！如有兴趣可以联系 CEO 邢笑佳。电话：158100……QQ：357……邮箱：xingxiaojia1234……】

将截图发给邢笑佳：【只能帮你到这里了。】

对方立即回道：【谢谢橙橙姐了！】

发完，阮思澄也没当回事，继续忙活思恒医疗。

以至于一周以后邢笑佳来感谢她时，都想不起来帮过这忙。

“橙橙姐啊，”邢笑佳道，“您可变成我亲姐了！”

阮思澄道：“好好说话，谁要变成你亲姐啊。”

“真的，”邢笑佳严肃道，“因为现在咱俩有同一个‘投资人爸爸’了。”

“啥？”

“邵总，邵君理，既是你‘爸爸’，也是我‘爸爸’了。”

“咦？”阮思澄为对方高兴，“邵总投资‘笑天’了吗？”笑天就是邢笑佳公司的名字。

“对，”邢笑佳的语气充满感激和崇拜，“邵君理可真是有见识有眼光。我要 400 万，他给 600 万，一掷千金，眼都不眨。”

“不是我说，邢笑佳啊，”也不知道为何，阮思澄便站在邵君理那一边，“去年三月扬清发布肠道肿瘤筛查产品，是谁说邵君理‘爸妈是牛人，本人未必。给伯克利和斯坦福捐两栋楼还进不去？至于谷歌，可能在跟扬清合作，收个儿子还不简单’？”

“我看错了，”为了投资，邢笑佳倒能屈能伸，“邵总万岁。”

邢笑佳继续说：“刚才正跟邵总说呢，‘投资人爸爸’这几个字我还是从你那学的，你创业时我们问你启动资金有多少钱，你说‘投资人爸爸’直接给了 2000 万。”

阮思澄吼道：“提这干吗？！”

“没话题嘛，只能聊你。我们俩就认识你啊。”他一开始就很清楚思恒医疗的投资方是邵君理，因此即使收到的邮件里只有一个带电话的自动签名，一句正文没有，他也知道是阮思澄那条广告起了作用。

阮思澄说：“你傻啊……”

邢笑佳说：“没事的吧？”

阮思澄头疼。

窒息。

这咋办呀？乱开玩笑，乱叫“爸爸”，被邵君理知道了。邵君理今年 31 岁，单身、潇洒，怎么可能想收闺女！

装作不知道？无声无息让事情过去？不行不行，还是稍微讨好一下吧……毕竟是拿家庭关系和亲密称呼说说笑笑。

正好，五一节给合作商的茶叶等礼物还剩几份，整理整理给他寄过去吧。临近假期，阮思澄给 P 大、医院还有厂商都准备了节日礼物，不贵，几百块钱一份，然而看着精美，显得上心。

躲邵君理躲了三个星期，没想到这么快就避不开了。

阮思澄挂断手机，一边想着补救方法一边走到 COO 办公室，捡出东西打好包装，亲自写了单子叫了快递，寄到扬清集团 C 座 33 楼。

长风同城快递当日就送到了。

在网络上看到包裹已被签收，阮思澄给邵君理发了个微信:【邵总，思恒医疗的节日礼物收到了吗？】

邵君理的回信充满不明意味:【收到了，还挺孝顺。】

阮思澄想：这是讽刺还是什么……

阮思澄忙点头哈腰:【跟邢笑佳随口一说，是开玩笑，您别在意，我已经知道错了。】

【以后让你叫个够。】

阮思澄想：不至于吧，这是啥意思?

果然，哥哥妹妹不能瞎认，爸爸女儿更不能瞎认。

【不说这个。】

邵君理又继续打字,【记着，以后再寄东西别写‘邵总收’。】

阮思澄:【嗯？】的确，她写的是“扬清集团 C 座 33 楼邵总收”。

【扬清集团总部大楼重新装修，我的父母最近也在这边工作，而且同是 C 座 33 楼。你的包裹下午送到老邵总的办公室了，他不认识思恒医疗，又让别人转过来的。】

扬清总部也在云京，不过那地方寸土寸金，随着公司扩张，塞不下了，才在四环外又买了块儿地。如今扬清娱乐、扬清合作、扬清互联网 + 在新地点，而发家的主打产品仍然留在总部大楼。最近邵城觉得董事长办公室已经用了十年，有些破旧，重新装修了，而 C 座这莲花形楼正好有个玻璃办公室空着，暂时没有新的高管进驻。

【哦……】阮思澄也理解。两个邵总都在，按照上下尊卑那自然是老邵总优先。小邵总的东西送到老邵总那无所谓，老邵总的东西送到小邵总这就不好了。

隔几秒，她又问:【不写“邵总收”，写什么？】

邵君理没回话。

阮思澄开始猜:【写具体点？“扬清集团副总裁、互联网+总裁、邵总收”，这样不会弄混了吧？】她的语气十分正式。

等了足有十来秒，阮思澄的聊天框中才终于出现答案:【你寄的话，就直接写“邵君理收”。】

也不知道怎么回事，短短十二个字，让阮思澄心脏一紧!

用三星期才拉远了的关系，好像一下又回到那天，甚至还更奇怪。

对方明明没说什么，甚至还又补充了句:“那么多字浪费时间，创业者有那么闲吗？”

可……不用尊称直呼其名还是奇怪。

阮思澄也不大知道，对方究竟懂不懂：她在刻意保持距离，而他没有顺从。

※※※※※※

说完，邵君理也觉得稍微有点过界。

这阮思澄……思考过后必须承认，几次让他有点心动。比如那回施压钱纳不成躲在楼梯间哭，再比如那天说服贝恒入伙语气激进急迫，还有“发扬风格”最后一个上公交车却差一点摔下来……明明年轻，却很逞能。而他觉得有意思的，正是她平时人好心软、活跃开朗以外的那份固执逞能。

在某些瞬间，两人之间有些东西。他不知道那是什么，只知道它很特别。也许可以算作一点暧昧、好感，然而距“很喜欢”却不止千万里。他看得出阮思澄想退缩、保持投资人与被投资者的关系，三周没有任何消息，可他并不准备逃避，也没打算让她跑了，他想明白地告诉对方他们可以以朋友的身份或者别的身份稍微接触接触。

出于这个原因，再加一点心里不爽，在终于得到一个机会的时候，他一激进，没太多想，猛烈地拉近与对方的距离，之后方觉有点过火，又补充了一句“那么多字浪费时间”。

五一节前最后一天，阮思澄与易均有约——要把礼物送到 P 大，顺便讨论项目进度。

因此，她再一次迈步踏入最熟悉的计算机楼。

易均依旧温文尔雅：“剪头发了？”

“对。”

易均微笑：“好看。”

阮思澄说：“我也觉得还行，哈哈哈哈。”

“你最近好像都没过来。”

“发生好多事情。”阮思澄笑，“钱纳使用他偷来的患者病历，邵总、我和贝恒全都反对他的这种做法。因为理念实在不合，邵总罢免了钱纳 CEO 的职位，由我接管思恒医疗一切事务……然后因为工作变动，上月忙得脚不沾地。”

易均表情惊讶，说：“原来还有这种事情。”

“是呢。”

“创业实在太辛苦了，”易均看看她，“还行，没瘦。注意身体，不要压力太大。工作一样一样地来，总能都做完的。”

“我明白，谢谢学长。”阮思澄觉得，易均真是让人舒服，与“某毒舌”完全不同。

“要有事儿没人商量，可以打我电话。我虽然在高校工作，毕竟虚长几岁。”

“嗯嗯，谢谢学长，我还真的不会客气！”

“当然不要客气，”易均又问，“现在一切都还不错？”

阮思澄有些沮丧：“邵总给了 8 家医院的联系方式，已经问过一半，只有云京儿童医院愿意合作。我招了个市场经理，在网络上打打名气，搞点营销，再试试看。我希望谈下尽可能多的医院，接触尽可能多的数据，将不同省市医院、不同型号仪器检查出的结果按照平均值、中位数、标准偏差、分布情况等进行归一化、标准化，这样才准！另外，贝恒挑起‘胸部急诊’的大梁了，也是不顺。”

在AI医疗领域，数据是大问题。再加上电子管理的程度低、手写病历不够规范、医院及科系之间互不相连，导致收集来的信息无法统一。缺乏对离院患者的回访等，使得情况更加复杂。科技领域总是存在蝴蝶效应，一环没有跟上，环环都有困难。

思恒医疗要花时间整理信息，再将数据中由于医院标准不同，以及测量仪器品牌、型号不同而引起的偏差统统调整过来。这就需要大量病历，还得来自不同地方。某患者可能在A医院用A仪器测白细胞是6200，到B医院用B仪器测白细胞是5800，这种数据绝对不能一股脑地输入电脑训练AI。而未来的“AI急诊”落地以后，每次也会先校正数据再进行诊断。

“可惜，”易均苦笑，“我实验室也没有振奋人心的好消息。那几种病不太好做。”

“哦，不急……这个东西就是很难。您可千万别那么说，您肯花时间就已经给思恒医疗帮大忙了。我们全都跟您学到了很多，没有别的团队能做得更好了，最后一定会有结果。”

两人聊了许久，阮思澄将大概情况都了解了，看看已是6点，站起身子，把大纸袋交给对方：“学长，这是思恒医疗买的端午礼物，对大家表示感谢。”

易均接了，拿出茶叶看看：“费心了，我会转给几个学生。”

“没有没有，没花时间。”

“思澄，”易均抬腕看表，“我前几天请到留学时的导师来P大做讲座，就是马修·柯蒂斯博士，非常有名，讲座就在今晚7点，你要不要去？”

“咦？”阮思澄问，“马修·柯蒂斯原来是学长导师？”

“对，他正好来云京开会，我就请他过来，谈谈人工智能新的研究热点，听听估计会有好处。”

“不是P大学生也能参加吗？”

见阮思澄明明想去还要这么问上一句，易均笑了：“可以，没事。”

“那好，麻烦您了，谢谢学长。”

“嗯，走吧。讲座是在晚上7点，计算机楼301教室，你把饭卡拿着，先去吃点东西，我差不多也得出门接导师了。”

“您不吃饭？”易均下午要照顾着她，晚上要照顾导师，还能不吃饭？

想起自己东拉西扯、废话连篇，而易均却从不打断，一直都在认真地听，阮思澄有一点愧疚。

“我还不饿。”

“那怎么行……”

易均想想，拿过饭卡给阮思澄，说：“那好，帮我随便打点什么。”

阮思澄接过饭卡：“嗯。”饭卡干干净净，一点点油星都看不到，与它的主人十分类似。

两人一起出门，阮思澄去食堂，易均去校门口。

走到最近的食堂，阮思澄用易均的饭卡要了炒面，好吃，贼香，又给易均打了一份三明治，一路拎着，到计算机楼 301 教室。

为了让易均能吃到饭，她 6 点 40 就赶到了。

本来以为不会有人，进屋却被震惊到了！

此时已经座无虚席！还有些人坐在窗台上！

阮思澄有点儿蒙。

她不觉得光凭马修·柯蒂斯能有这样的号召力。

“思澄，”易均笑笑，一挥手，从第一排的桌子上拿起一本书，“给你留了一个座儿。”

“哦哦哦哦。”阮思澄忙几步过去，道谢，坐好。这是第一排第二个位置，她非常感谢易均的体贴。

阮思澄拎出三明治，易均说：“先等等，这边还有一点事情。”

“好，您忙。”

一直到了 7 点开场，易均也没吃上三明治，而是直接走上讲台，下面立刻鸦雀无声。

看着乌泱乌泱的人，易均伸手正正麦克：“今天，我请到了在美国的导师马修·柯蒂斯来 P 大做讲座，说说 AI 研究目前的新趋势。我先介绍一下，马修·柯蒂斯博士毕业后留校任教，在很多著名期刊上发表过数十篇专业论文……”

介绍完毕，一个白发老头儿上台，掌声不断。

易均帮着调好麦克和PPT，准备好粉笔和黑板擦，十分细心，而后终于迈步下台，坐在第一排靠边的位置，挨着阮思澄。

阮思澄如芒在背，好像有很多人都在望着自己。

她不再想，打开笔记本，专心地记白发老头儿讲的干货。旁边的易均拿着笔，一直没有真的写字，阮思澄猜对方早已熟知那些。

大概8点钟时，易均打开食物袋子，咬了两口三明治。这个东西没有味道，比较适合搞活动时吃，美国学校就经常在午餐时间举行讲座并且提供三明治。

不过易均十分克制，不到10秒，只吃了两口，就放回桌子里了。

阮思澄小声问："不好吃吗？"

"没有。"易均转头，目光牢牢锁住近在咫尺的人，唇角绽出一个笑容，"很香。"

阮思澄挠挠头："那就好。"

又过了一会儿，台上马修·柯蒂斯画了一个比较难的示意图。人工智能这个东西总是需要多层网络，因此教授在讲解时常常会画复杂的图，一层一层地列下来，一个维度一个维度地看。

然而这回，因为时间已经很紧，他讲得快，擦得更快，阮思澄还没有记完，他就把图全抹掉了。

"唔……"阮思澄的笔尖在图上来回点，"x（1），y（1）……函数sigmoid取值是［0，1］……所以……"她想自己填上，却心有余而力不足。

一旁易均见到阮思澄的困境，忽然伸手，捏住阮思澄白皙手中黑色水笔的上半截，带着那支笔到应该在的地方，写下一个数字。

又继续向下，写下另一个数字。

最后是第三个。

阮思澄手没用力，由着对方带着她写。

她的思绪全在自己的笔记上，一边看一边想：对，这里的确应该是0.3，如果两个模块颜色差大于 0.3，就说明这里是物体边缘。

这些东西都是数学知识，而她学得还算不错。

直到易均撤手，她才反应过来刚才有点奇怪！

笔杆一共就那么长，还两个人一起握着！

两只手离得很近！

她抠着笔，没说话。

易均转头，用口型问："怎么了？"

阮思澄说："没有……就是……没事。"

"难道刚才碰到你了？"

"没有没有。"

"抱歉。"易均忽然对她道歉，因为还在听讲座，身子微微偏过，离得稍近了点，眼睛还是盯着讲台，小声说，"我还以为你会松手。"

阮思澄的笔尖一抖，把纸划了一个小口。

第五章　新CTO

思恒医疗网络营销初见成效。市场经理梁言在微博和微信科普急诊知识，其中两篇用多格漫画讲了一个关于熬夜的骇人听闻的故事，引来不少粉丝。她还跑到各个高校赠送礼品，请人关注思恒医疗的几个自媒体账号，又与媒体积极联系，希望对方给予报道。

然而这些毕竟只能慢慢积累，思恒医疗的数据库等不了了。阮思澄跟除 ×× 军总医院和 P 大一院外的最后两家医院见面，介绍自己，请求合作，却没得到好的结果。

对方看着阮思澄和贝恒两人的简历，说："CEO28 岁，CTO26 岁，是吗？一个工作 4 年，一个工作 5 年……AI 急诊很难做的，大公司都没有这个技术。"

阮思澄知钱纳离职对公司有重大影响，只能咬牙继续争取，可人家并不买账。

阮思澄真急到头秃。

可这又有什么办法。

正因为很难从医院获取数据，钱纳才会走"捷径"。医疗数据如此敏感，医院非常重视数据安全问题，同时由于法律尚未出台，大家全都小心翼翼，对初创公司并不信任，对新玩家敬而远之，害怕对方技术不到位、保密不周全。某医疗产业分析师曾在调查后说过："医院最终选择的 AI 医疗公司此前大多与该医院有着其他业务联系。"

阮思澄也明白这点。

5 月，扬清集团 AI 医疗公布了一项重大举措——与 P 大一院及核磁共振医疗器械巨头 KG 共同成立“核磁共振医疗影像 AI 联盟”，想在 2 年内接纳百家医院，为数据标准化共同出一份力。

发布会上，云京市卫生部门领导、P 大一院放射科主任、扬清集团互联网 + CEO 邵君理、扬清 AI 医疗总监何牧、KG 医疗首席营销官（CMO）等牛人挨个讲话，阮思澄也看了视频。

云京市卫生部门领导的讲话十分官方：“数据共享化、标准化都是行业痛点……先说共享化，医院之间信息互通才能更好地了解和服务患者……去年下发的《关于加强云京市 30 家试点医院电子病历共享工作的通知》，决定先从 30 家试点……再说标准化……想要共享就得先有标准……”

在 P 大一院放射科主任之后讲话的，是扬清集团年轻的副总。

邵君理穿一身昂贵西装，十分得体，有时走几步路，有时站在台上：“都说无数据不 AI，咱们 AI 医疗的数据标准库进展还不够迅速。”

他淡笑一下，接着说：“用核磁共振举例。同样一个肠道肿瘤，有的医院测量结果是 5.5 厘米，有的医院是 4.5 厘米，五花八门，没法儿一起用。我知道 AI 公司都在努力校正数据，但那只能是‘差不多’，不如一开始就实现统一标准。核磁共振医疗影像 AI 联盟的成立是个进步。我们不能只靠政府，行业也要自救。大家建立一个联盟，使用一个标准，共同解决最大难题。如果本国企业停滞不前，等到未来全面落后，这些身体上的重要数据将会落入别国之手。这不仅是商业问题，还是战略问题。”

阮思澄都听得惊了：咦，邵君理什么时候有了“AI 联盟”这个想法？

用多大剂量、扫多长时间，大家在测量时就用一个标准！

在她寻思如何才能把各医院要来的数据用平均值、标准偏差等方式校准时，人家已从战略角度考虑问题，把各医院还有医疗器械厂商全都拉进来了！

这不仅能使扬清集团扩大商业版图，还能促进整个 AI 医疗的发展！

他真厉害……

台上，邵君理的声音富有磁性：“有人说，数据标准化进程慢，AI 医疗进程慢。但请记住，医疗本就是一个需要坐足十年冷板凳的艰苦行业，要想成功没那么容易。新药研究讲究‘双十’，耗时 10 年，耗资 10 亿美金——

现在奔着‘双十五’‘双二十’去了，那AI医疗同样需要信心和耐心。我认为大浪潮下数据搜集和利用已是必然，只要各方开始努力，AI医疗未来发展会很迅猛。”

阮思澄看着台上那个男人，忽然觉得自己十分向往。

她也想站到他站的地方。

不过，仅仅几分钟后，阮思澄便从神仙世界回到凡人世界。

她想：噫，借着P大一院、扬清集团合作的蜜月期，她可以以“邵君理的投资对象”这个身份走一趟P大一院！！！

估计接触起来会简单多了！

事不宜迟，当周周五，阮思澄便向P大一院数据科的主任发出邀约。

对方应了。

她特高兴，以为有戏。

结果呢，现实再次狠狠打了阮思澄一记响亮的耳光。

P大一院拒绝合作。

阮思澄说：“扬清邵总非常看好思恒医疗，我们……”

大主任也十分礼貌：“对，他提过。可是现在AI医疗公司太多，无从分辨，P大一院基本上只会跟固定对象合作。”

阮思澄继续争取，依然无果。

在半小时的谈话中，阮思澄认清楚了三个事实。

第一，现在是企业求着医院，不是医院求着企业。即使扬清集团全国人人知晓，但在核磁共振医疗影像AI联盟发布会上，P大一院也是排在扬清集团前面。P大一院全国排名前三，有海量的病历，邵君理绝无可能为2000万使小性子。

第二，邵君理公私分明，早和对方讲过不用看他面子，只是随便介绍一下看能不能互利共赢。

第三，邵君理非常有钱，比她想的还要有钱。2000万的个人投资打水漂就打水漂了，连眼睛都不会眨的，他自己都不在意别人更不会在意。

从 P 大一院超豪华的门诊楼里走到阳光下，阮思澄觉得自己脑子里空空荡荡，浑浑噩噩。

接连六次被人拒绝，她简直有些精神恍惚。

一共拿到八个电话，就儿童医院有点兴趣，剩下的全对思恒医疗嗤之以鼻。

而 ×× 军总医院是最不能指望什么的了。军队医院，还是军队排名第一的医院，可想而知对于数据会更谨慎。患者中有很多领导，其中有的患病情况还是机密，哪能随便把病历交给企业？即使脱敏过，也不行啊！

邵君理也不可能为思恒医疗无限制地打听信息，给她号码。

她忽然间看不清楚脚下的路了。

贝恒“胸部急诊”一直做不出来。他用尽了各种方法，可是 AI 乱指一气，进展缓慢，举步维艰。

思恒医疗已经成立将近一年了。最初俩月都在准备——注册、梳理工作、设计框架、招聘……中间 6 个月她写好了“脑部急诊”全部程序，贝恒则是做完了“腹部急诊”大半工作，只将其中几个难点给了易均。接着他们罢免钱纳，谁都无心工作，再后来她有了新的职位，适应，学习，跑医院谈合作……加在一起 11 个月了。

钱只剩下 800 万。

过一阵要 A 轮融资，否则年底就会没钱。

可目前这种状况，要技术没技术，要数据没数据，拿什么融资？

投资者也不是傻子。

最近两周，阮思澄在 28 年的人生中首次失眠了，而且还是连续失眠。

大脑焦虑，不停地转，一个小时就醒过来，而后基本睡不着觉，到天亮时才再眯会儿，每天晚上睡眠时间基本是在 1.5 小时到 2.5 小时之间。

白天很累、很乏，强打精神工作，可到晚上还是睡不好。

头发更是一把把地掉。

她好像是直到今天才想到了一个问题，一个无比关键的问题：我，输得起吗？

当初想着大佬带自己飞，飞黄腾达，名利双收，实在不行可以再回公司当小白领，然而一年过去，她呕心沥血，辗转反侧，对思恒医疗既丢不掉也舍不得，这时候才恍然大悟：也许她是输不起的。

P 大一院的院子里，几个不知人间疾苦的小孩子在打打闹闹，显得与周围环境有些格格不入。其中一个男孩哐的一下推开阮思澄跑过去，指甲在她臂上一划。她皮细，破了，觉得真是疼死人了，从手臂到心。

看看时间已过中午，该去扬清做汇报了。

阮思澄想：本想拿下 P 大一院直接过去汇报、邀功，现在可真尴尬。

装病不去？

算了，应该来的总归是要来的。

逃避不是她的性格。

扬清集团 C 座 33 楼。

邵君理稳坐泰山，八方不动，灰衬衣黑西装，显得十分高级。

阮思澄从本科开始便被 IT 男层层包围，见识少，邵君理是她见过的唯一一个穿着外套还能看到胸肌轮廓的人。他鼓起来的肌肉能把西装给撑出来，不像其他人一着正装就变“弱鸡”，在里面晃晃荡荡，瘦瘦的好像麻秆。

阮思澄没粉饰太平，老老实实讲了困境：“第一，只有一家医院同意提供数据，还是儿童医院。第二，胸部疾病诊断比想象中困难，一直没有结果。第三……第四……”

邵君理十指交叉，安静听着，问：“你打算先解决哪块儿？”他的声音依然悦耳。

阮思澄说：“第三样吧，一天就能做好。”

“然后？”

“第四样吧，三天就够了。”

“放弃。”邵君理的言辞像刺，毫不留情地直接打断，“第三第四都是小事。阮，你知道吗，诸事不顺的人，总是本能般地倾向于解决他们最有信心解决的事，这是错的，应该尽早正视最致命的问题。”

阮思澄想想，觉得挺对，没有顶嘴：“谢谢邵总。”

“嗯。”邵君理问，“资金还剩多少？”

“800 万。”

“创业公司，不，不仅仅是创业公司，所有公司都必须时刻记得，不管账上有多少钱，都要一分一分地掰着花。”

“我知道。”阮思澄心里清楚，邵君理那意思是说，目前这样想融 A 轮实在够呛，尽量用那 800 万挺一阵子。

他竟然没有毒舌。

正想着，邵君理将阮思澄的文件叠起，扔到桌边：“第一件事我再帮忙想想办法。至于第二件事么，我哪天过去看看情况。”

“谢谢邵总。”

邵君理抬起眼皮，看着阮思澄重重的黑眼圈、暗淡的肤色和无光的眼神，略一思考，开口问道：“小姑娘，阮总，创业难吗？”

“难。”阮思澄有一点脆弱，“好难。”

怎么这么难呢？

“那就对了。”邵君理道，“在创业的过程中，你一定会发现它比想象中难。”

阮思澄的表情蔫蔫的。

“但是，”邵君理又十指交叉，声音似有钢筋铁骨，“你也一定会发现，你比想象中坚强。”

阮思澄抬起下巴，与邵君理对视半晌。对方眼眸深得好像水潭，清清亮亮，有种可以安抚人心的力量在里面。

阮思澄又挺直腰杆，重重呼吸几口空气，脑子重新活跃起来，低头想想，问：“邵总，能不能把刚才那句话写下给我？”

“怎么，要裱起来挂在墙上？”

她确实是想在碰到困难时打开看看。自核磁共振医疗影像 AI 联盟发布会后，不得不说，她有一点崇拜对方。

邵君理没再说什么，伸出手在桌子右边一大沓子文件里面抽出一张空白 A4 纸，左手按着，右手在笔筒上略微停滞几秒，最后终于抽出一支白金钢笔，拔了笔帽，从那张纸右边开始，竖着写。从阮思澄的角度，能看得到对方长长的眼睫毛。

邵君理的字迹狂野，甚至有点草，笔力遒劲，两句结束，又在左下角处落款：邵君理。

这三个字经常签，更草。

写完，他也懒得拿起来递过去，左手修长的食指和中指按着纸，在桌子上一滑，纸轻轻飞了起来。

纸轻飘飘落在阮思澄眼前，带着温柔。

阮思澄看看，很珍惜，小心翼翼地卷成纸筒，把字卷在里面，觉得好像当真有了一点力量。

邵君理将钢笔插回笔筒："这个东西是给你的，只给你的。"

"嗯？"

"禁止一切商业用途。"

阮思澄想：难道我会把它卖了？这能卖很多钱吗？你很牛吗？

邵君理表面风度翩翩、气宇轩昂，内里还是自恋、傲娇加精神病！

"行了，"邵君理说，"想裱起来就回去吧。"

阮思澄无意识地将那个纸筒放在自己胸前："谢谢邵总，我会努力。"

"知道就好。"

阮思澄紧攥着纸筒，生怕破掉，两手齐上，一手把头一手把尾，坐出租车回到思恒医疗。

大家都在紧张地工作。

路过 CTO 贝恒那间办公室时，阮思澄意外地发现屋子里有好几个人。

她收住脚。

"贝总，"一个经理声音不大，"用人工智能考察心脏可是产品核心部分，您究竟有想法没有？几个员工天天在问什么时候能出方案。"

贝恒没有吱声。

"对呀，"另外一个经理跟着说道，"到底能不能准？"

"能准呀！"贝恒道。

第三个说话的是位女性："还有腹部那个问题，我给您发信，您没回，已经拖了两星期了，大家都在等解决方案！"

贝恒说了什么，阮思澄听不清。

双方你来我往，几个回合以后，蓦地，贝恒的声音染上一丝哀求意味：“你们大家别逼我了，行吗？我因为愁那些事儿，已经得了抑郁症了……吃不下饭睡不着觉，有时都想跳下楼去……我对你们也都不错，大家看看往日情分，可怜可怜我，不要逼我了，饶了我吧，行吗？”

阮思澄呆了。

几个人听贝恒讲出这样的话，只好都说“那您尽快”“有了消息通知我们”，一个一个退出房间。

那名女性是最后一个出来的，见阮思澄站在门口，吃了一惊，但她与阮思澄关系一直不错，扭头瞧瞧房间里的单薄身影，恨其不争地道：“阮总，贝恒他太软弱了！作为公司的 CTO，为了不担责任、不受批评、不被期待，竟然说他自己患上抑郁症了！让我们可怜他、别逼他、饶了他！”

阮思澄知道，一个高管绝不应该逃避责任。

她又道：“刚才他说怀念以前在大公司朝九晚五、工资还高的日子，呵！”

阮思澄心里有点慌。

她握紧了手中的纸筒，不敢用力，害怕弄坏，却想从中汲取一丝力量。

※※※※※※

阮思澄打算与贝恒敞开心扉，好好聊聊。她是企业的 CEO，既然知道这位下属压力巨大，精神很差，即使自己并未比对方强多少，也得给予安抚并且解决问题，装不知道绝非一个好的领导。

她给贝恒发了邀请，定下时间。

万万没有想到，在一对一的会议上，还没等阮思澄说话，贝恒便先颓然地道：“思澄，思恒医疗扛不下去了。”

“别乱说。”

“真的，你算一算就知道了，咱们都卡 3 个月了……”贝恒道，“‘心脏诊断’是产品的核心部分、独特卖点，可到现在还没有进展！往好了讲，一个月后摸到研究正确方向，那也得花一年时间才能真正做出东西吧？这还是快的！思恒医疗 11 个月烧了 1600 万，现在投资大约还剩下 800 万，只能再挺不到半年，也就是说，产品出来之前公司就要没钱了！我咨询过，投资公司投资 A 轮都需要有产品雏形。可是，5 个月，不，都没 5 个月——还得至少给你留 1 个月去谈，就算 4 个月，要写算法、初测、修 bug、整合、打包……不可能的。何况腹部诊断也有不少问题，患者数据那边也还没有头绪，就一家儿童医院同意初步合作！”

“可能的。”阮思澄说，“800 万不止半年。刚成立的那会儿是最花钱的，现在 1 个月不到 100 万，就付工资、水电、房租和服务器这些东西。咱们尽快，还是有希望的。实在不行，咱们两个不要工资，我还能再贴些进去，再挺个把月，里外里地凑上一年给你完成这个项目。”

阮思澄已经工作四年，而且在本科和研究生的七年里一直在实习，攒了几十万块。她 2011 年买的房子，当时房价还不太贵，两室一厅，70 平 200 万。她的家庭条件在 J 省中还算不错，爸妈又节省，拿出毕生积蓄付了 40%，贷款 60%，又替她还每月贷款。当时都说云京房价会一直飙升，而阮思澄保送了 P 大研究生，毕业后肯定留下工作，于是她的爸妈果断出手买房。毕业以后阮思澄想自己还房贷，爸妈死活都不同意，简直把她宠到天上，也正因此，她不用租房也不用还贷，挺能攒钱。

“不能指望，来不及的。一年时间刚好卡线，那跟赌博没有两样。咱们怎么不去澳门，赢的概率还更高点。”顿了一下，贝恒接着说，“思澄，我都已经要崩溃了！这半年来掉的头发比 26 年掉的还多几倍！脑袋都要秃了。邵总、王总逼我，你也逼我，一群下属逼我，连市场经理都逼我！你知道吗，我上个班直打突突，看见谁都咯噔一下，特怕你们问我进度，因为根本没有进度！我也一直在努力啊，晚上回家干到两点，一天最多躺 6 小时，可是谁管？以前遇到问题都有老板可以商量，可现在……别生气，实话实说，在技术上老板还不如我。现在吃不下饭睡不着觉，过的都是什么日子。”

“贝恒，”阮思澄说，“你压力太大了。”

“思澄，”贝恒十分痛苦，用手捂住脸颊上下搓了几搓，“胸部这块儿，最早就是钱纳提出来的想法，此前也是钱纳思考整体框架，我都没管！钱纳在澎湃时曾接触过心脏项目，可我没有！冷不丁地让我接手，我接不起来！

我确实懂算法，可我不懂心脏！这三个月我看的书有一人高，可还是太慢了……太慢了……何况，我的技术在同龄人里算挺不错的，然而……然而也真没到天牛级别。这个东西实在是太难了……我知道，难才能有技术壁垒，可是别人不会，自己也不会啊！思澄，是我能力不足才到这种境地。都耽误了三个多月，现在还剩一年时间，我……不觉得自己能行。就算能行，这个压力也没办法再承受了。”

“我不后悔逼走钱纳。他毕竟已违法犯罪，而且自己还不觉得怎样，以后也会坚持那种行事风格。创业失败也就失败了，我不想跟着坐牢。”贝恒继续说道，“但是，我最近常常觉得创业是个错误。以前在‘三巨头’大小是个经理，说出去也脸上有光，现在自己创业当创始人，别人觉得你就是扯淡，没学历没本事，俗称‘做梦青年’，都不如做淘宝搞微商的。”

“你别这样，”阮思澄说，“那咱们再招个人吧。招个比较懂这块的当总监，你压力小了，就不会想那么多了。”

“更不靠谱。”贝恒说，“首先，全国能有几个懂的？猴年马月才能招到？第二，他能保证一年搞定？要没做到还是一样玩完。第三，他要有那本事会给我当下属？我控制得住？到时我的事情可能更多更烦！第四，压力上面……还是一回事啊。做不出来，大家还是会逼我想办法解决问题，毕竟我是 CTO，最高技术负责人了。哦，我可能也会逼他，两边一起逼呗。”

阮思澄也一一化解：“第一点第二点，确实，一年时间有可能做得出来，也有可能做不出来，但这就是我们创业需要面临的风险啊，赚得多，赔得多，哪里存在百分百能成功上市的产品啊？第三点，我作为 CEO 会协调的。第四点，贝恒，你先调整心理状态，现在项目进展不顺，但等一切有了转机你的心情会变好的。”

“关键问题是，”贝恒顿了顿说，“在我看来，能成功的概率已经非常低了。一年时间我做不出，别人同样也做不出。前者可能性是 99%，后者可能性是 98%，而我还要继续承受一年的压力。有进展要承受，没进展也要承受，毕竟‘一年’死线就在那里卡着！我不觉得招聘总监可以解决根本问题。”

“贝恒，”阮思澄终于问道，“你想如何？”

“思澄，放弃吧。”贝恒苦口婆心，“与其这样浪费一年，咱们不如回大公司多赚点呢。现在创业，咱俩工资只是以前的一半不到。何况这浪费的一年，咱们还要苦苦挣扎、寝食难安，比一辈子压力都大，这是图什么呢？你是一个女孩子，还是一个美女，相信我，再干一年你看起来会老十岁，头发没了，皮肤差了，难嫁人了，最后还是一无所获……说不定要倒搭钱呢，有何意义？过了这一年，你也29岁了。女孩子的28、29、30可完全不同。”

阮思澄深吸了口气：“你不想干了？”

贝恒犹豫几秒，最后终于直白点头：“对。思澄，咱们去找邵总、王总清算吧。现在公司黄了，邵总还能拿回800万，咱们再把公司的东西卖吧卖吧，也能凑个一百来万，让他拿回一半投资。至于那些不好卖的，像电脑啥的，咱们自己分一分呗。”分一分，也算没有特别吃亏。

贝恒还是在跟阮思澄好好商量。

关门大吉？

贝恒问：“怎么样？”

“不，”阮思澄毫不犹豫地拒绝了，“我绝不会清算公司，想都别想。我不觉得到那步，而且就算真的到那步，我也一定会坚持到最后一秒。”

“思澄，”贝恒说，“你真固执。”

“你不清楚阮思澄是哪种人吗？有件事情好像和你讲过，初二那年，全班有回上劳技课，做飞机模型，我不小心把手切了一道大口，血哗哗流，但我哭着把那飞机模型给做完了。”

“你……哎。”贝恒说，“你要拒绝清算公司，我就只能自己先走了。”

阮思澄想：因为压力大，贝恒就打算逃之夭夭，辞掉CTO，扔下他们？

在这紧急当口，阮思澄竟然还想起一个段子：

“浙江温州，浙江温州，最大皮革厂江南皮革厂倒闭了！老板黄鹤吃喝嫖赌，欠下3.5个亿，带着他的小姨子跑、路、了！原价都是三百多、二百多、一百多的钱包，通通二十块，通通二十块！黄鹤你不是人……”

停。

她问：“贝恒，你打算一个人走？”

“对，下月吧。”贝恒说，“等你招到新CTO，工作交接一下。到那时我的股权也能成熟 25% 了。”

阮思澄笑，有点憋气：“连你都不看好思恒医疗了？”

“只差一个月了，应该不会有人不要它的……”贝恒脸上现出愧疚，“不过，如果公司或你想把股份买下，我眼都不会眨一下。给钱就行，多少无所谓。”

“贝恒，”阮思澄并没有继续这个话题，因为如果继续讨论股份的事，那就说明自己同意贝恒走了，可她还想再争取一下，“真的还没到那步。这样吧，邵总那天跟我说，他要过来看看情况。你知道的，邵总不仅是总裁，还是码农，在 Google Brain 是凭写程序当总监的，升职像坐火箭，技术上肯定挺厉害的。也许他能有解决方法。”

贝恒并不觉得邵君理就懂，毕竟“心脏诊断”不仅涉及算法，还涉及医疗，可他对公司毕竟也有感情，如果真有办法他也不愿意走，于是点头说：“那好吧，到时再说。”

阮思澄喜：“行，先这样。辞职的事你再想想！冷静一下，千万不要因为有压力而一时冲动！想想当时，想想初心，再想想是否一定要离开？”

“嗯，我明白。”

阮思澄又轻轻叹气，推开椅子，离开房间。

事不宜迟。

她立即跟邵君理汇报情况，她的语气焦灼，带着些许不安。

邵君理在电话中沉默了几秒。

阮思澄问：“邵总？”

“在翻日历和找空档。”

“哦哦，抱歉。”阮思澄一瞬间想到电视剧里霸道总裁唰唰翻日历的场景，说，“因为没有听见您翻日历的声音。”

“翻日历的声音？”邵君理一哂，“我孤陋寡闻，今儿才知道，咱们这种程序员都在用纸质日历而不是电子日历。”

阮思澄想：这什么人啊？唯道是在“不怼人就会死”星球出生的吗？

“行了，”邵君理决定挤出最近一块时间，“明天中午 12 点我去思恒医疗。”

“谢了！”阮思澄欢快地说，“希望能有解决方法！”

“不好说。”

第二天，邵君理准时出现在思恒医疗。这是他一年内第四次过来，前三次分别是公司成立时来过一次，脑部腹部初见雏形时来过一次，罢免钱纳时来过一次。而且加上这次在内，近三个月内邵君理来过三次了，频率算是相当高了。如此看来，这可算是他最用心的个人投资。别的都是每月向他汇报，甚至每季度汇报，他本人也只在公司成立或有重大进展时去看看，平均半年才出现一回，就像最初对待思恒医疗那样。

进入公司后，邵君理坐在 CTO 的位子上，把贝恒此前用过的方法和最后失败的结果一一看了，而后靠在椅背上，左手手肘撑着扶手，食指碰着下唇，整整思考了 15 分钟。阮思澄和贝恒大气都不敢出，一人坐在一张沙发上待着，低头看手，十分尴尬。

最后，邵君理的声音打破沉默：“是不好做。”

阮思澄与贝恒同时在想：不会吧？！你都不会那可真没办法了！

“我提几个思路，但不保证结果。”邵君理说，“第一，主要分析心电图。除传统方法外，还要检测心脏信号的发展和变化。这里可以……”

阮思澄和贝恒赶紧拿笔记录。

“第二……第三……第四……大概就这几个思路。”

阮思澄和贝恒一个一个讨论，觉得确实都有道理。显而易见，邵君理的解题思路特别清晰，果然是个“天牛”，他俩心里服气：“谢谢邵总帮忙，我们试试，随时汇报进展。”

“医院病历的事我再想想办法。不过你得吸取教训，提高合作概率。别拿人家的联系方式乱试一通，指望着瞎猫能碰上个死耗子。”邵君理叮嘱道。

“谢谢邵总记着。”阮思澄说，“我会好好利用的。”

“行。”邵君理高高大大的身体从桌前站起，一抬手腕，“有点晚了，我在扬清还有个会，差不多该回去了。”

阮思澄说：“我送送您。”

邵君理本想说“不用，创业者有那么闲吗”，然而他一抬眸，便看见阮思澄从单人沙发走到门口的全过程——一步一步，身上紧箍的连衣裙完美勾勒出身材轮廓，胸是胸，腰是腰，臀是臀，因为穿着连衣裙和高跟鞋，腰和胯还不自觉地一扭一扭，步步生风却很勾人。鬼使神差，出口的话便变成了:“那就快点，别磨蹭。”

阮思澄说:“哎，好。”

她竟向对方小跑两步，以为他是嫌自己穿高跟鞋走路慢了。

邵君理想：你知不知自己穿的裙子是紧身的，胸又大，跑什么跑，你的对面可是个男人。

他当然没讲，只是移开了眼睛。

两人一路走出园区。

阮思澄问:“司机呢？”阮思澄很早就见过邵君理的司机，黑黑壮壮，其貌不扬。过了几个月，阮思澄听别人说司机的工资比她的都高，一月五万，是个退伍军人，身手极好，有 A1 驾照，开车 20 多年没出过任何事故。

邵君理说:“开车去了，在路上。你们园区人满为患，中午根本停不下车。”

“噢。”

“你去迎迎吧。我让他开到前面路口。”

阮思澄颔首:“好。”她垂在耳侧的头发一晃一晃的。

三环地区车水马龙，他们走在路两旁的人行道上。脚下的石砖碎碎的，不过还算干净，每隔几步便有一堆共享单车摆放在路边。

阮思澄说:“贝恒压力很大，昨天是真的想要清算公司，他觉得扛不住了。真是愁人。”

“嗯。”邵君理转眸，问，“那你呢？”

“什么？”

“你想清算吗？”邵君理一手插兜，“你想清算也行，剩下 800 万我拿回来。”

“邵总？”

“贝恒的想法非常理性。”邵君理的声音沉稳，“目前患者病历数据等于没有，而且能拿到的希望十分渺茫。技术上也难以攻克，时间却不等人。我虽然提了几个方向，但不知道能不能行，也不知道哪个能行。在 800 万烧光以前需要 A 轮进来，但现在这个状态肯定没戏。投资公司可全都是长着火眼金睛的毒蛇猛兽。”

“A 轮前再加上个 pre-A 呢？”

听到这话，邵君理的嘴角现出一抹意义不明的笑：“我说实话，也够呛，pre-A 也接近 A，所要求的条件差得不是很多。而且 A 轮以前不能给出超过 20% 的股票份额，否则几轮下来公司创始团队会丧失控制权。思恒医疗本来还好，我和王选大约占 15%，然而钱纳出局，这个数字升至 25%，很危险了。”

当初，邵君理与王选二人非常“和蔼”，只拿了 15%，还说更加看重双方的共同利益。

阮思澄说：“可您……”

“怎么？”

“没事。”阮思澄闭上嘴，她知道邵君理不会伤害思恒医疗，但要把这话讲出口就太幼稚了。

邵君理继续道：“实话伤人，不过我想让你慎重选择。”

阮思澄说：“我……我不想资产清算，行吗？”谈到这种话题，感觉对方想要抽钱，阮思澄的声音有一点儿弱弱的，极为忐忑。

邵君理瞥了她一眼：“哦？”

阮思澄眼睛望着远处的高楼大厦：“我呢，挺喜欢一支球队。我上小学时，那支球队正处在巅峰，可在世界杯的半决赛遇上同样正处在巅峰的巴西队。那场比赛很精彩、很经典。两队都是夺冠热门，双方鏖战 120 分钟，不相上下，那支球队最后点球输了。这已经是 20 年前的事了。可前一阵，我无意中看到对当时球员的一篇采访。当年的核心球员说，20 年来，他无数次梦回那个球场，总是在想：如果当时自己能再坚强一点，能再坚持一下，能再相信自己一些，结果是否会有所不同？”

邵君理看着她继续说。

“我希望能坚强到最后一秒，也一定会坚持到最后一秒。我不想在 20

年后，甚至 40 年后、60 年后、闭眼之前，会像他一样，放不下这段创业的过往，放不下自己曾经的思恒，一遍又一遍地假设：如果当年没有清算公司，如果当年咬牙做下去了，我是否能实现一辈子的理想，是否能为这个世界做点什么？”

邵君理转过头，看着身边的女孩儿，胸膛里面有些酸胀，被莫名的情绪充斥。

“而且，不怕您笑话，直到今天，即使遇到这种困境，我依然相信 AI 急诊，依然相信思恒医疗。”阮思澄的声音轻轻的，“如果连我都不相信它，还有谁会相信它呢！连我都不相信它，投资人、医院、患者又怎会相信它呢！”她的声音轻缓，然而态度坚定，没有一丝犹豫。

“嗯。”邵君理方才的感觉更为明显。

“我会解决病历问题，已经有了初步想法。我会继续追下去的，连合作伙伴都不敢追的话，将来顾客更不用追了。”阮思澄小声问道，“所以，邵总，咱们先不清算行吗？”

邵君理两边的嘴角忍不住地向上撩起：“行。”

这姑娘……

阮思澄松了一口气。

“当然行。我这 2000 万是一开始就投进去的，也没办法随随便便抽回来，对吧？那成什么样子，以后谁还相信我。”

“谢谢邵总。”

“得了。”

北方五月，漫天飘絮。杨絮好像白雪一样，忽飘忽坠，时起时落。

到处都是杨絮，阮思澄伸手想去抓。

她本以为肯定可以攥到一个，没料到摊开手心却是空的。

她不甘心，继续抓，左右手一起上，然而有阵风吹过来，还是什么都没捞到。

邵君理眼珠一转，默默看着。

女孩子手小，手指白白的、长长的、细细的，手背皮肤在五月的阳光下仿佛透明一般，都能看到青色血管。她没涂指甲油，指尖几点桃粉。

她扑腾着，伸手捞，十根手指弹琴一般，十分灵活，在空中舞。

微微启着两片嘴唇，水嫩嫩的，表情有点儿呆，脸扬着，眼睛向上看，专注认真，睫毛很长，眼睛清澈，被光覆上一层亮色，虹膜好像透明似的，深深浅浅，让人可以看到里面，脖颈修长而且平滑，有女人的那种柔软。

春天风不时地刮起，阮思澄一无所获。

她叹口气，收回了手："好怕这在预示什么。"

邵君理问："什么？"

"努力、拼命地抓杨絮，最后却是徒劳，竹篮打水一场空，什么都没能攥得住。这些杨絮像是机会，满天都是，漫天狂舞，可却并不属于自己。"

邵君理低头看了看。

因为穿着西装，黏附力强，正好有片杨絮被风吹过来，黏在他胸膛上，要落不落。

他伸手捏起来，三指夹着。

阮思澄站定了，他也站定了，两人四目相对。

邵君理的目光锁住阮思澄的，把那杨絮递到对方眼睛前面："行了，我会帮你。"

"邵总……"

"拿着。"

"嗯。"阮思澄接过来，觉得好烫。

她用手心牢牢攥着，不敢疏忽。

路口就在前面，阮思澄见邵君理的 Tesla Roadster 已经到了。邵君理的老爸平时非常高调，开各种豪车，邵君理倒没有，他喜欢电动的。

路口处有一座立式的广告箱。

因为正好迎风，广告屏幕下边框的四周堆满了杨絮。

邵君理一笑，伸手捞起一撮，对站在身后正送他的阮思澄说："大把大把机会扎成堆地等着呢，但前提是你要坚持走到这里。"

"谢谢邵总。"

她死盯着对方刚刚举到自己眼皮底下的一小片杨絮，忽然之间起了恶作剧的心思，想要看看这个永远装酷耍帅、稳如泰山、八方不动的“小霸总”嘴角抽搐、面容扭曲的样子。她一缩脑袋，以迅雷不及掩耳之势，眼睛明亮，嘴角带笑，向着对方手心呼地吹了一小口气，让杨絮全都飘起，往对方那一边飞！

知道对方不会生气。

可邵君理却没有动，更没嘴角抽搐、面容扭曲，依然拢着手心，只是轻轻眯起眼睛，隔着白白、轻轻、一片一片的东西，看着阮思澄。

阮思澄也正在观察对方反应，被人这么一盯，心脏漏跳两拍。

两秒钟后，邵君理又睁开眼皮，目光一如既往，像刀子一般地锋利，一眨不眨，收回手。

阮思澄忽然感到口干舌燥。

她点头哈腰，掩饰地道：“对不起，开玩笑。”

“嗯。”

见邵君理头发上有一片杨絮，阮思澄挺自然地出声提醒：“那个，您脑瓜上有一片毛毛。”

“哪？”

“就……”阮思澄用食指远远地点着，“那边……”

“看不到。”

阮思澄大着胆子，伸手帮忙摘，一下没有扑拉下来，杨絮还碎了，没办法，她便只有用手捏着那点毛毛，顺着对方几根发丝硬捋下来，指尖烫得像要着火。

她觉得这是一种暧昧的试探。

说不定，自己刚才调皮的那一下性质也差不多。好像两只动物，绕圈、游走、慢慢接触，旋即分开，再接触，再分开，想要摸清对方的态度，同时也想捋清自己的感觉。

大概彼此都有一点朦胧的感觉。

她对邵君理有感激、有依赖、有崇拜，罢免钱纳以后更依赖，见到核磁共振医疗影像 AI 联盟以后更崇拜……甚至依稀有点迷恋。

还有几回像是全身过电，是男女之间的化学反应。

“喜欢”大概不是，“爱情”更算不上，可是，对于接近、了解、暧昧、感受，再接近、了解、暧昧、感受的这个过程，她既担心、恐惧，却又跃跃欲试，和马上要当CEO之前的心态十分相像，可能她骨子里面就爱那种刺激。

“行，”邵君理说，“看起来是精神多了。”

“好，”又起风了，阮思澄把一缕头发别在耳后，“我回去了。”

“嗯。”

邵君理最后又深深地看她一眼，走到路边。司机已经打开车门，邵君理的长腿一迈，坐进后排，司机伸手推上车门，邵君理从玻璃窗最后望了一眼，收回视线，对司机说：“走吧。”

司机钱穆：“好的，邵总。”

阮思澄回思恒医疗，把贝恒叫到办公室。

“贝恒，”她说，“邵总说的几个方向你先试哪个？”

“思澄，”贝恒说，“我依然……没有信心。”

阮思澄愣了一秒。

“这几个方向，不知道能不能行，也不知道哪个能行。每次都要重查资料、重写代码，时间一共只有一年！真的，以后可能每回卡住我都会想一走了之，那个时候思恒医疗重新招聘会更麻烦！不如现在……”

“贝恒，”阮思澄继续争取，“这样吧，我们留出11个月来开发产品。未来1个月内，你先试着找出你觉得最靠谱的一个方向。若有成果，可以继续，咱们再聊。你可能只是因为一直研发不顺，压力太大才这样讲，如果情况改变，你应该会重新打起精神来的。”

“哎！”

“反正怎么也得干满一年不是？等到股权初步成熟以后再辞吧！再说了，下个月你也不能白拿工资，对不对？”

阮思澄想：有进展后，贝恒应该会改变主意吧？

最后贝恒终于点头：“好吧，我再试试，不敢保证。”

“行。”

安抚完贝恒，阮思澄的心感到好累。

她忍不住想：贝恒这个创始人、CTO 为什么不想干呢？他给出的理由全都是实话吗？如果都是实话，他的确压力大、要崩溃，自己是否也要承担一定的责任呢？是不是因为自己没有关注他、安慰他，也没有鼓励他、支持他，才让他在这儿干得如此不愉快呢？

对了，4 月份工程部的一个人辞职，当时说要回老家，会不会其实是因为自己做得不好而对方没好意思讲呢？

阮思澄忍不住再次产生怀疑：自己真的适合当公司的 CEO 吗？

当初是邵君理赶鸭子上架，她又慌乱又紧张，又恐惧又期待，一会儿自信一会儿不自信，最后没得选择，当了 CEO，可说不定她的能力并不足以胜任这个职位。

贝恒还会再提出离开吗？

可千万别提了。

贝恒要是真离开了，她一个人怎么办呢？

钱纳、贝恒都没留住，她自己真能带着思恒医疗继续前进吗？这条路是如此艰辛。

沮丧、怀疑、不安简直挥之不去，甚至一直持续到晚上睡觉。

她没卸妆、没洗脸，只觉得整个人特别累，抖开被子躺在床上，却睡不着，翻来覆去，东想西想。

一直折腾到两点，阮思澄放弃了，拧开窗前台灯，将床头的相框举起，仰天看着。

是邵君理的那张“墨宝”：

“你也一定会发现，

你比想象中坚强。

邵君理。”

那天拿回来后，阮思澄便找了一个木制相框装起来，立在卧室床头，激励自己。

真的能一直坚强吗？

她看着那相框角落处“邵君理”三个大字，觉得真是自信飞扬，一个恍惚，忍不住用手指轻轻摩挲字迹。

描着笔迹，她用手指也写了一遍“邵君理”。

几秒以后，她把相框隔着被子抱在怀里，一个翻身，侧过去躺，蜷起俩腿儿，紧箍相框，哼哼唧唧：“邵总……难受……心里难受……”

哼哼完才理智回笼，像扔烫手山芋似的，砰的一声将那相框扣回柜面，关上台灯，在黑暗中呼呼直喘粗气，想：

我在干吗？

我为什么抱着邵君理的名字无比柔弱地叫“邵总，人家难受”？

不，我没栽。

只是有点暧昧而已。

千万不要让人家一撩就傻了吧唧的。

又不是中学生。

被这么一打岔，阮思澄终于暂时忘记贝恒的事，睡了 4 个小时。

※※※※※※

接下来的 1 个月中，贝恒按照邵君理指出的第一条路继续思考。

竟然有些收获。

比如，他们基于儿童医院 100 名患者的 10 万张心电图，配合肌钙蛋白等数据，初步提取出了心肌梗死和心绞痛这两种冠心病的最关键特征。

然而这步只是开始，还有许多问题亟须大家解决。

因为有点想法又没太多想法，其间不断有人询问贝恒“这个下面要怎么弄”“那个下面要怎么弄”，贝恒就去查、想，绞尽脑汁，耗尽心血，十分憔悴。

他赶时间，天天加班，基本都是凌晨到家。

贝恒开始抽烟，而且一天至少一包。公司禁烟，抽烟要去外头，他便躲在楼梯间里。有好几次阮思澄推开安全门，都能看到黑暗当中红色火星一闪一闪。贝恒也不开感应灯，就那么靠在墙上，抽烟，吞云吐雾。

到 6 月时，进展不如想象中快。

阮思澄犹豫、纠结，然而依然执行了她 CEO 的工作，与贝恒一对一，尽量和颜悦色，询问进展情况，索要未来规划，委婉地问是否还有加速空间，是否需要她的帮助。

贝恒却道："思澄，我还是想离开。"

阮思澄轻轻地道："为什么呢？胸部诊断现在不是已经看到希望了吗？"

她本以为过了瓶颈，贝恒会与当初一样。

贝恒搓了搓脸，咔咔咔的声音叫人心惊胆战。末了，他抬起头，前面额发支棱巴翘："思澄，这种日子我一天都不想干了！我想过了，思恒医疗成功也好失败也罢，我一天都不想干了！我对成功的喜欢已经不及我对压力的厌恶了！"

"贝恒……"

"这样下去会发疯的！思澄，大橙子，你知道吗？我这段时间都在研究心脏疾病，看了一堆病历，什么心肌缺血、急性心梗，还有什么心源性休克、心源性猝死……很多都是因为过度劳累引起的！我还挺怕。这样干着，日复一日年复一年，说不定哪天就轮到我了。人吧，还是健康最重要。如果思恒医疗的创始人英年早逝，那有多搞笑啊！"

"贝恒……"

"我想过了，创业成功又如何呢？为利吗？我对物质要求不高。IT 男，死宅，一根网线就够活了。我在澎湃一年收入是 60 万，再加奖金和公司股票，而且刚刚升六级，再干 1 年可以涨到 72 万，足够花了。就算是在云京，这个收入也能娶个好老婆了。但创业的话，真不知道猴年马月能谈上恋爱？"

阮思澄不知道贝恒是在理性思考还是在为逃避找借口。

"再说了，想要钱也得要得到。天使轮的投资协议里面写了，思恒医疗上市、并购前创始人不能出售公司股份。所以想把股份套现只有两个途径——公司上市和被收购。公司上市……太扯淡了。说被收购倒有可能，但也很难寄予厚望，AI公司有那么多……”

当初，邵君理在12%的股份问题上面并未计较，12%就12%，但对其他一些条款却大刀阔斧地改过。在“创始人套现”部分，他一共加了两条，其中第二条就是“思恒医疗上市、并购前创始人不能出售公司股份”。这一条也容易理解。投资其实是在投人，如果创始人都套现了、赚钱了，肯定拍拍屁股回家养老去了，谁来经营公司？就算还想继续工作，可能也会失去进取心。这个条款对于创始团队来说是不成功就成仁。

听到贝恒分析套现，阮思澄声音冷静地说：“我不打算出售公司，扬清、爱未、澎湃，谁想来买我都不卖。”

贝恒说：“姐姐，投资协议里有领售权条款的。只要达成一定条件，投资者可强制出售思恒医疗。”目前的协议是，只要有一半投资人和创始股东同意出售，且每股价格不低于100元人民币时，阮思澄是无权阻止的。

“可现实中，若创始人死不答应，大部分的并购方会望而却步。”

“好好好，”贝恒嘲讽地笑了下，“那这条路也堵死了。咱们再说……手里股份值几千万，不能套现都是狗屁。现在的人出来创业都不考虑这些问题。”

“我想过……”阮思澄道，“以后可以跟投资人商量商量，对于持股的早期员工，公司可以以上一轮融资价的三分之二回购股份，然后卖给下一轮的投资者们。这样，大家可以提前套现，工作肯定更加开心。”

贝恒无语：“对我来说，那一点点有啥用啊……给多了投资人肯定又不干了。”

阮思澄脑海中，那个段子又回来了：

“浙江温州，浙江温州，最大皮革厂江南皮革厂倒闭了！老板黄鹤吃喝嫖赌，欠下3.5个亿，带着他的小姨子跑、路、了！”

对面贝恒接着又道：“公司分红更不靠谱。AI医疗公司盈利遥遥无期，目前基本都是烧钱抢占市场。你也是做这一行的，肯定知道，医院并不觉得AI非常必要，都说工作量并没有降低，AI看过一遍，医生还得复核一遍。老有人说AI医疗是个泡沫……反正医院并不愿意花钱购买。”

“贝恒！”思澄觉得贝恒已经被负面情绪吞噬，“你不相信AI医疗的前景吗？美国、欧洲拿到证的 AI 设备都有买家，我国那几个过了审的二类器械也有医院掏钱了啊，三类器械也已经排上日程了！问题都在逐步解决。等到更多公司通过临床试验，拿到准入证书，会发展得非常快的。”

“什么时候啊？”

“你急什么啊！”

“咱继续讲。”贝恒又道，“不为利，是为名吗？首先，诸神时代已经过了，企业家们不是超级明星了。最近几年这些公司……什么打车啊，单车啊，团购啊，外卖啊，旅游啊，住宿啊，做得再好，普通公众又有几个认得它们的创始人？还不是只有公司员工知道自己，那和在大公司带人有何不同？都是那么几十个人。指望思恒医疗做成万人公司而我变成高管之一吗？也太不着边际了。其次，我只是 CTO！一切舞台、一切光环，都是给 CEO 的，谁会知道我？所以，除了‘自己厉害’的成就感，还有什么？”

他们两人谈了许久，最后阮思澄再次安抚道：“贝恒，再看看，再看看。在大公司，都是老板圈好框架，你照着做。相信我，等把‘胸部诊断’真正研发出来，你会特别有成就感的。咱们上学那会儿，最最开心的事，不就是搞定了一道超难的题吗？现在工作也一样呀！最后产品成功上市，你会忘记不愉快的。”

贝恒见阮思澄眼神真诚、不愿放弃，把自己当救命稻草，不好再说，长叹口气，蔫蔫地道：“思澄，好吧，我再试试。”

“嗯嗯，辛苦！”阮思澄作为 CEO，甚至要讨好 CTO，因为产品真的有点踏上正轨了，“好期待哦！”

“那我去工作了。”

“别太累！”

这话听着极端虚伪。因为在交谈之前，她还不停催促对方，现在却说“别太累”。

贝恒走后，阮思澄又叹了口气。

贝恒性子较软，跟强硬二字不沾边儿，每次都能被她劝住。

只要自己显得弱小、无助、可怜，贝恒就不好意思真的一走了之。

她甚至怀疑，贝恒当初也并没有很想创业，只是不好意思拒绝钱纳伸出的手而已。

阮思澄看得出来，贝恒是想好聚好散。他对自己、对公司也有感情，想跟新 CTO 交接以后再走，并没打算直接甩手。那么，只要自己不提招 CTO，贝恒就没招儿。

另外阮思澄也很清楚，更加重要的事情是，贝恒虽然想要离开，但也希望在离开时将他手里已成熟的思恒股份卖给自己，不想跟大家撕破脸皮，不想把关系搞得太僵。

而她呢，可耻地利用了贝恒的这一点。

因为她真的不太知道能否找到更牛的 CTO。初创公司招聘高管很难、流程很长。出色者难找，不是想招就能招到的。而一旦开始招聘，贝恒肯定不会再用心工作了。

怎么办呢？

阮思澄也不大清楚如何才能解决问题。

作为朋友，她不希望贝恒真的如此痛苦，可要放手，让自己、让思恒、让几十个员工失去他们的 CTO，又不可能轻易做到，于是她只能很绝望地寄希望于“再过两礼拜贝恒能好起来”，同时仔细观察贝恒的心理状况。

虽然抑郁只是贝恒的借口，但阮思澄也不能对贝恒掉以轻心。

阮思澄没有想到，贝恒也同样意识到了，他们两人已经陷入一个想走、一个挽留的恶性循环当中。

于是，6 月 15 日，贝恒终于下定决心：今天一定要让阮思澄同意自己离开公司。

他把阮思澄约到长缘日料。

几个月前，他在这里同意罢免钱纳的职位，等于帮了阮思澄一个大忙，这里的一切仿佛都在传递着“你欠我的”的感觉。

他们点了许多东西，还有清酒，一样一样地吃过去。

一开始的气氛还算轻松融洽，甚至还讲了几段公司里的八卦，直到贝恒再次提出离开公司，二人再次陷入循环当中。

“思澄，”贝恒说，“我是真的干不了了，一定要走。我已待满一年，股份成熟了 25%。我不想再继续持有了，想卖了。我并不是不看好思恒医疗，而是不想继续关注你们了。我想回归普通生活，到三巨头当个经理，朝九晚九，一天工作 12 小时，好轻松的。”他还开了一个玩笑，因为朝九晚九对正常人无论如何也说不上是轻松的。

“贝恒……”清酒卡在喉间，难以下咽，涩涩发苦。

她知道，贝恒就是不再看好思恒医疗。

“我仔细看过那份投资协议，上面并没有说内部转让公司股份的价格不得低于投资人获取股份的成本……那样你就买不起了。邵总、王总只规定了，若创始人辞职离开，已成熟的股份可以在投资者和创始人之间转让，价格经过全体持股超过 10% 的股东赞同即可。”

阮思澄听他继续说下去。

“我猜，我现在把股份还回，大家是不会反对的。思澄，我也不是要钱，只是干了一年，总归希望能把思恒医疗股份稍微换点东西……很少就行，给钱就卖，十几万甚至几万都行。你愿不愿意接手过去？”

整个公司大股东中，最可能要他股份的就是思澄。而对于邵君理和王选，贝恒心里都挺怕的，不敢去谈。

“贝恒，”阮思澄又开始她的人情攻势，“你再想想……”

没想到，贝恒这时忽然使出了杀手锏！

“思澄，你可怜可怜我。”他说，“我说自己崩溃、抑郁、疯了，是真的！”

“贝恒？”

“我疯了，我真的疯了。”贝恒拿起桌子上的餐巾纸包，抽出一张餐巾纸来，一边不住地说“你要不信我给你看……我已经疯了……我真的疯了”，一边将餐巾纸撕成一小条一小条的，堆在他的餐盘里面，好像一座小山。

阮思澄也被吓傻了：“贝恒？”

接着，贝恒便将那些又白又轻的餐巾纸条一把把地扔在对面阮思澄的脸上，一边扔，一边很扭曲地笑着：“思澄，我是真的被你们给逼疯了……你看我这样，你还不信吗？”

阮思澄怔怔地看着贝恒。

餐巾纸一条一条零零落落挂在她的头上，或顺着她的面孔滑落。

没一会儿，她的头上就全都是餐巾纸了。她觉得自己像丧葬仪式里面挂满白条的树，既哀又伤。

贝恒还是笑着，一把一把，把餐巾纸扔在女孩脸上。每扔一把，就说一句："我疯了！我真的疯了！"

阮思澄彻底失望了。

也彻底放弃了。

这天终于还是来了。

她低头，脸颊藏在垂下来的纸条里面，眼泪又在眼眶当中来回翻滚。餐厅地面在水雾中来回摇摆。她头晕，极力压抑自己，颤抖着嗓子说道："好，贝恒，我把股份盘下来吧。咱们明天商量转让价格，还有确定离职日期，你好好休息，养养精神……不行就去看看医生……祝你永远不再抑郁，在事业上开开心心。"

贝恒停了手，好像也很想哭，半晌后才轻轻地道："谢谢，思澄。"

阮思澄没讲话。

她已快克制不住。

她怕自己张口就是一句呜咽。

对面贝恒又道："也祝思恒医疗鹏程万里。"

贝恒苦笑："我是真心说这话的，希望你们可以成功。是我不好，我不会嫉妒。"

阮思澄也不太清楚自己究竟是怎么样回到家的。

好像看不见任何东西，也听不见任何声响，感受不到这个世界，她被包裹在一个壳中，周围全是黑暗混沌。

一进家门，提包便从肩膀滑落，咚的一声摔在玄关。

她再也站不住了，双膝一软，跪倒在地，却一点都不觉得疼。

眼泪一滴一滴掉落在地板上，不一会儿，便成了一小滩。

在黑暗中，阮思澄终于痛哭失声。

她抽泣着："爸爸……妈妈……邵总……"

耳朵里传来隔壁邻居电视里的欢快声音，声音很大，主角像在庆祝什么，阮思澄只觉得无比尖利刺耳。

她怕地板受潮，伸手去抹眼泪，可是越抹越多，最后终于放弃，薄薄的影子趴伏在地板上，抽泣得像个风箱，任由眼泪奔涌。

心脏仿佛被刺穿了，血淌在胸腔与腹腔之间的隔膜上，带得五脏六腑跟着疼痛起来，而且还是没完没了地疼。

她想不明白，怎么就会变成这样呢。

原本三个创始人的公司，现在只剩下她自己了。

原本想让大佬带着自己飞，可从明天开始，她要一个人扛下去。

她感受到了彻骨的孤寂，而一切才刚刚开始。

※※※※※※

大约半小时后，啜泣声音渐停。阮思澄还跪在原处，低着头，时不时地抽上一声，时不时地耸下肩膀。

终于，眼前重新出现影像，耳旁重新出现声音，她用无力的手摸过自己身边地板上的手机，找到投资人的微信，慢慢地打字：【邵总，我刚才已同意贝恒离开公司。】

一行字写了删、删了写，最后终于发送出去了。

发完，她将手机扔到一边，费力地挪动发麻的腿，抖着脚踝站起身子，没穿拖鞋，更没整理不知何时掉落下来散在门口的高跟鞋，蹭着地板穿过客厅，走进洗手间，对着镜子看看自己两只核桃眼，又慢腾腾地拧开水龙头，往脸上撩水花。

不能这样，她想：明天还要上班。

每撩会儿就再看看——好像没有多大效果。

等再回到玄关收拾提包、钥匙，阮思澄见手机正在嗡嗡作响，在半黑中闪着蓝光。

她拿起来，发现是邵君理。

投资人来电质问吗？

按下屏上绿色按钮，阮思澄也有点慌张："邵总……"

"又哭了吗？"

阮思澄把包从地上捡起来："刚停了……还好，现在已经平静多了。"

邵君理稍沉默，又问："在哪？"

"在家呢。"

"家在哪？"

虽然疑惑，阮思澄却还是回答："向阳区，万国商场这边儿，离思恒医疗不是很远。"当初公司选址时，他们就考虑到了交通问题。

邵君理再问："具体地址。"

阮思澄答："碧湖家园 3 栋 707。"

"等着。"

"哎？"

对方声音依旧低沉："20 分钟。"

阮思澄心跳加速，刚想回答"我没事儿"，电话就被对方挂断了。

看看屏幕上有 6 个未接来电——邵君理竟然一直在打。

阮思澄的心直打突突，坐立不安了一阵子，上网、看书，什么都干不进去，一会儿想到钱纳，一会儿想到贝恒，一会儿想到思恒医疗，崩溃后的麻木当中带着刺痛，一下一下地被扎着，连"邵君理"都压不下，最后干脆放弃今晚，揣起手机走出大门。

她走出小区，坐在路边，伸长了腿看天上的星。

碧湖家园大门外是一条僻静的小街，偶尔有人或车，也是倏忽而过。

今夜天空满是星斗，让人难以相信这是云京的天。它们忽近忽远，竞相闪烁，好像将黑沉沉的夜幕推远了。

她坐了 10 分钟，有两个姑娘——一个东北口音一个西北口音，过来轻轻地问"怎么啦""没事吧"，还说"感情问题不是问题，以后会有更好的人"。阮思澄一方面觉得感动、感激，一方面又忍不住想：为什么人们总觉得女孩子难过、哭泣，一定是因为感情问题呢？明明还有家人、朋友、事业、梦想……

然而她们说得大约没错——贝恒走了，“以后会有更好的人”。

还没进碧湖家园住宅小区，邵君理就看到路边坐着个人。

他一开始并未在意，想直接进去，然而走近以后才发现他认识那“一大坨东西”。

得，是阮思澄。

阮思澄与以往不同，没穿正装或半正装，而是一身运动装打扮，素颜——他还从未见过对方素颜时的样子，有点儿像学生。

他在对方面前停步。

阮思澄抬头：“邵总……您来了。”

像被抛弃的流浪狗，一头一脸湿漉漉的。

邵君理问：“在干什么？”

阮思澄又抬头看天：“云京今晚好多星星。”

邵君理也抬头。

阮思澄没立刻起身：“最近几年都没有过的夜空呢……不是灰灰的、浑浑的，而是有星星在闪。”

说完，她笑了起来：“邵总，您是本地人吧？”

“嗯。但我父亲是南方人，来这里读书，毕业后在计算机所，84 年开公司，一开始卖别的东西，97 年才创立扬清……我是在这儿出生的。”

“我不是本地人，我是 J 省的。我来 P 大读研那天，几个……一堆师兄接站。我当时随口说了一句‘今儿好阴’，结果那些师兄回答‘这是云京的大晴天’。”

听到吐槽，邵君理又唇角一勾。

他转过身，扯扯西裤，手稍一撑，也在路边坐了下来。

外面那只膝盖竖起，里面的腿随意倒着，两手轻轻垂在两只膝盖上边，姿势倒是潇洒。

见邵君理陪着自己坐上马路牙子，阮思澄挺惊讶。这个男人大腿肌肉明显，比阮思澄粗好几圈，成熟、健壮，黑色衬衣袖子被略微地挽起，露出分外有力的男性上臂，有点儿不羁，阮思澄还没有见过。

发现她的视线，邵君理也低头看："今儿天热。"

"您的车里有空调的。"

"那也得过会儿才凉。着急，直接开出来了。"

"哦……"听出弦外之音，阮思澄低头，"从扬清过来的吗？"

"嗯。"所以他还是衬衣西裤。

他们看星星，说起思恒医疗。

阮思澄的声音低低的："邵总，贝恒真的走了。"

"我知道。"

"钱纳、贝恒都不在了，我真觉得特别难受，好像马上就要挺不下去了……邵总，您创业时也有挺不下去的时候吗？"

"有。"

"那您当时是怎么办的？"

邵君理将搭在内侧膝盖上的手腕移到身后，微微后仰，撑着地，看星星："硬挺着。"

"硬挺着？"

"干挺。"听着很不走心，却是肺腑之言。

"干挺啊……"阮思澄说，"我也能干挺过去吗？"

"不知道。有人能，有人不能。"邵君理偏头，从侧后方看阮思澄白白的脖子和耳朵，开口，"我再问最后一次，你不打算清算，也想挺着，对吗？"

阮思澄将长腿收回，抱住膝盖，小而尖的下巴落在膝盖中间："我是想再试试……又有 8 个医院主任的电话了，干吗不再试试？而且基于邵总指出的第一条路，胸部诊断已经有了一点东西出来，我觉得是在向好的方向慢慢发展的，这样放弃太可惜了。"

"嗯。"

"不过后续难点肯定还有很多，要一个个设法解决……"

"太具体的我没时间帮忙看了。"他是扬清的副总裁，邵城的独子，不可能为一次投资耗费太多个人精力。

"我知道。我得想办法招个'大牛'。"

招不来"天牛"，也得是"大牛"。阮思澄自己的技术虽然还不错，但不如贝恒。贝恒是国外名校的本科毕业生，入澎湃时只有三级，一年一跳，迅速到六级。阮思澄有硕士学历，入职时是四级，用两年升到五级，本以为再有两年能升到六级，未果。何况作为新手 CEO，她也没有时间再去弄技术。

邵君理问："有思路吗？"

阮思澄说："我前一阵子一直在琢磨，最近几天研究了下，想挖爱未 AI 医疗的陈一非，不过觉得很难成功。他在爱未是总监级，跟钱纳一样，做过心脏产品，就是那个'爱未 Cardio'，可以自动切割心脏核磁片子、绘制心室心肌。当然，不只是陈一非，我还考虑了另外几人。刚出来放风时，我给几个 P 大同学打了电话，探听几个候选者的近期状况，指望他们在工作上出现变故……结果！其中一个爱未的人在内部网看到，上周五陈一非有两个项目被降级了，要减员……虽然他也有两个项目被升级了……感觉公司说给资源就给资源，说不给资源就不给资源，他有可能不太爽的，现在也许是个挖人的时机。如果他来思恒，以后他就管所有项目了。大公司的竞业条款好像没有禁止加盟初创企业，陈一非离职后应该只是不能加入澎湃、扬清。"

"一个小公司，直接挖三巨头的总监级人物？"邵君理道，"我看着悬。"

"不直接挖。"阮思澄说，"我制定了别的策略。"

"说来听听？"

"不说，"阮思澄低头，"真好使了我再讲吧……不想被笑话。"

"行，"邵君理一哂，"你是 CEO，谁能管得了你？"

阮思澄被逗笑了。

想到马上要去挖爱未的总监，阮思澄也感到"压力山大"——这是一个艰苦征途。而且就算成功请到人家，他能不能把项目做出来也是问题。即使能做出来，能不能有数据又是另一回事……一样一样都得解决。

何时是头？

真有头吗？

她知道，是没有的。

想到这里，她轻轻地叹了口气。

邵君理听见了，问："怎么了？"

"只是觉得，创业真是一场'长征'，而且永远没……有终点。即使做大做强了，也会有新的愁事。"

"后悔过吗？"

"嗯？"

邵君理问："后悔过吗？是放不下已投入的时间、精力，舍不得沉没成本，才选择继续，还是从未后悔？你是名校毕业，在大公司当过程序员，长得也……不折腾的话，应该可以过上令人羡慕的生活。"

阮思澄想了想："后悔……是有过的，然而加在一起不超过10秒钟吧。"

"哦？"

阮思澄道："我会想，如果没有创业，就没办法认识您了。"

邵君理一愣，几秒钟后，笑意才上眉梢眼角。

阮思澄也反应过来，脸全红了："不是，我不是那个意思……我是说，过去在澎湃科技工作，我认识的最牛的人就是钱纳，没有机会接触更高层次的了。而出来后，我的天地更广了，眼界更宽了，也接触了更多更好的人。额，因为目前就您一个，我才那么说的，不过以后还会有的。"

"嗯！"

"而且，虽然永远没有终点，总有新的愁事，也会经历一次一次成功后的兴奋、激动，那种由实现自我、创造价值而产生的成就感，那种可以到极致的兴奋、激动，值得许多优秀的人心甘情愿承受一切波折和痛苦。跟那相比，看小说、看电视、刷微博、打游戏、逛街购货、游山玩水等能带来的开心根本不值一提。如果前者是10级的话，后者只是1到3级。你看，许多'牛人'获奖以后都懒得去领，就是因为巨额奖金早就无关紧要了。"

邵君理没说话，又看了看月亮和星星，觉得确实多年未见。半晌收眸，拿起身边一个盒子，递给一旁的阮思澄："这个送你了。"

"咦？"阮思澄以为是什么好东西，急忙接了，借着月光、路灯，发现里面竟是……一个罗技鼠标。

"送我鼠标干吗？"阮思澄边说边想着：莫非非常酷炫？100万一个的鼠标？

邵君理说："打开看看。"

"哦……"

阮思澄运了口气，刚要暴力撕开盒子就被邵君理给制止了："别撕，盒子是开过的。"

"哦，"阮思澄抠开盒子盖，发现果然是开过的，于是把鼠标从里面扯出来，凑近了看。

竟然还是被用过的。

右键稍微好点，左键上面的 Logitech 已被手指蹭掉了。

她问："咋这么破……"

给她一个破鼠标干吗？

邵君理说："我第一次创业是 19 岁那年，一开始很天真莽撞，像你一样。当时公司就一个人——我自己，把大学宿舍当办公室，只有一台电脑、一个鼠标、一个键盘，就开干了。"

阮思澄听得入神。

"这鼠标就是我那时候用的，用了大概一年整吧。后来租了一间办公室，招了两个实习生，买了新的电脑，就把它给放起来了，留作纪念。"

"邵总……"阮思澄用两手捏着，一颗心滚烫滚烫，说，"这……给我了？单单给我吗？单单给我一个人吗？"

"不是。"即使是在这种时候，邵君理还不忘发上一波嘲讽，"一个鼠标可以发给很多人，我投过的创业公司的 CEO 们人手一个。"

阮思澄想：这个男人不能好好说话吗？果然"不怼人就会死"星球才是他的母星。

她想想，又确认："我可以用它的，对吧？你不会再拿回去吧？即使坏了、变成砖了，我也不会掉脑袋吧？"

"嗯，"邵君理转回头，"你废话真多。"

"谢谢邵总。"阮思澄将"诡异礼物"塞回盒子，又抬头看今晚这个难得的天，说，"我会努力，绝不半途而废。"

邵君理看着阮思澄，又转回头。

半晌，十分轻地说了一句："傻丫头。"

声音很小，阮思澄并没有听见。

阮思澄和邵君理有一搭没一搭地闲聊了许久，到晚上十点多时，邵君理说："走。"

"嗯？"

"带你去酒吧，喝点儿，你回来能睡个好觉。"

"咦？"

"酒吧离这不远，上车。知道晚上小区里面没有位置，我刚停街边了。"

"好。"坐得太久，阮思澄挺费力地从地上站起，邵君理在旁边轻扶她的手腕。

阮思澄是一个码农，一辈子也没去过几回酒吧，觉得那种地方音乐震天，都听不清别人讲话，男男女女在舞池摇摆，空气里面都是荷尔蒙，不太符合自己的码农身份。

因此，当进入到一间装修高雅的会所时，阮思澄还挺惊讶。

大建筑师手笔，文艺复兴风格，墙上有油画，架子上有古董。

大厅里的主色为黑和黄两色，灯的布置极具美感。舞台上，古典乐队正在演奏，有三三两两的客人零散坐着。

邵君理寻了个比较私密的空间，看不见乐队，但听得到声音。

邵君理对服务生说了句法文，点酒，然后切回汉语，要了几样小食。

等酒上来，阮思澄歪着头左右看："这莫非是传说中的拉菲或拉图？"

本是玩笑，邵君理却颔首："对。拉图，1st Grand Cru Classé，90 年的，是他们这儿的招牌。想喝调的也行，这儿的调酒师在法国拿过调酒比赛的头名。"

"呃……"阮思澄问，"这……怎么喝？"

她学着电视里有钱人的模样，将细长的杯脚卡在中指和无名指间，往上一滑，手掌托起杯身："这样？"

"不是，放下。"

邵君理伸手，拉过阮思澄左手的食指、中指，搭在杯脚中间，又将她的拇指按在另外一边，让阮思澄用三根手指捏起杯脚，说："电视里的都是错的。正常拿杯子，别让你的体温影响酒的味道。”

“噢。”被碰过的皮肤好烫。

“晃一晃是可以的。”

“噢。”

阮思澄小心翼翼喝了一口，没有任何感觉，不知道跟超市里面 10 块钱的酒有什么区别。

可不喝又觉得亏了。阮思澄的酒量挺大，500 毫升的白酒能干半瓶，这啥拉图不在话下，牛饮一般，咕嘟咕嘟喝了好几杯。

她爸 65 度的白酒能喝一斤，她叔她姑喝得更多。

邵君理倒慢条斯理，靠着椅子，十分放松，淡淡笑着，看阮思澄。

几杯过后，脑子渐热，阮思澄还真把压力暂时忘了，觉得一切都还好。

十一点多，二人结账。

阮思澄抻着脖子一看账单：36500。

她怀疑自己看错了，重新数，还是 36500，其中拉图 35000，几样小食 500，什么鬼服务费 1000。

她想：这果然不在一个世界。

邵君理将酒吧发票仔细折好，放进胸前衬衣口袋。

阮思澄看见，问：“您留发票干吗？”

邵君理抬眼，说：“回去后让思恒医疗报销。”

“啊？”

“因为都是为了安慰你。”

阮思澄惊疑不定。这个男人虽然高中就去美国了，但是反讽学得不错，真话、怼人一线之隔，而且一直患有“间歇性精神病”，有时沉稳干练，有时突然蹦起来张口咬人。

见阮思澄竟有一半相信，显然是被自己虐出毛病来了，邵君理用同情的目光看着对方，说：“当然只是骗骗你的。至于为何想留着它……你不用管。”

说完，又整理下那个口袋，起身：“走了，送你回家。”

“好，谢谢邵总。”

阮思澄依稀觉得邵君理挺恋旧的，爱把东西留着当纪念和回忆，就像对待那个鼠标一样。

不过反正他家很大……

出来以后，阮思澄才突然想起一个问题："刚才那个酒吧没有着装要求吗？穿运动服也能进去？我看几位女士都是拖着裙子的。"

"对男人有，必须正装。对女人没有。"

"还带这样……"

因为邵君理的一通安慰、支持，出乎阮思澄的意料，睡得还行。

就是第二天一大早眼睛还是有点儿肿。

她化了个挺浓的妆，对镜子说"没事没事"，抬头挺胸去了公司。

她并没有选择瞒着，在公司的例行早会上直接宣布贝恒要走，让贝恒向几个总监交接代码，与此同时也向自己汇报一切，并说对 CTO 一职她的心中已经有了初步人选，是个'大牛'，很懂心脏诊断技术，请大家少安毋躁，有了消息她会第一时间通知大家。

其实挖人的成功率并不高，可她看上去非常自信。

接着，她对贝恒说："感谢你对思恒医疗作的贡献。贝恒，今天就离职吧。既然你不想干，那没必要互相耽误，10 点钟来我办公室，我们把工资、假期、医保社保、股份等结算一下。"

贝恒有点惊讶，不过很快点头："行……谢谢了，思澄。"

阮思澄的想法十分容易理解。既然贝恒确定要走，便不会再专心工作，而他的散漫会影响整个团队。

而且，依照贝恒的性格，他在扛不住压力时一定会说"马上要走"，肯定会引起众人恐慌。

恐慌，一向是在信息不透明时最容易滋生的。

而现在，CEO 干干脆脆宣布消息，员工反而觉得没事，觉得 CTO 的职位应该已有继任者——不然哪会通知贝恒直接走人？

总之，阮思澄的坚定态度让大家觉得比较安心。

开完会，阮思澄回到了自己的办公室。

强撑着的坚定不移稍有点垮。

“不行不行……”她把昨晚邵君理送的鼠标盒子快速拆开，扯出里面的东西，跪在地板上面，钻进桌子底下，砰的一下拔出原来的鼠标，插上这个。

想博一个好的彩头。

毕竟当年邵君理是成功了的。他那个公司被 IBM 收购，产品现在还有市场，并未衰退。

好的彩头未必有用，却能让人凭空生出一点信心。

坐回椅子，她理理头发，晃晃鼠标，发现邵君理没说错——鼠标还真十分圆滑好用。

毕竟是正版罗技，且邵君理才用一年。

阮思澄操作着邵君理给的鼠标，想起十几年前，邵君理的手掌天天覆着自己的手正在覆着的地方，邵君理的食指一直滑着自己的食指正在滑着的左键，邵君理……

好像两手交叠。

阮思澄的脸“腾”一下又红了。

“认真工作，认真工作……”阮思澄用头哐哐磕了几下桌面，抬起头来，眼神变了，“认真工作！死缠烂打找陈一非！”

※※※※※※

按照合伙协议和投资协议，因为已经干满 1 年，贝恒 30% 的股份成熟了四分之一，可带走总股本的 7.5%，剩下 22.5% 须由公司其他股东以非常低的价格回购，每股 5 分钱。

但是由于并不看好公司，贝恒想将那 7.5% 也一并处理掉，所以对阮思澄说“不想继续关注思恒医疗了”，阮思澄也答应了。

对于价格，他们俩只商量了大约 10 分钟。阮思澄提出了自己能接受的最高的价格——17 万 5，贝恒直接点头，好像并没料到阮思澄如此大方。

阮思澄觉得，贝恒辞职创业，每月至少少拿 3 万，一年少拿 36 万，又承受了很大压力，能补点就补点吧，毕竟正常来讲，公司想要请到贝恒这样的人过来打工，一个月最少得出 6 万块的。

公司几个股东签署了同意书，邵君理和王选也都没说什么。

阮思澄还挺感激的——17.5 万对她和贝恒来说算高了，可对邵君理和王选来说绝对算低。毕竟邵君理实打实地砸进来 2000 万才换到 20% 股份，而阮思澄只掏出区区 17 万 5，就划拉到 7.5%。

经过这样一通折腾，阮思澄作为唯一的创始人，股份升至大约 29%，邵君理 25.8%，王选 6.45%，剩下的人包括钱纳和期权池一共 38.75%。

因为思恒医疗非常规的“发展”——第一大股东第二大股东相继离开公司，股权结构一下变得十分奇怪。

天使轮投资者的份额太多了。正常来说，天使轮的投资者不能占比超过 20%，否则后续融资下来会让创业者们崩溃。

如今，天使轮投资人的份额太多，这会导致遇到矛盾时，创始团队无法得到比较安全的决定权。

现在想来，“已成熟的股份可以在投资者和创始人之间转让，价格经过所有持股超过 10% 的股东赞同即可”，这条定得很危险、很狡猾！

贝恒想将股份低价转给自己，邵君理是可以不赞同的啊！那贝恒只能把股份献给他了！

玩儿不过，真的玩儿不过。

幸好今天邵总并没有不签……还挺干脆……

跪了……

不过，十分奇怪，阮思澄没特别忧心。

她明知道邵君理是个老狐狸，可还是挺信任、依赖他。

还有一种说不好的心疼感觉：去年他还不到 31 岁，就已经是个老狐狸了。

不过想想三年以后，那时，自己 31 岁可能也差不多。

确定好了股权事宜，她铆足劲琢磨招 CTO 的事。

人力经理发布了招聘启事，招首席技术官，简历倒是收来不少，但没靠谱的，好多还没毕业的学生瞎投一通。

阮思澄将主要精力用来研究陈一非。

她在学校社交网络和职场社交网络上挖地三尺，把自己在爱未工作的朋友们的朋友们的人际网研究了个遍，最后终于发现，她研究生室友小雯在爱未的某个朋友应该认识陈一非。

根据“六度空间”理论，最多通过六个中间人，就能认识任何一个陌生人，何况大家都在 AI 圈子里呢。

她请小雯装作无意地与朋友聊陈一非。这个时候，若对方真的认识他，肯定会显摆说“我认识”“我朋友”“我老铁”，这样话题就打开了。阮思澄请小雯打听陈一非的兴趣爱好、家庭状况、过往经历等信息。

而她自己则通过网络把对方的公开信息背得滚瓜烂熟，还把他的论文都看了一遍，又到其他网站把他获的奖项也了解了一下，准备在一周后某 AI 峰会上跟他“交朋友”。

她甚至请邵总帮忙，针对陈一非的产品想了几个专业问题，还有几条评论、看法。

因为如果是直接挖人，思恒医疗肯定没有那个实力，人家甚至根本不会听她讲话。

但是她却可以在谈天时，说自己在创业，逐步透露思恒医疗的美好前景、她这个 CEO 的体贴性格、工作团队的温馨氛围、投资人的雷厉风行……从而让陈一非心生向往，然后在他某天喷爱未时，利用他当时的情绪，开挖。

她得让人喜欢自己。

在职场上摸爬滚打多年的人一定知道，与上司说得通、聊得来、讲话轻松、相处融洽，比工资福利都更重要，可以至少多活十年。

而这，也许是她唯一能利用的优势。

毕竟思恒医疗要技术没技术，要数据没数据，要规模没规模，要资金没资金，要前景……可能有。

阮思澄觉得很悲哀。

“创业狗”终于变成了“心机狗”。

在 AI 峰会前，还发生了一个插曲。

是邵君理的老爸邵城惹出的事。

他在接受某家媒体采访时，面对“如何看待、评价已在扬清副总位置上干了一年多的独子”的问题，面带微笑，万分骄傲，答：“对这儿子我很满意。君君……君理非常聪明、努力，他从大一那年开始，每天只睡5个小时。”

说到这里，还伸出五指：“在扬清互联网+这一年多，他推出了AI医疗产品‘扬清医者’，可以筛查胃部肿瘤、肠道肿瘤、肺部肿瘤……准确率高，深受医院和医生的欢迎。还推出了AI家居产品‘扬清HOME’……7月还将推出AI教育产品‘扬清英教’，AI与使用者对话三五分钟，就能分析使用者的英语水平，知道对方优势劣势，为使用者定制学习方法和教材，对学生的了解超过专业教师……老产品的营业额和利润都有明显增加，新产品中有一些也开始有了稳定收入、即将回本，而另一些的前景……”

一大段后，邵城的嘴又漏风了：“在战略上面，君君……君理也有很多创新，比如，成立核磁共振医疗影像AI联盟，还有……每回扬清股价都能迎来涨幅。”

他这两个“君君”，在网上轮炸了。

在邵君理正式入主扬清集团互联网+之前，邵城对儿子的保护一直很好。世人只知邵城有个宝贝儿子，却不知是谁、几岁、什么模样。然而一年以前，作为扬清集团副总裁、互联网+大事业部总裁，邵君理的抛头露面无可避免，广大网友终于得以一窥究竟。

一看，哦豁，人长得帅，典型的人生赢家。

而且为了摆脱“关系户”的嫌疑，邵君理的履历也被公布了出来。

伯克利的本科，斯坦福的博士，一毕业就能进谷歌的新产品研发部门Google Brain，一年晋升一次，离开时都是总监级了，九级。

不过呢，因为邵君理只出席商业活动，没什么好八卦的，所以在网络上不常受人关注。

这回，因为那个在国内无人不知的老爸，倒是让网友们娱乐了一把！

当天晚上，阮思澄打开微博，第一眼就看到那张熟悉的脸，吓得手机都要掉了！

前下属朱天球转了一张 gif 图。

gif 图上，邵君理正站在台上讲解产品，面容英俊，气质卓然，一股精英范儿，而旁边一行红字歪歪扭扭写着：这是君君！

评论五万条，转发已过十万条。

阮思澄一时没反应过来。

她急忙在搜索栏输入“邵君理”三个字，这才弄明白了。

最热门的就是邵城的视频截图，评论转发也是十分惊人。

在电视台采访间内，他面带微笑说着什么，下面字幕打着一句：君君……君理非常聪明、努力。

最热门的评论第一条：你马上 32 岁，大集团的副总，有头有脸，你爸在外头还管你叫君君。

最热门的评论第二条：不管多大，不管啥样，都是宝宝。

退回，阮思澄又点开热搜。如她所料，“邵城君君”挂在热搜榜第 36 位，不知最高时是多少。

阮思澄：“噗。”

她也想转发。

太好笑了。

她保存了视频截图，急急忙忙点开微信，找到置顶的邵君理，咔嚓一下发了过去，说：【噗。】

邵君理倒回得挺快：【你是第 20 个给我发这张图的。】

阮思澄说：【哈哈哈哈！！！！】

邵君理道：【非常亲密的人不直呼名字，叫昵称，不是很正常吗？】

阮思澄：【我们平时叫您“邵总”……】

邵君理：【不是叫投资人吗？】

阮思澄看着微信，心想：他这气儿还没消啊？还来劲儿了！

噎了一下，阮思澄把话题切回几句以前：【非常亲密的人不直呼名字而是叫昵称，这倒是真的。像我，有人叫我思澄，有人叫我澄澄，也有人叫橙橙，

还有人叫大橙子、Orange……】

邵君理说:【我叫你“阮”。】

【啊？】阮思澄说,【“阮”就是一个姓，也算得上亲密吗？也能算昵称吗？】

邵君理没有马上回。

十来秒后，阮思澄才看到聊天框里出来一条语音消息。

她心脏狂跳，点开。

听见对方一如既往带有磁性的嗓音:“你说呢……阮。”

这回这句“阮”，也不知道是否错觉，但听上去跟以往的都不一样。

特别勾人。

阮思澄两腿一软。

※※※※※※

2019 人工智能论坛将在中京市举行，这是目前国内 AI 领域规模最大的三个会之一。

2019 人工智能论坛共有三种参加方式。第一种是被邀请，拿邀请码上网注册；第二种是申请，到官网上填写信息、等待通知；第三种是买票，最贵一档是 8888 元，最便宜一档是 888 元。

几星期前，阮思澄抱着试试看的心态试了第二种，没想到竟通过了审核，可以作为“专业观众”免费聆听专家演讲。

她本以为要破费的，毕竟思恒不是什么创业明星。不过，思考之后，阮思澄觉得，这可能是因为论坛将在中京市举办，报名人数不如预期，所以才把她也放进去了。

因为是免费参加，官网上公示了专业观众的姓名、公司和职位，阮思澄于是在上面看到了陈一非和另外两个候选 CTO 的名字。她当时就隐约地想，也许要从这里着手。

经过打听，阮思澄决定先挖陈一非看看。其实就算没有“项目降级”的事，她很可能也会做出同样的选择。

人工智能论坛举行的第一天上午，阮思澄一大早便进入了会场。

距离开始还有足足一个小时！

她蹑手蹑脚，走到为专业观众准备的中间那片区域，看立着的名签，找自己的位置。

长长的木桌上铺着蓝色桌布，每张桌子上面都有一个名签、一份大会指南、一本笔记本、一支水笔和一瓶矿泉水。名签上用大字写着参会者的名字，用小字写着参会者的公司和职位。

人对自己名字总是十分敏感，很快她便看到了写有“思恒医疗，CEO，阮思澄”的名签。

可她并没有直接落座，而是在找陈一非的名签。

找到了，就在自己后面一排。

她看了看陈一非右边的位置，是某大学的副教授，再看一看他左边的位置，发现那也是一家创业公司的 CEO，叫刘宁，公司就在中京本地。

“嗯……”正当阮思澄在刘宁的位置前犹犹豫豫之际，刘宁位置左边的人来了，挺奇怪地看了一眼阮思澄，坐下。

“喂，”阮思澄主动搭讪，指指刘宁的名签问：“请问，你俩不是一起的吧？”

对方答：“不是。”

“好，谢了。”阮思澄终于下定决心，一把抄起刘宁的名签，走到前排自己的座位，跟阮思澄的名签换了个个儿。接着，她又捏着自己的名签回来，端端正正地摆在了陈一非左边的位置，原本写着“刘宁”的那个地方。

就这么着，她跟陈一非边上的刘宁换座了。

对不起了，刘宁，不过你能往前一排好像也并没有吃亏。

她左边的大兄弟目睹了全过程。

阮思澄看看他，没说话。

她硬着头皮，岿然不动，心里知道在干坏事。

看完大会指南，她又研究了下专业观众，发现大公司经理以上、中型公司总监以上和小公司 CEO 基本上都可以通过申请，其他人则需要买票。

8点45，陈一非终于到了。

他的身材挺高、微胖，头发稍微有点稀疏，带着一副金属眼镜，并没有凌人的气势，可也十分得体，与所谓的“IT猥琐男”并不一样。

阮思澄的心脏狂跳，却故作淡定，起身让他走到里边。

等他真正坐定，她才转过头，说：“嗨。”

陈一非笑，像弥勒佛：“嗨。”

“我叫阮思澄，在创业公司思恒医疗。”

“做什么？”

阮思澄说：“AI急诊，初期只分头部、胸痛、急性腹痛三个板块。”

“不错，”陈一非点点头，“我是陈一非，在爱未，也做医疗，比如心脏。”

“刚刚看到名签了，”阮思澄笑，“还觉得挺惊讶的。”

“嗯？”

“我看见过你的名字。”阮思澄也笑，“去年《计算机前沿》有一期的封面文章‘AI医疗：下个冬天有点冷？’，讨论AI医疗产品最终落地时的问题。写得不错，让人心有戚戚，我仔细看了。那篇文章有好几个被采访者，其中一个好像就是……”

陈一非脸上有显而易见的惊讶：“这都能记得？对，是我，有那么一回事儿。”

“说实话，”阮思澄将一缕头发理到耳后——不论男女，长得赏心悦目总归方便一些，“几个采访者里我也只记得陈一非……因为观点比较犀利，所以特意看了一眼名字。”

阮思澄将目光移回，盯着面前的矿泉水，装出一副努力回忆的样子来：“你好像有说……与欧美不同，日本为了发展AI，已经明确规定诊断和治疗的责任由医生承担，让IT公司不要害怕，拼命发展，要开始进行临床试验。”她用力地捧陈一非。

“对，”陈一非的话匣打开，眉眼之间有些得意，“我认为可以先安全地尽快发展。现在国内的问题是，医生觉得并未节省看病时间，AI看一遍，自己再看一遍，只提高了准确率，却没提高工作效率，医生还更累了。然而，出现这种现象的原因是大量患者集中在大医院，如果 AI 能够应用，并且靠谱，对医生的要求变低，那未来就一定会有许多患者转战别的医院。我的看法是，只要通过临床试验，技术能被认可，长远发展不成问题……现在美国已经有产品拿到证书，日本也在制定安全标准，即将启动一期临床，咱们不能落后太多……”

阮思澄摇头：“可是……”

通过引出陈一非的观点，话匣子打开了。

两人越聊越高兴，到 9 点论坛开场好像还意犹未尽。

看着他们这样，坐在阮思澄旁边的那兄弟目瞪口呆，心想：这美女怎么回事？倒追中年秃头男？还有这种操作？

待领导致辞结束，各项活动正式开始。

本次人工智能论坛请到了许多“大牛”，比如“AI 四大牛”之一的吴达，还有来自世界各国的院士……还有大企业 CEO，演讲的内容干货满满，阮思澄也听得认真，记得起劲。

而除午休的每一次中间休息，她都要与旁边的陈一非讨论一下刚才演讲的内容。一般人都不会排斥既专业又好看的大美女，两人总是越聊越高兴，相见恨晚。

人工智能论坛一共进行两天，第一天的最后一位演讲者是邵君理。

黑色西装灰色衬衣，一如既往地优雅。

他正正麦克：“非常高兴再次来到这座城市。刚才认真听了几位领导、嘉宾做的精彩演讲，感觉……”

讲完，邵君理走下台子回到座位，坐下以前似有若无地向专业观众所在的中间区域看了一眼。

阮思澄伸出手，冲他用力挥挥！

邵君理的唇角撩起一个笑容，也冲阮思澄打了一个招呼，接着回头坐下。

陈一非觉得不可思议，问：“你认识邵君理？”

“哦，”阮思澄说，“邵君理是思恒医疗的投资人，而且他特别看好这个项目！”说这话时，阮思澄的脸上洋溢着光彩，演技爆棚。

对不起了，她想：我连邵总都敢利用，我可真是太坏了，“创业狗”变“心机狗”了。

“哦？”听说扬清的邵君理特别看好这个产品，陈一非主动探听起了信息，“你们具体做什么呢？”

“是这样……头那部分，我们主要看脑出血和脑梗死。腹痛部分，医生们先点选症状，然后 AI 根据血尿便常规、电解质、胸部平扫、腹部 B 超等数据给出建议，比如要不要做其他检查，最后综合诊断，告诉医生最可能的是什么，第二可能的是什么。胸痛部分，主要是看心脏疾病，比如冠心病……”

陈一非听得很认真，时不时说：“不错不错”。

“我以前在澎湃工作。”阮思澄最后说道，“去年出来开公司的。当时好多人说，大家都是在企业时想着单干，等单干了又想回企业，而且还预言说，过不了多久我就会想回三巨头拿死工资的！可实际上，这一年我越来越爽，有投资人，工资奖金照领不误，不像以前的创业者那么苦了。在大公司，干得再好效益再高也总归是给人卖命，顶多得到一句表扬，或者职位升一级、工资多一点。我腻歪了，升两次就没意思了。人总需要新鲜感嘛……同样的好事，第一次发生时觉得特别兴奋，第二次一般，第三次就没感觉了。现在创业，每天看到一点进步，等着融资、合并、上市，特兴奋。”

“行了，”阮思澄收拾东西，“明儿见！”她努力展现出好的状态，跟打了鸡血似的，觉得奥斯卡欠自己一座小金人。

陈一非说：“明儿见。”

论坛一共两天，参会人员都被组委会安排在某五星酒店住。被邀请的住大套间，其余人住标准间。

阮思澄没吃晚饭，带着手机和充电宝一直坐在大厅里等出门吃热干面的陈一非回来，顺便看看教材、刷刷课程。

她不觉得守株待兔是浪费时间。CEO 的重要工作之一就是寻人，她还听说曾经有 CEO 跑去注册专车司机，在大公司附近游荡，通过聊天勾搭员工。

一直等到晚上 10 点，陈一非才现身大厅。

阮思澄忙跟着走到电梯间里，一抬头，十分惊讶似的，道：“陈一非！”

“阮思澄！”

“好巧！”

“是啊，好巧！”

他们走进同一间电梯，阮思澄的两手捧着手机，专心致志地看视频。

画面是刚结束的法网男单半决赛的视频集锦。

陈一非问：“你喜欢网球？”

“还好。”阮思澄说，“费纳真是老而弥坚，大满贯都拿了好几十个了。”

她知道陈一非非常喜欢网球，爱打也爱看，不过貌似打得不咋样。

陈一非的弥勒佛脸上现出笑容：“按照他们两人今年这个状态……”

“也不一定。历史上，决赛时的状态……我记得有一年的美网……”为了和陈一非交朋友，阮思澄已恶补数天，觉得自己看着看着好像也真喜欢上网球了。

他们边走边聊，一直走到陈一非的房间门口还没说完，站在原地又唠了两三分钟才各自回房。

人工智能论坛第二天一大早，阮思澄如法炮制，6 点就在大厅坐着等，眼睛紧盯着电梯间。等陈一非走进餐厅，她才噌噌地跑过去，在他肩上轻拍一下：“嗨，太巧了，又碰到了！”

陈一非：“还真是。”

阮思澄见酒店餐厅人满为患，说：“坐一起么？”

“行啊。”反正早饭并不正式，也不需要特别避嫌。

拿好东西坐到桌前，阮思澄又根据自己打听到的各种信息，比如陈一非的兴趣爱好、家庭状况、从业经历，把人哄得十分开心。

大叔喜欢网球她就聊网球，大叔喜欢什么她就聊什么。

气氛无比自然、融洽。

阮思澄在爱未实习过三年整，还能说说三巨头的微妙区别，而这也正是对方想了解的。

他们甚至发现有几个两人共同的好朋友，非常惊喜，感觉距离又被拉近了。

当然，阮思澄也见缝插针地说几句思恒医疗和邵君理。

吃完早饭俩人一起去主会场，听演讲、记笔记，偶尔互相讨论讨论。

等散会时，阮思澄觉得二人关系已经算是挺不错了。

他们换了电话、微信，并且约定保持联系。

毕竟在外面能碰到一个聊得来的人并不容易。

回云京后，阮思澄在微信上给陈一非单拉了分组，并在那个组里跟打鸡血似的，一会儿发一张公司聚餐照片，写“We are family”；一会儿发一张领导探访照片，写“市长又来创业园啦”；一会儿发儿童医院打码合同，写“某家医院同意合作”；一会儿又发邵君理的微信消息，写“投资人温柔鼓励”。

同时，她也没忘了保持联系，并最终约到一顿便饭。

就在这顿饭上，经过事先精心设计好的过渡，阮思澄神不知鬼不觉地将话题拉到工作上，气氛轻松。

而陈一非，几经诱导，终于说出了“大公司的斗争复杂”这句要命的话。阮思澄的心怦怦跳，勉强压下心中的激动，表情分外天真地问：“爱未那边怎么了吗？”

“搞笑一样。”陈一非说，“我手头有四个项目，就叫它们 ABCD 吧。原先老板一直都以 A、B 为重，结果上月部门领导换了一批，新的老板为了凸显自己功绩，把原先老板重视的项目全停了，将 A、B 降级，缩减资源，然后为了安抚大家，又把没花太多心思的 C、D 升级，让做 A、B 的人去做 C、D。过去一年等于白做，而且论前景，C、D 不如 A、B！”

阮思澄安慰了几句，与对方分账和告别。

直到半小时以后，她估摸着差不多了，才像是帮“朋友”似的，给陈一非发送微信：【陈一非，我这个人特别爱才，看见好的不想撒手。刚刚知道你不开心，所以想试着问下，你要不要来思恒医疗？我们的 CTO 有事走了。我让你当公司的 CTO，全权负责所有技术，我绝不干涉、绝不甩锅。工资福利保持不变，股份方面，我可以给你 8%。】

钱纳和贝恒相继退出，现在公司期权池里股份数额十分可观，有 16.5%，可以拿出其中一些给陈一非，反正期权池的股份就是给员工的。

陈一非：【[微笑][微笑][微笑]】

阮思澄：【要谈谈吗？】

陈一非说：【你该不会是故意接近我的吧？】

【是。】知道时机已经成熟，阮思澄也大方承认：【正是，在峰会上，我故意和人换座位，就为了和你说上话。电梯里、餐厅里，也都不是偶遇，而是等待。为了和你当朋友，我恶补了你在网络上列出的兴趣爱好。陈一非，思恒医疗 CTO 的位置非你莫属，太合适了。】

陈一非：【果然，稍微显出一点换工作的意思，你的微信就来了。】

阮思澄：【这是互相套路吗？】

陈一非：【算是互相套路。聊聊吧！我这几天一直在想，如果一个老板可以为了挖我做到这种程度，是可以聊聊的。】

阮思澄：【谢了。】

关掉微信，阮思澄又耍小心机。

她打开天气预报，将聊聊的时间约在了可能要下大暴雨的那天，地点就是爱未楼下的咖啡厅。陈一非不疑有他，应了。

阮思澄知道，人都有“补偿”心理，对方如果亲眼见她冒雨赴约，再想拒绝她的恳求在心理上会很困难。

约完以后，阮思澄向邵君理汇报了下进展。

“嗯，”邵君理道，“多了解下他的性格。我说过，管理层中需要平衡各种性格。有人乐观，有人悲观，有人注重大局，有人注重细节，一味寻求与自己合得来的人是大忌。”

“我知道。”想了想，阮思澄问，“这回挖人表现如何？这种手段可以用吗？”

邵君理稍顿了一下，说：“自己想。”

“嗯？”

“我无意当创业导师。一个人有一个人的方法，我的方法未必适合你，我不用的方法也未必行不通。不是年长几岁或者曾成功过就能随意评价人的好坏得失。你自己摸索适合自己的路，不用事事问我。我的智慧有限，看不出来很多东西，只能在明显有问题时提醒你。”

“谢谢邵总……不过，您的 IQ 有限？”

“当然。”

“您和谁比？”

“近的，杰弗里·辛顿。远的，阿尔伯特·爱因斯坦。”

阮思澄倒吸口凉气。

果然，不该问的。

和爱因斯坦比智商？！

你有病啊……

而且好像还是认真比较后才得出来的这个结论！

也许仔细地考察过爱因斯坦 26 岁发的论文和他自己 26 岁时发的论文。

画面太美我不敢看。

那边，邵君理又说：“不过你倒挺能查资料，陈一非并不是名人，你居然了解了个通透。”

阮思澄说：“不要小看 XNSCIA。”

“什么？”

“小女生中央情报局，很厉害的，和大妈中央情报局（DMCIA）齐名，不逊于真正的 CIA。小心哪天也会扒扒你。”

“扒吧，”邵君理淡淡地道，“然后把扒出来的东西牢牢记在心里，记一辈子。”

阮思澄小声吼：“说什么呢！”

邵君理也晃过神来，道：“没什么。”

这人……

与陈一非见面那天，暴雨如期而至。

阮思澄特意开了车，走走停停，平常半小时的路仿佛根本没有尽头。雨水如炮弹一般砸在玻璃窗上，雨刷反复摇摆，发出吱嘎声响。

幸好她出门早，提前 45 分钟到了。

万万没有想到，因为下雨，陈一非没到岗，要从家里过来！

距离面谈还剩大约 15 分钟时，陈一非发来消息，说要迟到 15 分钟，阮思澄回"没关系"。30 分钟后，陈一非又发来消息，说还得 1 小时，阮思澄的心里愧疚，回"注意安全，千万别急，没关系"。结果，又过了 1 小时，陈一非再次发来消息，说"还需要最后 1 小时"，阮思澄答"没事，最好的人和事值得耐心等待"。

她续了咖啡，慢慢地啜，本来以为不知道要等到何时，谁知两口以后略一抬头，竟猛然间看到了陈一非高大的身影！

她被吓得差点扔掉勺子！

"抱歉，"陈一非在对面坐下，"我想最后试试你挖人的诚意。"

他打着伞，伞上有爱未的 Logo，身上干干净净，明显未经过跋涉。

阮思澄明白了，原来人家是故意迟到，今天一直都在爱未，根本不是从家里来。

又是一波互相套路。

她给陈一非也叫了一杯咖啡，翻开文件夹，说："一非，试探阶段已经过了，咱们也别互相套路了。现在，我把思恒医疗的困难与前景坦诚地告诉你，希望你能慎重考虑。"

本也没有打算一直瞒着对方。

陈一非的表情也严肃起来，说："好，你讲。"

※※※※※※

阮思澄又啜了一口卡布奇诺："目前，自动识别定位脑出血、脑梗死这一部分的程序已经全部完成，也用儿童医院的2000份患者病历初步训练了AI，没有发现问题，但是儿童里边脑出血、脑梗死真的比较……罕见，因此在等新的数据。急性腹痛这一部分，我们已经针对炎症、穿孔、梗阻等病因写了完整代码，在做其他几种重症，遇到一些困难，易均正在研究。至于胸痛，则是思恒医疗最头疼的事情。我们希望根据心电诊断治疗，二期再加心磁、超声，可是……哎，这个也是思恒医疗希望你能有办法的地方。”

陈一非手捏着对方递的资料，有点胖的手指一页一页翻动，皱眉看着。

“数据方面，只有云京儿童医院同意合作。但是……”阮思澄说，“我研究了近几年的电子病历应用报告，选了一些比较冷门但电子病历应用程度非常高的大医院作为目标。目前已经和其中的几家在谈，而且觉得挺有希望。”

“哦？”

“云京、地京两大城市企业云集，数据科的医生早就没感觉了。可是我想，电子病历应用程度较高的外地大医院，对于IT新鲜事物应该比较开放、欢迎，只是因为地理位置等原因，没有进入大公司的搜寻视野，可以试试。”

她早想着要着眼于外地的大医院，这些医院的医生水平未必就比云京或地京的差。邵君理也有过同样建议。可是全国的大医院有好几百家，不能像无头苍蝇似的乱扑，因为每次联系都要消耗大量的时间、精力，不亲自过去谈个三五趟不会成功。因此，她总结了“对IT友好”“比较摩登”的医院名单，还评了星。她假设，这些医院不太想被IT时代抛在后头，可又没有得到垂青，也许比较容易攻克。而且电子病历应用得好，数据齐全格式统一，以后训练AI时也会容易一些。

联系那些医院的数据科管理人员没有想象中的费力。她手里有邵总给的16家医院，这些医院的主任们通过会议等活动全都认识众多同行，她求合作不成，只求介绍介绍——打声招呼、发个名片，对方看在邵君理的面上还是会答应的。通过这个方式，阮思澄接触了一些医院大佬。

事实证明，这个策略相比以前效率高点，几个医院的联系人都挺和气。

听完阮思澄的讲解，陈一非点点头。

他继续看技术问题。

窗外暴雨依然在下，室内却是平和、温馨。

二人聊了 3 个小时，到 5 点时，陈一非说：“我得回家思考一下，确定产品能做出来。”

阮思澄最后总结：“好，目前就是这样。一共有 3 个障碍，胸部技术难点由你解决，腹部技术难点由 P 大解决，患者病历难点由我解决。说实在的，后面两条最终应该都能突破，只要你能把第一点研究通透，就成了。”

陈一非的眼睛深处带着几分跃跃欲试：“我想想。”

“嗯，”阮思澄说，“最后，我再提供一个好处，你的股份可以买卖。只要急诊 AI 可以成功落地，我们肯定能融得到 A 轮、B 轮投资。天使轮思恒医疗的总估值是一亿多——邵总当初 2000 万也才占到 12%。A 轮、B 轮过后公司的总估值会更高，你的股份要能转卖也至少值几千万了。只要产品有前景，必定有人愿意收购……就是外部转让需要股东们同意。”

“我想想。”

“我绝对不干涉什么。”

“好，行了。”

与陈一非告别后，阮思澄时常觉得，未来十分像是被动漂浮在海中的某样东西，在水面下一点儿，既浮不上来，又沉不下去，她只能朦朦胧胧看到一个影子。

她本以为陈一非要至少考虑几个星期，于是打算亲自上阵与总监们讨论技术，推进项目。

没有想到，大佬就是大佬，不会等着拖着，才过三天，陈一非就跟阮思澄说，他接受挑战。

阮思澄暗自惊喜。

“我想过了，至少冠心病、心肌缺血、心房颤动、心动过速……这十种病应该能做，也够了。”

“我还需要两周离职。”

“没有问题。”阮思澄强压下狂喜，“能先过来开个会吗？和大家认识一下，顺便布置一下未来两周他们应该做些什么。”

“行。”

“那……明天下午一点？”

“行。”

放下电话，阮思澄的手指发颤。

她急忙给邵君理打电话：“陈一非要来了！他要来了！”

邵君理笑：“恭喜。”

“哎，嘿嘿。”

等了几秒，阮思澄说：“邵总，明天下午一点陈一非来公司，你要不要也来看看？”

“一点？”邵君理查查日历，“行。”

“那说定啦，等着您哟。”

“嗯。”

“好些日子没见着了。”

“都忙，”邵君理随口答，“以后可能经常这样。”

阮思澄想：以后……以后啥啊，你说啥呢，谁跟你“以后”。

第二天中午，阮思澄与邢笑佳、朱天球一起吃了顿饭。那两个人已经约她四五次了，她前阵子没有时间，现在不想再推脱了，毕竟“创业狗”也需要朋友。

邢笑佳一见到阮思澄就大吼：“啊！我的姐姐！同投资人无性繁殖的姐姐！”

朱天球：“噗！”

阮思澄说：“当心邵总知道了当场把你捏死。”邵君理的气势不是一般的强。

“无性繁殖不挺好吗？”邢笑佳嘟囔着道，“他爸邵城那天说了，他每天就睡 5 小时，哪有时间干那种事。”

“哈哈哈哈，”大傻子朱天球也无节操地道，“那说不定，大企业 CEO，做那种事都是速战速决，怎么快怎么来，就 5 分钟，赶着发泄，忙着工作。”

阮思澄呆了呆，没有忍住，问：“5 分钟？不会吧？”

朱天球沉吟道：“我觉得有可能。”

邢笑佳跟着说：“我也觉得差不多。”

邢笑佳、朱天球一起笑道：“哈哈哈哈哈哈，大橙子，你那么认真干吗？”

阮思澄想：应该不至于吧？

对于“5 分钟”，除了阮思澄没人在意，几个朋友说起近况。

邢笑佳在自己创业，还是“摘草莓机器人”，打算做完这个产品再搞“摘西瓜机器人”。朱天球还在澎湃科技，与王思任和初颜一起在做“智能家居”。

“我真服了那个初颜！”朱天球一脸受不了的恶心表情。

阮思澄问：“她又作啥妖了？”直到今天，听到这个名字还是让她感到浑身一寒。

“呵呵，”朱天球道，“你们知道，王思任的能力不行，她老板也不太满意。年初时，王思任要搞个项目，初颜看出她不行，其实我们全都看得出，但没吱声，只有初颜知道老板的老板对老板不满意，就想取而代之，在会上提反对意见，说肯定是做不出的，项目两个目标本质是矛盾的。她也知道说那些话根本没用，只是想要显示自己更有眼光罢了。果然，上个月项目结果一塌糊涂！初颜以为大老板会劝王思任转组、离开，把她升到六级，当经理。可王思任也不是吃素的，抢了别人一个功劳，又留下了。”

听老同事的宫斗剧，阮思澄恍如隔世，问：“然后呢？”

“然后？哈哈，真的服了！一见不对，初颜乖得像小绵羊，而且立即大病一场，在医院里面黄肌瘦！大家一起去探病时，她一见着王思任啊……眼泪唰唰就下来了，看着特别感动、激动……王思任又有些疑惑，觉得初颜是真心想跟着自己，好像没想取而代之，当时可能只是单纯忧心项目……反正暂时翻篇了，也不知道以后咋样。”

阮思澄想：确实不服不行。

“对了，”朱天球又说，“那天初颜还跟我打听你的创业怎么样了。”

“特不咋地！快要黄了！”阮思澄被吓了一跳，“往差了讲！越差越好！”

“那肯定是不能的啊！”朱天球巨讨厌初颜，“咱得为你争一口气！我一顿吹，说邵君理特欣赏你，思恒医疗A轮、B轮已经全都有着落了。”

阮思澄想：从本科起，初颜事事学她、顶她，以让自己不爽为毕生目标，她不会也要来创业吧……

应该不会，这可是人生路上的重大选择。

再精神病也不至于。

想到这里放心了些。

听了一顿澎湃宫斗，阮思澄在路上更加庆幸自己选择创业——跟着王思任还有初颜真心无法好好工作。

她笑起来，甚至还小跑几步，回到园区，等陈一非和邵君理。

二人都没迟到，但也没有早到，都是12点59分才现身的，让阮思澄怀疑他们躲在哪里，然后再出现。

她带着陈一非见了全部高管，一一介绍，接着召集全部技术人员到会议室迎接新CTO。

“这是咱们新来的CTO，陈一非！”阮思澄的声音欢快，背出对方光辉履历，“P大医学院的本科，然后转行，纽约州立大学计算机博士，在医院和企业都有工作经历。上个职位是爱未的高级经理，七级，曾负责过心脏产品‘爱未Cardio’，反响很好……”

“对，”陈一非高高胖胖，身姿却直，说，“在医院时待的诊室正好就是心血管内科，对心脏最熟。”

看得出来，请到“大牛”，小伙伴们都很开心，噼里啪啦鼓掌欢迎。

贝恒只是三巨头的六级员工，新CTO却是七级大佬，还有医学背景，好像更加合适。

陈一非也讲了些话，比较套路，无非就是“感谢认可”“一起奋斗”“同舟共济”等。

阮思澄总觉得，敦敦厚厚的陈一非让人觉得十分稳重，与贝恒不一样。麻秆一样的贝恒总令她感到无法担事。当然，这更可能是在知道对方性格后产生的心理暗示。

她从窗子往外望去，发现今日阳光大好，马路对面住宅楼的阳台里边还摊满了各式棉被。

接着，20 几个普通码农介绍自己。大部分人比较木讷，不善言辞，只说姓名、目前职位、在做的事、毕业学校、工作年限，顶多加上上家公司的名字。

陈一非却可以根据他们说的信息迅速布置任务，并与在场众人约好 14 天后一起正式工作。

散会后，趁着陈一非上厕所，有人问阮思澄："阮总，陈一非是投简历来应聘的吗？"

"不是。"

"那？"

阮思澄微笑："我在参加人工智能论坛时认识的，觉得他的背景合适，就邀请来这边工作。"

对方感慨："还真有缘……"

"嗯，"阮思澄说，"就是这样。"

阮思澄同时心想：小孩子们恐怕永远不会知道自己是如何才争取到这个"缘"的。

她几乎完全是靠自己的诚意打动陈一非的。

许多老板不懂，真正的人才，最渴望的是一个认可自己的人，一个钟情自己的人，一个认为自己无可替代的人。

在陈一非离开之前，阮思澄把大门的开锁密码小声跟他说了，就是思恒的成立日。

说完她又想了想，道："这锁还有一张门卡。如果哪天打不开了——比如我们改了密码，可以刷卡进来上班，平时放在包里就好。你等一下，我找一张。"

陈一非颔首："麻烦了。"

"没事。"

阮思澄到 COO 办公室的柜子前，回想了下，拉开最下面的柜门，穿着

5 厘米高跟鞋，一只脚蹲着，一只脚跪着，露出一截皓白小腿，莲藕似的。她低头在东西里翻，试图找出可以用的思恒门卡。

新 COO 今天不在，她也不太清楚要找的东西究竟在哪层。

一个一个地方翻。

公司 U 盘、本子、水笔、便利贴、智能手环……什么破烂玩意儿都有。

门卡呢……

阮思澄的耳后头发不停地掉落下来，她也不停地把头发捋到耳后。

否则难受，视野还小。

她的头发已经剪短，无法搭在肩膀后面，就只能靠耳朵卡着，却不够，因为她的头发又细又轻，滑得好像缎子一样。

捋着捋着，阮思澄忽然间觉得，有一只手从身体后轻轻撩起她的头发，顺着耳廓别在耳后，并且一直替她按着，没有用力，却很坚持。

温热的手指尖隔着厚厚的发贴着她的脖颈，最前端则要碰不碰。

触着，环着，竟带珍惜。

阮思澄以为是某个女性员工，没有在意，继续专心地找门卡。

一分钟后，她打开了一个盒子："成了！这呢！"

她拔出来一张门卡，"唰"地仰头看向身后："一非，这个——"

话到这里戛然而止，好像被人揍了一拳！

邵君理正慢悠悠撤回右手，松开头发，从她颈上移回身侧。

因为一点静电，他离开时，阮思澄的几根头发竟还十分留恋似的，贴着他的手指、掌心，跟着他去，不愿分开。

在柜子前，二人一个站着，一个蹲着，一个仰望，一个俯视，目光纠缠。

邵君理手插回兜里，垂下长睫，而阮思澄则扬起了纤细修长的脖颈。

糟糕，脖子边的头发好像烧着一样，烫着脖子，连脸颊都微微热了起来。

她甚至想：要不，5 分钟就 5 分钟吧。

几秒过后，阮思澄慌慌张张地撇开脑袋，拎着红色绳子高高举在面前："陈一非，你的门卡！"

陈一非伸手接了，没吱声。

他总觉得哪里不对。

※※※※※※

陈一非、邵君理二人离开以后，阮思澄回屋子继续工作。

脑袋瓜子被摸过的地方发烫，像能把她炸成一个炮仗似的。

她禁不住发了下呆。

贝恒离职前后，邵君理曾两度问她是否清算，她回答说要挺着，两人推心置腹聊了许多东西，接着……对邵君理的好感便似乎进了一步。

她叫他名，他叫她姓，她碰过他的头发，他也碰过她的，某些情绪就像海里面的漩涡，表面波澜不惊，深处汹涌奔腾。不过，比起这些事情，邵君理无意中说的“以后”“一生”更加让她面红心热。

她觉得，邵君理比自己走得更深一点。

她呢，对对方有九分崇拜、八分依赖，还有大约七分悸动、六分期待。一个高帅富暗自撩拨自己，如果自己没有反应就显得不礼貌吧。

然而，也许因为天生迟钝，相比对方，她的状态有点停滞。

她能感觉到，邵君理那种步步为营的人，大概很快会有更“过分”的动作。

“你叫我名我叫你姓，你碰碰我头发我碰碰你头发”，还是有点小儿科了。

他想让自己给出新的态度、新的回应，而后进一步、再进一步。他爱掌握主动，绝不会如学生一般傻乎乎地表白、追求、尝试交往，而是领着自己向前，更强势地接触、试探、进攻、掠夺，等到最后时机成熟，他确认了依旧想要，她也简直离不开他了，他再从容出手，一次拿下。

他绝对是那样的人。

阮思澄觉得自己还挺了解邵君理的。

那个家伙，自恋、傲娇，常常让人哑口无言，心细、体贴，内里其实十分温柔，头脑聪明，思维跳跃，偶尔好像有精神病。

哎，算了算了，不想他了，兵来将挡水来土掩。

终于搞定 CTO 的事情，阮思澄又继续搜寻患者病历。

此前，她甚至雇兼职员工在急诊室直接拦住刚痊愈的患者本人，用礼物换病历副本。当场贴掉病历上的身份信息，到复印室一起扫描，保存副本，这样也拿到了不少数据。

而现在，她又频繁乘飞机到外地，与医院 CIO 们（首席信息官）切磋，商讨结盟事宜。

她带上了项目介绍、高管简历、与邵君理的投资协议、与 P 大的委托合同、对儿童医院患者病历的处理过程与结果，极力证明思恒医疗团队优秀、资金到位、技术先进，非常靠谱。

而且多亏了市场经理梁言，思恒已经有了一些媒体报道，微博、公众号也算活跃，看起来是认认真真在做事的。

将近两周下来，经过两次见面，阮思澄终于与某医院达成初步意向，是地处西部的 G 医院。CIO 的电话号码是她从 P 大一院要的。合作的内容是，G 医院提供 10000 份患者病历，等产品出来，思恒医疗免费赠送 4 台机器，附带产品维护。

G 医院的几个大佬觉得，到时可以装上机器，试试看。

说来也巧，这家医院的急诊科由于医生判断错误刚输掉了一个官司，正是腹痛病例。某名校的学生会长假期回家，与朋友们在小吃街转了一天，吃得太饱太撑，腹痛难忍，当天晚上入院治疗，医生拍片、洗胃，进行常规操作，然而患者一直声称没有好转。大家都以为是洗胃后的不适，没想到三天以后，患者忽然跌下病床，瞳孔放大，抢救失败，当场死亡！等到回看 CT 片子，医生们才惊讶地发现，入院当天患者胃部上方便有一个小口，显示当时已经穿孔。

因为涉及名校学生，当年闹得非常厉害。患者同学在网上发起捐款，帮助家属起诉医院、索取赔偿。法院刚刚判决，媒体又骂一波。

他们是一朝被蛇咬十年怕井绳，都想：要是真能减少误诊，不挺好吗？

G 医院让阮思澄掏出合同看的那天，阮思澄简直高兴到飞起，连走路都一颠一颠的，时不时地嘻嘻笑笑，在马路上小跑几步。

因为公司在向好的方向发展。

G 医院已经搞定大半，应该可以进来 10000 份患者病历。新 CTO 即将入职，而且很懂心脏，估计可以攻克“胸痛诊断治疗”，P 大易均那边好像也有进展，刚刚才打电话叫她过去一趟。

开心！

她为犒劳自己，在网上一顿查，跑到评价最高的一家拉面馆，准备大吃一顿，于是更加开心！

排了整整一个小时的队，阮思澄才终于坐下。

累……不过，苦尽甘来最有滋味！

她掰开筷子，卷上拉面，接着打开手机登录微博，点“全部关注”，一边伸着脖子吃东西，一边斜着眼睛看手机。

结果……看到一件屁事。

连入口的第一口面都没觉出任何滋味。

这件屁事倒跟工作无关。

在她主页上面，某娱乐博主道：

据节目组内部人士私下爆料，《浓情蜜意》第二季最后一位嘉宾是邵城的独子。1987 年出生的他，毕业于美国名校，正任扬清副总，主管“互联网 +”，被媒体评价为“尽管父母双亲拥有傲人财富，却并不是生活荒唐的富二代，努力、优秀……”

还配了些邵城独子活动中的高清照片。

邵君理一直以来十分低调，不搞事，不作妖，认识他的普通网友数量不多，上回“君君”事件是邵君理首次被关注和调侃，因此，媒体没有提他名字，依然用了“邵城独子”。

阮思澄想：不能吧？

《浓情蜜意》是一档约会节目。富二代、女明星在第一期节目进行双向选择，然后出门约会、彼此了解。而观众呢，就看看俊男美女们的绝世美好爱情，瞧瞧“上流社会”都是怎么约会、怎么消费，高富帅、白富美都是怎么浪漫、怎么互撩的，再挖掘点 CP，发现点奸情。第一季早已收官，收视率惊人。

阮思澄想：邵君理竟然会去？在电视上跟女明星火花四射？最后下来还有可能真成一对？

她呆呆的，甚至怀疑自己之前是误会了两人的关系。

她该不会……是傻的吧……

一想到自己“傻”这个难以接受的可能性，阮思澄不禁浑身一个激灵。

不不不不，她又想：不要轻易下结论。上这节目都是为了广告宣传，谈假恋爱，不碍事的，他能克制。

她皱着眉，点开评论。

最热门的评论：小说男主角本人了。

第二热门的评论：期待！觉得跟张渺渺特别有CP感！

第三热门的评论：人家比你好看，比你聪明，比你富有，居然还比你努力。

第四热门的评论：搞笑。一堆人说厉害、羡慕，你要有爹也可以的，好吧？中华拼爹5000年。

阮思澄把微博一关，不想看了。

她看这种东西完全没有意义。

要不要直接问对方在想什么？

她有资格问吗？

有吧？

也可能没有……

哎，真烦。

她不是很清楚这种内部爆料的真真假假，基本都是扯淡，其中一方拉着另外一方炒作，偶尔来点真的，防止以后发生“狼来了”的故事。

一顿拉面食不知味。

她出来时正刮大风。在大西部这是常事，风尖叫着，像夹带了哨子，街上的尘土聚在一起，在地上蹿，似一群小黑蛇。树在天上磨着，咯吱咯吱的，让人心情烦躁。

回到酒店，她还是不知如何是好。

问，还是不问？这是个问题。问，俩人尴尬；不问，显得太怂。

一直纠结到十点钟，阮思澄终于决定：问！

她打开微博，搜“邵君理”，想要保留作案证据，然后严刑逼供，让邵君理没有一丝逃脱制裁的可能性。

然而……一搜，阮思澄却意外发现了不一样的新东西。

“邵城独子即将参加《浓情蜜意》”的消息已没有热度，取而代之的是“邵城独子否认参加《浓情蜜意》”。

某官方媒体道：“【邵城独子否认参加《浓情蜜意》：连我都能编排上了？】此前有消息称，《浓情蜜意》第二季最后一位嘉宾是邵城的独子，然而几小时后，@邵君理发文怒骂造谣媒体：‘连我都能编排上了？’”

下面配了一张朋友圈的截图，总共就一句话，看不出来“怒骂”：“连我都能编排上了？”

一看就是故意让朋友圈里的记者抓新闻的。

邵君理并没有微博，于是只能这样做了。

对于没有微博的深层次原因，阮思澄也问过。当时对方回答，这世界上大夫很多，可真正有本事的大夫却不多，老师也是，CEO 也是。因此，既然那么多 CEO 都开通了微博，那他为了不对比别人、不伤害同行，还是算了，否则就跟炫技一样。而根据邵君理长期以来的表现，阮思澄竟不知可以相信几分。

阮思澄想，依上回被澎湃科技泼脏水时的种种表现，他要真有微博，估计还会顺手艾特节目官方、播出平台、造谣媒体，直接显示“朕不高兴”。

不过，她又想，怎么不能编排你啦……你是什么了不起的大人物吗？

估计对方挺不爽的，阮思澄便放下手机，在被子里拱了几下，蹭到床头，抓起座机，给邵君理拨了过去。

她估摸着，这个时间对方还在扬清集团，于是打到总裁办，让人转过去。

邵君理接了。

阮思澄说：“邵总……是我。我在外地，刚跟 G 医院达成口头意向……您现在有时间没有？商量一下合同的事。”

“说。”

“是这样，G 医院提供 10000 份患者病历，等产品出来，思恒医疗免费赠送 4 台机器，附带产品维护，但是……”

她叭叭地讲，邵君理则提了几点要注意的。

最后，挂电话之前，阮思澄的心脏打鼓，有点弱弱地确认道：“我刚才在微博看到，你要参加约会节目……”

还是想要知道真相，毕竟只是“疑似否认”——万一那个是巧合呢，虽然好像不太可能。可是，不亲耳听对方否认，阮思澄总不能安心。

邵君理一顿，“嗤”地一笑：“你还挺闲。”

“没有，一边在小餐厅吃饭一边抓紧时间玩的。”阮思澄早就习惯于邵君理的讲话方式了，也不气。

“假的，我否认了。”邵君理说，“放心。他们确实通过朋友联系过我，但我当时就回绝了。”

听到这话，阮思澄在心里赞叹：厉害，造谣一条新闻，辟谣一条新闻，一来一去两条新闻就出来了。

她有点爽，轻轻地问：“您为什么要回绝呀？”

她本以为对方会说“无聊”“恶俗”或者“没时间”“要工作”这类的话，结果邵君理那边却沉默一两秒钟，道：“没地方。”

“啊？”阮思澄被说蒙了，“没地方？什么没地方？”

邵君理放轻声音，一个词一个词地蹦着说：“现在、心里、没地方。”

阮思澄在被子里面全身上下一阵过电！

邵君理恢复了好整以暇的样子：“要是参加，总不好半个正眼都不给吧，但是，没地方。”

来了来了，阮思澄想：邵总行动又升级了！

那自己该回应什么？

思考两秒，大脑当机，混沌一片，阮思澄一怂，“啪”的一声撂了电话！

而且因为是用酒店座机，不是手机，当场摔出了千军万马、波澜壮阔的气势！

※※※※※※

思恒第二位 CTO 正式入职以后，阮思澄为帮他镇场，连续多日没有出门。直到陈一非融入团队，将下属们管了起来，阮思澄才答应易均去看 P 大项目进展。

易均亲自到校门口接人。在等待期间，阮思澄目睹了一个 T 大男生手持 T 大证件通过保安查验，风中凌乱，这才知道“T 大证件能进 P 大”竟是真的。

易均还是从前那样，温文尔雅，看着年轻，一眼望去好像校草。

阮思澄走过去：“师兄，好久不见了呢。”

易均苦笑：“做不出来东西，不敢联系你。”

“嗯？”

易均手里拎着钥匙：“怕你对我感到失望。”

“别这么讲……”

“就算不讲也是事实。”

阮思澄心生愧疚，忙把话题转向项目：“腹部 B 超图像识别……电话里说有结果了？”

“对。”易均颔首，“应该算是有突破吧。不过现在病历数量不够，看起来准，实际未必，以后可能还要调整算法。”

“好的，好的！”阮思澄十分兴奋，脸上有薄薄的光。

当初交给易均的事，全部都与“超声”有关。急性腹痛过于复杂，需要不断研发、完善。一期急诊 AI 将主要用于诊断少数几种危险而又比较常见的病，比如最严重的主动脉瘤破裂、腹部脏器破裂，第二严重的肠梗阻、肠穿孔，还有胃肠炎、阑尾炎等急性炎症，以及一点中毒、感染。至于剩下的，AI 只会列出可能，给出建议。

在使用时，医生需要询问患者信息，完成体格检查，在系统中点选症状，导入脉搏、血压、体温、血尿便常规、电解质、淀粉酶等基本数据，与此同时按照建议或者自行进行影像检查。而 AI 则会自动根据文字信息和图像结果出具实时报告，报告可能直接诊断，也可能说“继续查”。

在技术上，思恒医疗需要用到数据挖掘、图像识别两个部分。对于后者，基本上 CT 识别就可以了。肠穿孔有膈下游离气体，肠梗阻有肠管扩张积气，阑尾炎有阑尾肿胀或者增粗，都很容易看，而胃肠炎等病通常不做影像。然而，CSO 石屹立与其他医生讨论之后还是觉得，对其中的一两种病最好可以使用 B 超，比如腹部脏器破裂。

这就难了。

相比平扫、CT、核磁，超声要难得多。因为它是动态图像，还是实时的，对医生的要求很高。医生需要操作仪器看自己想看的东西，手法方式各不相同，比 CT 更没有标准，病人胖瘦甚至呼吸都能影响最终图像。目前，做超声的公司不少，各有各的研发思路。

易均团队就是要解决这些问题。

二人一路走到信科院的办公室。

易均展示算法、结果，说："这里我们采用智能视频分析，对视频细化，为用户建模……"

"原来如此……"阮思澄说，"师兄好棒！"

易均直起细瘦的腰："结果肯定不如 CT，但也没有其他办法，到时产品说明需要写清，免掉不必要的麻烦。"

"我明白的。"

"好。"易均点点头，"等有更多患者病历，我会继续调整算法。这些根本不是儿童常见病症，每种病的零散病历和儿童数据加在一起才几百份，甚至几十份，远远不够。腹部脏器破裂还好点儿，主动脉瘤破裂真的不行。"

"我知道，我知道，"阮思澄说，"马上！"

易均说："嗯，尽快。"

"一定。"

两人唠完又到饭点。

"走吧。"易均说，"去吃饭。"

"好。"

易均琢磨半天，最后带阮思澄来到东门外的一家四川餐厅。

阮思澄说:"嘿,这家店!"

"怎么了?"

阮思澄沧桑道:"想起一件往事。"

"说来听听?"

"嗯,可以啊。"阮思澄也并未瞒着,"我导师是高老头儿,你知道的。高老头儿过60大寿时,同门聚餐,已毕业的师兄师姐也说过来。偏偏高老头儿刚刚摔了一跤,有点儿瘸,我就一路搀扶着他到这里来……进门时,服务员们看见我挽着一个老头儿,那眼睛瞪的……"

易均笑:"然后呢?"

"然后啊,你也明白的,P大信科院的毕业生90%以上都是男的,高老头儿门下更是!唯一一个师姐那天需要加班!我们落座十分钟后,一群师兄也赶到了,一窝蜂地冲进饭店,个个穿得像农民工!服务员问哪个包间,他们也不记得,就说'见没见着一个老头儿和一个美女?就那间!带路!'那服务员脑洞也大,以为是绿帽男带着几个兄弟到现场捉奸了,估计马上要打起来,可有智慧了,特别坚定地说'没见着,你们走吧'。"

易均又笑。

"他们走后打我电话,我说我们已经到啦。他们说没有啊,我说有啊,他们又说没有啊,我说有啊,他们又说没有啊……反反复复,那服务生就是不让他们进。最后终于闹明白,是服务员误会高老头儿了……"

易均手指撑着额头,一边翻菜单一边笑:"行,赶明儿问问高老师。"

"你问你问,他肯定记得。"

"我估计也是。"

易均给阮思澄点了一桌子菜,阮思澄却并没有留意他点了些什么。

他们这一对师兄师妹又从学校聊到技术。

阮思澄随口说:"现在还有用AI网上相亲的呢。人工智能自动分析社交网络上的文本,然后寻找兴趣爱好最匹配的。倒是适合码农。"

没有想到易均却答:"我不喜欢。"

"嗯?"

"我更喜欢缘分。没有任何预兆……忽然遇到了她。"

阮思澄却非常直，道：“我觉得，大数据比缘分靠谱。”

“对了师兄，”阮思澄又想起一个科技新闻，“你看了吗，谷歌 DeepMind 刚又发布了一个产品，可以根据面部表情还有对话诊断抑郁症、躁狂症，以后还会有别的病。”

“嗯，看到了，AI 医疗终于进军心理疾病领域了。”

“对……”阮思澄忽然想到：哇，等过两年再完善些，谷歌请他们的前总监邵君理去做个测试好不好啊，估计能诊断出几百种精神病。

那家伙的思维绝对不正常。

易均问：“怎么了？”

“嗯？”

“在偷偷笑。”

“没事，”阮思澄说，“忽然想到邵总。”

易均的手立即停了：“邵总？”

“就邵君理，我的投资人。”

“怎么想到他了？”

“邵总当过谷歌总监，于是突然想到他了。”

“这样就能想半天吗？”她至少走神了十几秒。

“什么？”阮思澄有点呆，抬头看着易均，十分茫然，“师兄？”

她不明白，易均为何一下子变得咄咄逼人。

对面易均回过神来，继续帮阮思澄把茶杯倒满了：“没事，抱歉。”

“哦。”

阮思澄以为是自己产生了错觉，又继续刚才正在谈的话题，道：“AI 医疗发展真的比想象的快。国际巨头产品不断，扬清、爱未也没落下。AI 观察心理疾病，听上去好不可思议，但事实上就是可以。”

“嗯，等到技术逐渐完善，政府统一数据标准、明确各方责任，公司通过临床试验，发展应该还会更快。”

“我也是这样想，邵总却说天真，没有 10 年成熟不了。”阮思澄从宫保鸡丁的盘子里准确地夹出一颗花生，嘴里一直“扬清”“邵总”说个不停，“哎，学长，每回跟你聊天我都感觉相见恨晚！当时错过真的可惜，整整 6

年互不认识。”

“思澄，其实，”易均好像受了一点刺激，忽地抬起眸子，“我们见过。”

“啊？”

“你记不记得，你 7 年前来读书时，信科院的学生会为了接站方便，给每个人都发了一张高清照片？”

“有印象。”

易均笑笑：“你交了张身份证照，而且拍得……一言难尽，另外几个女生发了处理过的旅游照片，很漂亮，当时几乎所有学长都想去接她们几个。我那年从 P 大毕业，已经确定去美国了，本来不用干活儿的，但想帮帮大家的忙。他们说我马上要去美国了，该把机会留给兄弟，还说如果我去接站别人肯定没戏唱了。”

阮思澄问：“然、然后呢？”

“他们就让我去接乍看起来不漂亮的你。”

阮思澄惊呆了，看着易均。

她是记得有个学长把自己给送上了大巴，不过当时匆匆忙忙，入学后也没再见过，早忘了。

易均竟然放下筷子，十指交叉，专注认真，仿佛在发科研成果：“那天，你的母亲也在旁边，想帮忙拿行李和包，你没同意，自己扯着。然后，在上大巴之前，你把手里拎的一兜家乡特产送给我了，一看就是特意带的，不让对方白去接站。我接站也接了一假期了，‘谢谢’听到耳朵长茧，但还没谁真上心的，当时就觉得挺温暖的。”

易均记得她当时穿着 T 恤衫牛仔裤，马尾高高扎起。

“这个细节倒没印象……”阮思澄想：我可真会办事儿啊，哈哈哈哈。

“接着我就去美国了。”易均说，“不过，坦白说，还是一直记得那次经历。”

“原来如此，也算缘分。”

“嗯，对。”

“开学以后接站群里都在嚎，说该去接你，都刷屏了。”

阮思澄当然也知道自己长得还行，然而这些事情还是头回听说。

那些接站的学长们好“禽兽”啊……

难道她有什么自己还没完全认识到的美貌?

阮思澄又想起一件事。P大硕士毕业以前，她曾投过简历给一家国企，结果投完不到一天就有大妈打电话来，说是公司领导，看见她简历了，然后就在她以为要电话面试之际，突然给她介绍对象。

后面的事易均没讲。

那天，不知是否因为在女生很少的信科院待太久的缘故，他对阮思澄有一点心动。然而他马上要飞跃重洋，也不知道能不能回来，就算心动又能怎样呢。

读博士的5年期间，他没遇到喜欢的人。他被拉着去过教会，也被邀请去过聚餐，认识了不少女生，却再没有那种心动。

偶尔，极偶尔地，一年最多一两次，他也会想，如果当初没有出国，他现在会不会正和出国以前最后一次心动的对象在一起？然而这种假设真的很蠢，他也只是无病呻吟，一秒钟后就又继续上课、看书、写论文了。

五年间论文发了一大卡车，毕业时他“资本”雄厚，想回国就能回国，想留美国就能留美国，各有利弊。他的父母常问他有什么打算，然而在他心中，一会儿“回国”压过“留美”，一会儿“留美”压过“回国”，难以抉择。

后来有天，P大信科院当初那个微信群里一反常态地热闹了一个晚上。大家分享彼此现状，发现基本都有女朋友了，有些还已经结婚了。他们缅怀过去“单身狗”的岁月，也不知道谁起的头，忽然就聊到了“结伴接站”的事。

易均问了一句“当时你们后悔没接的那个女孩呢？之后三年没人追吗？”众人一片哈哈。刘放说阮思澄正在澎湃工作，居然还是单身，也不知道要找啥样的。

易均当晚决定回国。他自己觉得这两件事情没有关联，只是很巧撞上了。

又或许，有1%的关联。

回到现实，易均抬眸又看了看坐在对面的女孩儿，剪了短发，开了公司，有了不一样的人生，此刻正坐在他对面。

可能真的是缘分。

“说到刘放那些人吧，我忽然间有个问题，”阮思澄问，“学长，为啥从来不见你和学姐互动？研究生会的小姐姐我也认识好多个啊，但每次你发朋友圈，基本上都只有刘放、张谦他们那些人回。”

易均笑笑：“我不喜欢和异性有太多私交。分享个人的事情时，一般都会屏蔽‘异性’那个群组。”

阮思澄纳闷：居然还有这种分组。

“我不想有太多互动。”

阮思澄想：这果然是“计院头牌”才会有的烦恼吧！

不，不对。

她又想起一件事情。

阮思澄用食指点着自己鼻尖，说：“可我能看到啊。”

“对，你能看到。”

“难道……”

念及一个可能，阮思澄艰难地道：“我……我……我是纯爷们？”

易均这回笑得厉害，因为正吃着东西，还稍呛了一下，他立即用白皙修长的手指捂着双唇咳了几声。

半晌后，他抬起头，眼眸里面全是阮思澄看不懂的晦涩的东西：“当然不是。”

“那？”

“也有一些……异性没在那个群组里面，比如我妈妈、我姐姐、有血缘关系的长辈和亲属……还有你。”

阮思澄手一顿，放下茶杯，耳中嗡的一响。

简直不敢相信自己刚听到的！

不会吧……她瞪圆眼，想：除了邵君理，易均也……

“计院头牌”想让自己给他“赎身”？

※※※※※※

觉得不对，阮思澄忙装傻充愣，转移话题，心里觉得十分愧疚。

“头牌”没有人要，还得继续接客。

幸好易均没再进攻，变得沉默了些。

结账时，面对易均放在桌上的信用卡，阮思澄一反常态，坚决拒绝“你请一顿我请一顿”的做法，非要AA，像打扑克似的把自己的信用卡扇在易均的信用卡上，对服务员大叫“分账”，A完就撒腿而逃。

各项事情有了眉目，日子开始过得飞快。

陈一非在入职以后主攻心脏诊断部分。

他们利用人工智能深度学习，集中开发心电图的识别系统。该系统将主要针对静态心电图，先是读懂，然后在30秒内出具诊断报告。如有ST段抬高或压低，那可能是心肌梗死或心绞痛；如果……那可能是……系统还会分析其他检查数值，比如肌钙蛋白、CK-MB，继续考察心肌梗死和其他病的可能性。要都没有，系统则会根据各项信息提供建议，比如要不要复查心电图，要不要做冠脉造影……也有可能指导医生做心脏超声、拍胸部CT，或者检查患者体格，用以排除动脉夹层和肺栓塞等可能。

陈一非没多久便捉住了重点——传统算法对心电图并不合适。可以说与指纹十分类似，每个人的心脏都不一样，于是他引入了性别、年龄、身高、体重等指标，进行综合考量。

在技术上，不仅有主要用于图像识别的卷积神经网络（CNN），还有主要用于文本识别的循环神经网络（RNN），陈一非的想法非常具有创意，就是让RNN如同学习句子一样“学习”心电图。既然通过训练，RNN可以知道句子当中一个单词前后有什么词是正常的，有什么词是不正常的，那也应该可以知道心电图中一个心搏前后有什么活动是正常的，有什么活动是不正常的。他把心电图拆成一个个的心搏，让AI系统考察关系、变化，“思考”图形是否异常。陈一非说：“一个心搏如同一个词汇，若干个心搏如同一个句子，放在一起才有意义，不能单一地看。”

阮思澄能感觉得到，把陈一非挖过来是挖对了。能看懂心电图的专业医生其实不多，P大一院心脏中心的副主任曾经表示“大约只有3万多人”，而全国每年的心电图检查人次已近 3 亿。可以想象，如果 AI 系统可以“看懂”心电图，在短时间内出具报告，甚至发现人类肉眼瞧不出的细微变化，一定会对胸痛急诊有所助益。

她打算，等到二期就让这个产品增加比较摩登的心磁图识别功能，甚至延伸到心脏超声、胸部 CT……扯远了。

与技术上的进展同步，患者病历也在增加，从 1 万到 2 万，再到 5 万、10 万，15 万、20 万。

陈一非在爱未时与几家医院合作密切，尤其是在做爱未 Cardio 那个心脏项目期间。当年系统在落地时，为了拿到亮眼业绩，陈一非曾亲自带队进驻医院，沟通协调。现在他老人家苦口婆心，竟搞定了云京三院，可以用于训练的数据又多了，一切都在稳步发展。

到这时候，最大的不稳定因素就是钱了。

在阮思澄的预计中，自陈一非加盟起算，公司账上的资金能坚持 8 个月。她自己再添点儿，能支撑 9 个月。

但事实上，不行。

陈一非的工资很高，而且在看过团队以后，他不满意，叫了两个老下属过来帮他的忙。那两个人在爱未时都是六级，与贝恒一样，每人每月工资 5 万，加上医保、社保更多，这样一来，剩下的那 650 万也就能挺半年多。

不过好消息是，陈一非比贝恒牛。对于贝恒要做一整年的事情，陈一非说，在贝恒和团队已经做了两个月的基础上，再有半年就能完成。

阮思澄在心里盘算，时间相当紧张。她得提前联系各大投资公司，然后等产品一出来，立马演示，伸手要钱。

对于能否实现资金上的无缝衔接，她其实是很没把握的。

但她也没有任何其他办法。

只能这样。

没有产品去融 A 轮是不可能融到的，只会让她和公司被人拉入“黑名单”里。

菩萨保佑，上帝显灵，千万不要出现意外。

否则，思恒医疗就真的没有钱了。

忙到崩溃的日子里，阮思澄连邵君理都没空去想，有时听说对方近况竟然还是从新闻里。

某天，扬清集团又发布了AI产品——便携超声机。

东西非常漂亮，只有一个探头，白色，棒状，有设计感，精致小巧，可以通过蓝牙或wifi连接手机当屏幕看。

与其他的掌上B超不同，这款机器自带人工智能引导功能，适合基层医生使用。

要知道，镇卫生院、村卫生所的一大问题就是没有很专业的影像医生，一般都是“全能医生”。对于B超，他们不会用、不会看，非常容易耽误患者。而扬清的这款产品，虽然无法诊断疾病，却能自动识别器官、勾画组织，帮助医生准确找到想要检查的部位并拍下图像。

邵君理在发布会上一直都是沉稳有度：“……这样一样，基层医生可以手持超声设备到贫困的镇、村，挨家挨户诊断筛查。我们知道，在农村，主动体检的人非常少，我们希望能够借助便携超声机提高农村人口的平均寿命……”

“哎，”阮思澄滑着滚轮，看着扬清集团官网上的视频，“你啊你啊，怎么这么牛呢……”说到这里，没有忍住伸手摸了屏幕上对方的脸。

视频里，邵君理继续说：“扬清集团已经建立超声医疗影像AI联盟，对于自己没有十足把握的病，基层医生可以上传到云平台，求助大医院影像科的医生，减少基层医院的误诊和悲剧。我们希望——”

阮思澄张着嘴，傻乎乎地看着。

除了核磁共振医疗影像AI联盟，又来一个超声医疗影像AI联盟？

邵君理，他想把盘铺得多大？

从便携超声开始，再过渡到正规超声，继续尝试建立全国统一标准，帮助政府为AI医疗层层铺好发展道路吗？

那以后是不是还有X光联盟、CT联盟，各种联盟啊？

你才32岁，野心就这么大，真的没问题吗？

果然心有多大，舞台就有多大。

与澎湃、爱未同行竞争已经不够你要的了。

哎！

阮思澄的胸膛又是满满堂堂。

她望向窗外。创业园区有个花坛，花团锦簇，开得正繁。有些玫瑰又大又艳，歪出花坛，兀自生长。阮思澄手托着下巴，忽见几片极漂亮的玫瑰花瓣挣脱开来，轻盈舞动，越飘越高，越来越近，吓了一跳，以为自己出现幻觉，再定睛看才发现是两只蝴蝶，一红一黄，彼此追逐，相依相偎。

关上视频，她与邢笑佳和朱天球的三人群跳了出来。

朱天球:【邵君理好帅。】

邢笑佳:【我看了。】

阮思澄:【看了 +1。】

他们讨论了一会儿，邢笑佳忽然说道:【邵总好像没有女友。】

【没有女友？】朱天球十分惊讶,【不可能吧？】

邢笑佳:【而且听他那个意思,800 年没有过了,我都怀疑……你们懂的。】

朱天球:【莫非……他有隐疾？】

阮思澄大傻子，没听懂，在那笑:【哈哈哈哈哈哈！】

朱天球又发消息:【以前看过一个理论，就是，特别聪明、特别优秀的男人吧，都……因为他们并不需要靠性能力繁衍后代，不需要用“命中率”延续基因，总有女人因安全感心甘情愿生儿育女。】

阮思澄想：好像很有道理啊！

又细又短，还五分钟。

她忽然觉得有些忧伤。

谁能想到气宇轩昂的邵君理是这样呢。

正忧伤着，邵君理的微信进来:【便携超声的事儿刚告一段落，回云京了，欠的报告明天来扬清补上。】

阮思澄连忙道:【好的邵总，下午六点？】

【行。】

【不会迟到。】

阮思澄把微信关了，琢磨着：真又细又短，还五分钟?

算了算了，真那样也很正常，总不可能他全都占吧。

第二天，阮思澄到扬清汇报。

邵君理这回没有穿黑衬衣，而是暗红色的，一看就超贵的手表从袖口露了出来，表盘深黑，上面一堆数字。

见进来的是阮思澄，他把领带扯散一点。

阮思澄先溜须拍马："邵总，我们看发布会了。先是核磁共振医疗影像AI 联盟，再是超声医疗影像 AI 联盟，加速 AI 医疗的标准化进程，您可真是太厉害、太生猛了。"

"别跟男人说这种话。"邵君理问，"心电图怎样了？"

"还行，"阮思澄答，"一非引入了性别、年龄、身高、体重等指标，还把心电图拆成一个个心搏，用 RNN 来训练 AI……"

"思路不错。"

"当然，毕竟我们活泼又聪明。"

"那是蓝精灵。"

不怼人能死吗?

阮思澄讲着讲着，见邵君理的桌子上摆着一个便携超声机，就是昨天刚发布的，十分好奇，问："那东西怎么用啊？"

"嗯？"

"便携超声机。"

"就正常用。"

狗屁"就正常用"，这跟没回答有何区别?可阮思澄没有胆子把她想的给讲出来，而是说："教一教呗，我也想要研究一下 AI 超声。"思恒医疗腹部诊断也要用到超声，是易均在弄。

邵君理问："怎么教？还能把你当成患者演示一下？"

"行啊。"阮思澄没有听出来邵君理刚才又是一句反话，"OK 啊。"

邵君理的右手一顿，抬眸，似笑非笑，目光在阮思澄小腹转了一圈，一哂："那得先把衣服脱了。"

阮思澄想：对、对啊，不能隔着衣服超的。

不过邵总刚才那是什么表情？老流氓！老色鬼！真不是好东西。

邵君理在桌子长边最左侧的文件堆里翻了一下，拽出几页纸，一甩，扔到桌子对面：“说明书，自己看，能看得懂就看，看不懂算了。”

“行，等我回去研究研究。那这东西我拿走了？”

“嗯。注销账号，重新弄个，现在连着我的手机。”

“好。”阮思澄把东西拿好，“那继续说思恒医疗……”

结果刚说七八个字，邵君理的内线响了，嘟嘟嘟的像催命鬼，他拿起来：“又怎么了？”明明是个问句却使用了降调。话虽不是针对阮思澄的，却把她给凉得发抖。

听着话筒那边的话，邵君理的长眉微拧，手在桌子上敲了敲，半晌后才答了一句：“发邮箱吧，我看一眼。”

等他挂断电话，重新抬头，阮思澄才机灵地道：“是不是有要紧的事？我可以等，没事儿的。”

“嗯，云存储和云计算那边出了点问题。”人工智能只是扬清互联网+的一部分，此外还有云、区块链等业务，凡是比较摩登的事扬清都想分一杯羹。

“好的好的，您忙，真没事儿。”

邵君理把免提打开，伸手按了一个数字，对外面的秘书吩咐：“来杯茶水，别太烫。”

没五分钟，阮思澄最喜欢的白皙美丽的“白雪公主”秘书姐姐就进来了。她不知道她们叫啥，就在心里起上外号。白白的，是“白雪公主”小姐姐；腿长长的，是“美人鱼”小姐姐；手脚小小柔柔的，是“灰姑娘”小姐姐……她真的好羡慕邵总，每天都被美女环绕，能多活十年。

把茶放在会客区的茶几上面，“白雪公主”仔细观察了下客人。她总觉得，邵总特别耐心包容，这阮小姐每回过来咋闹都行。

邵君理的办公室大，会客区与办公区的距离至少有 10 米。阮思澄在黑色皮质长沙发的一边坐下，用背对着办公区，喝茶。

过了大约 20 分钟，邵君理还没有要结束的意思，阮思澄也实在无聊，掏出超声设备和说明书看。

唔……

好像懂了……

她把探头塞进衬衣，挺直身板，按照图示看着玩儿。

多亏有 AI，她本来是压根儿看不懂超声图的，现在却能大概知道哪是哪了。探头每过一个地方，屏幕上面都会出现文字描述和轮廓勾勒，并告诉她：这是肝、这是胆、这是胰、这是胃、这是肠、这是隔膜……

有趣。

不过，玩儿着玩儿着，屏幕上面忽然出现一行十分惊悚的字：无法识别。建议看诊。点此挂号。

阮思澄有点惊讶。

她搞半天，依然还是“无法识别”“建议看诊”“点此挂号”。

不会吧，长东西了？

是什么？

气氛顿时无比压抑。

另外一边，邵君理注意到在会客区待着的阮思澄已经很久没动静了。他自己都觉得奇怪，已经忙成这样儿了，居然还能分心，很清楚地知道阮思澄那边有点儿不太对劲。

他出声问：“你怎么了？没动静了？”

“哦，没事儿。”阮思澄答。

“说。”

邵君理是很难骗的，于是阮思澄也不再费心撒谎，哭着脸：“邵总，我这好像长东西了。”

邵君理的声音一挑：“嗯？”

阮思澄说：“超声仪器，发现了个……”

邵君理打断她：“保存截图，我先看看。”

“您会看吗？”

“不会看片子，但会用产品。”

"哦……"

"要真不对，咱们就找最有名的医生问问。"

"嗯。"阮思澄把探头掏出，抽了张纸擦擦肚子，把衣服塞好，噌噌噌地跑到邵君理的皮椅旁。

邵君理将手机接过，随意点了几个按钮。

他一偏头，见阮思澄在他椅子侧后一步，弯着腰，抻着脖子，努力地看。她穿着包臀裙子，两腿笔直，衬衣领口微微垂下，颈间挂着一条项链，吊坠因为重力没有贴在颈上，而是在空气中前后摇晃，绿色的四叶草反射着太阳光，好像带着女孩儿的体温、体香。

邵君理的心尖一动，伸出右手，食指指尖勾住那个项链吊坠，往自己的方向轻拉："那么远能看见什么。"

"哎哎哎哎，"被人勾起项链并且拖着向前，阮思澄怕项链断了，毕竟那玩意儿很细，只得迈着小碎步往对方那靠，"你遛狗呢！"

"这可是你自己说的。"

把她拽到自己身边，邵君理又微微偏头，垂下睫毛，看看那个吊坠，拇指和食指捏着绿色的四叶草轻轻地碾了碾，半晌才撤回手。阮思澄直起腰，吊坠回到她的颈上，搭在两块锁骨中间，好像还残存着什么。

她问："邵总，研究明白了吗？"

"嗯。"

"我长啥了？要割掉吗？"

邵君理的表情又是似笑非笑："你的身体自己决定，我是希望可以留着。"

"啊？"阮思澄说，"那我听您的。"

"听我的？行。"

"那究竟是什么东西？"

邵君理把手机一推，点开上面一个红钮："使用设备以前要填写个人信息，你没填，现在还是之前我测产品时留的信息。顺便说下，探针没在任何人的身上用过，很干净的。"

接着，他用修长的手指一一修改信息，教阮思澄："性别改成女，年龄改成28。”

“嗯嗯。”

她重新弯下腰看，一瞬间，“无法识别”便不见了，取而代之的是“子宫”二字。

“我……”阮思澄想拿头撞墙！

“听过上面这词儿吗？”邵君理的眸子一转，伸出手在阮思澄的下巴上面挠了两下，好像逗猫似的，“跟男人生宝宝用的。”

阮思澄则故作镇静，一把拍开对方的手：“废话，当然听过了。”

说完拿回手机，咔嗒咔嗒走了，听见身后邵君理挺愉悦地笑了一声。

我不纯洁了，她想：我被男人看了身体。

看光光了。

从超声里。

第六章　增资

接下来的三四个月，因为研发进入最终冲刺阶段，思恒的 CEO 一直在忙，没时间见投资人，甚至没时间想，就连每月一次的常规汇报她都是来去匆匆。邵君理总想说什么，但见阮思澄那个样子又什么都没说。他也去过思恒两次，能感受到紧张气氛。

唯一一次额外交谈是在 12 月，新年之前。

汇报完毕，阮思澄轻咬着下唇，问邵君理：“邵总，今晚有活动吧？”

“对。”邵君理说，“有个慈善晚宴。”

“果然，早上坐车看到新闻，说今年的爱华慈善晚宴将由您替老邵总去参加。”

这个基金会由企业家发起、建立，主要开展社会救助，促进慈善事业，邵君理爸爸是基金会理事之一。往年晚宴都是邵城亲自出席，今年邵城有事，所以让邵君理出席。爱华慈善晚宴外界的人不大知道，可是它每年的善款金额都有几亿，比那些个噱头十足的晚宴多几十上百倍。

邵君理的眼皮一抬：“这种新闻不常见吧——你没事儿搜我名字？”

阮思澄想：为何这都可以发现？

邵君理补充道：“爱华不搞广告宣传，网上一般只能看到扬清慈善主页，以及澎湃、爱未慈善主页，而且这种活动往往只有财经媒体才会报道。”

她确实是忙中偷闲，早上坐车搜了一下他的名字。

“邵总，”阮思澄挺好奇地问，“您要捐赠什么东西？”

“藏族唐卡。”邵君理道，“2015 年扬清曾举办过‘非遗传承’系列活动，保护藏族文化。当时一家博物馆受某著名画师所托，将一幅唐卡送给我父亲老邵总。据说，它是画师带着60来个学生耗费5年做的，就这样送给扬清了。”

“哇！”阮思澄又问，“所以到时，大家捐的拍品一件一件上去，企业家们坐在下面喊价、竞拍？”

“想去？”

“可以吗？”

“可以。”

“咦，针尖大的CEO也可以亮相？”

“针尖大的CEO不可以参加，”邵君理的声音低沉，带着一点蛊惑味道，“但是我的女伴应该可以。”

“不、不了。”阮思澄怂，并不敢。

邵君理也没有强迫，回到刚才那个问题：“差不多吧。也不光是企业家，还有艺术家，比如画家，还有明星。”

“明星也算艺术家吧？”

“两回事。”

“哦……”阮思澄做心理建设，终于问出她的问题，“邵总，那些明星您都认识？”

邵君理答：“认识几个，不多，名册上面有一大半没有交集。我只是个副总，不是大CEO，也犯不着出席太多社交场合。”

“我猜也是……”不知怎的，有点儿……哎，担心。邵君理是码农，平时都在工作，然而今天晚上却要参加晚宴。他这样的人到女人堆里，简直就像落入狼群的小绵羊，要被抢的。晚宴出席名单简直是集中了全国的帅哥靓女。女明星们长相好、身材好、聪明、有钱，自己拿啥和人家比啊。

邵君理望着阮思澄，好像能看穿她的心思：“放心，不坐一起，做生意的坐在一起，当明星的坐另一张桌。”

邵君理又随口道：“要不然全程录像？这样放不放心？”

“别开玩笑……”阮思澄也不再操心，转而变得十分好奇，“邵总，您都认识哪些人啊？有微信吗？我能看看朋友圈吗？能八卦吗？”

“没记名字。”邵君理将手机解锁，打开微信，点选“标签”，又选“路人”，拉了一个菜单出来，声音冷漠，“你自己看，一个个过，里面有些歌手和演员。”

阮思澄忙凑上瞧。

这一长溜菜单上的微信 ID 备注非常规律：

路人甲子；

路人甲丑；

路人甲寅；

路人甲卯；

……

路人丁子；

路人丁丑；

路人丁寅；

路人丁辰；

……

路人庚子；

路人庚丑；

……

阮思澄伸出细细长长的食指，慢慢滑动，一个个看。

几秒钟后，她说：“卧槽！伊安！她好美的！仙女！现在红炸天了！去年真人秀里艳压其他人呢！”顿顿，难以置信地问，“你管她叫‘路人丙申’？”

邵君理坐在皮椅当中，胳膊撑着大办公桌，手指轻轻搭在唇下，微微偏头，看着阮思澄，似笑非笑。

“卧槽，”阮思澄又说，“韩宣宣，柏林影后！我的天，你管她叫‘路人己未’？”

“不用记住。”

阮思澄有理由怀疑，邵君理不太正常。

“邵总，”阮思澄想了想，又问，“所有明星都在这个‘路人’分组里？”

“嗯。”

“全是美女，您就没想……”

邵君理还保持刚才那个姿势，用狭长的眼睛锁住阮思澄，道：“没想。因为没有共同语言，她们不懂写代码，我也不懂演戏。”

阮思澄僵硬地扭过她的脑袋，又艰难地抛出一个问句：“您……喜欢码婆？”

“算。”

阮思澄又问：“您找女友的标准是特会写代码？”

“也不用特会写。”邵君理道，“但得比较会写，至少可以讨论新的科技成果。”

阮思澄被深深雷到。

几秒钟后，想到男人的劣根性，阮思澄继续问：“是不是……还得长得可以？”

邵君理没回答，等于默认。

那怪不得一直空窗，阮思澄想：要码婆，还得脸蛋漂亮身材又好，上哪找？确实不易。计算机系的女生已经很罕见了，美女更是比大熊猫还少。

“问完了吗？”邵君理还是皮笑肉不笑，手指碰着唇下，露出一截健壮有力的手腕来，“还得有趣、可爱、天真、正直、好强、固执，够了吗？满意吗？”

阮思澄的耳朵红红的，觉得自己又瞎撩。

每回都是这个结果。

她低着头，又翻微信，很快便找到了可以用来转移话题的东西，说：“邵总，为什么路人丁寅后面是路人丁辰？路人丁卯呢？”

邵君理的问句永远都是降调，能把空气冰上八度：“你猜是谁？”

阮思澄见对方那个眼神，懂了：“我、我吗？”

“嗯。”

“云京人工智能峰会社交酒会的那一次？”

“对。”

“那我现在已经脱离路人组了？叫什么了？”

“自己找。”

阮思澄便取消标签，回通讯录，发现邵君理的备注方式非常统一，就是姓名加上公司，比如邢笑佳就是“邢笑佳—笑天制造”，陈一非就是“陈一非—思恒医疗”。

“唔……”很快，阮思澄在星标朋友组里见到了自己的头像。

看看后面备注，她的脸又热了。

就一个字：阮。

而在下面也有别的姓阮的人，全部都是姓名加公司的格式，就她例外。

阮思澄把手机反扣在桌子上，故作轻松：“对了，邵总，今晚的慈善晚宴，您有打算拍下的东西吗？”

“无所谓，都可以，反正总得拍点什么。”说到这里，邵君理微微一顿，抽出一本名册，推到对方面前，“这是拍品目录名册。”

“哦。”阮思澄有点好奇，打开来一页页翻。

拍品不多，一共只有 18 样，然而每样都能说出不少门道。

其中一串宝石项链吸引住了她的目光。虽然不太能戴出去，然而非常漂亮。看看简介，是克什米尔蓝宝石的，主石足足有 10 克拉，水滴形状。描述上说，克什米尔蓝宝石矿 1887 年便被开采殆尽并且停产，大的宝石非常难得。

不懂。

快速看完，阮思澄把目录名册合上，还回。

邵君理淡淡地问：“有想要的吗？”

阮思澄答：“没有。”毫不犹豫。

“行。”

“那，邵总，我先走了，思恒医疗还有事情。”

“行。”

“拜拜。”

邵君理略一点头。

等阮思澄离开以后，邵君理将目录名册翻到项链那页，把图和文扫了一遍——他注意到阮思澄在翻看时曾在这页停留数秒。

除去这次，阮思澄、邵君理这段时间几乎没有闲聊。

新年跨年那天晚上，阮思澄给邵君理发祝福短信，说:【祝扬清在新的一年蒸蒸日上，也祝您投资的思恒前程锦绣，让您赚到好多好多！！！】

邵君理回:【已经赚了。】

很多很多。

他指的并不是金钱。

医院病历开张以后，再谈合作就容易了。阮思澄用云京儿童医院、G医院、云京P大三院举例子，又拉来了一些合作伙伴，基本都是外地电子病历程度高的医院。它们对IT友好，没被太多公司“骚扰”过。

到一月时，陈一非带队将“急诊胸痛”部分全部做出来了。

一切都在计划当中。

资金还能再挺大约两个来月。他们需在一个月内完成测试、改bug、完善，同时阮思澄与投资公司接触，等产品一出来立即演示、融资。

就一个月可以融资，时间真的相当紧了。这说明阮思澄要立即签投资条款清单，催人家做尽职调查，签投资交易文件。等拿到了过桥贷款，才可以松一大口气。

在测试时，阮思澄、陈一非、石屹立等人都非常紧张。

对于早早便完成的头部及部分腹部，思恒医疗已经完成程序测试。他们将80%的患者病历用于训练多层神经网络，20%的患者病历用于测试最终的准确率，结果都没问题。

现在，思恒医疗需要做的，就是测试刚做好的胸部还有剩余腹部，以及综合起来的全部腹部。

而这些恰恰是整个项目当中最困难的部分，说不担心绝对是在撒谎。

但阮思澄也并不算特别害怕——陈一非的方向、框架没有问题，邵君理都说了，非常清楚、干净。

他们将胸痛患者的心电图、CK-MB、肌钙蛋白等信息输入软件，又把许多急性腹痛患者的检查数据、CT片子、B超视频也输入进去，屏住呼吸，拿到AI给他们的诊断结果，急急忙忙地与患者病历上的“标准答案”比对。

结果如同晴天里的一道霹雳，扇了思恒医疗每个人一耳光。

甚至打得他们耳朵里面嗡嗡直响。

不准。

而且，完、全、不、准，诊断的正确率大约只有一半。

他们用看救命稻草般的眼神看 CSO 石屹立，石屹立一一复查，神情同样痛苦。他表示，对于有分歧的患者，病历上面医生给的诊断是正确的，而 AI 给的诊断是错误的。

※※※※※※

对于 AI 来说，让结果从“不准”到“准”，不是十分容易，与传统的“找 bug 修 bug”模式全然不同。

目前在对 AI 的争论当中，一个常常被提起的问题就是“算法黑箱”。也就是说，人类不能解释它的工作原理。

人工智能的核心是“神经网络”。科学家们模仿人类神经系统，让机器进行学习。“神经元”们一层一层分布下来，每个单元都能接收部分数据，再将结果向上传给其他单元。

用“猫”来打比方，在主要用于图像识别的卷积神经网络（CNN）中，第一层可以将图片切割、降维，得到许多小图，第二层在每个维度利用色差寻找边缘，第三、四、五层根据勾勒出的边缘确定各个器官的形状，第六、七、八层通过各个部分颜色判断毛色、花纹、瞳色……最后在顶层得出答案：这是猫、狗、兔子或其他。

2006 年多层神经网络出现以前，机器学习还只处于初级阶段，需要人工提取特征。而 2006 年后，它进入到“深度学习”的大时代。人类不监督、半监督，机器自己分析特征、独立思考。比如给它一万张猫的图片，说“这都是猫”，它就懂了，再给一张它没见过的，问“是不是猫”，它会说“是”。人们给它正确答案的数据集，它便可以进行学习，“看”的越多会的越多，不断优化自身能力。因此，人工智能的定义十分清晰，要区别是真人工智能还是噱头，只需看它有没有模仿人脑。

然而，对每一层都在提取什么特征，以及机器为何要做这些事情、为什么能得出结论，人类无法解释。根据输出，有些提取简单易懂，比如勾勒边缘、模糊图片、突出重点、锐化图片……可是，在很多时候，人类完全掌握不了！看着某层下来以后图片所变成的样子，只能叫一声“什么鬼”。有时人类只能提出几个特征，AI 却能分出好几百层！

它给了人类空前的可能，也给了人类无尽的困惑。

就像人类无法摸清大脑的工作原理一样，他们同样无法摸清 AI 的工作原理。

训练 AI 这种方式为何能行？它是如何学的？信息存在哪里？为何下此判断？不知道。

它好像在玄幻境界。码农时常觉得自己正在养蛊，贼刺激，给蛊虫喂这个、喂那个，一掀盖子，嚯，出来一个超厉害的东西！

有人说，让 AI 向人类解释一个东西，相当于让人类向狗解释一个东西，听着就让人沮丧。

人类历史充分表明，只有一个决策可以解释、分析，人类才可以了解它的优点、缺陷，评估风险，知道它在多大程度能被信赖。

很多专家说过，“必须质疑人工智能为何做出一个决定……”“难道，无人汽车每回出事，企业都说不知原因，是 AI 让它这么干的？”

何况，不幸的是，如同大脑会出错，AI 也会出错。

于是问题来了：我们能信任 AI 吗？我们能在多大程度上相信 AI？我们能在生死攸关时信任 AI 吗？

当然，也有学者表示，“它能做到就足够了”“大脑一直为你工作，你也一直都信任它，即使并不知道它是如何工作的”。

目前，各国科学家正致力解开黑箱，政府、行业协会也对此有要求，已经取得一些成果——不少东西都是数学领域的。

阮思澄一直觉得，这种现象十分正常，没有那么邪乎。在人类的文明当中，往往实践先于理论。比如，老祖宗在打造刀剑、发明火药时，清楚地知道它们的原理吗？不！都是东西先做出来了，能工作了，大家才开始研究原因。

AI 也是啊！慢慢来嘛。

不过，虽然如此，“攻城狮”们写程序时，也能根据他人经验，知道大概该怎么做。AI 能自己学，但是“攻城狮”们需要设置许多参数，比如用哪一种方法激活函数；如何搭建网络结构；分别设置多少卷积层、池化层、全连接层，如何排列架构；用哪一种池化方式；选择多大及多少卷积核，多大卷积步长和池化步长，多大学习率，又分别从哪层开始，到哪层结束……也因为没道理可讲，各种奇奇怪怪的结构都有了。层数绝非越多越好，层数越多说明运行时间越长，传递错误的概率越大。

出于这个原因，对算法的调整、修改，经常就是瞎试，比较最终结果。

如果调参数能有效还好，数据也有可能不行！要知道，输入数据的大小、像素、噪声，甚至亮度和对比度、翻转变换、旋转变换、位移……都可以对最终结果产生影响！为啥？还是不知道。

因此，现在经验并不好用，结果一塌糊涂，可阮思澄和陈一非对于如何修改全无头绪。

他们甚至无法估摸数据从不准到准需要耗费多长时间。

阮思澄从贝恒那儿学了个降压方式——搓脸。

她搓了搓脸，拨打内线叫陈一非一起开会。

“一非，”阮思澄问，“这个结果……要多久能调整过来？”

气，她想：如果钱纳和贝恒现在都在公司，思恒医疗不会陷入这种困境。罢免钱纳夺回公章耽误了一个月，贝恒接手、不会，消耗了两个月，接着招聘、挖人、等陈一非入职，又是一个月。

陈一非答：“思澄，目前……没有头绪。如果说一个月就能全部搞定肯定是胡扯淡。”

“咱们必须有 B 计划。”陈一非又开口说道，“公司账上还有 200 万，能坚持到两个月后。也就是说，勉勉强强能挤出来一个月完善产品，一个月出门融资。下个月要还是不准，思恒医疗就会走到穷途末路。”

“我知道。”阮思澄说，“我问问邵总、王总，是否行使增资权利。”

“行。”

按照投资协议，邵君理和王选拥有增资权利，有权利但无义务在产品初版出来后以 2 亿估值再投 5%，也就是 1000 万。其实现在邵君理和王选的股权已经太多了，但也没办法，只能以后想方设法强迫天使轮以低估值出售股权，或者劝诱对方往期权池扔回一点。如能进入 A 轮，这点应该不难。

“如果邵总和王总拒绝……”

陈一非的脸孔还是白胖白胖的，笑容十分职业，让人非常舒服，可语气中却无半分和蔼可亲，他说：“尽早裁员。”

裁员！

阮思澄只觉得自己头皮一麻！

她抬起头，没有说话。

陈一非说：“行政岗位全部裁掉，A 轮进来再重新招。产品经理、UI 设计师，现阶段也可以不要。还有，早前从事头痛、腹痛项目的工程师，通通裁掉。”

顿顿，又道：“我这两个月不拿工资，补贴公司。”

“一非，咱先别提裁员。”阮思澄笑，心里发凉，“我打电话问问能不能增资。”

“好。”在出现问题时，陈一非并不如贝恒一般逃避，而是依然带着气场，维护着他 CTO 的体面——贝恒都恨不得把自己给缩没了。

阮思澄在自己肚里打了整整十遍腹稿，终于按下邵君理办公室的电话号码。

秘书接进去，邵君理磁性的声音很快响起：“在。”

“邵总，”阮思澄的声音当中带着不安，“我想汇报一个情况。胸痛部分，还有腹痛部分……我们刚把测试集给输进去了。”

“不好？”

“是，”阮思澄道，“有一大半心脏疾病 AI 并没有诊断出来。”

邵君理的声音一顿，而后才又重新响起：“我期望的结果是比人类医生更快更准。”

阮思澄咬了咬下唇。传统算法对于波的识别有局限性，而思恒的机器，用 CNN 和 RNN 可以和人一样，将 P-QRS-T 作为完整波群进行分析，看数字，看波形，看各种指标，还能根据患者特征读得更好，甚至知道瘦人该什么样、胖人该什么样、小孩该什么样、老人该什么样、孕妇该什么样，比人类医生懂得更多。

每年有许多心脏病患者无法确诊被送回家，阮思澄本希望 AI 可以帮忙。

而事实是，现在，它失败了！

阮思澄长呼吸了一口气："而且，另个部分也不如意。本来，P 大易均团队做最难的超声，应该取得最差的结果，可事实上，这一部分在测试中挺靠谱的，贝恒离职以前弄出来的东西反而不行。"

"腹部本来就是不易的。"邵君理道，"不仅仅是图像识别。"

"嗯。"阮思澄也清楚，毕竟图像识别发展相对较快。

"具体说说测试结果。"

阮思澄的思路清晰，一项一项仔细说了，包括哪种病准，哪种病不准，准确率是多少，如果不准，AI 都给看成什么了。

邵君理听完，想：太差了。

真的，太差了。

准的都是容易看的。

"邵总，"阮思澄又弱弱地道，"我们正在修程序呢。"

"嗯。"

"可是时间真的好紧，思恒只剩 200 万了。您……如果是您，有没可能投资 A 轮、pre-A 轮……或者天使轮加？"这是一种隐晦试探。

阮思澄并没有想到话筒那边一阵沉默。

"邵总，"阮思澄道，"请您实话实说。"

足足过了七八秒钟，邵君理才讲出答案："这种情况，我不会投。"

一分都不会投。

在邵君理看来，生意归生意，感情归感情，他在这些方面有着 99% 的理性。

难道每年投资 1000 万陪小姑娘玩儿游戏？瞒着哄着？这对谁好呢？资本市场不讲感情，甚至不讲道德、人性。

事实上，自从钱纳离开公司，他就不看好思恒医疗了。

才工作 3 年的小姑娘当公司 CEO 纯属扯淡，等到产品进入市场更是够她喝一壶的。

然而 2000 万投都投了，也不可能再收回来。

可是现在，产品原型一塌糊涂，只能寄希望于后期调整，或者说，寄希望于撞个大运。可是，陈一非方向、思路没有问题，依他水平选的参数肯定也是已知的最优参数，能调好的可能微乎其微。

他们这个产品创意，可能在现阶段，或者以思恒医疗的能力在现阶段是不现实的。

投的公司捉襟见肘，A 轮融资还没头绪，这是天使投资人常会碰到的情况。这个时候，创业公司往往绝望地求助于天使投资人，希望对方再掏点钱让公司撑一下，继续寻找投资。

于是天使投资人深陷泥潭，直到某天如梦初醒。

换成过去他绝不会再投，该断则断，让那公司自生自灭。

可是……

一想到阮思澄失望难过的样子，邵君理的心里其实并不好受。

再说吧，先让公司自然发展，等真到了生死关头再说吧。

“邵总，”阮思澄叫，“我明白了，您别为难。”

她挺了解邵君理的，知道对方绝不会把公事私事混为一谈。

“阮……”

“邵总，”阮思澄在心里算算，“思恒医疗打算裁员。”

“是个办法。”

“嗯。”

除了“嗯”，她也不知能说什么。

邵君理却异常冷静，给予指导，甚至有点雪上加霜：“把你打算裁的人数乘 2，重新决定裁员名单。”

“啊！”阮思澄的心猛地一跳！

没等女孩问为什么，邵君理便继续解释：“阮，如果正正好好裁到够用的人，你一定会发现，你要二次裁员。尤其是你，重义，心软，能不裁就不裁，风险太大。对于公司来说，裁员一次尚不至于引起恐慌，留下的人可能反而暗自庆幸，而一旦确定二次裁员，一定会导致人心涣散，让员工怀疑还有第三次、第四次，公司就会分崩离析。”

“邵总……”

“按我说的去做。”

阮思澄知道，邵总一向喜欢让人放手去干，此刻提出意见说明这件事非常重要。

邵君理稍顿了一下：“阮，我早提过，出来创业，你的心要变得冷硬。如果你没有这个觉悟，那还是回到大公司吧，或者当个豪门阔太。”

邵君理想：这样也好，不管最后增不增资，也该让她经历经历这种艰难、残忍的事。现在不经历，以后一定会遭遇千百倍的打击。

这是逐梦者们要交付的门票。

“我知道。”阮思澄的泪花开始若隐若现，“我想想。”

“嗯，记得及时汇报。”

王选也不想增资，说话客气但语气坚决。

放下电话，阮思澄的力气仿佛全被抽空。

她的右手攥住自己握过话筒的手指头，仿佛刚刚碰了什么不祥之物，让她浑身战栗、发抖。

几天以前那股让她酥麻的兴奋凝结成了冰冷的失落，一路滑到脚尖，令她四肢轻颤。

她转过头，看着街上男女老少，不禁想问：你过得幸福吗？人生顺利吗？在工作中有没有过几近崩溃的时候呢？为什么我每隔几月就来一次？我真的是独一份吗？

她去洗了洗手，打开水龙头，激烈的流水声掩不住耳中血流澎湃。

必须全力撑着、修改程序，直到公司走到死前最后一刻。

她不到黄河心不死。

回到办公室，阮思澄又算了算账。

公司账上还剩200万，自己也有一些存款，大约60万，一共260万。目前开销是一个月100万左右，刚才陈一非说了不拿工资，自己也不拿工资，每月可以少花10万，再……裁员，一个月省下25万，够挺4个月。

她开始拟裁员名单。

一边哭一边写，眼泪打湿了纸。

明明说好，大家都是一家人的；明明说好，大家永远不分开的；明明说好，一同经历一轮一轮融资成功时的喜悦，一同感受一份一份收购报价飞来的快感，一同阅读媒体的夸赞、医生的好评、患者的感激，一同去听上市时的那声敲钟。

结果，才走几步，就又要经历离别。

而且这回，不同于钱纳和贝恒的离职，那些兄弟姐妹什么错都没有。

阮思澄慢慢地写，一笔一画，好像要将每个名字永永远远记在心里。

张升；

陈师良；

樊胜男；

吴九如；

……

财务专员、市场专员、产品经理、UI设计师、软件工程师、机器人工程师……

终于，凑到25万。

裁了2个行政人员、2个产品经理、1个UI设计师、1个市场专员、6个工程师、2个经理，一共14人。

不多不少，正好占了员工总数的三分之一。

阮思澄先从工作时间不到半年的人下手，因为这样只需支付相当于半月工资的补偿金。

阮思澄在办公室里拖着、等着。

她心头有千钧重物。它就躲在黑暗当中孜孜窥视，既不出来，也不离开，就只是盯着她。那重物的下面像还拴着什么，如果真提起来，就不得不面对比之前的重物大得多的东西，那是裁员背后所象征的失败。

然而逃避不能解决任何问题。终于，阮思澄咬咬牙，站起来往外走，速度极快，步步生风，不允许自己有一丝一毫反悔。她走到走廊，微微调整情绪，对格子间里坐着的某工程师说：“张升，来一趟会议室。”

“啊？哦……”

张升是个典型码农，30 多岁已经半秃，每天穿着连帽衫、牛仔裤，以前是学 C++ 的，为了跟上时代步伐痛下决心转做 AI，连孩子都没顾上要。

会议室里，阮思澄的手指冰凉，说：“张升，我想你也已经听说了，产品目前不太准确。”

张升说：“我知道。刘经理刚说了，大家都得过去帮忙，争取早日解决问题。我 OK 的，会努力，今晚开始看心脏方面的书。”

阮思澄的心又悲又凉：“不是这个事情。陈升，公司账上没资金了，只能再挺两个月，刚刚公司已经决定裁员。你做得很好，非常好，然而不是公司现在最需要的。”

张升张着嘴巴，愣愣的，没反应。

阮思澄狠着心：“抱歉，我给你写推荐信吧，突出你的优点、能力，解释裁员这件事情。你面试时给对方看，可以增加说服力的……哦，还有，我让 HR 帮你修改简历，增加通过概率。”

她希望给所有的人写推荐信，改简历，让他们都早点走出艰难时刻。

陈升喜欢晃腿，而一旦开始晃了，就连肩膀、手臂、手掌也都开始摇动，像在颤抖。

“上月工资马上发，补偿就按规定的来。虽然你没干满一年，但是咱们也按一年算，补偿一个月的工资，行吗？”

“哦，”码农张升比较木讷，说，“谢谢阮总。”

“对不起。”

“哦。”

一个一个谈了过去，轮到市场专员樊胜男时，阮思澄被骂了一顿！

樊胜男是个女生，听说裁员的事情后，眼神当即变得冰冷：“阮总，这可马上要过年了！”

“对，”阮思澄强坚持说，“在老家多待几天吧，陪陪父母。”

樊胜男一声嗤笑：“敢情还得感谢你呗？！谢谢，我代我爸妈也谢谢你！”

阮思澄也觉得自己话没说好：“我并不是那个意思。”

“真行！”樊胜男说，“连个年都不能让人好好过！”

“抱歉……”

“阮总真能讲情怀啊，”樊胜男道，“当初招聘，说的比唱的都好听，什么兄弟姐妹，什么同舟共济，现在裁人裁得可溜着呢！”

阮思澄觉得她说的这些话真刺耳，但她自己也是活该。

“所以就是利用人呗，这种公司活该倒闭！祝早日黄了！”樊胜男离席前狠狠撂下一句。

14 个人，足足谈了 3 个半小时。

出乎意料，阮思澄刚回办公室，樊胜男就带着几个刚反应过来的人冲进来了。

“不是，阮总，这不公平！我不服气！”工程师陈师良说，“我们做的东西没有任何问题，结果很好，反而要被裁员！他们做的部分准确率才 50%，却能留下？”

“因为那一部分需要他们修改。”阮思澄也站起身子，“最了解程序的就是他们自己。陈师良，大家，我承诺，一旦公司融到 A 轮或者 pre-A 轮，我会立即联系大家，请你们再回来工作，还涨工资，好吗？我的人品你们知道……公司实在没办法了，只能坚持两个月了，但凡还能再撑一撑我也不会出此下策。”

“回来工作？”樊胜男说，“哈哈哈哈！”

她带着人又骂了一顿，阮思澄极为尴尬，但也不能喊保安来，只能尽量解释、安抚，中间还鞠躬两次。不过大部分人如陈师良只是有话不吐不快，说完就算，倒也没有说特别难听的话。

20 分钟以后，他们终于都走了。

接着到5点时，又有两个男生气不过，闯进房间，说阮思澄必须再补偿他们两个月的工资，否则他们就告到法院，申请仲裁。阮思澄说思恒医疗合理合法。他俩没有办法，改变策略，又威胁说要出去撺掇还在的人一起离开这个公司，让她完蛋。

阮思澄并没有同意支付额外的补偿金。

结果，等人离职后，陈一非过来苦笑着说，刚才那两个程序员报复性地删毁程序，幸亏都有备份，没有真的出事。

阮思澄点点头，说知道了。

接着她抬起头，看着外面正好空了三分之一的格子间，觉得好像连心都被生生挖掉一块肉。

剩下的人小心翼翼，气氛冷肃，与平日里截然不同。

她低下头，伸手捂住自己的眼。

泪从指缝当中涌出，顺着洁白的小臂滑到手肘，在桌子上洇成一滩。

她不争气，还是哭了。

可是，已经不像贝恒离开时哭得那般厉害。

阮思澄想自己大约是成长了。

※※※※※※

过了会儿，阮思澄的手机一震。

她拿起来，点开微信，便看见了邵君理的一条消息:【都结束了？】

阮思澄的眼泪啪嗒落在屏幕上，连忙用指尖抹掉，回复说:【嗯。】

邵君理说:【今天晚上见见面？】

接着又问:【几点到家？】

阮思澄回对方:【不见了……没时间，必须尽早解决问题。】

邵君理难得打了一个问号，而不是用祈使句的命令语气说问句:【不开心？】

阮思澄道:【没有，您千万别多想。真的只想抓紧时间把结果给修改准确了。只要想想被裁掉的 14 个员工，就觉得一秒钟都不能耽误了。】早一秒钟解决问题，就能早一秒钟请人回来，虽然对方未必乐意。

邵君理说:【好，知道了，祝顺。】

而后再也没有消息。

阮思澄把手机按灭，怔了三五秒钟，忽然发狠似的，用手掌心用力抹掉眼周的泪，顾不上疼，把脸上给拾掇干净了。她端正坐姿，理理头发、衣服，合上眼皮，深深吸了几口气，再猛地睁开，努力变得坚定自信，拨打陈一非的座机，道:“一非，来办公室，商量商量。”整个过程十分迅速，一点都没拖泥带水。

陈一非说:“好，马上。”

陈一非仍淡定从容，不像贝恒一般易垮，他坐在办公桌旁的沙发上，微微弓腰，十指交叉放在膝上。

阮思澄问:“工作交接都办妥了？”

“对，除了肖威他们试图删毁程序，其他人都老老实实写了文档。我都安排好了。不重要的项目暂停，重要的让剩下的人继续做。”

“好。”阮思澄思考片刻，又道，“我刚才也想了想，觉得心电这一部分可能还是数据的事儿。咱们是按患者特征来分组的，让 AI 根据身高、体重、年龄、性别、既往病史等变量，‘具体患者具体分析’，这个也是思恒产品比较具有创新性的地方。可是，它也直接导致每个细分群体中的患者病历数量不够。我想过了，觉得一方面可以继续联系大医院索要数据，同时特别注意样本上的分布。比如，60 到 80 岁的患者多，我们可以只要过去 5 年的病历，而 20 到 40 岁的患者少，就得要过去 15 年的。另一方面还可以与可穿戴心电图的供应商深度合作……”

陈一非点头同意。

“至于腹部……”阮思澄的手在桌子上敲了几下,无意识地学邵君理,“估计是和参数有关，你先调调，看能不能让准确率变高一些。”

“嗯，我也打算从这入手。”

“抓紧时间。”

“我知道。”

陈一非向阮思澄望了会儿，忽然说道：“思澄，我还以为你会崩溃。”

“嗯？”

“女 CEO 普遍比较脆弱。”话一说完，他也觉得这话未免有些男权，笑着找补，“我的意思是，女 CEO 有自己的优势，但也有自身的劣势。”

“我没事儿。”阮思澄道，“别瞎担心，赶紧工作。”

“行，我走了。”

阮思澄在思恒医疗一直干到半夜三点，才关上灯，用手捶捶酸痛的腰，走出自己的办公室，与同样刚打算回家的陈一非聊了几句，又慢腾腾地乘电梯下到一楼，走出院子。

整座城市都在安眠，四下里一片寂静。

没有人，没有车，举目都是空旷。

一般来说，夜里两点之前，会有出租司机等在马路旁边。大家知道创业园区下班晚，能拉到活儿，路上总是停着一大溜儿出租车，偶尔生意不好的时候出租车也会待到夜里三点。要还不行就没招了，只能开走——再晚下班的人基本上都会睡公司了。今天呢，因为有雪，出租车被两点那波儿的“创业狗”给抢光了。

一月份非常冷。阮思澄垂着头，把自己的鼻子埋在围巾里面，掏出手机，打开 App，叫车。

不知怎的，看着已沉睡的城市，她的心里有些充实。

没人在工作了，只有她。

还在努力的自己啊，希望公正的上天能在这一个或下一个滩头惠泽于她。

不得不说，被樊胜男痛骂时她有一瞬间心灰意冷，想为什么自己要遭这种罪、受这种苦呢。然而很快，她就明白这是每个创业者都要付的代价。所谓梦想，可以让人失去理性，千千万万的聪明人清楚地知道成功率连 1% 都不到，却还是愿意抛弃所有去搏那 1% 的可能。

几步以外有辆豪车，银灰色的，正被雪花笼罩着。车内大灯开着，铺下昏黄的光，依稀可以瞧见主驾有个人影。

谁啊？大半夜的。

阮思澄没打算研究，两只手捧着手机，专心盯着来接她的出租车司机走到哪了。明明还有5分钟就到，她也盯着，片刻不离，仿佛这样能用念力加速出租车到达。

正“发功”发得起劲呢，几步外的那辆豪车突然往前开了一段，停在阮思澄旁边！

阮思澄吓了一跳，双腿往外迈了两步，离它远点。

没有想到它竟然又开过来半米，再次停在阮思澄面前！

阮思澄弯下腰，透过玻璃往里面看。

迎上一双狭长的眼。

邵君理！

对……这可不正是对方开的Tesla Roadster嘛！因为有雪刚没看清！

邵君理……在这里？

阮思澄的心咯噔一下，怦怦乱跳，顶着喉咙，仿佛要从胸膛跃出。

她连忙把副驾的车门拉开，头塞进去，问：“邵总？”

邵君理回身把腿上的文件扔到后排座位，关上车内灯，说：“上来。”

“您怎么……”

“不大放心，还是想来看看你。”

阮思澄不知该说什么。

“既然没有时间见面，那我直接送你回去。”

“邵总，”阮思澄问，“您等多长时间了？”

“有一阵子。”邵君理说，“一个多小时吧。我估摸着这一两周你得待到两三点钟，所以没到太早。”

“您一直在批文件吗？”

“差不多。隔两分钟看一眼窗户。要是黑了，就知道你快要从楼里出来了。”

“您干吗不打个电话？我可以早点下来。”

邵君理的语气带着一点调侃：“不能耽误阮总工作。”

“邵总……”

“上来，我这开着暖风，能别再往外放了吗？”

“抱歉。”阮思澄手抓着提包，把小屁股挪进车里，收起腿，拉上车门，耳中听见砰的一声。

“劲儿挺大。”邵君理说，“看来没有特别沮丧。”

说完，邵君理伸出手，发动他的Roadster。他打了一个转向灯，垂眸看了一眼后视镜，又淡淡地从车窗扫了一眼盲点，右手按着方向盘轻松一抹，车便平滑地驶离了路边。阮思澄头一回知道特斯拉是中控屏操作，外面只有油门、刹车和转向灯，连启动和手刹都在中控屏上。

“后面座上有些吃的。”邵君理说，“垫垫肚子，当夜宵吧。”

“嗯。”

阮思澄先取消叫车，又把东西拿来打开，发现是些蛋糕、饮料、水果。她没有动蛋糕，喝了几口饮料，用小叉子吃了点儿水果，觉得已经可以了。

吃完，她把东西放在脚下，说：“邵总，我本打算在回去路上发邮件的。”

“你发。”邵君理说，“我没事儿。”

“嗯，我快一点！”阮思澄把手机从裤兜里扯出，点开邮箱，给下午刚搜到CIO（首席信息官）联系方式的大医院及可穿戴ECG公司发送合作邀请。

她两脚轻轻并拢，两手捧着手机，一边念叨一边打字，打完一句还得小声通读两遍，确定没问题了才到下面一句。

邵君理觉得挺逗，几分钟后唇角终于向上一勾，轻轻笑出一个气音。

开了半路，阮思澄终于把几封邮件发完，揣起手机，说：“不好意思。”

邵君理用余光一扫：“看着好像还算精神。”

“不精神也得精神。”

邵君理沉默数秒，貌似并不在意地问：“怨不怨？我没使用增资权利。”

“不，”阮思澄说，“这是正常的。我没那么不讲道理。”

“嗯。”邵君理并没有透露其实他也有些犹豫。他打算先逼一逼阮思澄和陈一非，以后的事以后再说。

“我想过了，”阮思澄将围巾向下拉了一拉，“觉得心电这一部分可能还是数据的问题，思恒是按患者特征来分组的……”她把自己跟陈一非在做的事汇报了下。

邵君理点头："是有可能。"他也想过，但没多嘴，全权交给更加了解当前产品各项细节的阮思澄和陈一非。

当然，还有可能就是根本做不出来——也就是说，这个创意在当前的条件下，或者说在思恒医疗当前的条件下并不现实。这个可能更大，所以理性上讲他并不会增资。

"邵总，"在这样的一个夜晚，阮思澄竟显得乖巧，"您创业时……有没有过和小伙伴被迫分离的时候呢？"

"就没停过。"邵君理开着车，路灯的光从树枝的缝隙射入，他的脸也忽明忽暗，倒有一种暧昧难明的味道，"阮，别把这事看得太重，同事就是同事而已。"

"给你讲讲当时最后一次离别。"邵君理的唇边忽然出现一抹意义难明的笑，"这件事儿还没有人听到过呢。"

"您讲。"

正好到了一个绿灯，邵君理抹了个左转，上到一条宽广的路："就是出售整个公司那时候。IBM 提出收购，价码不错，还是现金收购，我答应了。当时我已是读博士的最后一年，想毕业后进大公司看看、学学，所以理性上知道应该卖了，不过心里总舍不得，与其说是舍不得公司，不如说是舍不得人，那些一起奋斗过的兄弟、朋友。我记得很清楚，11 年 9 月 10 号，公司开股东会。现在想想，我那时候大概希望并购提案能被否了。"

"结果呢？"

邵君理笑："结果大家特别高兴，因为股份能变现了。到分别时，我其实有一点伤感，想说点儿不舍的话，然而他们还是高兴，吃吃喝喝描述未来。后来，果然没几个人留在公司，拿到钱后全都走了，而后彼此再也没有联系。即使当初看着关系非常好的，也再没有联系。"

阮思澄不知该说什么。

"这也正常。"

"嗯。"阮思澄自身难保，却心疼起邵君理来，低声问，"邵总，您那时候二十几岁？"

“25。”邵君理说，“博五。”

阮思澄懂美国本科读完以后直接读博士，可还是觉得岁数不对，十分纳闷：“25 岁博五？本科提前毕业了吗？”

“没有，读伯克利，提什么提，博士也是正正经经读满五年，只辅修了两个硕士。”邵君理说，“5 岁上的学，早一年，那个时候管得不严。念的五年制小学、三年制初中，又少了一年。”

阮思澄问：“所以您 16 岁上大学？”

“嗯。”

“伯克利？”

“嗯。”

牛校牛系，真的可怕。

“还听不听？”邵君理说，“我狼狈的那些过去。过了这村儿就没这店了。”

“听！听！”

“那再讲个。”他的语气就仿佛是“再来一个童话故事”，平静地道，“我创业时，资金链也一度断裂，而且还欠着供应商们的 60 来万，美元。”

“投资人说增资结果突然反悔。我不打算向爸妈要，可自己又身无分文。那时律师建议提交破产申请，法院拍卖固定资产，能还多少就是多少，剩下的不用管了。但我觉得一旦递了破产申请，信誉就没了，以后再想创业也没人会投了。于是咬牙向朋友借钱，后来终于渡过难关，钱一家一家全都还了，公司也走上了正轨。”

阮思澄说：“60 多万美元，那得向多少朋友借啊？那个时候汇率还是 1 比 8 吧？”

“还行，”邵君理说，“一两个吧。”

阮思澄想：我心疼个屁！500 万人民币！向一两个朋友借就行了！你们富二代的朋友也都是富二代！你自己是没向家里要，但你朋友们在向家里要啊！

邵君理用余光看着，唇角又是微微一撩。

他喜欢阮思澄，可能是在对方身上看到了曾经的自己，一个已经远去的自己，被舍弃的自己。

被这么一打岔，阮思澄轻松了许多。

心中的弦不再像要断裂一般。

邵总怪会安慰人的……

电动汽车没有发动机，行驶非常安静，车里掉一枚针都能听见，阮思澄只觉得暧昧在这狭小的空间内回荡。而且因为也没有手刹，两个座位间是空的，阮思澄能看见对方高级西裤包裹着的大腿，因为踩着油门，微微用力，绷紧了的肌肉线条正彰显着男性力量。

一旦注意到了异样的气氛，要想忘掉就很难了。

车子碾过雪地，有沙沙的声音。外面雪花还在飘着，在路灯下飞扬起舞，不是雪白而是昏黄，像天女撒下的金粉，缓缓填平失意人的心中沟壑。

两人有一搭没一搭地说话，说创业，说工作，说生活，一个声音清亮，一个声音低沉，到了最后，几乎都是阮思澄说，邵君理听。

要到家前，阮思澄见收音机里有张光碟，十分好奇邵君理会听什么歌，问："能播吗？"

邵君理的声音一挑："嗯？"

"CD，能听吗？"

"行。"

邵君理手一按屏幕，收音机中立即传来一连串的外星语言，听在耳中基本就是："哇啦哇啦哇啦哇啦，哇啦哇啦哇啦哇啦。"

阮思澄疑惑地看了他一眼。

邵君理说："平时偶尔自己开车，顺便学学德语。德国在机器人方面下了不少功夫，想看看论文。"

阮思澄问："您一共会几种语言？"

"不多，英语，法语，一点点的西班牙语，一点点的日语、德语。"

"哎，"阮思澄叹气，"觉得和您差距好大。"她以前都没输过谁，觉得自己挺厉害的，可在对方面前想不服都不行。

"什么差距？"

"哎，"阮思澄用手指比着两个人之间的距离，道，"就是觉得即使坐在一起，身体间的距离很近，实质上的距离却很远。"

邵君理瞥了眼他身边的姑娘，眼神意义不明，半晌以后才道："没有，身体间的距离挺近，实质上的距离也是，没事儿别瞎想。"

"哦。"

阮思澄家距离公司其实根本说不上远，然而因为下雪，邵君理开得慢，还是将近三点半才到了小区的大门口。

"行了邵总，"阮思澄说，"谢谢您了，改天再见。"

邵君理却开门下车："我送你到单元前面。"

"车呢？没地方停。"

"扔这没事。"

"哦。"果然是富，也不怕车被剐了。

两人一路并肩而行。雪还在落，像将他们包裹住了，与世隔绝。

踏上小区门前斜坡，也不知道哪个混账泼了盆水，刚结成冰，阮思澄一脚踏上去，只觉鞋跟嗖的一滑，就要摔倒！

"哎！"她张牙舞爪，垂死挣扎，死死抓住她旁边的人，搞得邵君理也没站稳，膝盖也是一弯！

事情发生在一秒内，邵君理没有拉住，阮思澄迅速扑街，啪的一下，好像动漫里的痴呆少女一样，跪坐在冰面上。

而邵君理反应超快，没救起阮思澄也得救起他自己，坚决拒绝有难同当，伸出手在跪坐在地上的阮思澄颈子后面撑了一把，站住了。

阮思澄仰着脸，邀功："要没有我您就摔了。"

因为仰着脸，雪落在她眼上、唇上。

邵君理却不吃这套，说："要没有你我也滑不了。"

阮思澄的屁股下面是一块冰。她思忖着：咋站起来才好呢？

今天天冷，她穿着长裤、粗跟皮鞋。

两脚周围是一片冰，再滑一下就不好了……

正琢磨着，阮思澄便看见邵君理叹口气，而后弯下身子，两手分别从自己的臂下穿过，一手搂着她的背，一手搂着她的后腰，一个用力，将她从冰面上直接抱了起来！

阮思澄紧挨着对方，十根手指把住邵君理的肩膀，伏在宽阔的带着体温的怀里，被提起来，上身紧紧贴着对方浅黑色的西装。邵君理穿着外套，但没系扣子，西装直接碰到女孩儿。

把人抱起来了，邵君理还不撒手，问："站稳了吗？"

阮思澄忙定定站住，发现自己上身还与对方贴着，扭了扭，手指挠挠，勾着，好像过电，伸不直了，抬头看着邵君理的一双眼睛："行了，撒手。"

因为天冷，距离又近，两人说话时从口中喷出来的白雾婷婷袅袅，迅速交缠在一起，片刻之后又拥抱着上升、飘散。

他们在雪花中胸膛牢牢贴着，目光对视几秒，眼瞳在黑夜中又深又沉。半晌之后，邵君理的喉间挤出一声笑来："真撒手了？"

"撒，快撒手。"阮思澄的脸全都红了。离这么近，再不撒手，她就想要亲上去了。

"行。"邵君理的手终于拿走，微微拢着，见阮思澄确实站着，退开两步。

阮思澄红着脸，垂着头，咣咣咣咣走到小区铁门前面，这才想起一件事情，说："邵总，送到这吧，我们小区出门也要刷门卡的，现在凌晨三点半钟，您要进来就困住了。"

邵君理问："没地方能出去？"

"没有。没事，我们小区挺安全的。"

邵君理终于点了下头："我在这儿稍等会儿。你到家了发个消息，我再走。"

"行。"

邵君理又问："春节都有什么计划？"

"上班，工作。"阮思澄说，"研究产品。"

"嗯。"

"您呢？"

"一样，工作。"

"行，那节后汇报时再见了。"离节后汇报还有足足一个月呢，可阮思澄并不打算在私事上浪费时间，邵君理也不可能动不动就来楼下等她，所以可能很久不会见面了。

“好。”邵君理垂眸，目光深沉。他看了好一会儿，才终于决定要走，伸手把阮思澄头发上的落雪轻轻拍到地上，又将对方额头脸颊上的也扫去了，让小姑娘干干净净、清清爽爽。

就在这时，有一大片雪花正好掉在阮思澄的一边睫毛上面。她被冰了一下，眼皮一跳，长长的眼睫毛微微抖动了下。

邵君理笑，伸出手指，轻轻捏着阮思澄的睫毛，一捋，将那片雪给摘掉了。

整个过程阮思澄挺乖的。末了，她睁开眼，咬咬唇，说“邵总再见”，而后不敢再看对方，生怕自己没完没了，赶紧刷卡进门，一路哒哒哒哒，头也不回，跑了。

邵君理垂下手，走回自己那辆 Roadster。

他坐进主驾，发现手指尖还有水珠——是刚才阮思澄睫毛上的雪化的，不好开车，在车里寻了一下，没有发现纸巾，于是把手指放到唇边，舔了。

先是食指，再是拇指。

几秒钟后收到阮思澄的微信，邵君理手搭上方向盘，启动汽车，终于离开。

※※※※※※

第二天一大早，阮思澄化了个深色系的眼妆，抹了个正红色的口红，去思恒上班。

她把自己弄“老”了点。过去，出于一个小姑娘的爱美本性，阮思澄一直化十分清淡的妆。而现在呢，她想成熟一点、强大一点。作为码农，阮思澄对化妆只有简单了解，会但不精，今天却是特意早起，上网学习教程，化了擦，擦了化，终于搞出一个比较精致的妆容了。

早会时，阮思澄对员工们说：“希望大家能够了解，裁员不是因为思恒医疗行将就木，而是因为公司渴望涅槃重生。不是为了死，而是为了生。大哲学家海德格尔有一句话，叫‘向死而生’，今天我们化用一下，叫‘向生而死’。因为两次人事动荡，如今公司预算不足，只能裁员，但是我和一非依然相信 AI 医疗，依然相信 AI 急诊，依然相信思恒，依然相信大家。等挺过去，我会邀请离职的人回来工作……尽可能地邀请。这几个月不是用来融资的，而是做产品的，所以希望大家千万不要自暴自弃，那样思恒医疗才是当真要完蛋了，咱们一切心血都要付诸东流。要记住，真正的失败只有一种，就是放弃希望。这是正常人事变动，别想太多。公司不会再次裁员，我们一起努力工作，共同渡过这个难关，谢谢大家。”

本来众人多少有点树倒猢狲散的意思，歪歪斜斜、懒懒散散，也没打算认真工作，可阮思澄开诚布公的一番话后，好几个人眼神变了，疑虑、担忧消失不少。

陈一非也道：“对于结果不理想的根本原因和解决方式，我、邵总、易教授，已经想得差不多了。大家要有信心，思恒医疗能行。”其实这话纯属扯淡，然而却能安抚人心。

接着，陈一非又雷厉风行地安排了一些工作会议，几个高管显得很忙，带着下属们连轴转，把公司的气氛变得紧张肃穆。

到下午的时候，昨天被裁的人中有两个姑娘结伴来找阮思澄，一个叫吴九如，是 UI 设计师；一个叫叶青，是程序员。COO 告诉阮思澄，看样子是吴九如领着叶青来公司的，问她要不要溜。

阮思澄知道，员工又来闹了。

昨天是樊胜男，今天是吴九如。

可她不能逃避。这是她的责任，她要承担。

阮思澄把嘴上的口红补了一补，请 COO 把吴九如和叶青都带进屋子。

两人很快落座。吴九如是发言人，她绞着双手，似乎有些难以启齿。

“九如，”阮思澄坐在皮椅上，还特意把电脑屏幕关了，摆出一副专心谈话的样子来，语气分外和缓地说，“别紧张。有什么话你尽管讲。情况不会变得更坏了不是吗？”

被这么一激，吴九如抬起头，知道不能再拖，于是终于开口：“阮总，我和叶青是想，我们不要工资，能不能继续在思恒医疗工作？”

阮思澄明显呆了，半晌没讲出话来。

“阮总，”吴九如继续道，“我们两个好舍不得这个东西。我是UI设计师，界面美观、人机交互、操作逻辑全都是我一点一点做起来的。思恒急诊AI是我毕业以后的第一个产品，做了一年，就像女儿一样。我希望能亲眼见她发布、上市、进入医院、被人使用，听客户的反馈意见，改进、完善，一直陪着……这样离职，我舍不得。而且陈一非陈总，真的特别厉害，跟他可以学到好多，这半年来进步特快，也舍不得，工资就当交学费了。”

说到最后，吴九如竟有些哽咽。

“阮总，”一旁叶青插话，“我昨晚上看朋友圈，几个平时一起工作的工程师夜里12点多才离开公司，拍了灯下一排影子，配字是‘几个哥们一同努力，把破问题给解决掉’。我就觉得特别羡慕，想跟大家一块儿渡过难关。这肯定是一段终生难忘的经历，就算最后不行，也没有遗憾了。我知道，我一直做的是脑部急诊，可也懂点腹部病症，也能帮上忙。这几个月不要工资，等有钱了，公司愿意补就补，不愿意补就不补。”

“九如，叶青，”阮思澄的两只眼睛湿热，思索几秒，又抬眼道，“我肯定不会让员工们免费干活。这样行吗？我想办法再凑点钱，你们二人工资减半，等有资金，我连工资带利息地给你们补上。”

她想，这种员工无论如何都要留下，她们的忠诚是公司最宝贵的东西。

“谢谢阮总！”吴九如的声音里面带着兴奋，那样真实，不掺虚假，“我OK的！”

叶青说：“我也OK的。”

“嗯，”阮思澄说，“谢谢你们。”

“说这干吗。”吴九如道，“那，阮总，我们两个干活去了。”

“嗯，好。”

望着二人离去，阮思澄的胸膛塞满感慨。

思恒医疗的员工里，有趁火打劫、借机闹事要三个月工资的，但也有吴九如和叶青这样宁可不拿工资也想留下的人。

阮思澄想：邵总，您看到了吗？不想分离的小伙伴，是有的啊！

是有的。

接下来的两个来月，阮思澄每天都干到凌晨三点，包括大年三十、大年初一。

大年三十那天晚上，她和一非俩外地人在后半夜离开以后，听着马路上的鞭炮声、吵闹声，拐进一家 24 小时全年无休的肯德基，点了一堆东西，拿着可乐碰杯，对每一个服务生说“过年好呀”。

人家好奇，问怎么来吃肯德基，他们两个嘻嘻直笑，说：“刚下班。除肯德基和麦当劳，所有饭店都打烊啦。”

对方几人一脸惊悚，问：“哪个公司？大年三十现在才下班？”

阮思澄认真地说：“我们自己开的公司，人工智能医疗公司。”

人家听了，也笑着说：“加油。你们这么拼命，会有好结果的。”

两个月间，阮思澄与更多医院的 CIO 联络、约谈，争取更多患者病历和统计数据。

这回她还特别注意分布区间，患者样本开始平衡男性、女性、老人、孩子、胖的、瘦的、高的、矮的。她还发现，有些心脏病北方患者较多，有些心脏病南方患者较多，而她因为图近没怎么和南方的医院合作，导致了样本倾斜。

过去以为数据足够多、没有问题，如今看来是天真了。

心脏病有好几十种，还要根据人群划分，所需要的病历数量远远高于其他病症。

AI 学习能力很强。随着病历越来越多，准确值也越来越高。

到了三月，嫩树发新芽，牡丹花初开，风里长刺那段日子终于过了。

好像再挺一挺，便是一年春好处了。

胸部急诊的准确率差不多有 75% 了，虽然距离“接近 100%”的目标还差得挺远。

然而腹部进展缓慢。

陈一非左调右调了两个月，结果十分神奇，一会儿对这部分患者准，一会儿对那部分患者准，一会儿是形状准，一会儿是颜色准，然而错误率永远维持在 50% 上下，陈一非也感到无比困惑。

公司再次只能坚持两个月了。

也就是说，完善产品的日子，再一次最多只有一个月了。

某天早会上，几个员工战战兢兢地提起了资金的事。

“阮总，”他们问，“公司又要没钱了吗？”

“嗯？”阮思澄的脸上带笑，“为什么会这样讲呢？”

“我们算的。”

“还好，”阮思澄说，“有了一些新的门路，还能坚持好几个月，大家不要着急。”

“真的？”

“当然，”阮思澄的笑容自信，“现在结果好了不少，相信马上就能做出来了！”

早春阳光射进窗子，照在阮思澄的身上。旁人看去，只觉得她像一个聚光体，亮亮的，太阳照射着她，她照射着周围。

有几个人松了口气。

阮思澄看着他们，心却已沉到谷底。

没错，思恒医疗又要没钱了。

什么“一些新的门路”，全部都是她忽悠人的。

这回还能怎么办呢？

等到会议结束，吴九如、叶青跟在阮思澄的身后，说：“阮总，心脏部分，准确率已稳定在 75% 以上了！”

阮思澄笑：“嗯。”

“腹部那边怎么样了？”

“一非在调。”阮思澄也没有能够安慰人的，只笑着道，“我有预感，最后能行。我的预感一向很灵。”

“阮总，”吴九如说，“昨晚上我做了个梦，梦见思恒真的黄了，大家聚在会议室里全都哭得特别伤心。您哭了，陈总哭了，石总也哭了，还有叶青，好难过啊。梦里的我，看着一年以来画的几百张图都被删除掉，心都死了。叫着醒来，发现是梦，思恒还在，大家还在，一瞬间就特别感动。”

说者无意听者有心，阮思澄也心尖一颤，回应对方："九如，思恒不会黄的。"

"嗯，我相信。"

"咱们一直都在变好，"阮思澄说，"两年以来一起克服了一个又一个难关。拿到邵总投资，与P大合作，罢免钱纳、抢回公章，告别贝恒招到一非，想到了心电图的做法，又解决了腹部B超的难点……资金关、人才关、技术关、数据关，一次一次迈过障碍。现在只剩最后一搏，不能轻易放弃啊。"

每次都像要挺不过去似的，然而每次在被扒掉一层皮后都还坚持活着。

思恒医疗就像一只初生小兽，不堪一击，危如累卵，但却那么拼命地想要活下去。

"阮总，"吴九如问，"真的不会再做一个月就完了吗？"

"不会，"阮思澄答，"资金有着落的，你也告诉别人一下吧。"

"嗯！"吴九如挺高兴，哒哒地跑掉了。

阮思澄回到办公桌前，又搓搓脸。

刚才，面对九如还有大家的期待，她不小心，竟讲出了几段大话。

可事实上哪有钱啊！

阮思澄将账户打开，看着余额。

70万。

付完上月工资，只剩70万了。就算加上她的存款也只有130万，勉强能挺两个月。成本已经没有办法再节省了，公司早餐都不给了，基本只付工资、房租、水电费、网费，最近的差旅费都是她自己掏的。

非常奇怪，在还能挺33天、32天、31天时，她好像都没特别慌。然而一旦开启了倒计时，时间之沙簌簌地落，就真慌了。与一个月的倒计时同一时间出现的，是拿着镰刀的死神那可以听得到的脚步声。

本来在裁员时她心里想的是尽人事听天命，拼命工作，再撑4个月，如果还是不行那也没有办法。

不能强求。

然而到了这个地步，又不甘心了。

好不甘心！

创业将近两年，她的27到29岁，最后的灿烂岁月，最后的青春年华。

而且不仅仅是她自己的宝贵两年，也是陈一非的，石屹立的，COO的，梁言的，吴九如的，叶青的……他们全都放弃了许多，绞尽脑汁，耗尽心血。

阮思澄也知道，这个世界就是这样。有些东西，无论怎样日思夜想辗转反侧遍体鳞伤，也是终其余生而不可得。你感动了自己，感动了战友，感动了对手，感动了大众，却还是没法感动天和地。

到最后，应该没有挽留，没有忧伤。这些阮思澄全都懂，可还是不甘心。

明明已经看到希望！明明还是有可能的！

虽然，这个名为“希望”的东西上闪着的光那般黯淡。

再去问问邵君理吗？

阮思澄不想。

现在与两个月前，在本质上没有区别，就是胸部和腹部的准确率都不够，而且调得好的可能微乎其微。她已经问过邵君理了，对方当时一阵沉默，她说只想听到实话，对方表示他不会投，而且明确解释，就像当初协议上说的，产品初版出来以后如果靠谱，他会行使增资权利，在那之前一切免谈，这个主意并未改变。

现在何苦再去问他呢？只会令对方为难，也令自己难堪，好像是在借着那么点儿关系，让他掏出800万送给自己一样。

她没办法开这种口。

真的就要完蛋了吗？

可阮思澄老是觉得，在技术上思恒医疗还并没到穷途末路。

虽说车到山前必有路，可是自己也得先走到山前，别在中途就掉头了。

难受了一天，阮思澄没加班太狠，晚上10点离开，打车回到住处。

她甚至不能好好走路，只用鞋尖踩着楼梯，一步一步地挪上去，细高跟全落在台阶外面。

她想起了两个月前邵君理讲的故事。邵君理说，他创业时也曾遇到资金断裂，可他觉得一旦递了破产申请，信誉就没了，于是咬牙向朋友借，后来终于渡过难关，把欠债全还清了，公司逐步走上正轨。

但她没有土豪朋友。

就算有，她不是邵君理，还不上借款。

正思忖着，阮思澄走到了自己家门前面。

深棕色木门，贴着倒“福”。

阮思澄没开门，静静地凝视着。

她没有朋友，但她有个房子。

云京市区的两室一厅。

她在2011年买的房子，当时还不太贵，70平200万，这已是父母的毕生积蓄，首付40%，贷款60%，直到现在还没还完。当时都说云京房价会一直飙升，而阮思澄被保送P大，毕业后肯定留在云京工作，她的爸妈果断出手买了一套房。

现在，它值600万。

阮思澄想：有房子也没什么好。

住腻歪了。

租房有什么不可以呢？她的室友、同学、朋友，不是有好多在租房子嘛！还单身的都没房子，自己又有什么受不了的。何况云京房价已经在跌，这个时候出手说不定挺赚呢！现在卖了，等到房价掉一掉再买回来，岂不是美滋滋。

阮思澄把钥匙掏了，开门进屋，打开壁灯，走进厕所，卸妆洗脸，而后掏出手机，拨了一个号码。

她的心脏扑通扑通地跳。

很快，一个中年女声响亮地传出来：“澄澄！”

阮思澄叫：“妈妈妈妈。”她撒娇。

“最近都没打电话来！”

“太忙啦，”阮思澄说，“产品正在最后冲刺。”

“哎，”妈妈又开始唠叨，“早就叫你别开公司，你就是不听。现在29了，还没结婚。本来春节说好安排几场相亲，你倒好，大年三十都在工作。”

“妈，别唠叨啦。”

“爸妈也是心疼！”

“我知道的。”

母女俩说了一阵，妈妈又问公司近况。阮思澄用力咬牙，腮都酸了，道：“妈妈，是这样的，公司账上没资金了。”

虽说老叫女儿上班，不要创业，真的听到公司要黄了，二老心里也不好受。

“妈妈，”对着最亲最爱的妈妈和爸爸，不知怎的，阮思澄又泪如倾盆，“我想卖房。”

“什么？”

“最后再拼一个可能。”她哭着说，“200 万，以后还给爸爸妈妈。”

“我们都有退休金，也有养老钱，哪儿需要你还钱了。”妈妈虽然嘴上老说“还钱还钱”，实际上心里从来没有这个意思，“但是，澄澄，你需要房！现在云京市区八九万块一平，爸爸妈妈再也买不起了！”

“我知道，”阮思澄说，“我租房也挺好的，好多同学都是这样。要是思恒医疗真能发展起来，以后卖点股份，也就把房买回来了。如果回大公司，只要嫁个收入不比自己低的，也能买得起的，顶多地方差点……”双码农的家庭至少一年 50 万，苦日子过几年总归能有房子，如果双码农中的另外一个码农是邵君理，就更能了。

“等等，我问问你爸爸。”阮思澄的妈妈一直外强中干，看着倍儿厉害，其实家里大事全都得问老公。

过了会儿，阮思澄的妈妈回来，说：“澄澄，我和你爸爸还是觉得，你在云京得有房子。”

“我不要房子，”阮思澄哭，带着决绝，好像是在逼迫父母，“我要公司，我要同事们。”

几人谈了一个小时，最后，阮思澄的妈妈也无奈地叹气：“澄澄，你也大了，重要的事情自己做决定。我们要是强行如何，你后悔了，肯定要恨爸爸妈妈的。现在你自己决定，以后后悔了，也只能怪你自己了。”

阮思澄轻轻地：“我知道。”

“房子早就给了你了。我和你爸爸建议不要轻易卖掉……但你要是不听，我们也没办法。”

“我知道。”阮思澄说，“妈妈，爸爸……谢谢你们。”

挂断电话，阮思澄把眼泪抹干，从沙发上爬了起来，走进书房，生怕自己后悔似的，飞快地在“二手房网”把信息给挂了出去。

阮思澄想：我这是个什么性格，好奇葩啊！她喜欢的一定得有，撞上南墙也不回头。

上高中时，有回她想当全班第一，于是天天学到夜里三点，早上六点起床，困到不行，这样整整坚持了两个月，终于拿到全班第一，却又觉得也没什么意思。她连打电脑游戏都非打到爆机不可，有个宝箱没有拿到她就重读前一天的档，有条支线干不过去她能连续刷一个月……更不要说非要保送 P 大读书、非到爱未实习、非进澎湃工作了。

要命。

第二天，扬清集团互联网 + 总裁办公室。

邵君理的私人助理章锦曦将文件放下，看看皮椅上面眉目俊朗的男人，突然说：“还有一件事……”

“说，”邵君理道，“我不知道什么时候你也变得婆婆妈妈了。”

“是这样，”章锦曦说，“阮小姐，昨晚 12 点左右打算卖掉房子。”

邵君理手顿在原处，两道长眉狠狠一拧。

隔了会儿，他才问：“你怎么知道？”

章锦曦的眉目顺从：“自从邵总那次半夜接人回家，我就写了一个程序，每天在网络上搜索两遍，如果某个新的网页提到阮小姐的名字或者电话、邮箱，程序就会自动给我发送带链接的邮件。我觉得也许某天能派上大用场。”

邵君理抬眼，感到不可思议，说：“你倒机灵。”

章锦曦十分谦逊，回答：“没有您和阮总机灵。”

邵君理盯着他的助理足足有十几秒钟，才又开口：“哪儿学的马屁？拍这么溜。”

章锦曦继续谦恭：“没有阮总拍得溜。”

这回，即使是邵君理，也只能无言以对了。

※※※※※※

邵君理并不想表现出自己已经知道什么，又等了三五天才对阮思澄说：“刚想起来，账上资金只能维持两个月了吧，产品修改现进行到哪一步了？”

阮思澄答：“胸部急诊的准确率刚上75%了，腹部那边还在调整，变化不大。”

“这样不行，抓紧时间。”

“我知道。”

邵君理手拎着话筒：“明天上午十点我去公司看看。”

“嗯？”

“你做一个详细汇报。这段时间干了什么，每个改动效果如何，还有哪些打算，都讲讲。不仅是你，陈一非、石屹立、梁言，每个部分的负责人都做一个阶段总结。”

“没问题。”阮思澄有一种感觉，就是邵君理在权衡思考。

她认真地写了笔记，还让一非、屹立也都好好准备，汇总信息、计时排练，防止到时手忙脚乱。

翌日十点，邵君理准时出现在公司。一反常态，邵君理身上穿着皓白的衬衣，打了一条暗红的领带，外面西装只系上了一颗扣子。这组合在别人身上难免俗气，可穿在邵君理身上还是一派矜贵范儿。在阮思澄的印象中，邵君理的衬衣都是黑或深灰，有时是素色，有时有各种各样好看的条纹或暗纹，哦，好像还有一件深蓝的，前襟带着一道金边。

阮思澄将对方迎进了办公室，瞅瞅，发现沙发靠在窗下，侧对着白板，于是几步走过去，猫着腰，把其中一张单人沙发拽了出来，转45度，让邵君理能以一个很舒服的角度看到白板中心。末了，她手一指，说：“邵总，您坐。”

“嗯。”挺莫名地，邵君理想起了章锦曦的那句“没有阮总拍得溜”。

确实挺溜。

阮思澄叫 COO 带几张椅子进来，布置好了，又亲自喊众位高管一一坐下。她亲自主持汇报，条理清晰，讲了两个月的努力、突破、困境还有思索，接着，陈一非从技术层面剖析现状、规划未来，几个总监也一个个上台讲解，让邵君理全面了解思恒医疗。

结束时已经 12 点。邵君理跷着脚，斜斜靠在沙发背上，左手手肘撑着扶手，食指摸摸下巴，看着白板，若有所思。片刻后他转眸，又把视线落在阮思澄的身上，好像在看她，又好像在透过她看别的什么。

阮思澄叫："邵总？"

"嗯？"

阮思澄见邵君理一时半刻不会出声，就叫陈一非等高管出去干活，掩好门走回来，却见对方还望着自己。邵君理明明眼睛直勾勾的，目光随她移动，却愣是有一种什么都不在意、睥睨天下的气场。

被人盯着，阮思澄觉得尴尬，两只手在身体两侧向外一张，把一条腿撤到另一条腿后面，膝盖弯弯，谢幕似的，摆了一秒 pose。

邵君理笑了一声，移开目光。

"邵总，"阮思澄靠坐着自己的办公桌，"有意见吗？"

"有。"邵君理一边说一边翻过手腕看看手表："还有几个问题，晚了，先吃饭吧。"

"好。不过附近没有高档餐厅。"

"随便。"

"嗯，有家泰国菜，可不可以？"

"行。"

二人走出思恒医疗，阮思澄见电梯刚好停在这层，门正缓缓关合，大喝一声"等一下"，一把拽住邵君理，蹭地跳到电梯里面。

等电梯动了，她才发现，呃，这是上的。

惨。思恒医疗就在 2 楼，完全可以走楼梯的，她却一时图省事儿，想当然地认为大家搭乘电梯肯定是往下走，完全没考虑过有人想从 2 楼往上去的可能。

算了算了，白坐一圈，等它下吧。一不小心飞上 8 楼，现在下也挺费劲的。

阮思澄并没有想到，上到顶层挺容易的，往下走却是慢得要死。

此时正是午休时间，创业园的主楼地盘大、公司多，电梯几乎一层一停，不断有人挤进来。

阮思澄上电梯时跟邵君理是面对面站着的，想说说话，此时两人左右已经全都是人，邵君理靠着电梯壁，阮思澄则面对他，随着空间越来越小，他们俩离得也越来越近。

用流行的话来说，就是：

人人人邵君理人人人

人人人阮思澄人人人

人人人人人人人人人

到 10 楼时，阮思澄已忍不住想：太近了……她能看到对方下颏、喉结，还有皓白的衣领，暗红色的领带结……对方好像一直在散发属于男性的荷尔蒙，叫人呼吸不畅。

电梯停在 9 楼，又走进来几个码农。有人用力推挤阮思澄的后背，阮思澄不想动，穿高跟鞋的脚丫子钉在原地，上身却是被人怼得一晃一晃，失去平衡，脚尖用力才勉强能抠着地面站住。

邵君理一笑，两手轻轻握住阮思澄的腕子，一带，向自己的胸前又拉近了一点：“小心。”

阮思澄不自觉地向前蹭了两步，几乎贴上邵君理了。

而后邵君理也并未松开十指，就隔着薄毛衣，虚捏着，似有若无。

女人手腕真细，他想，随随便便就能圈住。

阮思澄觉得，这种小暧昧其实是对方让自己安心的一种方式。思恒医疗目前还在危机当中，她不适合风花雪月儿女情长，两个人只能等。

手腕发烫。

电梯里面，一大堆人抱怨拥挤，嫌弃太慢，嗡嗡嗡的，然而谁都没有想到这居然是一口毒奶，到了 8 楼，只听“哐”的一声，电梯忽然下坠！

阮思澄的耳边响起一片尖叫。

明明没超重啊！

她心里也咯噔一下，紧张不安，心脏仿佛悬在半空，落不了地，还被攥得死紧，像要爆裂开来。但阮思澄素来迟钝，又天性乐观，还好。

而在下坠的第一秒，邵君理正捏着阮思澄的双手，便本能般地一手搂腰一手揽肩，将女孩儿压在怀里！

阮思澄惊慌失措，也没注意，把头扎进邵君理的胸前西装，与此同时，觉得腰间的手一紧，好像把她提了起来！

她的两只鞋跟微微离开地面，只有脚尖还在用力勾着、摩擦。

她手抓着对方双肩，心脏扑通扑通直跳，吓得拼命从眼前人的身上汲取安全感。迷迷糊糊当中，她好像听邵君理对谁喊了句“按铃，把所有楼层全都按了”。

旁边一个萝莉害怕，尖叫一声，一头扑进身后应该不认识的御姐怀里，继续嗷嗷叫。

不知过了多久，好像很长又好像很短，众人耳边又是“哐”的一声，电梯卡在 6 楼。然后电梯竟然好像没事儿似的，又徐徐地下到 5 楼，打开，迎接新的一批客人。

不过这回，没等外面的人迈步进来，里面的人已经急了，个个跑得贼快，一拥而出，呼啦啦地全没影了。

阮思澄心想：可怕，以后在园区内再也不坐电梯了。

阮思澄和邵君理都在电梯最里面，得等别人先出去，可阮思澄害怕再有意外，十分紧张，没有撒开对方的肩，邵君理也并未放手，稍微等了几秒，将人放在地上，不过还是按在自己的胸膛上。

阮思澄头搭在邵君理的颈间，嗅着属于成熟男性的气息，有点发晕。过了会儿，她才听见对方用带着磁性的嗓音说道：“行了，走了。”

“嗯。”

邵君理松开两手，阮思澄转身往外走。

她的毛衣是圆领的，长发又剪短了，因为心有余悸，垂着头往外迈，颈子拉长，纤细柔嫩。邵君理在原地看着，只觉得真白，想把她拖回来，吻她脖子。

走出电梯，阮思澄对电梯间里一堆蒙了的人说道："哥们，可别坐了，刚才电梯掉了两层。"

"啊！"外面的人也全走了。

刚才那个萝莉最后出来，向御姐道谢加道歉，声音糯糯的，抹抹通红的眼睛，萌哒哒地走了，裙子一颤一颤的。御姐站在原地怔了好几秒钟，才发觉有些失礼，竟忘记了说"没关系"，于是向萝莉离开的方向冲了过去。

虚惊一场，真好。

念及此处，阮思澄也忍不住地回忆了下刚才发生的事。

邵总把她搂得死紧，还提起来，整个过程电光石火，未经考虑。阮思澄的心又酥又麻，想：邵总是在保护自己吗？万一电梯自由落体，一路坠到地面，自己因为在他身上，便能安然无恙？

邵总啊……

思绪回来，阮思澄带邵君理找到楼梯，推开门，拍拍掌，让灯亮起，接着走在对方前面，一层一层地转下去。

因为穿着高跟鞋，阮思澄怕摔个狗啃泥，十分小心，扶着把手，缓慢向下。

邵君理在她的身后，看着前面的阮思澄因下楼梯不大方便而左拧右拧的臀，难得有些放肆地看。

下左脚时往右边扭，下右脚时往左边扭。

直到阮思澄走到楼梯转角，要回头了，邵君理才慢慢地将目光挪开。

阮思澄用手机导航，终于走到泰国餐厅。

她要了份菠萝饭和泰式奶茶，抬头问邵君理："邵总，关于汇报还有什么问题？"

邵君理姿态优雅地擦了擦手，又整理了一下刀叉，十指交叠："对，关于产品，还有几个问题。"

"您问。"

邵君理将关心的事一一问了，阮思澄跟面试似的，无比谨慎，老实作答。

大约 20 分钟以后，邵君理问："账上资金应该只能坚持两个月了吧？"

“没事，”阮思澄道，“我还有些门路。”

“什么门路？”

她不敢讲，怪傻的。

尽管心里已经知道，邵君理在表面上却并不十分关心似的，说：“阮。”

“到。”

邵君理笑，用修长的手指转了转玻璃杯：“其实……对于增资，我在考量。”

阮思澄的嘴巴半张，想：竟然有戏？

阮思澄很清楚，邵君理的投资一定无比理性。他本人也说过，在生意上他有着 99% 的理性和 1% 的感性。

“有些犹豫。”邵君理把睫毛抬起，“这是赌博。思恒医疗用 21 个月都没能把产品做好，从传统的眼光分析应该立刻退出止损，2000 万就当打水漂了。而且公司的 CEO 经验不足，以后竞争有的受的。”

邵君理又道：“但是，产品的原型又的确比两个月前要好一些，CTO 的几个想法具备可操作性，也不能说绝不会成。再投点儿，也许能把那 2000 万救回来呢？ CEO 的问题再一点一点解决也行。”

阮思澄想：竟然真有戏？

“阮，怎么办呢？”

“唔……”阮思澄喝两口奶茶，问，“不然，对赌？”她听说过这个词儿。如果达成某种条件，比如产品可以上市，或者投资回报率达到 100%，她就行使一种权利，让投资人再拿 800 万；如果没有达成，则由对方行使权利，管她要回 800 万。

可是，太难了，臣妾做不到啊……

闻言，邵君理嗤笑一声：“不赌。”

“幼稚。”邵君理继续说，“只有自私的投资者才会搞出这种把戏。投资者和创始团队的利益是相同的，不是敌对的。”

“邵总，”阮思澄说，“您就别再卖关子了——您应该有想法了吧？”

邵君理想阮思澄的胆子、气场也渐涨了，让服务员收了餐盘，重新把手放桌子上，微微向前倾着身子，说：“阮，用三句话，给我三个增资思恒医疗的理由。”

“好。”阮思澄垂眸，思索半晌才又开口，语速缓慢，眼神却很坚定，“团队履历已不用再讲，产品前景也无须再谈。”

“嗯。”

“以下，是希望邵总能增资思恒医疗的理由：第一，领导者有学习能力。举例来说，最开始时 CEO 对病历一筹莫展，然而现在，与各医院 CIO 谈判的效率已经越来越高，1 个月谈下 1 家医院，2 个月 2 家，3 个月 3 家，这种学习能力可以弥补不足。第二，公司氛围十分和睦。UI 设计师吴九如和 AI 工程师叶青只要不被裁掉甚至愿意不要工资，大家天天干到晚上十一二点，毫无怨言，斗志满满，这是公司的宝贵财富。第三，技术上面是可行的。我查了些国外资料，肠穿孔、肠梗阻两个不准的部分，国外的团队刚刚做出来了，咱们也可以的，从技术上没有理由一直失败，只是出于意外因素我们需要时间调整。”

“行，我知道了。”邵君理又看了看表，“一点多了，回去吧。”

“好的。”

“增资的事我再想想。”

“好的。”

“如果增资，正好也把股权结构给调过来。现在我和王选占股比例太大，对于将来 A 轮融资非常不利。我卖你点。那些 VC（投资公司）都狡猾着呢，比起跟其他投资人打交道，他们更想跟创始团队打交道。”

有些投资者只想着多拿股份，井底之蛙、目光短浅，一开始就要 20% 以上甚至 30% 以上，他们投的创业公司基本死光。

邵君理本就只占 12% 的股份，虽然因为钱纳、贝恒相继退出已升到 25.8%，但他无意当真持有。

“谢谢邵总。”阮思澄想想，忍不住问，“转股的话，定价多少？太高的话我买不起。”

听到这话，邵君理低笑一声，说：“拿自己抵。具体怎么个抵法儿我得想想。”

阮思澄想：这话听起来好令人想入非非……

邵君理又说："行了，走吧。"

"哦……"

阮思澄到前台结账，沿着大路走回公司，浑身燥热，坐立难安。

邵君理真会增资吗？她那套房……能保住吗？

急。

事实证明，邵君理并没让阮思澄等太久。

下午四点左右，阮思澄刷新邮箱，竟发现了一份来自邵君理的增资协议！是邵君理的律师拟的，他本人改的。

增资金额 800 万元！

邮件正文只有一句："看看，要有异议，修订模式修改文本。"

阮思澄一阵激动，血管都要爆掉了，浑身上下战栗、刺激，给邵君理发微信说：【谢谢邵总！谢谢！谢谢！么么哒，喜欢您！！！】

邵君理回：【行了，工作。】

【嚎！！！】

稍顿，阮思澄又发：【那个……以防万一还是冒昧问下，增资纯是因为还在看好思恒吧？】

【当然。】邵君理又继续回：【否则？】

【那就好～没事儿了！】

放下手机，邵君理又望向窗外。

他撒了谎。

对于是否投资思恒，他确实是有些摇摆。

上午听完汇报以后，他在心里估摸了下，根据各项利弊打分，如果给思恒医疗画张表格，将增资时要考虑的变量填入，这项占 10 分，那项占 10 分，总分 100 分，过 80 分确定要增，可思恒现在也就 40 分。

然而，只要想到阮思澄要卖掉房子，他就有股难以压制的冲动。

好像……更喜欢了，甚至有点不受控制，还特别心疼。

而且看着对方这样，邵君理对自己的认知也产生了一点疑惑，觉得阮思澄这小姑娘也未必不能当 CEO。

也许，当 CEO 最要紧的不是经验，而是性格，那种“无论如何都要做到”的性格。

他偏心地将表格中“CEO”的部分提到满分，发现还是不够，于是自暴自弃，自己胡乱把分数给补到 80，增资了。

感情是感情，生意是生意，混为一谈十分危险。近些年来他对生意一向冷静，然而这次，却将“99% 的理性，1% 的感性”给生生地改成了“50% 的理性，50% 的感性”。

曾经只是有点喜欢，现在居然已经到了这种程度。

邵君理想，他终于也有了一回“公私不分”。

※※※※※※

收到增资协议初稿的当天晚上，阮思澄给爸爸妈妈打了电话，汇报这个峰回路转柳暗花明的新情况。

爸爸妈妈特别高兴。

爸爸说：“澄澄，你妈昨天整宿没睡……翻来覆去唉声叹气……”

“对不起……”阮思澄说，“我眼看要 30 岁了……居然还让爸妈操心。”

“澄澄，”阮思澄的妈妈伸手接过电话，“妈有话说。”

“嗯，您讲。”

“澄澄，”妈妈的声音再度响起，“妈妈以前不大同意你在云京自己创业，但是经过卖房这个事情……妈妈祝福你能成功。”

“妈妈……”

“澄澄记住，你永远有爸爸妈妈。别有负担，好好干，反正最差也能回家不是吗？你是 P 大硕士，爸爸妈妈想想办法，你也能进大学当老师的，要是离得近的话，中午还能回家吃饭……等你将来结婚了，我和你爸回旧房子，给你们把这间房子腾出来。”

“妈妈，”阮思澄的眼眶一热，撒娇，“妈妈，你们真好！”

“哎，”阮思澄的妈妈自嘲地苦笑道，“我都后悔以前太要强了，总是叫你出人头地。现在可好，你再也不会在我们身边了。那天刘姨还说呢，有出息的孩子，都去国外和大城市了，没出息的孩子才能陪着爸妈，可是一家人在一起，才最好。”

“妈妈，”阮思澄难受，“高铁不是要建好了吗？云京到家就只要三个小时。等这段时间过了，我会经常看你们的。”

“行了，也就那么一说。”阮妈妈说，“所以啊，真的，别有负担，你有后路，有爸爸妈妈，放手干吧。”

“谢谢妈妈，也谢谢爸爸。”

阮思澄的心滚烫滚烫。

她这辈子不算幸运，上学、实习、工作、创业，每步都是硬拼来的，然而她却得到了最好的感情，家人、朋友真心待她，从小被宠到大，有时甚至觉得自己配不上他们的爱。邵总也是，时常让她觉得温暖。

接下来的几天，思恒医疗与邵君理修改了几轮增资协议。按照合同，增资以后，邵君理的股权占比将达到28.77%。

为使公司股权结构更加健康，邵君理又拟了股份转让协议，与王选一道，将共计约34.96%的股权切割、分配，自己保留26.22%，剩下的给阮思澄。

转给阮思澄的股份价格定在每股1分。这太便宜，阮思澄记挂着那句“拿自己抵”，战战兢兢，把那合同从头到尾一字一字抠了三遍，也没看到相关条款。

某天，晚上8点，阮思澄刚吃完外卖便接到了邵君理打来的电话。

“阮，”邵君理问，“增资协议和转让协议签完了吗？”

阮思澄答：“嗯，刚签完了。”

“也盖章了？”

“对。”

“寄了？”

“还没有。”

邵君理说：“好。我这突然有个急事，明天凌晨要飞德国，等不及了。别寄，你本人送过来一趟，我签字，把这事儿先敲定了，然后我让会计打一笔过桥款，省得你们又没资金。”

阮思澄问：“去扬清吗？”

“我没在公司，在家里，收拾行李。”邵君理说，“你直接来吧。”

“好的。”阮思澄想还真需要自己拿着文件过去，邵君理家肯定不是阿猫阿狗都能进的。

收到地址，阮思澄就开着她的本田出发了。

邵君理家在云京中央别墅区，距离思恒不算太远，开车也就半个小时，阮思澄大约是 8 点 40 到的。

在大门口发短消息，10 分钟后，邵君理才出来迎她。

他一矮身，坐进本田前排副驾。蓝牙院门自动打开，他指挥说：“走了。”

“哦！”阮思澄说，“竟然不是阿姨来开。”

邵君理答：“晚上只有我一个人。”

“原来如此，往哪儿走？”

“走右边，一直到底。”

“好。”

因为天黑，阮思澄不能看清院子布置。她依稀感觉角落立着一处假山，人造瀑布从假山上直直落下，汇进下边面积可观的游泳池，有哗哗的声响。主路两边都是花草，在这初春季节微微散发芳香。

到宅子前，邵君理打指纹进去。

阮思澄眼乌溜溜的，抓紧时间到处乱瞥。

前厅面积有些惊人。大理石的地面光洁如玉，琉璃吊灯垂着流苏。大理石是爵士白的，然而楼梯前面、前厅正中却有 36 块是淡蓝色的，同时它们外面一圈的 28 块为米黄色。淡蓝色大理石中央立着一座海鸥主题木雕，生生做出海洋效果。旋转向上的楼梯在二楼合围，金属扶手一看就是雕工细致。

邵君理问：“要参观吗？”

“不用不用。”阮思澄道，“咱们直接签合同吧。”

“那上来。”

阮思澄忙跟上对方，踏进前厅，将脚塞到拖鞋里面。

邵君理略垂下眸子。阮思澄从柜子里面选了一双夹趾拖鞋，黑色拖鞋将她的脚给衬托得更加白皙，脚趾不像手指一样细细长长，而是圆润的、肉肉的，指甲是粉红色的。

邵君理一边上楼一边说道："没零食，有饮料。"

"不用，不吃。"阮思澄在心里吐槽：你以为是招待小朋友呢！

邵君理笑："行。"

二楼中间的休息区立着一个大古董柜，样子简约而精致。

阮思澄经过时稍微瞄了一眼，竟发现了慈善晚宴上的那枚蓝宝石！

展示架也挺有意思，长方形的，斜斜立着，纹路十分像鹅卵石，下面盒中有一层沙，趴着几只雕工精致的小海龟。

矢车菊颜色的克什米尔宝石自然地垂下来。主钻呈水滴形状，有 10 克拉，上方间隔几厘米处还有一颗正圆形的，略小。而在这两颗最大的蓝宝石旁边，钻石和银编织的花叶向上，间或嵌着几颗小巧的同矿蓝宝石。那蓝宝石的蓝色透明纯净，如同大海一样，配着同主题的鹅卵石展示架，让人一眼便被吸引。

"邵总，"阮思澄问，"那个是在爱华慈善晚宴上拍来的吗？"

"嗯。"

阮思澄乐："嘿，我记性真好。在扬清集团翻了一遍拍卖名册，竟然就记住了！"

"拍品一共就 20 来样，正常人都能对它有印象。"

阮思澄想：不怼人能死吗？

"戴一戴看？"

"不，不用了。"

"没事。"邵君理说着将柜子拉门打开，用食指勾出那条项链，挺自然地绕了几圈，将长度缩短，拎着走了，道："去衣帽间。"

"哦，哦！"

阮思澄没有多想，转身往右边走，被邵君理拦腰一带，与此同时耳边响起一句："在这边。"

“哦。”

衣帽间里全是男人的西装和外套、衬衣，其中一面墙是干净的大镜子。

邵君理说：“站好，撩起头发。”

阮思澄说：“我自己来。”

“我是担心你抠坏了。”

好吧。

邵君理垂眸，把项链扣轻轻解开，两手绕过对方细细的脖子，左手从右手接过项链一端，又移回后颈，慢慢扣。

阮思澄只觉得锁骨中间一凉，知道银质项链已经贴上皮肤。她低头，感觉对方手指一直都在动，似有若无地碰着她，于是心脏乱跳。

也不知道过了多久，邵君理终于弄好。

“唔……”阮思澄用手挪挪吊坠，垂着头，眼睛看着项链，觉得吊坠好像在中间了。

邵君理见她这样儿，忽然伸手，从阮思澄身后越过她的颈子，拇指和中指扳住阮思澄的下巴，向上一抬，强迫对方视线平行，说：“看镜子。”

阮思澄比邵君理矮 20 厘米，因此从镜子中她能清楚地看到邵君理的眸子，直勾勾的，正锁住自己。他一手扳着她的下巴，一手轻扶她的腰，靠得极近。她脖子上戴着克什米尔宝石，在灯光下闪烁着暧昧的光彩。

阮思澄脚软。

身后这人有的时候是“霸总”中的“战斗机”。

人家“霸总”光扳下巴，他倒好，不但扳下巴，还要叫当事人从镜子里看着，看着他和自己，看着两双眼睛。

邵君理问：“怎么样？”

“挺，挺好的。”糟糕，她开始结巴。

“我看还行。”邵君理说，“或者以后请设计师重新规划，用这几颗宝石，但不用这条链子，做个更好看的，更符合当下审美的。”

“你的东西，”阮思澄说，“你自己琢磨。”

身后的人一哂。

阮思澄想想，有点好奇：“这玩意儿要多少钱？”

“不贵，”邵君理的语调听着云淡风轻，“3000 多。”

阮思澄想：才 3000 多？这么便宜？

企业家慈善晚宴也没比别处强多少啊？

岂不是只能募到几万块、十几万块？

她总觉得哪里不对劲儿。

邵君理又凝眸片刻，说：“行了，摘了，看合同吧。”

“好。”

邵君理把扣子解开，阮思澄又本能地低头，瞅着项链。

见对方并没看镜子，邵君理没有忍住，凑近了，轻轻嗅嗅对方发梢洗发水的残余味道，很甜。

末了，他用掌心攥着项链，用另一只手点点阮思澄的棘突：“老看书写字，颈椎有点反弯。”

“我知道。”

“自己注意。”

阮思澄特感动——是什么改变了“邵扒皮”？！他以前可是个言必称“从没见过有创业者 12 点睡觉”“从没见过有创业者喝热水”的人！

两人放回宝石项链，走进书房研究合同。

邵君理最后把条款看了一遍，抽出一支黑色钢笔，签字、盖章，自己留下一份，又给阮思澄递过去一份。阮思澄看合同没有问题，就仔细把合同塞进文件夹里，拿在手中，脸颊上闪着光，有压抑不住的兴奋。

终于又要有钱进账了。

“行了，”邵君理将钢笔归位，“我要继续准备行李，回见吧，好好完善产品。”

“我们知道。”

阮思澄被送出院子，还是十分好奇那个“3000”，开出一段停在路边，掏出手机上网搜索，输入“邵君理爱华慈善晚宴”，点开排在搜索结果第一位的“扬清慈善”官网新闻，如饥似渴地阅读起来！

只见第一段写着：“2019爱华慈善晚宴筹得善款共1.2亿元。此次爱华慈善晚宴所有成果都将用于……”

中间一段则是：“经过几轮竞价之后，代表邵城先生参加慈善晚宴的邵君理先生以3200万元全场最高价格拍得克什米尔……”

阮思澄恍然大悟：我就知道！

大富翁们说价格时自动省略“万”这个字！

邵君理刚整理完毕，门铃声响，老邵总来看儿子了。

一个月前，扬清集团提出要约，打算收购德国某家拥有众多专利的机器人公司，为今后的医疗产品“扬清手术机器人”提供技术基础，然而现在双方谈判陷入僵局，对方监事会对收购抱有疑虑，不希望由管理制度不一样的亚洲公司接管公司，不推荐大股东出售手中股份。而这一周有消息称，因为那家公司是德国工业4.0的示范企业，德国政府可能插手此次交易，遏制重要企业出售，防止技术外流，于是邵君理要亲自过去一趟，显出最大诚意，搞定监事会，在政府介入前搞定这笔买卖。

这次收购非常重要，因此，在邵君理出发以前邵城提出再碰一次，最后聊聊底线、策略。

两人谈到11点半才得出共同结论。邵城已经犯困，说：“那就这样吧，你是明早6点的飞机，也得好好休息了。”

“我送您。”

路过古董柜时，邵城注意到什么，忽然停下脚步：“对了君君，一直没问，你干吗拍一条破项链。”

“嗯？”邵君理说，“里外里是撒钱捐款，拍什么都无所谓吧，不是珠宝首饰就是书法国画。”

“不对，还有别的原因。”

邵君理将目光移向那条项链：“好吧，是想送人。”

“女的？”

“嗯。对方喜欢。”

听到这话，邵城转头看向最熟悉的儿子，颇为惊讶，然而随即露出一副了然的笑："终于想要女人了吗？"

邵君理也有无言以对的时候。

"近几年都没有想过吧，天天忙着上班工作。"

邵君理顿顿，转眸看向他的父亲，回答："不是想要女人了，是想要爱人了。"

※※※※※※

增资第一笔的200万及时入账。对于要不要把被裁员工请回来，阮思澄挺纠结的，不过考虑一番后还是决定先省着用。目前产品还没出来，也不知道哪年哪月才能出来，挥霍不得。等东西初现雏形，公司相对可控，再请他们回来也不迟。

邵君理到德国大约一周以后，阮思澄在网上看到扬清集团与ABC Robotics签订投资协议的消息，而此时此刻，德国政府刚开始用各种方法为ABC Robotics在国内寻求买家。

关上网页，阮思澄给邵君理发微信：【恭喜邵总，抢先一步。终于签了五年投资协议。】

邵君理说：【不一定。对AI公司的并购正越来越难。】

阮思澄也不是傻白甜，明白邵君理的意思，道：【本土必须拥有人才。】

她刚看过一份报告。目前，国内人才缺口仍旧很大，无法满足产业需求。

【嗯。】邵君理说，【下月扬清在这方面会有一个新的举措。】

【与各高校建立合作、培养人才？】

【差不多。已筹备了一段时间，正好趁着收购ABC Robotics的新闻热度把战略发布出去。】

【那等着看！】

【行了。】

邵君理的消息可靠。

通过一些业内消息，阮思澄得知，扬清集团即将启动更激进的人才计划。

首先是与P大建立AI创新联合实验室，引进国际高端教师，共同培养专业博士。研究将以问题作为主要导向，解决实际应用中的业界难点，实现成果转化。扬清提供科研经费，同时安排实习岗位，这样学生一毕业就可以投入实践，而且因为曾经参与解决业界难题并且拥有企业实习经历，找工作会更加抢手。据说P大只是第一站，多所名校都将和扬清集团签约。

其次，扬清集团还将在100所高校设置奖学金，横跨计算机、数学、机械、电子、自动化等十余个专业，并且提供实习机会，丰富学生经历。

再次，扬清将用自己旗下视频网站，联合P大、T大等传统名校推出全免费的AI网络课程，让想转行的程序员更方便地获取资源。

最后，扬清集团还将加大AI行业的商业投资，同时开放100多项技术专利，供创业公司学习、参考及研发。

扬清集团将P大的讲堂选作人才计划的发布地点。

那天下午，阮思澄正好与易均有个面谈。他们讨论AI急诊的技术难题，不知不觉便又到了晚上6点半。

看天色渐晚，阮思澄说:“好了学长，不占用您晚饭时间，我先回去了。”

易均宛若随意地问:“你呢？吃饭吗？”

阮思澄一僵，答:“不了，最近节食！”

阮思澄正尽量减少与易均的独处时间，因为她总有些担心这个“头牌”喜欢自己。

易均看看阮思澄，说:“我也没法去食堂了。咱们院跟扬清集团的发布会在晚上7点，我得赶去讲堂，有个演讲。”

听见“扬清”，阮思澄的耳朵一竖:“嗯？”

“去看看吗？扬清副总裁邵君理、AI实验室负责人也都过来。”

“也……也行。”

阮思澄想：快点儿走，一路过去也就五六分钟，跟面对面吃饭聊天不太一样，而且她也有点想邵总了，自从上次别墅一别他们就再没见过了。

哎，感觉800万进来以后，自己稍微有点松懈。

此时正是4月，春意盎然，柳绿花红。

讲堂目前还不让进，学生都被拦在门外。易均出示证件，保安后撤一步，让开位置，阮思澄忙跟着踏进一楼正厅。

观众厅中，几个工作人员还在布置会场。舞台背景上写着“P大—扬清AI创新联合实验室揭牌仪式暨P大—扬清AI技术人才计划发布仪式”，笔力遒劲，很有气势。舞台前方有个讲桌，架着麦克。

阮思澄只打眼一看，便在舞台楼梯下面发现了邵君理。没办法，邵君理的气场太强，太显眼，不论他在哪都能第一时间成为全场焦点，更何况他比正在跟他谈话的小老头儿足足高了一个头……噢，那小老头儿是她导师，信科院长高阳。

两边大佬全都到得这么早吗?

“学长，”阮思澄拉易均，“高老师和扬清邵总在那儿呢！”

“嗯。”易均说话之际已经迈开步子，阮思澄忙跟在后头。

离高阳、邵君理还有半米时，易均停下脚步，表示自己无意偷听二人谈话，这是他一贯的优雅得体。得着个空，他才说道：“高院长，邵总。”

邵君理转过头：“易老师。”他的眼神似有若无地从阮思澄的脸上飘过。

“哎？”高老头儿有点惊讶，“你们认识？”

邵君理说：“AI峰会时聊过几句。AI圈子实在不大，对优秀的专家学者，大家肯定都想结识。易老师是青年学者的魁首了。”他说话总不露破绽。

“高老师，邵总，”阮思澄把身体左右晃了几下，轻松俏皮地说，“邵总，高老师是我念硕士时的导师，也是他把易老师介绍来的。高老师，邵总是思恒医疗的投资人。”

院思澄想：哇，在场三位自己居然都认识!

“嗯。”两人彼此也听说过。

易均低头，微微笑笑。

邵君理没言语。

男人看男人，那点心思可实在是太清楚了。在邵君理的眼睛里，易均简直毫不掩饰。阮思澄说话时，他根本是目不转睛，阮思澄没说话时，也时不时轻瞥一下。

得，他的傻丫头被人惦记了。

因为阮思澄是跟着易均到的，因此挺自然地站在易均身旁。而易均呢，跟高阳一样，在 P 大阵营，于是待在高阳右手边，面对邵君理。三人对一人，分两边站，中间留着过道让人来往。P 大讲堂面积不大，舞台和第一排距离不到一米，只能这样。

阮思澄正嘻嘻直笑，冷不防见邵君理的目光扫来，于是回望过去，心里有点不解。

邵君理笑，抬手对她一挥："你们三个干吗都挤一起？我这显得空荡荡的。过来。"

"哦。"阮思澄也没有多想，噌的一跳，离开易均，到邵君理身边站着，面向易均和高老头儿。

易均沉默。

四人一起聊了会儿，高阳问起学生事业，阮思澄答："头部挺好，准确率 97.5%。胸部和腹部都有问题。胸部应该是数据的问题，已经提高到 87.5% 了，腹部还在努力调整。"

高阳道："我也可以帮着看看。"

"谢谢老师。"阮思澄说，"多亏邵总同意增资，否则公司已经黄啦！邵总刚刚增资 800 万，及时雨，给了思恒一段时间……我前阵子都要卖房了！"

"嗯？"高阳挑眉，"我记得你房子在三环吧？"

"对，邵总增资，房子保住了。"面对导师，阮思澄也没有顾忌，有啥说啥，"现在都值 600 万了！ 600 万啊，想想觉得好富有呢！"

邵君理也垂眸看着阮思澄的嬉皮笑脸，伸手拍拍对方发顶，将一缕头发掖到她的右边耳后，声音带着无限宠溺："都值 600 万了，幸亏还在手里呢。"

阮思澄想：别人说是夸奖，邵君理说那绝对又是反话。

易均见阮思澄完全没有感到别扭，显然这俩人已经十分习惯这些互动，眼神黯了一黯。

高阳却没觉得如何，又问："思澄，你也 29 了，感情问题有着落没？"

"哇，"阮思澄一箭双雕，觉得自己特有心机，"高老师，邵总还在这站着呢，请不要问这种题目！答错会死的，我有求生欲。我要是不好好工作，跑出去跟别人恋爱，邵总非下杀手不可，您就要少一个学生了。”

邵君理笑：“差不多吧。”这种人前的小暧昧，旁人觉不出来，二人却心知肚明，也挺有趣。

易均眸光更淡了些。那两个人，眼神、表情、动作、言语，无一不亲密。

高阳问：“那就是说还没有咯？”

“并没有啦。”

“哎，”高阳60多岁，思想比较保守，“希望赶紧稳定下来，也别耽误结婚生子。”

“晓得，晓得。”

易均知道，只要阮思澄和邵君理还没真在一起，那他还有机会，只是必须抓紧时间，必须激进一点。

6点45分，保安开始放人进了。

邵君理问阮思澄：“你要不要也听一听？”

“嗯，”阮思澄说，“多长时间？”

“8点结束。”

“也行。”果然真的有点懒散——这种东西有何可听。

邵君理用余光扫着他对面的易均、高阳，又问阮思澄：“所以不是过来听演讲的？那来是干吗的？”

阮思澄一时没想好该怎么回答。

“只想跟我打个招呼？”

邵君理是很难骗的，阮思澄也只得回答：“嗯。”

易均故作云淡风轻——果然，带阮思澄来发布会，有些事儿就清楚了。

学生越来越多，几人暂停谈话，高阳坐在一排中间位置左边，邵君理坐在一排中间位置右边，两人留出空位给P大副校长。阮思澄则按照指点，摸到一张工作人员的椅子，坐下。

副校长先上台演讲，接着高阳也上台说了说。

邵君理是第三个讲话，声音像低音炮，还带着磁性：“……人才计划目前共有三个部分。一是成立 AI 创新联合实验室，利用扬清集团在数据和平台上的独特优势，进行产学研合作，培养高级人才，争取原创成果，实现转化和应用……二是提供奖学金和实习岗位……三是联合 P 大、T 大，推出全免费的 AI 网络课程……”他概括介绍了整个项目。

事实证明，P 大花痴也是花痴。在邵君理讲完后，蓦地，后面有个女嗓尖叫：“老公！”

全场大笑。

阮思澄使劲皱眉，回头观察，看看是谁，管她……叫老公。

未果。

邵君理下来后，扬清集团 AI 实验室的负责人具体讲了合作目标、合作内容，扬清集团产学研高级总监又回顾了双方的合作历程。而后，P 大—扬清 AI 创新联合实验室主任阐述了前期取得的各项成果，包括论文、专利和奖项，实验室副主任易均教授又介绍了下半年的几个研究课题，最后，几个学生上台讲述各自成果。阮思澄听了，觉得都还挺有意思。

发布会结束前，P 大副校长与扬清副总裁为实验室揭牌。他们一人拉着一根红色绸带，一抽绸带，红布掉落，那个“P 大—扬清 AI 创新联合实验室”的金黄色牌匾露出庐山面目。二人微笑、握手，阮思澄见所有的人都在拍照，也掏出手机，咔咔拍了二十几张，手指一动，新建了一个文件夹，叫“邵_2020”，把照片全扔了进去，同步到 Apple 云端和另一个云端。

建完后才微微愣神。

什么叫“邵_2020”？难道以后还要再建“邵_2021”“邵_2022”“邵_2023”，一直到“邵_2033”“邵_2043”“邵_2053”？

她自己按年份分组，手机里有“2010”“2011”一直到“2020”，全是她自己，现在给邵总也弄了个系列。

发布会开完，阮思澄见邵君理与高阳、易均还在闲聊，看看手表，过去打了一声招呼，说自己得回公司了。

邵君理问：“我送送你？”

“不用，我开车了。”

“行，一路小心。”

“好。高老师再见，易均学长再见，邵总再见。”

“哎，”高老头儿叹一口气，对邵君理缓缓说道，“创业艰难，烦请邵总多多帮衬。”

“放心，”邵君理说，“我会好好照顾这个傻丫头的。”

阮思澄在心里觉得，这段对话简直宛若在嫁闺女，高老头儿竟毫无反应。

一路回到思恒医疗，阮思澄先打开网页，查询扬清人才计划相关消息。

她把新闻、论坛、社交网络一一扫过，最后在知乎“如何评价扬清集团人工智能人才计划”的问题当中，十根笋尖似的手指噼里啪啦不停地打：

“今天有幸坐在现场全程观看了发布会……第一批的 5 个博士，一个是高中数学奥赛金牌得主，保送 P 大，本科、硕士绩点第一；一个在 IEEE 会议发过 3 篇论文；一个拒了哥伦比亚大学的 offer，没有留美，选择这个实验室；一个……还有一个……难道不能说明问题？这实验室前景广阔！邵君理才 32 岁，却有远见卓识！把最优秀的博士生按照业界需要培养！”

阮思澄想：我吹爆我老……

她美滋滋，刚要开始继续工作，却冷不丁听到门外一阵嘈杂。

她走出去，站在走廊，见到园区经理带着三五个人在看隔壁的房。

阮思澄想：嗯？隔壁是有公司的呀，也是 AI 公司，做“AI 百科”，用户只要上传动植物的正面照片，AI 便能在全网搜到它的名字。

阮思澄也走到那房门口，头往里探，这不看不知道，一看吓一跳：昔日公司，如今里面已经堆满垃圾，几个人在收拾、整理，分东西。

其中一个说：“这台苹果 4000 人民币我就买了。”

另一个人挑挑拣拣：“市场部的樱桃键盘，我想要了，我老婆爱写点东西。”

园区经理打断他们：“30 号是最后一天，对吧？”

他们点头：“对。”

“行，”园区经理明显早已见怪不怪，让看房的三男一女鱼贯而入，“1

号起租。”

几个人呼啦啦地在房间里逛了一大圈，一边逛，一边兴奋地讨论着：“这可以当我办公室！”“这可以当你办公室！”“这里可以安置书架，摆上书籍，让员工们免费阅读！”“这是茶水间，咱们要像硅谷一样，提供饮料、零食！”“这里放个跑步机吧！身体健康也很重要！”

最后他们出来，问要搬走的那几个人：“这个园区咋样？”

对方答：“挺好的。”

新主人看看他们，忍不住问：“你们……”

“黄了。”

“为什么啊？”

“产品不行，A 轮失败。”声到最后几不可闻。

“啊，天……”

几个新主人看房子原主人的目光充满同情、可怜。

阮思澄看着，只觉心里冰凉冰凉。

她不禁想：那些人，也曾经和你们一模一样的呀。

你们意识不到吗？他们的今天，就可能是你们的明天。

当然，也可能是她自己的明天。

阮思澄转过身，走到走廊尽头的窗子前吹风。

她很清楚创业公司 99% 要关门。然而知道这点，和她自己亲眼看到认识的公司、隔壁的邻居关门，还是不一样的。

她也认识那三个人，在一层楼，抬头不见低头也见。他们一个是 CEO，一个是 CTO，一个是销售总监，都是 T 大的博士毕业生，如今却要接受别人那种异样的眼神。

大家都曾踌躇满志。

突然就黄了啊。

如果她也失败了呢？

亲属们将如何看她，朋友们将如何看她，同学们将如何看她，前同事们将如何看她？比如邢笑佳、朱天球、王思任，还有初颜……

大概，有人会幸灾乐祸，有人会同情可怜。

至于她学到了 AI 技术，她拥有了管理经验，恐怕都是没人在乎的。

她又想到扬清集团。

在某种程度上，扬清、思恒是一样的。

扬清重金培养人才，也是为了未来。有的时候，大厦倾覆只在一夕，垮起来很快。

她有压力，邵君理也有压力。

他俩是一样的人。也许正是因为这点，他俩才互相吸引，而对易均就不太行。

阮思澄想回去工作，她知道，邵总一定也在公司，在工作。

他俩都不想失败，也不能失败。

他俩素来骄傲，最最憎恨那种眼神。

800 万进来以后有点懒散的心，被邻居的“关门”瞬间泼清醒了——如果这回还没产品，连神仙也救不了了。

远处大楼灯火阑珊，创业园区里面更是。

在思恒的“隔壁邻居”突然倒闭的这一天，阮思澄再一次清楚地认识到：

这是现代国家，这是一线城市，这是 IT 行业。

这里梦想永不朽，

这里金钱永不眠。

第七章　A轮

隔壁易主，旧人离开，新人进来，时刻提醒着思恒医疗创业公司处境艰难。

阮思澄一方面继续搜寻数据，一方面尽力钻研技术。

5月中，在搜寻数据这条路上，她第一回经历到传说中的事。在过去，她对接的医生全都是好医生，主任全都是好主任。

因为缺少某地域的患者病历，阮思澄挖空心思，终于约到那一地区最大医院的某领导。她讲了几个小时双方合作的重要性，对方始终不置可否，好像在听又好像没在听，气氛尴尬。等到中午，阮思澄想继续争取，主动说想一起吃饭，领导答应了。

她本以为要吃食堂，还翻零钱，没有想到对方一路走出医院，最后进了一家名叫“汇缘食府”的川菜馆。

等坐下来，那叫张木的大主任提出点酒，说不喝酒吃饭就没味儿。阮思澄为哄人开心，也点头了。生意场上待了两三年，要说从来不曾举杯那纯粹是吹牛扯淡。

酒过三巡，话也热了，阮思澄正打算开口，张木蓦地咂咂嘴巴，发出一声满足的“啊”，放下杯子，问阮思澄：“思恒医疗是想搞产学研合作？”

阮思澄说：“对。患者病历由医院出，未来产品是公司的。作为回馈，公司开放AI算法和诊断数据，比如看了多少患者，其中有多少成功，多少失败，还有一切诊断细节。医院医生发表论文，独享学术上的成果，双方共享知识产权。另外，思恒医疗免费提供4套产品，用于提升贵院工作效率。这在科研上和应用上都是非常有好处的，希望张主任和急诊科的主任、影像科的主任一起商量一下。”

“呵，不用。”张木说，“不就是想要大区的患者病历吗？不是吹牛，这件事儿我能拍板，而且这一片的医院领导我全都熟。以后产品做出来了，也可以签排他协议，规定每年用多少回，给你公司冲冲数据。”

“啊？”突然顺利，措手不及。

张木又问：“小阮，出来创业辛不辛苦？”

阮思澄说：“真的辛苦。”有时候卖惨也是一种策略。

张木呵呵笑：“女人不应该辛苦啊？”

阮思澄：“哦？”

张木大着舌头，也不知道是真的还是装的：“女人，尤其是漂亮女人，是有捷径走的。”

阮思澄一头雾水。

“想开就好。我就佩服放开了的，爽快！不管黑猫还是白猫，抓到老鼠就是好猫，想要成功就别端着，顾虑太多忒不大气。女老板有天然优势，多好。只要躺着让人伺候，两三分钟，真金白银哗哗地来，自己也爽，真叫一个……何乐不为呢？大家都是现代女性，也不用有心理障碍。没有坏处，只有好处，还是许多好处，赚翻了。”

阮思澄想：你胆子还挺大的。

哪个行业都有这种害群之马，然而医生一直在被公众关注，几个张木搅浑了这个行业，网友又爱以小见大，让连饭盒也不敢拿的医生们都遭连累。

话音刚落，张木突然伸手摸阮思澄的手，还用力捏：“妹子，会不会打桌球呀？”

阮思澄的内心世界正被弹幕疯狂刷屏，没有料到这个操作，一不小心被按住了。她像被蛇咬了似的，“嗖”的一下抽回左手，放在桌下自己身侧，在裤子上抹抹。

张木还说：“今儿晚上打两局呀？我老婆在香港念书。”

阮思澄抬眼。

“我老婆在香港念书。”张木说，“妹子，你胸好大，腰好细，腿好长。”

“张主任。”阮思澄把声音沉下，“您喝高了。”

“对，喝高了，喝高了。”张木讪笑，不提合作，然而一直东拉西扯，问阮思澄老家在哪，爸妈干啥，有没有男朋友，打不打算结婚……

阮思澄忍，没有回答，吃一口白饭，喝一口饮料，再吃一口白饭，再喝一口饮料，忍不了了，心想去你的吧，伸手叫人埋单，点好现金放在桌边，说：“还挺便宜。”

张木见阮思澄终于愿意讲话，还挺高兴：“这儿便宜。”

阮思澄用食指点着对面张木：“您也知道便宜呢？不过，东西便宜是句好话，人便宜可不是好话，太低级了。”

行了，就这样吧，太厉害的话也不能说，否则自己嘴上是舒服了，公司可就不舒服了，行业里的这群人都互相认识。

她是真的感到悲哀。女 CEO 创业好难啊。

首先，老有张木这种人存在，不是用专业的而是用两性的眼光谈判、合作。

其次，因为职场男性强势，女 CEO 显得格格不入。好医生、好主任会好好地工作，然而大家相敬如宾，她不可能如男人般融入，与他们打成一片。

最后，阮思澄能明显感到，客户、合作伙伴，甚至政府、行业协会，一看她是个女的，便在心里本能地认为“女领导者没有能力”“这个公司不会成功”，从而回避、抗拒，不倾向于投入资源，非常不公。一个女 CEO 想要成功，付出的要比一个男 CEO 多得多，也必须比一个男 CEO 出色得多。她曾看过一份报告，世界 500 强中，女 CEO 占 2%，男 CEO 占 98%。

一个悲哀的事实是，阮思澄也同样觉得，一般来说，在职场，男老板比女老板更加具备管理技能，王思任管理得就非常混乱。于是，许多男人得意洋洋地到处说，女人天生就不适合当 CEO 或者当政客，他们却根本就意识不到，这些也是社会造成的，女性不是天生不适合当领导。在小学、初中、高中甚至大学前两三年，阮思澄并没有觉得女生班长哪里做得不好，然而似乎到了职场，随着时间推移，女性领导便被诟病无大局观、爱抠细节、敏感多疑、爱冷处理……却忘记了她们一路成长下来，社会总是在教她们如何思考、如何做事，把许多人给变成了那个样子，变得与领导者特质相反，有顺从者的影子。再加上生育所影响的两三年，女性要获得成功就更加困难了。

阮思澄想证明自己。

这世界也迫切需要女创业者打造神话。目前的创业圈里，CEO 的位置还是在被男性垄断，偶尔有个女的，人们也对她背后的“神秘男人”津津乐道。这不对。

回到酒店，阮思澄在洗手间里足足搓了十分钟才收拾行李，打车赶到当地机场，坐经济舱回到云京。

回到“故土”，想想这趟出差花了两天时间还有 2000 块钱，舟车劳顿，人困马乏，事没谈好，像上赶着让张木摸手，阮思澄气成河豚，恶心、焦躁，不太想回思恒医疗，便给邵君理发微信问：【邵总，汇报能改今儿下午吗？】

邵君理：【？】

阮思澄：【下周出差……】

【行。8 点过来。】

【嗯！】

看看时间，到扬清正好 8 点。

就这么着，阮思澄去提了行李，排队打车前往扬清，路上发了几封邮件，被晃悠得有点儿晕。

直到见到邵君理，阮思澄才觉得，她回到了安全之处。这儿是熟悉的地方，这儿有熟悉的男人。

把行李箱靠门立着，阮思澄向对方走去。

邵君理并没有抬头，骨节分明的手捏着一支钢笔，一边在文件上写写画画，一边说：“昨天今天都在开会，各种事儿都堆着呢。”

阮思澄并没有答话，只是垂眸看着男人。

“过来，近点儿。”

“嗯。”阮思澄绕过桌子，在邵君理椅背上趴着。

邵君理说：“站好，稍等。”

“好。”

大约等了五六分钟，邵君理把两份文件看完、签了字，整整齐齐摆在一边，问：“如何了？”

阮思澄把刚打印的工作总结递给对方：“是这样。对胸部呢，我们根据样本分布又索要了大量病历……另外，以前合作医院都集中在北方，最近三四个月我在跑南方，希望平衡下。对腹部呢，我们觉得必须融入医学知识，不能光看 CT。石屹立和陈一非把医生的诊断思维抽象成了数学方法，AI 将结合患者性别、年龄、症状、数据、既往病史，综合判断。一非已经总结出容易混淆的几种病，我在根据这个列表搜寻数据，我们打算再做一个神经网络。如第一个神经网络认为可能是 AB 病，就立刻送进第二个神经网络，专门区分这些病症，把第一个神经网络为了效率抛弃掉的一些特征再捡回来。”

“想得挺好，可以试试。”

两人说了 40 分钟，阮思澄见邵君理的手摆在桌上，漂亮好看，而她自己中午被摸的恶心感却仿佛是黏在原处，挥之不去，一个脑抽，就把自己左手手背按在邵总右手手背上，紧贴着，蹭蹭，想让邵君理的气息冲淡别人的。

她想：邵总都没碰过，张木凭什么啊？

邵君理手明显一僵，抬头，眸子锁住阮思澄：“怎么了？”

“没事。”

“说。”

“今天遇到一猥琐男。”阮思澄说，“想潜规则我。”

“他干什么了？”

“摸手，这只。他还说女老板有天然优势，只用躺着被人伺候，两三分钟，真金白银哗哗地来，自己也爽，何乐不为呢？”

邵君理右手一抽，反而压上，攥着姑娘，整个气场都冷下来，气势有些骇人：“哪个医院？什么名儿？”

阮思澄想：可真奇怪，邵君理刚才没表情现在也没表情，刚才没动作现在也没动作，可周围却变得森然，气压好低，温度也低。

阮思澄把张木所在的医院和职务一一说了。

“知道了。”

阮思澄说：“扬清不要跟他合作！人品不好，要被坑的。”

邵君理嗤笑一声，不置可否，把阮思澄小手捏起，看看：“这只？”

“对。”

“洗了吗？”

“洗了。”

“那再洗洗。”

“咦？”

邵君理没继续说话，推桌起身，把西装的扣子扣了，轻拉着阮思澄细细的左手腕，一路走出了办公室。

助理章锦曦正打算取回文件，一看他俩走出来，吓一跳，连忙后退，躲回墙角。

等到了CEO专用的洗手间，邵君理把龙头拧开，试试觉得温度正好，另一只手轻轻一扯，将阮思澄的手送到水柱里，冲水。

冲一会儿打上某个法文牌子的诡异洗手液，两手捏着，拇指仔细按着、摩挲，把手背的每寸皮肤都照顾到了。他说：“你不太细心，洗得不行。”

“嗯。”

接着，是手心、手指。他一根根地搓过去，连指甲都揉揉，而后手指向下一滑，分开对方指缝，用他几根修长有力的手指在对方指缝前后滑动、仔细清洗。

一只手被翻来覆去，阮思澄的脸渐红了。

她偏头，看着对方棱角分明的眉骨、鼻梁和下颏，一瞬间就十分安心，也十分委屈，头一伏，用自己的前额抵上对方肩头，感受到了高级西装的舒适面料，晃晃脑袋，小猫似的左右蹭蹭。

其实本来没有难过。这种事儿只要自己不想、忘了，并不构成任何影响，也不造成实际损失。

然而总归还是不爽。

而后她也没有抬头，还是偏着脑袋，抵着男人肩头，垂下眸子，让邵君理继续捏着她的手洗。邵君理也没有反应，然而被靠的右胳膊不再动了，只是托着阮思澄的手，用左手揉。

阮思澄的黑发垂下，将两边余光全都遮住，打造出了密闭空间，她只能隐约地感觉到天花板上漫射下来的温柔光线。她闭上眼，对方肩上西装面料的味道、洗手间里哗哗流淌的水声、邵君理几根手指的动作，都宛如被放大数倍，无比清晰，无比鲜明。

邵君理看了看他面前的镜子，女孩儿十分安心，额头靠着他的右肩，黑发柔顺，看不到脸，颈子因为动作而被拉得修长，露出整个侧面，筋显出来，从耳下到锁骨。

也不知过了多久，洗手液好像打了几遍，邵君理才终于把水龙头关上，长臂一伸，扯出张纸，仔细擦干阮思澄的手和手腕，又看一看，说："行，手好好的，别多想了。"

"嗯。"

阮思澄把眼皮抬起，发现邵君理正扭头看着自己，两人距离不到 10 厘米，目光交汇，呼吸交缠，暧昧气氛涌动膨胀，填满空间，好像不管是谁，稍微探头就能吻上对方的唇。

心脏狂跳。

手被按在洗漱台上，阮思澄抽回来，慌慌张张移开目光："谢谢邵总。"

"嗯。"

"我先走啦，不用送了。"

"别多想。"

"知道的，没事儿。"阮思澄去提了行李，晃晃悠悠走进电梯。

邵君理则回到 CEO 办公室，重新坐进高大皮椅。他看看肩头，捻起一根黑发，搭在手心里看了看。

接着，他毫无意识地，将那根黑发一圈一圈缠在右手食指指尖，送到唇下轻轻一吻。

回去以后，阮思澄也真没再想，跟 CTO 和各总监讨论产品，把张木忘到脑后。

结果，不出一周，她便听到惊天八卦！

那个张木被开掉了！

据说，他胆子大到逆天，医院调查后竟发现，张木曾给医药代表多次提供医院统方（所有医生用药信息、用药单据），方便少数医药代表贿赂医生。这是被严格禁止的，院方毫不犹豫把人直接开除，而且可能诉诸法律。

这家医院的医院信息系统（HIS）、影像归档和通信系统（PACS）、实验室信息系统（LIS）、电子病历系统（EMR），都是扬清做的。因为张木这事儿，医院还请扬清开发了反统方软件。

八卦还称，他和两个没节操的医药代表，以及两个没节操的外院主任发生关系，导致性病交叉感染……

跟医院的人走得近了，传说总归听过一些，谁睡谁什么的，然而在过去，她对接的医生全都是好医生，主任全都是好主任，还有几个合作医院的 CIO 是技术狂，去拜访他们时对方还在对着双屏疯狂写代码，桌子底下全都是书，一听 IT、AI 两眼直冒绿光，一副打算马上开始研发的架势，“坏医生”“坏主任”是阮思澄头一回碰到。

中国有句老话，叫“塞翁失马，焉知非福”。在张木被撸了以后，CIO 新官上任三把火，启动多个新项目，竟与思恒达成合作。最后一块拼图拼上，思恒医疗获取到了各大区的患者数据，包括东北、西北、东南、西南……心电图 AI 的准确率上升到 87.5%。

除去搜寻数据，阮思澄也钻研技术。

她狂读论文，把与“急性腹痛”有关的国内外学术论文全看了个遍，把医生们可能都还不清楚的症状总结、用药推荐输入 AI，帮助读片，她觉得如果有医生界的素人选秀，她阮思澄绝对可以 C 位出道。她在论文中的某些发现，连曾经是急诊名医的石屹立都不晓得。

她还提出几个建议，比如将医生方法、医学知识提取出来，辅助分析。

再比如使用多个神经网络，第一个用于初步诊断，第二个专门用于区分 A 和 B 这两种情况，第三个专门用于区分 C 和 D 这两种情况，第四个……如果首个网络判断需要使用其他网络，便将数据传输过去，后者会将前者为了效率抛弃掉的特征捡回。她有意地搜寻 AB、CD、EF 的病历和数据，训练 AI。

再比如用 NLP 技术提取标签……

思恒医疗不断尝试，不断调整。

事实证明，经过多个神经网络，准确率大幅提升，从 50% 左右一跃升至 75% 左右。

奇迹出现了。

有了进展，CTO 陈一非非常兴奋，又修改参数、丰富数据、调整图片，使用各种方法完善这一产品，让准确率步步提升。

终于，6 月 15 号，思恒医疗成立两周年时，AI 急诊的三个部分都得到了预期效果。

—— 做出来了。

一切构想得以实现，“AI 急诊”这个创意并非只是存在于幻境中的海市蜃楼。

梦想照进现实当中。

阮思澄在做完测试的第一时间就跑回到办公室里，锁上房门，一秒钟都不能再等，心脏怦怦跳个不停，给邵君理打电话，大吼大叫：“做出来了！做出来了！”

邵君理却明显一愣，足足过了十几秒钟之后才说：“恭喜，加油。”

叽叽喳喳描述过后，阮思澄问：“厉不厉害？”

邵君理笑：“厉害！”

阮思澄的声音渐弱，有点想哭，庆幸没让自己失望也没让对方失望，庆幸对得起自己两年的青春也对得起邵君理 2800 万的投资，终于说出这两年来一直想说的一句话：“邵总，您对思恒可以投入更多期待，我比别人更想给您好的东西。”

“阮……”邵君理一顿，说，“我知道，我会始终抱有期待，等你带我踏入过去看不到的那个世界。”

※※※※※※

历经整整两年产品做出来了。

思恒的“AI 急诊”总共分为三个板块：

第一个是“头痛急诊”，主要针对脑卒中的。通过读 CT，AI 勾画卒中部位并且判别出血 / 缺血原因。脑卒中是一种致死率非常高的疾病，一旦发病，患者生命危在旦夕，而尽早确认卒中部位、出血 / 缺血原因并且加以治疗，是能否挽回患者生命的最重要因素。思恒希望，软件不仅能应用在急诊室里，还能应用在救护车上。

第二个是“胸痛急诊”。通过读图，AI 可对静态心电图进行分析、诊断，尤其擅长心肌梗死等病症。思恒打算继续完善静态心电图（ECG），搞定更多疾病，同时研究动态心电图（Holter），争取可以早日对动态心电图进行监护、预警。

第三个是“腹痛急诊”，目前还不十分成熟。根据 CT、症状、数据，AI 已能辅助诊疗少数几种危险疾病，比如肠梗阻、肠穿孔、胃肠炎、阑尾炎、部分中毒感染，至于剩下的，AI 只会给出建议。思恒打算继续研制，逐渐攻克其他病症，让“急诊 AI”更加强大。

产品有了，阮思澄从合作伙伴的名单中最终选了 J 大一院作为首个试点医院。在过去的合作当中，J 大一院配合度高、专业性强、沟通顺畅，目测可以承担重要职责。她正着选，选出了 J 大一院，又用排除法，再次选出了 J 大一院。

某日，J 大一院大会议室里。

数据科主任、副院长兼急诊科主任、影像科主任、阮思澄、陈一非、石屹立等十几个人坐在桌子两旁，一个装着最近几天十几张 CT 和心电图的 U 盘直直插在思恒医疗的电脑上。这些病历形成不久，思恒的“AI 急诊”从未见过。

室内众人屏心静气，全都盯着 AI 系统。阮思澄将一份图像和数据导入，连着电脑的显示屏给出一个答案，阮思澄又将另一份图像和数据导入，显示屏再给出一个答案。

她一次次操作机器，手指冰凉，内心惶恐。空气仿佛黏在一起，叫她呼吸略有不畅。陈一非的姿势僵硬，一动不动，也盯着屏幕。这个过程十分折磨人，因为阮思澄那贫瘠的医疗知识根本不足以帮助她判断AI给的结果究竟准不准确。

她观察主任们的面部表情，未果。

等十几份病历看完，三位主任陷入沉默。

阮思澄想：究竟如何？

她不敢吱声，害怕引起对方反感。

足足过了一分多钟，J大一院副院长兼急诊科主任才开口，言简意赅："还不错哎。"

阮思澄想跪下大哭！

她在心里说：呜呜呜呜！

副院长兼急诊科主任靠上皮椅椅背，双足一蹬，呼地一转，望向下手边的几个医院同事："你们觉得呢？"他头发半白，大约六十几岁。

影像科主任和急诊科副主任点头："16个诊断正确，2个没有把握，还挺好的。"

副院长也颔首，把椅子转回去，挺干脆地拍板决定："感觉可以接一接看。"

说罢，他看了看自己的手机，再次抬头，对阮思恒等几人道："我有手术，先走了，技术问题问张主任。"

"OK，"阮思澄起身，握手，"真是麻烦刘院长了。"

"没事儿，没事儿。"

就这么着，思恒的"AI急诊"得以进入J大一院。陈一非带一支队伍驻扎在了J大一院，研究对方仪器、系统，亲自制订融合方案，又培训医院医生，让他们把"AI急诊"使用方法摸得门清。

7月1号，"AI急诊"在实践中投入使用。

当第一份患者报告传回来时，陈一非带头，整间公司全体员工一齐鼓掌！

大家脸上都挂着笑容。

患者头痛宛如刀劈、恶心、呕吐，整个头部都痛，没有明确的位置。AI读片并且认为是蛛网膜下腔出血，原因则是脑动脉瘤破裂。

与医生的诊断一致！

阮思澄想：它好厉害。

自己亲手做的产品，好厉害。

在阮思澄意料之内，产品“攻陷”J大一院急诊科后，J大一院急诊医生并不在意“AI急诊”，80%的医生从不启动，当自己是“吃瓜群众”，另外20%的医生偶尔启动，其中有人觉得新鲜、好玩儿，有人本身是技术狂，热衷于帮思恒医疗改进产品。

不过，即使只是偶尔启动，也能带来许多意见。

哪儿好用，哪儿难用，怎么做容易准，怎么做容易不准，思恒医疗的技术团队根据反馈不断改进AI机器。

一切进行得有条不紊。

直到7月15号。

阮思澄总算知道了，所谓创业，就是不停地有事儿。不管创意多么出色，执行多么完美，也是不停地有事儿。

这天下午，J大一院的报告称，“AI急诊”有了一例致命误诊。

某个医生根据经验，认为患者得了A病，而AI却说患者得了B病。那名医生担心自己见识有限，还叫急诊科的某个主任医师抽空去看了看，后者同样认为症状符合A病。而有A病的患者们若不及时接受治疗，死亡率在75%以上。

这事性质非常严重。

倘若患者因为“AI急诊”而死亡，那这家公司肯定也是活不了的。理论上说，AI机器只提供辅助，不承担责任，然而如果发生死亡，这锅还真挺难甩掉。医院医生、患者家属、媒体记者还有公众恐怕都不会善罢甘休。何况，这不仅仅影响公司，还会让所有曾经参与这个项目的员工一辈子良心不安，包括CEO自己，同时也会让AI这个很有希望的新技术以负面形象进入公众视野，一被大家认知即遭口诛笔伐，拖住AI医疗前进的脚步和进程。

这是不行的。

陈一非叫技术人员严肃调查，更新版本。

一刹那间，公司又在原地打转。

几名员工实在忍受不了创业公司过山车似的剧情了—— 一会儿生一会儿死的，生生死死，死死生生，死完又生，生完又死，比哈姆雷特还能折腾。他们向阮思澄递交辞呈，走了，想去大公司过安安稳稳的生活。

阮思澄批准了。

这一回她没有再哭，很平静地接受辞呈，让几个人交接完工作，回来继续研究问题，布置任务，心想自己可终于变冷硬了。

她在朋友圈中发了一条状态：

【扶我起来，还能继续。】

邵君理甩了个赞。

朱天球、邢笑佳等人回复：

【墙都不扶就扶你。】

这时谁都没有想到，几天以后，A、B 病的事情竟以最完美的结局告终。

J 大一院打来电话说，不是 AI 错了，是医生错了！而且主治医师、主任医师全都错了！经过几天的观察后，他们发现，患者得的真的不是医生认为的 A 病，而是机器认为的 B 病。

稍微研究一下程序，阮思澄就明白了。

因为自己曾经输入大量论文，所以“AI 急诊”在判断时调用了某项研究，使用了连 J 大一院主任医生都不知道能参考的某个指标，认为患者不是 A 病而是 B 病，将论文研究成果作为了重要的判定依据。那篇论文还称，目前医生当中普遍认为可以区分 A、B 病的另一指标其实并非放之四海而皆准，有 5% 的错误概率，那项指标没有升高并不代表可以百分之百地排除 B 病，因为在长达 5 年的追踪当中，研究者们发现有 5% 的 B 病患者那项指标就是没有变化。

对于这个结果，阮思澄安心、放松、骄傲，J 大一院的医生们啧啧称奇。

思恒的“AI 急诊”结束小规模的“公测”，即将扩大在全国的使用范围。

然而这需要钱。

更多的钱。

于是，阮思澄将投资公司名单翻出，正式启动思恒医疗的 A 轮融资。

开始 A 轮融资以后，阮思澄将知名风险投资公司（VC）、新锐风险投资公司一个一个研究，从公司官方网站、职场社交网络上获取投资经理们的个人简介、投资领域、联系方式，又请熟人推荐、介绍，还下载了相关的 App，初步搜到 100 多个可能会对思恒医疗感兴趣的投资经理。她列好表格，把投资经理分为三档：

第一档的投资经理手握资源及人脉，可以帮助公司发展，经手项目成功率高；

第二档的投资经理拥有格局和眼光，虽在业界资历尚浅，但能够给予有价值的建议；

第三档呢，各方面都不太行，就是领域比较对口，手里有钱。

在这份列表上面，居于第一档的投资经理只有区区 5 人。第二档有 20 几位，第三档有 80 几位。

也就是说，想要拿下首要目标，不能失败超过 4 次。

阮思澄把商业计划书（BP）重写了，结构、脉络十分清楚，文字简单、切中要害，有产品简介、产品数据、试验结果、医生反馈，有市场分析、公司前景、竞争格局、SWOT 分析、战略规划、盈利模式、执行进度、执行计划、当前困境、解决方式，也有公司历史、团队履历、融资情况、股权结构，还有金额需求、融资用途、财务规划等信息。

在“金额需求、融资用途、财务规划”这部分，阮思澄是按月份来算的。思恒医疗未来一年每个月要做什么事情、达到什么目标、有什么意义、需要多少资金，还有这些项目几时能完成、如何完成、由谁负责完成，阮思澄都通过表格一一展示。表格当中，大项目套小项目，小项目套小小项目，非常清楚。

她做了一份 PPT 格式的 BP，还有一份 PDF 格式的 BP，而后想了想，觉得作为一家互联网公司，这种 PPT 和 PDF 实在太普通了，又专门搞了一个加密网页，做了一个网页形式的计划书。网页设计十分现代、前沿，既适合在电脑上看，也适合在手机上看——当投资经理用手机打开时，几个板块会自动调整，以适应对方手机屏幕的大小。

阮思澄其实并不太会做网页——她毕业后一直在做后端，从未接触前端。她不想交给别人做，所以自己买了几本书学，三天就会了。

与传统的码农相比，阮思澄的一大优势就是特别擅长制作 PPT。基本上，码农只会挑选模板、加文本框，顶多再弄几个带颜色的方框。她却可以自制模板、设计元素，还能利用动画功能搞出各种别人想都想不到的效果。旁人看她的 PPT 时都会不住嘴地说："哇哦！它们组合起来能这样用？""这个东西究竟怎么画出来的？""那个东西又是怎么画出来的？"

阮思澄把 BP 发给邵君理。

"你等一下吧，"邵君理在电话当中语气平静，"这边事多，晚上到家我看一眼，12 点以后明早之前会回复的。"

"行，您忙，辛苦，辛苦。"阮思澄乖。

那天，直到凌晨五点半多，阮思澄才收到邵君理的回邮。

她本以为邵君理只会在邮件正文里边提几点意见，或者在 PPT 的备注里面写一些建议，根本没有想到那个男人会一页一页帮她修改！

经过修改，市场分析更加细致，公司前景更加乐观，竞争格局更加清晰，公司优势更加明显，战略规划更加完整，盈利模式更加合理，当前困境更加易懂，解决方式也更加成熟。而且邵君理将融资用途、财务规划一项项地全改写了，逻辑清楚，布置老道。

阮思澄懂，这一页一页地撸下来，即使对方是邵君理，也得忙活几个小时。

呜……邵总。

她急急忙忙表达感谢：【谢谢邵总！感动……［哭］［哭］［哭］】

邵君理发来一个音频请求，阮思澄急急忙忙地接起来。

"BP 挺好。"邵君理道，"问题不大。"

"嗯。"

“几个要点：首先，不要同时给一群人发计划书，投资经理互相认识，群发 BP 显得自己十分绝望。”

“好的。”阮思澄在便签上记下来。

“第二，最好别找已经投了竞争对手的。有些 VC 看好某个细分领域，就把这个领域的公司全投了。我不建议参与其中，对方随时可能因为你的对手牺牲你的利益——只要他更看好另外一家公司的未来。”

“好的。”

“第三……”

“嗯嗯。”

一直聊到天蒙蒙亮，邵君理才轻轻地道：“行了，睡吧，有事再问。”

“好。那我今天开始就给 VC 发邮件了。”

听着声音，邵君理笑：“觉得紧张？”

阮思澄说：“多少有点……”这关系到思恒医疗的生死存亡。

“那也得先休息好了。”

“我试试吧。有点不安，两点来钟就躺下了，翻来覆去睡不着。”

邵君理说：“那就不要挂断音频。”

“嗯？”

“乖了，把手机扔枕头边上，不要挂断音频，睡觉。”

“那……”阮思澄的心里一热，“不多聊了，我去睡了。”

“嗯。”

阮思澄手抓着手机，听着对面窸窸窣窣，知道对方也要睡了，想着那人好像永远淡定从容，不知不觉，心里的不安焦躁便淡了些，困意袭来，终于卷着被子陷入沉睡当中。

等到早上睁开眼睛，阮思澄的心里一惊，第一件事便是捞过她的手机！

音频已经断了，上面显示连接时间是 2 小时 50 分钟。

最后一条消息是邵君理发的，时间早上 8 点 30：【掉了。感觉你是已经睡了。】

阮思澄发：【谢谢邵总！睡了三个半点，六点到九点半，对我来说已经够了。】对她来讲，只要有 3 个小时以上的睡眠，第二天就不会犯困，就可以工作。

邵君理回:【嗯。】他居然已经到公司了。

阮思澄心里觉得，她与邵君理有种默契，难能可贵。

对方没有表白，她也没有表白，因为这个时间实在不大合适。产品刚刚出来，即将打入市场，最重要的 A 轮融资正式启动，思恒医疗正在命运转折点上，她是公司的 CEO，如果在这个节骨眼上与人交往、开始恋爱，自己这关都过不去。思想是一回事，行动是另一回事。邵君理也明白这点，所以正在默默地等，等过两月资金进来、公司稳定，不再在倒闭的边缘疯狂试探，他肯定会有新行动的。

哎，阮思澄胡思乱想：要学习革命前辈，不打完仗就不谈对象！

事实证明，投资公司的投资经理根本不看邮件！

换一般人，那肯定是继续发 E-mail，广撒网总能捞到几个回信。但阮思澄明显不是一般人——她直接给目标对象打电话！

她在自己办公室里，按照公司官方网站和几个社交网络上的号码，一个一个地打电话。

先拿二三档的几个投资经理练了练手，积攒经验，接着她屏心静气，对第一档那五个"主要目标"下手了。

结果，有四个人没接电话，只有一个叫华岳的说想见她。

面谈约在周五。那天，阮思澄把 BP 和电脑全都带着，打算大干一场，吹爆思恒！她不仅是首席执行官，还是"首席吹牛官"。

然而，根本还没等到阮思澄讲解 BP，演示产品，华岳便问:"需要 1 亿人民币是吧？思恒医疗可以出让多少股份？"

"20%，"阮思澄说，"最多 25%。"

华岳十分高高在上，嘴边现出嘲讽的笑:"20% 和 25%，公司估值完全不同。20% 的股权拿 1 亿，公司估值总共是 5 亿；25% 拿 1 亿，公司估值就是 4 亿，差着 1 亿呢。你对公司估值多少心里头没谱儿吗？"

"不，我意思是……可以商量。"

“商量？公司估值说变就变？”华岳起身，“行了，没有必要谈了。”

阮思澄终于懂了，在资本市场上，一句话也不能说错，它的残酷性超乎想象。你说错一句话，几千上亿就消失了，公司便要陷入困境，兄弟便要没有饭吃。

她只能走，接受失败。

对那四个不接电话的投资经理，“发条橙”阮思澄也不是没招。她外号叫“大橙子”，创业以后变成了“发条橙”。

为拉投资，她直接到投资公司正门口堵他们！

她进公司，请前台小姐姐向她的目标对象好好通报一声，看能不能见。要是不行，她就站在公司门口，眼睛死死盯着里面，等待机会。投资公司官方网站还有那些社交网络上都有投资经理的简介和照片，她记住了。

第一个人没有见到。第二个人名叫卓立，男性，知名投资公司红木资本的董事总经理。这个位置仅仅次于创始合伙人和合伙人，高于董事、副总裁（VP）和投资经理。

红木资本位于地京市。当卓立得知自己是思恒首选，而CEO阮思澄从云京追到地京时，感到实在难以拒绝，于是让阮思澄在楼下等，心想如果手头约的团队有哪一个提前结束，就把剩下时间留给她，让她随便讲讲。

看到眼前出现一丝希望，阮思澄便坐在楼下，按照5分钟、10分钟、15分钟、20分钟分别重新规划她的演讲。

终于，下午2点45分，前台小姐姐接到电话，对阮思澄说：“嗯，阮小姐是吧？卓总刚叫您上三楼，303会议室。”

“哦哦！好的！”阮思澄忙拿起材料，把访客卡挂脖子上，踩着高跟鞋在地砖上小步奔跑。一看电梯停在18楼，估计半天也下不来，她不敢耽误一分钟，推开安全门，呼呼呼地跑上去了。

303会议室中，卓立伸手，让阮思澄坐在对面，说：“从云京追到地京，不见不休，够可以的。”

阮思澄笑：“如果连追投资人都不敢，以后还怎么追顾客？”

卓立一愣，说：“挺有理。”

他顿了顿，说：“一般来说，经验不足的 CEO，我是不会给机会的。”

“我不会讲管理经验并不说明任何问题，又不是在演电视剧。”阮思澄道，“事实上，在两年里，我切实地感受到了经验不足所带来的负面影响，我有分寸，不会托大。但是，首先我学习的能力很强，解决问题的能力也很强，我可以举两个例子……其次，思恒医疗的投资人、扬清集团的邵君理邵总，一直以来都很帮忙，有时简直手把手教，因此我成长得还算迅速。我可以不夸张地说，这两年中，在管理方面，我学到的东西相当于别人四年甚至六年才能学得到的，以后还会继续努力。第三，说来脸红，小时候的成长环境让我比较擅长沟通，也比较擅长思考、规划，这对承担 CEO 的责任比较有利。第四，我很清楚项目的劣势、不足，因此我有一个强力的 CTO，还有一个出色的 CSO。CTO 陈一非，以前在爱未时当过两年总监，独立负责多个项目，而 CSO 石屹立过去是大医院的急诊科副主任。说来幸运，他们两人非常理解和支持我的工作。最后，任何一个团队都有短板，思恒医疗的短板是 CEO 没经验，但是也具备许多优势，比如扬清邵总是投资人，P 大院长是我导师，这些资源十分珍贵。”

卓立挑了挑眉毛。

很明显，在过去，年轻的 CEO 全都不服，说“年轻也有年轻的好”“有创意”“有激情”，等等，然而卓立可是大 VC 红木资本的董事总经理，见的项目多如牛毛，他能做出“年轻的 CEO 都不靠谱”这样的判断自然是有原因的。阮思澄顺着他说，用解决问题的思维回答问题，而不是杠，让对方觉得自己脑子十分清楚。

阮思澄将 BP 递去，又打开了随身电脑：“那请卓总允许我来介绍思恒医疗这个公司还有思恒急诊这个产品。等讲完，我会现场进行演示。”

“嗯。”

本来一切进行得十分顺利，阮思澄也感觉良好，从头到尾半个小时谈话气氛轻松愉悦，看着有戏。然而就在双方要告别时，卓立又问了一句话：“你为什么出来创业？”

阮思澄笑：“首先是想自己掌控未来命运。当时澎湃砍了整个医疗事业群，项目全停了，对我们的打击挺大。其次是想实现个人价值。我想要做急诊 AI，不断完善，不断进步，最后超越人类医生。因为各种突发状况，每年死了太多人了，无数家庭一夜之间面目全非……人类渺小，政府及民间每年把那么多钱砸进去，无数天才终其一生日思夜想耗尽心血，可许多病的研究几十年来都没有大的进展。我知道，自己没办法在人类对抗疾病的悲壮历史上写下浓墨重彩的一笔，但是我想，只要能为这条道路铺一块砖，垫一颗石子，也是好的。希望有一天，计算机和生物等领域可以做到完美结合，让科技赋予人类尊严，让智慧赋予人类尊严。”

说到这里她又想起一个段子：消灭小偷的，不是警察，是互联网，因为大家不带现金了。

卓立听了，嗤地一笑：“谈梦想啊……”

阮思澄有点迷惑。

“你知道吗，谈梦想是很伤钱的。”他的嘴角吊着，透出一丝讥讽。

一瞬间，阮思澄感到挺失望。

俗话说，道不同不相为谋。也许因为见过太多张布斯、王布斯、李布斯、赵布斯，这投资者十分鄙夷创业者的梦想、情怀，如果是这样的话，即便对方愿意投资，他们真能合作愉快吗？

邵总他就不是这个样子的人。

一路上，邵君理因为与她有共同目标、共同理想，才能一起扛过那么多的风雨。罢免钱纳、告别贝恒，让这公司变成他们两人心中最完美的样子。

现在引入一个完全不同的人？

感觉不是好事。

想到这里，阮思澄已有些灰心，抬头看着卓立，说：“卓总，对于梦想，我本来并没有想谈，是您问的。既然您问了，难道要我撒谎吗？我并没有把这件事挂在嘴边。很抱歉，我始终认为，一个医疗公司必须得有梦想，没梦想的医疗公司走不长远。攻克疾病这件事儿，太难了，光想挣钱撑不下去，否则干吗不去炒房地产。”

卓立一时无语。

“当然，你我知道，在医疗行业，最后真能做出来的公司会有巨大回报，人类为了治病多少钱都肯花。但是在我看来，这背后的巨大利润是对那些医疗公司梦想和情怀的回赠。卓总，我们BP非常用心，有人才、有技术，产品也受欢迎，J大医生的评价是实打实的，白纸黑字，您那声笑要只因为思恒医疗抱有理想，就太看不起人了。不仅看不起我，也看不起医疗行业。”

卓立没有说话，若有所思。

阮思澄想投身医疗。

对于许多重病顽疾的研究，很多没有进展。有些病症的患者们从确诊到最后死亡，平均生存期只有三四个月，什么药物都拖不住，顶多能让患者多活一两个月。

然而现在，奇迹一般，人类仍未失去对抗疾病的勇气，仍未失去挑战天命的决心。

海明威有一句话叫“人可以被毁灭，但不能被打败”，还挺适合医疗行业的。

AI医疗大势所趋。然而从国家的战略上讲，国人的身体数据必须留在国内，这就需要他们这样的工程师可以顶上，与外国竞争。

无数老一代的互联网人改行，从社交网络、金融、教育等领域转过来，思恒医疗有一个员工以前还是做搜小黄图项目的。也有无数新一代的互联网人涌入，学习人工智能，投身这一浪潮，大家一起承担这时代的使命。

也许AI医疗真正普及、人类因它而受惠的那一天还很遥远，远到他们这些人垂垂老矣，或者没那么远，只是远到他们技术下滑、被世界所抛弃，但她相信，即使到了那天，所有的人也都会在万紫千红当中看到他们两代互联网人曾经的满腔热血。

因与卓立实在互相看不顺眼，阮思澄又重新踏上拉投资的艰苦道路。

目标册上的第三和第四个人没有见到，最后一个名叫戴溪，是大公司金桥资本的资深投资经理，长发飘飘，十分美貌。她在接到前台电话并且知道有人找她时，并不像之前卓立那么难伺候，而是直接让阮思澄上楼讨论项目。

有些时候民间成语非常有道理，就比如说“好事多磨”这个词儿。

阮思澄与戴溪交谈无比顺利。两个出色女性明显惺惺相惜，戴溪非常看好思恒医疗的“AI急诊”产品，而且觉得商业计划十分扎实，切实可行，最后还说她一直致力于帮助女性创业，希望可以看到更多女性成功。

整个进程速度极快。

谈话后的第二天，戴溪便把她奶奶的脑CT片拿到公司，亲自试验“AI急诊”，最后AI给的病因与报告单一模一样。她又初步采访了J大一院几名医生，对于调查结果十分满意，确认了“AI纠正医生误诊”这个事实。

在谈话的一周后，戴溪指导阮思澄修改BP及其他材料，又帮思恒医疗寻找问题，再让思恒医疗配合整改。阮思澄把BP改了好几十版，反复修改的BP文件名甚至叫作“思恒医疗商业计划书终稿（十五）”“思恒医疗商业计划书终稿（十六）”……

戴溪说：“每个公司的投委会所看重的都不一样，必须改。这样最后报项目时通过的概率会大得多。”

阮思澄乖巧道：“好的。”

“你的BP比较通用，但是其中一些战略规划、盈利模式，一些执行进度、执行计划，还有一些当前困境、解决方式，跟金桥的喜好不同，也跟金桥的一贯做法不符，投委会到时候可能会有疑虑，必须得改，辛苦了。”

“没事没事！不辛苦！”阮思澄受宠若惊，第一因为对方是个投资经理，第二因为对方是个大美女。

两人搞了一个星期，终于改好，戴溪早就预定好的蜜月旅行也到来了。她与老公新婚半年，要去欧洲待半个月，年初就已请好了假，于是只得抱歉地跟阮思澄说：“抱歉，思澄，一周后的投资会我正好请假，没法儿上，只能等三周后的了。我回公司就递项目，咱们上会。”

阮思澄也只得回答：“好。”她也知道，投资经理找的项目要公司的投委会批，不是戴溪一个人就说了算的。

“我看问题不大。只要过会，咱们就签投资清单，我们做尽职调查，都没问题就能正式签合同了。你们会先拿到一笔过桥贷款，等到手续准备完毕，金桥资本再把后续资金分批打到思恒医疗的公司账户上。”

阮思澄的胸口炙热，说：“好，谢谢。蜜月旅行好好玩儿，祝愉快。”

“嗯。”

在戴溪到欧洲大陆一星期后，有天中午，阮思澄如往常一般加班工作，却突然间接到了金桥资本另一个人打来的电话。

那人名叫蒋乐，是名年轻男性，他说从此刻起，金桥资本与思恒医疗的对接将由他接手。

阮思澄感到奇怪。

蒋乐说：“戴溪正在蜜月旅行。这一次的投资会比较冷清，项目少，很好过。等下一次又是‘大月’，光我知道要上会的就有20家，都在忙着改BP呢，里面至少有三五个是做AI的，思恒医疗要跟它们直接竞争。金桥资本一次会议最多能过一个AI公司。我跟戴溪商量过了，我俩交换项目，我这一次递你这个，她下一次递我一个。我那个是早教行业，这次反而不太合适，跟人撞了。”

阮思澄：“咦？”

对方噼里啪啦一顿说：“戴溪这会儿正在睡觉，你也不要打扰她了。蜜月嘛，让她好好过。”

阮思澄的经验让她觉得不对劲儿，没有答应。戴溪那边正是深夜，阮思澄也联络不到对方，可蒋乐却催得死紧，说：“这一次的投资会在下午两点截止报名！快点儿啊！这一次是真的好过！下一次就等着死吧！”

阮思澄还是觉得不行，把这件事用微信跟度蜜月的戴溪说了，同时也硬挺着没有答应蒋乐。

也是赶巧，一小时后，度蜜月的戴溪正好半夜起来上洗手间，摸过手机看了一眼，登时破口大骂！

“操他妈的！蒋乐缺钱缺疯了吧？趁我蜜月抢我项目！恶心死了！”

戴溪又道：“他肯定觉得，只要帮你递了，你俩就是一条线上的蚂蚱了，就算你反应过来，也只能继续跟着他混了！”

阮思澄的心里一惊，连忙说道：“消消气！”

她也早已反应过来，那蒋乐是趁着戴溪正在睡觉、上报即将截止，让自己把项目交给他，等到真的递完项目再说实话，而那时候思恒医疗也只能在“已经递了”的事实里和“本月好过”的诱惑下继续跟着他，并且拉黑戴溪所有联系方式。等到下周戴溪度完蜜月回来，投资会早开完了，黄花菜都凉了。而他呢，面对戴溪的质疑、指控，也完全可以甩锅，说根本不知道两人发生撞车，阮思澄并没有提过，等等。

那边戴溪已经被气得发抖：“哈！他认为自己是合伙人的亲戚，我知道了也不敢怎样。那他可错了！”

“喂……”

阮思澄心里有很不好的预感，但也完全没有办法，只能被动地等待着。

又是一个小时过后，戴溪告诉阮思澄说，她在公司群里直接骂了对方，又微信单敲，继续骂了一顿，还跟自己老板讲了。

阮思澄知道，对于戴溪来说，“闹翻天”是表明态度。一个项目并不重要，重要的是让公司里以后没人敢抢她的项目。

可对于思恒医疗呢？

蒋乐肯定特没面子，不可能再继续跟进了。

而戴溪这边……她刚说了，蒋乐的亲戚是金桥资本的合伙人，公司高管之一，职位上比董事总经理还要高，仅仅次于几个创始合伙人。如果这位合伙人在投委会投票通过思恒这个项目，那就等于啪啪打亲戚的脸，让戴溪能横着走了。他要是大义灭亲了，蒋乐可就尴尬了，以后简直抬不起头。最有可能的结果是，这两个人闹将起来，这位合伙人把项目直接毙了，谁也别拿，就此翻篇，让两个人都安分点。否则以后如果思恒医疗做成功了，戴溪鼻孔朝天；如果思恒医疗做失败了，蒋乐鼻孔朝天，都不是好事，得不偿失。

阮思澄想：这都叫什么事儿啊……

太背了吧！

※※※※※※

蒋乐趁着戴溪蜜月抢她项目、拿她绩效，戴溪则在公司群里毫不嘴软直接开喷，金桥资本风云突变，思恒医疗的“AI急诊”不太可能再过会了。阮思澄也没有办法，只得再次踏上融资之路。

她也觉得：那个蒋乐，至于嘛……哎。

然而当阮思澄买好机票，打算去堵VC名单上剩下来的两个第一档的投资经理时，形势再次柳暗花明。她觉得创业可真刺激，从天使轮到独角兽（估值超过10亿美元的初创企业）到IPO，那就是一盘又一盘真人版的绝地求生。

这一回的转机，是卓立带来的。

红木资本的董事总经理卓立回头了。

他直接跟阮思澄说：“思恒医疗周二上会。过亿投资必须上会，在红木资本，我这级别能做主的是不超过4000万的项目。”跟金桥资本两周一次会不同，红木资本一周一次。

阮思澄有点不知所措。

卓立：“有问题？”

“说实话，有。”会议室里，阮思澄直盯着对方，“投资理由？”

“产品数据确实叫人眼前一亮。至于别的，我也说过，经验不足的CEO我是不会给机会的，你是例外了。从某种程度上讲，你的思想非常成熟。打个比方，我每月见几十个人，其中有99%的CEO试图告诉投资方这个投资没有风险，这很搞笑。你是对于人工智能见解最深的一个了，要知道，过于乐观、过于坚定是创业者的通病，以至于看不到风险。”

阮思澄想：见解最深的还是邵总。

“还有问题？”

“还有，”阮思澄道，“我这边也不绕弯子。有句话叫‘道不同不相为谋’，思恒医疗希望与VC天长地久、天荒地老，若理念有根本区别，那迟早要分道扬镳。您的那句‘谈梦想是很伤钱的’，还有当时嘲讽和揶揄的口气，让我觉得不太舒服。”

“哈，记恨上了。”卓立笑笑，“抱歉，抱歉。只是看了太多伪君子、梦想家，嘴里说着改变世界，背地里是另外一套，有些不屑。举个例子，求职者们都挺讨厌句句必称情怀的老板吧？但并不是讨厌情怀本身。或者说，越是喜欢‘情怀’,越是讨厌利用它的人。我一开始以为思恒的CEO也一样，笑了一声，没有想到当场被怼。后来因为比较好奇邵君理和王选为什么投思恒，还是2500万，就请朋友调查了下，得知原来的CEO是澎湃的中层管理者，他们才投了，没想到后来你发现CEO使用窃取来的病历，公司发生内斗，你被他们两个赶鸭子上架了。知道你那天的回答不是空话，是实打实，我还挺抱歉。说实话，自从耳朵听得生茧，我都很久没有认真想这事儿了。”

卓立继续说：“我呢，文革中期在云京出生，80年代考上大学，90年代留学美国。可以说，我们这一代人有非常强烈的社会精英思想，总想要塑造社会。你看看我十年以前刚入行时的QQ签名,叫‘只投自己想要的世界’，有意思吧？”

阮思澄问：“您本来是学什么的？”

两人聊起来，卓立说：“当时想学文来着，但没考上，被调剂到理工专业。因为实在对理工没有兴趣，上本科后专注体育，打篮球，还是校队队长。大四时打进了市里的决赛，只要赢了就能参加全国大赛。只可惜我的脚在决赛前骨折了，打封闭上场的，结果还是输了，这腿直到今天也不好使。”

阮思澄想：奇怪的大叔……

“后来，也不知道想搞什么，这也想学，那也想学，觉得这个也有意义，那个也有好处，最后就进投资圈了。我知道，在大部分人们眼中，搞金融的，纯玩儿钱，搞钱生钱，不直接为这个世界创造任何新的价值。”

“嗯。”

“但是，如同一个医疗公司光想着挣钱撑不下去，最出色的投资者们光想着挣钱也走不到今天。他们其实是在通过成就别人来成就自己。大家都喜欢钱，不喜欢钱不会跑到金融圈来，不过呢，大家一周干100个小时，光喜欢钱也扛不住的。我做投资，就觉得可以把感兴趣的行业全都包括进来，通过成就别人来成就自己。”

“我明白了。”阮思澄说，“卓总，我也为我之前的武断而道歉。”

“那就请开始修改BP吧！”

“好。”

而后，就在阮思澄和红木资本不断推进项目之时，戴溪的金桥资本也突然间剧情暴走……

因戴溪在公司群里毫不留情直接开喷，导致蒋乐的处境十分尴尬，变成众人茶余饭后的调剂品，他的合伙人亲戚面子也挂不住，把他塞去另外一家风投了。

这样一来，戴溪提交的思恒医疗项目在金桥资本也成功上会了。

会后，两家 VC 的态度都是更倾向于跟投，都不愿领投。红木资本的理由是：思恒医疗在云京市，红木资本在地京市，担心以后沟通不畅，管理不便。金桥资本的理由是：投融资规模不匹配，金桥资本目前已有多个领投，如果加上思恒医疗就超出预算了。

阮思澄想：没有领投也不行啊！

对于这个初步结果，邵君理对阮思澄说："第一，分别告诉红木、金桥，如果不领投，就连跟投的机会也不会有。领投方会引入他的合作对象一起投资项目，虽然自己欢迎对方，但领投人未必欢迎。第二，给予领投一些优惠，例如一定比例的股权奖励。第三……"

阮思澄按照邵君理的策略与对方多番交涉。最终，在阮思澄同意给予股权奖励的情况下，红木资本同意领投，投资额 8000 万，占股 16%，向董事会直接派驻两名董事，有一票否决权，在涉及股权出售、公司上市等关乎回报率的事情上面，其他各方不能反对。至于跟投方呢，红木资本会找圈内的小伙伴，凑齐思恒医疗所需的 1 个亿。

VC 界表面上各自为政，其实都有小团体，当中成员轮流扮演领投、跟投的角色，有肉一起吃有汤一起喝，今天你是逗哏我是捧哏，明天我是逗哏你是捧哏。

阮思澄在这过程中也发现，卓立虽然"梦想""情怀"都是有的，然而他的狐狸尾巴同样也是有的！对方其实早就打算领投这轮，之前说要跟投只是想要更多好处的策略罢了！

而金桥呢，还是因为没钱，坚持只能跟投，不过戴溪的诚意却是很足，表示愿意帮忙寻找领投方，拉好友进来投资，大家排排坐、分果果。

阮思澄、陈一非、石屹立、邵君理、王选等人仔细考虑过后，决定接受红木资本，因为卓立在圈子中行走多年很有名气，资源、人脉样样不缺。而戴溪还要再去拉领投方，感觉很难把卓立给PK下去，更何况夜长梦多，他们不想再有变故。

在咨询了双方意见以后，阮思澄把金桥资本愿意跟投的意思跟卓立说了。红木、金桥都是大VC，抬头不见低头见的，卓立知道以后也没多说什么，就把他的“粗大腿”给戴溪抱了。

于是作为领投，红木资本第一个给投资清单，签投资意向，敲定投资条件，展开尽职调查，撰写正式文件，并准备在未来派驻董事、参与管理。而金桥资本则比较惬意，作为跟投，基本不用操心受累，叫LP们（有限合伙人，出资方）准备2000万就可以了，最后与领投拿一样的回报率，坐收渔利、坐享其成。而且也不会像领投那样骑虎难下——要知道，一般来说，上一轮的领投必须参与下一轮的融资，因为如果不想参与、不再掏钱，就说明他并不看好公司未来，其他投资机构便会纷纷退缩。基本上，上一轮的领投会是下一轮的领投或跟投之一。

A轮融资过后，思恒医疗的股权结构再一次发生改变。公司估值5亿，阮思澄是最大股东，第二股东是红木资本，占16%，第三股东是邵君理，第四股东是金桥资本，占4%，第五股东是王选。

在签约的当天下午，阮思澄给公司每人发了一个大礼——大橙子机器人模型！

阮思澄觉得，作为一家AI公司，送笔记本和圆珠笔都太土了，于是跟某公司订了3D打印的大橙子机器人模型。机器人脑袋圆圆的，上面有个揪儿，带着一片绿叶，眼睛也圆圆的，没有鼻子，嘴巴则是一个“w”状，十分可爱。

其他礼品还有金属U盘、红木书签和屏幕清洁剂，全部装在一个木盒中。木盒表面印着“思恒医疗”四字，下面有几盏小灯，其中第一盏“天使轮”和第二盏“A轮”都已被点亮，后面几盏则是在静静等待被点亮。

阮思澄还让每个人上交照片，搞出了一面照片墙，她也把自己两年间的所有珍贵照片都冲印了出来，贴在照片墙上，其中有公司成立那天她和钱纳、贝恒的合影，有产品原型出来后大家聚餐时的场景……她还请人做了视频，讲述思恒医疗这两年的发展过程，存在周年礼盒的U盘当中。

发完礼品，阮思澄又把邵君理给拉到公司群里，求他发红包。

面对众人的热情招呼，邵君理一句话没说，就连续发了10个红包，每个都是红包个数25个单个金额200元!

这一出手就是5万!

思恒医疗的小伙伴们都惊呆了，纷纷“跪谢”邵总。

发完红包，邵君理一言不发地退群了。

阮思澄忙发私信过去:【谢谢邵总的大红包！】

【行了。】

【我作为CEO，最大功臣，没有单独一个红包吗？】

5秒钟后，阮思澄见屏幕出现转账消息，金额是1314元。

阮思澄的手磨蹭片刻，没敢收，怕接不住。

邵君理也没有在意，问阮思澄:【你们今晚聚餐吗？】

【周五晚上聚，易均学长也会来，现在他还在美国出差，您来不来？】

【好。】

【嘿嘿……】

邵君理又问:【今晚几点下班？立即、单独、庆祝？】

阮思澄的老脸一红:【6点？】

【就6点，在创业园后门见。有想逛逛的地方吗？】

阮思澄想了想，说:【我想看看云京的夜景。】

【云京夜景？】

【对，】阮思澄说，【我很喜欢云京的夜景，跟小城市完全不同，繁华是最寻常的事。发条橙呢，到这里来，也想拥有一片灯光。今天踏出了一步，以后还会有第二步、第三步、第四步……】

【行。】邵君理道，【别迟到了，准时，6点。】

【知道啦。】

退出与“邵”的聊天框，阮思澄手僵硬片刻，又点开了“贝恒”的头像，一行字打了又删删了又打，说:【贝恒，思恒急诊做出来了，J大一院评

价超好。A 轮融资也进来了，满打满算有一亿呢，红木资本领投，金桥资本跟投，还是业界大佬操作。你要还在该有多好。】

打到这儿，她想起来，当初他们三个曾经展望 A 轮，觉得最有可能投资思恒医疗的是大 VC 的普通经理和小 VC 的当家“大牛”，那个时候，他们一致认为要选小 VC。

他要还在该有多好。

几分钟后，贝恒回她:【恭喜阮总。】

接着又发过来一张照片，说:【我女朋友。】

阮思澄懂，他不后悔，于是也说:【恭喜贝总。】贝恒现在爱未上班，已经升到七级，毕竟他是有能力的。

【嗯，明年结婚。】贝恒说，【有好消息再通知呀。】

【好的。】

阮思澄想:他们终于渐行渐远，曾经那个“未来某天贝恒也许还会回来”的愿望，也该破灭了。

她又邀请几个月前被裁员的同事回来，有人同意，有人纠结，有人委婉拒绝，有人破口大骂。

晚上 6 点，阮思澄溜出公司，与邵君理先行庆祝。

他们吃了法餐。前菜是有名的法式龙虾汤，龙虾肉和奶油先被人端上桌，主厨过来，当场淋上用龙虾壳熬的浓汤。奶油融了，混入浓汤，香气四溢。主菜是牛脊排、加吉鱼。牛排鲜嫩多汁，鱼则滑如锦缎。

邵君理问阮思澄下一步有什么打算，阮思澄说还有得忙，得把产品推向全国，然后才能歇口气。邵君理没说话，只是微微颔首。

吃完，阮思澄又坐上 Tesla Roadster，知道马上要看夜景了！这是辆跑车，等一会儿“邵司机”也许还会打开车篷！

她开口问邵君理:“咱们绕着二环跑吗？”

“不。”

“那绕着三环跑吗？”

“不。”

阮思澄想：难道要绕着四环五环？那有什么意思？

出乎阮思澄的意料，邵君理把他的车开上了高速。

两旁都是乌漆墨黑，她的内心无比绝望，问："不是要看夜景吗？"

"嗯，"邵君理单手开车，因为直行也没事做，修长的手指弹钢琴般敲打着方向盘，"看夜景。"

阮思澄想：看毛啊……这都要到机场了……

真的到机场了！

邵君理想干啥？

邵君理把车开进某停车场，阮思澄不认识是在哪里。下车后，她总觉得这是地图上没有的神秘航站楼。

她问："这是哪？"

"公务机楼。"邵君理不忘细心讲解，"这个机场除了普通航站楼，还有专机楼和公务机楼。"

"什么意思"

邵君理这时候才明白对方并不理解，道："公务机，就是私人飞机。"

阮思澄："哇！"

"走吧，下午约的起飞时间是 8 点，绕着云京飞 2 小时，最好别迟到。"

安检就是走个形式。阮思澄从包包里面掏出一把刀，也让带进去了，虽然她并不太清楚为何包里有刀。而后，机场的商务车将他们两人送到飞机跟前。

阮思澄已风中凌乱，感觉对方突然像个霸道总裁。

邵君理的生活比较低调，常年开特斯拉，跟其他"富二代"一天到晚开迈巴赫、布加迪不同。

"我有驾照。敢不敢坐？"

阮思澄一时没反应过来。

"不过我也把飞行员给叫过来了，两个驾驶员才比较保险。"

阮思澄胆子挺大，5 分钟后，她便从难以置信到了跃跃欲试，问："这些都叫公务机吗？都是公司用的？"

“不一定。有公司用的，也有个人用的，都在这。”

扬清集团的飞行员 30 多岁，非常爱八卦。开舱门后，等待起飞时，他坐在主驾驶位置上，那张嘴就没有停过：“看！那是清臣集团周介然的飞机！是湾流 650！最大，最快，最贵！是他老子买的！但他老子刚坐一年就嗝屁了！好，现在我们滑到它边上看一看……啊啊啊啊，看到没有？窗户比旁边的湾流 550 大很多！好好看！好，我们再滑到它前面看一看……”

阮思澄没说话。

对方又道：“看！那是也木公司 CEO 的飞机！最小，最慢，最便宜！哎，上次陪老邵总来，正好看见他带着小情人！哎哟，那牛吹的，都上天了！一顿炫哪！也不看看这停机坪就属他的飞机最小！哦，对了，据说他的游艇也最小！”

阮思澄想：原来富豪们比这个啊！

“看！那是咱们公司老邵总的飞机！湾流 550！那飞机是——”

听完，阮思澄问：“咱们这架呢？”

“达索 7X。邵总妈妈在他 30 岁时送的，心疼他一年到头各地出差。”

“明白了。”原来是老妈硬塞给他的。

也就等了 10 来分钟，可以飞了。之前和之后起飞的都是大型客机。

阮思澄趴在窗户上看。

客舱里有 8 个座位，全部面向前方，但可以调节方向，6 座对 2 座也行，4 座对 4 座也行。桌子能从旁边抽出，还能移动位置，可以让几个人工作或者开会。后面还有两排对着的三人座，能拼成一张床。舱内有卫生间，有沐浴室，还有厨房，厨房还挺全乎，有灶台有酒柜。

因为是夏天，晚上 8 点正好天黑。在别样的气氛当中，云京的古建筑变得层次不清，显得有些黑苍苍的，渐渐隐于夜色当中。而它周围，有设计感的现代化建筑群灯光璀璨，再往远处看也是一片霓虹闪烁。

古老与现代完美交接。

阮思澄知道，那片黑漆漆的古建筑旁边，就是著名的金融街。那里金钱涌动，醉生梦死。

小飞机上其实挺颠的，上上下下不断摇晃。阮思澄一开始心里十分害怕，适应后就觉得还好。可能因为有邵君理在，无论怎样她都安心。

飞机环市盘旋两周，在云京各标志性建筑附近减速，让阮思澄看了个遍。除此之外，阮思澄还从空中看到了扬清集团总部、分部，还有澎湃科技、思恒医疗、金桥资本……还有各大公司园区、各大创业基地……

私人飞机在低空飞行，阮思澄看到路上的车如钢铁洪流一般纵横不息。她第一次从这个视角看到这一切，有些感动。

这些年来，总有人说“逃离大都市”，号召大家归园田居，过惬意的生活，过清闲的日子。

然而，大都市的机会更多，对逐梦者有着致命的吸引力，而且机会从不曾亏欠一直都在拼搏的人。

付出同样努力的人，在这里更容易成就自己。

等再回到机场，阮思澄还觉得没看够，低着头，说：“谢谢邵总。”

“喜欢吗？”

“喜欢。”

“那就好。今天是个重要日子，你想看云京夜景，那就必须要有好的体验。”

“嗯。”

“嗨！”飞行员大哥又开始倾倒八卦，“咱们邵总特别喜欢助人为乐！上回邵总临时出差，商务舱没票了，买到了经济舱。结果飞机晚点，走不了，有位妈妈病危的小男生当场大哭！咱们邵总改搭这架私人飞机，顺便把小男生也捎上了，好让他尽快赶回老家，陪在妈妈身边！一飞机的乘客里面只有邵总对他伸出援手。”

阮思澄在心里吐槽：这不是废话吗？别人怎么伸出援手？

与不靠谱的飞行员大哥告别后，阮思澄又钻进了 Tesla Roadster，回家。

到了阮思澄家小区门外，邵君理突然说：“阮，在这等一下。”

“嗯？”

邵君理却没再回话，把车熄了，径直走进一家药店，5 分钟后才拎着包东西回来。

阮思澄感到有点奇怪。

邵君理又坐回主驾，将阮思澄的手拉过来，点点上面的创可贴：“白天上班把手划了？”

阮思澄一个激灵，心里咯噔一下，急忙拼命往回抽：“对，没事，小伤，翻书刮的。”

邵君理却拉着手不放，另一只手从袋子里拿起一片医用酒精，放在唇边，牙咬着，手一撕，打开包装，指尖捏着纱布一角，手腕一抖，把包装抖落下去，一把撕开阮思澄手上的创可贴：“你心太糙，随便贴贴就完事了，这种伤要处理一下的。”

话到这里戛然而止。

因为创可贴下并没有什么伤口。

而是用红色马克笔写的“邵君理”三个字。看得出来曾被洗过，然而那马克笔防水性能超强，没全搓掉。

阮思澄有点儿尴尬。

邵君理没用酒精擦，只把对方手心握了：“怎么回事？”

阮思澄向窗外看去，不敢直视，声音别扭：“晚上她们玩儿算命，说手心上有感情线，什么样的感情线代表什么意思。我回办公室后自己也瞧了瞧，解出一生只爱一个……然后，鬼使神差，就在那条感情线上，呃，写了……那马克笔特别难洗，香皂抹不掉，我一看表，马上到 6 点了，就先贴了个创可贴，遮一遮，打算回家用卸妆水……”

邵君理的嘴角撩起一抹浅笑，转眸看着旁边的人，没有撒手。

阮思澄是真的尴尬：“您怎么会在意这个？”

“你手上有伤，我当然在意。”

在安静的气氛当中，手被人拉了二三十秒，阮思澄觉得实在太刺激了，心脏都要跳出胸腔，受不了，挺强硬地抽出手，从脚边抓起一包东西塞给对方：“邵总，这是思恒医疗两周年纪念品，给您带了一份。有大橙子机器人模型，还有一个大礼盒，盒子里的 U 盘存有视频和照片。”

邵君理接了过来。

“行了，”阮思澄的声音发颤，“这个地方不让停车，我回家了。周五的庆功宴还是晚上 6 点。”

“行。”

阮思澄不敢再待，跳下车，跑了。

邵君理则是一路开回家，停好车，拿着东西上到二楼，坐在休息区的单人沙发上，把 U 盘里的照片一张一张翻过，最后冲印出了一张阮思澄的单人照片，装进相框，立在休息区的那张小桌子上，与他爸妈的几张合影摆在一起，又把大橙子机器人模型也仔细地立在一旁，才向自己卧室走去。

※※※※※※

周五，思恒医疗聚餐，一是为了庆祝公司两岁生日，二是为了庆祝 A 轮融资成功。

阮思澄带着思恒员工在餐厅里坐定以后，足足给邵君理打了三个电话，他才在服务员的带领下慢条斯理地走进大包房。

他穿着件黑色衬衣，松松垮垮打着领带，并不带笑，只对普通员工那桌稍微颔首，便走到了公司高管这边，越过阮思澄，与她另一侧也站起来的易均握了握手，假惺惺地。接着，他抽出阮思澄旁边的空凳子，坐下，拾起毛巾，动作优雅地擦了擦手，转眸看着阮思澄。

阮思澄将菜单给他：“看看。”

“不用，随便。”

“行，”阮思澄让 COO 点，“邵总和易老师全都没有意见，你对这儿比较熟悉，点吧，一桌 12 个菜左右。”

“好。”

阮思澄又瞥了一眼身边的人，忽然发现邵君理的玻璃酒杯有个豁口，顺手换给自己，邵君理却“嗤”的一声，又给换了回去。

没过多久，菜上来一道。

阮思澄作为CEO站起身，举杯，清清亮亮的声音在房间回荡：“大家安静一下，作为CEO，我先敬大家一杯。思恒医疗整两年了，有过顺境，也有过逆境，咱们同甘共苦、同舟共济，终于走到这个节点。思恒医疗的创始人、股东和高管虽然嘴上不说，但都心存感激，我就一口干了这杯，你们随意。”

说罢侧身，一饮而尽。

接着，陈一非也站了起来：“我也要谢谢大家，作为CTO，我最清楚在座诸位有多艰难、有多辛苦，但是这些都有意义。咱们尽管是学工科的，但也想改变未来，也有诗和远方。我们能为人类世界做些什么，这个问题看似大得不着边际，可是就像树木之于森林，沙粒之于大漠，水滴之于海洋。在历史上闪烁光芒的，并非一个个的国家，而是一个个的个人，因为个人，历史才壮丽恢宏。如今，大家一道，夜以继日，钻研之前没有的新技术，制造过去没有的新东西，作为团队有了成果，我很感激，也很骄傲。”

那桌大叫：“也谢谢陈总，我们学到好多！”

今天的氛围特别温馨。有三四个曾被裁员、在邀请下又将回归的程序员也来参加庆功宴，大家都觉得很感动，还有两个主动离职却未断联的女员工也来分享喜悦时刻。

“好了！”等石屹立讲完，阮思澄又起身招呼，“大家开吃吧！”

菜一道道上桌。每上一道，阮思澄都首先把它转到左手的邵总那，再转到右手的易老师那，而后是再右手的陈一非，轮一圈，而一般人不会发现阮思澄没夹给她自己。

她发现，邵君理高贵冷艳，一般不吃，只是喝了一碗浓汤，尝了几道菜品。

十几个人边吃边聊，海阔天空，市场总监梁言尤其擅长讲话，幽默、搞笑，整个气氛轻松愉悦。

到最后上来甜品，东西数量有限，阮思澄让邵君理先拿了一个，又让易均也拿了一个，而后一圈下来，盘子空了。

每盘都是如此。而邵君理一直没拦着，也没怎么吃。

阮思澄饿：“唔。”

邵君理笑，一手撑着下巴，一手中指和无名指的指尖敲敲自己盘边桌子："拿吧，这个盘子是新换的。"

阮思澄也笑，颔首："那，谢谢邵总，我就不客气了。"为了不叫人看出他俩之间的暧昧，她顺着盘边扒出一块。

阮思澄心里头热乎乎的。

对于这些论"个"吃的，邵总一直没动，就放在盘子里，原来他是想让她自己挑……他竟然能注意到这样的事。

邵君理转回头，嘴角一撩，也捏起块糕点，送到唇边，手肘撑着桌子，眸子淡淡地看对面梁言说话。

眼看菜就要被扫光了，阮思澄又把酒倒上，先向邵君理举杯，又对易均敬酒，表达长期以来对他俩的感激。

"行了，"见阮思澄重新坐下，邵君理说，"够了，一个晚上喝不少了。"

因为酒精，阮思澄的脸微微发红："没事儿，我这辈子没喝高过。不到三岁我爸就让我舔筷子了。"

"对身体不好。"

"我知道的。"阮思澄说，"偶尔才喝，上一回、上上回，全都是跟红木、金桥呢。"

"都没隔几天。"

"知道啦。"顿了顿，阮思澄又小声地道，"邵总，我家，我爸能喝一斤，我叔能喝一斤半，我姑能喝两斤。"

邵君理看她是真有点高了，没再说话。

"您做好准备。"她心里想的是让他做好提亲的准备。

邵君理笑，还是没说话。

到八点的时候，邵君理抬腕看表，对阮思澄等人告辞："诸位，不好意思，扬清那头还有公事，我得先走了，大家好好玩儿，回头挂我账上。"

"别，我请。"阮思澄看看酒杯，"帮邵总叫个代驾？"

"不用，我叫司机来了。"

"好，邵总注意安全。"阮思澄站起身子，把邵君理送出餐厅。

再回到包房，阮思澄进里面坐下来，稍一抬头，便撞见易均那双藏在半框眼镜后的眼睛。对方眸光深沉，却如广阔大海一般，表面平静、温和，实则暗藏汹涌，可以吞噬一切。

阮思澄忙把目光瞥开。

她从来都不傻。自从感受到了对方的那份心意，她就尽量躲着，讨论问题换成陈一非跑P大，若是易均过来，也叫陈一非出面接待，自己出门办事。

然而今天，她没法避开易均。

易均没有多说什么，但阮思澄分明听到身边传来一声叹息。

幸好这时梁言开了一个新的有趣话题。她说："挺好奇哎，'攻城狮'们平时怎么表达爱意？"

"没有。"某经理道。

梁言说："你不是已经结婚了吗？"

"对！"他说，"我俩都在美国留学，2010年毕业的，她学文没找到工作，我刚入职Oracle。她有一阵生病、难受，我说，我们快快结婚，这样公司买保险，否则就得自己买了！就这么着去注册了！不过后来知道其实同居也能报销掉的，哈哈哈！"

阮思澄听完非常无语。

梁言嫌弃道："IT男们全都这么可怕吗？"

"不是不是！"另一人答，"我还挺想浪漫浪漫的。我昨晚上刚用代码画了红心，只要我女朋友打开那个程序，屏幕正中就会出现一颗红心，一点一点勾边、填色。"

几个码农连声应和："这个好！"

"又土又尬，"梁言评论，"好好活着不行吗？"

众人面露尴尬，不失礼貌地笑了起来。

"呵，"一个过来人大叔这时缓缓插话，"让我告诉你们如何维持爱情。她最爱你、崇拜你的瞬间，就是你帮她买到限量商品和打折商品的瞬间。现在那些厂家总搞限量、打折，你们回家写好程序，只要网站出来某个商品，或者只要价格低于某个数字，程序立即启动，加购物车、点击付款、自动登录刷你的卡，瞬间抢到，完事儿了！哦，买完可以给她发条提醒微信。那个时候她最爱你。”

梁言终于给出好评：“大家全都学着点儿！”

有人说：“可惜邵总刚才走了，他也是个码农来着。”

阮思澄不吱声，想起私人飞机，觉得邵君理不需要写这程序。

当晚最后一个话题则是“医疗”。

因为 A 轮进来 1 亿，思恒打算再招医生，为石屹立扩张团队。有人咋呼：“咱们可以自己建个诊所了呢！一边上班，一边接诊。”

阮思澄笑：“我也能顶半个医生了，天天看论文，国内国外的，有些东西一线医生都不知道呢。”

“说到这个我真心服！”几人插嘴，“阮总又得管理，又得外联，又得想技术，还得看论文！您简直是女超人啊！”

阮思澄也有些感慨：“哈哈哈哈，都是被逼的。”谁叫她是“发条橙”呢。

“而且阮总看论文的那个速度，特别吓人。一个晚上感觉能读七八篇，比博士还猛。”

“没有没有，”阮思澄连忙否认，“其实不快，跳着看的！就只看实验方法、实验过程、实验结论。哦，还有前面的现状、背景。你们知道吗，英文论文最难懂的是那些专业医学名词！有时一段全不认识，就得挨个翻字典查。就算考过托福、GRE，也还是全不认识……太专业了。”

一群人说：“那肯定的。”

谁都没太上心，只有旁边的易均貌似无意地问：“思澄，你用什么软件看论文？”

“一个是 PDF，一个是……”

整个晚上，阮思澄都在和同事聊天，极力避免与易均单独聊。易均也十分清楚对方的态度，没有故意寻事、攀谈，只是十分沉默，极少参与话题。

酒足饭饱之后，散场，阮思澄帮易均叫车，弯腰看向坐在车子里面的易均，说：“易老师，再见。”

易均一愣，看向窗外，嘴角扬起一丝苦笑：“思澄，阮思澄，你竟然连句师兄、学长也不愿意再叫了吗？”

阮思澄也一呆，知道对方是因自己刻意疏远而不敢贸然显得亲近，所以压抑着自己，在无意中叫“思澄”后立即停住、改口，连名带姓叫“阮思澄”。

连卓立都不会这样喊她名字。

阮思澄也心疼，急急忙忙否认：“师兄，学长，不要多想，我刚才是有点走神，跟着他们叫易老师。”

易均从不让人为难，笑着点头：“嗯，没事儿。”

当晚回到家，阮思澄分别与邵君理、易均确认他们已经到家，又在思恒医疗群里统计人数，以显示对大家的关心，接着工作还有看书，深夜两点上床休息。

睡觉前，她收到了一封邮件。

邮件附件里面有个程序插件。

来自易均。

易均还在正文里写：“对了，分享一个东西。解开压缩，点击安装，插件就会自动嵌入 PDF 了。它将在你打开一篇英文论文时自动启动，把全部词筛选一遍，剔除小学、中学、四级、六级、托福等你学过的单词，把并不在上述词库中的单词释义加到该词备注里面。这样，遇到医疗专业词汇，便不需要切换软件一个个查，看看该词下面带的备注即可，节省时间。这是我自己用的，刚想起来，顺便分享。”

阮思澄很清楚，这是易均刚写好的，为她写好的。

他想帮忙，想让自己多多休息，哪怕只能帮她节约三五分钟也好。

可他知道目前的状况，于是硬说“顺便分享”，把全部的感情藏起来。

阮思澄挺难过地想：学长这么好，这么温柔，怎么非要吊在她这棵歪脖子树上呢。

第八章　推广

首批资金进来以后，思恒医疗扩大规模，又招聘了二十几人。在陈一非的分配下，思恒有了售前和售后人员，前者负责产品订制，后者负责技术支持。

售前人员分为几组，分别前往合作伙伴所在地区，查看对方软硬件的整体环境，并为对方详细规划解决方案。“思恒急诊”需在医院 PACS 等系统中安装好，这样医生使用起来才更方便和更快捷。不过虽然思恒已经努力，AI 和 PACS 也还是很难无缝协同。

没过多久，“思恒急诊”便进入了 15 家医院。对绝大多数医院来说，AI 要想进入医院内部就要先通过测试。其中一些医院甚至专门开辟了试验区，用自身的临床数据检验 AI，通过的可进入临床，没通过的不能进入临床，只叫企业自行改进。幸运的是，“思恒急诊”基本符合对方标准。

市场总监梁言嗖嗖地发软文。一般来说，医疗、美容这些领域不太好发稿，都要审稿，少则一天，多则数日，无须审稿的就只有“前沿资讯”这些频道，毕竟万一出事了媒体也很难独善其身。然而，因为梁言采访了多个主任，还是成功攻克了几个媒体平台。

对于其他过不了审稿的，她便转换思路，跑到财经、科技板块发表“思恒医疗获得 1 亿 A 轮融资”的文章，说思恒医疗刚刚完成 A 轮融资，红木资本领投，金桥资本跟投，融资后思恒将搭建团队、优化产品，再引用几句阮思澄和卓立的话，最后介绍思恒医疗和“思恒急诊”，重点描述与医院的合作进展。

她还舌灿莲花，说动了几家创业杂志和创业公众号，给阮思澄安排了一些人物专访，都是和一群 CEO 一起参与专题，发表的专访文章有“90 后女性创业力量”“异军突起的 AI 公司”等。阮思澄能说，也没不好意思。不过等阅稿时，她发现几家媒体竟然不约而同地把她往“美女 CEO”的方向打造了。

在一开始，一切都很顺利、平稳。

医生提供反馈，企业改进产品。

然而，渐渐地，曾在数不尽的 AI 医疗公司应验过的诅咒也在思恒医疗发生了。

医生只会选择参考 AI 出具的报告，与自己的诊断进行对比，查缺补漏。而当最初的新鲜劲儿逐渐过去，机器便被扔到角落默默蒙灰。

因为不值得。

这些大医院的医生水平很高，工作很忙，对每个患者都进行双重检查根本不可能，他们更倾向于通过自己的知识、经验处理问题。而若遇到疑难杂症，医生们也首先请教带教老师，想不起来询问 AI，何况“思恒急诊”本来也不擅长为人答疑解惑。它的特点主要是“快”，比如能快速地判断卒中位置、原因，再比如能迅速地诊断肠穿孔、肠梗阻……然而，因为无法百分之百地信任，医生们得自己再看，左右操作、来回比对，耗费时间更多，得不偿失，一天也许能多救回来两个人，却少看了 20 个人。

这是一个矛盾。AI 医疗公司希望先用不成熟的产品改进技术，可一开始并不适合市场的东西又注定要被立即淘汰。

很快，15 家医院每天传回的数据便寥寥无几，而且大多数还是在“头痛诊断”这一部分。

医生们不需要！

这样不行。

阮思澄想：闹心。

这样下去，不但产品使用情况不甚理想，影响公司发展，也影响下轮融资，思恒医疗也没办法根据数据完善机器。

她只能寄希望于多多合作新的医院，增加基数。这样虽然使用概率变低，启动次数却会变多。

她让销售、技术面向全国推广，争取进入过去没有合作过的大型医院，然而这招举步维艰。

首先，大医院往往只倾向于与知名的大公司合作，比如扬清、爱未，很多大医院甚至已经签署排他性协议。AI 经过一年发展，大公司的巨型触角也已伸到二线城市，甚至三线城市。另外，“对 IT 友好”的医院阮思澄都亲自谈过，当时没戏的现在也没戏。AI 公司都会要求合作伙伴两年以内不能卸下设备，这样一来，各主任对与闻所未闻的小公司的合作非常谨慎。

其次，就算进了新的医院，本质问题也很难解决。大医院医生水平都高，比起 AI 更相信自己的判断，觉得为了“查缺补漏”耗费时间不太值得，只有在医生间产生分歧之时才会参考 AI 提供的诊断。医院数量毕竟有限，进新医院只能暂时缓解眼前的危机，长期来看还是不行。

阮思澄的压力挺大。

她又开始掉头发了。

十分可恨，这个时候还有中介浑水摸鱼，互相勾结，在火中取栗。

某天，一个经人介绍的中介打电话给阮思澄，说：“阮总，我们万象公司在全东北地区代分销二三类医疗器械，今天看到思恒医疗……”

闻言，阮思澄说：“对，我们在推广产品。不过，我们已有多家非独家代理商。”

两人谈了许久，最后说到费用，阮思澄皱皱眉：“营销费用要这么高？”

对方笑了，好像觉得阮思澄特喜欢装纯：“产品想要进入医院，思恒医疗不得好好感谢主任？”

阮思澄一呆，说：“当然要感谢。”

“怎么感谢？”

阮思澄轻轻道：“在心里边，永远感谢。”

挂下电话，阮思澄挺气不过的，觉得现在如此严查行业腐败，居然还是有人明目张胆地拿回扣。她跟邵君理疯狂吐槽。

“回扣这事，到处都有。”邵君理说，“就在前几天，扬清报案，把一个市场经理还有一个市场专员送去坐牢了。”

“咦？”

“一个30万的广告片，居然敢要15万的回扣。”邵君理气不打一处来，“我本来想，15万绝拍不出30万的质量来，扬清也不会同意他们提交粗制滥造的广告片。这样一来，广告公司肯定要赔，为什么还答应他们？”

阮思澄也不懂：“为什么？”

“因为扬清牌子响亮，有些初创广告公司为了丰富客户名单，告诉别人扬清也是他们的合作对象，所以愿意赔钱拍。”

阮思澄似乎明白了点。

“还有，应用市场那边几个广告经理去年也出事了，给人安排推荐位收了200多万现金，正常的话他干十年也赚不到。知道吗，在某些圈子，如果谁能‘攻略下来’三巨头的广告经理，各公司都要疯抢。”

“呃……”

“这个世界对于弱者非常残忍。他们想要生存下去，狗急跳墙，不择手段。医疗也好，其他行业也好，我没见过任何一家在市场上有不可替代的核心技术的医疗公司或者什么公司干这种事。”

阮思澄说：“我明白的。”

过了两分钟，她又好奇：“可是现在医院招标全都公开、透明，万象那种怎么操作？不是说AI产品，就是正常医疗器械。”

“想钻空子是能钻到的。”邵君理说，“比如，急诊科在请求医院进行采购时，主任要的参数十分接近于某一家的参数，那家就会顺理成章地中标，医院则被蒙在鼓里。”

“原来如此。”阮思澄叹。

过去，她常觉得这样的人胆子好大、性子好野。现在她却不这样想。她想，能被“攻略”，正是因为内心弱小、不堪一击。

在商场上，各色人等来去匆忙。人性之善，人性之恶，人性之强，人性之弱，总在这里被体现得淋漓尽致。

而她，如今已经学会承认人的贪婪。

CEO阮思澄焦虑，销售部门也焦虑。

某天中午，在闲聊时，做售前的汪大海说：“以前知道有AI公司给回扣，今天发现自己身边竟然就有！”语气十分八卦。

有人问：“谁？”

“我老东家，山本科技。昨天河内科技的人问我，知不知道山本科技在给回扣？估计看我是从那边出来的吧，我说不知道，真不知道，也不清楚他们为啥如此怀疑。”汪大海继续说，“然后真的绝了，我老东家山本科技也来电话，控诉河内科技！他说，河内科技好奇怪啊，直接微信某副院长，说‘山本给了多少回扣，我也给你多少回扣！’真是耿直，把副院长吓了一跳，急急忙忙跑去问他，河内到底误会什么？为何突然胡言乱语？他说，他们非常纯洁，是纯粹的合作关系！”

阮思澄想：山本到底塞没塞钱，这还搞出一道谜题。

汪大海：“我觉得是此地无银三百两。山本已经猜出河内问过我了，害怕咱们出去乱讲，故意跟我解释一通。”

“跟咱们没关系，”阮思澄说，“别管别人。好好干活儿吧。”

“哦。”

结果，令汪大海跌破眼镜的是，这事儿才过了几天，他就在医疗媒体上面看到河内科技与那医院达成合作了。

阮思澄想：那副院长胆子真大，胆大王中王，豹子胆中的战斗胆，不服不行，连河内这二货的钱都敢收下，连证据都在微信里。

她也没有觉得自己需要关注，直到她在汪大海的跟进名单上面也看到了那家医院。

而且汪大海还躲躲闪闪，不让其他售前知道。

阮思澄气死了，把人叫进屋子，手指点着跟进名单，问，“怎么回事？你不会也想掺和吧！”

“我……我没有……这一回是正常合作……”王大海也觉得不对，没有再说话。

“大海，”阮思澄盯着他，“这是违法的。”

汪大海想忍忍，没忍住，问：“收钱的违法我知道，给钱的也违法吗？”

“废话！”阮思澄真生起气来无比恐怖，她捞起个文件夹就摔了过去，“这是行贿！”

文件散落一地，都是跟进名单。

汪大海被吓得够呛，蹲下身子，战战兢兢捡起东西，还给暴怒的CEO。

顿顿，他嗫嚅道：“就……后来，两边全都跟我联系……说自己没给过回扣……是正常合作……说对方才可能干了……再后来，就问我对这个事情什么看法……我说还好，也挺正常……再再后来，我也认识副院长了……他说可以在合同上规定每月启动次数……”

见汪大海终于承认，阮思澄的太阳穴被气得直突突，说：“出去吧，再干这事直接走人。”

“哦，对不起。”

坐回椅子，阮思澄还非常郁闷。

她的员工竟然觉得“思恒急诊”推不出去了？

没人会用了？

连这方法都想用了？

真扯淡！

这是看不起思恒，还是看不起医院？

她高兴也给邵君理打电话，不高兴也给邵君理打电话，又是一顿吐槽。

邵君理还是没指点她如何做，只道：“别急。”

“不急。”阮思澄说，“我还没有开始我的表演。”

对于推广“思恒急诊”，她已有了初步想法，是前一天她在床上闭着眼睛，要睡不睡要醒不醒的时候忽然间产生的想法！

邵君理：“是吗？”

阮思澄无情嘲笑：“邵总您真接不上梗，每天都跟老头子们待在一起。”

邵君理只顿了半秒，便“呵”的一声：“易老师能接得上梗，他每天都跟大学生们待在一起。”

阮思澄想：不至于吧，我拿根针扎你一下，你搬出来航空母舰？直接把我给轰成渣？

这是醋还是怼？还是连醋带怼？

沉默许久，阮思澄也只能哄他：“您接不上梗的样子，特别特别让人心折。”

“这态度还可以。”邵君理在那边明显是在网上搜过了，“行了，阮总，请开始你的表演吧。”

※※※※※※

很快，第三届全国医疗影像AI大会如期举行。

这也是阮思澄要“表演”的舞台。

思恒医疗申请展位，被分配了一个展台。阮思澄又申请“企业创始人论坛”的主题演讲名额。因为稿子质量不错，同时卓立向主办方拼命推荐，她也得到了一个位置。年轻的CEO认真准备，并最终将演讲定为“否终‘腹’泰：腹部医学影像遇到人工智能”。这是医疗影像AI大会，“思恒急诊”胸痛技术有点跑题，而在业界“腹部影像”正是难点，比较复杂，思恒在两年当中屡屡攻克技术难关，最终达到这个结果，应该还是值得讲的。

按照日程，“企业创始人论坛”在第二天上午进行。

因此，医疗影像AI大会召开的第一天，阮思澄主要在公司展台负责接待。

思恒医疗整个展台十分漂亮。在播映区，几段视频轮番介绍思恒医疗和“思恒急诊”，在展示区，技术人员不断演示产品功能、诊断过程。在活动区，市场专员赠送礼品、发放传单，并且收集访客们的联系方式。参与展会的人都要下载App，市场人员扫码就能得到访客的信息。阮思澄还租了一个展会活动用的“钱箱”——访客站在玻璃亭中，市场人员启动机器，机器便将真人民币、假的红纸吹上半空，人在里面徒手乱抓，能拿几张就拿几张。这东西有娱乐性质，不少访客排队玩儿，而从“钱箱”里每出来一个医生，市场专员都去招呼，对方拿人手软，不好意思拒绝，总会听上几句，其中有些觉得思恒真挺不错，于是停留得更久，甚至谈起合作。

在大会上，扬清也有一个展位，居于中间，又大又亮又超气派。来往的医生络绎不绝，都想了解最新信息。展示屏前，好几十张椅子永远座无虚席，甚至有人站着观看。这个大会级别不高，扬清也没打算在这发新产品，然而即使只是盘点、总结，它也能够凭借技术吸引众人。

第二天，企业创始人论坛上，阮思澄在某个厅中静静坐着，等待属于她的舞台。虽说这个大会级别不高，但各医院的信息科和影像科也常常派医生参加。何况这个圈子信息共享，她在这里搞大新闻，一传十十传百，总会成为众人皆知的秘密的！

11点，两个主持笑着叫到阮思澄的名字：“下面，有请思恒医疗的CEO阮思澄带来主题演讲——否终‘腹’泰：腹部医学影像遇到人工智能。”

阮思澄略定定心神，在灯光下，向演讲桌迈步过去。

她没想到，台上竟然横着几根黑色电线，她穿着高跟鞋，一个没有走好，右边足尖抬起时，被绊了一下！

当场失去平衡！

“我！”

阮思澄的两只手在半空中抓了几把，控制重心，总算没有当场来个“狗吃屎”。

下面隐隐传来笑声。

阮思澄到桌后站定，学邵君理的习惯动作，伸手正正麦克，而后抬眸，笑了，两手按着桌子，声音十分动人：“不好意思，让大家见笑了。我想了想，刚才被绊的那一下，其实正好代表思恒这一路走来总有障碍，每回好像都要摔倒，但挣扎后发现自己又挺过来了。一个坎儿，又甩在后面了，挺形象的。”

临场反应能打100分，大家发出善意的笑。

这女CEO还怪会讲相声的。

阮思澄竟利用“被绊”这个意外，让人记住了“思恒医疗”四个字。

等到声音完全平息，阮思澄又凑近话筒：“各位领导、各位同仁，大家好，我是思恒医疗的CEO，阮思澄。今天，我想说说思恒医疗在对腹部的诊断中曾走过的弯路、险路和得到的经验教训……”

这个大会采用自动传输系统传送 PPT。阮思澄一边讲，一边翻：“……众所周知，腹部疾病难以区分，错误率高。对于这个棘手问题，我们用了两种方法。第一，用 AI 将医生方法、医学知识提取出来，辅助分析。第二，总结容易被混淆的几种状况，而后使用多套多层神经网络。第一个用于初步诊断，第二个专门用于区分 A 和 B 这两种情况，第三个专门用于区分 C 和 D 这两种情况……如果首个网络判断需要使用其他网络，便将数据传输过去，后者会将前者抛弃掉的特征捡回处理……”

她无私地分享思路，却又没有透露太多独特技术，十分有分寸。

讲完 PPT 的核心部分，阮思澄却没有致谢，而是回到“思恒医疗”，带着“搞大事”的暗示说：“思恒急诊已经进驻 20 家医院，帮助降低了误诊率和漏诊率。然而需要承认的是，目前阶段，思恒急诊对于大医院医生的帮助有限。AI 的特点是准确、快速，可医生们也挺准确。只为提高一点准确率，对所有人重复诊断，得不偿失。现在社会，效率第一。”

下面的医生静静听着，也很清楚这个状况。许多 AI 设备躺在医院天天吃灰，有人说 AI 医疗是一场人类意淫，有人说 AI 医疗是一场资本游戏。

阮思澄见吊起大家胃口，继续宣布她的决定：“因此，思恒医疗近日决定，未来重点入驻基层医院！”

稍等几秒，她翻动 PPT：“基层医院人才缺失，设备老旧，一直以来被认为是医疗体系的神经末梢。也正因此，患者无法充分信任一级及以下医院，比如村卫生室、乡卫生院、社区医院，从而扎堆大医院。我们认为，历史数据、专家知识这些东西可以帮助提高基层医院服务水平，优化重大疾病筛查能力。而当患者出现分流、大医院压力减小，医疗资源分布不均的问题便能得到缓解，医疗制度改革的进程也能加快。思恒医疗的想法是，现阶段的 AI 医疗，起点在大医院，终点在基层医院。”

“至于将来，等到大医院压力减小，医生便能左右对比，同时随着 5G 的到来，AI 速度也将提升。AI 与人共同协作，直到技术完全成熟，可以独立看诊、治疗。”她勾勒出一幅蓝图，无比美好。

再翻一页 PPT，阮思澄的声音提高：“我们认为，目前急诊是最好的着手领域！医生们都知道，脑出血、脑梗死、急性心肌梗死患者在转院过程中的死亡率非常高，如果在转院前基层医生可以进行初步治疗，患者们的死亡率将大大下降。如果有了 AI，可以帮助减少悲剧的发生。”

在阮思澄看来，“基层 AI”实际上比“大医院 AI”更有可能实现盈利！让大医院掏钱购买 AI 设备其实不易，但是为了提升基层医疗质量，政府是愿意投钱的。

这时 PPT 到最终部分，阮思澄手一指屏幕：“为此，思恒医疗即将实施以下策略。第一，与 300 家基层医院建立合作……

“第二，为提升信任、挽救生命，思恒医疗即将成立‘网络远程会诊中心’。基层医生直接上传影像、数据，AI 出具诊断报告，如仍无法判断，基层医生可发请求，思恒医疗合作医院、合作医生通过云端给予指导。

“第三，打造适合基层用的治疗建议。目前，它建议的检测方式精密高端，手术方法技术复杂，药品针剂价格昂贵，不适合基层。思恒医疗将会搜寻不一样的专家经验、文献资料，让 AI 接地气儿。

“第四，尽量适应基层医院 IT 系统，培养基层医生使用习惯，也要做出国产 CT 机校正参数。

“第五，在渠道上……”

底下的人静静听着。

几天以前，也就是思恒医疗愁云惨雾达到顶峰的那时候，阮思澄在床上翻来覆去也睡不着。她一会儿看看手机，一会儿看看笔记，而后凌晨四点，电光石火，宛如闪电劈开长夜，她便有了一套思路！

她当时一个鲤鱼打挺，从床上坐了起来，抄起手机写到天亮。

有主意了！

农村包围城市！

大公司们都懂农村市场广阔，却没动静。首先，没有必要。人家能进大医院，光鲜亮丽，干吗要跟基层医院死磕。其次，目前大家免费提供 AI 机器，是为了抢占市场，为将来布局。谁都知道，大医院人多，基层医院人少，拿下一个大医院等于拿下 1000 个基层医院。第三，铺渠道、做系统，全部都要大笔资金，目前还没有到那个时候。

可阮思澄心中觉得，急诊还是不一样的！

患者人数相对高，需求相对大！

对于肿瘤等病症，农村患者当然愿意长途跋涉地到大城市。可是，夜里一个头痛、胸痛、腹痛，难道也要等到早上再买车票前往大城市？未必的。因为“急”，只要有医生就先去看了。

因此，对于AI机器进驻基层医院，思恒急诊也许就是最合适的。

而医生呢，也会用！

基层医生不可能将每个病人都安排转院，然而他们一来自身水平有限，担心漏诊误诊；二来时间比较充裕，可以进行左右比对。何况就算安排转院，医生也会希望帮病人把命吊着，这已经是一种本能。

同时除了AI，思恒还有“会诊中心”，合作医院、合作医生通过云端给予指导，可以让人更加安心。

台上，等阮思澄结束演讲，许多听众若有所思。

基层，急诊，挺有意思。

阮思澄眼望着众人，说：“思恒医疗非常清楚，想在基层成功落地，需要面临多重挑战，很难参考巨头经验。但是，不论成功还是失败，总要有人做这件事；不论成功还是失败，我都知道它有意义。”

胜利之后，充满生机的空气会飘散荣耀，属于他们两代人的那份荣耀。

当天下午，因为演讲，思恒医疗的展摊中涌入了乌泱乌泱的基层医生。

他们好奇，请教，研究，试用，对于AI寄予希望。

阮思澄将潜在用户联系方式一一记下，叫销售们记得跟进，并亲自向那些医生赠送礼品、递宣传单。

农村包围城市的路，她真希望可以成功。

她并不想只让AI在角落里默默吃灰，拿着数字跑去VC融第二轮和第三轮，以套现为人生目标。她希望能通过AI实实在在救助患者。人工智能对一些人来说，是名、是利，他们诚惶诚恐、奴颜媚骨，但对另一些人来说，是自由，是尊严，他们心怀向往，他们充满期待。

两天的会全部开完，阮思澄十分疲累，可却特别想见那人，于是打车没回思恒医疗，而是到了扬清集团。

※※※※※※

扬清集团C座的CEO办公室中，阮思澄还没从“搞了一件大事”的兴奋劲儿中完全缓过神来，走路一颠儿一颠儿的，大步到了办公桌前：“邵总，邵总！思恒医疗刚刚才在AI大会上发布决定，解决产品在各医院角落里面默默吃灰这个问题，现场超燃！”

“哦？”邵君理抬眼，一手扣上笔帽，笑，“说什么了？”

“嘿，”阮思澄把手机掏出，端端正正，摆在对方两手中间，“梁言录了完整视频，要不要看？”

“你放。”

阮思澄点“播放”按钮，向对方展示她的“英姿”。邵君理挺直背脊，右手小臂横在桌上，左手轻轻撑着自己下颏，垂着眸子，睫毛很长。

阮思澄则站在一边，一手把着桌面，一手扶在邵君理的皮椅背上。几分钟后她感到有点儿累，又跑出去，把办公桌对面一张椅子推来，坐在对方身边，抻着脖子，也看。她本意是回味回味，不过不得不说，看自己的视频演讲，感觉其实蛮尴尬的。

邵君理并没有抬头，但放下手，把椅子往左边扯扯，让女孩儿也挤过来，把腿塞到办公桌下。

视频播放完五条策略时，阮思澄问身边的人：“邵总，您觉得怎么样？”她一边看视频，一边看桌上的书，一本叫*Technically Wrong*的书，免得光看自己，太诡异了。

邵君理却十分专注，没听见她说什么。阮思澄手正扒着书，也懒得抬，把右脚从高跟鞋里伸了出来，踢踢旁边邵君理的小腿外侧：“邵总？”邵君理的坐姿端正，而她则是“二郎腿”式，翘起来的右脚晃晃，正好踢到对方腿外侧。

邵君理的腿稍一僵，不过也并没说什么：“嗯？”

“思恒的五条策略，您觉得怎么样？”

邵君理的嘴角一撩，终于转眸看阮思澄，目光温柔：“嗯，长大了。”

阮思澄的心脏一紧：“什、什么啊。”跟老父亲似的说话。

“临场反应，演讲技巧，全局观念，细节规划，都进步了。”

“中间两点本就还行。”

“不，进步了。”邵君理把视线移回，“咱们单说演讲技巧。以前还稍显怯场，语速太快。”

阮思澄也回忆了下，发现好像真是这样——一篇在预演时至少也要花上 10 分钟的稿子，等真上去讲时往往只说了七八分钟就完事了。

视频最后演讲结束，在听众的掌声当中，年轻的 CEO 笑着致谢，步伐稳稳地走回后台，邵君理只觉得自己心里痒痒的。

真长大了。

阮思澄手还扒着书，又用脚踢邵君理：“都看完了，还可以吧？”

“嗯。”邵君理把手机按灭，顺手推回，“别赤脚踢男人小腿，知不知道什么意思？”

本来没有想得太深，阮思澄也有点傻眼：“什……什么意思？”

邵君理看阮思澄。

阮思澄则继续嘴硬：“什么意思？”

邵君理被气得笑了，好整以暇一转皮椅，接着伸手，把阮思澄也转过来，面向自己。

邵君理的手轻轻握着阮思澄坐的椅子的两边扶手，突然用力一扯，阮思澄怕这样下去会撞上对方的坚硬膝盖，很自然地俩腿一岔，让邵君理两只膝盖卡进她的两条腿中间。

今天演讲，她穿的是西装、长裤。因为坐着，黑色长裤提起一点，露出皓白的脚腕。

邵君理微微倾身，从下往上看，用他狭长的眸子锁住阮思澄，他一手搭在自己腿上，一手抬起，钳着阮思澄的下巴，猛地拉近，两个人的唇瓣大约只相距十来厘米，呼吸似乎都能交融，暧昧气氛疯狂涌动。

邵君理又捏着阮思澄的下巴，手腕一抖，前后晃晃，眼睛一眨不眨，说：“这个意思。”

阮思澄的两腿分着，心脏乱跳，觉得自己也需要做个心电图。

阮思澄想：来人啊，接 AI，朕的心脏不太对劲。

她很少从这个角度看邵君理，此刻，他的眼睛、鼻梁、嘴唇、下颏、喉结，还有衣领下的肌肤，好像处处弥漫着荷尔蒙。

对方有时真的特别像霸道总裁……

几秒钟后，阮思澄才从暧昧的气氛中挣脱出来，两脚一蹬，椅子退后。因为刚刚才踢完人，高跟鞋没来得及蹬上，她一脚穿鞋子踩着办公区的地毯，一脚赤着脚尖轻轻点着地面，上面涂着藕荷色的指甲油。

她说："您……您性骚扰！"

邵君理把皮椅转回，嗤笑："还反咬一口？谁性骚扰？"

阮思澄想不能输了，商业谈判似的，说："那……各让一步，互相骚扰。"

邵君理又沉沉一笑："性骚扰还带互相的？行，可以，互相性骚扰。"

阮思澄想：谈判好像无法进行了。

邵君理一弯腰，把桌下的高跟鞋给提了出来，摆在对方身前："凉，别看有地毯。"

"哦……"

幸好邵君理没继续揪着这事不放，他问："这个演讲结束以后效果如何？"

"效果超好。"阮思澄也回到桌前，不敢乱动，"下午好多基层医院都留下了联系方式，希望率先试用 AI。"

"嗯，对接系统是个问题，操作标准也是个问题，好好想想。"

"知道的。"

"如果想要长远发展，而不是光等着被收购，下基层是一个办法，这样才能开拓市场。"

"嗯，我想要不断发展。"阮思澄手撑着桌子，头反枕在小臂上面，样子轻松，"邵总，每一回来扬清集团，我都会想，如果以后思恒医疗也有这么大就好了。"

"哦？"

"A 座 B 座 C 座 D 座，每座都有好几十层。"

邵君理没出声讲话，只是默默看着、听着。

“在云京新商业中心，下面就是一片灯海。”说到这里，阮思澄又忍不住般，把椅子转半个圈儿，背对邵君理，轻轻起身，走到巨大的落地窗前，看着四周霓虹闪烁，“有自己的商业帝国，给人提供产品、服务。”

“嗯。”邵君理没有笑她。

阮思澄向下面望去：“这地方的风景真好。”扬清作为大集团，老总部在城市中心，新总部在商业中心，与小公司差别巨大。

邵君理也站起身子，迈步走到落地窗前，跟着一起看。各种灯光五颜六色，流光溢彩，好像蜻蜓在阳光下振翅起飞时的缤纷。

阮思澄手扶着玻璃，一边望着夜景，一边讲着未来。她看云京、看世界，邵君理在一箭之遥，看她。

两分钟后，忽然注意到了什么，邵君理从对方身后握住她的两只手腕，把她的手扒拉下来：“被你按的全是手印。”

本来的确是一尘不染的。

然而两分钟后，阮思澄又忘了“手印”的事，再次将手按在玻璃上：“不过感觉时代变了，15 年没有大公司了，Facebook 和 Twitter 是最后一批，再也没有盘大的了。”

“每个时代有每个时代的新英雄。”邵君理再一次把她的手扒拉下来，还把她的两条小臂给反剪了，叠在一起，用他的两手掐着，抵在阮思澄的腰间，“刚说过，被你按的全是手印。”

阮思澄扭着头说：“您有强迫症。”

“可以算。”

邵君理一望进玻璃，便看见了她的影子，瞳孔一缩。

因为胳膊背在身后，阮思澄的胸脯挺着，身体年轻而且柔软，让人想不注意都难。她穿着一件真丝衬衣，下摆塞在西裤里面，此时衣襟往两边绷，扯着中间一排扣子，每两颗扣子间都隐隐可见细腻肌肤。同时，因为手背着，衣服绷着，还能看到衬衣表面被勒出了两道内衣上缘的轮廓。

邵君理早知道一点。这小丫头腰特别细，胸特别大。

邵君理的眼睛一眯，两手飞速把人一推，同时自己后退几步，努力避开她的视线。

几根指尖火热火热，他微握着，克制地放在身侧。刚才无意当中所看到的东西，让他想上去……

几秒钟后，他定下神："要不要到楼顶看看？"

阮思澄惊奇："还有楼顶？"

"嗯。"

阮思澄："要看！"

"来吧。"

从通道上到楼顶，阮思澄才知道这里别有洞天。

有木屑，有草坪，仿佛热带雨林。其间散布着一个个树墩样子的座椅，大大小小，有些椅子围在一起，笼着篝火一般的灯，让人在这钢铁城市当中仿佛进入自然，压力骤减。

"哇！"阮思澄当真赞叹。

这里有单人座，有双人座，还有四人的、六人的……员工们可以自己上来思考，也可以整组开会、讨论。可以想象，在这样的一个地方，各种灵感更容易被激发出来。

他们沿着小路行走。头顶是星，身边是树，好像置身一片丛林，然而远处霓虹闪烁，自然、科技完美统一。

因为有些"草地"不平，偶尔邵君理会扶着阮思澄。他们就在扬清楼顶巨大花园当中散步，偶尔坐下，聊聊科技，聊聊 AI，聊聊当下，聊聊未来。

阮思澄觉得，这个男人好厉害啊。

前一阵子因为太忙，只能说说工作的事，很久未曾交心、深谈，而在这个稍喘口气的晚上，他们再次聊了许多几个月来的想法、感怀，两人之间的距离好像变得更近了。

一直走到大楼中间，"热带雨林"被几块地砖取而代之，地砖颜色深浅不一，并且排列毫无规律。

阮思澄有钻研精神，踏着地砖走了半天，忽然之间有了思路。

她问："邵总，这些方砖是二维码吗？"白色的是背景，黑色的是二维码。

邵君理说："对。"

“为什么大楼上会有个二维码？”

“哦，”邵君理说，“就是扬清互联网＋大事业群官方网站的二维码。那一阵子澎湃科技总发扬清的糟心事，什么斥巨资的新总部已停工，什么扬清豪华新总部要烂尾……还叫人用‘澎湃地图’的新功能‘澎湃街景’自行查看。我就放了一个二维码，可以扫，手机对准地图就行，气死澎湃。”

当时一天就拼好了。仗着被黑时的热度，这二维码火了一把，许多原本并不知道“互联网＋”是个什么神秘部门的网友对它有了初步了解。

“之后澎湃果然不再发这些了。”

阮思澄想：她家“霸总”，有时真的有精神病。

两人一直逛到10点，阮思澄才告辞回去。

邵君理要送她回家，阮思澄却没有同意，因为她的心里清楚对方还有不少工作。邵君理也没有坚持，只是帮她叫了专车。

等再回到办公室里，邵君理的心有点空。

他又看到落地窗上阮思澄留下的手印，笑笑，伸手抽出一张纸巾，打算自己抹干净了。

出于谨慎，这办公室只有他本人能进得来，而邵君理又不喜欢工作期间被人打扰，因此保洁并不常来。

他的指尖抹上玻璃，看着手印，半晌没有动作，好像有些舍不得了。一分钟后，鬼使神差，他把手里的那张纸巾团成一团，甩进了办公桌旁的垃圾桶，魔怔般将两只手按在对方的痕迹上，觉得女人的手可真小，他的两手要长出一个指节不止。

他的两手动了一动，只摸到一片冰凉。

他喟叹一声，轻闭上眼，额头抵住玻璃。

一直打算等她公司稍微稳定再说别的。不过今晚过后他很确定，“农村包围城市”要是不能尽快取得成果，他可没有信心再等了。

※※※※※※

回到自己的小房子，阮思澄见微信上面邢笑佳正叫魂似的:【呼唤姐姐！呼唤姐姐！】【呼唤爸爸无性繁殖出的姐姐！】

阮思澄回:【干啥？】

邢笑佳“咻”地发了份 PPT 过来，道:【摘草莓机器人产品原型出来啦！马上 A 轮融资，帮弟弟看看 PPT！】

【行吧。】阮思澄点“另存为”，收下。

一页一页细细看完，发现大大小小许多问题，阮思澄唇凑近手机，用语音跟邢笑佳说:“11 点了，时间有限，我这儿就有话直说了。”

“好。”

“产品技术、产品数据我不了解，也不评价了。”顿顿，她又按下语音按钮，“笑佳，如果我是你，‘产品前景’这一部分我会深挖行业痛点。你写的是‘节省时间’，这点谁都想得到啊。”

“那怎么弄呢？”

阮思澄说:“如果我是你，会这样写：第一，农村劳力逐年下降，即将面临严重不足，可百姓总要吃饭，而且物质条件越来越好，吃的种类还越来越多，政府每年投入资金、促进产量，而摘水果的机器人很可能被政府推广、补贴;第二，从农民角度来讲，采摘水果的时间减少，他们就可以早点儿回，两边事儿都不耽误，这个投入非常值当。而且有了 AI，女人、老人甚至孩子也能完成工作！第三，手工采摘，作物容易受损、划伤，AI 可以提高产量；第四，从消费者角度来讲，人工智能 24 小时全天工作，可以在识别到草莓熟了以后立即取下、保存，让水果不生、也不熟过，正正好好，而消费者便能得到最新鲜和最好吃的东西了！”

阮思澄继续说:“你要知道，农民永远都不可能率先试用新的技术，需要政府、企业、消费者来推动他们。”

对方听完，长叹一声:“大橙子，你现在真的好厉害啊。”

“啊？”

“创业两年，脱胎换骨。”

“不至于吧……”

“真的。”邢笑佳说，“当初澎湃那些五级，无论如何赶不上你了。而且气场也变强了。”

最近好多人这样说，阮思澄想。那天某总监来汇报工作，她听着听着觉得不对，没抬头但撩起眼皮，看着对方说话。她眼睛大，吊着眼瞳，看侧前方的人，面无表情，把四十几岁的男人给吓得够呛。

阮思澄把面前的 PPT 翻到最后，发现对方除了“摘水果机器人”，还打算做“除杂草机器人”——AI 用图像识别自动认出杂草，一颗一颗喷洒农药，而非整片撒药，防止污染土地环境，她觉得邢笑佳真有想法，同时觉得邵君理眼睛真毒。

不像朱天球，就只会说土、俗。

正想到天球，邢笑佳便提起了她：“对了，大橙子，朱天球也打算单干！”

“啥？她不马上生娃了吗？！”

朱天球跟阮思澄也知道的那金融男相亲以后，谈起了恋爱，还挺甜——对方就爱傻大姐型的，朱天球年初发现自己怀孕了，于是两人立即领证、结婚，准备迎接宝宝出生。因为他俩都外地人，婚礼是在南方举行，阮思澄便没有到场，但是包了 2000 块钱的红包过去。

“她受不了白莲花了。”邢笑佳是在说初颜，“澎湃产假有 6 个月。正好有人要创业做 AI 教育，她就打算偷摸加入。等产假结束了，如果新公司走上正轨，她就辞职，如果新公司不太靠谱，就回澎湃。”

“也行。”想了想后，阮思澄说，“真巧，咱们三个都创业了。以前还在大公司时总是咱们一个小组呢。”

“不是巧。”邢笑佳说，“大橙子，我们都是受你影响啊。”

“啊？”

“你开公司，研发产品，一步一步地往前走。我和天球……是羡慕你。搞 IT 的，谁没有过几个想法？一般的人就算了，是你，好像一个发光体，让我们也想走上这条路。”

“干吗啊？突然间……”

“好了，不提了。”话题切回到朱天球，“天球打算折腾完‘猫脸识别’就回家了。她现在做‘AI 家居’嘛，手头项目还挺有趣，是给多猫的家庭用的，一个碗给一个猫吃，‘看’到别的猫来吃，碗就自动扣上。”

“是挺有趣。”阮思澄知道，医疗部被撤并后，澎湃力拼衣食住行领域，原先同事全都去了“AI 家居”。澎湃科技前几天刚重磅发布“家庭助手”，人与 AI 对话，听音乐、查天气、订餐馆啥的，阮思澄也买了一个。

那边，邢笑佳又“直男”起来：“嘻嘻嘻嘻，还没生呢，就对教育感兴趣了。不但自己天天胎教，创业都是幼儿早教，这女人啊——”

“大橙子，”邢笑佳好奇，“你啥时候结婚生子？”

“公司正到关键时期。”阮思澄说，“我想等等，那位也说等等。”

邢笑佳便爆笑起来：“邵总真是邵扒皮啊！”

“行了行了，快 12 点了。”

“那，谢谢姐姐，拜拜姐姐。”

“去去去。”

挂掉音频，阮思澄才忽然发现邵君理的几条消息，问她到没到家。

【邵总！】她急忙回，【到了！刚邢笑佳喊帮看 PPT。】

【怎么样？】

【还行。】阮思澄把全过程向邵君理讲了一遍，笑道，【邢笑佳那钢铁直男，您才不会真扒皮呢。】不是让她不谈恋爱，不是要她拼命工作，是尊重她，在等待她，省得她在本人还未成熟、公司又正在关键的时候分心分神，否则万一出了大事她会非常厌恶自己。他们一路相随，互相成全。

邵君理却淡淡地道：“会。”

阮思澄：【？？？】

对方还是淡淡地：“记住今天自信满满，到时不要被扒哭了。”

阮思澄想：此扒皮非彼扒皮吗？

不过她倒并不相信。

男人嘛，爱吹。

哪有人会被扒哭呢？

第二天，思恒医疗便踏上了“农村包围城市”的路。

阮思澄把在展摊上收集来的基层医生联系方式通通看过，一一查了，最终定下“思恒急诊”第一批想长期合作和互助的医院名单。谁都知道，主动来问的，永远都比自己去追的容易拿下。

这些医院设备尚可，甚至挺好，已经接入 PACS 等 IT 系统，最大问题是在医生上。

初战，阮思澄与陈一非亲自登场。

她选了个乡卫生院。这个乡挺富，政府并不差钱，把卫生院建得很好，X 光、CT、B 超都能做，然而毕竟是卫生院，水平高的医生不会想来。

阮思澄的联系对象叫李莫群。

说起来，这李莫群也是思澄比较青睐这家医院的重要原因。

他比较牛，又没到“天牛”的级别，而且医院只有他一个人比较牛。

李莫群是 P 大医学院毕业，本硕博连读，本该留在云京工作，然而因幼年时妈妈身患急症，在转院时没吊住命撒手人寰，他心中的疙瘩无法解开，毕业以后作为医生回了家乡的卫生院，发誓要干满五年，要改变当地医疗水平。

他的想法是挺好的，就是他教年轻医生，年轻医生再教新的年轻医生，无穷匮也。可事实上，“教人看病”绝非一件简单的事，更何况乡卫生院的医生们本身基础比较薄弱，跟李莫群周围那些 P 大学生全然不同，他干教不会，也很无奈。

乡卫生院没有急诊，只有内科、外科、妇产科、中医科，李莫群是四名内科医生之一。他是主治医师，另外三个是助理医师。

今年是李莫群在卫生院的第四年，他不可能永远在这里，总要回到云京的。在第三届全国医疗影像 AI 大会上，在听了阮思澄有关“AI 急诊”的演讲后，他十分感兴趣，想要引进一台。

他的想法很容易懂：教看病，他们学不会，教用 AI，还学不会吗？这回应该容易了吧！就算 AI 有局限，也能起到补充作用！

他在展会上试用过了，心里明白，在读脑部 CT 和心电图上，“思恒急诊”比科里的另外三个人要强多了。

李莫群是 P 大毕业，对于技术，对于 AI，比其他的基层医生要了解的多得多。对市面上的 AI 产品他能讲得有条有理，知道扬清的“肿瘤筛查”，也知道爱未的“医疗中心”，不像许多基层医生一样懵懂，甚至排斥新技术。

同时，对于这个 P 大毕业的高才生，乡卫生院的院长分外重视，李莫群的意见和建议院长是会听进去的。

因此，对阮思澄来说，李莫群是非常好的“攻克对象”。她也真心敬佩对方，渴望与之结识、来往。

于是，在 AI 大会结束大约三天以后，阮思澄、陈一非再次见到对方。

李莫群人长得十分帅气，阳光健康，有少年感，大眼睛，双眼皮，头发不长不短，软软垂下，气质不同于邵君理的霸道，也不同于易均的温柔。

他亲自向院长演示“读 CT 图”“读心电图”。每回不出一两分钟，屏幕上面便显示出 AI 的诊断和建议，比如几种心律失常，院长看傻眼了，表示自己竟不知道 AI 已经能做这种事。

最后，院长叹道：“如果能做初步处理，以后都会容易不少。”

阮思澄说：“我们还有会诊中心，上面都是全国排名前十的大医院里的大夫。如果情况十分紧急，可在云端发起求助，到时会有专家学者一起讨论，给出建议。”会诊中心不仅仅有合作医生，还有专门招聘来的退休医生，保证 24 小时有人在线。

“不错不错……”

阮思澄：“是呢。张院长，试用一下？没有费用，唯一要求是两年内不能卸载。”

“唔……”

最后，合作成功。

阮思澄叫陈一非接 IT 系统、校准参数、培训医生，自己则回到云京。

她走的时候，李莫群竟有些依依不舍。

进了公司，阮思澄打电话跟邵君理说：“Z 省清水乡卫生院已经同意合作了！相信这回使用率会高很多！”

“嗯，”邵君理随意道，“好孩子。”

阮思澄却有点别扭：“我都 29 了，什么‘孩子’……”

邵君理一顿：“行吧，好姑娘。”

还是怪怪的。29 了，算小姑娘？

“还不满意？”电话那头，邵君理好像并未在意，阮思澄甚至从话筒当中听到翻文件的声音，邵君理的声音带着磁性，有一点儿漫不经心，“那叫什么，难道叫好心肝宝贝？”

阮思澄的两腿一软，说，“不用说了！”

“嗯。”

阮思澄的脸通红通红，砰的一声挂了电话。

从清水乡卫生院开始，“AI急诊”在基层中极速推进。阮思澄估计照这样下去，一个季度就能搞定几百家了，半年600家，一年1200家。

然后量变终会引发质变，“AI急诊”再反攻城市。

大医院不是不信思恒医疗吗？

不是不愿安装两年吗？

不是觉得会有更好的吗？

只要产品被用得多，总有契机让大医院认识他们！

令阮思澄和陈一非都没想到的是，这个契机居然来得如此之快。

突然之间，思恒医疗背运走完，否极泰来。

而带来这个契机的，就是清水乡卫生院，就是那个李莫群。

当然，当时他也是没料到的。

※※※※※※

这件事情要说起来也挺简单。

开学以后的某一天，Z省清水乡卫生院来了一位急诊患者，26岁，男，叫虞跃。虞跃对医生说，他有流泪、流涕的症状，于是内科助理医生常规诊断为重感冒，给他打了针，开了药，叫他回家静养。

结果仅两三个小时以后，虞跃再次来到医院。流泪、流涕非但没好，咽喉肿痛又出现了。他不放心，再次来看，还说有些头晕脑涨。值班医生感觉他依然是重感冒，就叫他离开。然而虞跃的妈妈十分坚持，叫李莫群也看一看，图个安心。医生无奈，给李莫群打了电话，李莫群二话没说，大半夜赶回医院。

李莫群检查完发现，很多数值都不对劲！

李莫群认为是急性中毒，立即询问患者虞跃是否接触过化学品。虞跃一脸茫然，说自己是Z大博士，平时都在学校上课，这一回是因为妹妹结婚，才请了假回到老家。

李莫群在头脑中把常见毒药过了一遍，比如亚硝酸盐、各种农药、氰类、砷类、汞类，而后发现没有一个符合虞跃此时的症状！

他叫对方立即转入大医院，他没有办法知道究竟是什么毒。

Z省清水乡卫生院配有一辆救护车。说来也巧，救护车在当天晚上已经送走一名患者，此刻正在回来途中，还有10分钟才能到。

就在这个时候，李莫群想起了清水乡卫生院刚引进的机器——“思恒急诊”。他还记得那姑娘说，它可以帮助诊断中毒、感染，虽然无法给出结论，但能搜寻过往病历，给出建议。

于是在等待的这段时间，李莫群将患者症状、检查数据等信息输入AI，仅仅过了一分多钟，AI便在数据库中“探索”完毕，并列出了它认为最可能的答案——乙撑亚胺急性中毒。

它判断的依据就是两份论文。一份是美国的，论文报告了两个口服乙撑亚胺急性中毒的案例，其中一个发生在1985年，一对夫妻双双死亡，另一个发生在2005年，一家五口，两个大人抢救成功，三个孩子去了天堂。另一份是日本的，发生在1995年，一对婚外情的恋人殉情自杀，最后结果一死一活。

李莫群想：是乙撑亚胺吗？

他迅速地搜索信息，研究它的毒理，判断虞跃的各器官受到损害的原因。他拎起虞跃，催吐、洗胃、催泻、灌肠……又给牛乳、蛋清，加以吸附、收敛。

刚做好急救处理，救护车就到了，虞跃家人哭着嚎着七手八脚送他上去，救护车狂飙着驶向大医院。

李莫群回乡卫生院，立即打电话给接收医院，讲述虞跃全身症状、各项数据、AI诊断，还把论文发给对方，让人准备检查、确诊。

两份论文上面都有总结出的检查方法。

救护车到了后，接收医院的医生立即组织抢救。医生们把论文看了，又查了服乙撑亚胺的大小鼠呈现的症状，觉得像是乙撑亚胺中毒，马上进行透析治疗，净化血液，还使用了诸多方法，终于把人救回来了。

当阮思澄得知这一切，事情已经过去三天。

“啥？！”阮思澄惊，“竟发生了这种事情！”

“嗯，”李莫群声音疲惫，“虞跃目前还在地京医院。”

“李医生，我想看看他，可以吗？”

阮思澄想，出了这么大的事情，她应该与基层医生、地京医院的医生、患者本人、患者家属全都聊聊，争取能将这个典型案例用在思恒的宣传上。

“我就知道你会希望见见他的，我已经和他说了，他同意。”

“谢谢！”阮思澄说，“谢谢李大夫了。”

她挺激动，一方面是因为真的救到了人，一方面是因为可以宣传公司。

放下电话，阮思澄一刻也没等，App 叫车直奔机场。等快到机场了，她才买了最近一趟去地京的直飞航班。

李莫群已跟她说过虞跃住的病房号码。她到门口，敲门、进屋，大大方方介绍自己。

听说思恒老板来了，虞跃一家十分热情。虽然由于他们不善言辞，并未直接表达感谢，而是不断拉着她讲虞跃的病情、治疗过程、账单费用，表达流畅，毫不卡壳，一看就是讲过数遍了，可阮思澄却还是因对方这次劫后余生受到激励。

在这期间，虞跃上了数次厕所。

他笑笑道：“当时有点肾衰征兆，插了尿管，刚拔下来，特别不受控制，一晚上去四趟厕所。医生们让先观察着，不敢确定可以恢复。”

“哦。”阮思澄懂，抢救完就活蹦乱跳只是电影当中的事。在现实中，患者每天都要担心各个器官能否恢复。

四人又聊了会儿，病房大门再次打开，几个男生冲了进来，为首一个大喊：“跃啊！”

“不让来，非要来。”虞跃明显十分高兴，向父母介绍道，“都是Z大的好室友，妈见过的，爸没有。这是张三，这是李四，这是……刘逢吉。”

阮思澄注意到，他在介绍最后一个“刘逢吉”时，表情很不自然，心里知道这两个人关系不好。

阮思澄看看表，说：“虞跃，我先走了。思恒急诊派上用场，我作为CEO真的高兴。能否留个微信、电话，以后配合做下宣传？”

“啊，行。”

得到同意，要了电话号码，阮思澄又找到医生，进一步了解情况。她不但见到了主治医生，还见到了科室主任。他们聊虞跃，聊乙撑亚胺，聊AI，聊思恒医疗，不知不觉到了晚上。

阮思澄走出病区时，正好看到虞跃的那几个室友也离开了。

奇怪的是，他们三人兵分两路，张三李四有说有笑，刘逢吉则拖在后头，出医院后站在原地，仿佛不知要去哪里。

“刘逢吉，”阮思澄来到对方身边，问，“不跟他们去吃饭吗？”

“不，”刘逢吉嘴角坚硬，紧紧抿着，语带厌恶，“他们太爱占人便宜了。”

阮思澄不解地看了一下他。

刘逢吉说：“我这个人比较正直。从来不会占人便宜，也从来不会让人占我便宜！”

也许因为阮思澄是陌生人，刘逢吉的话匣开了：“Z大博一刚开学时，我把他们当好朋友，大家一起吃饭喝酒，最后结账，虞跃他们要求平分！我讲道理，说他们三个每人喝了两瓶啤酒，我只喝了一瓶啤酒，该把酒钱单摘出来除以7，他们三个每人付两份，我付一份，结果他们竟用看怪胎的眼神看我！没过多久，我们四个旅游回来，到打印社冲洗照片，想要贴在宿舍墙上……他们还是费用平摊。我提出来他们当中有人拍了很多照片，我却没有出镜几次，该按各自张数算钱，他们也是用看傻子的眼神看我！”

阮思澄不敢吱声。

“还有那回，虞跃丢了公交卡，我主动把自己的卡借给他用，他坐了整整一周地铁，50块钱都花光了才还给我！还有那次，虞跃没带食堂饭卡，我也是把自己的卡借给他用，他呢，居然打了四五个菜，然后同样不了了之！我的心意被糟蹋了！当然我也向他借过东西，但很注意地都还了，绝对不贪。他们就是这样的人！我掏心挖肺，他们呢，能占便宜就占便宜！而我每回去要账时，他们还都非常诧异，好像觉得我这个人非常小气，几个月前的事情还记在心里！”

阮思澄弱弱地道：“他们不是故意的吧，可能就是心大，忘了……”

“根本不是那么回事！”刘逢吉沉浸在自己的世界，“他们用了我的毛巾，或者别的东西，都不知道给放回来，想要据为己有！我可每次都是洗得干干净净还给他们。”

阮思澄觉得这都是生活琐事，大家开诚布公一起聊聊就好，对方也许不是那样，于是劝他别瞎琢磨。

最后，刘逢吉痛苦地道：“可是，为什么班上同学全都喜欢他们几个，尤其虞跃？那种心思深重的人却能蒙蔽所有同学？而我反被疏远、嘲笑？大家全都看不出来那三个人会在他们身上占尽便宜吗？我才真正会跟别人肝胆相照！”

阮思澄想开导对方，于是一直安抚、劝说，给他出招，叫他先别下结论，没有想到刘逢吉却愤怒地道：“你的眼睛也瞎了吧，跟别人没有区别！”

直到上了去清水乡的大巴车，阮思澄还觉得脑袋晕乎乎的。

下车后，连接她的李莫群都看了出来，问：“怎么了？”

“没事。”

“那就好。”

两人回到乡卫生院，张院长十分兴奋地说：“乙撑亚胺！我连听都没有听过！”

阮思澄说：“也是巧了。思恒急诊‘诊断’部分目前其实挺粗糙的。不知这样说能懂不，在人工智能这个领域，卷积神经网络最好，图像识别发展最快，所以对于腹部这一块儿，AI 主要还是读片，看肠穿孔、肠梗阻、阑尾炎等病症。不过，对于感染还有中毒，我们也让 AI 学习了 1000 多篇论文，哎，其实挺基本的，理解、推理都很简单。”

“那也非常了不起了。”

阮思澄与李莫群和院长说说笑笑，聊着聊着，李莫群忽然间注意到了一件事情，问：“阮总，我看你总不自觉地捏肩膀，是怎么了？”

“没事。”阮思澄忙放好手，“最近太忙，肩膀酸疼。”

“嗯？”李莫群道，“那正好了，我们这里的中医科可以帮忙做个按摩，用中药敷，效果很好。”

阮思澄：“咦？”

“要不要来？我叫医生准备一下。”

想起刚刚看到这里还有一个女性大夫，阮思澄便轻轻点头：“那麻烦了。”她有一些私心，觉得如果能跟这里的人如朋友般相处，而不只是公事公办，那宣传时用词也能更大胆些。

李莫群：“好。”

十分钟后，李莫群把阮思澄叫到角落的一个房间，开始配药，并且貌似随口地道：“到今年年底，我就满五年了。”

“嗯？”

“我就算是完成誓言，要回云京当医生了。”

“对，”阮思澄叹，“您可真够了不起的。P 大毕业，却在基层干了五年。”

李莫群笑：“挺普通的。我已经在应聘医院，P 大三院已经同意要我了。”

“恭喜恭喜！三院多好！”

李莫群配好了药，两手搓了搓，十指修长、好看，说：“等回云京入职以后，我们可以……经常见见。”

阮思澄才觉得不对，对方好像是喜欢她，问：“中医科的医生呢？”

“今天不在。不过放心，肩颈按摩我也略懂。”

“刚才那个女医生是？”

“嗯？谁？难道是说妇产科的关大夫吗？”

李莫群万分紧张，他深深呼吸一口，说：“肩颈这有数个脉位……咱们……”

还没等他按上肩膀，阮思澄“腾”的一下从椅子上跳了起来，说：“抱……抱歉了！李医生，我刚决定不按摩了！我男朋友小心眼儿，怕他多想，跟我作妖。”

对方明显愣在原地：“你已经有男朋友了？”

阮思澄扯谎：“有。”

“是个什么样子的人？”

“唔……”

“实话实说。”

于是她便真诚地道：“无比完美的一个人，挺无聊的，没啥好讲。”特别标准的高帅富。世界上高帅富不都差不多吗？丑和穷才各有各的丑法、各有各的穷法。至于邵君理自恋、爱怼人，有时候发神经，脑回路特感人，就不说了。

李莫群反被塞了一口狗粮。

还是好大一口狗粮。

“行了，我叫车回酒店了。”

李莫群也只得回答：“好，注意安全，发个车牌号。”

“嗯。”

再与院长打个招呼，阮思澄便走出医院。

阮思澄是连夜回到云京市的。

她再一次没有回家，而是到了扬清集团。

算算，她和邵总又有一个月没见面了，也该做汇报了。

他们两人都很理性。因为思恒医疗还在倒闭边缘疯狂试探，他们没有谈恋爱。现在她忙，因为单身，可以丝毫没负担地不约会、不见面、不打电话、不发短信。而如果有一个丈夫、一个男友，就总归有另份责任，即使对方没有抱怨，一晾就晾一两个月她自己也觉得亏欠，于是着急、焦虑，两边忙活，捞不着好。她应当把全部时间都给公司，如果恋爱，那么不把时间给邵君理会觉得对不起邵君理，把时间给邵君理会觉得对不起员工，十分麻烦。而且，万一自己还不成熟，以致最后出了大事，她肯定会特别难过。

所以，邵君理十分体贴，想默默地等几个月。

又是难得的有星星的晚上。

“邵总！”阮思澄“呼”地冲过去，坐在桌前的皮椅上，“思恒急诊成功救人！”

“哦？”邵君理抬眼，“说说。”

“有一个人乙撑亚胺急性中毒，清水乡卫生院用了机器，它阅读了两份论文，并认为是乙撑亚胺中毒！李莫群跟大医院说了他的这个怀疑，对方按照毒理治疗，终于把人拉回来了。”

“还不错。”

“也挺悬的。”阮思澄把两只胳膊往前一伸，身子伏在桌上，下巴尖儿撑着桌面，“思恒虽然输入了1000份感染、中毒方面的论文，但实际是很粗糙的，需要赶紧改进。公司现在也有钱了，我刚雇了两个猎头，准备从国外挖人。”

邵君理见对方胳膊已经伸到自己眼下，拍了拍对方那纤长的手指：“好。”

阮思澄的脸颊一红，从地上拎起袋子：“那个，这回出差，带了一些茶叶给您。”虽然只是在机场买的。

邵君理似乎并不在意：“行，挺孝顺。”

阮思澄又继续汇报推广计划、宣传计划，邵君理都没意见。说完，阮思澄再次走到她最喜欢的窗子前，向下看。

看着看着，她发觉到不太对劲。

窗子上有两个手印。

这个位置……这个位置……一个月前她的手印！

患有严重强迫症的邵君理还没有擦掉？

她转过身：“邵总。”

邵君理并没有回头，尾音一挑，无比性感：“嗯？”

“这俩手印您还没擦？”

邵君理一顿，道：“我忘了。”

“哦……”想着忘记也很正常，阮思澄又看了两眼。

不对，等等……

隐隐约约，在她指印往外一些，还有两只大点儿的。

大手套小手。十个指印内还有十个指印。

很轻，可在这个灯下，从这个角度看，还是可以辨识出来。

邵总的吗？

她意识到，平日里邵君理总稳如泰山八风不动，仿佛正在掌控一切，就算她问也不回答，可在某些不经意间，他的感情也会外露，比如在失控下坠的电梯中，他将自己抱了起来，再比如在明亮通透的窗子前，他抚上了她的指印。

这男人啊——

“邵总，”阮思澄“咻”的转回身，看着过来的邵君理，“过了这一段儿我就能有个人时间了。”

“好。”

“邵总，”她想让对方安心，“昨天，清水乡卫生院的那个大夫，就是……好像……想和我谈对象，我没答应。”

“说说？”

阮思澄把整个过程大致讲了讲，最后还没忘记补充：“那位大夫是个好人。”

邵君理“嗤”的一声笑：“按摩肩颈？”

“我没让碰。”

邵君理的眸子一扫，莫名其妙地忽然道：“阮，这段时间在基层跑，脸和脖子黑了点儿。”

“啊？”她倒没有特别在意，“真的？”

“嗯，单看外头倒不明显，但……”邵君理伸出食指，把阮思澄套裙衣领向右轻扯，露出一点细腻肌肤，“已经有道分界线了。”

“真的吗？”阮思澄看自己脖子，看不到什么，“没事，过两星期可以褪掉。”

“嗯，”邵君理没有停手，反将指尖压上那道并不清晰的分界线，并不作声，沿着线划，来来回回，爱不释手。

他的指尖带着点凉，轻拢着的食指、中指往上移时还稍好点，手指缓缓地往下动时，阮思澄的联想一来，两腿都抖。

阮思澄全身发颤，握住对方右手手腕。

邵君理却没有在意，左手上去，将阮思澄另外一边套裙衣领拽脱了点，又重复了一遍刚才的动作。

阮思澄可终于懂了。

李莫群没摸到肩颈，他就非要摸上两下。

宣示主权呢!

她晕，赶紧退后一步，拉好自己衣服，红着脸，像被烤过的大橙子，低声说:“总之，这一段儿马上就会过去。”

“好，不要忘记。”

“不会的。”CEO办公室的办公区最里面三面是窗，阮思澄在月光之下，头发、脸颊异常温柔。

等阮思澄离开扬清，邵君理才拎过袋子，打开茶盒，垂下眸子，将茶放在自己鼻端，嗅了嗅。

奇怪，龙井明明不算上好，只是机场卖的破烂货，那股清香却能醉人。

他把茶叶放在桌上，无意识地用指尖碾起一小撮儿，放进唇里，细细嚼了。

茶叶碎了。

果然是龙井。

淡而远，香而清。

邵君理又拿起水杯，喝了一口，却没立即咽下。水带着碎茶叶在口腔中转了两圈，直到把茶香味送到每个角落，他才终于咽下，觉得那股清香顺着喉管到达腹中。

甘醇凛冽。

另外一边，阮思澄在自己家里打开电脑，写宣传稿。

她想先写几个要点，再给梁言润色、完善，在各大媒体宣传公司。

结果还没等到写完第一段，她便发现虞跃的事在10分钟前已经引爆整个网络!

只看一眼，阮思澄的头皮便要炸裂开来!

原来，因为乙撑亚胺有刺激性气味氨味，虞跃三个室友之一——阮思澄见过的张三，在几天前喝矿泉水觉得味道不太对后立即收好，紧接着在书堆当中藏了一个小摄像头，熟料竟拍到刘逢吉在水杯中下毒的视频！

他报了警。警方经过化验，确认张三收起来的瓶子当中的残留物就是乙撑亚胺。再结合同寝室的虞跃差点死在老家的事，真相马上水落石出。

被 AI 给强拉回来的虞跃，乙撑亚胺急性中毒的虞跃，居然是被同寝室的化学博士下过毒的！

怪不得他全然不知曾接触过什么化学品！

而且刘逢吉不仅想要虞跃死，还想要别人也死！

阮思澄想到昨天医院门口，刘逢吉说话时的样子，想到他的狭隘、极端，只觉寒毛直竖，遍体生寒。

※※※※※※

刘逢吉于当天下午被捕。

晚上，各大网站都充斥着“Z 大博士毒杀室友”的新闻和激烈讨论。

阮思澄想一想倒也十分理解，毕竟 Z 大也是名校！

名校的博士生，国家未来的中流砥柱，居然如此丧心病狂，自然万分惹人关注。

这是普通的现象吗？教育出现问题了吗？

人人都在内心询问。

事情已经非常清楚。几天以前，刘逢吉在张三水杯当中下了乙撑亚胺，张三觉得味道不对，没有再喝。接着，虞跃因为妹妹结婚乘大巴离开学校，而他带的矿泉水中也有足量乙撑亚胺。虞跃一路把水喝完，当天晚上出现肾衰，清水乡卫生院做了完美的初步处理，转到大医院后，总算把人救回来了。

几个记者采访到了四个人的博士同学。

有人描述刘逢吉的人生经历、自身性格。

“刘逢吉吧，独来独往，不是十分好打交道。”

“刘逢吉吗？多重性格，蛮矛盾的。一方面，耿直、坦荡、刚正、爱讲话、爱辩论；另一方面，阴沉、敏感、冷酷，爱钻牛角尖。”

“挺狭隘的，不太宽容，凡是跟他想的不同的，他都认为是错的。”

至于虞跃、张三、李四，班里同学都很喜欢。他们随和、热情，平时请客十分大方，几次捐款也很积极。

也有人讲述刘逢吉和虞跃、张三之间的关系。

“他一直看不上虞跃。他们选了一个导师，虞跃论文是跟导师同方向的，导师非常喜欢，刘逢吉坚持写自己想的课题，导师鞭长莫及。他投稿到自己导师当主编的杂志，还是发不了，就觉得是导师故意报复，所以师生关系很僵。他很讨厌室友虞跃，常常觉得‘同门’虞跃爱拍马屁、爱走捷径，其实虞跃本就是因方向相符才报导师的！”

“啊，刘逢吉跟人讲过，虞跃、张三好占便宜。我想想……对，大家一起吃饭喝酒，虞跃他们平摊账单，刘逢吉说，他们每人喝了两瓶，他自己只喝了一瓶，这不公平！还有……”

“对对！还说虞跃用他饭卡老不给钱，是故意的！他自己就非常注意，不占便宜！”

围观网友凑着一看，居然都是屁大的事，不禁让人感到震惊、不解，甚至茫然。

大部分人非常愤怒，心寒于刘逢吉的狭隘与冷血。

也有理性派问责 Z 大，希望 Z 大立即出示实验室的管理条例并且解释为何毒药能被携带。

当然，还有许多人庆幸地说道：“我也一直分摊账单！感谢室友不杀之恩……”或者说：“我也健忘，会不给钱！求求室友，直接明讲！”

最后一波则是好奇李四到底中没中毒。

在网上，很多化学大神都在讨论此事，阮思澄也登录查看。

一篇名为“刘逢吉说没想杀人，只是打算教训室友，让他们都流流眼泪，各位大神什么看法？”的帖子已盖起高楼。

化学号动车：“他绝对是想让虞跃去死！乙撑亚胺是强致癌物，而且可以损伤肾脏！我估计他原本是想手脚干净悄无声息，让室友们几个月后患上癌症或者肾病，这样没人会怀疑他！可惜终究是个学渣，使用计量没有算好。”

手剥山核桃：“应该就是这样没错了！所以他在给虞跃投毒当天，再次给张三下药，被拍下了，因为他没想到虞跃进了医院！”

不知道叫什么名字：“对。张三李四几天后才得到消息，整个寝室一起探望。张三当晚回看视频、发现不对，这才报案，东窗事发。”

事情真相阮思澄也不懂，只能等着法院判决，可还是有无以名状的沉重感压上心尖。

太难过了。

同时也有一点自豪，因为虞跃活下来了，她救了一个人、一个家庭，也可能是两个人和两个家庭——刘逢吉在坐牢以后说不定能重新做人。

广大网友也在关心刘逢吉和虞跃、张三几人以后，注意到了思恒医疗。

几大媒体都报道了抢救虞跃的全过程，采访了救治医院的两个医生，也采访了乡卫生院的李莫群。也许因为一点情愫，李莫群在谈话当中多次提及思恒医疗和“思恒急诊”。

他说：“也得感谢思恒医疗提供的 AI 机器。一分钟内读了 1000 篇中毒报告，总共给出三个可能，乙撑亚胺列在榜首……”

“患者症状与乙撑亚胺中毒症状非常相似，结膜炎、角膜炎，咽喉水肿、白喉样，肺水肿，肾损伤。乡卫生院紧急处理，并且联系对接医院，建议搜寻乙撑亚胺检验机构并且制定乙撑亚胺治疗方案……没有耽误一分一秒，成功挽回患者生命……”

对接医院的主治医生同样提到思恒医疗和“思恒急诊”：“一开始是不大信的，觉得应该不能指望。但也知道 AI 医疗有时候能超越医生，于是又读了论文，发现症状确实很像。当晚组织透析、净化血液，第二天有结果以后立即采取新的治疗方案……乡卫生院洗胃、灌肠，我们医院透析、净化，都起到了重要作用。”

一般网友都听说过人工智能，但不知道 AI 医疗，或者不了解 AI 医疗。有人从未听说过这些，有人看过相关报道也都忘光了，也有人有简单印象，知道 AI“能读片”“能诊断”，然而从未往深处想。

总之，对于大多数的普通人来说，这是他们首次注意到“AI 医疗”。

到处都是赞叹、感慨。

“人工智能已经到这程度了吗？”

“觉得科技好伟大啊，都能开始治病救人了［哭］［哭］［哭］。”

“我有一个新的想法，当全人类信任 AI 时，AI 就开始瞎治，小病变大病，大病变重病，AI 就能统治世界啦！”

阮思澄没想到，思恒医疗会以这种方式进入公众视野。

她有点儿高兴，也有点儿心虚，因为 AI 看出“乙撑亚胺”真的是有运气成分——它实际上主要用于读心电图和部分 CT。

然而不管怎么说，能引起社会关注，对思恒医疗只有好处没有坏处。

有了这件事，以后不管是想进入基层医院还是大医院都会变得比较容易！同时，B 轮融资甚至 C 轮、D 轮也是前景一片光明！

“急诊 AI”这个词条甚至上了热搜。当天晚上，多个有关“Z 大博士毒杀室友”的话题上了热搜，有“Z 大博士毒杀室友”，有“乙撑亚胺”，还有“急诊 AI”。

只要点进“急诊 AI”，就能看到“思恒医疗”，在热搜的最高排名是第 31 位。

而排在它后面的第 32 位，特别巧，是“邵城儿子怼记者［笑哭］”。

阮思澄点进去看了，发现是扬清在今天发布新 AI 产品，现场有个记者特别激动，说扬清的监控血糖 AI 仪器救过她命！她患有 1 型糖尿病，身体不能分泌胰岛素，需要打针。不过血糖数值的高低也说不准，如果血糖太低本人就会有生命危险，又不可能老扎手指检测数值，于是她便购买了扬清无创仪器。几天前她连夜写稿，交完稿子心里激动，又哐哐哐地猛干活，把院子的草全除了，打针、睡觉，就一直醒不过来，血糖跌到红线以下，AI 尖叫她却还是没有反应，最后 AI 通知她妈，把她送到医院给救回来了。她现场感谢扬清集团，本意是想帮忙吆喝，没有想到扬清副总不走寻常路，他静静地听完了，说：“你要是老这么作死，神仙来了也救不了。”

阮思澄觉得，邵总平时不怒自威、气度不凡，不管是下属还是合作伙伴，对他都是又服又怕，在他面前谨小慎微，有时被他夸赞一句就能乐上整整一周，可是他还真不压抑自己，让他觉得欠怼的，一律怼过去，比如澎湃、爱未，比如某些记者，再比如这个患者。

阮思澄知道，归根结底，因为他强。

看完刘逢吉和虞跃、张三的事，阮思澄的心里有话来回翻滚，于是打开“备忘录”App，足足写了几大段：

“这刘逢吉我见到过，就是昨天在虞跃的病房中。当时室友集体来探病，虞跃介绍刘逢吉时明显不如之前高兴。

出病区时正巧再次遇上他们。张三、李四勾肩搭背，要到商场吃小火锅，刘逢吉却拖在后面，出医院后站在原地。

我们聊了有10分钟。他说他这个人比较正直，从来不会占人便宜，也从来不会让人占他便宜，还有……”

写到这里，天空出现一道闪电，瓢泼大雨倾泻而下。

阮思澄并没有在意，继续写：

“我一直想开导对方，安抚、劝说，给他出招，没有想到，刘逢吉却突然骂我，声音高亢而且尖利。我真是被吓了一跳……

大家有事不要瞎想，开诚布公聊聊就好。最后，有缘就交朋友，无缘就当路人，何苦在意萍水相逢的那些人？”

写完，阮思澄将这篇长文发到朋友圈的“亲密”分组。这个分组当中都是她最信任的家人和朋友，比如邵君理、邢笑佳、朱天球、本科室友、研究生室友。

几个朋友立刻评论，都特感慨虞跃的事。

可邵君理不发一言。

阮思澄想听听邵君理的意见，左等右等，可对方却始终未留只言片语。

“没看见吗？”阮思澄跟自己说话，“没看见吧！”

唔，也是，他那么忙。

算了算了，洗洗睡吧。

结果，刚刷完牙，洗完脸，用好牙线，抹好护肤品，她小房子的防盗门便哐哐哐地响起来！

阮思澄感到奇怪。

她到玄关站定，从小门镜向外看去——

邵君理！

他怎么会突然出现在自己家的大门口？

阮思澄正穿着睡裙，无袖的，于是迅速套上内衣，稍作整理，拧开反锁，将门打开。

一抬头，又给她一个巨大冲击！

邵君理竟忘了带伞！扬清集团前台有伞，他居然都没撑一把！虽然有车，但下车走到楼门口也足够淋成落汤鸡了！

邵君理的头发微乱，被他向后撩过两把，不像平时那样高贵冷艳，另有一种帅气。睫毛微湿，脸上还有未干的水。

他难得地穿着一件白色衬衣。高级定制的白衬衣已经全湿，紧紧裹在他的身上，变得半透明，一条一条褶皱中间隐隐露出肉体的颜色，她能看到对方的肩膀、胸膛、小腹……邵君理的皮囊极好，肌肉结实，线条漂亮，肩头又宽又厚，胸肌微微鼓起，腰线平滑性感，腹肌块块分明，被湿透的白色衬衣罩在里面，比直接露出全身肌理还要让人心猿意马。衬衣最上面的那颗扣子已经开了，一颗水珠顺着喉结滑入衣领，两边衬衣随着锁骨凹入一块，积着点水。

“邵总……”阮思澄的两只眼睛十分想看又不敢看，心脏狂跳，也不明白对方为何深夜过来。

邵君理的眸子清冷，声音带着隐隐怒气：“你昨天跟那刘逢吉单独处了十几分钟？”

“对。”

“他让你吃什么了吗？”

“没有。”

“再想想。”

阮思澄又回忆片刻："真没有。"

"他让你喝什么了吗？"

"也没有。"

"再想。"

"没有啦！"

"你心真是太大了！"邵君理的怒意未散，"虞跃刚被别人投毒，你居然跟他的室友单独处着？还是明显被孤立的室友？安抚？劝说？善良也得使在对的地儿！他那几个同寝室友，里面99%有能杀人的。思恒急诊把虞跃给救回来了，对方可能连带着你一起恨上！保护自己是第一位的！凡事多想想！别往危险的人身边儿凑！"

"唔……"她想想也是有点危险。

刘逢吉想毒死虞跃，而她把人救回来了。接着她跟刘逢吉在晚上单独聊天。刘逢吉也没有想到自己会被录下视频，可能以为没大事儿，再用毒药也未可知。

邵君理把自身气势收敛了些，语气柔缓："你到现在都没意识到，我看不出你有半点后怕。"

"有了有了！"阮思澄说，"你说完后，现在有了！"

在今晚前，她真以为虞跃是意外中毒，从没想过他竟是被恶意投毒，这才会跟张三、李四和刘逢吉说说笑笑。而在知道真相以后，也光顾着愤怒、感叹，一秒钟也不曾考虑：万一刘逢吉就想让虞跃没命，连她、李莫群等人也都一并恨上了呢？毕竟杀人凶手绝不可以常理度之。

"没事儿啦，"阮思澄声音弱弱的，安抚对方这头狮子，"刘逢吉被控制住了，现在正在看守所呢。我以后会保护自己，为了自己，也为了您。"

邵君理用手按按眉心："明天开始，我来接送你上下班。"

阮思澄把眼睛瞪圆："啥？"

"现在新闻都出来了。思恒医疗的地址在官网上就能查到。万一他的家人、朋友心有不甘，觉得你借抢救虞跃出名赚钱，想报复呢？"

"不至于啦。"

"小心点儿总归没错，接送几趟不费劲儿。不要自己单独加班，至少留下几个男的。”

“这不好吧？”

“行。”邵君理就自己定了，“明早八点，我来敲门。”

“哦，嗯。”阮思澄乖了。

她真觉得小题大做。在知道她和凶手单独处了十几分钟时，邵总好像真的慌了，伞都没拿就淋雨过来，只为确认她并没有吃下什么，也没有喝下什么，好好的，很健康，不会急性中毒，也不会在几个月后患上任何严重的病。

顺便，再教训她一顿。

阮思澄的心暖暖的，止不住地品味邵君理这难得的慌乱和失控。她心里好像住了一群小蛐蛐儿，声音好大，沸反盈天，跺一脚能消停半刻，过一会儿后马上又开始叫。

邵君理问："你是不是心里觉得小题大做？"

“没……”

“阮阮，”邵君理轻叹了口气，伸手将人搂在怀里，“如果是我自己，可能不会在意。但是对我来说，你的事儿没小事儿，怎么小心都不为过。万一……会后悔一辈子的。”

“邵总……”

被紧压在胸膛上面，阮思澄浑身一僵。

邵君理一手揽腰，一手搂肩，把人死死按在身上。阮思澄愣了愣神，阖上双眼，伸过手去，从他两臂下面穿过，反手扒上对方双肩。

很快，她便感到对方衬衣上的雨水浸湿她的棉布睡裙，清清凉凉，漫到她的肩上、胸前、小腹……从他身上，到了她的身上。

很安心的感觉。

阮思澄将自己的脸颊轻轻埋进对方胸膛。因为这回她只穿着薄底拖鞋，邵君理穿的还是皮鞋，两人的身高差距明显，阮思澄的小巧鼻尖隐隐贴着对方左侧胸膛，依稀嗅着他身上的男性味道和雨水的独特气息，好像还能听到对方心脏一下一下有力的跳动声。

因为邵君理的衬衣完全湿透，阮思澄的眼前有着若隐若现的皮肤颜色，鼻尖也有隐隐约约的弹性触感，而嘴唇距离对方半隔开的肌肤不到一厘米。

时间仿佛已经静止。

“邵总，”两分钟后阮思澄问，“您怎么知道我家是在几栋几楼的？”她记得，邵君理上一次来时，她是跑到外面见的。

“合同上有，早记住了。”

“哦。”阮思澄在对方胸膛上蹭了蹭，觉得轻碰着的脸烧着了，紧贴着的胸也烧着了。

也不知道共同拥抱了多长时间，阮思澄从邵君理的怀里出来，脸红得像一只虾：“挺晚的了，您回去吧，路上小心。”

“嗯，别忘了，明早八点我来接你。”

“好。我去给您拿把雨伞。”

“嗯。”

“您要不要擦下身子、吹吹头发？”

“没事，不用。”

拿上雨伞，邵君理又深深看了看阮思澄，没有犹豫，转身开门，出去，等阮思澄把门反锁上才转身下楼。

阮思澄的两脚发虚，但不忘给李莫群发信息提醒。

走回卧室，伸手摸摸身上，棉布睡裙已经湿了。刚才两人拥抱时，邵君理白衬衣上的雨水也漫到了她的身上。

因为并非直接淋雨，湿得并不十分厉害，只是稍微有一点点。

她本应该换条干净睡裙。

可阮思澄却没有。

她扯掉里面的内衣，让从邵君理的身上掉落下的水珠更紧密地将她包裹起来，而不是再隔着一层，接着弯腰钻进被子，盖严了，好像并不想让睡裙立即干了似的，蜷成一团，关上台灯，抱着胳膊睡觉了。

在进入梦乡前，她还想，不换睡衣，自己可真是太想入非非了吧……

※※※※※※

第二天一大早，阮思澄在客厅里等。她本想到院子里去，邵君理却十分谨慎，叫她不要独自出门，乖乖待在家里就好。

八点，一分钟不多一分钟不少，阮思澄便听到“笃笃笃”的三声，十分缓慢而有节奏。她赶紧拎着提包，穿好鞋子，把门打开：“邵总。”

邵君理没见过对方刚刚化好妆的样子，感觉她要比以往更加明艳动人。

一路下去，走出大门，阮思澄见不少行人正在围观那辆 Tesla Roadster。这车价格不很夸张，外观、性能却全都是当之无愧的顶级跑车，而且还很新。

邵君理没亲自开车，扬清司机坐在主驾——那个每月工资 5 万、有 A1 驾照的退伍军人。

见两个人开门上车，大家的眼神更好奇了。阮思澄感觉还挺别扭的，好像被街坊邻居看见了她在“钓汉子”一般。毕竟在婶婶们的眼睛里，普通人家的好姑娘是不会轻易上豪车的。

车启动以后，邵君理与阮思澄有一搭没一搭地聊。

阮思澄见车上放着几本英文的专业书，问：“邵总，您平时都怎么记录书里面的重点内容？”

邵君理却扔过去一个反问句：“你呢？”

“我有一个云端 Excel 表。看到觉得有用的话，就简略地记在表上，可能只写几个词儿，但能让我想起原话。表格上有不同标签，比如医疗、AI、营销、公关、财务，还有小标签，比如胰腺炎、胆囊炎……需要查时就筛一下。哦，也会标上这段的书名和页码。”她很得意这个方法。同学都是直接在书上画横线，没两三天就乱套了，等想查时到处翻书也找不到。

“不错。”

阮思澄问：“您呢？”

邵君理忽然凑近，在阮思澄耳边说道：“我看过的，都、能、记、得。”

阮思澄：“啊！”

她看见过邵总看书——看英文比她看中文还快！基本就是唰唰地翻，这样都能过目不忘？

人比人，气死人。

到八点一刻左右，邵君理的手机响了起来。他低头看看，说：“我这边有一个会，两周前就定好了的。”

“您开。”

“嗯。”邵君理应了一声，戴上一副蓝牙耳机，右手手腕搭在一边膝盖上面，拿着手机一划，接了电话，左手手肘撑着旁边的车门，看向窗外，声音低沉，“都齐了？”

阮思澄偷听了一下，发现扬清竟然正与国内第一大通信供应商和P大一院合作研究5G远程外科手术，可以让医生通过操作机器人来完成手术。她不由得再次感叹，她旁边的这个家伙真的想用互联网来改变目前许多事情。可以想象，如果医生可以远程完成手术，无数患者都将因此受益。

她想想，也掏出手机收发邮件、处理工作。

可昨晚上没太睡着，看着看着她就晕了，于是只得按灭手机，靠着椅背阖起眼睛，打算抓紧时间补觉，等到了公司再拼命工作。

因为是跑车，车里不很宽敞，后排只有两个座位，阮思澄与邵君理两人坐得距离不远。前面司机一个右舵，已经睡着的阮思澄在座椅上倏地一滑，便靠在了邵君理的一边肩上。

邵君理一僵。

阮思澄迷迷糊糊，知道对方还在开会，勉勉强强眯着眼睛，与对方对视，用口型说“对不起噢”，坐直身板继续睡了。

两只耳朵依稀听见邵君理对着话筒问：“刚说什么？再讲一遍，我没听清。”

再睁开眼睛时，阮思澄发现，自己竟然再次倒在邵君理的肩膀上了！而且还在睡梦当中觉得对方的西装料子非常舒服！

邵君理已打完电话，左手正在回短信。他不擅长用九宫格，正皱着眉搜寻字母。而右臂则是平伸着，右手指尖努力搭着主驾驶的座椅靠背。

阮思澄：“邵总？”

“嗯。”见阮思澄已经醒了，邵君理把胳膊收回，手机切回26字母全键，终于可以用两只手回消息了。

阮思澄懂了。

因为自己靠着他的肩膀睡，邵君理怕她滑下去、睡不好，于是伸直胳膊搭着前面，让她在车上好好补觉。

她知道，胳膊一直这样平伸着，邵总会非常累的。

胳膊大概已经酸了。

她小声说："谢谢邵总。"

"睡好了？"

"挺好的，中间没醒。"她昨晚上熬夜来着，睡过一觉精神好多了。

"嗯。"

这时车子右转拐上创业园区前面的大道。阮思澄急急忙忙叫司机大哥停在附近："靠边儿！靠边儿！别被公司同事看到！"

"再往前面开一段儿。"邵君理的声音低沉，"我得看着你进大楼。离一二百米就行了。"

"哦。"阮思澄也不吱声了，她肯定犟不过对方。

要下车时，邵君理却又说"等等"，把阮思澄拖回来，右手五指插进对方的半长发，一下一下仔细地理好："刚才睡得有点乱了。"最后一下，他的手指把阮思澄一边头发勾到耳后，连鬓边的碎发都没放过，一丝一丝全勾过去，看看终于觉得满意了，拇指和食指在阮思恒的耳垂上捏了一捏，感受到了圆润、饱满而又柔软的触感，望着上边的小绒毛，发现对方的耳垂变红了。

"唔。"她本打算进公司前到卫生间理一理的，现在省了。

"行了，去吧。"邵君理说，"晚上还在这地方见。至少提前30分钟通知我下班时间，我没办法说走就走。"

"好，那就麻烦邵总您了。"阮思澄又伸手拍拍主驾驶的椅背，"也麻烦郑师傅啦。"

司机大哥为人稳重，只是回头礼貌地微笑，一句话都没有接。

见阮思澄走进大楼，邵君理才说"开车"，接着看看自己右肩，捡起西装上面落的一根头发，又是摊在手上看看，而后动作柔缓地将那黑发一圈一圈绕在自己右手食指指尖，送到唇边，轻轻吻了吻。

等到了扬清 C 座 33 楼，邵君理与平常无异，在办公室喝了咖啡，拿起文件准备开会。

“邵总，”他的助理章锦曦问：“家里头没事儿吧？您今天比平时迟了三个小时。”作为助理，她最清楚邵君理多数时候是 6 点就到办公室。

“没，”邵君理答，“在家工作也一样。”

“那就好。”

“这一个月，”邵君理的脚步微顿，“可能都是这个时间。最近几天比较喜欢在家里吃早餐。”

“好。”明知是个借口，章锦曦也没问什么，她很清楚邵君理的私人生活不是她该过问的，当助理最重要的特质之一就是没有好奇心。

然而，在邵君理转身的瞬间，她竟发现对方西装右肩后面有根长发！并且看头发长度是阮思澄的——A 轮过后阮思澄把已经剪了一年多的头发又留长了点，目前已经到肩膀了。

“邵总！”章锦曦忙叫住邵总，想了想该怎么开口，10 秒钟后才淡定地说，“邵总，您肩后边，有根线头。”

“不用管。”

“不，您还是管管的好。”章锦曦用两手食指比了一个距离出来，差不多有 25 厘米，“那根线头有这么长。”

邵君理死死盯着自己助理瞅了半天，才道：“知道了，出去吧。”

“好。”章锦曦微微弓腰，一派谦恭模样。

邵君理想：就这个助理机灵。

就这么着，邵君理每天接送阮思澄上下班，有时自己开车，有时司机开车。

事实证明无事发生。

刘逢吉的爸爸妈妈不断道歉、多次忏悔，刘逢吉也常常表示他对不起虞跃、张三。据说，认罪并且忏悔对于庭审会有帮助。

律师表示，虽然虞跃目前无碍，但刘逢吉手段残忍，肯定是要坐几年牢的。对此，刘逢吉说，他是一个学化学的，他最相信物质守恒，即使死刑，他也会以另一种方式存于世间，叫家人、朋友不要为他感到难过，把话讲得正义凛然，非常符合他的个性。

而思恒医疗因为这次热点事件，得到了众多医生的关注，其中不仅有基层医生，也有大医院的医生。

公司销售每天都在接受医生们的问询。

原本打算三个月内搞定300家基层医院，现在看来一个半月就可以完成这个目标，同时进驻的大医院数量也有翻倍的趋势。阮思澄用两年时间才谈下来20家大医院，这会儿再用几天就能直接翻到40家左右。

有了名声，一切好说。

阮思澄觉得，思恒医疗的春天终于到了。她早就认为，那些把医院、医生当作顾客，甚至不惜买通、行贿的AI公司的做法是错误的，因为医院、医生不是顾客，患者才是。制造医疗AI的终极目的不是“搞定”医生，而是帮助患者。

※※※※※※

就像是要证明春天真的到了一样，虞跃事件刚刚过去一个半月，思恒医疗再次进入人们的视线。

简直像在老天爷那里买过热搜。

这回用AI的是J省桃树乡卫生院。

某天晚上，一位农妇因受外伤肋骨疼痛，入院治疗。

J省桃树乡卫生院本来有个大医院下到基层来工作的医生，可是那天偏巧不在，接诊大夫资历尚浅。

经过诊断，肋骨并不存在骨折，无须治疗。然而，因为受伤的是左边第六根肋骨，值班医生不太放心，还是规劝农妇拍个CT，检查肝、脾。

很快片子出来，大夫并未看出问题，只是觉得脾有点大。

接诊大夫经验不多，但非常负责，在农妇离开以后还是觉得不太放心，忽然想起乡卫生院刚引进的“思恒急诊”，于是怀着试试看的心情启动了。

结果，“思恒急诊”发出警报，认为患者有脾破裂！

医生蒙了。

患者腹部根本不疼，CT 片子也并没有脾破裂常见的脾脏密度不均、脾周血肿、腹腔积血等征兆。

AI 靠谱吗？是该相信思恒，还是该相信自己？

他翻半天书也没结果，小大夫害怕误诊，赶紧把从大医院下基层的杨医生给叫回医院了，同时在心里做好了被骂小题大做的准备。

结果，杨医生回来看完 CT，通知立即准备手术！杨医生的医术高超，进行部分脾切除术，不但救了患者性命，还保住了她的脾脏。

原来，该农妇所患的是延迟性脾破裂。这种病在出血前有数小时至数周的无症状期，大约占脾破裂患者总数的 10%，是比较少见的一种特殊类型，非常容易错过救治期，致死率也比普通脾破裂高出很多。而且因为脾脏在肋骨后面，患者难以察觉疼痛，往往只注意到它附近的强烈肋痛。

出于这个原因，那个农妇在一开始还很抗拒腹部检查，说自己并不疼，怀疑医院是为挣钱才让她去做 CT 的。

同时，因为脾破裂时间尚短，CT 阴影并不明显，经验少的大夫很难定性确诊。然而，“思恒急诊”却“看”过好几万张脾破裂患者的 CT，非常清楚脾增大就是因为脾内已经破裂积血。它用多种技术，比如窄窗技术、放大技术，调整图像局部大小和对比度，用力地“看”，最终确诊。

AI 技术又救回来一名患者！

而这一次，无独有偶，又闹到了网络上面！

那个农妇，竟是某个有着大量农民主播的短视频网站上的网红主播！

她有两个特别可爱的宝贝女儿，大眼睛双眼皮，讲话嗲声嗲气，受到很多网友喜欢。

这回她差点去见了阎王，终于鱼死网破般地在短视频网站上曝光，说只因自己连续生了两个女儿，遭到丈夫长期家暴，数次躲到娘家全都没用，每次都被拖回家中。这次她丈夫更是把她打到脾脏破裂，险些丧命！她到法院起诉离婚，结果并没有成功。而她本人在家庭中处于绝对弱势地位，很难得到好的机会再次上诉“证明诚意”。在这期间，她也曾经报警求助，乡派出所出警两次，可也表示“像这样的家庭矛盾实在无法干涉太多”。她本不想自揭家短，可是实在没有办法，再不求助广大网友她就会生生被打死了。

这个事件在网络上又爆炸了。

重男轻女、家庭暴力，都是比较敏感的事。在留言中，有人讲述亲身经历，有人痛斥丈夫、公婆、法院、警方，也有人为她出谋划策。

而在讨论的过程中，不少网友再次注意到了“思恒”这个名字。

农妇患者写了长文，一桩一桩地回忆着：

“他见我在湖边站着，就把我给推了下去，我自己扑腾上来，伤了肺，一年四季都在咳嗽！

当着两个闺女的面，他扒掉我的衣服一边干，一边说‘让你们妈生个弟弟！’

他最喜欢喝酒打人。我只要叫，他就说‘怎么有力气叫，没力气再生？’……”

她晒出了近些年的瘀青照片、出院报告、化验单、诊断书，包括这次脾破裂的相关证明。

现实世界当中的恶，让围观者遍体生寒，全都觉得即使是顶级的编剧恐怕也写不出这样的剧情。

最后一句，农妇写道：

“活着太苦，也太累！等着死的日子好长！”

字字泣血，直击心肺。

网上女性无比愤怒。她们想帮这个农妇，纷纷转发、评论、点赞，单一个晚上转发数量就破 10 万，评论数也破 5 万，各种意见充斥于虚拟空间。

认真念书的 Kathy：“家暴这事只有零次和无数次！”

懿懿今天娶我了吗：“家有皇位等着继承？”

用户 98765432：“哎呀 J 省，仇女大省！”

百爪杀人猪回复@用户98765432：“能不能别地域攻击，人渣到处都有好吗？”

吃土少女：“其实警察也挺可怜，跟居委会大妈似的，要真抓了可就惨了，男男女女好多闹的。”

家暴事件持续发酵，J省桃树乡派出所连夜带走农妇的丈夫，正式立案调查。

管辖桃树乡派出所的公安局在官微上发表声明，说会严查此次事件，“如果确实存在家庭暴力，构成违法的，依法给予治安管理处罚；构成犯罪的，依法追究刑事责任”。还说，会在调查过后对消极办案的警察进行处罚，并对执法人员进行教育培训，让他们充分认识“家庭暴力”的严重性，言辞恳切，平息民愤。

一切终于尘埃落定，记者的复盘总结绝大多数都从事件本身着手，讲家庭暴力、讲法律，讲男女平等，不过也有一些媒体看出了一些别的事情。

某个官方报纸记者跑到桃树乡卫生院了解农妇受伤情况，回来以后发了一篇名为“下基层医生与人工智能强强联合：网红主播被家暴背后的生命奇迹”的文章，煽情地写道：

“前天晚上，网红主播‘渴望自由’自爆长期遭受家暴。

……

因是延迟性脾破裂，患者没有任何痛感。而且出血时间尚短，CT也没有明显变化……

然而，‘思恒急诊’因为已经读过上万脾破裂CT，第一时间察觉到了肉眼难以发现的阴影，自发调整图像大小与对比度，最终确诊。

对脾破裂，技术能力不够强的大夫通常选择全切，先保命，再保脾，然而下基层的杨医生却……目前患者体征稳定，情绪正常。

基层医院缺医少药、设备闲置，医生老龄化，后继乏人。通过这次网红主播被家暴的热点事件，我们可以看到医疗资源、临床经验下沉的希望！”

思恒医疗 A 轮融资领投大佬红木资本的董事总经理卓立搞了一堆媒体版面，有平面媒体，也有网络媒体，大吹特吹，简直吹上天，让阮思澄都臊得慌。

网友们接连看到“思恒医疗”这个名字，算是彻底在心里面有了一个好的印象。

微博到处都是评论。

浊酒一杯：“这个应该有真本事。”

一路向左：“楼上 +1，这个肯定不是炒作，我想不出如何炒作。毕竟参与炒作的人，一个下毒，一个家暴，这俩马上要坐牢了。还有一个肾衰，一个脾破裂，炒作成本太惊人了。”

网友 98765432：“搜了下，CEO 是大美女！”

海外代购各种大牌 v：“CEO 才 29 岁，好年轻。”

“AI 急诊”再一次上了热搜。

好多人想研究研究“AI 急诊”“AI 医疗”到底是个什么玩意——怎么就能读图了呢？怎么就能看病了呢？

这不容易。一般人并不会知道任何新兴的 AI 公司，只晓得澎湃、爱未、扬清，毕竟它离真正普及还有很长一段距离。

无论如何，思恒“火”了。

火出圈子，进入了普通民众的视野。

阮思澄的微信、QQ 要爆炸了。

不少拒绝合作邀请后仿佛已从地球上消失了的大医院急诊科主任和信息科主任又发来消息，询问“思恒”是否有意进驻他们医院里的急诊科室。

阮思澄都一一回复了。

思恒医疗各省代理也接到了许多电话。对于能回答的，比如功能、入驻医院详细名单、合作条件，代理全都仔细说了；而对于不能回答的，比如各项技术，他们会先问陈一非。

同时，思恒公司电话、邮件也是炸了！只是粗略地算了算，每个星期至少有两三百家基层医院渴望了解“思恒急诊”！

这样一看，一个季度进600家基层医院不是难事。

与此同时，“农村包围城市”的策略也宣告成功！

因为两次热点事件，思恒医疗曝光增加，全国想与思恒医疗签合同的大医院超多，在A轮后无论如何也进不去的医院进去了，无论如何也打不开的局面打开了。阮思澄在心里估计，凭这两波热度，再进40家大医院不是问题。要知道，扬清集团的合作伙伴也才只有二三百个！

思恒医疗不再是无名小卒，而是医疗行业新贵。

果然如此……阮思澄想：就像邵总告诉她的，产品才是唯一真理。“思恒急诊”在患者那里证明了它的能力、它的本事，于是客户蜂拥而至。一步一个脚印地走，总能得到命运的馈赠，外头那些言必称“红”“爆”的公司都太浮躁了。

当初要是被那代理忽悠着去“走门路”，大医院是进去了，可是不会受到重视——人家肯定觉得你没有真材实料。

思恒员工疯狂加班也根本忙不过来，于是，HR又挂出链接，招聘客户服务、售前技术支持、售后技术支持、“会诊中心”急诊医生、软件工程师、硬件工程师、数据库专家、市场专员、传播专员、财务专员，一口气竟放出去了60个职位，等于要把员工人数扩充一倍！

HR把职位放出当天，阮思澄便在办公室对CTO陈一非、CSO石屹立说：“这个办公地点装不下了。”

陈一非：“嗯？”

“目前60人就已经挺挤的了，再来60人就没地方坐了。思恒医疗需要搬家，不能再在园区了。”

“好……”陈一非颔首，“搬出去吧。”

阮思澄郑重地说：“嗯。”

公司搬出创业园区，是成功的重要象征。在电梯中，大家常常讨论哪家公司又扩张了，搬到真正的办公大楼里去了，没有政府补贴租金，如同一个正常公司，而不是像初生幼苗一般易被外界摧毁。而搬家时，那个公司上上下下必定都是喜气洋洋，恨不得能敲锣打鼓地绕创业园走上一圈，告诉大家——他们走了，他们有一定规模了。每到这时，在旁边看的小伙伴都会露出一丝羡慕，阮思澄他们也曾是其中一员。

现在，他们也要离开这里了。

不是鼓衰力尽、垂头丧气地走，而是瓜熟蒂落、昂首挺胸地走。

决定搬家的当天晚上，阮思澄想汇报一声、征询意见，与邵总约了8点在扬清33楼见。

邵君理一见她便笑："怎么样了？"

"忙不过来。"阮思澄说。

"正常的。"

"有个事儿，"阮思澄说，"我想现在着手B轮。"

"理由？"

"我很清楚A轮融资刚刚进来不到半年，但是当时A轮之前并没考虑基层医院的事。事实证明，进基层的各种开销远远超出我的想象。租服务器，开发系统，雇佣售前技术支持、售后技术支持、'会诊中心'急诊医生、数据库专家，合作各级代理，还有举办会议、教育医生……一亿一年就烧光了。我的意思是，趁现在尽可能多进驻医院。如果因为资金问题放弃这个大好机会那可真是得不偿失。中国AI医疗公司普遍遭遇C轮死，思恒医疗得多推广、完善产品，成功迈过这个坎儿。"

"继续说。"

"现在开始寻求融资也有时间货比三家。我被上次给搞怕了，想早早筹备起来。用小半年和投资人谈判，不要又跟打仗似的。就算运气好到爆炸，一下子就搞定领投，那也可以把交易的日期往后写两个月。总之，现在热度难得，应该出去多转一转。"

"一年一轮，胆子不小。"

"没办法嘛。"

阮思澄在心里认定，只要现在出去融资，肯定会有好多人喊"买！买！买"

"随便。"邵君理说。

"好。"

几秒钟后，阮思澄又开口说道：“邵总，还有个事……思恒医疗要搬家了。”

“哦？”

“我们要招几十个人，创业园区待不下了。”她把职位一一说了，觉得算是重大变动。

“行。”

他说着，操作鼠标点了一下，修长的十指在黑色键盘上面噼里啪啦敲打了一番，特别好看，盯着屏幕约一分钟，说：“搬过来吧！”

阮思澄：“啊？”

“清臣大厦离这不远，走路不到十分钟。B座还有空的楼层，够思恒用一阵的了。”邵君理早就打算好了似的，“33楼就空在那儿，600平，够用了，租金也还合情合理。清臣房子一向不错，CEO办公室坐北朝南。”

阮思澄没吭声。

“怎么？不想搬过来吗？”

“倒也不是……”

邵君理说：“每天早晚都有司机负责接送，这样可以在车里边多睡会儿。”

阮思澄又一个短路，问：“为啥早晚都有司机负责接送？清臣大厦还包这个？服务这么好？”

邵君理抬头，眼睛锁住阮思澄，一字一顿，说：“我当司机，负责接送。每天跟我一起过来，想不见面都不行了。由一个月一汇报改成一天一汇报。你家那边还算顺路。”

阮思澄的脸有点儿烫。

邵君理从桌前起身，走到窗前看着窗外：“一个月前你不是说喜欢这里的夜景吗？在云京新商业中心，下面就是一片灯海。”

“嗯。”那天，她按着窗子，看着脚下，语气中带着羡慕讲了这话。这座城市既有繁华也有肃穆，既有现代也有古老，让来过的人难以忘怀。

“清臣大厦离这很近，33楼还空着，从办公室往下边看，夜景应该是一样的。”

知道对方过目不忘，可邵君理还牢记着一个月前她说的话，这让阮思澄心里发热，别扭地说道："还……还好吧，也并不算超级喜欢。"

邵君理唇微微一撩，侧过身来，看看她，突然捏住阮思澄的右手手腕，用力一扯，把她拽到落地窗前，让她身体贴上窗子，而后自己胸膛也压了上去。

阮思澄一个措手不及，伸手按住玻璃窗子，不想彻底失去平衡。

邵君理的两只手分别捏着阮思澄的两边手腕，一手一只，将她的手移到当时的手印上，连十根手指都掰过去，完全覆住那时候的左右指印。他的胸膛紧压着对方，用他带着磁性的声音在她耳边轻轻吐字："回忆一下，说这话时……你的动作、你的表情、你的眼神，再想想，算不算非常喜欢？"

阮思澄的腰都软了。

其实她确实特别喜欢这个风景，邵君理那天并没有感觉错。

邵君理的十指一收，从阮思澄的两只手腕顺着她白皙的手背滑了上去，把她的手覆在自己的掌心中，十个指尖正正好好也盖上了那天她离开以后他魔怔般抚摸她两手手印时留下来的指纹，还是紧紧压着女孩，说："上星期来，不是想问这个痕迹是什么吗？对，就是这样，你没想错，我承认了。"

阮思澄在落地窗前，被人按着、压着，虽然知道这里很高，别人看不见，也还是觉得太刺激了，心脏狂跳，总有一种被人窥见个人隐私的羞耻感。

"我假设在做这种事。一起留下这么个印记。"他们盖上之前的指印，用新的抹掉旧的，不过这回不再是一前一后，而是同时。

"邵总……"阮思澄的声音弱弱的。

她挣扎着把头给半偏过来，正好将右边耳朵送到对方双唇下边。

邵君理没错过机会，微微低头，问："搬过来，好不好？中午也能见见面。"热气喷在她的耳边，把它烤得通红一片。

阮思澄说："我研究下其他高管家庭住址，如果全都不算太远可以考虑。"

邵君理笑。

阮思澄想：邵总以前从来没有这么暧昧的动作。

他太激进了。

大概是他看到思恒医疗声名鹊起、步入稳定，打算打破两个人的原有状态了。

可能，过不了两天，他就要搞点什么活动了。

那个时候她该怎么办？

别和投资人谈恋爱

下册

Superpanda 著

机会

是需要争取的

她曾经也龟缩一隅

按部就班地上学

工作

然而

后来

被迫改变

……

目录

CENTENT

第 九 章　B 轮…… 355

第 十 章　定情…… 401

第十一章　合并…… 431

第十二章　竞争…… 506

第十三章　危机…… 579

第十四章　未来…… 655

番外………………… 691

第九章　B轮

决定搬出创业园区，CEO阮思澄更忙碌了。

清臣大厦招商经理带阮思澄看了房子，阮思澄觉得不错，而且从办公室往下边看，夜景真的是一样的，她会觉得自己又离那个男人近了一点。

B座33层东区总共600多平方米，有一个总经理办公室，还有五个独立的小办公室，可分别给CTO陈一非、CSO石屹立、市场总监梁言，还有COO、CFO。门口是个大会议室，里面有三个小会议室，八个办公区，一个茶水间，一个休息区，比较符合阮思澄心目当中新公司的样子。任谁进来，都会觉得这是一家成长企业，而不再是一个初创公司。

于是，在一个黄道吉日，思恒医疗举家搬迁。

第二件非常规的事，自然就是B轮融资。

A轮过后大约半年，思恒医疗已与600家基层及80家大医院签订了合同，扩张速度十分猛烈。而且因为“Z大博士投毒”和“网红被家暴”两次事件，思恒医疗在全国的知名度高，也很容易被患者们接纳、信任。

果不其然，B轮融资的消息一被放出去，立即有数家VC表达了投资兴趣。

思恒医疗就像一个待出阁的妙龄少女，正被一群极富有的子弟追求，他们手里的聘礼是数千万美金。

就在阮思澄与各路VC接触时，思恒医疗在短时间内第三次闯入人们的视野。

这回，某个知名广告公司客户经理连续工作48个小时，回家以后胸部灼痛。他实在是想要补觉，同时觉得身体不会有事，就没去大医院，而是去了家附近的普通医院。急诊大夫看心电图觉得正常，初步诊断为常见的胃酸倒流，然而“思恒急诊”却觉得像心肌梗死，建议查肌钙蛋白T。不查不知道，一查吓一跳，该患者的肌钙蛋白T已高达正常值的25倍左右！

他的确有心肌梗死，冠状动脉出现堵塞，心肌缺氧并且死亡，再拖下去就有生命危险。对于正常的心肌梗死，心电图会显示异常，然而如果是在心脏病刚发生时做心电图，则是另外一回事了，心电图显示未必不正常，或者未必明显不正常。

“思恒急诊”胸痛部分有陈一非的心血。在技术上，他不仅仅采用了CNN（卷积神经网络），还使用了RNN（循环神经网络），具有十足的创新性。一般来说，CNN用于图片识别，RNN用于语言处理。在RNN中，被输入的数据具有时间上的先后次序，从而形成一个序列，这一点是RNN有别于其他网络的地方。因此，在“学习”了大量书籍文本以后，RNN能知道句子当中一个单词的后边有什么词是正常的，有什么词是不正常的，为精准的语言翻译提供可能。而陈一非将心电图看作“句子”,将心搏看作“单词”，让AI大量学习，从而知道心电图中一个心搏后面有什么活动是正常的，有什么活动是不正常的，考察各种病症发作的前、中、后。因为“头脑”当中记着几十万份心电图，它比人类医生还要敏感，加上患者呼吸困难、疼痛难忍，“思恒急诊”并不认为是胃酸倒流。

因为确诊心肌梗死，患者转到心脏外科，接着心外科医生发现一条冠状动脉完全堵塞，立即对患者进行冠状动脉血管造影术，放入支架。两天以后，患者转入普通病房，有惊无险。

原本这只是十分普通的一次AI诊断。“思恒急诊”已经进驻600家基层医院和80家大医院，发现医生误诊、漏诊也很正常，否则它便没有存在的价值了。

巧就巧在，患者是在知名广告公司连续工作了48小时的客户经理。他的同事心有余悸，同时深谙营销之术，在网络上血泪控诉“加班”“过劳”，图文并茂，说他们广告公司去年死了两个，今年死了两个，差点儿就有第三个了，渴望得到业界重视。

作为年轻的网络一代，他们听过“思恒医疗”，于是匿名写文章时，也挂上了“思恒”的名字，争取更大的讨论度——患者在进行AI诊断时曾明确被告知诊断程序。

看到这样一篇文章，年轻的人们心有戚戚。

员工过劳的又何止广告行业？金融、医疗、影视，人人尽显疲态，从前都说朝九晚五，现在却是朝九晚九。

都说“80后”“90后”生活幸福，其实他们的压力远超前辈。

大家纷纷评论转发。

浊酒一杯：“要么累死，要么饿死，选一个吧。”

用户23456789：“能怎么办［失望］［失望］。”

和男友的恋爱日常：“我们先来讨论物价。”

Candy：“每一条得对得上［微笑］［微笑］。”

重度拖延症患者：“瑟瑟发抖……感觉自己好危险。”

总之，这次“过劳”事件，虽然影响明显不及“下毒”“家暴”，并未形成社会新闻，只被转了两三万条，也依然是“火”了一下。

阮思澄也不再感到诚惶诚恐。

她甚至觉得，这是对她“下基层”的美好馈赠——大多数创业公司只想赶紧进入大医院，拿着名单炒作，希望巨头提出收购，功德圆满退隐江湖。至于被使用了多少次？救回了多少患者？帮助了多少医生？他们通通不在乎。于是，机器都在角落积灰，自然没有像思恒这种机会。

而思恒呢，创意一流，技术强，一直努力积攒经验、收集数据、改进产品，从困难的基层入手，跋山涉水，志在通过技术真正给人尊严。思恒进驻了600多家基层医院，那里的医生乐于用AI进行比对诊断，长此以往，总会发生类似的事。

思恒医疗足够幸运，遇上“投毒”，而后出现良性循环，好消息不断。

可阮思澄也并不会将一切都归于幸运。她知道，此刻她可以为自己还有120名员工感到骄傲。

连续三次现身网络，思恒医疗彻底“红”了。

而它正在进行 B 轮融资。

玲珑已开，百子待落。

资本仿佛蜜蜂一般，从四面八方奔涌而来，几乎所有重量级的风投机构都询价了，思恒医疗简直要在门口摆个叫号机了。

在创业界，已经很久没有哪家公司让 VC 们沸腾起来了，迷茫的创业圈非常需要一个神话。

投资经理口口相传，都说如果投资公司不在云京，人就不用去了，因为“三天之内肯定尘埃落定”，投不进去的。

卓立笑着对阮思澄说道：“这两天，好些哥们打电话来，磨磨叽叽，说‘咱们同学这么多年，就给一个跟投名额呗？我只要 1% 就可以了！’‘只要让我参与这轮，以后再有什么好事肯定不会忘了你的！’”

当然，其中也不乏投资经理跟风询价，其实并不看好 AI 医疗和思恒医疗。

阮思澄又惊又喜，一家一家投资公司琢磨，一个一个投资经理推敲，生怕做出错误决定。

还没等她决定进入“第二面”的 VC 名单，某天下午 COO 来敲门，语气中带着惊喜地说：“阮总，扬清集团战略投资部的合伙人王祖威想跟您约一个会面。”

阮思澄呆：“扬清集团？”

COO 答：“对。”

“扬清集团也有意向？”

“应该是。”

“好。明天上午十点、下午三点，后天中午一点，周三上午十点、下午三点，都可以，最好约在思恒医疗。”

“行，我回复。”

居然约在思恒医疗，阮思澄想：我真飘了。A 轮时，她是不敢劳人大驾的。

扬清集团战略投资部现隶属于战略发展事业群，是全公司最“精英”的一个部门。部门的几位大佬，包括这位叫王祖威的，全都当过顶级投行的高管，部门员工不多，却个个有光环加身，都是 P 大、T 大和顶级投行一路过来的。他们进了扬清的战投部，等于走到了金融行业的最顶端。

扬清集团的战投部风格比较唯我独尊，有钱、任性，十分激进，对看中的势在必得，出手大方到惊人，肯给估值，到账也快。在投资界有个传说，扬清给钱根本不是一笔笔给，而是经常全部打在第一笔中，还喜欢说“这点儿钱，有啥必要分好几次给”，也不知道是真是假。扬清和爱未这两家染指过半独角兽企业，在各领域根基深厚，无比强大。而扬清每年组织的投资大会，也是业界排名第一的投资大会，根本没人不给面子，大家全都渴望抱上大腿。媒体天天盯着，有人说，扬清集团随便抓阄投个公司，第二天开盘那家公司保准涨停。

最后，思恒、扬清双方约在第二天的上午十点。

阮思澄带 CTO 陈一非、CSO 石屹立、CFO，还有新招来的法务经理参会。

扬清集团战略投资部的王祖威开门见山：“是这样，扬清集团希望单投思恒医疗的这一轮。”

阮思澄：“单投？”

王祖威说：“对，单投，至少领投。扬清集团不做跟投，对于战略没有意义，我们目的不是套现。”

阮思澄在心里吐槽：扯淡，诳我，你们跟投不要太多。

然而在表面上，她却摆出职业笑容：“请问，清扬集团能为思恒后续发展提供什么？说实话，目前多家公司有领投意向，思恒还没做出决定。”

王祖威并没有嗤笑，反而回答得很认真：“第一当然就是资金，扬清可以给到两亿，换 20% 股份。第二，扬清 AI 技术强大，人才集中，处于全国第一梯队，或者说处于全国第一位。扬清也在 P 大、T 大等高校有 AI 实验室，甚至 AI 学院，对于研发可以给予充分支持。第三，扬清集团是现阶段 AI 医疗的领头羊，合作伙伴有 300 多家，全国排名前十的大医院全部都有扬清产品，包括几个军队医院，对思恒的推广有利。第四，扬清有着其他公司所没有的公众基础，全国几乎人人都在使用扬清集团的产品。想要推广一个东西，只要全网给个推送，全国至少有一半人立马知道，任何媒体都不具备这个效果……当然，扬清媒体资源也非 VC 可比。”

顿了顿，王祖威又继续说道：“第五，扬清集团已经建立核磁共振医疗影像 AI 联盟、超声医疗影像 AI 联盟，还将推出 CT、X 光的联盟，正在建立行业标准，思恒医疗可以参与，走在行业最前端，第一批已经过审。阮总肯定非常清楚早过审意味着什么。第六，扬清集团关注度高本身就是巨大资源。公众、媒体、医院、患者都会同意接纳思恒。第七，扬清集团也有众多医疗器械合作伙伴。现在软件不赚钱，硬件才赚钱，思恒医疗迟早需要自己开发 AI 器械。扬清集团将来能为思恒转型提供支持。第八，人才方面……”王祖威一口气说出来 15 条好处。

阮思澄一边听，一边忍不住想：厉害，真是厉害。

不愧是“三巨头”，还是最大的，只要出手，在各个方面就全都是最强的。

阮思澄又一一提出她的问题，王祖威答。

当然，对方也在公司管理、产品专利等方面有所疑虑，阮思澄都十分专业地解决了。王祖威还挺满意的，觉得思恒确实靠谱，是非常少见的在每一个环节布局都很清晰的创业公司，CEO 阮思澄有大局观，在她这个年龄段里十分难得。

最后，扬清再次表达诚意，阮思澄却不置可否，只承诺会仔细考虑，无论成败都会在第一时间通知对方。

等到送走扬清一行，回到公司，CSO 石屹立饶是年纪已经不小，也藏不住脸上的笑容：“扬清单投思恒 B 轮，这应该是邵总的意思。”

阮思澄的脚下一顿：“我知道是他的意思。”

石屹立说：“邵总应当是想扩张扬清集团医疗版图。”

阮思澄应和：“嗯，对。”

“邵总真是有远见啊……估计早就看好急诊。他自己扶植几个初创公司，看看 B 轮哪个起来，就让扬清直接投了。”

阮思澄道：“我觉得是。”毕竟扬清集团基本不投天使轮，主要集中在中后期。

石屹立又道：“这下好了。有扬清，其他公司不用考虑了。”

“不。”阮思澄站定了，看着对方，面色从容，“屹立，你也许并没有注意到，扬清集团要 20% 股份，而目前邵总、王总也有 17.8%，B 轮过后，他们加在一起，绝对超过三分之一。”

石屹立茫然：“嗯？”

“扬清集团和邵总是一伙的，利益共同体。”阮思澄说：“如果引入扬清集团，他们那派的表决权就太多了。思恒医疗重大决定需要 2/3 的表决通过，只要对于扬清不是最优，他们便能直接否决，思恒就成给扬清打下手的了。而且红木资本在地京市，卓总未必每次都能参加股东大会，那样刨掉红木和期权池，‘扬清派’直接过半，可以决定所有事了。我认为这是一颗炸弹。”

石屹立听完恍然大悟。

“比起未来可能有的种种好处，控制权在自己手里比较重要。”

她现在已成熟很多。她相信邵君理，但不能带着所有人和她一起相信邵君理，毕竟邵君理是扬清集团的副总裁和“太子爷”。

钱纳和贝恒两人相继退出公司，邵君理的思恒股份增多，虽然后来为了融资出让了一些，也总归是比一开始多了不少。而且就算没有变故，阮思澄也不倾向于让两轮的主投资者是一伙的，感觉这样太危险。

“这个问题不解决，我暂时不会考虑扬清。”

“你……哎……”石屹立问，“你这样，邵总应该不高兴吧？”

“嗯？”

望着对方别扭的表情，阮思澄也有些懂了：对于她和邵君理的暧昧关系，不止一非，石屹立也看出来了。

也是，互相倾慕的两个人，眼神很难完全藏住。

“屹立，别管了。”阮思澄深吸了口气，说，“这两年来，我最重要的一个身份，就是思恒的 CEO，会对公司负责到底。”

以前是，现在是，以后也是。

石屹立望着对方，许久以后长叹一声：“你这女 CEO，太厉害了。”

她竟不想搞“夫妻店”，甜甜蜜蜜，互帮互助，两个人都开开心心，而是一心维护思恒。

阮思澄并没有回话。

不过，想到邵君理想引入扬清集团、扩张商业版图，自己却不同意，让他不高兴，阮思澄心里也特别难受。

※※※※※※

阮思澄思考以后向王祖威如实回复，说："因为邵君理有股份，并不考虑扬清入资。"

一日后，正当她与其他高管商量B轮的事情时，邵君理的短信进来：【我中午到思恒一趟。】

阮思澄回：【随时欢迎。】

中午12点左右，阮思澄在电梯门口接到邵君理，将人迎进大门。

邵君理是首次来思恒医疗的新办公室，他一手握着手机，一手插在兜里，里里外外转了一圈儿，不过态度十分冷淡，只向一非、屹立两人微微颔首，对普通员工根本没给正眼，气派大得很。

末了，他对阮思澄说："还不错。"

"嗯，清臣的楼是不一样。"阮思澄笑，"思恒医疗有120个人，不能算是小企业了，而且HR还在招聘，好多岗位又缺人了。"这里坐着实打实的120个人。她每一分钱都省着花，从来不曾为了规模设置没有用的职位。

邵君理回身："嗯。"

思恒医疗如今已经发展起来了。

他拼搏一时建立的公司，直到最后被收购时也没有这么多人。

从某一个角度来讲，阮思澄已超越他了。

他抬起眼，看阮思澄。

她穿着一条深蓝色的包臀裙子，头发盘起，刘海斜下，露出光洁的前额，妆不浓不淡恰到好处，皮肤十分白皙，嘴唇是正红色，在笑。

走路、站立、说话、微笑，一举一动自带气质。

邵君理的心中一动，整个胸膛温温热热。

他的姑娘。

逛完，知道对方肯定要谈扬清与思恒之间的事，阮思澄把邵君理带到一间小会议室，问:“在这儿聊？”

“行。”

邵君理没坐在主座，而是坐在长桌一侧的第一张椅子上，阮思澄也没十分注意，在他对面坐了，两人中间隔着一张桌子。邵君理面对着会议室的门，阮思澄则是背对着。这会议室四面墙壁都是玻璃，然而隔音非常好，门一关，阒无人声。

阮思澄把她的瓷杯放在左边空的位置，又为对方打了一杯饮水机里的矿泉水。

邵君理将修长性感的十指交叉，开门见山道:“王祖威说，思恒医疗对于扬清比较抗拒。”

“也说不上。”阮思澄道，“扬清集团比较极端，有不可忽视的巨大优势，也有不可忽视的巨大劣势，思恒医疗还在考虑。”

“对于后者，具体说说？”

阮思澄笑:“扬清集团和邵总利益相同。红木资本在地京市，对与红木无关的事卓总未必愿意表态，那刨掉红木和期权池，‘扬清派’的股份直接过半，可以决定好多事了。我个人觉得，控制权在自己手里比较重要。”

股东投票这个东西在程序上比较微妙，最后计算过不过半要看在场的总票数。也就是说，如果卓立投票或弃权，那他的票要算进分母，“扬清派”的总股权数无法过半；如果卓立根本不来，则“扬清派”的总股权数肯定过半。

邵君理说:“嗯，猜到了。”

阮思澄手拈起一张 A4 打印纸，又提起一根黑色水笔，说:“B 轮，扬清集团想占 20%。目前，邵总您的股份是 17.26%，王总是 3.71%，加在一起是 20.97%，B 轮过后，会被稀释到 16.78%。我呢，是 29.26%，B 轮过后会被稀释到 23.41%。当然，一非手上还会有……然而，我们加在一起，也才……差太多了。”

她的手细嫩，中指有个常年写字形成的茧。她在纸上工工整整地罗列着:

扬清：20%。

阮思澄：目前29.26%，B轮后23. 41%

陈一非：目前……B轮后……

邵君理……

红木、金桥：目前20%，B轮后16%。

她的字迹不像女生，虽然好看，但是潦草，笔力遒劲，龙飞凤舞，一个字好大个儿。都说字如其人，阮思澄的字倒真挺像征伐沙场的那种人写出来的。

在写到“邵君理”时，饶是努力保持镇定，阮思澄正按着纸的左手也因用力而指尖发白。

邵君理从喉咙里面挤出笑声：“写我名字，你紧张什么？”

阮思澄想：当然因为喜欢你啊。

过了半晌终于写好，阮思澄把那张A4纸转了半圈，推到邵君理的面前：“邵总想为扬清集团说什么呢？”

邵君理道：“我不知道王祖威是如何描述战投部的，我再说下。”

“您讲。”

“首先，扬清集团不是财务投资，而是战略投资，目光长远。大多风投、私募都是财务投资，拿LP（有限合伙人）的钱，投资目的是财务回报，因此他们希望短时间内可以退出，被人收购或者上市，获得巨大投资回报。对于稳扎稳打、着眼未来的那些想法，他们肯定不会感兴趣，对他们来说，真金白银才最实在。而扬清不同，扬清希望借助投资覆盖更多市场、客户，考虑的是长盛不衰。如果思恒是想套现，选择VC亦无不可，不过若想打造百年基业，与扬清合作才最有利。而且AI医疗是扬清的重要业务，扬清会全力以赴。”

邵君理说到这里微微笑了一下：“有时，划分‘敌我’不能只看表面。我看倒是应该这么分，扬清集团、邵君理、阮思澄，利益一致，想长期发展；剩下的所有风投、私募，利益一致，想短期套现。”

他一边说，一边在A4纸的下半部分写写画画：“A轮领投红木资本，B轮再来一个VC，他们两个才是一伙的，加在一起股权有36%，更危险。而现在先引入扬清，以后 C 轮 D 轮再来几个 VC，‘长期发展派’也还能和‘短期套现派’斗一斗。”

阮思澄想：厉害，一下子抓住重点。

硬把“敌我”重新分了。

她竟然真开始思考是否风投才是一伙的。

邵君理又好整以暇：“其次，扬清可以给的东西，普通 VC 给不了。扬清集团有巨大的线上流量……”

基本还是王祖威的那套说辞，扬清的优势实在太多了。

两人谈话中间，邵君理的杯子空了。他习惯地拿起纸杯，送到唇边才发现水已经没了，然而他却没有暂停，伸手抄起阮思澄的陶瓷杯子，修长的手指握着杯子把手，喝了几口，貌似无意。

阮思澄做贼似的，连忙转头看看外面，发现没人望向这边，这才放心。

邵君理问：“怎么了？”

阮思澄答：“别瞎拿别人的杯子喝水。”她也知道有一些人不太注意。

邵君理倒觉得好笑：“你以为我那么随便？”

只喝她剩下的吗？

邵君理也不再纠缠，一句一句又接着说。

末了，他问：“还有什么疑虑？”

“有。”阮思澄问，“接受扬清 2 亿投资，是否意味着要站队？在扬清与爱未、澎湃的竞争中，站队扬清？”

“算。”邵君理手放在唇下，一笑，“难道你还站爱未、澎湃？站扬清，错不了的。”

他哪里来的谜之自信？

“好吧。”阮思澄挑挑眉毛，“这个问题不是重点。我仍顾虑‘扬清派’。邵总刚才说的是有一些道理，然而 VC 再短视，思恒医疗也还是思恒医疗，不是扬清的附庸。”

她可没有那么好忽悠。

邵君理抬起眸子，望着桌子对面的姑娘。

半晌过后唇角一撩：“我就知道，真长大了。”

“嗯？”

“我还没有说完。”

“您讲。”

邵君理把眸子垂下，看着自己面前的纸：“总之，矛盾点是，你投票权是 20.89%，我投票权是 11.39%，我可能向着扬清，而非向着你。”

“对。”

“嗯。”邵君理一手撑着下颏，一手捏着笔，在阮思澄刚刚才写的“阮思澄”三个字下画了道线，又在“邵君理”三个字下也画了道线，接着好像正在思考一般，无意识似的，在“阮思澄”的名字下反反复复画着横线。

阮思澄亲眼见到对方一遍一遍念叨自己名字，耳朵都发红了。

她总觉得……

幸好，邵君理并没让她等，很快便道：“这样如何，投资期内，我与你一致行动。”

“什么？”

“签一致行动人协议。”

“我那 11.39% 的投票权，必须跟着你投。每个提案你投什么，我就只能投什么。从今天起，我们之间不存在分歧，我无条件支持你的一切决定，无条件站在你那一边。”

阮思澄小心翼翼，问：“您愿意？”

“要不愿意，扬清集团投不进吧。我很看好 AI 急诊，也很看好思恒医疗，扬清实在没有必要投入资源自己研发。不过，扬清集团需要有一票否决权，思恒可以不偏向扬清集团，但也不能损害扬清利益。”

“这是正常的。”想了想，阮思澄又问，“可是，您是扬清高层，法律上面没问题吗？”

“可以。”邵君理颔首，“法律法规对于非上市公司的一致行动人并没有明确规定。如果思恒医疗是上市公司，就不可以。因为我是扬清集团的董监高（董事、监事、高管），还是董监高的直系亲属，自动跟扬清集团一致行动，再签协议会有冲突，要看法院怎么判了。不过，对于非上市公司，法院主要参考协议。”

“原来如此……”

“怎么样，够了吧。”邵君理说，“我跟你一致行动，你的投票权就直接上升到32.28%。如果不选扬清，选别人，可就没有这种好事了。”

阮思澄听完，觉得左右为难。

邵君理接着说：“关于‘扬清派’的顾虑不存在了，而且也不用受财务投资的VC制约，思恒可以考虑长期的发展，打造百年基业。另外，也能获得扬清集团众多资源。”

阮思澄低头沉思片刻。

“怎么样？”

“我还不能给出答复，”阮思澄道，“需要咨询专业律师。”

“行。”

邵君理直起身子，把那A4纸放进口袋，似乎想好好留着：“扬清等着最后答复。你跟王祖威说就行了。”

“邵总。”谈话变得十分轻松，阮思澄的玩心起来，想要抓住这个机会逗逗眼前这个高高在上的人，看看对方流露出的吃瘪窘态，留下一个以后想起来就嘎嘎嘎笑的瞬间，她仿佛吃了豹子胆，说道，“我的记性不是很好，刚才聊的全都忘了，您好像得总结一下。”

邵君理的表情不变，好像想看对方葫芦里面卖的是什么药。

“不过时间真的很紧，我等一下还要开会。”阮思澄笑，“请您用三个字给我一个接受扬清投资的理由。”

她这是在“报复”呢！

当初穷到要卖房时，自己希望对方增资，对方却不置可否。在那场谈话中，邵君理的最后一个问题便是“用三句话，给我三个增资思恒医疗的理由。”

那时，她说的是“领导者有学习能力，公司氛围团结和睦，技术上面绝对可行”。

当天下午，邵君理便增资800万。

现在，对方渴望可以投资，自己却不置可否！

正好，她把这句话抛回给他！

这是人家慕容复的绝招——以彼之道还施彼身！

当时对方要求她用“三句话”，现在呢，自己要求他用“三个字”！

从“三句话”变“三个字”，这就是存心刁难了。

阮思澄感到巨爽无比，很有一种扬眉吐气的感觉！

果然，桌子对面的邵君理微微愣了。

邵君理也终于知道，他俩公事公办的对话已经结束了，现在阮思澄是在逗自己玩儿。

他漂亮的眼睛盯着对面的女孩儿。

她有了一份事业，是 CEO，公司正被各方追逐，她独立、自信而且强大，已经能与自己谈判甚至叫板，在正午的会议室中，全身上下都发着光。

她再也不是两年以前被赶鸭子上架当 CEO 的那个人了。

在私下里，尤其面对他的时候，这姑娘的个性大方、随和、幽默，甚至挺服软的，然而现在很不一样。

有些感情奔涌而出，仿佛洪流，瞬间压垮周围堤坝，冲进树林，灌入田地，淹没城镇，再也无法被挡回去了。

受不住了。

另外一边，阮思澄最清楚不过，用“三个字”跟她讲明接受扬清的理由是根本不可能的，她挺得意地勾起唇角，笑笑，从椅子上站起来，没再说话，转身背对着邵君理，向着门口走去。

她可终于把邵君理给怼到说不出话来了。

给他一点面子好了，不用非得亲眼看着。

结果没等走出几步，阮思澄突然听见自己身后传来一句：“不，我可以。”

她想：不是吧？这都可以？

答案能是什么？钱、人？还有一个呢？

她刚想要转回身子，便又听到那个声音再次响起：“三个字，听好了。”

阮思澄有种不太好的感觉。

她不敢动了，生怕一动，就会破坏了什么似的。

身后，邵君理的声音虽轻，却响彻了空间不大的会议室：“我爱你。”

阮思澄的膝盖一软，差点直接跪在地上！

她忙扶住旁边开会写字用的白板，只是稍微蹲了一下，没有真的摔在地毯上。

她曾幻想过无数次邵君理会如何表白。

她觉得依邵君理的傲娇个性，他的表白肯定是山路十八弯，一般人都明白不了。

没想到，竟是如此简单直接的"我爱你"！

邵君理又说："我爱你。所以我不会让你难过、伤心。我能平衡扬清、思恒，让它们的利益一致，共同发展，相信我。我会用心帮思恒的，扬清投资 B 轮，比 VC 要好得多。"

阮思澄回过头，心脏几乎要跳出咽喉。

※※※※※※

阮思澄的目光发现，邵君理正靠着椅背，居然还是稳如泰山、八风不动的样子，脸上几乎没有表情，浅色眸子十分淡定，与刚才作为扬清副总裁谈判时并无不同。

阮思澄说："邵总……"

"阮阮，"邵君理看着她说道，"现在思恒医疗相对稳定，思恒急诊在医院和消费者中的口碑不错，B 轮已让市场沸腾，两亿资金即将入账，我想也是时候把这仨字说出来了。"

邵君理的心里清楚，早在一年多以前，阮思澄哭着央求自己阻止公司使用窃取来的病历时，他便对她稍稍有些心动，而在那之前，恐怕只是正常男人对符合他审美的女人多看上两眼罢了。"罢免旧 CEO"事件以后，他们二人之间有些暧昧，大概算是相互了解、接触，并不排除未来产生亲密联系的那个阶段。然而，在贝恒装疯离开公司、阮思澄找 CTO 撑起思恒等一次次的艰难中，他对阮思澄越来越在意，对她的感情越陷越深，直到听说她打算卖房时，他才真正确定自己爱上她了，爱上那个固执、坚强、正直、善良、出色、勤勉、外向开朗又挺好笑、智商与情商兼备的小姑娘了。

不过确定心意那个阶段，思恒医疗正在全力攻克难关，处于生死存亡之际，阮思澄不适合恋爱。接着产品做出来后，她又忙着A轮融资，还有推广“思恒急诊”，一天到晚殚精竭虑，他也不好打扰她。而现在“农村包围城市”策略已经可以宣告成功，公司不再处于生死存亡之际，CEO阮思澄终于可以看看他了。

阮思澄张口：“邵总……”

“答案？”

阮思澄却非常清醒：“刚才已经说完了呀，我还不能给出答复，需要咨询专业律师。”

即使是邵君理，也有一点无奈：“好。扬清、思恒两个公司是否能在一起，先不论。说说，你我两个人，是否能在一起？”

阮思澄连颈子颜色都红得宛如能滴出血来：“咱们现在是在公司……专业一点。这个周日有时间吗？咱们一起出门走走，我会明确给出答案。”

答案不言自明啦。

不过现在还是上班时间，他们正在会议室里，四面八方都是玻璃，员工们在拼命工作，有的在做推广，有的在写代码，他们两个讨论这事，不太合适。

阮思澄一直希望，工作是工作，恋爱是恋爱，别混在一起，在办公室就谈工作，到了外面再谈恋爱。

而且到了周日，她想好好打扮打扮，美美地跟他见面，拍点儿照片，再买一样定情礼物送给对方。

邵君理说：“行，几点？”

阮思澄答：“上午十点？”

“我去接你。”

“好。”她脸上发烧。

邵君理把左腕一抬，看看手表上的时间，道：“差不多了，我先回去，扬清集团还有些事。对投资的最后答复你跟王祖威说就行了。”

“我把您给送到电梯。”阮思澄想，邵君理是第一回来清臣大厦，自己作为思恒主人还是应当送一送的。

“嗯。”

到电梯间，阮思澄发现电梯正从大厦 32 楼往下下呢。

而他们是 33 楼。

看来还要等上许久。不知为何，阮思澄有点儿高兴，觉得可以在一起多相处几秒也是好的。

“邵总，”阮思澄随口问，“您刚才说扬清集团还有些事，不难办吧？”

“还好，关于云计算的基础设施。扬清已经推出 ARM 架构的芯片，正在自研 ARM 架构云服务器……”说到这里，他眉心皱了皱，“有点问题，进展不顺。”

阮思澄叹：“邵总，扬清的全部前沿产品都是您在管啊？”

邵君理转过头看看她，嘴角微勾：“嗯，差不多。”

邵君理是扬清集团“互联网 +”大事业部的 CEO，产品服务涉及人工智能、云计算、VR（虚拟现实）、AR（增强现实）等一系列高端科技，覆盖医疗、教育、家居、交通、工业、农业、社会服务等众多领域。

这几年，“互联网下半场”的说法很流行。许多人认为传统 PC 端、移动端的产品和服务，比如搜索引擎、门户网站、社交网络，都在“互联网上半场”的范畴内，而人工智能、云计算等则算“互联网下半场”，互联网的影响扩大，成为各行各业的最重要工具，以及提供解决方案，而不仅仅是辅助。有人说，从互联网到“互联网 +”，意味着一个时代的结束、另一个时代的到来。

互联网宛如一场比赛、一场对抗、一场战争，哨声响起，正式开赛，成者为王，败者为寇。

扬清与另外两个巨头全部都是靠“上半场”起家的，而现在，扬清“下半场”的一切东西都是邵君理在负责，他爸邵城并不大懂。

也就是说，扬清的未来就在这个男人手上。

甚至可以说，在澎湃因各种事件而掉队的此时此刻，扬清、爱未两家公司各自占着半壁江山，整个互联网界将近一半的“下半场”在这个男人手上。

阮思澄知道，“云计算”和“人工智能”是邵君理最看重的两个部分。

扬清已经推出 ARM 架构的芯片，正在自研 ARM 架构云服务器，以后各个企业都可通过扬清的“云”提供服务，让消费者在“云”上面工作、学习、娱乐、社交，可以做一切事，而不再使用软件，甚至不再使用操作系统。

这是重要的基础设施，甚至可以相当于电力和水力的存储及输送，对于国家之间的竞争有举足轻重的作用。

问题一定能解决的。

阮思澄觉得，她好爱这男人啊。

爱、喜欢、崇拜、迷恋，一切正面的感情都系结于此。她甚至感到，这电梯间是因为有邵君理才如此明亮，他在阳光下，阳光是从他的身上散发出来的。

电梯还在向下，目前停在第 16 层，一时半刻还上不来。

“邵总。”她咬咬唇，大着胆子，把邵君理给拖进了电梯旁的楼梯间里。

这是 33 楼，除了烟鬼，一般不会有人过来。

“邵总。”门一合上，阮思澄把邵君理给推到墙边，又将对方西装唯一一颗扣子给解开了，两手一合，伸进对方西装与衬衫的中间缝隙，隔着薄薄的一层衬衣，抱住邵君理那健壮结实的腰，鼻尖埋进他的领带，感觉自己的手臂上有高级定制西装的里子那种柔软光滑而又舒适的触感。

邵君理笑：“怎么了？”

“邵君理，”阮思澄没再叫“邵总”，在冲动下，她本来想直接答应，直接恋爱，不过想想还是算了，电梯马上就要来了，于是改口，“今天实在太突然了。在公司里面，在上班时间，只能再约周日见面，到时好好说一说话。”

“嗯，是唐突了。”

“不过……”阮思澄抱得紧，丰满的胸牢牢贴着对方的衬衫。

她身高 1 米 68，体重 90 来斤，挺瘦，细腰，但胸却不小。她也一直有些奇怪，不过想过以后觉得，这可能是因为她的骨架子小，其实吃得不少。

邵君理的喘息略重：“不过什么？”

“不过，”阮思澄抬起头，“周日正式下单订购一辈子的恋人、爱人，今天想先交点定金。”

说完，她踮起脚，在邵君理的下巴上吻了一下，说："这儿别绷着了，最后肯定能解决的，不就是个 ARM 架构云服务器吗？"

邵君理没话说。

"怎……怎么了？"

邵君理说："这点定金哪就够了。"

还要怎样？

邵君理紧紧捏住她的肩，将唇压在她前额的发际线上，几秒钟后缓缓向下，亲吻额头。接着，他空出一只手，将阮思澄的下巴轻轻抬起，又吻上了她的眉心、鼻梁。

待要继续往下时，邵君理发觉抱着自己的女孩儿整个身体微微发抖，低垂着的睫毛颤动，十指也死死地抓着他的衬衣，好像已经受不住这巨大的刺激，却不肯逃开。

邵君理在心里叹了口气，还是捏着对方下巴，让她的脸颊歪了 45 度，略略偏头继续亲吻。不过他并不想惊扰对方，只是用力地在阮思澄的唇珠上方、人中位置吸吮了下，又越过两片红润饱满的嘴唇，在她嘴唇下方那个小窝再次吮吸了下，便放开阮思澄，道："行了，差不多了。"

阮思澄退开，剧烈喘息，只觉得又酥、又麻、又不安、又刺激。

单单没碰她的嘴唇……那个位置的存在感分外明显，她忍不住抿了抿唇。

她真的想等这个周日见面再好好说来着。

刚才只是因为太喜欢了，一冲动没忍住，把他拖到楼梯间里，没有想到变成这样。

邵君理捏了下她的手："电梯应该马上到了。"

"嗯。"

"回去吧。"

"嗯。"

阮思澄低着头，打算跟着邵君理走回 33 楼的电梯间，却感觉自己连脚步都有点虚浮。

没有想到，一推开门，正好撞到思恒医疗某工程师过来抽烟，三人撞了一个正着！

阮思澄被吓得差点跳起来！

幸好对方没有多想，只是招呼：“邵总，阮总。”

“嗯。”阮思澄装模作样地点点头，赶紧走了。

这工程师以前在某企业用图像识别技术做扫黄项目，后来，他实在是不爱做这项工作，就到了思恒医疗，现在也是总监之一，经常和人讲述他是如何历尽千辛万苦，从肮脏的黄片行业到纯洁的医疗行业的。

再到电梯间，电梯正好到了 33 楼，邵君理走进去，转身，电梯门缓缓合上，他们两个温柔地注视着彼此，直到再也看不见了。

等到电梯开始降落，阮思澄才走到窗前吹了吹风，让脸上的红晕下去，整整头发、衣裳，变成一个沉稳干练的 CEO，走回思恒医疗。

她在朋友圈中发了一条状态：【大橘已定】。

下面配了一张大甜橙的图片，分享给她最最亲密的朋友们。

她想说的是自己不是“单身狗”了，但又不愿特别高调，于是指望有人好奇过来问她，那她就自然而然地说自己要有男友啦！

然而那群榆木脑袋，个个都说“哈哈哈哈”，完完全全不理解“大橘已定”是什么意思！

气……白费心机了……邵总是说反话让人永远猜测不到，她是耍心机让人永远猜测不到。

得了得了，该工作了，已经“浪费”十分钟了。

她先是跟红木资本的董事总经理卓立通了电话，对方建议接受扬清，并且表示邵君理并没有说错，目前法律法规没有对非上市公司一致行动人的具体规定，因此，虽然邵君理是扬清的董监高再加上董事长的亲儿子，也可以按自己的意愿成为阮思澄的一致行动人，只要签署协议就好。这样，对“扬清派”的猜疑就不存在了，思恒医疗可以放心大胆地利用扬清集团的资源发展自己。

另外，比起让邵君理出售股份，这样做更好。阮思澄的投票权有显著上升，而思恒医疗既不需要自己花钱回购，也不会因别人接手而多出来新的股东。同时，邵君理也可以继续持有，等待更多的投资回报。

放下话筒，阮思澄想与陈一非也商量下，毕竟陈一非是思恒高管当中股份数额仅次于自己的。

没有想到，陈一非并不在他的 CTO 办公室，阮思澄来来回回转了两圈也没瞧见他。

“梁言，”她问坐在陈一非办公室正对面的市场总监，“看见一非了吗？他今天来了吧？”

“啊，”梁言说，“刚才您和邵总一直都在开会，陈总等不及先走了，说您要问就讲一声。他接受了杂志社张记者的访谈邀请，现在应该在作采访，宣传咱们思恒医疗。”

阮思澄足足过了五六秒钟，才说：“行了，我知道了，你继续忙推广的事。”

“好的，阮总。”

然而，阮思澄的心里却掀起了惊涛骇浪。

一片静静的、无声的翻腾着的惊涛骇浪。

陈一非竟然又跑出去接受记者采访了吗？

自从思恒“红”了以来，陈一非便常常出现在各类媒体上面，比如 IT 杂志、创业杂志、商业杂志。

他还经常参加活动，比如人工智能峰会、互联网峰会、创业论坛、高管论坛，在上面作演讲或者讨论话题。

他甚至还接受高校邀请，向学生们讲述创业经历。

总之，他热衷于参加各类活动。

看得出来，思恒员工比如梁言都很支持他的“刷脸”，认为这是一个宣传自己公司的好机会，各部门甚至传阅杂志并且一起讨论内容。

可阮思澄嗅到了问题。

耽误工作倒是其次，更重要的是，看过几段视频以后她发现，在那些采访及演讲当中，陈一非夸大了他自己的作用，甚至有意或者无意把他自己说成是思恒医疗的核心、灵魂，仿佛如果没他的才智，“思恒急诊”这个产品便无法研发成功，思恒医疗这个公司便不可能有今日辉煌。

这不行！

倘若外界全都认为陈一非是思恒的核心、灵魂，那思恒将一直受他掣肘！

只要他说想离开、想辞职了，投资者、医院、医生、患者、公众便全都会本能认为思恒医疗要不行了，技术要落后了，产品要完蛋了，而后采取观望态度。于是她得永远供着、捧着 CTO 陈一非，生怕他跳槽去别处，因为即使自己相信换个 CTO 思恒并不受影响，可别人不会信。

这不是她阮思澄能容忍的事。

除了她这创始人、CEO，谁都不能当思恒的“灵魂”，包括陈一非。

思恒的核心只能是她。

她一直都感谢一非，但不代表可以纵容他这样做。

阮思澄的心里清楚陈一非也并非有意，只是他太过希望得到许多人的重视。

其实某种程度上说，要是没有换 CTO，“胸部急诊用 RNN 来做”这个创意还真未必能够出世。陈一非对“思恒急诊”的功劳是不可抹杀的。甚至“腹部急诊多套神经网络”这个想法也有他的努力，即使在一开始是她提出来的。

但是，他不能认为他是思恒的支柱，仿佛要是没有了他，公司必定一落千丈，大家都会手足无措，在心理上失去依靠。

他技术上很“牛”，但并没有他吹的那么“牛”，这家公司并不至于没他不行。

他不可以将自己打造成思恒的品牌，把自己变成思恒的卖点，用自己捆绑住思恒的未来。

如果以后一说“思恒”，人们便想起“陈一非”，那对公司绝非好事。到那时候再想与他剥离，公司必定伤筋动骨。

阮思澄想起，当初她这虾米大的思恒医疗之所以能请到爱未总监，就是因为自己一直追着、黏着，用十足的诚意打动了陈一非。

这说明什么？这说明陈一非的性格就是无比渴望得到别人的重视！一

般人会通过故意迟到来考验对方吗？不会！对陈一非来说，名、利全都不是第一位的，他要别人觉得他“牛”，信赖他，依靠他，觉得没他不行！

阮思澄呆呆地想：原来，成也这个性格，败也这个性格。

这颗地雷，是在她决定挖陈一非的那一刻就埋下了的。

因为一非这个性格，她得到了他；也许某天，也因为一非这个性格，她会……

不，不至于，阮思澄想着，掏出手机，给陈一非发微信，说：

【一非，我有些事想跟你说。等你回来，咱俩好好聊聊。】

※※※※※※

一直等到六点下班，陈一非也没有回来。

阮思澄有一些焦躁，想到外面透两口气。

路过某办公区时，她见几个年轻码农聚在一起观看视频。再凑近一点，发现那是某创业网对陈一非的专访。

阮思澄没惊动员工，静悄悄地站在后排，也跟着看。

视频中陈一非的脸颊白胖，眼睛则眯成一条小缝，道：“……当时思恒医疗一筹莫展，没有人懂‘心脏 +AI’，可这是计划书中‘思恒急诊’的核心，是最应该有竞争力的部分。”

他的食指交叉，置于腿上：“公司老板非常渴望我能加盟、解决问题，将思恒的技术带上新的台阶。她从云京跑到中京参加人工智能论坛，在会场、餐厅还有酒店故意制造多次‘偶遇’。等回到云京，她向我坦白地说，在峰会上她是故意和别人换座位，就为了和我说上话……出于这个特殊目的，她恶补了我在网上列的兴趣爱好，还有论文、专访、演讲。当时她说‘CTO 的位置非你莫属’，我被她的诚意打动了，离开爱未加入思恒，开始这段新的挑战……”

“啊啊啊啊，帅！”屏幕面前大家叫道，“陈总真是太厉害了！”

正在后排的阮思澄想：果然如此，不是错觉。

陈一非有意或者无意地把他自己说成思恒医疗的支柱、灵魂。

像他说的那句，“思恒医疗一筹莫展，没有人懂‘心脏+AI’，可这是计划书中‘思恒急诊’的核心，是最应该有竞争力的部分”，显得公司特别没谱。

人人听了都会觉得不可思议——你开公司、做产品，却不知道如何实现？对于技术束手无策，甚至根本就不了解，最后竟然要靠爱未大佬来救你于水火之中？

然而事实不是这样。

陈一非没提到钱纳。当时思恒之所以会陷入困境，完全是因为钱纳被罢免了。她和贝恒两人确实不懂心脏，然而钱纳却有不少相关经验，在技术上也非常厉害。可以说，这只是一个意外状况、突发事件，思恒医疗的管理层在创业时心里有谱。

但陈一非这样讲也无可厚非。

钱纳的事，是不方便在公众前抖搂出来的。就算自己问，陈一非也会说，未经允许他绝不敢在采访中擅自公布窃取病历的陈年旧事。

陈一非也并未说谎，只是没有讲出全部实情而已，于是真真假假，虚虚实实，便制造出一种“思恒不靠谱，他才靠谱”的感觉。

至于视频中的后半段话，也是他在给自己镶金。

一个CEO，放着好好的班不上，从云京跑到中京，挖空心思制造多次“偶遇”，只为招聘一个人才，足见这人对于公司的重要性！

这种事情，CEO自己说叫求贤若渴，别人说则显得她特别沮丧、几近绝望。

尤其她是一个女人——在公众的认知当中，应该是含蓄、害羞的女人。

阮思澄想，陈一非居然还把“CTO的位置非你莫属”这句话给复述出来了。各家公司在挖人时啥彩虹屁都可以拍，然而公众并不清楚，只会以为她是真心说的。

“CTO的位置非你莫属”，也就是说，她在别处都寻求不到可以带队的CTO，这世界上只有他陈一非可以做出“思恒急诊”。

阮思澄继续看。

一分钟后，终于有人发现了她，叫：“阮总！”

“嗯，”阮思澄笑容可掬，“看陈总呢？”

“对，”他们语气带着兴奋，“陈总真牛！以前都没充分意识到，陈总竟然这么牛！哎，以后可得好好学了，跟着陈总肯定可以学到好多东西。”

“嗯，想进步是好事。”阮思澄点点头，表面上与往常无异，转身走了出去。

心却不断地往下沉。

只看一非这些说辞，外界恐怕都会认为，思恒医疗如果没有陈一非就转不了了。

长此以往，思恒医疗真的要与 CTO 陈一非绑在一起并受他束缚——只要他说想辞职了，外界对于“思恒医疗”的信任便会大打折扣。

这绝对不行。

还是那句话：除了她这个创始人、CEO，谁也不能成为思恒的“灵魂”，包括陈一非，思恒核心只能是她阮思澄。

作为 CEO，阮思澄有一卡车事，忙得要命。她无意与陈一非比“接受参访”“参加演讲”，看谁更能吹，谁能把对方 PK 下去，谁能当上思恒公司的“核心”。

CEO、CTO 不是对手、敌人，而是搭档、战友。另外，如同邵总曾经讲的，一家公司始终要以技术、产品来说话，她花时间到处“刷脸”没有意义，她也无意走“明星 CEO”那条路。

她只想做好产品、帮助患者，用科技带给人类尊严。

时针指到七点钟时，陈一非才晃悠着回来。

“思澄，”他敲了敲办公室的门，“抱歉，我刚看到你的微信。”

“不好意思，”阮思澄则站起身子，“本来是想直接回家的吧？还特意跑公司一趟。”

“没事。”

阮思澄的语气可谓空前热络：“来来，一非，七点钟了，我请客，咱俩边吃边聊。”

“行。”

阮思澄拿上钱包："扬清下面有一家港式茶餐厅，不错。"

"好。"

在港式茶餐厅，他们点了秘制叉烧、鲜虾面、西多士等常见的东西。阮思澄巨热情，叫陈一非随便点单，而轮到她自己时，则把对方刚才犹豫要不要点的全点了。

在等待上菜的时间里，阮思澄只东拉西扯，讲了几桩业界新闻，绝口不提正经事儿。一直等到酒酣饭饱，她才笑着放下筷子，把手收起，叠在桌上，微微探头看着对方，眼神明亮而且真诚："一非，其实是有这么一个事儿。说重要也重要，说不重要也不重要，现在还没什么事儿，不过要是一直不提，以后可能有些影响……总之，我想还是开诚布公地聊一聊，你注意到就完事了。"

陈一非有点疑惑地看着她。

"就是……最近，你接受了一些访谈，参加了一些活动，然而思恒医疗现在还在关键时期，你这样做不好。我知道你肯定能完成工作，经常半夜还发邮件，但是公司还有些小孩儿，老板不在他们工作就很松散。我作为CEO老在外面，公司需要你来坐镇，否则他们该上天了，三天不打上房揭瓦。"

陈一非没说话。

"还有，"既然是"谈"，就得真诚，阮思澄没拐弯抹角，实话实说，"长此以往，可能以后只要一说思恒，人们便想起陈一非，这样深度捆绑对公司不好，对一非你也不好。大家都是自由的人，你也可能在某一天跳到更好的平台去，但是如果把个人和公司捆绑在一起，别人会觉得陈一非过河拆桥、卸磨杀驴，同时觉得思恒医疗没技术了、要完蛋了。"

陈一非想了想，点头："我明白了。"

"嗯，谢谢理解。"阮思澄不再纠缠了，提起筷子，指指饭菜，"来，接着吃。"

陈一非没跟她犟嘴，阮思澄还挺开心的。

本来她都在思考了，如果陈一非说"你自己不宣传公司，还不让别人宣传公司？""我所讲的全是事实，没污蔑没诽谤，还不让人张嘴说话？""不想让社会公众一说思恒就想起我，那你自己也接受采访、参加活动不就好了？"她该如何回答。

但陈一非居然没提。

想想也是，像陈一非这种聪明人，肯定清楚自己不会让他捆绑思恒医疗，同时因为思恒是B 2 B公司（公对公），并不面向普通顾客，所以自己一心发展——进入更多医院、服务更多患者，也不想花太多时间吸引、讨好社会公众。因此，她唯一能接受的就是大家都不要“走穴”，而是把精力放在公司本身。

之后的气氛还算轻松。

有一些话点到就好，大家都懂，多说无益。至于对方听不听，也只能看后续进展。别人听不听，和你说多少并不成正比。

最后，阮思澄用手机付账，两人一共花了500块钱左右，在云京算中等偏上的消费。

与陈一非告别以后，阮思澄略纠结了一下，决定不回公司加班，沿着这条马路走走，吹吹夜晚温柔的风，让心里面舒坦舒坦。

她一边走，一边兀自琢磨陈一非的事情，不知不觉，便又到了扬清楼下。

恰巧就在这个时候，她看见了邵总的车。

黑色的Tesla Roadster开着尾灯，在夜幕中留下残影。这车实在太显眼了，阮思澄在整个云京都没见过第二辆。

鬼使神差，阮思澄穿着高跟鞋在车后面追了几步！

直到距离越来越远，阮思澄才如梦初醒，暗骂自己鬼迷心窍、白痴智障，收起脚步。

然而接着，她便看到那辆车子缓缓减速，停在路边，后排车门向外打开，一条长腿踩在地上。

见阮思澄走上前来，邵君理道：“发个微信说声就好，干吗追车？”

“我不知道……”阮思澄也十分茫然，“在琢磨事，有点不安……本来根本没想求援，只想自己遛遛弯儿，但是无意中看到邵总路过，本能般就扑上去了……”

邵君理的唇角勾勾，对于这个答案还挺满意的。

阮思澄问：“您是怎么发现我的？”

“扬清司机开车谨慎，每隔几秒就看一眼后视镜，掌握前后左右所有车的位置。”

阮思澄说：“牛……”

“走吧。”

“啊？”

“正好今晚事情不多，就来陪你遛遛弯儿。”阮思澄正茫然不安，他肯定要过问一下。

“嗯。”也好。

两人并肩沿着街走，邵君理在外侧，让阮思澄在里侧。过了一个街口以后，邵君理才淡淡地问：“怎么了？”

阮思澄轻叹一声：“思恒医疗红了以后，一非到处接受采访、参加活动，而且喜欢夸大其词，把自己说成公司的核心、灵魂。我觉得这样不行，公司会非常受他牵制。刚跟一非好好谈了，但不知道有没有用。”

邵君理的脚步一顿，转头看看身边的女孩：“难得你能想到这层。”

“又不难。”

“不，挺难的，需要相当的大局观。一般的CEO只会觉得他这是在宣传公司。”

邵君理又将目光瞥向她。

在云京的霓虹中，她的表情干练、自信，步子沉稳有力，一看就是当老板的。

邵君理想：也许过不了多久，他就没有可教她的了。

她成长的速度惊人。本来只是在创意、远见等方面适合当CEO，然而不知不觉她在管理上也游刃有余。在产品出来以前，公司就像一个家庭，是典型的团队文化，她是家长、老师，注重沟通和凝聚力。而A轮开始以后，她改变了企业文化，迅速切到灵活导向，她是改革者，强调创新和独特性。邵君理相信，阮思澄没看过所谓“组织文化评价量表”，只是她本人嗅觉灵敏。

聪明厉害的姑娘。

走了大约半个小时，阮思澄已不太知道两人究竟到了哪里。然而有邵君理陪在身边，她的内心安定许多。

若与一非理念不一致，那早发现就早分手，挺好。

她的难过并不重要，思恒的未来才重要。

她已学会直面那些残酷的事情了。

这大约也叫做成长。

二人继续在街上逛，这里是云京新商业区，处处灯红酒绿，纸醉金迷。

走着走着，邵君理把原本插在两边裤袋里的手拿出来一只，阮思澄的胆子上来，装作正在好好走路，可每当换步时左手手背却常常是“无意”“刚好”擦过邵君理的右手手背，基本上是三秒一次。

她不停地擦呀擦的。

十来回后，就在她要继续“调戏”时，邵君理的手突然一捞，“啪”的一下把阮思澄的五指给攥在掌中！

阮思澄叫了一声：“啊！”

邵君理说：“手这么欠，得制住了。”

阮思澄虽想碰碰他，却从没想过在大街上和他公开牵手，一时之间有点慌：“邵……邵……邵总……”

“嗯？”邵君理还是捏着她的手。

“您不怕被人看见吗？”

“我又不是清臣那老上热搜的国民男友。”他说的是清臣集团的CEO周介然，几年以前接管公司，从此特别受人瞩目。

“可这两年您也开始在媒体上露脸了。”

“无所谓，”邵君理一派淡然，竟然开始十指交叉，还夹了夹，“爱看看。”

她想起来，邵君理确实不是一个在意别人看法的人。

他们两个牵着手，路过商场、酒店、餐厅、住宅、办公区，一直逛到晚上十点，邵君理才把她送回清臣大厦的停车场。

停车场中空无一人，十分空旷，一根一根水泥柱子漆着硕大的区号，偶尔看见几辆车在车位里边静静蛰伏。

阮思澄到她的那辆本田前边停下脚步，按开锁，五根手指搭在银灰色的车把上面，知道身后的邵君理在静静等她上车离开。

可是……

心念一转，阮思澄的手离开车把，“呼”的一下把邵君理给扯到本田旁边的柱子后，避开摄像头，将人推在柱子上面，抱住对方，用脑袋瓜顶了一下对方的下巴，让邵君理抬起下颏，接着她一踮脚，顺势在他的喉结上轻轻亲了一下。

下巴她亲过了，别处她够不到。

“我想再交一点定金……”阮思澄道，“您这个人太受欢迎，那天交的恐怕不够……”

见邵君理压抑呼吸、仰头看着上方，喉结特别迷人性感，阮思澄一个脑抽，又凑上去，伸出舌尖舔了一下，整个过程不到一秒。

明显看到对方喉结上下一滚。

她觉得有趣，又是一下。

又是一滚。

这回邵君理没任她“宰割”，而是垂眸看着她，目光幽深，像能把人溺毙于此：“你确定非要作死？”

“怎……怎么？”

“你说怎么。”

话音刚落，邵君理的左手从女孩儿身后攥住她的头发轻轻向下一扯，阮思澄便被迫仰起纤细又白皙的颈子。

邵君理弯下腰，凑近了，在距离她颈子还有三四厘米的地方停下，等着，不出意外地感觉到右手握着的细腰在轻轻颤抖。

他向对方颈子轻轻吹了口气，让温热的气息喷上细腻的皮肤，阮思澄不自觉地就发出一声“啊”。

逗弄过后，邵君理并没有离开，他盯着颈子，用带有磁性的声音说：“今天先放过你……过了周日再说。”

虽然是偶遇，但他俩并未更改“周日之约”。

因为离得太近，他呼吸的热气极为明显，像是已经刺破皮肤，进入胸肺，又被带到四肢百骸。

她似乎已热得不能呼吸，一下一下都是热浪。

“行了，上车，路上小心。”

阮思澄忙推开对方，钻进本田，等到腿儿不再抖了，才换好鞋，打灯，开出清臣大厦的停车场。

接下来的两天是周三和周四，阮思澄极关心陈一非的动向。

然而令她失望的是，陈一非并没有改变。

他还在继续参加各种采访和活动。

公司监控员工电脑，阮思澄也破天荒地看了一非的操作记录。

事实证明，就在周三和周四，还有记者给陈一非的邮箱发了两份初稿，而陈一非非但没有修改那些夸大的话，反而加了几句对方漏的，极力彰显自己的地位，对于“陈一非：思恒急诊最大功臣”的题目也没说什么。此外，他还通过QQ接受了一个文字采访，语气与之前并无二致。

一瞬间，阮思澄明白了。

陈一非不愿意在思恒当个普普通通的技术人员。

他未必是在一开始便有这样的想法，可是思恒急诊突然爆红，无数媒体追捧他的“神仙技术”，IT业界万众敬仰，让他有些无法自拔。

现在他出名了，有的是更大的空间，比如当上千人公司的CTO，即使自己与他“分手”，他也不怕，前方有的是更加重视他的老板，而自己这曾见证他痛苦、无措的CEO，对他来说也没什么好挽回的。

陈一非的种种做法倒也不能说多么错。

甚至说，他都未必能意识到他在夸大自己的作用。

人嘛，都是需要成就感的，会本能地在暗示中夸大自己的作用，看低他人的作用。

也许在陈一非内心深处，真的觉得自己就是思恒医疗成功的关键，于是就在各种场合如实说了自己的想法。

自己叫他闭上嘴巴，乖乖继续改进产品，他大概会感到特别没有意思，缺乏再拼下去的动力了。

对陈一非这种渴望别人的尊重和崇拜的人来说，红过以后不红和从来没有红过，是两种心境。

阮思澄想：她好像再次找了不合适的搭档和 CTO。

※※※※※※

意识到陈一非是颗地雷以后，阮思澄没拖泥带水，开始为将来的“拆伙”做准备。

周五早上，她与一非、几个总监一起开会，掌握全部在进行的项目情况。

接着，阮思澄以陈总最近经常不在思恒为由，将接下来的几项工作直接交给各个总监。比如肾结石的识别及诊断，她让总监越过一非，直接向 CEO 报告工作。

这已属于剥夺实权。

在流程上，那些总监与阮思澄中间隔着一个 CTO，不应越级报告工作。

她重用了几个总监，尤其是以前做小黄图项目的那人，他叫顾延之。顾延之的技术出众，阮思澄还挺信任的。

她还暗示陈一非：她已知道他还没收手——他俩聊过以后，他还没收手。陈一非人聪明机警，应能猜到具体过程。

阮思澄的心里其实始终抱有一线希望，认为陈一非对思恒医疗还抱有深厚感情，不想离开，面对“削权”这样的事，会来和她好好谈谈，并告诉她，虽然前一阵子经常不在思恒，但是下周开始一定留守公司，没必要把那些工作转交给其他几个总监。

那样的话，她会答应，把项目交回给一非。

只要一非别再给他自己“加戏”，她也愿意揭过此页，永远不提。

可陈一非没有反应。

没有会议，没有电话，没有短信。

好像根本无事发生。

一切在向不好的结果奔去。

大抵要以悲剧收场。

阮思澄想：其实还好。这个世界其实道理就那么多，无非是合得来、合不来，十分简单，早该习惯，文人才会一茬一茬地伤春悲秋、唏嘘感怀，用不同的话讲同样的事。

然而她还是不太舒坦，全身细细密密地泛着疼。

一非“救”她于危难中，加盟公司当 CTO，用 RNN 加 CNN 看心电图，用多套 CNN 考察腹部，一起克服数据难关、技术难关、资金难关，一起经历增资、A 轮、B 轮，一起见证产品“爆红”，一起看到公司扩张。

她强打起精神，点开一个命名为“大牛”的 Excel 表格，一行一行地看过去。这两年来，每回见到好的项目、好的产品，她便随手在网上翻翻是谁负责执行，记下对方的姓名、单位、联系方式，以做备用。

这样，以后思恒医疗招聘、挖人，做新产品，她从中筛选，就能找到几个对口的人出来。

这个……不太合适。

这个……也不太合适。

这个呢？

她一边心里难受，一边工作，最后终于确定备选人。

晚上十点，阮思澄手握着备选名单，走路去扬清，想跟邵君理商量商量。

在后门的十字路口，有一家三口围着烧纸。虽然云京早已禁止市内烧纸，可老百姓经常置若罔闻。

阮思澄呆呆看了几秒。火焰本来蹿得极旺，慢慢暗了下去，最后变成一堆灰屑，风一吹过，灰屑呼啦啦地舞起来，再纷纷扬扬地落下去。

如同她和一非的“蜜月”和“分手”。

真的已经无可挽回了吗？

到了扬清 C 座 33 楼，邵君理的秘书之一，“白雪公主”小姐姐把阮思澄给领进屋里，问：“阮小姐，要咖啡还是茶水？”

邵君理说：“买个雪碧。”

白雪公主小姐姐：“哎？”

邵君理道：“别来苦的，来甜的。”

“懂了，邵总。”

阮思澄的心里有点感动，在桌子前坐了下来："邵总，一非也许最后也留不住了。"

"嗯。"

阮思澄的眼神呆滞："现在回头复盘想想，他的性格是双刃剑，怪我当时没意识到。他之所以离开爱未，是因为爱未把他正在负责的两个项目降级。而他之所以加盟思恒，是因为大CEO追他追到中京，'制造偶遇''当好朋友'。那么，既然他因为我的重视来到思恒，就也可能因为别人的重视离开思恒。"

"阮阮……"

"没事。"阮思澄笑，"自己难受并不重要。创业，需要背负员工的期待还有自己的承诺。一个好的CEO，和普通人不能一样。普通人趋利避害，而好的CEO要克服正常人趋利避害的本能，向远处看，拥有一个信仰，追逐一个理想。如果一非不合适了，就该快刀斩乱麻，从大局出发。我还是很感谢一非，一辈子都感谢一非，但是如同一段好的爱情未必需要好的结果，一段好的合作也未必需要好的结果。"

既然选择当创业者，注定很难过上正常生活。即使身边再多同类，她也知道，惶恐不安、一惊一乍不是生活本来的面目。

邵君理静静听着，半晌，没说"长大了""成熟了"，而是停笔看着阮思澄，目光深沉，表情认真，道："对我重要。"

"嗯？"

"难不难受，不是不重要。"

在阮思澄脆弱时，他告诉她，创业者必须"冷硬"；而当阮思澄终于迅速成长起来、强颜欢笑、自舐伤口时，他告诉她，他会站在她的身边。

听到这话，阮思澄的委屈、心酸顷刻出闸，说："要抱抱……"

"过来。"

"嗯。"

阮思澄走到皮椅旁边。邵君理把椅子推开，站起身子，两手轻轻握着对方细细的腰，一用力，把人放在桌子上边让她好好坐着，他卡进对方双膝中间，一手搂着她的腰，一手把她的脑袋按进自己胸膛。

阮思澄就觉得委屈，她扑腾出来，把邵君理的领带解了缠在手上，又把对方西装扣子也解了，捉着对方两边肩膀，额头贴着他的黑色衬衣，一会儿蹭两下，一会儿再蹭两下，两条小腿还有意无意地蹭蹭对方西裤外侧布料。

也不知道过了多久，邵君理把阮思澄的小尖下巴给抬了起来，问:“接替一非的人选有了吗？”

“嗯。”阮思澄郑重地把头点了一下，“叶凤毛。”

“叶凤毛？”邵君理的声音一挑，“他有官司，这个时候没人敢请。”

阮思澄说:“所以要趁机抄底呀！”

叶凤毛，AI 界“大牛”。他曾在跨国公司工作数年，主要负责用人工智能分析无人机拍摄出来的影像。虽说是只做民用，不做军用，然而那些产品、服务实际上不可避免地与政府产生了交集。

去年,这家名叫“敬远”的跨国公司的总部数次约谈叶凤毛和他的同事，怀疑他们曾在项目中有不当的经济行为，以调查为由，详细询问他们与所在国政府有关的项目情况。在丢工作和违法的威胁下，叶凤毛的几个同事先后“失守”，供出了项目细节。

而叶凤毛拒不开口，被辞退了！

他认为，敬远与外国政府串通一气，想用卑劣的手段窃取机密情报，掌握项目细节。

对于敬远总部提出的问题，比如“你们做了政府项目哪个部分”“为什么这么做”“那个项目的全貌是什么样的”“你都知道什么，讲出所有细节”，叶凤毛一个都没有好好回答。

因为他知道，这不单纯是商业方面的事。敬远探听军事项目细节，必定是要再汇报给外国政府，这是国家军事战略层面的事。

于是，他告敬远，敬远反诉，拉拉扯扯没完没了。

也正因为他有官司，到现在还赋闲在家，为“不开口”和“不同意”付出了惨重代价。

叶凤毛曾在朋友圈悲哀地写道，在“用人工智能分析无人机拍摄影像”这方面，敬远的技术卓越超群，本国必须拥有人工智能核心技术，否则只能“人为刀俎，我为鱼肉”。

邵君理说:“有些风险。”

“顾延之说，本月应该出结果了，马上就要到150天了……我可以先接触接触叶凤毛。实在不行，再换别人。”

“嗯。”

“我就觉得……叶凤毛与思恒医疗应该还挺合得来的。钱纳、贝恒和陈一非留给我的教训就是，CTO和搭档不能只有技术、能力，还必须与思恒医疗合得来。这个人应该非常正直、无比坚强、有非常清晰的愿景。”顿了顿，阮思澄继续说，“另外，叶凤毛学的是医学信息工程，计算机和医学的交叉性学科，也挺合适，他之前一直在做医疗，上个工作是因为跟之前的公司有竞业条款，必须转行，才去做了无人机，如今竞业条款应该也过期了。”

真是三百六十行，行行转码农，条条大路通敲码。

“行，阮总，”邵君理道，“我不干预您的决策。”

“谢谢邵总！”

等汇报完诸多细节，手表已经指向9：45。

“那，邵总，”阮思澄道，“我回去了。”

“怎么来的？”

“走过来的，因为觉得扬清楼下不好停车。”现在扬清和思恒离得超近，走路不到十分钟，阮思澄私底下觉得还挺方便。

“行，”邵君理站起身，伸手扣上西装扣子，“快十点了，我送你回去。”

“咦，没事儿！我走大路！”

“我不放心。”

“我想溜达。”

“行，走回去。”

“哦。”

有邵君理，阮思澄便选了小路——距离一样，但没有那个120秒的红绿灯。

她脚上踩着一双高跟鞋，在寂静的云京夜里，一步一步咔哒咔哒地往前走。她还挺会穿高跟鞋的，能穿着追公交。

没有想到来到一个路口，阮思澄十分正常地一脚踩下，却差点儿向后面翻过去！

她忙稳住自己身子，而后发现，右脚的鞋跟掉了。

这鞋才穿了几次啊，三次有没有都难说……

她看这鞋实在好看，最近几年头一回买了一双便宜货，自己还觉得挺美的，结果来时走十分钟，回去走两三分钟，就嗝屁了……

她试图把鞋跟给安装回去，发现不成，几颗钉子已经歪了，而且那几个钉子巨短无比。

她只好一只脚正常走路，另一只脚只用脚尖点地，身体重心前移，以便保持平衡。她想起曾在网上看到某个超模走秀时鞋掉了一只，却丝毫不受影响，赤着脚，脚尖点地走完全程。这会儿她觉得她自己也像一个超模！

嘿咻……

不过这样走路还是挺别扭的。

旁边的邵君理“嗤”的一笑，对阮思澄说：“站直。”

阮思澄一脚正常，一脚点地，站直，心想：如果另一只鞋也嗝屁了，就热闹了……

邵君理一手扶住阮思澄纤细的腰，另一只手解开自己的西装扣子，略略矮身，那只手穿过她的膝弯，一用力就把人给抱了起来！

阮思澄：“啊！”

邵君理说：“前面有个小咖啡厅，你坐一下，我到商场买一双鞋来。”

“我自己能走路过去。”

邵君理直接怼回：“看你那费劲样儿，我闹心。”

阮思澄：赶紧闭嘴。

“不远。”

这条小路寂静无人。阮思澄伏在他胸前，看着他的半侧脸，两手环着他的颈子，觉得对方的脚步无比轻松。

她问：“累不累？”

“可以上下抛着玩儿。”

这种有点浪漫的时候，可不可以好好说话。

一片寂静，四下无人，路灯昏暗，将两个人的影子给拉得长长的。阮思澄的眼睛一眨不眨地看着这个男人长长的睫毛、高挺的鼻梁、薄薄的嘴唇、坚硬的下颏，用目光一寸寸地摩挲。

她的头发软软垂下，一飘一飘的，两只脚丫纤瘦雪白，前后晃荡。

半晌以后，她看看天，发现月亮又大又圆，特别美。

在邵君理的怀抱中，并不需要特意抬头，视线正好对着月亮，也不需要注意脚下，可以专心盯着月亮。

她看着看着，觉得自己很有可能这一辈子都忘不了，在与陈一非“分手”的这天，被邵君理抱回公司，所看到的这轮又满又亮的月。

她又想起夏目漱石那句经典的话来了：“I love you，翻译过来就是‘今夜月色好美’。”

阮思澄红着脸，把手盖在自己腰间的手上边，感觉对方手指修长、温暖、有力。

大约走了两三分钟，果然看到一间咖啡厅。

阮思澄要自己走进去，她从邵君理怀里挣脱出来，一瘸一拐，走到桌前坐下。

“我去随便买一双鞋。”这里是云京商业中心，十字路口有很多商场。

“我觉得其实不用……”

“得了，你等着，我马上回来。到清臣的停车场还有一段不近的路，而且那个停车场弄得跟迷宫似的，还不让外面的车进。”

一杯咖啡刚好喝完，邵君理便再次出现，手里提着一个袋子。

阮思澄还怕对方买的是啥国际名牌，此时两眼定睛一瞧，发现牌子是“Rene Caovilla”，她不认识这个牌子，看来他真的是随便买的，心里顿时放松不少。

周日还他个礼物就好了。

邵君理把裤子一拽，半蹲下来，高档布料顿时绷出几道褶皱，裤子紧紧箍在腿上，显示出男性的健壮及力量。

他把盒子轻轻打开，把鞋拿出来，放在阮思澄的两脚前面。

阮思澄发现，这鞋特别好看。

高跟女鞋，不露脚趾，比较职业。黑色缎面手感极好，上面两串白色珍珠则交叉着斜过脚面，到脚踝的跟腱处汇集，鞋底下是银色流沙，上脚以后显得特别白皙、优雅。

当然，也显得很有钱。

“将就将就，”邵君理说，“只能拿货架上有的。”

阮思澄问：“您平日里从头到脚全部都是大牌高定？”

“差不多。”

可恶，资产阶级邵扒皮，用万千网友的血汗钱穿“高定”（高级定制），那些玩意动不动就好几十万，甚至还有成百上千万的。

邵君理说：“这还有双，担心买得不合心意。”

“这不就是随便穿穿，五分钟就脱下来了。”

“嗯，对。”

出于好奇，阮思澄还是看了一眼。

也好美啊。

裸色漆皮，上面一片黑银流沙，同颜色的带子绕过脚面，显得两腿又细又长。

“谢谢邵总。”他的品位真好。

“没事，走吧。”

“嗯。”

阮思澄把那双破烂皮鞋狠狠塞到垃圾桶里，蹬着新鞋，觉得自己是小仙女。

走这一趟绝对不是受罪来的，糟心事儿都能解决。

有鞋穿了，阮思澄便没去停车场，而是回了思恒医疗。邵君理把她送进楼，约好周日十点见面，便转身走了。

阮思澄对周日见面有她的安排。周二在路口偶然遇到，周五在扬清讨论工作，都不合适，属于个人的时间就只有走回来这一路，也不合适，因此她没改变原来的计划。

在电梯里，阮思澄掏出手机，搜了一下鞋的牌子“Rene Caovilla”，点开官网查看。

结果发现，这两双鞋，每一双都接近两万块。

随便拿的，穿五分钟，也要刷掉四万块吗？而且他还摆出一副很嫌弃的样子。

算了，阮思澄悲哀地想：人家的四万块就跟她的四十块似的，不，都不是四十块，而是四块、四毛、四分、四厘。

她也穿了万千网友的血汗钱。

等回到 CEO 办公室，阮思澄把白天没有处理完的全都做了，在打算要离开时，随手刷了一下邮箱，握着鼠标的右手在一瞬间便僵住了。

一封邮件静静躺着。

邮件标题是五个字：“离职申请书。”

发信人是 CTO 陈一非。

她的胸膛起伏，呼吸急促，点开邮件，发现里面的一切行文措辞都很官方，什么“想要寻求新的挑战”，什么“感谢 CEO 的培养、帮助”，什么“将会珍惜这段经历”，什么“祝愿思恒越来越好”。

阮思澄心里清楚，陈一非已做出选择。

她相信，如果自己对他睁一只眼闭一只眼，陈一非是愿意继续留在思恒当 CTO 的。这公司是他的舞台，而且阮思澄也十分确定，一非对这里是有感情的。

然而自己要求他当一个平凡、普通的 CTO。

这并不是他想要的。

也许是他一直渴望更多夸赞，也许是人一旦红了就会飘，阮思澄也不想知道根本原因。

总之，光是上班干活，而不再有媒体曝光、众人追捧，让他觉得没意思了，可能还对自己不满。

这个时候提出辞职，陈一非肯定是找到不错的工作了。

也许是上千人的公司的CTO，也可能是上万人的公司的副总裁或高级副总裁。

陈一非在思恒干了一年半，所持股权成熟了50%，对方公司估计要出一大笔血，才会让陈一非觉得离开思恒是值得的。

年薪加上股票等，估计要出一两千万。

除了爱未，好像也没有这种冤大头了，因为扬清、澎湃在这方面都很克制。陈一非在外面转一圈，“衣锦还乡”，反而当上砍他项目的上司的新上司，这是非常有可能的。

不过这也不是绝对，毕竟陈一非最看重的东西不是钱。

阮思澄点“回复”按钮，十指放在键盘上面，噼里啪啦敲下两个字：

“批准。”

打完，她咬咬牙，把邮件发了出去。

她想：他们终于走到了今天。

风雨同舟整一年半，他们不再是战友了。

※※※※※※

与叶凤毛取得联系并不困难。

叶凤毛是业界“大牛”。邵君理向与扬清集团正合作的猎头公司要了叶凤毛的手机号码，说投资的公司需要。这项“服务”其实不在合同上面，不过对方痛快地给了，没说什么。

这家国际猎头公司从来只寻找高端人才——年薪100万以上的高端IT人才。几十年来，他们通过各种方法建立、完善人才数据库，比如业内峰会、招聘网站、IT论坛、社交网络、微信群组、线上社区、线下club、关系网、校友会。而叶凤毛这种人才自然早在观察之列。

阮思澄打电话过去。对于“思恒医疗”这个炙手可热的新兴公司向自己发出邀约，叶凤毛颇感意外，也答应了周六下午与阮思澄见面谈谈。

在听说了这个消息后，邵君理问：“我也过去？”

阮思澄：“嗯？”

邵君理手捏着话筒："以投资人的身份，陪你一起面试叶凤毛，看看对方人品，把把关。毕竟我这些年见过的人没有一万也有八千，第一感觉还算准。"

他不愿意她再难受，不愿意她再"分手"。在她自己无法承受时，他逼她必须承受、必须忍住。现在她已经可以承受了，他不会让她再经历同样的事。

不得不说，邵君理来给"把把关"，诱惑实在太大。

然而，阮思澄却只是笑笑，道："不用了，邵总，我自己谈。"

邵君理没说话。

阮思澄又道："邵总，叶凤毛将来可能是CTO，思恒医疗二号人物，我的左膀右臂，我需要他始终尊敬我、信赖我。如果您也坐在旁边，就会传达一个信息，即思恒的CEO连招聘都无法做好，需要您陪着、把关，这家公司是靠您才一步一步到今天的。

"他会觉得，阮思澄只是思恒医疗的台前木偶，邵君理在幕后操纵。这样不管他进不进来，都只会起负面作用。他不来，是您坏的事儿。他来呢，我也没有威严可言，镇不住他。"

顿了顿，她又说道："邵总，尤其我是女CEO。这个圈子女CEO少，能成功的女CEO更少。有的人喜欢说她们是提线木偶，是因为男人想创立公司又不方便站在台前，于是让这些女人注册企业，给她们钱、给她们人，让她们按照男人说的去做，产品、服务、战略、策略其实都是男人的主意。在这圈子对女人充满怀疑的氛围下，我更得小心，不能让人往那边想。"

邵君理被噎得半晌没说出话，足足过了四五秒才沉沉一笑，说："行了，不去就不去。"

"我很清楚您是在为我着想呢，"阮思澄的声音小小的，"但您不是女CEO，有些事情考虑不到……邵总，我想让别人知道我有能力，配得上您。"最后四个字几乎让人听不清。

当然，阮思澄并不会认为自己与他同样出色，甚至说不管是技术层面还是管理层面，在现阶段她没有任何一点能与他同样出色，但思恒是她一步一步做起来的，这点是谁也不可以轻易否定的。

“配得上了。”邵君理的声音温柔，嘴角扬起一个弧度，“只是觉得，恐怕我很快就彻彻底底不被需要了。”

“不，”阮思澄说，“我永远都百分百地需要您。”

“哦？”

“邵总，不管是在顺境还是逆境，不管是当CEO还是当什么，我永远都需要您，和您在一起，苦不那么苦，甜却更甜了。”

她想起了王小波曾对他老婆说的那句：“我和你就像两个小孩子，围着一个神秘的果酱罐，一点一点地尝它，看看里面有多少甜。”

邵君理一哂：“挺会说话。”

“真心的。”

“行了，谈完汇报结果。这个要求不过分吧？”

“不过分，不过分。”阮思澄急忙安抚，“明白，汇报结果！”

挂了电话，阮思澄给对方发了一个“颜文字”：【(‘}{’)】。

邵君理回：【？？？】

一秒以后又回：【用谷歌搜没有结果。】

阮思澄想：再帅也是一个码农，还“用谷歌搜没有结果”，晕。

她回：【是kiss……亲亲……的颜文字。挺形象的，( )是耳朵，‘’是眼睛，}{是嘴唇。而且咱们两个，正好一个眼尾稍微上挑，一个眼尾稍微下垂。】

邵君理问：【现在应该回复什么。】

【就……发一个差不多的颜文字呀。】

【不会。】

接着又是冷酷无情的一句话：【只会打字。】搜索引擎让他斗图，可不知道上哪斗去。

阮思澄说：【真没意思……】

“霸道总裁”真没意思！

刚想关上聊天窗口，阮思澄却突然瞥到邵君理又发来一句：【只会打字，将就将就。】

一秒钟后，阮思澄收到：【吻你万千次。】

一瞬间，阮思澄呼吸粗重。

邵君理那样的人，一本正经、十分严肃地用毫无装饰的禁欲小黑字说“吻你万千次”，直接就把开玩笑的“颜文字”给比下去了！

她得收回刚才的话，“霸道总裁”又“真香”了。

周六下午，阮思澄、叶夙毛在一家新派茶馆见面。

叶夙毛刚过 37 岁，长得挺帅，身高至少有 1 米 9，高大威猛，大眼睛双眼皮，声音浑厚。

他坐下来，像座小山一样，眼睛盯着年轻的 CEO：“我现在有官司在身，根本没有公司敢请。”

他先告了敬远公司，接着敬远反诉，他正身兼两重身份，一是原告，一是被告。他告敬远无故辞退，敬远告他贪污受贿。

“我知道。”阮思澄说，“但我觉得思恒和你也许很适合，不想错过与你的合作。”

叶夙毛笑了笑。

“能说一说官司细节吗？”

“当然可以。”叶夙毛道，“我在敬远工作两年，通过人工智能分析用无人机拍出来的影像。虽说是只是民用，不做军用，然而其实有些客户是有政府背景的，项目也与政府相关。”

“嗯。”

“去年，公司总部来了一些人，胡扯了些我们有人贪污受贿之类的鬼话，以调查为由，将全组人一一盘问，详细询问与政府有关的项目情况。在丢工作的威胁下，几个同事缴械投降，提供了项目细节，其中很多都是光看项目报告、代码掌握不了的细节。然而我是部门总监，掌握最多项目信息，一直没有开口回答，敬远因此气急败坏，辞退了我。

“敬远总部专门打听军事项目全部细节，目的必定是再汇报给外国政府。我承认，公司总部有权知道分部的项目细节，可是再汇报给外国政府，这实在是无法忍的。这绝对不仅仅是商业层面的事，这还是国家安全层面的事！一个公司不可以做违反当地法律法规、违反双方保密合同、损害客户根本利益的事，这是基本的商业逻辑。”

虽然这种事情在这个阶段命中注定无法避免，因为唯一解决方法就是全部采用自己的技术，可两国的技术水平还有差距。”

阮思澄问：“那现在呢？”

“我已经在安全部门备案了。然而起诉敬远无故辞退，属于劳资纠纷，按照规定必须先走劳动仲裁。仲裁以后如果还不满意，才可以到法院诉讼。我的诉求一共两个：第一，认定敬远行为违法，恢复正常劳动关系，赔偿因为长期离职而造成的经济损失；第二，敬远公开道歉。仲裁庭不愿意惹上事关国家安全的事，各打了五十大板，仅支持了我的第一个诉求，没支持第二个。”

“你还回去？”

“当然不回了。但是一共只有两种诉求，要么是与敬远恢复劳动关系，要么让敬远支付正常补偿金的两倍作为违法补偿金。敬远公司不在乎钱，前者更能硌硬他们。我想借此告诉敬远，这个问题解决不好，以后想干相同的事要好好掂量一下。同时也是告诉大家，以后遇到类似情况谁都不用回答。”

顿了顿，叶凤毛又继续讲述：“敬远对仲裁结果不满，于是打到法院了，快要判了。”

阮思澄轻轻点头，表示自己已经了解了。

她已经向叶凤毛的老同事们打听过了，叶凤毛性格随和，技术、管理能力都强，这回他其实比较反常，实在是因为眼里容不下沙子，对敬远为拿“情报”给大家扣贪污受贿的屎盆子、违反法律、无视合同、损害客户根本利益的做法无法忍受。

“凤毛，”阮思澄问，“能否问问，你做 AI 是为了什么？”

叶凤毛又倒了杯茶，笑：“记不清了，大概是想站得高些，看得远些，比别人更多地了解一点人类的未来。”

“嗯。”阮思澄叫服务生再上来一壶花茶，问，“对医疗有兴趣吗？一定要是无人机吗？”

“医疗可以。”男人点头，“我本科学的专业就是医学信息工程。”

“嗯，”阮思澄补充一句，“在医疗上，本土技术也很重要。扬清副总邵君理在 AI 峰会上曾经说过，国人的身体数据必须留在国内。”

说完这个话题以后，阮思澄又针对技术跟叶凤毛讨论了许久，觉得对方各方面都不逊一非，包括对 CNN 和 RNN 的理解和运用、眼光、大局观……叶凤毛确实适合当 CTO，她十分满意。

最后，她问：“还有别的公司在等你回复吗？”

“没有，”叶凤毛的表情平静，“就思恒。”

谁会想要动不动就告公司的员工？这种人一看就是一根难啃的硬骨头，太过“正直”，不懂变通，一般公司都不想要，这个思恒倒是奇葩。

“行，那我们先初步定了。”阮思澄笑笑，道，“我不诳你，你也别诳我。思恒医疗愿意等，只要法院判决书上证实你没有贪污受贿，就签合同。别的输赢，我不在意。”

叶凤毛道：“行。”

他们二人起身、握手，约好下次见面的日期，就此分别。

从茶馆里出来以后，阮思澄立即给邵君理汇报结果。

“行，”邵君理似笑非笑，“你自己决定，我不敢管了。”

“啥呀，该管就管。”她又没说过不让他管。

“今儿天冷，赶紧回吧。”邵君理说，“别感冒了，明天上午还要出门。”

“哦，哦。”阮思澄耳朵发红。

明天就有男朋友了。

挂断手机，阮思澄心里觉得这个周末是愉快的：周六“搞定”了叶凤毛，周日即将“收下”男朋友。

只是，三年不到就换了三个 CTO，只要一想起这个事实，阮思澄就还是很难过。

第十章　定情

晚上，阮思澄一反常态，早早地就爬上了床，打算睡了。她睡前还在脸上敷了500块钱一片的面膜，把包装袋内残留的精华全都抠出来抹在脖子上，不浪费。

她想明天气色好点儿。脸上可别起皮浮粉，丑。

“创业狗们”工资不高，可是他们压力大呀！

嘿咻，呼呼了。

周日，阮思澄化了个清纯甜美的妆，与平日里不大一样，橘色系眼妆，橙红色唇妆，身上穿着一条裙子，巨贵，一次都没穿出来过，头发轻轻扎成花苞。她虽已29岁，看上去却像二十五六岁。她的脸型又小又尖，皮肤细腻，显年轻。

9点40，她就站在楼下了。

每当有辆车停在附近，她就过去，从玻璃窗看自己明亮的样子。她一直笑，那是恋爱当中女孩幸福的笑。她自己都觉得好看，一看再看，不断确认自己此刻无比雀跃。这可能是她这一生最美丽的样子了，她得记住。

在这样的氛围当中，一切人、事无比生动。宠物猫狗撒着欢儿，蹦蹦跳跳，孩子们的笑声天真，一阵一阵，宛如无数小皮球儿，刹那之间从街这边滚到那边，再从那边滚回这边。

邵君理竟然喜欢着她，想想都觉得不可思议。毕竟他是那么耀眼，不论外在还是内在。可再想想呢，邵君理喜欢码农，最好是创业的，还得长得赏心悦目、身材正点，跟他本人理想一致、理念重合，那也确实没别人了。

虽然每个交集里的人都不少，但最后的交集里面就只剩她了。

9 点 50 分，熟悉的车停在她身前。车干干净净，昨晚洗过，在太阳下黑到发亮。

阮思澄一拉开车门就开始笑。她弯下腰，挑起眼睛，看主驾上的邵君理，露出珠贝似的牙齿，不住地笑。

邵君理虽没有露出电视剧里“霸道总裁”常常有的“惊艳”眼神，两道目光却十分明显地在阮思澄的身上多停了几秒钟，唇角一弯：“上来。”

“嗯！”

阮思澄提着装有礼物的纸袋，钻进车子，又把纸袋放在脚下。

邵君理问：“要去哪儿？没有想法我就安排了。”

阮思澄说：“上午先去云京自然博物馆！”

邵君理的声音一挑：“嗯？”

“有个特别展览。”阮思澄道，“我要看大恐龙！”

邵君理笑：“喜欢大恐龙？”

“对，侏罗纪系列的电影我都看过。”

“哦？最喜欢哪一部的故事情节？”

“我没有太注意剧情，”阮思澄瞪着眼睛，结结巴巴，“我基本上只看恐龙够不够大……”在阮思澄心目当中，但凡恐龙够大就好看，恐龙不够大就不好看。

邵君理感觉挺好笑似的，两边嘴角弧度未收，轻轻一拨右转向灯，扫了一眼后视镜，再看看盲点，手掌按在方向盘上轻松一抹，开进宽阔的主路。

车子平滑地前行。电动汽车几乎没声，暧昧气氛暗暗涌动。

到第一个十字路口，阮思澄见红灯还有 60 秒钟，逗邵君理的心起来，探过身子，猫儿似的在对方脸上嗅嗅。隔着大约两三厘米，嗅他耳朵及侧颈，发出“窸窸”的吸气声。

“干什么？”

“闻闻味道，”阮思澄说，“确认是真的还是别人冒充来的。今天可是很重要的，绝对不能跟错人了。”

邵君理又被逗笑了："别闹。"

他性子淡，一般情况下，所谓"笑"就只是稍微撩撩唇角，极少露齿，此刻倒是笑得厉害，阮思澄都看呆了。

也不知是怎么回事，两个人便十指相扣，撂在中央的杯架上，等红灯变绿。

10点30分，他们到达云京自然博物馆。

邵君理把门票买了——凭扬清的员工证件居然可以享受五折，让阮思澄再次觉得"最佳雇主"的头衔是有道理的。

一进大门，便能看到一具巨大和完整的恐龙化石，肋骨足有好几米长。它被摆在宽阔的天井当中，双脚立在一楼地上，头却在四楼附近，气势逼人。

在它两边，是阮思澄十分喜欢的霸王龙完整化石。

阮思澄嗷嗷直叫，从提包里掏出单反，交给一个颈上挂着高端相机、看上去摄影十分专业的老爷爷，请对方为他们拍照。

和邵君理一起出来，她终于能带单反了。以前不管是上学时还是工作后，每回与女性友人出门旅游，阮思澄都累死累活背着单反，却总是在掏出单反的一瞬间被朋友怒斥："拿走拿走！带它干吗？拒绝单反！拒绝高清！我们要用美颜相机和美图秀秀！你长得美能用单反了不起吗？"

阮思澄把邵君理扯到霸王龙化石旁边，两人轻轻挨在一起，阮思澄说："邵总，比心！"

"嗯？"

"就这样，一条胳膊跨过头顶，一起比出一个心形，拍照好看。"

"不可能。"邵君理道，"想都不要想。"

"来呀，来嘛！"阮思澄把脸颊半偏，盯着对方狭长的眼。

几秒以后，似乎被吵得受不了，邵君理的胳膊一抬。阮思澄心中一喜，觉得自己戏弄成功，以后可以作威作福。

然而邵君理却回望着她，骨节分明的手伸过去，用修长的拇指、食指把阮思澄的嘴掐住，让她好像一只鸭子，道："闭嘴。"

阮思澄的嘴巴被对方掐着，眼睛瞪得圆溜溜的。

只听两米外的地方，单反发出“咔”的一响，摄影爷爷竟然把这一幕给拍下来了。

自然博物馆的一楼整个都是恐龙展厅。各类化石有大有小，有完整的，有部分的，详细介绍这片大陆亿万年前都有哪些恐龙在世，它们就是脚下这片土地曾经的霸主。某个小展厅还播出了两部片子，一部是讲恐龙历史的，另一部是讲考古工作的。博物馆还专门开辟出来一个有玻璃窗的实验室，让游客们可以看到工作人员处理化石。

二楼、三楼还有四楼展示其他动物化石。化石按照进化顺序、动物门纲十分清晰地排列着，分为无脊椎动物、鱼类、鸟类、爬行动物和哺乳动物。三楼东侧还有一具很完整的蓝鲸骨架，超大，是目前地球上最庞大的生物。

阮思澄在里面乱逛，时不时叫邵君理看，比如“看，蛇”！而邵君理十分宠溺，永远当真跟着她看，声音低沉还带着磁：“嗯，蛇。”两人总把同样的话给说出两种味道。

看着生物逐渐进化，阮思澄还挺感动。生物一代一代变异及淘汰，才变成此时此刻这个样子，而他们呢，也正处在一个拐点上。凯文·凯利曾经提出一个惊人的看法，即技术是第七种生命形式，是除动物、植物、真菌等之外的第七种生命形式，十分有趣。而阮思澄同样觉得，说不定有那么一天，AI 真能变为一个生命种类，他们这些工程师便是 AI 的“父亲、母亲”。

五楼东侧是一个昆虫、蝴蝶等标本的陈列厅；西侧则是一个等身比例仿真动物的陈列厅，各种动物都按等比由骨、皮、毛等制作而成，栩栩如生，配合大片花草树木，被安置在一个一个玻璃柜中。

“唔。”阮思澄在玻璃柜前，一项一项地看过去。

到金丝猴的柜子前，邵君理忽然之间把她的手给扒下来，道：“我看真得治治你这老往玻璃上按指纹的臭毛病。否则以后卧室、书房、客厅、办公室，天天都得擦上几遍。”

“嗷呜。”

邵君理的两手一收，把阮思澄搂在怀里：“好好看，贴得再近也进不去，有什么用。”

专制！

看完金丝猴，邵君理却并不放手，依然把人搂在怀里，还握着她的手，身子一转，带着女孩也向右转，而后又用自己胸膛推着对方，慢悠悠地走到下一个展览柜。他两腿长，怕踢到对方，微微岔开，却并不会显得别扭。

这样走过几个模型陈列柜后，阮思澄听到她旁边的一个女生对另一个女生说："那边两个好甜呀。"

阮思澄的脸有些红。

而另一个女生回答："男帅女美，才觉得甜，换两个人就辣眼睛了。"

等这俩女生走远了，阮思澄用胳膊碰碰身后的人，道："人家说咱们'好甜呀'。"

邵君理并没有说话，从背后在阮思澄的黑发上吻了一吻。

云京自然博物馆的最后一层是植物区和矿石区。在矿石区，各色陨石、矿石、宝石被陈列在玻璃柜里，赤橙黄绿青蓝紫，特别好看，有石陨石、铁陨石，还有各种红宝石、绿宝石、蓝宝石、黄宝石、紫水晶、方解石、托帕石、电气石……每一块都十分养眼。

矿石区正在举行一场珍贵宝石展览。

他们二人一一看过。阮思澄也再次发现邵君理什么都懂，不管是对动物、植物，还是对陨石、矿石，都能讲出一二三四，终于相信他过目不忘。

怎么有人文理都可以做到"天才"级别呢。

在一大串粉钻项链的柜子前，阮思澄又没有注意，趴了上去："这好美啊。"粉钻项链淡雅、高贵。

邵君理则淡淡一瞥，道："粉钻，所有钻石中的王者。全世界每10颗钻石里才有1颗是彩色钻石，而粉钻更稀有少见，基本来自澳大利亚的阿盖尔，那个地方每年大约产50克拉。不过在这50克拉里，超过50分的非常少，艳彩粉更屈指可数。"

阮思澄问："艳彩粉是什么？"

"艳彩粉是最高等级的粉钻，很少，不带杂色的更少，一般都会有点蓝、绿的。"

“哦，长见识了，真好看。”

“阿盖尔粉红钻每年举行招标，就是拍卖，喜欢的话可以过去看看。”

“求你不要讲奇怪的话。”

“真喜欢就买一小把。”

“请不要用‘把’这个字当粉钻单位。”

阮思澄都要晕了。“博物馆有珍贵宝石，那我们也买上几颗”，这么想绝不是正常人的大脑思维！

邵君理则不置可否，伸手打开阮思澄的包，又从里面翻腾出来一瓶袖珍的矿泉水，拧开了。

阮思澄问：“什么时候扔进去的？”

“在停车场。”邵君理惯常用怼来回答问题，“你这眼神有点够呛。”

怪不得她觉得包变沉了！

邵君理又笑，仰起脖子喝了一口。今天只是日常约会，他少见地没打领带，衬衣扣子解开一颗，露出一点肌肤。此时喉结上下一动，矿泉水顺着喉管下去，特别性感，让阮思澄舔舔嘴唇，觉得有些口干舌燥。

真魔怔了，看人喝水都能入迷。

出来大概中午 1 点，太阳正好，金色的光铺满院落。

云京自然博物馆院子正中间有个花坛，花坛边上零零落落坐着游客，花坛中心则是个三层花架，里面种着各类玫瑰，又大又艳，姹紫嫣红。

看着看着，阮思澄也有点想晒晒太阳了——她已经许久没有很悠闲地放松过了。

“邵总，”她说，“咱也坐坐？”

“行。”

阮思澄到正门外面买了一份《云京日报》，拿出中间一沓广告铺在砖上，叫邵君理坐在上面，自己则轻轻倚在他旁边。

“唔。”她把手中剩下的报纸一张一张举起来看，“嚯，澎湃科技又出事了，被指只推自家产品，缺乏客观性。”

“嗯。”邵君理十指交叉，放在腿上，眯起眼睛看风景和过路行人，“塞翁失马，焉知非福。当年它的竞争对手放弃我国市场，人们几乎全都认为澎湃的好日子来了，从此再也不用愁了。然而事后复盘来看，也正是从那时开始，它失去了竞争压力和进取心，主打产品的核心技术十来年都没改进过。”

“哎。”澎湃毕竟是老东家，阮思澄也希望它好。

阮思澄把《云京日报》一页一页拿到眼前。她看报纸的方法是把报纸全展开，两手拿着左右页边，把上半身整个遮住，懒得叠了拆、拆了叠。

看了几页，她突然间意识到——邵君理被她挡着了。

“邵总，”她转头问，“是不是挡着你了？”

邵君理的目光一动，道：“你可以再挡一点。”

什么玩意儿？

“过来一点，把两个人全都挡上。”

接着，不等她反应过来，邵君理便伸手拿住报纸一边，往自己的方向一扯，报纸正好挡住两人。

阮思澄定定地看身边的男人。

干吗？

邵君理的唇角微撩，倾身过去，在报纸的遮挡下，轻轻吻她的眉心。不仅吻，还啜，发出奇怪的声音。

阮思澄垂下眼睛，一动不动，让对方吻。她觉得痒痒的，眉心痒，眼睛也痒，一路痒到双腿。

他们二人面对建筑，两手举起报纸挡着，对面出来的人无法看到，同时因身后有一些花枝，后面的人也注意不到。

几秒以后，两人分开，阮思澄把报纸收起，打死也不想再看了。

也就在她刚叠好报纸时，一个高大的中年男人端着单反走了过来：“二位，下午好。我是一名自由摄影师，刚才拍了二位的剪影，想要个授权。我保证不会用作商业用途，如果参赛或者参展会先征得二位同意。”

阮思澄说：“我们看看。”

“行。”

高大男人调出照片，阮思澄只看了一眼，就呆住了。

因为太阳是在身后，他们两人偷偷亲吻的影子被投映到了报纸上面，而且尺寸还不算小！

是剪影，看不清楚面目五官，然而女孩子的侧颜精致，长而密的睫毛垂着，鼻尖小巧，有饱满的嘴唇、精致的下巴和纤长的脖子，梳着一个花苞头，而她对面那个男人，额头光洁，鼻子高挺，正珍惜地吻她眉心，二人身后有一枝一枝的玫瑰花。

任谁都能看得出来，他们俩用报纸遮挡亲吻，却叫正午灿烂的阳光在报纸上留下影子，好像是上天不忍让这一幕悄悄流逝。

“好漂亮，”阮思澄问，“可以发给我们俩吗？”

“当然可以。”

“嗯，我的邮箱是……”

捡到宝了。

第一次真正约会，居然留下这样一张能参赛的漂亮照片。

大约坐到 1 点 15 分，两人打算去吃饭了。阮思澄在网上搜到一家大螃蟹店，评价不错。

然而就在这个节骨眼上，阮思澄的手机响了。

她看了看，发现居然是某医院助理医生打过来的。

“阮总，”杨医生说，“就说一声，‘思恒急诊’的患者中可能会有一例死亡，不过是因为家属不遵医嘱，与医院和思恒无关。”

“嗯？”阮思澄的身体坐直。

“另外，对于这种死亡事件，记录上面要怎么写？”他有点儿拿不准。思恒医疗按时统计使用情况，其中包括治疗方式还有患者后续回访。杨医生还比较年轻，对于涉及死亡的数据，觉得还是问一问好，不想敷衍了事。

“具体说说。”

“是这样。”杨医生解释道，“今天有个脑梗死的女性患者，55 岁，凌晨开始两只眼睛看不见了，但根本意识不到看不见了，直到中午才被发现，被女儿送来急诊。这时患者右腿已经不能走了，右手也不能动了。她的女儿知道思恒，而且好像十分信任，看到思恒的产品后，希望使用 AI 机器再给她妈看看片子。”

“然后呢？”

“结果一样，是脑梗死，对药物的选择也一致。她本来要直接溶栓，再转到大医院去——她先去的云京一院、P 大一院，都没床位，太着急了才来仁爱。结果，也不知道怎么回事，她的弟弟，也就是患者儿子，一过来商量，俩人决定不治疗了！”

阮思澄：“啊？”

“怎么劝都没有用！几个医生要气死了！”

阮思澄安静地听着。

“那个患者入院以后，脑梗面积又扩大了。这样解释吧，如果不去动脉血栓，其他血管流量加大会导致更严重的梗死，人说不定就完蛋了。两个孩子都快 30 岁，爸爸去世很多年了，是妈妈把他们拉扯大的，”杨医生还比较年轻，控制不好自己情绪，“他们估计觉得不好康复，可能留下偏瘫等后遗症吧。就算溶栓，他们妈妈也难自理，需要子女轮番照顾，所以不愿意了。这种事也见得多了。”

阮思澄挺不能接受：“怎么这样？”如果是她，不惜一切代价也要救治自己妈妈。

“而且患者看着是本地人，两个孩子正在婚龄，要是爸妈全都没了，遗产每人可以分一半，这种事……也见得多了。否则，也没别的解释。”就算只有一套房子，卖了也能值一两千万。要知道，云京本地的老房子，起价就是一两千万。

“杨医生，”阮思澄说，“对，如实地写在报告上，不要担心思恒医疗。”

“知道了。哎，没办法。”

放下手机，阮思澄也不太平静。她坐了坐，才说：“走吧，去吃午饭。”

邵君理并没有起身，凝眸看看，问：“真的要去吃午饭吗？”

阮思澄又纠结半晌，忽然蹲下，撒娇哀求：“邵总，给我两个小时，先去仁爱医院看看行吗？”

“发生什么了？”

阮思澄把经过讲了，说：“邵总，我想过去看看情况，看有没有什么办法能让家属回心转意。这样，一来可以治病救人，二来可以抹掉死亡记录。虽说患者不听医嘱，与思恒并没有关系，可是毕竟沾上‘死亡’二字，万一有人到网络上歪曲事实就不好处理了，毕竟数据都在医院及咱们思恒医疗，没有东西证明清白。而且刚才杨医生说，患者女儿知道思恒，那说不定劝劝有用……溶栓讲究越快越好，每个小时都可能关乎生命。”

邵君理说：“走吧。”

“对不起。”

“没有什么可道歉的。”

“嗯。”

这头一个“死亡”记录，让阮思澄感到荒诞。

她并非医院医生，也不接触患者、家属，虽然知道人情冷暖，却没有亲眼见过。

一个 55 岁母亲的儿子和女儿，竟会因为不愿天天伺候老人、因为可以继承大笔遗产，眼睁睁地看着妈妈脑梗死亡。

人能自私到什么程度呢？

路上，邵君理给阮思澄买了一份麦当劳吃。阮思澄不大忍心让邵君理忍饥挨饿，打开了另一个包装袋，只要遇到红灯或黄灯就喂他吃上几口。直到一个汉堡吃完阮思澄才终于想起，邵君理明明可以一手开车一手吃饭。

路上交通十分正常。“正常”的意思就是东西南北四个方向全都堵车。下午 2 点，两个人终于到了仁爱医院。

阮思澄曾亲自对接这家医院的急诊室，认识杨医生，也认识其他医生，并没有受到任何刁难便掌握了更多信息。

与杨医生讲的一样，患者女儿本来想救治，但儿子一顿“骚操作”，他们决定不治疗了。患者脑梗越发严重，智力宛如三岁孩童。

几个医生都挺愤怒，对阮思澄说：“根本不是要命的病！就是可能有后遗症，要人伺候！看看，现在子女都多坏吧！”“这代孩子太自私了！实实在在指望不上！”

阮思澄没有搭腔，只是问：“能到病房看看患者吗？”

杨医生说：“行。”

“儿子女儿也都在吗？”

“在的。”

阮思澄：“好。”

由于要跟医生说话，阮思澄并没有同意邵君理也跟在身边，让他一边等着去了。而从办公室再到病房，因为跟着两个医生，阮思澄也不好耽搁，所以也就没叫邵君理一起跟过来，自己一个人进病房会家属了。

出乎意料，脑梗患者的一儿一女气质卓然，是知识分子，与预计的粗鄙样子截然不同。

患者 55 岁，十分漂亮，看得出来她年轻的时候一定是个大美人，此时正靠着床头坐着，依然不知自己瞎了。

阮思澄在来的路上已经查过，很多失明患者并不知道自己已经失明了，因为大脑会自动地构建影像，补上缺口，因此虽然他们走不好路，摸不到东西，也还是不认为自己已经失明了。

而她此时所呈现出来的智力，也是如同医生说的，绝不超过三岁孩童。

只听她的子女在问：“冷霜是谁？”

患者立即乖乖地道：“是我女儿。”

他们又问：“冷冰是谁？”

患者又是乖乖地道：“是我儿子。”

“那马晓西呢？”

“是我多年的好朋友。”

阮思澄都觉得不忍，子女却还咯咯笑：“看看咱妈，傻乎乎的，多好！”

阮思澄请医生回去，自己单独走进病房。

她是真的看不下去——也不知道是为什么，一双儿女不给治病，还对老人取笑逗弄；不但不给她生命，还不给她尊严。

可老人呢，即使已经这个样子，却还牢牢记得“冷冰”“冷霜”这两个名字！

女儿最先察觉有人，“唰”的一下站起身子。

“你们好，你们好！”阮思澄的笑容真诚，“我是思恒的 CEO，我们的

‘AI 急诊’刚给阿姨看过脑梗。”

“我知道。”那个女儿点头，接茬说道，“阮思澄，对不对？”

“是。”阮思澄再次开口，“杨医生说，阿姨如果不治……可能死亡。我是希望用过“思恒急诊”的所有病人都能痊愈，大家全都健康平安。”

“抱歉。”虽然阮思澄说得十分冠冕堂皇，但冷霜、冷冰也猜到了，自己母亲若是死亡肯定影响数据报告。

阮思澄又试着逼问：“那个，我能知道放弃治疗的理由吗？”如果能知道对方选择不治的理由，那就找到了解决问题的关键了。

“也没什么，”对方回答，“就是不太想治疗了。”

“为什么呢？溶栓不难，妈妈可能康复的呀！也许不会有后遗症，根本不用别人陪床。这个岁数，是有很强恢复力的！”

对面二人沉默不语。他们甚至没有任何眼神交流，都笃定了坚决不给妈妈治病。

幸好阮思澄没别的特点，就是特别能泡、能磨，她在这个问题上面车轱辘般转了整整 15 分钟，就是不肯离开病房。最后，女儿冷霜终于开口，破罐子破摔一样，又急又快地甩出 12 个字：“因为我们根本不想让她康复。”

阮思澄：“啥？”

“实说了吧。”冷霜宛如虚脱一般，坐在母亲的床沿上，垂下眸子，看着地板，半晌才又缓缓开口，声音仿佛老了十岁，“我母亲是癌症晚期，胆囊癌。”说完，她还拿出手机，打开一张报告单，上面写着患者名字。

阮思澄知道，胆囊癌的恶性程度甚至超过胰腺癌，进展快、病程短，对药物的反应不大，早中期没有症状，从确诊到最后死亡平均生存期不到半年，死亡率基本是百分之百。

说到这里，冷霜似乎意识到了，虽然母亲已经如同三岁孩童，也不应该当着她的面说这些话，她起身说道：“到门口说吧。”

“好。”

阮思澄也察觉到了，事情不对，好像不是像杨医生和她自己之前以为的那样。

等两人在门口站定，冷霜再次面露痛苦：“脑梗，也是因为癌症晚期的高凝体质。在并发了脑梗以后，肿瘤医院希望转院，说他们无法治疗脑梗，因为云京一院、P大一院没有床位，我们去了云京二院、P大二院，照实说了是癌症晚期，然而神经内科不太想收……可能是怕出事故吧，或者是占死亡指标？叫我们回肿瘤医院，但可以在他们那拿药。我就着急，想着先治这个脑梗，所以在看病时，并没有跟这医院的杨医生说妈妈还有癌症的事，想着先把住院办了，住进来了再讲。现在还没完全办好，等下要再跑趟一楼……我们两个还在商量下一步要到哪儿去。”

阮思澄觉得有点懂，又不太懂：“所以……”

冷霜苦笑：“我妈妈一生好强，最近常常以泪洗面，总问为什么呢、为什么呢，她怎么会得这种病……自从确诊胆囊癌后，她再也没有高兴过了。”

阮思澄认真听着。

“她一天比一天绝望，一天比一天压抑，还想过跳楼自杀，可是不敢，真的不敢。她在并发脑梗以前整个腹部已经很痛，肿瘤医院的大夫说大概就是这一两个月的事儿了。”说到这里，冷霜的眼泪顺着脸颊流淌下来，她用手擦，越擦越多，眼睛好像漏了口子，后面连着一个湖泊，“我们不想让妈妈这样一点一点走向死亡，一天比一天恐惧，一天比一天痛苦，挣扎、放弃、翻滚、呻吟，眼睁睁地看着自己身体的指标一项项崩溃。我妈妈一生要强，她不会想要那样子的。我们两个非常确定，她应该想笑着死去，而不是经历绝望、放弃、苟延残喘。”

“冷霜……”

“这一天来，她很开心，因为脑梗，傻乎乎的，什么事都不晓得了，一直笑一直笑，我们很久没见到了。我们想，如果一直注射杜冷丁，不让妈妈觉得疼，她就能保持轻松了。”

停顿了一会，冷霜继续说：“我们对她了解最多……她绝对想这样死去，不知不觉，无忧无虑。她之前有回失去意识，被强拉回来，醒来后却说希望昏迷期间直接死了……我们不能为了自己，为了跟她再说说话，强把她的脑梗治好，强把她给拉回现实。”

冷霜用手捂捂眼睛，想把眼泪都挡回去，然而眼泪顺着她的手流到了手肘，又落到地上，把地砖给洇湿一片。冷霜最后终于放弃，拿开手掌，用令人心惊的眼神看着阮思澄，说：“所以，哥哥和我不想治了。就让妈妈她……不知道自己已经行将就木，不知道自己即将告别人世，不知道自己就要抛下子女，也不知道自己爸妈会白发人送黑发人，就这样，天真无邪，如孩童般去吧……”

冷霜言毕，号啕大哭。

阮思澄又能说什么？她觉得胸腹沉甸甸的，似乎可以实体化的沉痛坠在她的心尖，撕扯她的五脏，为她增加许多重量，她几乎能看到它漆黑的颜色。

她搂住冷霜，安慰她，直到抽泣声音渐停。

道谢之后，冷霜回屋先洗了脸，擦了泪痕，又跟哥哥一起“逗妈妈”。

他们两个一遍遍问“冷霜是谁”？“冷冰是谁”？“马晓西呢”？

患者总是立即抢答“是我女儿”。“是我儿子”。“是我多年的好朋友”。接着在听到了夸奖以后，露出开心的笑容来。

冷霜、冷冰希望妈妈可以这样活得久些，他们拿出一些刚熬好的蔬菜汤和鲜榨的水果汁，一边喂还一边鼓励，真的和哄孩子一样：“喝……再喝……对，来来来，多喝一口……再喝一口……好了这是最后一口，啊……张嘴……真乖！”

而后他们俩又絮絮叨叨，为她讲述一些身边人的故事，比如她的爸爸妈妈怎么胡闹，她的哥哥姐姐怎么令人讨厌，她的一个好友女儿结婚生子，另外一个好友儿子劈腿出轨……他们的妈妈好像也能听懂不少这样的事，好像只有遥远记忆，并不清楚当下状况。

阮思澄的两只眼睛也全湿了，眼泪一波一波涌上，怎么压都压不下去。

再看下去已经没有意义，阮思澄把房门带上，抹抹眼泪，走出病区。

在这种时候，她想要与他在一起。

她一下子就明白了人生苦短、耽误不得，要把每时、每分、每秒全都送给心爱的人，制造出许许多多的美好回忆。她不想在将来某天暗自悔恨：陪他不够多，回忆不够多。

她觉得来仁爱医院一趟来对了。

这个非常重要的日子不是单单只有甜蜜，她还亲眼看到了一个女人几乎就要忘记自己的父母、自己的丈夫还有自己的子女。于是，她更加想用力、拼命爱身边的人，当然也包括邵君理。

走出病区，没看到人。

她拨出了熟悉的手机号，声音有些呜咽地道："邵君理，你在哪儿？"

邵君理也觉得不对："从洗手间刚刚出来，马上到了，怎么了？"

阮思澄抬头，看到自己爱的男人刚刚转过墙角，拿着手机，走到她面前，缓缓站定。

"邵君理，"阮思澄伸手搂住对方的腰，仿佛用了毕生力气，"邵君理，我们现在在一起吧，立刻，马上，就在这里，我不想等晚餐说了，一秒钟都不能拖了。"

"嗯。"邵君理把他的姑娘紧紧拥在怀里，一刻也不想再放开了。

阮思澄用鼻尖蹭蹭他的胸膛，叫："男朋友。"

"嗯，女朋友。"

在无人的病区外面，阮思澄从邵君理的宽阔怀抱钻了出来，伸手揽住对方颈子，强迫对方低头，接着踮着两只脚尖，送上自己两片唇瓣。

邵君理一愣，随后含住了她的唇。

※※※※※※

两人接吻、分开，再接吻、再分开，周围时间缓缓流逝。

阮思澄想起她曾看过一篇论文，说人为何喜欢接吻。大意是，人在进化过程当中需要舌头识别危险，将有害的各种食物直接定义为"不好吃"，而这需要大量神经参与。也正因为人的舌头上存在着密密麻麻的感受器，十分敏感，才对接吻如此热衷，才会觉得这样舒服。

阮思澄已亲身感受，觉得还挺有道理。

一直亲到唇都麻了，阮思澄才推开对方，问："几点了？"

邵君理也微微喘着："你出来时刚过 3 点，现在应该 3 点半了。"

“咱们两个干什么去？”

“你不全都计划好了。”

“来不及了。”阮思澄说，“大恐龙展只是预热，本来下午是重头戏，但现在来不及了。”

“嗯？”

“下次再说吧。我订好了晚上5点在万豪酒店的晚餐，也买好了晚上7点大剧院的芭蕾舞票，只能玩儿1个小时了。”她是一个码农，也是一个CEO，自然事事都要事先安排妥当。

“你……”

“咋啦？”阮思澄问，“这个格调应该够呀？”餐厅人均消费要一千多，最好位置的芭蕾票一张1080，加上礼物，花了她一万多。

悲哀，和高帅富谈恋爱，也许收的礼物多，可花得也多啊！虽说思恒B轮以后她的资产铁定上亿，差不多在两亿左右，但资产、现金是两回事，现在HR把她的工资涨到一年78万了，她肯定不算一无长物，可也不能大手大脚。

邵君理说：“没事。要不随便走走。”

“嗯，”阮思澄望着天棚，翻出白眼，思考片刻，“叮”地蹦出一个主意，“这旁边有一个自己做银戒指的小店，去不去？”

“我无所谓，想去就去。”

“那走！”

“嗯。”

在车上，阮思澄把冷冰、冷霜兄妹俩的故事讲了，邵君理全弄懂以后也只是默然以对，用力捏捏女孩的手。人生短暂，自己无法决定可以活到何时，但至少能决定如何过完这一辈子。

他们两人一路来到夸叶金工。

这是一家不大的店，改自一间普通民居，里面布置着四五个大工作台，每个上面都摆放着银片、铁锤、火枪、杯子等材料和工具，东西两侧则是两个高高的玻璃柜，里边都是店长夫妻自己打的首饰，可以出售。店长夫妻身上穿着传统服饰，正在指导学生制作，笑容令人如沐春风。

屋里还有两对情侣，正在专心制作，并未抬头。

店长妻子起身迎接。阮思澄想坐在角落背对着别的客人，对方自然答应了。

店长介绍了银器种类以后，阮思澄说：“要刻字的！”

“行。”店长翻出几个铜片，道，“先在这上面练习一下，掌握了轻重，才能开始。”

阮思澄乖巧道：“好呀。”

“刻什么字？”

“一个‘阮’，一个‘邵’。”

“好。”店长捧出一堆模具，扒拉半天，抽出八个小金属棒，十分类似活字印刷的金属棒。阮思澄拿过来，发现几个小金属棒的最前头分别刻着反方向的“R”“U”“A”“N”“S”“H”“A”“O”。

“唔，”阮思澄问，“是用模具直接刻字？不是自己一笔笔敲？”

店长同情地看着她：“没有十年以上经验是敲不出来好字儿的。”

店长抽出圆头铁锤，一下一下地做示范：“这个力度……看懂了吗？”

“嗯。”阮思澄练习了一下，“这样对吧？”

“姑娘聪明。”店长转眸，“小伙子呢？”

邵君理沉默半晌，从没想过自己这双敲代码的手要用来做这种事情，接着长长叹了口气，解开袖扣，修长漂亮的手指把衬衣袖口一折一折地挽上去，露出半截小臂，认命似的拿起铁锤，在铜片上笃笃笃敲。

“也聪明。”店长顺着拍马屁，“可以开始做戒指了。”

阮思澄：“嗯！”

他们开始退火、烧银，这一步是为了软化。银片摆在耐火砖上，火从火枪当中喷出，是蓝色的，带着温度。店长说，烧到粉红带白即可，要真烧到鲜红，银就化了。

把银扔到水里一秒，降温捞出。阮思澄无比认真，低着脑袋，抻着脖子，就着模具一锤一锤，把银打成小长条儿。

接着，她用“R”“U”“A”“N”“S”“H”“A”“O”几个字母在银片上

敲出字迹。力道太大，银背面会凸出来；力道太小，字迹又会不清楚。

她又自己选了一种戒面，叮叮当当在正面又敲出图案。

搞完，店长用小尺子量了二人手指尺寸，给他们俩一人一个金属戒柱，叫他们把手中银片圈在上面，让它弯曲，敲到贴合，定型成环。阮思澄打的戒指是邵君理的手指尺寸，而邵君理打的那个戒指是给阮思澄的。

等戒指成环，他们用笔在头尾处做了记号，用一个弓形锯把多余的部分锯掉。锯是一根极细的线，一不小心会割伤手。邵君理早已经认命，知道必须干“粗活”了，想帮对方完成这步，阮思澄不干，坚持“自己的事自己做”。

店长又叫他们两个在接合处涂助焊剂，铺上焊片，夹好，用火枪给焊结实了，套回戒柱再敲一敲，这样戒指雏形就出来了。

最后，阮思澄戴上护目镜，用打磨机和砂纸抛光戒指，扔进小锅洗净杂质，丢进抛光机继续抛光，就基本上算搞定了。

阮思澄用手捏着戒指，高兴地握着男友左手手腕，在他的无名指上轻轻套好她做的戒指，觉得把人给捆住了。戒指里面还有字，一边是“RUAN”，一边是“SHAO”，有种特殊的仪式感。

邵君理笑，把他做的同样套在女孩手上。

二人牵手走出店门，阮思澄的无名指能感受到对方手上那个硬硬的小圆环，心里觉得有点不可思议——他们确立关系才几个小时，竟然已经互相送过自制戒指了。

这进展也太快了吧。

当天晚餐是在万豪酒店吃的，有来自阿根廷的牛排，还有来自欧洲的龙虾。邵君理本打算结账，阮思澄却非要请客，最后果然吃掉几千块钱，不过她也并不心疼。

晚上6点45分左右，阮思澄带她男朋来到最后一个地点——国家大剧院。

她早订了《舞姬》的票。

《舞姬》的宣传十分浩大，阮思澄在网上看到后就买了位置最好的票，作为周日约会的收场。

《舞姬》号称“最难跳的芭蕾舞剧”，是世界各大舞团的试金石。敢演这个，基本上说明该舞团具备相当水平。它改编自印度诗剧《沙恭达罗》，也叫《印度寺庙的舞女》，由“古典芭蕾之父”、俄罗斯学派的奠基人彼季帕编舞。这位大师曾经与柴可夫斯基合作完成过《天鹅湖》《睡美人》和《胡桃夹子》。《舞姬》比《天鹅湖》还要古老，首演于1877年，是芭蕾舞的奠基作品之一，之后的许多经典作品中都能看出它的影子，包括《天鹅湖》中的白纱裙。

阮思澄觉得，看看芭蕾舞剧也挺好。

他们的位置在第七排，比舞台高出一点。

晚上7点，演出正式开始。

舞台上，武士首领带着军队来到寺庙休息、过夜，在这遇到神殿中的美丽舞姬。二人一见钟情，海誓山盟，坠入爱河，而这一切被深爱着她却遭拒绝的大祭司尽收眼底。

武士首领回到皇宫，国王要把公主嫁给他。武士首领十分纠结，最终真爱不及权力，他答应娶公主为妻。这时，为了杀死武士首领，大祭司向国王告密。国王果然怒不可遏，决定立即处死舞姬，可大祭司极力阻拦，说倘若杀神职人员，神会降怒。而这番话又被公主给听去了，骄傲的公主步步紧逼，美丽的舞姬十分痛苦。

剧中人物十分立体。大祭司善妒、阴险，然而在国王要杀舞姬时，又拼命地保护了她。

第二幕，武士首领与公主成婚。舞姬赶到婚礼现场想要最后争取幸福，可武士首领却拒绝相见，甚至亲吻公主手背，舞姬难以置信、心如死灰。

到这，经典场景“蛇舞”来了。

国王、公主二人送给舞姬一个漂亮花篮。舞姬抬头望向爱人，武士首领嘴角露出微笑。舞姬自然认为这是对方送给她的花篮，他的心中还有自己，是因为其他原因才与公主举办婚礼。舞姬心中欢喜，翩翩起舞，身躯曼妙，舞姿轻盈。

演员嘴角露出的微笑，在台下也可以看到。

就在舞姬挽着花篮如仙子般起舞时，一条毒蛇猛地窜出，咬住她的纤长脖颈！原来，这一切都是公主的计划。

演员脸上笑容定格、狰狞无比，阮思澄被吓了一跳，叫“君理”，还伸手去摸隔壁座。这完全是本能反应。

邵君理把她手握住，放在自己大腿上，轻轻拍拍。

大祭司把解药送来，然而舞姬生无可恋，倒掉解药，选择死去。

晚上，武士首领梦到幽灵王国，祈求她的原谅。几十名演员进入舞台，在Z字形斜坡上起舞，气势磅礴，可这地形也更需要舞者们的技术高超。

“唔……”阮思澄想：好看是好看的，可……好憋屈的一个剧情。

离场以后，她看了看邵君理，问：“君理，你会不会去娶公主？”

“嗯？哪来的公主？”

“就是，政商两界大佬的女儿。”

邵君理挺好笑似的：“我为什么要娶公主？”

“为了扬清越做越大？”

“我把扬清越做越大是为了保护重要的人，不是相反。”

“噢。”

“要不明早去领个证？”

“别扯淡了。”

邵君理的嘴角勾勾，双手插兜没再说话。

二人沿着灯火通明的大街走到停车场。邵君理替阮思澄把车门打开，阮思澄钻进去，觉得真是十年河东十年河西，她这个“农奴”翻身啦！

首次约会整整出门13个小时。两个人再回到小区门口时，已是晚上11点钟。邵君理把车停在小巷深处、楼的侧面，无人经过。

阮思澄吩咐：“今天拿的照片、戒指、手册、领带夹，都要收好。”

“嗯。”

“可惜上午在博物馆没有东西可做纪念。那博物馆抠到家了，连个地图或者手册都不发。”

“纪念？”邵君理说，“不然买个恐龙骨架捐赠给博物馆？欧美每年都有类似拍卖。”

“是开玩笑吗？”

“嗯，随口说说。这种拍卖是利是弊一直以来都有争议，好处是有更多人参与保护，坏处是各国买家哄抬价格，让博物馆无力承担，无法展开科学研究。各个国家考虑问题角度不同，我国禁止拍卖化石，不过也有很多国家、地区是允许的。哎，咱们还是不要掺和了，乖。”

“我并没有想要掺和。”

晕，富人们的世界真是无法理解。

她是喜欢大恐龙，但也不想买回家啊！

阮思澄不再讨论买大恐龙了。她一弓腰，弯下身子，捡起脚边的袋子：“对了，君理，这是送你的礼物，我昨天出门买的。”

“哦？”

“定情礼物。”她一边说，一边将一个灰色的小盒子从袋子里掏出来，拉开丝带，打开盒子，送到对方眼皮底下，“好不好看？”

邵君理垂眸，发现盒子的丝绒中埋着一个领带夹，十分优雅的淡金色，尾端一道暗蓝点缀，另外一端嵌着一颗小钻。

他颔首：“品位不错。”

“邵君理……”阮思澄一双杏眼盯着身边的邵君理，细长白皙的拇指食指捏起那个淡金色的领带夹，翻过来，送到唇边，两片嘴唇压上、贴着，在领带夹背面尾端轻轻落下一个吻。

然后，她用左手捏着礼物，垂下眼睛，微微探身，把领带夹别在了邵君理的衬衣左襟上。

今天不是商务场合，邵君理并没系领带。然而阮思澄却退而求其次，把领带夹给别在了对方的衬衣左襟上，领带夹的内侧直接探进他的衬衣里边，刚亲吻过的地方牢牢贴着他的胸前肌肤。

理论上，只有这样才能别住，然而他和她都知道，她的做法等于间接把一个吻落在他的胸前皮肤上了。

邵君理用狭长的眼死死盯着阮思澄看，手指一动，莫名其妙把车顶篷给打开了。

Tesla Roadster 是辆跑车，还是顶级敞篷跑车，顶篷随时可以打开。只要一按按钮，头顶上方的一小块黑色玻璃便会缩到后面。这辆车的最高时速在 400 公里以上，从零加速到每小时百公里只需 1.9 秒，秒杀一切油动跑车。

不过阮思澄倒是第一次见邵君理把顶篷打开，十分好奇，站起身子露出脑袋往外边看。

还什么都没看清呢，她就感觉自己的手腕被人攥住了。她低下头看邵君理，只见对方用左手把主驾座椅放到最远，接着右手猛地一扯，她只感到一股大力拉拽着她，向左后一跌，“哎哎哎”地惊呼几声，直接摔进他的怀里！

在落下前，邵君理用右手搂住她的细腰。

特斯拉的主副驾间没有手刹，杯子架比座位还低，因此丝毫不会碍事。阮思澄的上半身跌坐在主驾腿上，双脚却在副驾那边，横着坐了。因为顶篷已被打开，她也不会碰到哪里。

女孩儿香软的侧颈就在唇边，邵君理仰头吻了上去。

邵君理手搂着对方，说：“我也有个定情礼物。”

“是什么？”

他不知从哪拿出一样小玩意儿，手腕一抖，一个吊坠便垂下来，链子挂在他的中指上。

“这？”

“就是那个水滴的蓝宝石。几颗宝石全部保留了，但是链子重新打了。”

阮思澄想起来了。

“不，不行！太贵重了！三千多呢！”阮思澄被土豪吓得想赶紧跳下他的大腿，却被拦了。

邵君理说：“如果分手就还回来，我肯定收。”

“嗯？”

“如果一直都不分手，订婚、结婚，我不会有任何损失，你的我的全都一样。如果以后真分手了，我拿回来，也不会有任何损失。”

阮思澄想：不愧是个“天牛”码农，逻辑鬼才。

就在她想如何破解这逻辑时，邵君理已经把项链搭扣解了，仰头看着，把蓝宝石戴在了她脖子上，说："好了。"

"我还是觉得不太妥当。"万一项链被盗，两人又分手了呢？那她可真成了现代版的玛蒂尔德，为一条项链用十年还债。

她想了想还是解下，笑着说："行，我收了。不过暂时放在你家，每次去就戴戴看哈！东西已经是我的了，什么时候拿走应该也是我说了算。"

她也是个逻辑鬼才。

邵君理摇摇头，没有再说什么，只是重新启动车子，缓缓开到小区门前。

阮思澄又吻了对方，互道晚安，拉开车门走向大门。

天上月亮大而明亮，偶尔几朵清云飘过便为月亮罩上层纱，让它含羞带怯。

她又有点不敢相信，伸手看看那枚戒指，想：她真的有男朋友了呢。

还是邵总。

永远值得她爱的人。

※※※※※※

谈恋爱后，阮思澄与邵君理也并没有时常见面。阮思澄忙，邵君理也忙，去年出差 120 多天，今年只会有增无减。

不过，虽然他俩并不时常见面，电话短信却是每天都有。

尤其早上一个"男朋友起了吗"，晚上一个"男朋友睡了吗"，是阮思澄的固定节目。

思恒医疗 B 轮融资的方案已基本确定。扬清领投 2 亿元，占股 20%，并未受到 CTO 陈一非离开公司的影响。

另一方面，叶凤毛的官司终于有了结果。法院判决敬远公司非法解雇，支持了叶凤毛"恢复劳动关系"的诉求，不过没有支持后面"公开道歉"的诉求，叶凤毛想回到敬远小规模地耀武扬威，却没有能进入大楼，被保安赶出去了。律师表示，目前阶段在强制执行"恢复劳动关系"方面，法律还有不少缺陷，以后遇到类似不公最好选择"双倍补偿"。

得到法院主持公道，叶风毛也没再追究了，入职思恒当 CTO。

年轻码农比较热血，他们本来对陈一非“想要寻求新的挑战”感到十分不舍和无奈，然而在知道了新 CTO 拒不出卖客户信息和国家情报的“英勇事迹”以后，又对叶风毛非常好奇。而且叶风毛的身材看着高大威猛，练跆拳道拿过黑带，专业技术过硬，办事风格雷厉风行，也比较容易有威严感。在顾延之等总监的配合下，思恒医疗的 CTO 算是平静地上岗了。

至于陈一非的那些采访，邵君理和红木卓立利用人脉撤掉了些，对于公司影响不大，阮思澄在事情萌芽时果断地扼杀掉了。同时，叶风毛在业界知名，同行基本全都知道叶风毛绝对不会差。

思恒医疗与 P 大的合作也进入到全新阶段。阮思澄为躲着易均基本不再亲自负责，而是交给新 CTO 叶风毛和技术总监顾延之。再说，思恒到了这个阶段，她也没必要事必躬亲。与大多数女 CEO 不同，阮思澄并不会不安，她更喜欢“用人不疑，疑人不用”的管理方式——只要招聘了一个人并且安置在某职位，就会相信他的能力，极少插手对方工作。因此，既然招到了叶风毛，她就放心让对方接管技术，能自己做的自己做，不能自己做的与 P 大合作。

某天，阮思澄在茶水间里听到顾延之与几个女生聊天。

“老顾，听说了吗，”市场总监梁言开口，“易均老师太狠了！”

“嗯，听说了。”顾延之道，“易均老师，是不可以不崇拜的。”

“P 大女生的少女心全碎了吧！我听见了咔咔咔咔的声音呢！”梁言一边说着，一边还把十指捏捏，做出“心碎”的手势来。

顾延之说：“嗯，这一招儿风趣幽默，却无比坚定地通知了所有女生——想要跟他谈恋爱是不可能的。”

“我真服了易老师了。”

“大家都服。”

“我在 P 大的学妹说，昨天 P 大信科上下一片鬼哭狼嚎。”

“对，我几个群全都炸了。不管是在校的，还是毕业的，全部都在讨论这事。”

躲在一旁的阮思澄想，她因为忙，已经挺久没有点开 P 大同学群看看了。

回到她的 CEO 办公室，阮思澄在微信群里挖出来了“同学少年”，也就是她的 11 级 P 大硕士同学群，点开，发现竟有 340 条未读消息！

而在另一个“P 大信科 11 级硕博”的大群里，显示的未读消息条数是“999+”！

阮思澄心中充满了好奇：好家伙，易均究竟干什么了？

阮思澄手不住地划，唰唰唰地回看消息。

终于，她翻到了昨天下午消息“爆炸”的时间点，也明白了计院“头牌”为何能让这些群都活过来。

昨天下午 4 点左右，某个同学突然间在班级群里甩了一句：【你们知道易均吗？青年千人，计院头牌，P 大女生梦中情人。】

几个人说“知道知道”“巨帅无比”，还有几个则是发了一串问号。这也正常，有一些人在毕业后依旧十分关心学校，参加同学会、校友会，甚至每天都上 P 大论坛。

这个时候，群里还是不活跃的。

看到有人出来冒泡，那个同学又继续说：【昨天晚上信科院庆，易均老师作为嘉宾，在某班的话剧里边客串表演。在表演结束后回答问题的环节中，几个妹子特别猛，问易老师喜欢什么类型的女生，择偶标准有哪些，喜欢长发还是短发，尖脸还是圆脸、高的还是矮的、胖的还是瘦的，等等。易老师拿着麦克，说这些问题大家问了三四年了，少安毋躁，他正打算公开全部信息，让大家以后别再问了！】

阮思澄继续看着。

在催促声中，那个同学一口气发：【谁都以为是开玩笑，结果今天易均老师在朋友圈发了一个 App 的下载地址，还分 iOS 版和安卓版！】

这下可就很精彩了！

“潜水”的同学纷纷“冒泡”，人人好奇是什么 App！

男生继续发：【App 里只有一个按钮，让用户自己上传照片。上传完后，调好尺寸，点击“对号”，等待 5 秒就会看到“诊断结果”，App 会告诉你，

是他喜欢的类型的概率多大！他说这样才具象化，有照片也有分数，光说肯定说不清楚！】

群里这下终于沸腾了！

好多人被炸了出来。

【真不愧是 AI 老师，这还整出人脸识别！】

【AI 学渣瑟瑟发抖，暗恋还要复习代码？】

【这厉害呀！看看高分同学照片，自己就可以总结出来他喜欢的类型，语言确实说不清楚！】

【然后呢？然后呢？易均喜欢啥类型？！】

【对呀对呀，目前为止最高分是多少？】

男生继续八卦:【易均老师最狠的是，大家测完，概率全都是 0！不管是长发还是短发，尖脸还是圆脸，高的还是矮的，胖的还是瘦的，全部都是 0！校花、系花都去试了，结果也是 0，估计内心十分受伤。他们还把女明星的绝美写真挨个试过，还是 0。有好事者还上传了男人的照片，还有各种年龄的人、各种肤色的人、猫、狗、外星人的照片，全是 0。】

围观者都被逗笑了。

【哈哈哈哈，我笑死！】

【易均老师太狠了吧！】

【易均老师内心 OS：软硬不吃，都别想了！】

【断了你们的无耻念想！】

【这个根本就是“群拒”“不谈恋爱”的意思吧？】

【他在美国读的 PhD 吧？那边禁止师生恋的。他是不是有受影响，对于这些比较谨慎。】

【迷妹哭死在厕所里。】

【计院女生的少女心全碎了吧……】

【不，这样才酷。大家都是闹着玩儿，追星又不要求回应。】

接着，不少同学“跪求链接”:【下载地址呢？来一个！】

男生显然十分乐于看到大家这种反应，二话不说甩出地址。

微信群里，下面一堆同班同学“亲身验证”，啪啪啪地贴上截图。果然无一例外，截图上的文字全是："与易老师喜欢类型的重合度：0。"

阮思澄想：果然。

正常来讲，易均可以训练 AI，告诉机器他喜欢的类型。等到用户上传照片，AI 便能算出和他匹配的概率。

不过呢，十分明显，为了断掉众人念想，易均根本没用 AI，而是让 App 对所有人都显示"0"这个数字。这就是个简单功能，本科学生都能写，就是需要特意学习 iOS 语言和安卓语言，而非一般的 C++ 或 Java。

阮思澄也点击链接，下载了 App，跟着大家一起玩儿。

她撑着头，打开 App，随手选了相册里的一张两寸证件照，调整大小。

然而，也不知是什么原因，在点"对号"按钮时，阮思澄忽然有一种不妙的感觉！她的心脏怦怦直跳，手在屏上犹豫许久，一会儿想点，一会儿又不想点，最后一咬牙，按下按钮。

5 秒钟后，结果出来：

"与易均喜欢类型的重合度：100%。"

阮思澄想：果然！

明明已经躲好久了，这个学长为什么还不死心呢？

两人彼此心知肚明、各走一边难道不好吗？干吗非得体会一下被人拒绝的难过呢？

她这时候已经知道，易均是用她的照片来训练 AI 工具的。在各大网站和平台上扒出几十或上百张她的照片应该不难，而后让 AI 工具在判断为"极有可能是阮思澄照片"的时候显示"100%"，在其他时候显示"0"。

人脸识别技术不难，完全可以做到这样，而后再用 iOS 语言和安卓语言做好前端。

于是，这款 App，一共只有两种输出：是阮思澄，显示"100%"；不是阮思澄，显示"0"。

学长呀……

就在这时，阮思澄看到 App 的界面正在变化，出现一个小输入框，需要输入 8 位的验证码才能进行到下一步。与此同时，她的手机收到一条短消息，里面正是8个数字——他们首次相遇的日期。如果不是因为这款App，她大概会忽略过去。

把验证码填入框框，点击“OK”，几段小字显示出来，是手写的，字迹俊秀，十分工整，像那个人。

思澄：

我曾两次对同一个人一见钟情。一次是在她来P大报道那天，一次是在她回学校谈合作那天。而这中间的五年多，我未曾产生过类似的感觉。心动好像异常简单，又好像异常艰难。好不容易放弃、忘记，却又栽进同一个地方，我想这是命中注定，于是决定不再错过。为了自己这一辈子，拼尽全力，再试一次。

我们相识于AI，相知于AI，希望可以相伴于AI。因此，我选择用这种方式传达心意。请直接回答，在现在或将来，这个心愿是否有哪怕0.1%的实现可能。

Yours Ever,

易均

2020年×月×日

下面有个“回复”按钮，方方正正没有装饰，阮思澄猜回信将会直接到易均邮箱。

阮思澄舔舔唇，点击“回复”，一行字打了删，删了打，最后终于有了雏形。

“谢谢学长，抱歉学长。我把您当老师、伙伴、朋友、知己，与您相识并且结交永远都是莫大荣幸，在交谈的每一分钟都能学到好多好多。可是抱歉，没有想过更多的事。”

拒绝的话，怎么样说都会显得无比残忍。

阮思澄又咬了咬牙，发狠一般补上一句：“而且，我已经有男朋友了。”

她想叫对方彻底死心。

易均老师这样的人，什么样的人找不到呢？

打完，阮思澄的手指微颤，不安但坚定地发了出去。

整个人虚脱一般，似已耗尽全部力气，在办公室通宵加班都不会有这么疲累。

仅仅过了五六分钟，她便收到易均回信，在微信里。

易均问：【是邵君理吗？】

阮思澄回答对方：【是。】

【祝一生幸福。】

【谢谢学长。】

易均没有继续回她。

阮思澄本以为易均没有别的话要说了，却在几次查看微信以后确定并不是，因为两人对话框中“输入信息”这个状态没完没了，明显就是易均在那反复折腾，打打删删，搞了至少15分钟。

阮思澄轻轻叹气，主动问：【学长，您是不是有别的话想对我讲？】

易均回答：【没有。】

【不妨事的，可以直说，咱们还是朋友。】

易均这才被逼出话：【思澄，我并无意破坏什么，只是希望你能想好，只是希望你能幸福。邵君理他喜欢的很可能是创业的你、奋斗的你，而我喜欢的是任何一个你，上学时的，工作中的，创业的，不创业的，全都很好。】

阮思澄的语气坚定，【谢谢学长，这我知道。但是我也希望他喜欢的是创业的我，这个才是最真实的我。】

【那最好不过。祝你与邵总百年好合，白头偕老。】

阮思澄的鼻梁酸酸的，又愧疚，又心疼，最后只能回复他说：【谢谢学长，肯定会的。也祝学长一生幸福，开心快乐。】

【嗯。】

关闭与易均的聊天窗口，阮思澄从星标朋友里挑出了邵君理，问：【君理，在吗？】

对于公事，阮思澄每一次都发“邵总，在吗”，而对于私事，阮思澄则每一次都发“君理，在吗”，把二者区分开来。

大约一个小时以后，邵君理才打开微信，回：【？？？】

阮思澄问：【君理，提问！如果某天，我不想当CEO了，你还会喜欢我

吗？】

邵君理回得非常快:【当然。这都是你对人生的理性选择。作为男友，我会支持你一路上的任何决定。我最了解你的个性，到那个时候，应该也能猜到理由并且理解你。】

阮思澄又问:【那如果我从来没有创业过呢？如果我一直都在澎湃科技当工程师，你会不会喜欢我呢？】

这回，足足过了两三分钟，邵君理的回答才过来:【应该不会。怎么了？】

阮思澄回:【没事！亲亲，工作去了！】

【嗯。】

阮思澄把手机按灭，放在一边，打开一份市场报告，开始阅读并且批注。

她的心里再次确定，对她来说，不需要男朋友喜欢的是任何一个她，她就希望对方喜欢的是创业时的她，因为这段创业经历，是她最为自己感到骄傲的。

第十一章　合并

接下来的一段日子，思恒医疗还算顺利。

扬清集团、思恒医疗签署了投资协议，厚厚一沓。扬清那边加了一大堆股份的反稀释条款，比如优先购买权和加权平均条款——如果后续融资股价低于B轮融资转换价格，则需要为B轮投资的投资者重新计算转换价格和股份数量。如果没有这些条款，那么只要思恒用超低价大量发行新股，扬清便会被恶意淘汰出局。扬清还算比较厚道，没有使用完全棘轮条款，而是用了加权平均条款。

阮思澄与邵君理也变成了一致行动人。在未来的3年内，邵君理要跟着阮思澄投票，没有个人的决定权，否则违反双方协议。也就是说，他要唯阮思澄马首是瞻了。

没过多久，冷冰、冷霜两兄妹母亲去世的消息传来，让阮思澄有些难过。

她的死因是脑梗患者中十分常见的肺炎。由于癌症高凝体质，又没有接受治疗，脑梗面积不断扩大，她不久便陷入昏迷，没有反射，没有意识，在病床上静静躺着。长期昏迷的人无法自由排痰，细菌病毒十分容易进入呼吸道并引发肺炎。杨医生几次更换抗生素都没用，患者在深度昏迷大约一个月后就去世了。

杨医生说，冷冰、冷霜十分平静，给妈妈换上寿装，开《死亡医学证明》，打电话叫殡仪馆来，感谢医生，转身离开，从此再也不会去病房了。他们曾经一天24小时都在病房，包括吃住，以后再也不会去了。

杨医生还说，冷冰、冷霜感谢脑梗。因为这个，他们的妈妈不用经历最后的痛苦时光。他们两个在家属群看到别人疼痛难忍，一管一管地抽腹水、一盆一盆地接吐的血，觉得自己在悲伤中又有庆幸，认为脑梗是上天对他们母亲的最后一点怜悯。

反倒是扬清集团，稍微有点焦头烂额。

因为它的老对手爱未公司在这一两个月内与扬清频繁杠上了。

三巨头关系复杂，甚至可谓盘根错节。近些年来，因为巨头公司涉足的领域越来越多，扬清、爱未在大多数时候都是竞争对手，而且竞争不断升级——你投资了某个公司，我就投资它的对手，在许多行业中各占半壁江山，在互联网相关领域根深叶茂，影响深远，是一般人想象不到的。不过在另外一些场合，它们也有协同、合作，双方老总还经常在 IT 峰会等场合被人拍到把酒言欢、谈笑风生，打破双方“不和”传闻。不过大家心里清楚，邵城、何未这两个人是面和心不和。不太讨厌爱未的反而是邵君理，因为他相信，没有竞争的企业会失去进取心。

这一轮的明争暗斗，起源于某直播平台。扬清集团投资的某直播平台上市了，可就在这个时候，爱未高调宣布进军直播领域，不仅投了竞争对手，还要推出自有产品，搞“双赛道”“合围夹击”，并且全面加以整合。与此同时，它切断了那个平台正在用的爱未服务，比如音乐播放、视频跳转、手机支付、购物跳转……由于爱未的这些做法，扬清投的那个平台没有通过上市聆讯。

当然，在被外界质疑时，爱未显得十分无辜、可怜，回应说，并未故意切断，只是技术上面出现了问题，现在已经修正了 bug，爱未对此致以诚挚歉意。

然而扬清旗下的直播平台，是实打实没能上市。那个平台失去了大好的融资机会，被爱未遏制了进一步发展，连邵城都被气得够呛，在家里面摔摔打打。

而这之后，爱未公司又要了几次阴招，在多个市场阻击扬清，双方的对抗很快升级。

比如，在邵君理推出某个“AI 教育”产品以后，爱未公司故伎重施，在它投资的几个社交网络上让这款“AI 教育”产品的链接显示为“404”，无法正常访问。这样一来，扬清做的所有“分享”活动都事倍功半，甚至无疾而终。而在遭受质疑时，爱未的说辞依旧是“技术上出了一些故障”“员工连夜修改 bug”“绝非刻意针对扬清”。

简而言之，短时间内爱未、扬清在多领域发生“火拼”，爱未接连在视频、直播、交通、酒店、教育、医疗、票务、订餐等领域阻击扬清，让扬清的众多产品发展受限。而扬清总要重新制定战略，试图摆脱对方“围剿”。

因为这些破烂事儿，阮思澄、邵君理两人都没办法经常见面，经常只是一起吃个午饭或者晚饭，说说最近遇到的事，便必须得与对方亲吻告别了。他们两个真正的约会只有 5 次，去过山里，去过湖边，也去看过日出日落，每一次都是开心的。

阮思澄只能静静等待对方稍微闲暇。她自己也是 CEO，知道如果思恒医疗焦头烂额，邵君理还总是要约会，自己肯定想要打爆他的头！

不过还是那句话，人生就像一盘混了各种馅儿的饺子，你永远不知道下一个饺子是猪肉白菜馅儿的，还是虾仁韭菜馅儿的。

还没等到扬清集团突破“围剿”，阮思澄的思恒医疗来事儿了！

在他俩“约会”了三个月后的某一天，顾延之给阮思澄发来微信：【阮总，咱们好像有了一个竞争对手！】

阮思澄：【竞争对手？】

顾延之：【对，深度医疗高调推出 AI 急诊，隔空喊话思恒医疗，还要抢占咱们市场！】

阮思澄把链接打开。

这是一篇行业新闻，题目起得气势磅礴，叫“人工智能助力急诊，深度医疗重拳出击”。

文章中说，深度医疗的急诊产品十分成熟，准确率高，而且已经获得官方机构正式受理，即将通过一期审核，预计来年在全球应用！

阮思澄想：这手厉害。

思恒急诊还未申报，因为阮思澄想直接申报三类器械。按照官方分类，若诊断软件通过算法提供建议、不给结论，就属二类；若自动识别病变位置并且明确给予诊断，则属三类，风险级别相对较高。目前，官方并未开放“AI急诊”的三类证，只有二类证，因此思恒还在等待。

可是社会公众不懂这些，只要看到深度医疗被官方机构正式受理，而思恒医疗却还没有任何动静，便会十分自然地以为对方的技术更强，不会知道深度医疗要拿二类证而思恒医疗想拿三类证。

阮思澄又继续阅读那篇文章。

在文章第二部分中，深度医疗给出了大量数据。

阮思澄想，那一串串百分比比“思恒AI”当初的数字还好一点。

出血/缺血性脑卒中准确率97.5%，冠心病、心肌病准确率95%，瓣膜病准确率92.5%……

经过半年改进、完善，思恒现在的数据也差不多，不过在思恒AI产品刚上市那会儿，各项数据要比它这个略低一点。在阮思澄的印象中，在刚上市时，出血/缺血性脑卒中的准确率是95%，冠心病、心肌病的准确率是92.5%，瓣膜病是90%。也就是说，目前阶段在网络上流传着的有关思恒的新闻和宣传当中，涉及这部分的数据还是以前的，看上去比深度医疗要差一些。这个也是没办法的，思恒医疗又不能让各大网站替换稿子，基本上只是更新了公司官网上的信息。

总之，单从这些数据来看，深度医疗和思恒医疗在技术上差不太多。不过作为产品的挑战者、市场的冲击者，深度医疗把获得官方机构正式受理当作一个强有力的宣传重点，显得十分高端大气上档次。

说实在的，阮思澄有一点不解。在做AI的公司当中，思恒医疗动作算快，用两年多便做出了“思恒急诊”的第一版，而她身处这个行业，十分关注竞争对手，经常询问急诊医生听没听过同类竞品，直到产品正式落地才略微地放松了点。因此她很确定，至少在一年前，还没出现任何一个资金、人才都靠谱的AI急诊初创公司。另外，最近好像也没有谁出来融资。红木资本的董事总经理卓立人脉很广，他说过，几家大的风险投资手里没有类似项目，而澎湃已经放弃医疗，扬清更加没有可能。爱未倒是不大确定，应该也没有，否则在思恒医疗透出B轮的消息时，它就不会也想投了。

那么，这家公司在短短一年时间内便做到了与思恒并驾齐驱，这可能吗？

要知道，陈一非想出来的“用 RNN（循环神经网络）看心电图”，和她自己想出来的“用多套神经网络考察腹部”都是比较灵光一现的有开创性的东西。他们虽在一些交流中分享了成功经验，可也同样保护了核心技术，不会轻易被人破解。他们想助行业发展，可也不会傻到自杀。

真的能有另外一个创业团队，自己研究、自己开发，而且做得像思恒这样又快又好吗？

阮思澄把一路上的艰辛、困难一一回顾，又把自己和陈一非日思夜想、辗转反侧克服这些坎坷的过程也回想了一遍，心里有点难过。因为在数据上，在技术上，在推广上，那一次次灵光乍现，那一次次柳暗花明，是她深深为之骄傲的东西，是她一直以为独一无二的东西。

现在看来那些并不特别，别的团队也做得到，真的让她有些难以接受。

阮思澄又叹了口气，看向文章最后一段。

文章中说，他们也有“会诊中心”，基层医生可通过 AI 远程求助，这一看就是复制思恒的做法。然而令人惊讶的是，与深度医疗的“会诊中心”合作的全是顶级的急诊医生，医生来自知名医院，排名全国前十，全部都是主任医师，24 小时有人值班，保证回复时间不超过 120 秒。

阮思澄想：这个是要投大钱的。

一个顶级急诊医生，时薪少于 500 元基本免谈。假设深度医疗的“会诊中心”里有 20 位急诊医生，那一天 24 小时就是 24 万，一个月光是这项支出就是 750 万左右，一年 9000 万。

哪个公司这么有钱呢？

就连扬清干这种事都得考虑一下。

阮思澄知道，如果文章信息全部是真的，那对思恒确实是个冲击。

而且，还是一个极大的冲击。

这是思恒在“爆红”后遇到的首个挑战，而且还很可能是一个巨大又棘手的挑战，非常难以解决。

做出决定以前，阮思澄想进一步收集信息。她按下了市场总监梁言的分机号码，说：“梁言，现在有个深度医疗，跟咱一样做 AI 急诊，前几天刚高调宣布要在市场有所作为。我看了下，深度医疗有人有钱，准确率跟咱们一样，会诊中心的医生更多，还抬出了官方机构，成篇成篇地宣传呢。”

梁言：“哎？”

“你注意着，随时报告。”她不喜欢事必躬亲，那样太累。

“好，我搜搜。”

“尽快。”

“好。”

没过几天，深度医疗再次更新信息。

他们果然正在奋力抢占思恒的市场，手段激进，毫不留情。

从公布到现在，深度医疗凭借“官方机构正式受理”“准确率高于思恒”“急诊医生好于思恒”这三个杀手锏，已与众多基层医院和大医院签订合同。

其中多半是思恒还没联系的。不过，思恒的销售人员还有各省代理公司都时不时地反馈说：“今天跑的这家医院签了另外一家做 AI 急诊的公司，叫深度医疗，这是以前没有遇到过的！”

与此同时，深度医疗也在试着抢走思恒的客户。

目前，AI 医疗公司很难签到排他协议，合作内容基本都是“两年以内不能卸载”，但可以安装其他公司的类似软件。因此，还是借着那三板斧，深度医疗连哄带劝，叫医生们试试深度，自行比较二者优劣。

美女梁言欲言又止：“那个……我在深度的新闻上看到几家医院名字，其中一些是咱们的客户。我进行了问卷调查，医生们的回馈都说在准确率上差不太多，都挺好的。但是，第一，深度医疗会诊中心的医生更多、水平更高。第二，深度医疗技术支持接线更快，答得更好。第三，深度医疗培训更细，维护更多……总之，它们想通过售后服务击垮我们。”

阮思澄想：第二、和第三两点，也都需要钱。

对于 B 2 B（公对公）公司来说，技术支持非常重要。但是不同于普通客服，技术支持需要专门技术人员才能上任，工资又是一笔开销。因为已经合作了千家基层医院，思恒医疗差不多每时每刻都有医生来电话问“怎么显示不出结果”“怎么导入不了片子”“CT 太亮可以看吗”“CT 太暗有问题吗”“要测多长时间”。阮思澄的要求是，不让客户在线等待10分钟以上，再少她也不敢说，因为员工已经很努力了。

至于培训、维护，也要场地费、差旅费、营销费等一大堆费用。每一项都看着不多，加在一起金额却非常巨大。

听到这些糟心事，阮思澄又长长叹气。

这怎么办？

猛砸钱吗？

对着杠吗？

把钞票跟纸片似的往外扔？钱花得比烧得还快？把钞票都堆在一起用火烧光要1小时，花光却只要30分钟？

当然，B轮融资进来两亿，比着砸钱还是可以砸一阵的，也多亏了未雨绸缪。

首先加快推广速度，在对手之前抢占市场，派出更多销售人员，合作更多省市代理。这很重要，要知道，如果思恒和深度在使用上没有差别，一般医生出于习惯不会愿意更换品牌，一开始用哪家就会一直用哪家，省得重新接受培训。其次，改进售后服务，把会诊中心、技术支持、产品维护、医生培训等都进行升级，与深度正面竞争。

好像也没别的办法了。

只要始终不被甩下，等这两亿全砸完了，C轮D轮等后续融资肯定还是可以融到的。

可是，真的只能这样做吗？还有没有别的办法？

“对了，”这个时候，梁言想起一件事情，“有医生说，深度医疗的投资者是爱未，而且还是很早以前就投了的，感觉至少有半年了。”

阮思澄想：竟然是爱未！

这股风终于吹到AI医疗领域了吗？扬清有意投资一个公司，爱未就要投资它的竞争对手。如果它没有竞争对手，那就造出一个竞争对手。

可阮思澄不太明白。

几个月前，在思恒医疗放出消息要B轮时，爱未战投某个大佬曾经表达投资兴趣，还笑着说“感觉急诊在AI医疗大有可为，是先锋号”。思恒医疗没有答应，最终选择扬清集团，那个大佬脸上的遗憾实在不像装出来的。

如果当时爱未手下已经有了如此成熟的一支团队，为什么还跑来接触思恒医疗？发神经吗？

如果那时深度医疗在技术上并不靠谱，爱未才想转而投资思恒医疗，那么它又是如何在短短三个月内就解决了技术难题，变得靠谱了的呢？这根本就不太现实！

怎么想都不对劲啊。

阮思澄的心里清楚，在技术上，AI急诊有许多难关需要思索及攻克，里面有很多小技巧，绝对不是单单知道可以用RNN和多套神经网络来做就能在三个月内搞定的。

那么，与思恒急诊如此相像的深度急诊，究竟是怎样发展到这一步的呢？

※※※※※※

诸般疑惑挥之不去。

阮思澄又伸手点开职场社交网络，搜到陈一非的个人主页，看到“公司”还有“职位”两个地方全都为空白。“上个公司”那里写着“思恒医疗”，离职后就一直没有更新过。

奇怪，他不可能没工作的。既然他更新了个人状态，表明已从思恒离职，为何不把新的公司及职位写上去呢？

没错，她在怀疑前CTO。也许只是多疑、敏感，然而她在亲眼看到市面上的相似产品时，不能不多想想。这几年来，知道思恒急诊全部算法的，只有钱纳、自己、贝恒、陈一非和叶凤毛。钱纳和贝恒早就走了，不会知道后来那么多事，因此能完整掌握的，只有陈一非和叶凤毛。阮思澄在心里希望自己是以小人之心度君子之腹，可还是得仔细确认。

阮思澄把陈一非的主页边上“看过本页的会员还看了”列表里面的人挨个点开看，发现其中好几个是深度医疗的工程师。也就是说，很有可能在陈一非入职深度医疗以后，公司的人查看到他的工作经历，又顺手看了别的同事，才造成了这种状况。

阮思澄的心怦怦直跳，宛如皮球，连它自己也不知道下一步会弹到哪儿去，或许是好的一边，又或许是坏的一边。

如何才能直接证实？

阮思澄又偷偷打开陈一非的朋友圈，果然发现陈一非已经不让自己再看他的朋友圈了。阮思澄有点生气，点到资料设置，也在“朋友圈和视频动态”一栏里面选择了“不让他看”。

切！

阮思澄的手里有陈一非的身份证号和电话号，当然可以让邵君理在扬清后台查看对方的扬清账户。一大堆产品服务看下来，就可以掌握他的各种信息，比如最近一段时间收件地址、社交网络发的照片，从而可以猜出陈一非的新东家，不过她却不想那样做——这些属于个人隐私，以后万一被人曝光对邵君理非常不好。

就在这时，以前清水乡卫生院的李莫群发来微信：【阮总，听没听过深度医疗？】

阮思澄说：【正在发愁。李大夫回云京了吗？在清水乡您曾说过今年年末就满五年了。】

【谢谢，回了，在望京医院的急诊科里。】望京医院也是个大医院，不过名声不如云京一二三院、P 大一二三院。

阮思澄与李莫群的见面次数其实不少。在宣布“农村包围城市”的峰会上，李莫群对思恒急诊很有兴趣，想要引进，而阮思澄也将初战定在清水乡卫生院。她和陈一非亲自带队，将 AI 接上 PACS 等系统。接着，因为 Z 大博士乙撑亚胺急性中毒，阮思澄又跑到清水了解状况，再次和他接触。在随后的采访中，李莫群多次提及思恒医疗，“一分钟内读了 1000 篇中毒报告”等言论对思恒的发展有着重要作用，阮思澄也一直很感谢他。

不过因为对方想过追她，二人后来没有再联系。阮思澄也只知道对方年末要回云京。

阮思澄说:【恭喜加油！】

李莫群却又把话题扯回深度医疗:【最近，深度医疗正在接触望京医院。它和思恒功能雷同，性能相似，各项服务非常到位。】

【我知道……】

【那就好。】

阮思澄问:【既然“深度”正在接触望京医院，那你们有深度医疗销售人员的名片吧？】

李莫群回:【当然。】

阮思澄又问:【能不能把销售人员姓名、邮箱给我看看？放心，只是看看，我什么都不会做的。至于以后合作思恒还是深度，你们出于个人考虑就可以了，我理解的。】

李莫群道:【那就好，只是说下。】

说完，他发来了一张名片。照片拍得有点儿模糊，是标准的“直男”拍照水准。销售人员叫齐放，邮箱地址是 qifang@shendu.com。

阮思澄想：深度医疗的员工邮箱是“姓名拼音 @shendu.com”吗？

她想了想，打开扬清官方网站注册了个邮箱小号，接着深深吸一口气，摆正键盘，点击“写信”，十根手指飞速敲打：

专业讨债!

困难债务，全国追收。

死缠烂打，老赖克星。

律师带队，高效合法。

清债热线：1358435……关经理。

为了做出真实效果，她还通过淘宝找了一个真实电话，广告做得也是煞有介事。

阮思澄在邮件题目那一栏里随手填上“专业讨债”四个字，又最后看看，在地址栏郑重打下“chenyifei@shendu.com”，手指一动，发送邮件。

屏幕出现系统通知:“您的邮件已发送。”

阮思澄坐在椅子上等。

一分钟、两分钟、三分钟……没有收到任何退信，没被系统退回。

如果“chenyifei@shendu.com”这个邮箱并不存在，她会收到系统退信。

阮思澄又打开邮箱的发件箱，看到最近一封邮件“专业讨债”显示“已发送”，前面没有感叹号。

这说明邮箱地址真实存在。

阮思澄的心拔凉拔凉的。某些东西正在碎裂，让她觉得疼。从头到脚，根根骨头似已分离，只是机械地排列着。

她用一封假的邮件试出陈一非就在深度医疗。她相信，一非没有那么敏感，即便收到一封广告，长期以来所形成的思维惯式也会认为这只是个骚扰邮件。作为CTO，他必然要注册一堆产品服务，邮箱便被泄露出去了。

阮思澄又打开深度官方网站，拉到最下面看公司的联系方式和地址。

阮思澄在瞬间决定，她还不能死心，除非亲眼见到一非走进深度。作为曾经的战友，她不应该捕风捉影。只要没有充分证据，就不可以给他“定罪”。虽说到了这个份上，从邮箱地址已经99.9%能肯定自己的猜测，可万一深度还有叫“陈一非”的呢？只看名字不一定准，需要自己亲耳听、亲眼看才能确认。

直接给他打电话不太合适。打客服电话未必可以转接进高管的办公室，这个时候装作他亲戚也未必有用。

还是到深度公司门口守着好了。原本，阮思澄并没有打算到深度去守着的。她不知道深度医疗的上班时间，想要确保“抓”到一非，怎么也得从早上8点就开始蹲，一直到10点，而深度公司离思恒挺远，单程就要一个小时，阮思澄不想这样折腾自己。

然而此时，她根本无心工作。

哎，还是……

拿定主意，阮思澄给邵君理打电话：“邵总，是我。”

邵君理：“嗯。”

“想问问，您除了Tesla Roadster，还有什么别的车吗？”

“嗯？”

“想借车。”

“理由。”

“我觉得一非就在深度。”阮思澄的声音不大，“我给 chenyifei@shendu.com 发了邮件，没有被退回。”

电话那头一阵沉默。

“我不死心，想亲眼看看。”阮思澄说，“陈一非他怎么……怎么……怎么会想拿走技术，另起炉灶，借助爱未打垮思恒？他应该对思恒有感情呀。思恒并未对不起他，只是最后没有让他拿走功劳、当上‘核心’，他就要这样报复大家吗？”其实，从某种程度上讲，她也理解一非心里的不爽，可她并不觉得后悔。对方过于好大喜功，所以只能彼此告别、再见。

想了想，她继续道：“一非认识我的本田，也认识您的特斯拉。我想在深度门口守株待兔，最好别开这两辆车。”

邵君理颔首：“有。”

“能借吗？”

“可以。还有一辆兰博基尼 Centenario，我妈给买的。”

“那是什么？”

“16 年在日内瓦车展上推出的，纪念品牌创始人 Ferrucio Lamborghini 诞辰 100 周年，全球限量 40 辆。”

“我开这车跟踪别人？”

“还有一辆法拉利，也是限量款。别的没了。我 15 岁到美国念书，回国后一直开电动车。”

“哎……”阮思澄再次确定，邵君理是典型 IT 男，技术狂人，喜欢特斯拉，对于“花钱”没有兴趣，什么湾流 550、兰博基尼，都是他妈塞给他的。

邵君理道：“我爸车多。”

阮思澄：“请不要说都是豪车。”

沉默许久，他终于道：“最便宜的也上千了。”

“算了算了，我租一个。”阮思澄早已经知道，他们说话都是省略“万”字的，上千的意思是上千万。

“别自己去。”

“没事儿，”阮思澄道，“您别陪了，我不下车，就从窗户看看门口，最后不管有没有结果都会直接开回来的。创业园的一大早上，两个人在车里挤着反而显得非常诡异。您还是个大老爷们，也不太好乔装改扮。”

“那小心些。”

“知道，知道。”

第二天一大早，阮思澄开着一辆丰田，扎了一个高的马尾，穿着T恤和牛仔裤，戴着墨镜，把车停在深度医疗创业园区停车场的第一排，正好可以看到门口。

而后，她打开手机照相，对着门口，放大镜头，一个个地筛进出的员工。

有时不太能看得清，难道需要中午再来吗？可是大家经常叫外卖吃，不一定出来，晚上天黑又看不到了。

算了算了，先看看吧，万一能逮到什么呢？

结果，老天眷顾，在大约8点55分时，她看到了前CTO！他从对面过来，五官正对着阮思澄。

太明显了！

陈一非！

因为天冷，陈一非的身上穿着白色衬衫灰色毛衣，正低着头抱着胳膊往楼里走。

他的身躯一如既往，高高大大白白胖胖。阮思澄以前老觉得对方沉稳可靠，可现在忽然发现他像一块巨型年糕，捧在手里又白又软，然而只要晾一会儿，就硬得跟石头似的。

她也终于彻底死心，疯狂地释放着心里的悲哀。

陈一非！

他真的复制走了技术，做出“盗版”的“思恒急诊”，而后凭借金主撑腰，强势出击，对抗思恒！

为什么？

阮思澄忍不住回想起两年以前得知陈一非接受邀请时她内心的狂喜。当时自己手指发颤，胸腔当中好像有个火球即将爆裂，恨不得对每个人吼“陈一非要来当CTO了”“思恒医疗要有救了”。

短短两年，物是人非。

回到思恒，阮思澄把叶凤毛叫到自己的办公室，将陈一非没离职时制定的策略改了，然而急诊病症有轻重缓急，思恒医疗也不可能因小失大，去做那些轻的、缓的，总体而言倒也并未改变太多。

接着，她给邵君理发微信:【陈一非在深度医疗。】

邵君理说:【猜到了。】

【今天能来思恒医疗吗？商量商量应对策略。】

【可以，9点。晚餐有局。】

【好。】

阮思澄安心了点。

对阮思澄个人来说，只要邵总还在身边，事情就能柳暗花明，永远不会山穷水尽。

晚上9点，邵君理乘电梯到了位于清臣大厦33楼的思恒医疗。

他打指纹走进公司——因为邵君理是投资人，时不时会进出公司，COO把他的指纹也录入了门禁系统，省得他被关在外面。

外面几个办公区的感应灯已尽数熄灭，只有CEO的办公室正透出亮光，噼里啪啦的打字声一阵一阵地打破静谧。

邵君理在门口站定，没有出声，往里面看。

阮思澄的眉头微皱，一会儿敲敲键盘，一会儿点点鼠标，一会儿按按计算器，一会儿查查桌上的资料。

她还时不时地拎起电话向手下人问些数字。

邵君理静静地看着，觉得自己真是喜欢这个聪明、能干的姑娘。

不知过了多长时间，阮思澄又看看手表，目光涣散发了会儿呆，接着抬头望向门口，在看见邵君理时露出了十分明显的意外表情，站起身子，探头，叫:“邵总！”

“嗯。”邵君理一手插兜，走进屋子。

阮思澄则绕过桌子在对方的面前站定。她望着邵君理那双一贯冷淡、此刻却是带点温柔的眼睛，忽然觉得十分委屈，嘴角向下一撇，说:“老公……”

正常来说，这是在公司，该叫“邵总”，该用“您”字，可她就是分外委屈。

邵君理笑：“在这儿。”

他觉得，这个在私下里外向、活泼的姑娘，他也喜欢。

说完，邵君理把阮思澄的两只手腕给抬起来，让她的手轻轻按在自己肩上，把阮思澄给抱起来，缓步走到桌子背面，把人放在桌子上边，轻轻掐了掐她的脸颊：“在干什么？”

“做预算。看看增加急诊医生，每个档位——平均 120 秒应答，平均 180 秒应答，平均 240 秒应答，分别要多少资金。还有，增加技术支持，每个档位又分别要多少资金。最后，如果每个月都用到费用上限，对于各种组合方式，思恒急诊最多可以进入多少家大医院和基层医院……”

这是一个突发事件。在平时，阮思澄喜欢为每天分配主题，周一专注公司内部，周二专注推广、营销，周三专注合作伙伴，周四专注技术、产品，周五专注其他事情。除非发生突发事件，否则不会朝秦暮楚。她经常要中断节奏，再回归到当天主题。

“嗯。”

“邵总，”阮思澄还坐在桌上，十指交叉，放在腿上，“陈一非是 CTO，他在入职思恒医疗时签署过竞业禁止协议。按照规定，两年以内他不得加入其他 AI 医疗公司。基于他的竞业禁止协议，思恒医疗还在支付陈一非的竞业限制经济补偿，如果思恒提出诉讼，陈一非要立即退回经济补偿，支付违约金，并且离职深度医疗。”

“大概率赢不了。”邵君理把他的双手撑在对方身体两边的桌面上，声音是一贯的平稳并富有磁性，“竞业禁止条款是有很多方法可以规避掉的。比如与某劳务派遣公司签署合同，再由劳务派遣公司派到深度，这样他就不算深度医疗的正式员工，也没有与深度医疗的劳动关系。至于股份，过了两年竞业限制再给就好。再比如……”

“我知道，”阮思澄说，“可还是得告他，表明思恒对待竞业禁止条款的严肃态度。要是以后高管都把竞业禁止条款当成废纸，那还得了？”

在互联网行业当中，签订竞业禁止协议非常普遍，因为“人”是公司核心。法律也规定了，只要公司愿意支付经济补偿，且竞业期不超过两年，就支持企业保护自身技术。只是上有政策下有对策，各个公司为挖人才可谓无所不用其极，区区一个竞业禁止条款又算什么。

邵君理同意："嗯。"

"为什么呢？"想了一天，阮思澄依然没有想通这事，"陈一非对思恒医疗应该是有感情的，对公司下属也是有感情的！他只跟 CEO 一人有根本矛盾，怎么会想复制技术，另起炉灶，打垮思恒，让所有人几年的心血付诸东流？为了报复 CEO 一人，他会做到这种程度？邵总，我觉得自己看人还挺准的，陈一非虽然有些好大喜功，但本质上不是坏人，按理说他干不出来突破下限的事情呀！如果他是这样的人，我也不会挖他来了！只是因为对我不爽，就让别人跟着遭罪吗？我真的又看走眼了？"

被老朋友杀将回来、一刀捅进心口深处，这种感觉真是酸爽。她又叹气，灰塌塌的，扑在邵君理脸上，土一样呛人。

邵君理的眼睛盯着阮思澄的眼睛，缓缓地道："阮阮，再说一次。第一，不要相信谁的'人好'，在这圈子，一切都有可能发生。不要相信人品、道德，而是学会承认人的贪婪。第二……"

"什么？"

"我有一个猜测，可以解释一非、爱未两方面的真正动机。我的想法如果正确，那陈一非还真没有针对别人，而是单单在针对你——'抹杀'他的心血、功劳的阮思澄。其他人并不受影响。我想，陈一非是真的认为他对思恒作用更大，而且也想让周围人都承认他。"

"啊？真正动机？"虽然已经是成熟的 CEO，可她的见识肯定还不能跟邵君理比。

"算了，"邵君理的下颏紧绷，"目前看不出来有什么特别的，我也先不误导你们。否则万一事情的发展与我想的不同，你会受到负面影响。"

"嗯。"阮思澄非常乖，没有追问"究竟是什么猜测""不许把话只说一半"。她百分百相信对方，既然对方认为现在不讲对她来说是最好的，她就不问，同样相信他这样不讲出来对于思恒也是最好的。

顿顿，她问："那，您对应对深度医疗的策略有什么看法？深度医疗来势汹汹，豪气冲天，会诊中心里面都是大医院的主任医生，对基层的诱惑很大。而且医生工作巨忙，技术支持接电话快，不需要等太久，也是超级优势。还有软件的更新、维护……邵总，您认为思恒医疗要跟他们比砸钱吗？”

阮思澄一边说话，一边扭过身子，伸手去够她的键盘。她刚才坐在桌子背面，此时懒得下地，便直接滚了半圈，屁股侧面压着桌子，上身侧得更加厉害，几乎趴着，伸手从她桌子正面的托架里掏出键盘，面对自己摆在桌上，也不用看电脑屏幕，直接按下“ctrl”加“P”，把她刚刚正在做的Excel表给打印出来：“比砸钱，依照思恒现在的规模，想做得跟深度同等效果，每月要花2500万呢。如果继续扩张规模，那就更多了。”这钱可真是花得比烧得快了。

邵君理并没听太清。

因为这个怪异姿势，阮思澄的毛衣滑上去，露出一截细细的腰，白到简直晃人眼睛。这里常年不见太阳，比脸和手脚还要更白。毛衣、皮肤中间露着一条小缝，暗暗的，让人想要看看里面还有什么。

因为天冷，她难得地穿着裤装。裤子绷在屁股上，完完全全将里面的形状勾勒出来，还扯出了几道褶皱，看着圆圆的，挺有弹性。脚在桌子外面垂着，裤子早就扯上去了，露出一截皓白脚腕，因为上身正在用力，脚一晃一晃的。

阮思澄叫邵君理把几页A4纸全拿过来，重新坐好，说：“新的预算写在这里。”

“嗯。”邵君理把思绪全部收回，垂下眸子。

阮思澄问：“难道真的要跟深度比砸钱吗？AI医疗要想盈利绝非指日可待。如果不能在技术上拉开距离，单纯比拼各种维护还有服务，就会陷入僵局。您曾说过，产品本身才是核心，别的全是附加属性。”

阮思澄真觉得忧伤。

在AI急诊上，她设想的在技术上拉开距离，指的就是起步更早、经验更多，始终都比竞争对手先进一点。然而现在计划乱了！陈一非把技术带走，让另一家迎头赶上，思恒医疗没秘密了，思恒、深度两家站在同一条起跑线上了！

这就好像一场3000米跑，自己已经把对手套了一圈，然而后面突然来了一辆四轮跑车，载着对方撵上自己，再把对方放下来，让双方继续比赛，而裁判却说这样可以！简直能把人气得吐血！

邵君理只淡淡看着他手里的Excel表格，道："不，这回咱们就比砸钱。"

"啊？"

在技术上取得突破前，阮思澄也没啥办法，毕竟市场不能全被深度医疗给抢了去，只好先把自身短板用资金来补齐，然而在她听到邵君理的主意同样是如此简单粗暴的"砸钱"时，还是感到不可思议。在阮思澄的心目中，邵君理跟神一样。

"嗯，"邵君理略沉吟，"爱未那边似乎十分希望思恒烧钱竞争，那就顺了他们的意，看看对方葫芦里面究竟是在卖什么药。"

阮思澄："这样能行吗？"

"不出意外，砸两三个月，爱未就会有动作了。"

"然后呢？"

"不知道，先砸两三个月，到时候再随机应变。如果对方没有动静，再想下步该怎么办，目前不用考虑太多。对了，在这期间，技术上面不能松懈。咱们比较具有优势，P大、扬清在AI领域根基深厚。"

"嗯。"

"行了，其他的事你自己都可以解决。"邵君理知道，阮思澄早就不再需要任何人手把手教了，她比绝大多数的人更能胜任这个位置。

"嗯。"

邵君理把话题转移："对了，邢笑佳的笑天科技最近进展相当不错，用CNN、图像识别已经可以分辨杂草。机器人做精准除草，一棵棵地喷，节约药剂，保护环境，刚在国外拿了大奖。明年应该会融B轮，扬清这边打算领投。"

"笑佳主意一向挺多。他其实对AI医疗不感兴趣，部门黄了后他自己去做AI农业，倒起飞了。"他们真是全组创业，连朱天球都大着肚子搞AI教育，还说如果产品能做出来就不再回澎湃科技，要是公司半路夭折，就当自己只是休产假，也不耽误工作。

邵君理道：“笑佳还行。”

“君理，我有一点好奇，”阮思澄问，“你喜欢投什么样的初创公司？现在那些平价产品都超火的，各种平价电脑、手机非常抢手，但你好像对这些不感兴趣。”

“是不感兴趣。”邵君理说，“都不过是众多公司中的一个，这个世界有它没它是一样的，没有它也有别人。它们手上没有定价权，我不会投这种公司。”

“那，”阮思澄的两只眼睛亮晶晶的，“当时你决定投资思恒，是觉得这个世界有它没它是不一样的？思恒会有定价权？”

“嗯，不过我没有想到，这个世界有它没它是不一样的，我自己的世界有它没它更是不一样的，失策了。”

阮思澄笑。

邵君理把眸子垂下，十分奇怪地把阮思澄正穿着的阔脚西裤一折一折挽了上去，一直挽到膝盖上面，露出小腿，动作缓慢而又斯文。

阮思澄心想，他卷起她的裤腿干吗？

邵君理并未停手，而是移到另外一边，如法炮制，阮思澄的另一只小腿也露了出来。

阮思澄的脚踝纤细，宛如一捏都能碎掉。小腿虽细却不干瘦，弧线柔美而又光滑，肌肤细腻，一个毛孔都看不到，好像半截雪白莲藕。

接着，邵君理把自己身体卡在对方双膝中间，伸手托着阮思澄的下巴，仰起脖子，吻上红唇。

阮思澄的脸又红了。

因为两腿自然垂着，又微微发抖，她脚上的高跟鞋一只一只掉落下去，露出两只白白的脚，脚趾圆润，涂着藕荷色的指甲油。

邵君理还仰头吻着，颈部喉结特别性感。他一边舔对方上牙床，让阮思澄觉得好痒，又刺激。

她感到神奇。对于人类来说，最高级、复杂的情感，与最低等、简单的欲望，竟然可以如此统一。

阮思澄的脚趾蜷缩，双手把着对方肩膀，觉得舌尖已经麻了，一直延伸到心脏。

※※※※※※

思恒、深度开始比着砸钱。

与其说思恒、深度在比砸钱，不如说是扬清、爱未在比砸钱。

因为都想渗入基层，需要比拼“会诊中心”，因为对于医生来说，远程指导的诱惑不小，可这部分十分烧钱，技术支持也是同理。同时，为了跑马圈地抢占基层，不论自己派遣销售，还是合作当地代理，所产生的各项费用极其惊人。前者要付员工工资、交通食宿，后者要交代理费用和培训费用，平均下来一家基层医院的获取成本在10000元左右。思恒之前每月进入160到240家医院花200万，现在为了跟深度正面竞争，资金翻倍，一个月400万，一年就是4800万，更别提还有上门维修、更新维护等多出来的其他开销。

思恒、深度两个公司资金雄厚，让AI急诊的新玩家望而生畏、力不从心，本来也想分一杯羹的纷纷宣布转换方向，放弃急诊。创业圈历来不缺跟风的人，思恒急诊爆红，在投资圈炙手可热，必然有人十分眼馋，或者想蹭思恒热度、搭顺风车拉拉投资，或者认真研究技术，也想拥有一席之地。然而看到思恒与深度已经开始激烈火拼，知道弱小无助、无比可怜的新公司没有可能赢得竞争，于是果断放弃计划，毕竟这些小公司身后没有金主，不管是拼产品还是拼服务，都拼不起。

公司常有员工大叫：“阮总！爱未、深度想把咱们用钱砸死！”

“来啊，”阮思澄总是笑，“我最喜欢的死法儿就是被人用钱砸死！”

“阮总淡定！”

“哈哈。”

不过其实，阮思澄的心里也是一刻不停地打突突——邵君理说砸钱没事，是不是真的没事？行得通吗？思恒、深度都做急诊，总归是要正面PK。比较令人头痛的是，两个产品高度重合，都做头部、胸部、腹部，都用ECG和CT、超声，谁都无意避开对方。唯一不同的是，除去以上几个重点，思恒还做中毒、感染，而深度则把重点放在了晕厥、休克及抽搐上——据相熟的医生反馈，深度医疗这几方面的结果还蛮不错的，而思恒对晕厥、休克还没想出太多办法。那么，在这抢占市场的当口，靠给好处抢夺医院，真能成为公司发展的长久之计吗？

阮思澄一边应对与深度的直接竞争，一边准备对陈一非的正式诉讼。

她与天恒律师事务所合作，聘的律师业界知名。

“用竞业限制打官司不太好赢。”律师姓郝，一针见血，“经过调查，陈一非的劳动合同、医保、社保不在深度，而在一家派遣公司，是被东家给派去工作的。在法律上，这不能算作加入思恒的竞争对手。这种曲线挖角钻了法律空子。”

阮思澄问：“有别的办法保护思恒的权益吗？”

“可以尝试起诉陈一非窃取商业机密，深度医疗侵犯知识产权和不正当竞争。”

阮思澄问：“能解释一下吗？”

律师点头：“违反竞业限制官司经常伴随窃取商业机密和侵犯知识产权官司。先说前者，不太好打。肯定需要反复举证，耗时耗力耗精神。法院法官要看证据，你光说思恒医疗技术好，深度医疗做不出来，这不算，别人也有可能做出来啊，前 CTO 可能没参与啊。因此，最好能有陈一非对产品程序拷贝、拍照等行为的证据。只要有这些证据，那陈一非就跑不了了，也会对思恒跟深度的官司有一些帮助。”

阮思澄把茶杯端起：“您接着说。”

郝律师继续：“再说起诉深度医疗。我刚初步研究过了，思恒共有 12 项专利已经获批。对方如果使用到这些东西，就可以打侵权官司，索取赔偿。不过我对这个前景不大看好，只能承诺尽力为之。用 RNN 看心电图等，全都属于大的方法，不好打官司。思恒专利比较集中的几种病，深度医疗并没有很好的表现。前 CTO 肯定知道专利细节，有好几项还在他的名字下呢，应该已经想办法规避掉了。至于其他一些病，在技术上比较机械，调 AI 参数耗时、费力，也没有技术含量，被员工给记住、带走，让竞争对手弯道超车，基本只能自认倒霉。目前各家公司防止这类事件发生的主要手段就是竞业限制，不让员工接触别人，而这也是AI公司竞业官司远超从前的原因。”

阮思澄也十分清楚，光调参数省下的时间就至少是好几个月。眼前律师讲的没错，陈一非和其他“大牛”全都不是蠢货废柴，站在思恒的肩膀上一切都会容易很多。敌在暗我在明，对于思恒拥有专利的一些技术，深度医疗可以换成别的方法，也可以在原有基础上改进。

她还真的不太清楚，陈一非在告别思恒时，挥一挥衣袖，到底带走了多少秘密。

“最后说说不正当竞争。”郝壮律师道，“对于深度，可以起诉对方不正当竞争。据对以往类似案件的观察，思恒医疗举证难度比较高，获得大额赔偿的概率比较小。”

阮思澄耐心地听着。

“首先，《反不正当竞争法》一共列举了九类行为，并不包含曲线挖角，也很难扩大解释，之前一家地图公司被另一家一口气挖掉了整个团队，都没告赢！能试试的，只有告对方侵犯商业秘密，不过这也是棋行险招儿。在操作上，思恒医疗需要举证商业秘密客观存在、对方侵权客观存在、实际损失客观存在，且三者有因果关系。然而，第一，实际损失难以证明——如何计算思恒医疗因此少赚多少钱呢？现在根本赔着钱呢！表面上看思恒医疗客户增速也没减少！第二，对方侵权难以成立。深度医疗从陈一非那里获取秘密只是猜测。当然，如果有陈一非对产品程序拷贝、拍照等行为的证据，就能好办不少！第三，因果关系不好认定。怎么认定被侵犯的商业秘密直接导致上述损失？也许……”

阮思澄的眉头微皱。

郝律师无奈苦笑：“我把困难摆上台面，咱们讨论解决方式。不过很多时候，原告都是打碎牙齿和着血吞下去的。”

“嗯。”

“不正当竞争的最后一个问题，是诉讼主体。陈一非是派遣员工，这里头有两种可能，第一种，深度医疗招工程师，派遣公司看陈一非简历符合就推荐过去，那被告该是派遣公司。第二种，深度医疗挖来了陈一非，把合同挂在外面，那被告应该是深度医疗。如果直接起诉深度，可能会因主体错误被打回来。如果同时起诉两个，又有困难……”

阮思澄的头都大了，这些都是啥玩意儿？

妈的！

长眼睛的都能明白，可一到法院就费劲极了！

聊到最后，郝律师道：“官司可能旷日持久，没一两年打不下来，比较消耗时间和精力。”

“嗯，但还是要告。”

“好的。”

阮思澄在心里叹气。

一两年后即使赢了，深度医疗也发展起来了。想也知道，思恒医疗不会拿到巨额赔偿。而在这段时间当中，深度医疗完全可以渐渐摆脱“偷来”的技术，换成自己的，这样即使法院判决“禁用”，它也没有实际损失。虽然从理论上讲，如果思恒赢了官司，深度医疗和陈一非的声誉会受到影响，在业内会被人唾弃，然而实际上呢，才没有人管那么多，大家看个热闹而已，该用的还是用，该聘的还是聘。

这场对决，不管最后思恒医疗是赢是输，都是真正意义上的输家。

回到公司，阮思澄叫 CTO 叶凤毛负责调查他的前任。

结果并不令她意外，陈一非未曾拷贝走任何文件。他很谨慎，许多员工都喜欢把工作发到邮箱里、拷到优盘上，带回家继续做，陈一非却从没有过。

辞职当天，陈一非在思恒医疗七进七出，手里都没拎过任何硬盘、光盘，只是看着十分纠结，似乎无法选择未来。

想不管三七二十一乱拳打死陈一非都不好下手。

阮思澄是真心发愁。

邵君理一直安慰，说可能有别的发展，未必是坏事，可能是好事，然而因为没有证据他也不好胡乱猜测，因为这样肯定影响阮思澄和思恒医疗。

阮思澄因对方的话觉得略略好受一点，可也依旧无法放松——思恒、深度真要这样死磕直到天荒地老？一轮一轮融资、烧钱，究竟何时才是个头？

会失控吗？

深度背后站着爱未，对方真有垮的一天？

还是扬清会顶不住，首先撤出？

那思恒医疗可就真跟没人要的破布娃娃似的了，没有资金，只能等死，让那狗屁深度医疗坐稳霸主地位，一统江湖。

还有，他们谁能率先升级产品技术，让AI急诊焕然一新、提前进入下一阶段，令对方的一些做法失去优势？

会是自己吗？

怎么刚刚“爆红”，就要承受这种压力呢？

事实证明，思恒、深度两家公司的竞争态势完全奔着邵君理的推测去了。

几个月后，爱未、深度忽然通过几个中间人、和事佬找到扬清和思恒，说：“两家公司竞争升级，烧钱烧得太厉害了，已隐隐有失控趋势，而AI医疗的盈利还遥遥无期，像无底洞，投资者们不应该无理性地持续投入——这个市场就这么大，一年几亿太夸张了。”

他们还说，按照目前这个架势，即使思恒、深度两三年后拿到准入证书，也没人敢率先收费，因为医生免费使用的习惯已经养成，会想：既然这家收费，那就用另一家好啦！即使双方全都收费，也很容易陷入价格上的竞争，对企业实现盈利、对投资者获取回报十分不利。

因此，基于以上种种理由，爱未、深度希望促成两家公司的合并，握手言和，定分止争。

阮思澄呆了。

与深度医疗合并？

她也终于弄懂了爱未在打什么算盘。

应该是在一年以前，爱未看到思恒医疗推出的产品，觉得挺好，然而思恒的投资人是邵君理——扬清太子，于是爱未扶持深度医疗，进军这个市场。当时爱未应该觉得凭借人、钱，占有一半急诊市场不是难事。

然而事情并没有按他们的剧本走。

过了半年，深度医疗技术欠缺。与此同时，经过Z大博士中毒和网红农妇被家暴事件的发酵，思恒医疗一夜“爆红”，深度医疗竞争成本陡然增大，甚至是无限大，要想占有一半急诊市场一下子变得很困难了，除非拼命砸钱、烧钱。而爱未呢，也并不想把太大的成本投入AI急诊。

于是爱未转变策略，希望直接投资思恒，分一杯羹，却被扬清拒之门外，连个跟投都没捞到。

爱未也很清楚，只要思恒还是AI急诊的老大，扬清集团就绝不会让爱未参与进去的——既然可以独吞市场，那干吗让竞争对方也拿一半？

正好就在那个时候，CTO陈一非与阮思澄产生矛盾，打算出走。陈一非与爱未双方一拍即合，由陈一非改进产品，而后爱未帮助深度气势汹汹杀入市场，逼着扬清和思恒同样砸钱回应竞争，最后在双方都很焦虑时，再来促成合并。

此时，扬清、思恒骑虎难下，被挟持着，只能答应。否则只要爱未不想退出AI急诊，它们就得一直和深度火拼，不断砸钱，甚至可能失控。

只有通过这个方式，扬清为了节约资金，才会同意爱未同样入主思恒医疗——只要两家合并，那么目前双方全部股东都肯定会自动变成新公司的原始股东，包括思恒的投资人扬清、红木，也包括深度的投资人爱未等。

爱未便能插一只脚进来。

也就是说，爱未公司从来没有考虑过花大把资金帮助深度抢夺市场，它一开始的目的就是让俩公司进行合并、共享江山，与扬清都当大股东，各占一半，不相上下。

它的目的就是思恒，深度不过是个工具。

爱未、扬清在各领域火拼不断、竞争升级，然而对于一些看不太清的、目前不想花太多钱的新市场，它们也会选择合作，一人一半占有市场。

看来，AI急诊也是这样。

AI医疗前景如何目前谁也不太清楚，有人说是巨额市场，有人说是新的泡沫。阮思澄也承认，当前阶段AI医疗还远不能说是成熟，然而在科技领域，事物发展全都不是循序渐进的，而是会突然迎来一个拐点。个人电脑和手机的普及，哪个市场不是这样？因此，AI 医疗能否爆发，现在谁也说不清楚。

爱未想要投资 AI 急诊，又不想花太多钱，便想出了这么一招，一石二鸟，还让此时想进场的新兴公司望而却步。

可真是太精明了。

然而不得不说，这个提议对于思恒极具诱惑。

首先，思恒当然是被胁迫的。想要节省竞争资金，势必要接受合并，同时股权方面也并不会放弃太多。反正也要再融 C 轮 D 轮，如果现在与深度医疗合并，对方资金进入公司，就能晚点再融资了。

其次，深度医疗的技术“大牛”也有不少，至少在晕厥、休克和抽搐方面，思恒医疗还没想到太多办法，对方却已经很成熟了。

第三，那当然是思恒不用再站队了，有扬清、爱未两大巨头在身后保驾护航，发展会很迅猛。

※※※※※※

阮思澄经后续调查发现，整个过程跟她想的差不太多，八九不离十，只有一点除外，陈一非是深度医疗自己挖的，爱未公司并未参与。

思恒医疗“爆红”之后，深度医疗的管理层将主意打到思恒的 CTO 身上，希望挖走陈一非并就此实现“指数增长”“弯道超车”。这个挖角决定是深度医疗的 CEO 和 CMO 两个男人一力促成的。深度医疗创始团队比较复杂，有五个人，对于挖角有两人赞成两人反对，另外一人不置可否，最后反对的认输了。

正好碰上思恒 CEO、CTO 之间产生激烈冲突，陈一非要另谋出路，否则深度医疗也撬不动陈一非。

爱未应该是和深度医疗的管理层聊过产品上市以后与思恒的竞争策略——通过砸钱，给医生们更多支持、更多帮助，赢取市场。然后，如果能跟思恒合并，就完成合并，共享江山；如果不能跟思恒合并，就接着对抗，力保自己地盘不失。

对于爱未这个打算，深度医疗在挖人时对陈一非如实说了。

事实证明，这个提议对陈一非有着十足的吸引力！

因为加入深度医疗，等于可以同时重回爱未、思恒两个东家。陈一非从爱未、思恒走的时候都不风光，一次是项目被降级，一次是被“按头闭嘴”。尤其是离开思恒，简直让他有些狼狈。倘若将来如期合并，他便可以重回思恒。

深度的CEO创业前是爱未公司部门总监，其技术能力、管理资历都好于阮思澄，一旦与思恒合并，深度的CEO 99%可能会当上新公司CEO，爱未对此也有过承诺。历来两个公司合并，没当上CEO的那个在新公司都待不长久，三个月内必定辞职，而陈一非却可以在新CEO的庇护下牢牢坐稳大佬位置。

对于一个码农来说，谁不传扬并羡慕乔布斯当年被踢出公司，几年后又杀回苹果的威风呢？

有风险，也值得期待。

于是，在深度的保证之下，陈一非入职深度。不过，陈一非的职位并非CTO，也许是为了掩人耳目。

在陈一非呈交了成熟产品后，爱未决定增资，与思恒医疗展开正面竞争。

阮思澄听完介绍后，觉得爱未也就那样吧，没有多好，也没有多坏。虽然它打着“合并”算盘，却也是正常的商业逻辑。甚至在扬清集团投资的那家直播网站上市以前，爱未暂停了全部相关服务，让主播们无法播放音乐、跳转视频，阻挠对方筹资等，也说不上有多坏，就是正常的商业行为。她不想同流合污，却也不至于和它划清界限，觉得爱未跟红木和金桥等也差不多。

但是，深度医疗的CEO和CMO，阮思澄却觉得不行。

首先，他们抓住当前法律漏洞，教陈一非规避竞业、逃掉责任，让原本双方都点头同意的规则变成废纸，这种“聪明”她阮思澄无法认同。

其次，她觉得那CEO和CMO目光短浅。即使曾是爱未部门总监又怎么样？从竞争对手公司挖来一个高管，表面上是节省时间和资金的做法，却不想想——他今天可以泄露老东家的商业秘密，明天就可以泄露你公司的商业秘密！还会让其他员工有样学样，全都不把竞业限制当一回事，那将来还怎么办呢？思恒医疗跟陈一非之间的官司就算是输，她也必须死磕到底，绝不让他们舒坦。

阮思澄在自己心里把底线给画出来了：对于爱未，不算100%无法接受；但对于深度的管理层，100%无法接受。

对于是否合并，思恒医疗几个股东——阮思澄、石屹立、邵君理、王选、红木卓立、金桥戴溪、扬清王祖威等，聚在一起开会讨论。

"建议合并。"卓立说，"一轮一轮融资烧钱已经算是恶性竞争。选择合并，股权会被稀释，但如果不合并，一轮一轮融资烧钱，会更快速地被稀释。"

戴溪同意："是。"

卓立："而且以后市场的占有率也会下降。"

戴溪："对。"

卓立："在产品的开发上，深度医疗的一些专利思恒急诊可以应用，比如对于晕厥、休克和抽搐的诊断及治疗。以后两个团队可以分工，思恒做思恒擅长的图像识别，深度做深度擅长的其他领域……"

戴溪："嗯。"

他们代表投资公司，希望控制运营成本，十分正常。

扬清集团的王祖威也提出一些观点、看法，与会的人七嘴八舌讨论起来，嗡嗡嗡的。

最后，大家看向邵君理，希望他能拍板定下。

他在这伙大佬当中终究是最大佬的那个。一开始，由于自家公司的太子、副总就在自己身旁待着，王祖威都没有开口。

邵君理慢条斯理，把不知道什么时候滑出来的带钻袖扣轻轻推回，薄唇微启："可以谈谈。"

等着邵君理发表高论。

"卓立、戴溪把利弊已经讲得差不多了。爱未还好，不算一个不能接触的对象，扬清和它也在其他一些领域有合作关系。对于扬清来说，合并可以减少资金投入并且保住股份。对于目前的 AI 市场，确实没有必要死磕。从个人角度讲，我不喜欢为了竞争无限满足人的劣根性，这样得来的用户终究有些问题。大家没发现吗，自从打出‘会诊中心 120 秒内应答’的广告后，个别医生不管大事小事都要交给思恒来做，自己根本不看 ECG 了。”

阮思澄：“嗯。”阮思澄知道，邵君理对一切补贴都持否定态度。

邵君理又道：“思恒处于初级阶段，成长空间大点也好，还没到要靠竞争强迫自己不懈怠的那个阶段。当然，挑战者还是会层出不穷的。”

说到这里，邵君理的脸微侧，棕色眼珠锁着阮思澄：“不过，对于合并，思澄应该是有她自己的一些想法。”

“对，”暗自惊叹于对方对她的了解，阮思澄把几缕头发撩到耳后，“我的看法是，合并非绝对不行，在资金、技术等方面甚至还有诸多好处，前一阵的资本游戏我也感到很厌倦了。但是，对于合并我有条件。”

她深深地呼吸一口：“我必须是新公司 CEO，甚至是董事长加 CEO，并且对管理层有决定权。我要建立比较适合我风格的管理团队，他们了解我，可以配合我。”

卓立、戴溪眼神复杂。

阮思澄又阐明观点：“对于爱未，我不算 100% 无法接受，但对于深度的管理层，我 100% 无法接受！卓总，戴经理，两位王总，邵总，我并非不愿撒手，可是从陈一非这件事上，我断定深度医疗的管理层目光短浅。挖 CTO，表面上看非常聪明，却不想想——他今天能泄露思恒的商业秘密，明天就能泄露深度的商业秘密！如果深度有在技术上实现领先的野心，就不应该干这种事！”

卓立、戴溪考虑片刻，道：“我们一直考虑的是，咱们提名联席 CEO，你们两个团队各做各的，这在近两年的合并案中也出现过好几次了。”

阮思澄摇头：“都已经是一个公司了，如果他们团队出了岔子，我还不是得给他们擦屁股。”

卓立、戴溪有些无奈：“如果坚持这个要求，那么合并难度相当大。据打听来的消息，对方对这十分看重。”

“答案是 No。”阮思澄道，“如果我不是唯一的 CEO，且能自己组建团队，那么在确定是否接受合并的思恒股东大会上，我一定会投反对票。公司被逼得天天砸钱竞争也没办法，到了没人愿意投钱那天，公司要黄就黄了吧。不用劝了，这是我的底线。”

“嗯，”邵君理又喝一口茶，拉了个长音：“作为一致行动人，我自然也投反对票。”

合并算重大事项，必须要三分之二以上的股东通过。阮思澄加上邵君理，铁定超过三分之一，是已经有否决权了。

于是这事就敲定了。

阮思澄也研究过了，因为深度有足足五个创始人，还融过天使轮、A轮及A+轮，CEO和CMO的股份不多，CEO占8%，CMO占7%，合并过来再被稀释，加在一起也就能占到新公司的5%左右，还好。重点还是管理实权，要是能早点把那两人赶出公司，把没成熟的股份拿回到手里，就更好了。

散会以后，卓立、戴溪、王祖威等几个人先拔脚离开，邵君理则拖在最后。

知道他肯定要跟自己公司的王祖威一起离开思恒医疗，可太久都没说情话，阮思澄又怪想念的，拖在后头，眼珠一转，在路过会议桌时，一把掐下会议桌上花篮里的一朵玫瑰，追上去，从邵君理身后拉住对方袖子，趁着前面没人回头，把那朵花给塞进了对方手心，还说：“邵总，这个东西您拿回去。”

“什么？”

“一点心意，您拿回去。不值钱，但能代表我的想法。”

邵君理一愣，而后好像猛地意识到手心里是什么，回头瞥了一眼阮思澄，接着攥住那朵花，拢在掌心，又把手插进兜里，好像平常那样走路。揣着花时，他特别谨慎，跟端着高脚杯似的。

不过，阮思澄却可以看到，那个男人为不弄皱那朵花，手指一直分外小心，将裤兜的布料都撑起一块儿。

她第一次送别人花。

一朵玫瑰。

而且开得特别好看。

又是几次开会以后，思恒有了心理预期，跟深度那边第一次碰面。

他们先对新公司的名字进行了一番讨论。

两家公司都刚融完一轮，思恒这边估值高些，深度那边估值低些，于是思恒一方很自然地提出要叫“思恒深度医疗公司”。

“这不好吧！”深度那边几个创始人提出异议，“这样一来，深度不像是个公司名字，反而像是在衬托思恒有深度一样，听着感觉像思恒在做什么深度医疗！”

阮思澄的脑瓜子疼：“那你们说，叫什么呢？”

“应该叫深度思恒医疗公司，这就不会有歧义了。”

阮思澄想：啥玩意儿。

光一个公司名字就讨论了 8 个小时，最后对方终于接受“思恒深度医疗公司”，虽然他们的语气听着不情不愿。阮思澄觉得，这场谈判大概会旷日持久。

第二次会议，双方确定合并方式，最后决定采用“新设合并”和“完全换股”。就是双方成立一家新的公司，类似于母公司，发行新股，与此同时，思恒与深度的原有股票换成新股。交易形式不是现金，而是股票。

第三次会议，终于谈到管理层和法人代表。

果不其然，爱未、深度一上来就抬出了他们 CEO 的闪亮履历，还说：“依马诞的从业经历，他更适合当新公司 CEO。这是他在爱未、深度所做出的成绩清单。”

阮思澄当然不干！

“不行。”相比深度那边说话的是爱未战投部的资深大佬，思恒这边比较怪异——是天使轮的投资人邵君理，只见他气势压人，“思恒的 CEO 掌舵新公司，这点我们绝不让步。”

顿了顿，爱未大佬争取道：“邵总，相信马诞。马诞的能力很强，有 15

年管理经验，毕竟阮总年纪不大，难免有不周到的地方。合并以后公司规模扩大一倍，对 CEO 的管理能力要求更高了。阮总从来没有带过几百人的大团队，可是马诞在爱未时已积攒了丰富经验。他创业前手下已有二三百人，可以适应思恒深度的发展节奏。”

邵君理则嗤笑一声：“阮思澄的能力和水平还轮不到你们否定。按她的能力，管新公司问题不大。”

深度医疗的马诞发出笑声：“阮总终究是个女生，不久也要结婚、生子。公司正是关键时期，不好耽误人家的家庭。我就不一样了，大老爷们，没有什么后顾之忧。”

他的嘴巴又扁又翘，阮思澄老觉得对方像个钱包。听到他说这话，她真想往他嘴里扔两把钢镚，再合上那个钱包，然后说：钱给你，闭嘴吧！

邵君理又嗤笑一声：“阮总以后结婚生子就更轮不到你们评论了。阮总和她的先生当然有能力处理好。在那之前用不着假设。”

邵君理的右手四指在桌面上貌似无意又杂乱地敲了敲，实木的闷响响彻了整间会议室：“怎么讲呢……我只相信自己的 CEO，换别人来总得看着，很累啊！”

深度来的七八个人彼此交换了一通眼神：“邵总，以后您也会相信马诞的……”他们清楚，邵君理虽只是天使投资人，但王选和扬清集团、思恒高管都听他的，轻率不得。

“不可能。”邵君理说，“几年下来，我了解阮思澄，她跟我特别合，这世界上再没有了。我见过的管理者没有一万也有几千，有资格说这样的话。我很相信自己的 CEO，她哪怕用手枪指着我的眉心，我都不担心，别人可不行。如果总觉得不大放心，这资金投得就不舒服。”

两小时后，见思恒方硬得简直像块石头，坚决不让步，谈判进入僵持阶段，深度方也没有其他想法，只好建议先散会了。

第四次会议，继续讨论 CEO 的问题。爱未、深度建议由马诞当 CEO、由阮思澄当董事长，被阮思澄以“无实权”给拒绝了。

第五次会议，爱未、深度宛如摆出最大诚意，提议搞联席CEO，马诞和阮思澄两人都是CEO，平级，不分大小。阮思澄却照样油盐不进，宛如顽石，拒绝劳什子“联席CEO”——她就要当名正言顺的老大，不想跟深度的人搞宫斗。

深度医疗的金主爱未，一方面为自己的利益考虑，一方面为了曾经的承诺，也不答应由阮思澄独立管理新的公司。

于是，在由谁来掌舵新公司的关键问题上，双方无法达成一致，阮思澄和马诞谁都不想“退位让贤”，谈判基本宣告破裂。

※※※※※※

谈判基本确定破裂那天，阮思澄也觉得不爽。

她超讨厌做无用功。诚如卓立所强调的，与深度合并可以节约大笔资金，可以在过审以后收费，可以吸纳专业人才，可以完善AI产品……从理性看好处多多。然而，如果失去完全控制权，她是无法接受的。眼见双方寸步不让，一切回到原点，思恒、深度又要比赛，说不闹心是假的。她又要思考竞争策略，以便压制对手。

恶性竞争，她不喜欢。

为争取合作，她甚至对爱未说：“深度医疗和陈一非是怎么回事，大家心里都门儿清。新公司的高管职位，我不认为深度的CEO可以胜任。”然而爱未并不觉得问题十分严重，虽然略微有所顾虑，却还是认为让自己手中的棋子当CEO更加重要。

虽然双方并未明确谈判破裂，但是开完会后，在惯常的约定下次会面环节，扬清、爱未两方面都谦虚礼貌地表示，大佬们挺忙的，如果双方意见不变，再开会也没啥必要，可以暂停一段时间，等到哪天想法变了，再通知对方讨论就好。

于是，在亲切友好的氛围当中，双方又从“潜在的family”变回要撕到末日的对手、敌人。

从爱未的大楼出来，阮思澄长长叹气。

邵君理问："回公司吗？"此时已是下午1点。

阮思澄在手机上查："堵车，回去要一个小时。算了算了，今儿不想再工作了，贼闹心，我跟凤毛说一声儿，有点晚了，不回去了。"

"嗯。"听阮思澄唉声叹气，邵君理思考几秒，问，"去散散心？"

阮思澄说："去哪儿啊，到处是人。"她此时的心情实在不佳，听人吵闹会更焦躁。

"去钓鱼吧。"

"啥？"有些时候，邵君理的大脑回路阮思澄也不能明白。

想一出是一出。

"反对？"

"那倒没有。就是以前只捞过，没钓过。"

"那正好，走吧。开春比较适合钓鱼。"

"噢。"

因为要取钓竿等工具，邵君理先开车回家。路上，他戴上蓝牙耳机，用语音命令手机："电话，周介然。"

等到对方接起来电话，邵君理毫不客套："周，幻境那边开没开呢？"

"下个月。"

"嗯，也行。我带朋友去散散心，三点左右叫人开门。"

"行，挂了。"

邵君理压根不理会，又问："湖里都有什么鱼？要做饵食。"

周介然说："不知道。"

"问问，问完发个微信。"邵君理道，"幻境做过垂钓方面的宣传册，不难问到这些东西。"

周介然又说："行，挂了。"

"嗯。"

见邵君理摘下耳机，阮思澄睁大眼睛："周介然？我们房东清臣集团的CEO？传说中的国民男友？他动不动就上热搜，你们两个居然认识！"

“不稀奇。”邵君理答，“都在圈子里头，而且都在斯坦福念书。他念本科，我念博士。不过他学的是经济，没有技术。”

阮思澄想：你还真是“攻城狮”啊！码农永远有着谜一样的骄傲，那就是——学经济、学金融、学法律等，赚得多又怎么样呢？我有技术！我会敲码！

会敲码很了不起吗？

虽然邵君理特会敲码。

她也知道邵君理老“贬低”周介然的原因了：他们关系好。

话说到这，邵君理家正好到了。阮思澄在车里边等，邵君理去收拾东西。

10 分钟后，阮思澄发现对方一手拿着黑色钓竿等工具，一手捏着手机：“……对，海蜈蚣、虾、鸡肉……嗯，辛苦了。”

邵君理还换了衣服，穿得比较休闲。他把东西塞进车里，开车从泳池的另外一边离开别墅。

到渔具店提了东西，一路把车开到清臣下个月才开始运营的度假村“云京幻境”。

邵君理给里面的人打了电话，没一会儿，便有一个姑娘跑着出来开门，又指了指通往垂钓地点的路。

他们两人沿路开了五六分钟，最后到了一处山清水秀的地方。

这里是郊区的一座山下。山上的水非常充足，直直落入一个大湖，还形成了多个浅滩，好像一些不同形状的绸带镶嵌在地表。与市里面的湖不同，这里并未受过污染，蓝绿色的水十分清澈，只要细看便能发现大大小小的鱼，也不知鱼蛋是从哪里冲过来的。

而每个浅滩上都建有一些红色亭子，用栈桥相连。湖的四周全是树木，山水湖景浑然一体。

最大的湖上有瀑布。水从石头缝隙冲出，虽然不大却有气势，隆隆响着，冲出一片氤氲，与湖面交汇之处甚至还有一道小型彩虹。在阳光之下，湖的表面宛如被镀上了一层金，波光粼粼，向着远处层层推开。

这湖还有一个“拖尾”。一条窄窄的沙地插入湖中，四周都是木制围栏。

走到沙地尽头，便仿佛是在湖里边了，满目都是湖水、树木、瀑布、山石。

阮思澄说：“好大好漂的湖湖啊！还有好多的鱼鱼呢！”就是不好好说话。

邵君理蹲下，拿出钓竿，一截一截地抽出来：“先将就将就，以后再去马尔代夫海钓。这根竿子四米五长，普通湖钓绰绰有余。”

“嗯。”阮思澄也跟着蹲下。

“鱼钩系法有很多种，先教一个入门的吧。这样再绑几圈，穿过来，拉紧……子线一般是透明的，这样才能欺骗目标。”不愧是敲代码的手，一弯一绕，特别好看。

“没懂。”阮思澄的倔劲上来，“拆了，我必须得学会这个。”

邵君理笑，拿起钳子把结剪了，把女孩儿搂在怀里，用自己的手握住她的手，扯过子线，手把手又教了一遍，阮思澄才终于点头：“知道了。”

接着绑铅坠、八字环、主线、浮标、渔轮、钓竿……全部都有不同系法，阮思澄到底是搞乱了，觉得这也太复杂了。

最后是放上鱼饵。

邵君理用手勾起环虫，捞过剪刀咔嚓掉头部，把钓钩伸入，穿过虫身，一抖手腕探出钩尖，又把多余的尾部剪掉。

阮思澄道：“我试试。”

邵君理的眸子一转：“女孩子不应该怕吗？”

“为什么？”

“活的，环虫。”

阮思澄说：“如果确定不会得病，我敢空手抓大耗子。”

邵君理不太相信。

“咱怕过谁？不怕任何动物，也不怕任何人。”阮思澄越说越起劲。

上个星期邢笑佳把她拉进某创业群，里面全是最近两年的明星 CEO。阮思澄一进去，见 QQ 群公告是“一心赚钱，勿谈国事”，里面气氛也是如此，当即退群，只留了句“不好意思，以后不来了。我做不到公告要求，别哪天拖累了朋友”。其实，她是不想“跪着”挣钱。她认为，这是一个好的时代，作为商人，可以试图改造世界，不能只看利益。阮思澄知道，在她退群后，有好几个人说她“胆肥”。

邵君理把剪刀给她：“敢情你以前怕我也是假的。”

“不怕你。”阮思澄的头用力垂着，在另一个钩上插上一只小小的饵，“很爱你。”

前些日子，扬清集团发布了功耗低几千倍的家居产品，还跟众多地产公司达成合作，她也觉得很自豪。

就在昨天，某个知名财经作者还在专栏里写，邵君理有一点让他感到非常不可思议，就是基本没出过错，这在 IT 领域几乎是不可能的。就连盖茨和乔布斯等人，也全都犯过大错，只是很快调整回来了。而邵君理的每一步，事实证明都是对的，那个作者在最后说：“这不科学，类似玄学。”阮思澄在看到文章时心里头倍儿高兴。

邵君理一愣，随即笑了，拿过鱼钩，道：“抛竿就先不用学了，一样一样慢慢儿来。”

说罢，把竿举过头顶，貌似轻松地一甩，在竿向前的过程当中勾着线的食指一松，浮标、铅坠便稳稳地落入远处的湖水中，溅起几朵小的水花。他看了看浮标位置，又用渔轮拉了拉线，调整鱼钩的落水点，扔了点饵料聚鱼。

旁边有块大的石头，邵君理没使用竿架，而是把阮思澄抱在自己怀里，让对方手持着钓竿，十分传统地等待着。

头回钓鱼，阮思澄拿着钓竿，十分急躁，瞪着大眼睛，简直要把湖面戳出两个窟窿。

她最讨厌做无用功。

只要浮标轻轻一动，阮思澄就吼着要收：“有了，有了！快收！快收！”

然而每次邵君理都声音平淡地说“不是。”“还是不是。”“风吹的。”“只是蹭线。”“这叫探口。”

她上蹿下跳了 15 分钟，邵君理才终于开口：“阮阮。”

“嗯？”

“心静一点儿。”

“什么？”

“钓鱼这事儿需要运气。饵下足了，技巧到了，最终还是没有缘分，也没办法，只能看开。总归有些想要的鱼无论如何也钓不着。”

阮思澄把头转过去，看邵君理。

她终于知道了。邵君理表面上是讲钓鱼，实际上是在说深度，这也是今天来这里的原因——用钓鱼的特殊经历，还有山水中的美景，让她内心平静一些，别被深度的事情影响太多。

钓鱼最能培养人的淡定，磨炼心性。

邵君理最了解她了，肯定知道如果谈判破裂，会让她马上“爆炸”。

这个邵君理啊……

创业者经常既固执又灵活，两种属性同时存在——在合适时穷追不舍，在不合适时开阔思路。她呢，总是前者多一点。

“心静一点儿。”邵君理说，“或早或晚，你会因为这次错过而收获一些别的东西。你的努力，这几条鱼没有看到，下几条鱼可能就看见了。一切都有因果循环，不会真的是无用功。”

“嗯。”

十分奇特，她心静不少。

等吧。

没有钓到这一拨儿鱼，可能还有下一拨儿鱼。

阮思澄的心态放松，腰一软，靠在身后人怀抱里，看着湖面、水波，还有对面的山和树，感受着拂过脸颊的早春的风，几周来的负面情绪退去许多。

“君理。”

“嘘，小声儿，在钓鱼呢。”

“嗯。”

“老实坐着，也别乱动。”

“嗯，”阮思澄说，“这个钓竿好轻啊，这么长，还这么轻。”

“因为贵。”

“哦。”

邵君理抱着她，在湖光山色的环绕中静静等着鱼上钩。他轻声说钓鱼的事——鱼竿长度有哪几种，子线有哪几种，母线有哪几种，饵食有哪几种，渔轮有哪几种，钓法有哪几种，线图有哪几种，各个环节鱼线系法有哪几种，可以用的抛竿方法又有哪几种……阮思澄也头回知道钓鱼技巧有这么多，目标不同所采取的策略组合全不一样，怪不得这玩意儿有竞技比赛呢。

因为正在持竿钓鱼，阮思澄不可以乱动，于是只能老老实实窝在对方的胸膛里，靠着，把脑袋都倚在男友的肩颈处，让身后人搂着她的腰，觉得这是数月来最温馨的一段时光。他们都忙，很难这样一个小时一动不动只有对方。邵君理小声讲话，时不时吻吻她的头发、太阳穴、眼尾、耳朵。偶尔几只鸟飞过，整个气氛静谧美好。

阮思澄心里也彻底平静，不再为合并失败而意难平。

后来，俩人还是自然而然说到深度。

"阮阮总，"几句话后，邵君理忽然秋后算账，有意绕开公事，只说私事，"第一次开会谈判，马诞说到结婚生子，我答'阮总还有她的先生都有能力处理好'时，你在旁边竟然没有任何表情。"

"我应该有什么表情？"

"我说要当你的先生，你都没有觉得高兴？"

阮思澄震惊，努力把头往后面掰："我一开始就知道啊，B 轮之前那次讨论我就知道，不，比那还早我就知道。"

"这么自信？"

"你本质是一码农啊，码农还有干撩不娶的？这个概率太小了吧。"99%的码农务实、理性、爱做计划。

邵君理怔了一下。

"但是，高兴。"阮思澄的脸红红的。

邵君理用一只手接了钓竿，让对方把脸转过来。

阮思澄的眼睛看着自己"老公"，说："从一开始知道，一直高兴到了现在，还会高兴到以后，高兴到这辈子结束。"她又大方又害羞，看对方两眼，垂下眸子，再看对方两眼，再垂下眸子。

邵君理终按捺不住，一手掐着她的下巴，吻下去。

因为上午开会谈判，阮思澄把长发盘在脖子上方，露出两只小巧的耳朵。邵君理的两手轻轻拨弄她的耳垂，阮思澄本来没在意，然而紧接着却发现，邵君理的两手离开她耳垂后，又顺着她的下颏、脖颈，一直向下。因为刚刚进入春天，阮思澄穿着一件比较紧身的长毛衣，胸口被撑起来，邵君理在划过中间那条线时，中指尖竟微微用力，把毛衣给按下一点。虽然并未碰到什么，还差一点点，却让低头看见了的阮思澄浑身酸软。接着，邵君理的手掐住细腰，在她后颈吻了一吻。

她有点儿拿不住鱼竿，虽然轻，也拿不住。

她手指发软，用自己的膝盖夹住鱼竿，作为辅助。

身后邵君理笑出了声："固定住，别掉了。"

"嗯，放心啦。"

"成。"

得到阮思澄保证，邵君理竟低下头，在她的肩颈之间一下一下轻轻地啄。

她虽穿着正装长袜，还是完全能感受到，仿佛全身到处都被点了火星。

阮思澄的手在抖，膝盖也在抖，心里不断地说：别抖，别抖！停止！停止！鱼不来了！

也不晓得过了多久，一直都在垂着眸子的邵君理忽然出声："拉线。"

"啊？"

"有鱼上钩了，不大不小。"

阮思澄想：你到底有几只眼睛？还能注意到浮标呢！我目视前方都看不到什么！

邵君理用那个渔轮把线收回，阮思澄见上面果然有条鲈鱼！

"哇！"她嗷嗷地围着鱼叫，"真是鲈鱼！"

"嗯。"邵君理把鱼卸下来，"嗵"的一声扔进桶里。

从三点半到六点半，二人钓上十几条鱼，其中两尾还非常大，阮思澄觉得自己也对钓鱼入了门儿。

不过因为他俩都不做饭，最后他们把那些鱼又一条一条放回去了。他们用的是无倒刺钩，不会对鱼造成多大伤害。

邵君理的钓鱼技能是在美国湾区学的，有执照。他还稍微对她科普了一下，在美国，哪些种类的鱼能捕，哪些种类不能捕要放生，多大的鱼能捕，多大的鱼不能捕，还说鱼警会挨个测量，只要留了不合规的，就要被罚千八百美元外加留下犯罪记录。

经过这种与 CEO 不相符的“安静”活动，阮思澄的各种不爽还真的被驱散掉了，觉得自己至少可以多活 10 分钟。

这天晚上，直到把阮思澄送回到她家门口，邵君理才对合并的事儿做了一番评价，句句切中问题要害，最后转眸问阮思澄：“阮阮总，先别考虑扬清这边，单说你，是不是还希望合并。”

阮思澄又仔细想想，慎重地道：“我认为是一个办法。思恒医疗才刚起步，如果继续恶性竞争就太不好了，而且合并也能增加产品功能。但是，马诞他们真的不行，爱未他们提出来的联席 CEO、轮值 CEO，我都绝对不能接受。我也知道，挖 CTO 这种事情在 IT 界挺常见的，不算什么，但还是觉得这并不是对未来有长远规划的做法。”

邵君理在听完以后并没有评价什么，只颔首道：“你希望合并。行，我知道了。”

阮思澄想：这话听着好奇怪啊！

第二天，扬清集团和邵君理叫阮思澄忘掉合并、别再想了，接受谈判已经破裂的事实，并且提出，为了拥有更广阔的生存空间，思恒医疗在急诊项目外也可以开发其他产品，争取实现多线开花，增加抗风险的能力。

阮 CEO 觉得这个建议还真不是没有道理。

思恒已有技术优势，在急诊与深度医疗继续火拼的同时，招聘一些人，拉一支团队，在现有专利的基础上再推出一些 AI 产品，既不用费太多劲儿，又能留出一些后路。作为思恒的 CEO，她也应该考虑到最坏的情况，即深度医疗率先实现急诊 AI 技术突破。更何况思恒也能通过那些新的产品抢占市场、推广品牌。历来主打产品推出一两年后，公司都会研究一些新品。

对于选择何种产品，邵君理的口气简直不容置疑，他斩钉截铁："脂肪肝。通过读 CT 图分割出肝，并且计算肝脏平均密度，推测脂肪肝的程度。思恒对于腹部造影很有经验，比其他公司要更容易做出成果。而且现在因为人们平时吃得不错，脂肪肝患者极多，数量上升也挺迅速，会是一个比较大的潜在市场。"

"对，"王祖威也道，"补充一点。这玩意儿，除了可能引起肝病、肝硬化甚至肝癌，还跟高血脂、高血压、糖尿病等都有关系，患者们挺重视的。它又是个慢性病，得了就要长期检查，所以肯定很有市场。相信不久，农村也会出现大量这类患者，既有市场，又跟思恒渠道一致。"

"嗯，"阮思澄考虑了一下，"这个主意确实不错。"

叶凤毛也不断地说"挺好""真的挺好""在技术上完全可行"。

于是，招聘员工做脂肪肝，只通过一次内部会议竟初步定下来了。

会议最后，邵君理又重申要"立即着手""不要耽误""大力投入""紧张起来""一定当成要紧事做。"

邵君理关心产品，这从表面上看十分正常，CTO 叶凤毛完全没有觉出有什么不对，但阮思澄作为女友可太了解邵君理了，总是觉得，一向不大插手公司发展方向、让公司自己成长的邵君理，突然对于某个产品如此上心，就挺奇怪的。

可是她也说不出来哪里有逻辑问题，完全是凭第六感。

招聘员工，组建团队，开发新品，多点开花，一点儿问题都没有。

选脂肪肝作为新品研究对象，更一点儿问题都没有。

它确实是很"火爆"的，也挺适合思恒医疗。

※※※※※※

要跟深度继续竞争，邵君理让阮思澄给公司员工群发邮件，坦白谈判已经破裂，要与深度抢夺市场，让大家全力以赴。

"提升士气"是阮思澄一向比较擅长的事。她的邮件言真意切，说她和几个投资大佬都不愿意把大家的未来交给深度团队，还说公司也不惧怕竞争，只要知道自己没错，便有勇气持续战斗。员工读完之后，个个都跟打了鸡血似的。

另外一边，因为要做脂肪肝项目，思恒医疗开始招聘。

由于邵君理反复强调“一定当成要紧事做”，阮思澄虽工作巨忙，但还是亲自负责、把关。思恒医疗在各大网站贴出消息，人力资源部负责筛选履历、通知面试，又是询问项目经历又是让人现场答题，阵仗颇大，最后的面试更是由 CEO 坐镇指挥。有些员工介绍亲友过来，公司也都认真对待。

项目内容需要保密。阮思澄对应聘者们并未明讲要干什么，不过说了“是新团队”。

阮思澄还把总监里最牛的顾延之给调了过去，又在经理中选出几个还不错的当主心骨。

在这期间，邵君理一反常态，全程跟进。

邵君理基本每天一条微信:【汇报。】

一开始阮思澄总是全面汇报，后来发现他其实只想听“脂肪肝”，也就不费劲了，每回都把重点放在脂肪肝项目的研发进度上。然而即便如此，邵君理在听完以后的评价永远都是“再重视一点”“再紧张一点”，又变回“邵扒皮”了。

要不是知道邵君理有一身肌肉，她还以为对方患上脂肪肝了呢。

阮思澄也不太清楚邵君理咋那么闲了。

按常理说不太应该，因为扬清、爱未之间竞争再次升级，在多领域发生火拼。

在互联网下半场，扬清、爱未各自圈地，交集不多，然而随着各自的势力范围逐步增大，正面碰撞在所难免。爱未本来圈到了 B 2 B（公对公），为众企业提供服务，比如用 NLP（自然语言处理）读懂简历、招聘人才。而邵君理对 B 2 B 不感兴趣，把重点放在了 B 2 C（公对私）上，还说 AI 产品实现落地肯定是从个人开始，因为 AI 讲究自动，对消费者来说，百分之一的出错率只是一个小的概率，扬清失去 1 个用户可以得到 99 个用户。然而对于企业来说，百分之一出错率是绝不能被接受的，可能导致重大损失。

因此，扬清 AI 上的研究大多集中在 B 2 C 上，比如理财，以医疗、金融、教育等八大场景为核心。事实证明，邵君理是有远见的。现在爱未反应过来，也进军了多个行业，抢夺市场。

而扬清在护着自家市场的同时，开始蚕食爱未的传统地盘。不过 CEO 邵君理思路清晰，从被忽略了的传统行业下手，比如航空、能源。对于 AI 来说，最重要的不是算法而是数据，而传统行业其实有着天量数据——一个普通人每天产生的数据量大约是 4MB，而一架飞机引擎是 500TB，相当于 1.3 亿人，一个石油矿井是 3500TB。另外，扬清直接跟各公司一起开发 AI，走定制化产品攻略，比如与快递公司合作，用 AI 读单，节约人工录入成本；与仓储公司合作，用机器人取放包裹……

阮思澄知道，在不久的将来，扬清也会做“AI 人力”“AI 法务”“AI 设计”等项目，然而邵君理那狡猾的人，在之前的圈地当中，早已经把好赚钱的项目先抢光了！

在邵君理的监督下，思恒医疗的脂肪肝项目风生水起地做起来了。他们招聘到的那几个人，都有两到三年的 AI 工作经验。

阮思澄对这个项目寄予厚望，跟叶凤毛和顾延之每天开会，一起讨论产品设计，从算法到数据，从 UI 到功能，事无巨细，十分投入。

叶凤毛、顾延之还有 CEO 阮思澄，一直非常感谢邵总给的创意——做脂肪肝 AI 产品，也都相信它的潜力，只等产品横空出世，他们就推入各级医院收获果实，享受医生及患者新一波的好评。

直到某天。

这天早上下雨。倒春寒，气温骤降，初春的风细细密密地钻入骨缝，到处都凉，也分不清是哪一根骨头在疼。雨点仿佛有千钧重，打在伞上噼噼啪啪。

顾延之一进公司就大步走到阮思澄的办公室前，伸手敲门：“阮总，有时间吗？”他的表情难得严肃。

阮思澄：“嗯，有。”

顾延之：“我有一个事儿，很重要，想跟您和叶总说说。”顾延之想认真谈谈。

“你说。”阮思澄并没太在意。

“到会议室讨论行吗？我把叶总也叫过去。”

“下午 4 点就开会了，不能留到那时候吗？”

“最好不要，否则可能白干一天。”

阮思澄说：“行，你和凤毛先去 A-3 吧，我 10 分钟后赶过去。”

“好的。”顾延之走了。

阮思澄并没太在意，只觉得他是在脂肪肝产品开发上又遇到问题了，需要跟她和叶凤毛开会讨论、争取资源。

会是什么困难呢？

到会议室，阮思澄见叶凤毛在玩手机，百无聊赖，明显也没当回事。

顾延之把房间的门轻轻关上，走回座位，道：“我个人觉得，这个事儿挺严重的。”

阮思澄正襟危坐，说：“延之你讲，不用委婉，我和凤毛都听着呢。”

“嗯，”顾延之有点紧张，问，“阮总，我先确认一个问题，脂肪肝这个项目，是邵总提出来的？”

阮思澄则努力安抚：“对。”

顾延之：“邵总对这项目非常重视？”

阮思澄：“嗯。”

“为什么呢？”顾延之问，“扬清只是投资而已，而且一向不大干预投资对象的运营决策，人人都说这属于放羊式投资，邵总风格也是如此。扬清集团互联网＋一共分为四个板块，光 AI 就有八大场景，又是教育又是金融的，现在还在搞 B 2 C 了。邵总一手抓硬件一手抓软件，怎么忽然闲到关心投资对象的新产品呢？对了，云计算那个板块不比 AI 活儿少！”

阮思澄说：“啊？”

她有点儿蒙。

顾延之的话说得没错。

扬清集团互联网＋各项工作又多又繁。在 AI 项目上有八大场景，而且还分硬件、软件——在硬件上，扬清正在研制芯片。对于AI和云计算，CPU的能力远远不够，一个时刻只能处理一个数据、串行执行，需要GPU、FPGA或者ASIC等。然而自己研制芯片得有极大的决心，需要世界顶级的半导体工艺，还要有世界顶级的资金来支持，放眼全球，没几家公司敢做这个。可邵君理还是做了，专为深度学习设计，希望摆脱外国控制，这让他感到心力交瘁。在云计算这一部分，扬清也在提升技术，帮助客户用大数据整理分析数据，建立画像……这些全是难点。

顾延之说邵君理在自家公司忙到“爆炸”，这点完全没错。

顿了顿，阮思澄问顾延之：“你知道了？为什么呢？”奇怪，她都不知是为什么，顾延之竟然能知道。

顾延之则严肃点头：“说来也巧。我昨天跟在爱未的本科室友吃饭喝酒，知道了爱未的一个重点医疗项目。”

阮思澄问：“怎么可能？”

众所周知，爱未员工神神秘秘的，公司的保密措施滴水不漏，十分严格。据说，一旦发生泄密，爱未公司必定严查到底，绝不放过。爱未的人一个个神叨叨的，连老婆都不能知道老公在干啥。相比之下，除去特定部门，扬清的员工毫不畏惧，到处乱讲。

顾延之说：“这事说来也巧！我同学去洗手间，我摆盘子的时候一不小心，把火锅给整翻了！我同学的手机扣着放的，沾上油了，我赶紧给他擦啊……我不是想解开锁屏，只是顺手按了下开机键，看屏幕还能不能亮，好不好使，没想到正好看到他QQ群的消息推送……你们知道，消息推送会直接显示在锁屏上……我看到，他的那个工作群里，在讨论如何计算脂肪密度……”

虽然爱未在保密上比较严格，但大家都是码农，不是特工，平时比较注意管住嘴巴，但也没到怀疑别人都是“间谍”的程度，不关推送非常正常。

阮思澄一时间竟没反应过来。

“我那同学一直都说，他正在做重点项目。他还说，爱未布局AI医疗相对迟了，公司希望借此项目打开局面，而且看着很有希望。他那人很老实的，肯定不会吹牛。他的技术非常出色，工作绝对有前途。”顾延之说，“阮总，明白了吗？咱们做的脂肪肝 AI 项目，也是爱未的重点项目！爱未投入大量资源，打算把它给做出来！”

阮思澄点头：“我懂了。产品撞了。”

“我不觉得是产品撞了。”顾延之明显已经思考了一晚，“邵君理能不知道爱未在做脂肪肝 AI 项目？他的资源跟咱们仨天上地下，爱未保密再到家也瞒不住他。加上他对这个项目如此关心……我猜他是故意让咱们跟爱未撞的。”

阮思澄未置可否。

顾延之道：“爱未、扬清正在干仗，相爱相杀。爱未阻击扬清项目，扬清阻击爱未项目。我想，咱们这个脂肪肝 AI 项目也是竞争的一环，扬清的真正目的就是跟爱未对着干、跟爱未置气，不让爱未顺顺利利独吞这个潜在市场，可扬清又不大愿意自己研制，可能是因为会增加研发成本、在财报上不好看，也可能是因为战略不符，毕竟扬清主打癌症……总之，邵总把这活给咱们了，把思恒当枪使了，让咱们跟爱未搞同一产品，替扬清去阻击爱未！”

阮思澄耐心听着。

“这也能理解。用 AI 计算平均密度和脂肪肝的严重程度，真的靠谱。第一，比医生们肉眼好用，可以量化脂肪肝。第二，脂肪肝是慢性病，AI 即使出岔子也没啥，医生不会胆战心惊，不需要 AI 看一遍自己再看一遍，比较容易被接受。第三，不管城市还是农村，有这病的越来越多，把它作为突破口，爱未还是挺聪明的。不让爱未进入市场，扬清想得也挺好的。”

“嗯。”

顾延之的情绪变得有些激动：“可对思恒，这不行啊！思恒医疗才刚起步，第二个产品就撞爱未，对于发展太不利了！你看哪个创业公司没事对抗三巨头的？想要实现快速增长，肯定是要绕着三巨头走啊！人家是什么技术、什么资源、什么影响力？就算借着‘思恒急诊’的渠道，给合作医院安上产品，跟爱未刺刀见红、血战到底，最后肯定也只是两败俱伤！扬清和邵总知道实情，这才不说真正原因。”

阮思澄没吱声。

“咱们考虑别的多好，选没有人在做的产品，这样才能迅速崛起。邵总这人真的……真的……”顾延之长长地叹气，“说句实话，就咱们思恒自己人说，我对邵总印象有改观，他人帅、聪明、有钱、强势，把扬清的互联网+给打理成全国第一，但可真坏透了！”顾延之没看出来眼前的CEO其实对邵君理有着私人情感。

突然听到这些，阮思澄也呆坐在座位上。

※※※※※※

阮思澄说她得想想，让叶凤毛和顾延之都先回去继续工作。

可阮思澄大脑混乱，其实也不十分清楚要想什么。

顾延之的分析有理。若邵君理并非男友，她也会这样觉得：为了在AI医疗市场阻击爱未、赢取先机，邵君理给思恒医疗提供研发方向还有细节，用思恒的利益换扬清的利益；爱未保密一向严格，扬清将来就说“产品撞了”，他们即使有怀疑也只能往肚子里咽。

可是，那个男人会伤害她？

她一方面觉得不会，因为他最希望自己开心，可另一方面又觉得难说，毕竟邵君理在生意上是“99%的理性，1%的感性”，也许会认为他与她的关系是一回事，扬清CEO与思恒CEO的关系是另一回事。

阮思澄想直接问他，几次拿起电话又放下，最后还是觉得不妥。她相信邵君理，但不能让思恒医疗全都跟着相信邵君理，二者无法混为一谈。

这个脂肪肝AI项目，做还是不做？

如果真是被当枪使，那肯定不做。可是，万一邵君理是真的不知道呢？

如何能把邵君理的真实想法试探出来？

临下班前，按照上周就约好的，阮思澄把餐厅订了，叫邵君理一起吃饭。

她说:【君理，晚上7点，翡翠365餐厅。】

顿了顿，又道:【它家刚出春季菜单。】

接着再次发送一条语音:【有蓝龙虾肉，煎鸭肝，油封鸭腿，伊比利亚

火腿……看着好像挺不错的。】

【行。】邵君理问，【干吗发这么多条语音？】

【哈哈哈哈，】阮思澄强打精神说，【前几天听章助理说，你从不听10秒以上的语音，嫌浪费时间，万一断在中间位置还得从头再听一遍，所以她们下属都发文字说事儿，除非事情太要紧了，才会发10秒以下的语音，用几句话概括重点。】

邵君理半晌没动静。阮思澄正等着对方夸她乖巧又懂事呢，便见邵君理甩过来了几张截图，是她以前叽叽喳喳说不停的微信截图，每张都是一大串的60秒语音，后面没有任何红点，全部都是已读状态。

邵君理又一条一条总结大意：【第一张，周一的，你吐槽了澎湃推出的2.0家居AI。第二张，周二的，你八卦了澎湃HR曝光公司一系列计划的事儿。第三张，周三的，你说，Windows Vista刚出来时界面跟XP完全不同，你连关机都找不着，到最后气急败坏，敲'cmd'打开命令窗口，输入'shutdown.exe'，用命令关机的。还用继续讲下去吗？】

阮思澄无言以对。

【你发来的这些东西，每一个字我都听过了，而且都记得。】

阮思澄的耳朵发红，赶紧跳过这个话题：【君理，晚上见。】

【嗯。】

晚上7点，阮思澄在翡翠365餐厅大门口等到了邵君理，两人一同走进餐厅。

阮思澄要了三道式的龙虾套餐，蓝龙虾钳配南瓜、鼠尾草、榛子和黑松露，蓝龙虾肉配芝士、香橙、桑葚和蒜头泥，邵君理则点了主推的其他套餐。

看见邵君理坐在身边，想到白天听说的事，阮思澄又挺难过的。她将不安狠狠驱散，决定好好享受约会——比以往更享受约会。至于这是为什么，她不敢深想。

努力吧！

幸好人会保护自己，在遭遇到不确定时，心里总是本能觉得事情会往好的方向发展，从而变得安心。

阮思澄一边轻咬第一道菜龙虾肘，一边打听对方这一周的工作和生活："我看杂志上说，扬清集团云计算的业绩再次创新高了，把爱未给超过去了。"

"嗯。辛辛苦苦做了几年，终于算是开花结果。"邵君理用刀子切肉，"云计算有战略意义。扬清集团给提供服务的企业提供平台，这些企业再基于平台开发工具、拓展合作客户，这样一来，一家电子营销公司成千上万的客户都会自动成为扬清的客户。其他领域也是同样。阮阮，提问，21世纪最重要的是什么？"

阮思澄本能地回答："人才？"

"错，是数据。"做云计算，不光是为了巨大利润，也是为了天量数据。

"噗。"阮思澄又问，"那AI芯片的事儿呢？怎么样了？"

"刚收购了一家公司，扬清对于硬件不太擅长，还是专攻FPGA的芯片。"

"爱未说它已开发出比GPU还牛几十倍的芯片了呢。"

邵君理的嘴角一勾："听它扯淡。"

"嗯，扯淡，蹭热度呢。"阮思澄的眼睛挺亮，"等扬清有芯片了，思恒医疗也可以用！AI企业都可以用！"

"行，准了。"

"扬清集团为什么做FPGA呢？GPU和FPGA都是AI用的芯片呀。"阮思澄是学软件的，不太懂硬件的事。

"各有千秋，GPU随意布线，峰值性能远远高于FPGA。FPGA可以拆改，不是一锤子买卖，灵活性上远远高于GPU，平均性能也更高，但在功耗上还不好说。"

"原来如此。"她听说过FPGA门槛更高，有布局的寥寥无几，邵君理却野心勃勃，想在这方面有所作为。

顿了顿，阮思澄又问："AI软件呢？"

"这个……"

两个相同专业的人，一边吃一边聊，时间流逝，氛围轻松。

龙虾钳被端上来时，阮思澄忽然发现，邵君理的右手座位上摆着一本创业杂志。

她问：“君理，你看杂志？”

“没有。”邵君理也斜睨一眼，“来的路上看这杂志有个专题是‘90后的女创业者’，顺手翻翻，看见有你，就买了。”言外之意，他是因女友才驻足的，他想留着她成长的全部过程、全部痕迹。

阮思澄问：“上面要没有我呢？”

邵君理幽幽地看了对方一眼，抛出他最擅长的反话：“手撕记者。”

阮思澄无语。

“我一定要问记者怎么能没有你。”

阮思澄再次无语。

阮思澄把杂志要来，翻到写自己的那页，一目十行地看完了，果不其然，又看到了“这个90后创业者，被人称为‘IT圈第一美女总裁’”这样的话。

她皱皱眉，把杂志合上，心里略略觉得不爽。也不知是为什么，“美女作家”“美女画家”“美女CEO”“美女教授”，只要带着“美女”这个称号，外界总是浮想联翩。

“怎么了？”邵君理问。

“又看到了‘IT圈第一美女总裁’。”阮思澄悻悻的，“我不喜欢被人说‘美’。”

邵君理凝神看看，蓦地笑了，伸出手，用长长的食指和中指在阮思澄眉心按按：“别皱眉。”

邵君理眼神专注，唇角勾着，说：“你很美。”

阮思澄的脸“腾”地红了，都不敢再看对方，伶牙俐齿全不见了，讷讷地道：“谢谢，你也很帅。”

他头回说她“很美”！

跟明星们比不了吧？情人眼里出西施吗？

“别管别人。”邵君理说，“别人会否定你的优秀，认为一切都是天生注定的，仿佛这样才可以为他的平庸找到借口。我刚入职互联网+时，人人都说我是仗着邵城儿子这个身份才当上副总裁的。可现在呢，他们的看法全都变了。我离开谷歌时是总监，跳槽到扬清至少应该是部门副总，没被照顾。”

“嗯，谢谢……君理。”

她立即感觉好了很多。也不知是为什么，她有过的这些经历，邵君理也全都有过，每回他安慰、鼓励、支持她，都特别地有说服力。

一顿饭吃完，酒还剩点，邵君理叫服务生过来把桌子收拾一下。

看服务生双手满满，不太方便，邵君理一只手拿起盘子，摞在对方正捧着的“食具山”上。

结果盘子里还有点汤汁，邵君理的手不小心一斜，被沾上了一点酱料。

“呀！”等服务生走了，阮思澄才反应过来，“我忘了尝嫩煎鸭肝！没了！”

“刚才问了，你说不要。”

“我没听清！”

邵君理的手本来要落在餐巾纸上，又收了回来，把食指和中指递到对方又红又软的双唇前：“是没了，只剩手上这点儿了，舔舔？”

阮思澄的眼睛都要对一起了，踌躇几秒，觉得邵君理是故意挑逗她，说：“不要，拿开猪手。”

邵君理笑，抹口红似的，中指从对方上唇中缝开始，左右一抹，又将食指按在她下唇上，从一边嘴角抹到另一边嘴角，划出一道：“行了，给你了，尝尝。”

阮思澄上面舔了一下，下面舔了一下，说：“还行。”拿过餐巾纸擦了擦嘴，转眸看着自己男友，不自觉地傻笑，邵君理则撑着下巴，也对着她微笑。

喝完红酒，阮思澄脸红扑扑的，走出餐厅，跟着邵君理在大街上走。

走着走着，阮思澄把手掏出来，去握对方，邵君理立即捏住。

没想兜里有张名片掉落出来，后面几个大学男生嗷嗷吼：“美女！东西掉了！”

阮思澄停下脚步，转身看看，跑回几步捡了起来。

“哈哈哈哈！”男生们哄笑，“真回头了！女的全都觉得自己是美女！”

阮思澄抬头，站起身子。

“哇！这回真是美女！”男生们嘻嘻哈哈，兜一大圈，绕着两人跑没影了。

“切，”阮思澄把名片揣了，又握住对方手指，紧紧相扣，“神经病。”

“别管他们。”

“嗯，不管不管。”

两人并肩缓缓地走。路灯下的身影，因黑暗与亮光的混杂显得虚幻、暧昧。

他们有一搭没一搭地说话，说扬清，说思恒，说爱未，说澎湃，说 AI，说互联网。

然而距离思恒越近，阮思澄的心也越沉重。

脂肪肝 AI 那个事儿，她刚才努力不想、不提，可终究是要解决的，她也打算试探一下。只是刚才因为时间还有不少，她刻意地选择了遗忘，全身心地享受两个人在一起的时光。

“感情”想逃之夭夭。它害怕危险，十分想要把阮思澄的身体给丢在原地，独自躲藏起来，无影无踪。

很快，清臣大厦就在前面了。大城市中摩天大楼成百上千的玻璃窗反射着月光，在夜空下透出惨白，宛如一些骷髅架子，可到跟前便会发现，熄了灯的大楼内部比四周的黑夜更黑，仿佛可以将人吞噬。

她认为还是得问。

阮思澄在心里叹气，半晌以后终于开口：“君理，现在 AI 公司好多开始做腹部了。”AI 医疗，从胸肺开始，到头、骨，现在开始做腹部。腹部并不容易，错误率远超其他。

邵君理说：“嗯。”

“我在想，有没有别的公司也在研发脂肪肝 AI 呢？担心撞了，毕竟这个产品市场潜力巨大。”

邵君理十分明显地顿了顿，才说：“据我所知，没有，别担心。”

“真的吗？”

“嗯，思恒医疗杀入最早，应当可以开花结果。你要把它当成重点项目，多投点儿人力物力。”

“好的。”

阮思澄的心冰凉，心情一下跌落谷底。之前因为阿Q精神，她还可以往好了想，觉得对方并不知情。

可邵君理说“没有”前的停顿，已经可以说明问题！

过去，她绝不会注意到他的这个微小停顿，然而现在，那两秒钟已经长到让阮思澄完全没有办法忽略！

阮思澄可以断定，邵君理是知道爱未也在研发脂肪肝AI的，而且他还故意不告诉她，让思恒医疗以卵击石，帮助扬清阻击爱未！

邵君理，你怎么能这样对我？

阮思澄觉得，如果某个家人或朋友此刻见到她的表情，一定无法认出这是一贯乐观的她，估计觉得这是一位拙劣的画家在以她为模特儿，挥洒他本人的失望还有悲哀。

此时两人正好经过一个路口的小摊位。摊主操着南方口音，在卖动物发条玩具。一只老鼠咔咔咔地走，直直冲着他们过来，把阮思澄吓了一跳，觉得老鼠像是疯了，只知机械地大步向前。

不，不对。

阮思澄想：邵君理让她做项目，也许还有别的原因。

能是什么呢？

可恶，想不出来！

这时，两人终于走到清臣大厦的停车场。邵君理与从前一样，在柱子后跟她吻别。

阮思澄也没有拒绝，双手搭上对方颈子，不过舌尖没有勾起，只是被动地承受着。

她在心里反复问自己：若邵君理真的把思恒医疗当作阻击爱未的棋子，她应该怎么办呢？分手吗？她一直以来最讨厌的事不是被欺骗，而是她的信任被人利用，商场上尔虞我诈她早已经看得多了，但极厌恶它来自和自己亲密的那群人。可是，真能分得了吗？

跟邵君理谈恋爱，是好事还是坏事？好的是，她拥有了别人不敢想的体验；坏的是，以后也许再也无法爱上别人了。

几秒过后，邵君理把女孩儿放开，道：“不专心。”

“没有……”

阮思澄又忽然想到，如果分手，刚才那个就可能是最后一吻，她居然还不专心、没记住，这样不行。

打定主意，阮思澄又踮起脚尖，堵住对方微张的唇。她像要用尽一切力气，探索对方每寸城池，像要把人吞吃殆尽。

邵君理先愣了一下，而后立即反客为主，直到舌尖开始麻了，二人才缓缓分开。

阮思澄喘着气，觉得这回是真记住了。

不过很快，她又后悔了，觉得自己不该怀疑对方，更不该想象分手。

刚才那吻也不能算。

想想，阮思澄再送上自己。

这回带着信任、坚定，就和普通情侣一般。阮思澄没有过急、显得绝望，也没有过缓，只是做了觉得应该做的事情。

三个吻，三种不同情绪。

邵君理也感觉出来不太对劲，有些迷茫，问：“阮阮，你……”

“没事。”阮思澄也不想逼问他，觉得自己还得调查，轻轻推开对方身体，走向自己的那辆本田车。

※※※※※※

又过了两天，邵君理叫思恒医疗人力部门、IT 部门专门进行保密培训，还说：“公司现在规模较大，不比当初几十个人的时候。对于两个新项目，公司上下必须做到严格保密、严防泄密。”

阮思澄也没说什么。

相关培训的确重要。根据调查，绝大部分商业泄密并非有人故意为之，而是因为员工缺乏保密意识而在不经意间说出去的。很多员工意识不到，他们随口的一句话可以隐含许多信息。比如，同行业的同学们会经常交流彼此薪资，可这其实都是机密，因为公司通常需要花大钱来设计和架构这些体系。

思恒医疗第一次明确规定了员工泄密要承担的民事责任和刑事责任，把处分分为口头警告、纪律处分、罚款、降职等不同等级，员工们吓得够呛，纷纷掏出手机查看在朋友圈“晒”的工作有无泄密。

思恒医疗还第一次明令禁止员工把工作内容发到私人邮箱或发到U盘、硬盘。IT部门将全公司的电脑都查了一遍，发现竟有30多人曾经干过这种事情，找他们在私下里一一约谈，时间选的是下班后。

有个经理甚至使用爱未的“云”来保存他在思恒的账号密码，被IT部门扫出来时还很蒙，说怕忘了，把阮思澄气得头疼，觉得培训真是必要。

不过阮思澄也忍不住想，邵君理搞这个培训是否还有其他目的。

是怕爱未知道思恒正在开发脂肪肝AI，从而加快研发速度，让他阻击爱未的算盘打空？还是担心思恒员工在公司外聊天多了，得知爱未那边的团队也在研究同个产品，从而放弃这个项目，同样让他阻击爱未的算盘打空？

不行不行，阮思澄想：不能轻易否定对方。

阮思澄心中挥之不出的问题是：邵君理在想什么呢？

若不知道他在想什么，这脂肪肝AI项目做还是不做？

阮思澄意识到，她必须得想个办法，把对方的真实想法给挖出来。

她也知道，直接去问他毫无疑问是下下策，那么究竟如何才能解决当前这个巨大疑问？

她想到头秃。

结果，还没等阮思澄想出办法，她的创业剧本再次发生转折！

创业不光像坐过山车，还像蒙着眼坐疯狂老鼠，哐哐哐的，不知道在哪个时刻就转了90度甚至180度。

在某个阳光明媚的中午，爱未、深度再次通过中间人联系思恒，表示：“我们这边愿意接受思恒医疗阮思澄任单CEO的条件，希望重启合并谈判。但在新的思恒深度，爱未要与扬清一样，拥有一票否决权。”

阮思澄想：突然要求合体，这是什么操作？

自从上次谈判破裂，思恒、深度不欢而散，她已经把合并这茬完全丢到脑后去了！

现在爱未竟然妥协、让步，不让马诞当 CEO 了？

这可真是在郁闷时没想到的意外之喜！

也算是一个调节器吧，让她心情不太低落，就是不知这是不是开启好运的标志了。

因要重启相关谈判，阮思澄便保存下对方给的几个时间，给卓立、戴溪、邵君理、王选、王祖威等股东大佬打电话、问时间。

看得出来，卓立、戴溪、王选他们也都感到十分吃惊，不懂爱未还有深度为何忽然决定让步，只有邵君理在听到要继续谈判的消息时没有流露半点意外，仿佛早就预料到了，道："行，知道了。下周二上午 10 点，下周三下午 3 点，都可以。"

"邵总，"阮思澄问，"您不觉得意外吗？"

邵君理顿了顿，沉沉地笑了一声，说："不意外。"

过了一会，邵君理又道："另外，脂肪肝 AI 有些问题，项目可能需要暂停，晚上再详细解释。我手头有几个新的产品方向，下周可以讨论一下。"

一瞬间，如同闪电劈开黑夜，阮思澄全明白了！

明白邵君理为何坚持做脂肪肝 AI 了！

这一回她真的笨了！

她怎么把合并这茬完全扔到脑后了！

阮思澄在自己心中一点一点整理思路，拨去眼前层层迷雾，这件事的全貌忽然变得无比清晰。

爱未在 AI 医疗领域起步较晚，又走过弯路，现在希望借助"脂肪肝"等慢性疾病项目打开局面。在这时候，邵君理叫思恒医疗同时开发脂肪肝 AI，与爱未竞争。思恒医疗在知名度等许多方面不及爱未，但是凭借已打通的基层医院渠道，还有之前已积攒的 AI 医疗口碑，肯定还是能对爱未造成一定的冲击，让它无法迅速确立在这方面独一无二的地位。而且爱未是希望从对于人体极为重要的肝脏开始，逐步渗透到其他器官，所以爱未需要证明自己的技术在国内属于高端、顶尖，如果首个重磅推出的产品就被一家小创业公司在同一时间做出来了，跟被啪啪打脸没有任何区别。要知道，思恒医疗在这领域已有基础，过去两年申请了几十项专利，真的比拼速度、质量也未必输！

因此，当爱未得知思恒医疗也在开发脂肪肝 AI 的时候，面前基本只剩下了两条路，要么自己更换方向，要么叫思恒更换方向。前者看起来比较困难，毕竟爱未已经投入大量人力、物力。而后者呢，在通常情况下也是比较困难的——爱未自己需要保密，把底透给思恒医疗让其放弃的做法是极其危险的。不过，因为双方正在针对合并一事进行谈判，所以让思恒更换方向又有可能变得非常容易！

只要思恒医疗、深度医疗两家合并，爱未作为原深度医疗的投资者和大股东，也会自动成为新公司思恒深度的投资者和大股东，可以干预思恒深度的运营决策，直接让它不要开发脂肪肝 AI 就完事了！而思恒呢，也绝没有理由反对——一家公司，不主动损害大股东的重大利益是基本的商业道德。何况爱未为了十拿九稳还要求了一票否决权，是可以召开股东大会并将这事提案和过会的。

当然，正式上会的可能性几乎为零。等公司合并了，爱未也一跃成为股东了，不再是竞争对手，到时候跟思恒深度说声“别做”就行。而思恒深度为了不得罪股东，肯定还要帮着保密！说不定连扬清都要忽悠过去。

也就是说，脂肪肝 AI 是邵君理为了促成双方合并而使出的招数罢了。爱未逼着思恒、深度“联姻”，他也逼着爱未让出“一家之主”，算一报还一报了。

在之前的谈判中，爱未希望能够拿到 CEO 的位置。CEO 是一家公司的实权位置，爱未当然希望能由“爱未派”的马诞担任，而不是“扬清派”的阮思澄——虽然阮思澄曾给出过“不偏不倚”的承诺，但人嘛，对老朋友和新朋友肯定是有差别的。因此，过去爱未希望可以合并，但若合并方式对它不利也就算了。它想要跟扬清集团“共享”，要是不能顺利合并，那就竞争，比砸钱它没怕的。然而现在一切变了——思恒要动它的蛋糕。对爱未来说，思恒、深度两家合并不再仅仅是资金的事，同时还是战略的事。相比已经在实施的“进军医疗”系列计划，思恒深度谁来当 CEO 已经显得不重要了。基于这些实际考量，爱未决定接受思恒医疗提的底线条件，并且施压深度医疗，让深度医疗同样接受，自己作为第二股东入主新的思恒深度，让思恒别动它的蛋糕，与此同时“永绝后患”，让思恒这 AI 医疗界最耀眼的新兴明星不要撞它任何项目！目前，澎湃放弃 AI 医疗，扬清主打癌症，爱未希望在慢性病这个领域可以顺利推进。

阮思澄倒猜不出来爱未如何施压深度，但是作为投资人，爱未肯定能做到。

正好，她也觉得这样不错。对思恒来说，天下疾病那么多，撞三巨头不是好事。

“原来如此……”阮思澄自言自语，忽然又想起一个问题，“那邵君理为什么要瞒着思恒直到现在？等到一切尘埃落定才说实话？”

好像依稀也能明白。

既然需要“骗”爱未，就得“演”得天衣无缝，爱未可没那么容易就被别人给忽悠了。

思恒医疗、深度医疗两边关系十分复杂。思恒公司大半人是陈一非的“旧部”，其中几个还是他加入思恒时从爱未带过来的。要是大家全都知道这是演戏给别人看的，难保不会传到前 CTO 陈一非的耳朵中去。就算不是故意说的，也可能会无意泄密。何况 AI 医疗圈子就这么大，谁都可能认识谁的。

因此，对于思恒医疗的普通员工，这个计划是一定要被瞒下的。

那么对于她自己和叶凤毛呢？邵君理肯定觉得都不告诉比较保险。思恒医疗业务那么多，倘若自己和叶凤毛知道项目是做样子、是虚假的，一忙起来也许就会本能地扔下它，先做别的更要紧的了，而一次次的拖延可能就会露出马脚，让人觉得思恒上层对这产品也并没有非常重视。而且阮思澄对自己的演技其实不是很有信心……估计邵君理对她的演技也是不敢押重注的。

于是，在大家都不知情的情况之下，思恒上下对新项目高度紧张。人力总监梁言大张旗鼓招聘新人，在薪水上毫不吝啬；CTO 叶凤毛花大心思研究项目，阅读的各类论文摞起来比人还高，一天到晚叫下属们到会议室讨论方案；最牛的技术总监顾延之亲自带队，最好的两个经理也加入到新的小组；识别肝脏、分割肝脏、扫描分区、计算密度……全被列在时间表上，一步一步井井有条；大家很有干劲，天天加班，有时干到晚上 10 点；数据部门认真联系各级医院，不断询问……而且新产品一被立项，思恒就进行了保密培训。不管在谁看来，思恒都是一副“死磕项目”“发誓做出来”的样子。而这种气氛是会传到对面去的。打个比方，虽然阮思澄跟陈一非早就已经互相拉黑，可其他员工跟陈一非并没有结仇，都还保存着对方的微信好友，可以看彼此的朋友圈。陈一非的曾经部下即使没有讨论项目，发点公司内部情况也足以说明问题。

阮思澄也不太知道邵君理是如何把消息给“泄漏”过去的，但肯定天衣无缝，让爱未还以为自己打听到了多了不起的一个情报呢。阮思澄想，爱未那边应该也是有过怀疑的，可在多方探听之下，最终判断思恒医疗是认真的，而且无比重视、投入——思恒医疗不知情时新立项的两个产品，其中一个的的确确跟爱未撞了。况且思恒医疗做脂肪肝 AI 也十分符合逻辑，符合思恒的一贯定位。

总之，因邵君理选择瞒着，让思恒做爱未的主攻项目，爱未那边被骗到了。即使抱有一点怀疑，爱未也觉得还是合并比较划算，否则可能后患无穷。

对要不要连她、凤毛一起瞒着，邵君理应该是有一些犹豫的，不过最后为了不出任何意外，成功合并，邵君理还是没有告知他们真相。她和凤毛都想合并，因此为了先把大局搞定，邵君理要把他俩蒙在鼓里一段时间，阮思澄估计今晚邵君理就会跟她详细解释此事的。

在这件事情上，邵君理的唯一失算，就是总监顾延之在无意当中知道项目撞了爱未，差点整出一场“狗血”。毕竟爱未一直都以保密严格而闻名。

阮思澄想起来一件本来已经一点印象都没有了的事。

谈判破裂那天下午，邵君理问“阮阮总，先别考虑扬清这边，单说你，是不是还希望合并”，而当自己给出肯定的答案后，邵君理说“你希望合并。

行，我知道了”。当时她觉得莫名其妙，接着立刻忘到脑后。

邵君理却上心了，一顿操作猛如虎，逼着爱未答应合并，让自己当更大规模公司的CEO。

哎……

阮思澄一直觉得，自己成长得挺快的，已经是个蛮成熟的管理者了，如今才发现，跟邵君理这“霸总”比，自己还是太嫩了。

※※※※※※

阮思澄、邵君理当晚全都有饭局，本来没打算见面，只约了电话，可阮思澄晚上9点半从餐厅出来以后，想起自己前几日的疑神疑鬼，还有邵君理这几周的用心良苦，有些感情堵在胸膛急于宣泄，看看表，没怎么想便把目的地调成了邵君理家的地址。

她一向不瞻前顾后，想干什么立即就干，非干成不可。

一直开到邵君理家门口，阮思澄才掏出手机，在“最近通话”里找到邵君理，拨过去：“君理，开门，我在外头。”

邵君理则明显一顿：“外头？”

“嗯。”阮思澄说，“来找你玩儿。”

邵君理笑：“嗯。”

大门打开，阮思澄给一脚油门，顺着道路来到楼前，只见门刚开了，邵君理正抱着胳膊靠着门框，在门廊灯的暖光中等她上台阶。他应该是刚刚到家，还穿着衬衣、西裤。

阮思澄也没拿提包，蹬蹬蹬几步上楼：“君理。”

邵君理脚后撤一步：“先进来。”

“嗯。”

阮思澄踏进去，甚至没换拖鞋，就赤着脚在光滑的大理石上吧嗒吧嗒两步走过去，一把搂住邵君理的腰，在他胸口左右蹭蹭，说：“对不起。”

“嗯？”邵君理问，“什么对不起？”

阮思澄把自己额发扒拉扒拉，抬起头：“脂肪肝AI，思恒在做，爱未也在做？”

邵君理的目光不动：“对。”

“这样，思恒、深度就能合并？只要两家赶紧合并，爱未作为全新公司思恒深度的大股东，有权干预运营决策，就能停掉思恒这边，让思恒别动它的蛋糕？”

“对。”

“君理，”阮思澄的眼睛眨眨，“周二早上我知道了爱未也在做，有一瞬间，真的只是一瞬间，以为你想利用思恒阻击爱未……对不起。”

“原来如此。”邵君理说，“难怪那天气氛不对。”

“我不好。”阮思澄又把头抬起，“我不应该疑神疑鬼……真的不好。”她觉得自己特别不好。对方为她精心布局，她却轻易动摇了。

想了想，她问：“你还喜欢大橙子吗？”

邵君理的唇角一勾：“当然。”

“还和以前一样喜欢大橙子吗？”

“嗯，不过……下不为例。”

阮思澄在对方下巴上亲了一下。邵君理从架子里拿出一双拖鞋，一抻裤子半蹲下来，整整齐齐地摆好了，说：“地凉。”

“哦……好。”阮思澄挺不好意思，不再提及公司合并，觉得等周末再好好说也没区别，又笑嘻嘻地问，“本来打算干什么？”

“想看看书，看到10点钟，然后打电话给你，再然后看个电影，睡觉。”

“你看你看，按计划来。”阮思澄说，“我也学学。”

“也行。”

两人上楼。阮思澄走在前面，走着走着，忽然停住，手指扶着旁边的扶手，唰的一下转过身子，向下看着自己男友，说：“君理，我好喜欢你啊。”

邵君理一愣，阮思澄却转回头去，仿佛根本无事发生，十分淡定，一步一步继续往上。邵君理摇摇头，有无奈也有宠溺。

到书房，阮思澄见桌上摆着四五本FPGA方面的书，说：“咦，头一回见邵总读专业书。”

邵君理坐下：“硬件方面我也不是非常懂，一直都是当软工的。”

阮思澄说:“我也不懂，哪本比较基础？”

邵君理把最下面的大部头给抽了出来:“这个。”

“好，那我就看这个。”

结果阮思澄发现，这本根本没他说的那么基础！很多地方看不明白，她就问邵君理，而邵君理总把椅子转 90 度，让阮思澄坐他腿上，一边搂着一边讲。

到了 10 点，邵君理已看完一本，阮思澄才搞定 20 页，头都晕了。

“行了，”邵君理在桌前含笑，“到了原定‘互动’时间，想干什么？”

“不知道。”

邵君理想了想:“下楼喝点红酒？”

“不行不行，”阮思澄说，“等会儿要开车回去！”

听到这话，邵君理失笑:“下雨了。”

“啊？”

“下雨了，你这条路开得不熟，算了。正好明天是星期六，不需要到思恒上班，你今晚在这儿住着，客房被褥是干净的。”

想到要留宿男人家里，阮思澄也不好意思，同时又觉得有点新鲜，有点刺激，讷讷地道:“哦。”

“要不要去喝点红酒？”

“行。”喝酒她可没怕过谁，她们老阮家喝白酒都论斤喝。

邵君理带阮思澄走到酒窖，开了铁门。阮思澄才发现酒窖内部设计宛如城堡——四周都是粗粝石块，中央有几个酒架，摆着上百瓶红酒。

邵君理问:“喜欢什么口味？”

阮思澄说:“甜的。”

“甜的不多。”邵君理凭自己记忆抽出五瓶摆在木桌上，“这个产自意大利北部的 Lambrusco，是起泡酒。这个贵腐甜白，贵腐菌会深入到果肉中，在果皮上留下小洞，葡萄水分蒸发出去，糖分浓缩，比较醇厚，酸度也高，这瓶产自波尔多 Sauternes 滴金酒庄，经典的 1947 年的。这个波特酒，发酵进行到一半时倒入烈酒，让酒精度超过 16 度，酵母菌无法生存，发酵停止，糖分留下，这一瓶是葡萄牙火鸟酒庄最高级别的 Vintage Port。这个，冰酒——”

一一介绍完后，邵君理问：“一共 5 种不同类型，自己看看想开哪瓶。”

阮思澄有点儿蒙，左看看右看看，前后挥挥手：“都想尝尝……我想想……先要……嗯……”

邵君理却打断了：“都想尝尝？行，小贪心货。”

“哎？”

邵君理一手夹着两瓶，让阮思澄自己拿着最后一瓶，走到酒窖外间，把酒一一放在木头桌上，道：“我去拿点可以搭配甜葡萄酒的小食，等着。”

“嗯。”阮思澄在小厅等着，没一会儿邵君理便端来几碟东西，有巧克力，有卷心酥，有腰果、榛子等干果，有黑莓、蓝莓等浆果。

他又拿来几只杯子，一边详细讲解每种甜葡萄酒，一边逐杯倒给她品尝味道。几种不同的甜葡萄酒划过舌尖味蕾，一口一口，阮思澄也仔细品味对方说的各自特点，觉得似乎还真的是那么回事儿。

最后，阮思澄指着 1947 年的滴金和 1988 年的火鸟，说：“我最喜欢它们哥俩！”

邵君理笑：“行，那就只喝这两瓶儿。”

两个人又聊了会儿，阮思澄忽然拍拍桌子，非常兴奋：“邵总，君理，这样干喝没啥意思，咱们两个玩点儿啥，带罚酒的，好不好？”一不小心，东北味儿都出来了。

邵君理则撑着下巴，学着阮思澄的口音：“那，玩点儿啥呢？”

“嗯……不要搞靠运气的。”阮思澄在心里琢磨，“不然，加减乘除 24？”

“那是什么？”

“嘿，就是，”阮思澄的劲头上来，“从扑克中任意抽出四张牌来，J、Q 和 K 全都算 10，用加、减、乘、除四种方法使结果为 24，带括号的，比谁可以先算出来。”

“这不可能。”邵君理说，“四张 A，无论如何算不出 24。”

被杠精给刁难住，阮思澄在网上搜了下：“用 6 张牌的状况下，只有 3

种组合是无解的，比如 9、9、9、10、10、10，但是用 7 张牌的情况下，所有组合都是有解的。”

“行，那就 7 张。”

阮思澄突然不是很有信心。

因为俩人都是码农，阮思澄直接用邵君理的 iPad 下载了个“加减乘除 24”，立在桌子一侧，两人都能看到，左手食指抖抖，选择了“7 张牌”，看着绿色的开始键，说：“好，谁玩输了谁喝一杯。”

“我去换个小的杯子。”说完，邵君理又回到厨房，捡出两个小的酒盅，想 1947 年滴金酒庄的贵腐甜白，如今每年只开 10 瓶，竟然就被这么喝了——一盅一盅的，还是谁输谁喝。

再回小厅，阮思澄把 1947 年滴金倒进酒盅，没倒太多，只有半杯，一口的量——她觉得虽然度数不高最好也别搞到伤身，最后把酒盅推到两人中间，说：“好了，准备——”

“嗯。”

“开始！”她的手指轻轻一点，App 便翻出 7 张纸牌：2、2、2、3、4、5、Q。

邵君理只看了一眼，便道：“2 加 3 加 5，乘 10，减 4，除以括弧 2 加 2。”

阮思澄傻眼。

还能咋办，喝吧。

一饮而尽。

第二道题：1、1、2、2、3、3、4。

邵君理又只看了一眼：“1 加 3，除以括弧 1 减 5/6。5 是 2 加 3，6 是 2 加 4。”

阮思澄又傻眼了

喝吧。

邵君理一手支着下巴，另一只手五根手指在桌子上随意地敲，嘴角微撩。

一连 10 道，邵君理都一秒作答，思澄终于不干了，开始耍赖：“不行，我要提前 10 秒看题！”

这输法儿，就算能喝几斤白的也架不住了！

她发现，她与对方在一起时其实不同于往日里——如果是跟别人玩儿，她非死磕下去不可，就算喝到烂醉如泥也得赢上几把才行。

邵君理还是笑："行。"

"嗯，"阮思澄把手机上的倒计时设为10秒，说，"听到铃声你才能看题！在那之前两只眼睛目视前方，不许作弊！"

"嗯。"

"好，"阮思澄一手按iPad的"开始游戏"，一手按iPhone的"开始计时"，因为知道自己只有10秒时间，阮思澄目不转睛地盯着iPad。

而邵君理因为必须"目视前方"，便放肆地看着姑娘。

阮思澄如一只小兽，长长的发盘在颈后，肤色白皙，眼睛直直地盯着iPad，一眨不眨，双唇微张，无意识地念叨数字。

他就觉得特别可爱。

思恒医疗的员工规模马上就要扩大一倍，她要当上三百余人大中型公司的CEO了。

10秒结束，音乐响起。邵君理的眸子微转，去看屏幕上的题目。

结果没等看完数字，阮思澄突然兴奋，两手一边轻拍桌子，小鸟似的，上身也在椅子上面一跳一跳，一边说："我知道了！ 7加9——"

"嗯，你赢了。"邵君理捞过酒盅，一扬脖子，把酒喝了。

有了邵君理让她10秒，二人胜率五五开了，到11点停止游戏时两个人全都喝了不少。

接着，他们一起看了半部电影。邵君理对独立电影情有独钟，喜欢几个曾获过圣丹斯国际电影节大奖的导演，这回选了其中一个的新片子，讲犯罪者家人们的心灵创伤，比如他们的妻子、孩子。

想睡觉时是12点整。

因为根本没有准备，阮思澄也没带睡衣，她洗完澡，擦完身子，只好穿了邵君理的睡衣。邵君理的睡衣很大，上衣可以当裙子穿，裤子必须挽上几折，只能将就睡上一晚。

“行了，”邵君理把阮思澄带到二楼一间客房，“你就睡这儿。”

“啊，”阮思澄才反应过来一个问题，“不在一层楼？”

“嗯，三楼只有一个主卧，一张床。”

“我……”也许是因为玩24点时的酒精作用，阮思澄宛如吃了豹子胆，问，“君理……我能不能也去主卧？”

邵君理没吭声。

“上……不对，睡你的床……也不对，躺你的床……”

邵君理的声音带着一点哑：“你确定？”

“确定。”阮思澄又补充道，“不过不要干那事儿，就纯睡觉，我还没有准备好呢。”

邵君理“嗤”的一笑：“看不出来，你还需要心理准备？胆子大得跟什么似的，而且一向说干就干。”

即使是在CEO里，阮思澄的行动力也是强的，看不出来她会需要心理建设。

“不是心理准备，”阮思澄真诚地道，“是行动准备。我还是个黄花闺女，作为码农，我得提前了解一下，看看经验贴什么的，掌握各种方法、窍门，还有可能出现的意外状况和解决思路。但是今天工作了一天，很累，不想去了解和准备。”

邵君理很无语。

“好不好？”

“好。”邵君理也有些无奈，抱起床上的枕头、被子，“好吧，上楼。”

“耶！”

※※※※※※

一觉醒来已经9点，身边床铺是空着的，阮思澄知道邵君理早起来工作了。

她把衬衫扯了扯，到主卧的盥洗室洗脸刷牙。

早上好像一直做梦……

刚把自己拾掇干净，微信语音响起来了。

阮思澄把手机拿起，见是她姑，顺手接了。

两人先是扯淡半刻，姑姑随后切到正事："思澄，还没对象儿吧？"

"呃……"跟邵君理谈恋爱这事儿她都没告诉爸妈，肯定不能先告诉她姑。

在楼下的邵君理感觉到了一些动静，上来推门，发现阮思澄正在跟人语音通话，刚想出去，便见对方冲他招了招手，于是彻底打开房门，走到床边默默坐了。

姑姑不知情，还在讲："得抓紧了，岁数不小了，一过30可就难找了。"阮思澄姑姑絮絮叨叨，"前几天你姑父遇到中学同学，人家的儿子在扬清集团，33岁，当小主管，管三个人，你姑父说让你俩见见……人家儿子刚一听说你现在的这个情况，就不想扯了——马上30，在创业，女强人，不能顾家，哎。最后姑父让人家先看看照片，人家才说想见见。"

"我不想见。"

"姑看他条件还挺好的。"

"知道知道，扬清主管，管三个人，这个岁数挺出色了。"阮思澄看了看邵君理，二人眼神温柔交缠。

"虽然他现在不太喜欢你开公司，但等以后你们结婚了，你肯定也会伸手帮忙做家务和带孩子的。"阮思澄的这个姑姑人特别好，嘴特别不会说话，想啥说啥。

"哎呀不用，何必勉强，我能找到更合适的，喜欢看我天天折腾的。"

"那不就得条件差吗？他条件差，靠老婆养家，当然喜欢看你天天折腾了，但条件好，能自己养家，肯定……"

阮思澄早发现了，在上一辈人眼里，女孩子有才有财反而是减分项目。

她一边听着姑姑最后推销那个扬清男，一边被人扳过下巴，唇也被堵住了。

阮思澄手捧着手机，不敢发出任何声音，努力压抑着，在姑姑"这个扬清的小主管好不容易才说见见"的语音轰炸中，与邵君理嘴唇紧贴，舌尖交缠。

最后挂了微信语音，阮思澄微微发怔，“唰”地转过脑袋，说：“君理，我跟爸妈提你好吗？”

她本来怕万一分手，爸爸妈妈会跟着心痛，然而现在她很安心。

阮思澄又想起昨晚。她想问问三楼主卧能不能给她的手机充电，于是打开天花板内扬声器的隐藏开关，大吼着问“君理君理，哪儿有 iPhone 的充电线”，被告知说“抽屉”以后，她以为是床头柜，哐地拉开，却看到了他们一起做的戒指、约会那天国家大剧院的 VIP 票、自己送给他的领带夹，还有很多别的东西。那些盒子整整齐齐躺在那里，几乎占满了抽屉。她呆呆地看了很久，才轻轻推回抽屉。

听到对方问“提你好吗”，邵君理的唇角勾勾，回答说：“好，先吃饭。”

“嗯。”

阮思澄看着对方，又想起了昨晚的事，有点儿不好意思，不敢看他。

邵君理一眼看透：“够新鲜的，你还知道不好意思。”

“当然知道。”虽然脸皮一向很厚，创业以后更厚，追投资人、追 CTO、追医生、追患者，然而面对喜欢的人，她还是会手足无措。

邵君理笑：“行了，起来。”

“嗯。”阮思澄把昨天的裙子又穿上了，下到一楼。

早餐比较偏法式。

两个人随意聊了会儿前一天的各种时事，有政治的，有社会的，有科技的。

说到爱未刚刚公布的一份网购数据时，阮思澄说了说自己当年是如何知道网购的，下的首单是什么，邵君理也讲了一讲，而后一边切着煎蛋，一边说：“我在谷歌时，有一次在网站下单，结果商家要延期交货，我估摸着搬家以前都收不到，就给客服打电话，要把收件地址改成公司地址。我把公司地址报了一遍。客服说，你直接说公司名字。我说，Google。客服说，你可以把公司名字拼出来，一个字母一个字母念。我说，G-O-O-G-L-E。客服这才明白，公司名字就是 Google，我没让客服用地址搜。”

"哈哈哈哈。"阮思澄笑，而后突然想起什么，说，"君理，谈恋爱前，你从不说自己以前的事儿，即使大家一起聚会，喝酒、聊天，你也不说自己过去的事儿。"

邵君理抬起眼皮："因为完全没必要让他们知道曾经的我。"

"那……"

"嗯，我想让你知道曾经的我，知道我的以前，参与我的现在还有以后。"

她也是呀。

"放心。要跟爸妈提及彼此的关系了。"

"噢。"

看看外面雨不太大，阮思澄问："今儿干吗？"

"随你。"

"不想上班。嗯……"阮思澄翻着白眼，盯着天棚，想起曾在某本书中看过的内容，问，"去红梅寺看壁画吗？"

"嗯？"

"是云京的壁画代表，由宫廷画师绘制而成，据说艺术价值超高的。"

邵君理颔首："行。"

"快快快，走走走。"阮思澄一向性子急。

"嗯。"邵君理则慢条斯理地用方巾擦了擦手，把碗和碟一个一个放进厨房的洗碗机，"阿姨周末一般不来，我不喜欢家里有人。请别搞得太脏太乱，那样只能自己收拾。"

阮思澄问："我不是人？"

邵君理一顿，而后笑她："你不是说自己是小仙女吗？"

好像是说过，在买到了很喜欢的衣服和首饰时。

红梅寺在云京郊区。这座古刹已经矗立600余年，群山环抱，安静幽远，目前已无僧人居住。其中大雄宝殿中的壁画是镇寺之宝，用了大量贴金技法，与别处的壁画不同，尽显皇家尊贵气派。

这里参观壁画要单独收费，齁贵。

而齁贵的结果就是，极少有人花上百元只为看看几幅壁画。今天有雨，

10点半进去时，只有阮思澄、邵君理两个人。

十分出乎阮思澄意料的是，大雄宝殿一片漆黑，没有灯光，有人在大殿门口发给他们两支手电筒，而这就是全部的“设备”了。

阮思澄：“咦？”

讲解员带他们进去：“请打开手电筒，这是为了保护文物。光会损伤这些壁画，尤其热光，因此殿内没有光源。但是若让它们一直隐于黑暗，不让世人看到它们的美，这些壁画又失去了存在价值。艺术品，最重要的还是观赏作用。咱们这个红梅寺呢，就想出了这个办法。平时里面都是黑漆漆的，如果有人想来看看，就发一支手电筒，想看哪就照哪，看到哪照到哪，其他地方还是黑的，最大限度保护壁画。门票定得也比较贵，只让真正想看的进。”讲解员并不是僧侣，而是一个文博专家。

“原来如此……”阮思澄这才明白，门票贵的背后有这种考量。

她推了推邵君理：“那咱们用一支好了，你的那一支关掉。”

“嗯。”邵君理没说什么，“咔”的一声关闭了手电筒，随意拎着，光线立即暗了一半。

讲解员开始讲解：“壁画内容有佛众、菩萨、十八罗汉、飞天仙女、山水、花草、祥云，等等。”

“艺术方面，它采用了大量贴金、沥金、堆金，在国内属绝无仅有……在颜料中掺入金粉，一层层涂，把金上上，重彩设色，请看菩萨的……”

讲解员一面讲，一面叫他们看壁画某处细节。阮思澄的眼神不好，拿着手电筒晃来晃去，拼到老命也没找到。

邵君理的声音低沉，在黑暗中尤其带着磁性，有无奈有宠溺：“大眼睛还真是没用……这儿。”一边说，另一边则无比自然地握上了阮思澄正挥着手电筒的手，一拽，固定在了某个角度：“看到了吗？”

“哦……”

几次以后，邵君理也不撒手了。他手掌大，手指长，把阮思澄软软的手包在里面，两人共执一个手电筒，邵君理带着姑娘，在黑暗中看脸孔、看衣饰、看背景，看佛众、看菩萨、看十八罗汉、看飞天仙女，看山水花草。

阮思澄只觉得，两人打着一支手电筒，细细地看大幅壁画，感受千百年前古人的信仰、憧憬、向往及追寻，挺浪漫的。

讲解员也含笑看着他俩。

两个人在讲解员带领之下一幅一幅地看过去。壁画栩栩如生，连小狐狸耳朵的毛都看得清。

阮思澄好奇心强，又聪明，还开朗，一刻不停地问问题，千奇百怪，角度刁钻，从艺术到佛学，而讲解员居然可以回答出 80% 以上她那些问题。

走到某处，因为昨天没有回家，还穿着高跟鞋，阮思澄没注意脚下，差点儿被绊倒，幸好邵君理把她给搂住了。

他们来到最有名的水月观音的壁画前。画像高 4.5 米，宽 4.5 米，用金量非常可观，是壁画之最。

水月观音低眉垂首，慈悲六道，身上有一件披纱，似有若无，若隐若现，异常虚幻，坐的位置似水非水似花非花，十分符合水月观音“水中倒影”的寓意。

讲解员道：“这是一幅完美之作。这件披纱，大家近看，是由非常细密的线勾织成的网，可是几乎看不出来。披纱上面还有堆金画成的六棱花瓣，闪着金光。壁画的材料之昂贵，技法之高超，绝无仅有……”

一分钟后又接着讲：“旁边童子个个都是穿金戴银，繁复华丽，再看坐骑、鸟兽……”

阮思澄定定地看着，说：“好美哦！”

虚幻的观音菩萨，似乎在叫人珍惜眼前。

转到最后一面墙时，趁讲解员背对他们，阮思澄把手电筒一转，从下方照着自己的脸，同时做了一个鬼脸，眼瞳吊着，舌头伸出：“君理……君理……”

吓唬对方！

邵君理一笑，忽然伸手，盖住了正向照着的手电筒，把光捂得严严实实。在漆黑中，阮思澄没反应过来，额头上被亲了一下。

她忙捂住自己额头：“干啥子呀？”

“不知道。”

“佛众菩萨能看到的……”

“那又如何？年轻男女互相喜欢，没有什么可隐藏的。”

也不知是怎么回事，在全黑的环境之下，在壁画的环绕当中，这轻轻一吻，有点儿隐秘，又有点儿庄严。

他们从大殿出来又在寺内转转，看了藻井、铜钟、孔桥……觉得这里十分幽静雅致。创业圈的喧嚣、浮躁，还有总是挥之不去的“钱味儿”，忽然距离他们很远。

雨已停了。雨后天空一碧如洗，鱼鳞似的灰白早已消退殆尽，太阳重新挂上天空，温暖却不炙热。一道彩虹横亘山间，在柔和的阳光当中飘忽变幻，那些颜色如此纯粹，仿佛是宇宙中最原始的本质。

下午，两人到处逛了逛，到家大概 7 点半钟。营养师已经来过，把饭菜都留在桌上。

两人吃过饭后，阮思澄在手机里面挑挑拣拣，最后选出首次约会在自然博物馆大恐龙前的那张合影，给自己爸妈发了过去，问:【好不好看？我现在有男朋友啦！】

阮思澄妈立即发过来音频，并给出了一连串的问句攻击:“身高不错，长得挺好。他是哪里人？在哪工作？做什么的？父母又是做什么的？”

阮思澄也一一回答:“本地人。在扬清工作，也是码农，对……也搞AI。在扬清工作……本科、博士都在美国，哎哟不是野鸡大学，是名校。父母都有正式工作啦……哦，他姓邵，叫他‘小邵’就可以啦！叫‘扬清男’也可以的！”冷不丁说男朋友是大老板，她怕把爸妈给吓翻了。

她曾提过她的投资人，如何投资、如何增资，如何聪明，如何厉害，不过此刻爸妈明显没往那个人的方向去想。

看得出来，父母觉得十分满意。而且因为女儿眼看 30 岁，终于找到了男朋友，表面看着还挺不错，特高兴。

最后，冷不防地，阮思澄的爸爸突然来了一句狠的:“叫邵什么？前几天你姑父遇到他中学同学，人家儿子也在扬清集团。可以把名字、照片发给人家问问，看他本人认不认识、周围同事认不认识，打听打听这男友的人品、能力都怎么样。咱们没空跟他耗着，知根知底才能长远。”

阮思澄差点跪下，说：“别！别！您千万别拿到扬清去打听！”

阮爸：“为什么？”

阮思澄正色道：“扬清集团可大了，好几万人，哪能随便打听出来，肯定要白费功夫的，姑父还要欠着人情。姑父同学的儿子也可能瞎说。而且，万一小邵知道咱家托人打听他的事情，多不好呀，不相信他似的。”

邵爸：“也对……”

感觉爸爸终于放弃，阮思澄长舒了口气，又不放心地嘱咐道：“总之，以后遇到扬清的人，您和我妈也别打听。”

“好吧。”

邵君理用手指遮唇，把笑声给咽在喉里。

等轮到邵君理时，他只发了一句话过去：【妈，跟您说声儿，我有一个喜欢的人，改天有空带回家里。】

完全不容对方反对。

而他那个又塞飞机又塞豪车的老妈呢，明显天天宠着儿子，恨不得给捧在手心里，说：【好，你喜欢妈就喜欢。】

阮思澄想：豪门居然这么好嫁？

太容易了吧……

邵君理问：“在想什么？”

阮思澄老老实实回答：“豪门居然这么好嫁？没有任何条条框框？或者变态规定？”

“有。”邵君理抬头，幽幽地说了一句，“每天早上要跟公婆行礼请安。”

阮思澄小心地问：“又是反话？”邵君理太喜欢说反话，阮思澄估计，这世界上没有人能100%地鉴别他说的是不是反话。

邵君理说：“废话。谁用得着行礼请安。”

看看时间差不多了，阮思澄帮邵君理把碗筷都收拾起来，说：“邵总，君理，那我走啦。”

邵君理的喉间又是一声轻笑：“我的阮阮，又下雨了。”

“我不信，这不可能。”阮思澄说。

她走到窗户前面，仔细看看外面的夜幕，用赢了的语气说道：“果然，根本没有下雨！骗子！”

为了验证没有下雨，她还伸手开了窗子，想啪啪打对方的脸，结果被雨呼地兜了一脑袋。

还真下雨了！

只是雨丝细细密密，在夜色中并不清晰。

她想：苍天啊，你为什么也宠着他！

阮思澄默默地转回身子，说：“我想回家……留在这里没衣服穿。”

“出去买点，那边有个大的超市。”

阮思澄站在原地纠结半晌，一顿心里斗争以后居然小声说了句“好”。

出门买了内衣、内裤、睡衣、睡裤等，到家刚好是10点钟，两人看完昨天那个独立电影，各自发了一堆邮件、打了一堆电话，处理好工作，洗澡、刷牙，定了闹钟，一人一床大厚被子，又在主卧分头睡觉。

阮思澄躺在那儿，又紧张，又期待，等了大概十来分钟，见对方还没有动静，便叫：“君理……”

“嗯？”

“没事……”

又等了两分来钟，再叫：“君理……”

“嗯？”

“没事……”

邵君理一笑，在她的唇上亲亲，看着她亮晶晶的眼睛，说：“行了吗？睡觉。”

第十二章　竞争

接下来的一段时间里，思恒、深度持续谈判。

其中一个讨论议题是新公司的产品方向。几派共同决定，思恒深度将以急诊为核心，再扩展到更广泛的急性病症，暂不进军“肥胖”等慢性顽疾。于是，脂肪肝 AI 项目被搁置了。

爱未公司心急火燎，合并推进得十分迅速，合并协议的初稿、定稿逐渐成形。

新设公司叫思恒深度医疗公司，思恒深度发行股份，原思恒和原深度的全体股东将股权与思恒深度进行交换，思恒深度成为母公司，原思恒、原深度不复存在。

在新的思恒深度，阮思澄的股份将会降为 15.61%，扬清的将会降为 13.33%，红木、金桥降为 10.67%，邵君理和王选降为 11.19%。而另一边，持有深度 36% 股权的爱未将会降为 12%，CEO 马诞和 CMO 降到 5%，另外三个创始人有 5%，天使轮投资人有 4.27%……基本上，思恒医疗的估值是深度医疗的两倍。

阮思澄知道，她自己的股份不多，甚至太少，不过因为与邵君理是一致行动人，勉强可以接受。

对于新公司的管理层，阮思澄决定主要起用老部下。

叶凤毛是 CTO，石屹立是 CSO，原思恒的市场总监梁言被提拔为 CMO，马诞负责管理无实权的公关部门，原深度 CMO 降为市场总监。原深度的另外几个高管，也分别做了安排。至于陈一非，不需要把他撵走，他自己会主动离开的，他哪会等着受辱呢？

阮思澄估计，合并以后马诞等人都会选择离开。这样也好，他们手中当然会有一些股份，但阮思澄能接受——马诞和 CMO 会持有 5%，陈一非会持有 2%。而且阮思澄打听过了，深度与思恒一样，有股份的全都签过一份协议，这份协议明确规定，若股东不在股东会决议上签字，每次需要支付 50 万的违约金。法律说了，即使只是中小股东，同不同意都不改变会议结果，也必须在文件上签字，表示自己被通知了、已知晓了。因此，为了避免股东玩失踪耽误事儿，思恒医疗、深度医疗都对此有所防范。

签完协议的当天下午，CEO 阮思澄终于把脂肪肝 AI 项目的真相对叶凤毛和顾延之说了出来。

“邵总是想强制合并。”阮思澄说，“这才放出思恒也在研发的消息给爱未。脂肪肝 AI 是对方的重点项目，爱未肯定不希望让咱们也给鼓捣出来。于是，它们强迫深度让出 CEO 的位置。只要两个公司合并，爱未就也是大股东了，可以干预运营决策，让咱们换产品做！”

她顿了顿，又补充道：“而且在新公司，除 CFO 需要制约 CEO 的职位，我对将来配合自己的管理层有决定权。”

叶凤毛和顾延之两个下属都是一脸吃惊的表情，顾延之更是直接道：“太有心机了，太有心机了！全身上下都是心眼儿啊。”

“嗯，”阮思澄道，“邵总并未利用思恒医疗，而是在考虑长远发展，防止大家恶性竞争，给思恒成长空间。”

邵君理为“隐瞒”“欺骗”也跟自己道歉过了，虽然严格来说这事儿还真没什么好道歉的。

“明白了，我也觉得怪。”叶凤毛点头，“邵总、王总是从初创一路跟着走过来的。一个聪明的投资人，会希望跟投资对象长期发展、互利共赢，而不是与合作伙伴钩心斗角、损人利己。只是为了阻击爱未产品，那样做不太值得。这下我终于明白了。”

不自觉地，阮思澄的声音变甜了：“邵总当然非常聪明。”

“行了行了，”顾延之也随着道歉，“邵总在为思恒着想，是我想得简单粗暴。以后对于他的各种建议，我会仔细考虑的，不会戴着有色眼镜。”他之前说邵君理坏，可他又是思恒医疗新产品的总负责人，阮思澄觉得把误会都解开比较好。

“不用告诉其他人。”阮思澄说，“合并还有很多流程。刘明涛在编制资产负债表和财产清单，后面还要开股东会投票表决，公告，登记……咱们几个知道就好。”

“行。”

“还有，脂肪肝 AI 项目虽然停了，学的东西却没白费。”阮思澄又开始吹爆她家里的投资人，“邵总全都计划好了。脂肪肝 AI 虽然是假的，但咱们也不会白干。下一步，我们可以用 AI 量化肝硬化的程度、等级，让患者们努力跳出肝炎、肝硬化、肝癌的死亡三部曲。这样，前面的资料都能用上。我觉得方向挺好，凤毛，延之，你们看呢？”

三人又是一番讨论。最后，CEO 阮思澄拍板说：“暂定它了。凤毛，回去写个设计思路，让市场写个市场调查，再来讨论是否可行。”

叶凤毛：“好。”

看得出来，叶凤毛、顾延之二人并未觉得十分不满，他们也想促成合并——谁会愿意恶性竞争，一轮一轮融资拿钱，让自己手中的股份不断被稀释呢？再说，知道产品跟爱未撞上后，叶凤毛、顾延之二人也早就想换项目做了。

就这么着，思恒医疗开始转向做从肝炎到肝硬化的程度分析。

阮思澄把人手重新分配了一下，顾延之笑：“其实吧，有时觉得二三十个人一起做，还不如我们五个中层自己做来得快呢。”

阮思澄抬眼，说：“延之，你不能只考虑一个项目的进度，而要考虑整个团队的建设和成长。新人上手确实是慢，不如自己做，但这是为了良性发展，你必须给别人机会，让别人进步。”

顾延之一愣，说：“我知道了，阮总。”

“嗯。”

等顾延之走出会议室，阮思澄对叶凤毛道：“凤毛，做好准备，新公司的 CTO 会是你。”

一米九的叶凤毛声音浑厚：“早猜到了。”

“嗯。”

把新产品等事情全都初步讨论完了，叶风毛又随口聊天：“扬清真是 AI 领头羊。邵总的局布得好大。”

阮思澄：“啊？”

“扬清搞了一个叫‘人工智能百人计划’的新东西，选了 50 家创业公司，100 名人才，每月两次免费培训，你我都在一期名单上。讲师都是业界、学界数一数二的人物。”

阮思澄想：这招真高。

试问，对创业者来说，谁不想接受扬清 AI 的培训呢？这样一来，借着培训，扬清就能更加了解这些公司的情况，并且做出投资或者合作决策。

另外一点，就是邵君理一直都在强调培养本土 AI 人才。他不只是嘴上说说，而是一直在落实，网上课程一直在更新，线下培训也要开始了。先从缺乏资源的小公司着手，真是一个厉害的思路！

阮思澄又有点发呆。

邵君理做的事已经远不止开发产品、获取利润。

这个男人，从建立核磁共振医疗影像 AI 联盟、X 光医疗影像 AI 联盟、CT 医疗影像 AI 联盟，到在大学建实验室甚至 AI 学院、发奖学金、提供实习，再到自己亲自打造“深度学习扬清课堂”“人工智能百人计划”，全都是在精心布局，想方设法解决新技术出现必然会面对的种种问题——不管是数据杂乱还是人才缺口，帮助国家在竞争中赢得先机。

有多少人会因为他而获益呢？这个国家、这个世界会因为他而前进吧。

他让这一切变美好了。

她自己也要加油，好好搞出新产品，直到有天可以跟他比肩。

谁叫她是“发条橙”呢。

几个小时斗志昂扬。晚上 9 点多钟临下班前，阮思澄把手机解锁，随便看了一眼，意外发现她、邢笑佳和朱天球的群炸了！

未读消息：120 条！

阮思澄太好奇了，唰唰唰地往回翻。

发现在一开始，邢笑佳和朱天球这俩二货因为半年不曾见面还假客气，说了好多“啊哈哈哈你创业怎么样了”这类屁话，毫无营养。邢笑佳说他刚融完 A+ 轮，几千万，朱天球说她也融完一轮了，做尽调时天天说话把嗓子都喊哑巴了。她做的是 AI 教育，跟几个人一起开发，市场前景也还不错。

然而接着，朱天球便切入正题，关于他们三个全都讨厌的人——初颜。

一看见这个名字，阮思澄整个人都不好了。

她又回忆起了当年的那段憋屈岁月。那时候，初颜主动要求加入她的小组“学学东西”，天天跟大佬开会，天天抢自己功劳，而王思任出于私心撸了自己的领导位置。当初就是因为初颜，才导致自己不能升职……

幸亏阮思澄已离开澎湃，要不然她以后的回忆录肯定要叫《百年憋屈》，第一句话就是“多年以后，阮思澄跪在 HR 面前，准会想到初颜要求加入项目组的那个下午。”

初颜又作啥妖了？

阮思澄强忍着看。

只见朱天球在微信中说:【哈哈哈哈哈哈哈哈，你们记得初颜那个白莲花精吗？呕，我吐了！怀孕十月加在一起都没今天来的恶心！】

邢笑佳:【记得。她怎么了？】初颜长得十分可爱，邢笑佳是“钢铁直男”，大多数时候感觉不出哪个女的是真可爱，哪个女的是装可爱，对于初颜不算巨烦。

朱天球:【她早不在我们组了！自从上回连王思任的经理位置都想抢去，却没成功，她跟王思任的关系就很微妙了！那次真是戏精和戏精的巅峰对决！虽然靠着大病一场，让王思任觉得初颜跟她公开唱反调也不是故意的，是为了项目，可毕竟有疙瘩了，初颜待了半年就离开项目组了。倒是得到一个缓冲，跳到不错的组里了，呵呵。】

邢笑佳:【然后呢？】

朱天球:【她在新组也没待多久！据说那新组的人可绝不是吃素的！不像咱们以和为贵、特别能忍，里面有几个人从小在国外长大的，开会不管初颜说啥，都群起而攻之！一群人问一堆问题，说你这个根本不行！初颜完全待不下去。】

邢笑佳:【又去哪了？】

朱天球:【就是这个！可把我给恶心坏了！当时走时，初颜说她回老家了，还说自己累了、倦了，都抑郁了，太复杂的云京职场不适合她，回老家工作清闲又稳定，调养身体，放松心情！当时我都直翻白眼！这位小姐都不适合，谁还能适合？】

邢笑佳:【呀，回家啦！】

朱天球:【你傻啊！听听语气！初颜明显没回老家啊！】

邢笑佳:【啊？】

朱天球:【我今天才知道，她一直在云京市！而且居然也在创业！！！】

邢笑佳:【什么？】

朱天球:【哈哈哈哈哈哈哈哈，最最那啥的事情是，初颜总在朋友圈发她老家的山山水水，配字都是‘今天下雨了’‘今天放晴了’，搞得巨像！我真以为她滚回老家了，还觉得是那些国外回来的人居然让她在澎湃都待不下去，可能是在到处说她有多烂吧，威武霸气！我那阵子只要一想就笑出声，都合不拢嘴儿了！】

邢笑佳:【哈哈哈哈。】

下面还是朱天球发的:【谁知她根本没走，而是在偷偷创业呢！而且还做急诊 AI！】

看到“急诊 AI”这几个字，阮思澄的心“咯噔”一下！

朱天球:【@阮思澄，偷偷摸摸做急诊 AI！大王，她还真是好爱你啊！干啥都得顶着你来！这不是爱还能是啥？如此深沉，令人感动！】

阮思澄看得无语。

初颜什么都爱抢她的，从本科时就开始了，现在又……

她有病！

阮思澄终于出声，在微信里问:【她公司叫什么名？】

朱天球:【大王！你可终于来了！公司名叫阳光科技。】

阮思澄听说过这个公司，是在思恒“爆红”以后，貌似是家跟风的 AI 公司。当时这类公司太多，阮思澄没持续关注，因为觉得对方技术至少落后一到两年，暂时不用花太多心思一家一家研究。

她从来没有想过，这公司与初颜有关。

想了想，阮思澄问:【天球，你咋知道这公司是初颜开的？】

她还是得确认一下，毕竟天球有时不太靠谱。

朱天球“啪”地甩进来一个链接:【看吧！】

阮思澄怀着复杂的心情点开链接，发现这是一篇软文，也就是说是阳光科技故意发布的，初颜终于不再低调。

这篇文章上半部分就有一张初颜照片，一如既往的清纯、可爱，下面配字“阳光科技 CEO 初颜”。

她在文章中表示:“阳光科技已经有了超过现在所有急诊 AI 公司的尖端技术，下周将会举行一场演示大会。我相信演示过后，所有人都会明白，阳光将要颠覆行业，为急诊 AI 带来一场青春风暴。医生、患者都不会再对着目前的急诊 AI 而赞叹了，它们过时了。”

阮思澄看完都说不出话来。

下周……演示大会……

超过现在所有急诊 AI 公司的尖端技术……

这究竟是怎么回事?

是真？是假？应该不会是开玩笑的。

“医生、患者都不会再对着目前的急诊 AI 而赞叹了，它们过时了”，这不就是在说“思恒急诊”吗?

不就是在说，等到下周“思恒急诊”就会变成垃圾了吗?

不就是在说，广大医院应该改用她的急诊 AI 了吗?

这新产品还没上路，旧产品就要抛锚了?

※※※※※※

对于那个演示大会，初颜竟然给阮思澄也发来了一张请柬。

请柬上方用小字写着“2021 年 4 月 8 日下午 2 点，云京大饭店，阳光科技将带领您参与一场 AI 盛宴。‘阳光急诊’全新功能震撼发布，将颠覆对 AI 医疗的一切认知。尖端科技，多种特色，阳光科技不走前人走的路，不做前人做的事。”

请柬下方则用烫金大字写着：“IT'S SHOWTIME！ 欢迎围观。”

阮思澄来回翻翻，觉得请柬用词野心毕露。初颜人设都要崩了，和“小白兔”不太相符。

阮思澄在考虑之后决定去看看。

她得知道初颜说的“尖端技术”“颠覆行业”，还有所谓“青春风暴”究竟到了何种程度。

当真超过现在所有的急诊 AI 公司了？还是只是一个噱头，实际上只比大家强一点点、差不太多？

阮思澄对 AI 急诊倾注心血长达三年，一直努力，从未松懈，不断改进产品，很难相信一夜之间自己的技术就过时了。

思恒不是那种形态臃肿的大公司，为了保住发家产品拒绝接受新的潮流。

初颜葫芦里在卖什么药？

她希望到现场看看。如果初颜是在夸大，知道产品真正能量的她便能着手反击；如果初颜说的是真的，她也可以最大限度掌握信息、破解技术；如果其中存在猫腻，比如病历都是精心挑选过的，可以确保结果准确，她也只有在现场才可能发现蛛丝马迹。

当然，如果她出现在演示大会，肯定会被初颜好好“问候”一番。

然而阮思澄想，她已经是思恒深度的 CEO，三四百人的命运在她的手里，与公司的前途相比，她个人的这张脸面又算什么。

她都能想得出来，初颜到时会怎么样貌似关心地奚落她。

阳光科技演示大会的前一天，阮思澄跟邵君理说自己要去现场看看。

邵君理一向胆大心细，从言语中察觉不对，问：“你很讨厌阳光科技？”

“啊？”

“感觉不单单是对对手的关注、评价。你怀疑阳光科技夸夸其谈，或者演示存在猫腻……你从不在没有根据时表达对其他人的负面看法，即使聊天对象是我。”

好敏锐。

“阮阮，你跟阳光的 CEO 认识？”

被人问到这个程度，对方还是她男朋友，阮思澄也没隐瞒：“那个初颜总爱抢我的！我俩本科同系同班，后来一同到澎湃工作，她升到跟我平级后，非要进我的团队，美其名曰‘学学东西’，我老板因为不想让我升职单独带队，才一个月就宣布由她承担项目的领导责任！呜……”

阮思澄哇啦哇啦，一口气把跟初颜的新仇旧恨全说给了邵君理听。

邵君理静静听着，末了，道：“单从你的角度来讲，要没她，你未必会离开老东家，也未必会参与创业，还未必会跟我产生交集。”

“嗯……”阮思澄想想，“倒也是。”

这样说来，她人生中最极致的两个体验都多亏了初颜整她？如此想来，她倒没以前那么讨厌初颜了。

阮思澄说：“那看起来，‘塞翁失马，焉知祸福’，一件事导致了另一件事，一切都像命中注定。”

“有时候是有这种感觉。”

“啥？您信命？”

“以前不信，认识你后偶尔有这种感觉。许许多多偶然因素才让你成了思恒的 CEO，到我眼皮子底下来，比如初颜抢走领导位置，比如澎湃爆出丑闻，比如钱纳窃取数据。”

“君理……”阮思澄觉得他可真好。

“至于初颜，”邵君理顿了顿说，“我没法说这样的人一定不能名成利就，因为成功的也有不少，所以无法给出答案。但是，既然她现在对上思恒，如果还用过去那套，我不会让她成功的。”

“邵总？”

邵君理手拎着电话：“一是为了公司发展，二是因为你还依然相信人要正直、善良才能走远，这是你身上可贵的东西。作为男朋友，我不会让它破碎。”

即使再次公私不分，他也要保护她，为她披荆斩棘。

“君理……”

“行了，”邵君理说，“明天看完那个大会回来汇报每个细节，我想想。”

阮思澄问：“她发来了两张请柬，你要不要亲自去看看？”

“不，”邵君理断然否定，“我在现场出现就等于给她做宣传。不管我以什么身份参加，只要出现，明天阳光科技一准上新闻。”

“对，我傻了。”

阮思澄都猜得出来，按照初颜那个性子，只要邵君理在现场，明天肯定遍地都是“扬清看好阳光科技”“扬清副总亲观演示”“阳光或获扬清投资”“扬清 AI 的潜在对手”“扬清密切关注阳光”等标题的烂文章。

“那好，”阮思澄说，“我自己去。”

邵君理应：“嗯，带叶凤毛。”

“好。”

“回来汇报。”

“知道了，拜拜。”

邵君理回：“晚安。”

第二天，云京大饭店。

几百人的大厅座无虚席。阳光科技竟叫来了 IT 方面几乎所有知名媒体、一线记者。他们手持“长枪短炮”，在后边的记者区等。而前面则是知名学者、大医院主任、投行大佬、三巨头的高管、业内同行等。

大厅布置高端大气上档次。舞台背景是一整面的大屏幕，前景是两排桌子椅子，桌子上铺着红色绒布，一边写着“人类医生”，另一边写着“AI 医生”。

阮思澄迈步进入，寻找自己的座位。

不久她便发现，她和凤毛的座位竟然是在某排中间，可以说是黄金位置。

初颜明显是故意的！

阮思澄暗暗咬了咬牙。

距离大会开始还剩 5 分钟时，初颜出来了，还是那样清纯、无辜，微微笑着，用两只手在胸前摇，向认识的人打招呼。

当她看向阮思澄时，露出百分之百的友好、热情，双眼弯弯，唇角向上，甜甜笑着，两只小手摆个不停。

阮思澄却靠着椅背，双手交叉抱着胳膊，微微皱眉回望过去，没有兴趣跟她互动。

都已经到这份儿上了，装又有什么意义呢？

随着后面电视墙上倒计时的忽然出现，初颜放缓她的动作，轻轻点头，走向后台。

两点整，美女主持跨上舞台，欢迎来宾，讲解流程，接着介绍阳光科技："……CEO 初颜，曾在澎湃任职经理，在 AI 医疗曾负责过'眼疾诊断'软件部分……"

阮思澄想：明明是她在负责，却被初颜抢过去了！

10 分钟后，随着那名女主持人"有请初颜介绍产品"的声音，初颜再次登上舞台，站在两排桌子前面，声音温柔地说："阳光科技从一开始就想颠覆 AI 急诊。过去一直都有人说，这样子是做不出的，这样超出 AI 常识，这样没有理论支持……可我一直非常坚定：阳光科技不能妥协，一定要把创意做成！"

她一页页地翻 PPT："'阳光急诊'，可以诊断急性腹痛等几乎所有常见病症，目前已经涵盖多达 24 种急症，而且这个数字还在快速增长！"

阮思澄的心里"咯噔"一下！

24 种急症？

"思恒急诊"目前阶段也就只能诊断少数几种急症，包括肠穿孔、肠梗阻、阑尾炎在内也就六七种而已！

初颜他们是如何做到的？

阮思澄用手机搜索他们公司的 CTO，觉得挺牛的，但好像也没有比陈一非和叶凤毛他们更牛。

24 种病症，是真的吗？该不会把肠梗阻给分成了好几种病吧，机械性肠梗阻一个，动力性肠梗阻一个，血运性肠梗阻一个……

台上，初颜又道："目前所有 AI 产品都在遵循老的套路。用 CNN 识别 CT、超声、X 光，用 RNN 识别心电图，阳光科技研发团队却跳出了这个思路，用自己的独特方法开发出了这套产品……抱歉，为了保护商业秘密，目前不能给出更多信息……”

阮思澄又微微皱眉，与初颜的目光相接。

初颜讲了 20 分钟，介绍完整个产品，才终于将演示大会推向高潮部分——人机大战！

阮思澄早已心急火燎。

她想看看，初颜说的究竟是否是实打实的，是否真能诊断许多思恒医疗束手无策的病症！

整个会场灯光渐暗，“人机大战”正式开始。

五名医生穿着大褂鱼贯而入，坐在左侧，美女主持逐个念出五人的光辉履历，每念到一个名字，被念到的医生便起身鞠躬，台下响起一片掌声。

主持人解释说，这几位医生是从上千名申请者中用程序给抽出来的，已经通过公证，并出示了公证书。对医生的邀请函曾刊登在某医学杂志上，也没问题。

接着，大屏幕被一分为二，左边显示医生录像、医生用时和医生结论，右边展示阳光科技工作人员操作过程，还有 AI 用时和 AI 结论。

好几位德高望重的医生拿着装有他们各自挑选的病历的 U 盘走上舞台，那是他们出的“考题”。

大家都知道，这是一次公开发布，整个行业都在看着，他们肯定不会为了一点利益牺牲自己的名誉，与小公司事先串通。

第一题计时开始，几位医生对着病历，睁大眼睛思考、诊断，阳光科技的工作人员则赶紧把一号病历导入系统。

45 秒时，“AI 医生”那一边的大屏幕上有了动静——白色背景上面忽然出现几个黑色汉字：“卵巢囊肿蒂扭转。”

阮思澄想：“思恒急诊”还真是做不出来！

十几秒后，医生们也陆续给出各自答案，全部都是“卵巢囊肿蒂扭转”。

第二轮，速度最快的又是“AI 医生”。

直到第六轮，才有一个医生终于拿到第一。

接着题目越来越难，医生偶尔出现失误，而AI却总能跟出题者最终宣布的正确答案保持一致，一会儿是胆囊炎，一会儿是胆管炎，一会儿是胰腺炎，种类可谓五花八门。

看得出来，随着“人机大战”持续推进，人类医生肩上的压力越来越大。

直到最后五道题目，AI才有了一些错误。

结束时，工作人员给出统计结果：5名医生的正确率分别是70%、67.5%、65%、67.5%、70%，而AI的正确率是90%；5名医生平均用时分别是75秒、90秒、105秒、75秒和90秒，而AI平均用时是60秒。

非常明显，从统计结果上看，“阳光急诊”这个“AI医生”全面战胜了人类医生。

场下掌声经久不息。

初颜达到想要的效果了——它展示了强大技术，“医生、患者都不会再对着目前的急诊AI而赞叹了，它们过时了”。

看得出来，叶凤毛也十分不解，一米九的高大身躯突然变得又笨又重。

即使是在几种病的小范围内，“思恒急诊”目前也没有比大医院的医生高超多少，主要用途还是解决基层医生不足的问题，如果阳光科技有这本事，无疑会冲击整个医疗行业。

演示大会结束以后，阮思澄并不想被嘲，趁着人多起身离开，没被初颜拦在里头。

刚刚走出云京大饭店，她便接到一条微信。

打开一看，来自邵君理：【阮阮，我在会场旁的咖啡店，走路大约要五分钟。散会了打个电话过来，估计结果不容乐观。我虽然不能进去，但可以在隔壁等着。】

阮思澄的心暖暖的。她最知道对方有多忙——天天晚上10点以后下班，回家还要打一堆电话，今天为了她，竟然大白天跑到这儿，想一分钟都不耽搁地陪着她、安慰她。

他怎么那么好！

阮思澄没打电话，而是直接定位到那家咖啡店，与叶凤毛暂时告别，走进去，一个一个地看过去，最后终于在最里头见到正在回邮件的邵君理。他被两排挡板遮着，不走近看不到。

她轻轻道：“君理。”

邵君理抬起眼皮，一贯冷静和自持：“如何？”

阮思澄说：“不好。腹部这块儿，‘阳光急诊’竟然能看 24 种疾病，而且马上会有更多。”

“24 种？”邵君理也轻轻皱眉，“哪 24 种？”

阮思澄在对面坐下：“卵巢囊肿蒂扭转、胆囊炎、胆管炎、胰腺炎……”她记性好，一一复述。

邵君理则微微偏头，望着窗外几棵杨树，长长的手指在木头桌子上有节奏地敲，偶尔才把眼珠转回，看看阮思澄。

半晌，才道：“阮阮，复述一遍演示大会。”

“嗯。”阮思澄叫了杯冰水，两手捧着，一字一句，声音清亮，讲述了整个过程。

末了，邵君理说：“我想一想。”

“嗯，您想，我也想想。”

邵君理的唇角一弯：“过来。”

“嗯？”

邵君理在长椅子上往里挪了一个座儿，阮思澄便走到对面，在邵君理身边坐下。她感觉到了示意，身子一扭，又一伏，脑袋靠在邵君理的肩膀前面，手放在对方的大腿上，被握住了，背也被他另一只手轻拍了拍。

阮思澄的一头长发又顺又滑，直直地垂下，遮住她的脸。她还在努力想，不过安心了许多。

大约过了十来分钟，邵君理的声音响起：“先回家吧，再做讨论，在这儿不太合适。”

阮思澄把脑袋抬起：“你想出了应对策略？”

“差不多了。”

“能赢吗？”

“不好说。”

阮思澄也并不乱猜，只道：“那走，先回家去。”

“嗯。”

阮思澄是万万没想到，在停车场的一个区，她看到了最烦的人，刚刚还想避开的人。

初颜！

云京大饭店人来人往，也能碰上！

作为公司的 CEO，初颜却还梳着齐刘海，她一看见邵君理和阮思澄便快步走来，巧笑倩兮：“思澄！”

阮思澄：“初颜！”

“差不多有三年没见了！”

初颜眼睛转到旁边双手插兜、气宇轩昂的男人身上，问：“这是扬清的邵总吗？我跟思澄既是同学又是同事，还是朋友！”

阮思澄没吱声。

初颜明显有征服欲，一双眼睛含情脉脉、波光潋滟，声音又轻又嗲：“邵总——”

“嗯。”

初颜拿出自己的名片，双手端着递过去：“邵总，我是 AI 公司阳光科技的 CEO，也做 AI 急诊，刚刚开完演示大会。我们的‘阳光急诊’，已经能看 24 种腹部常见病症，包括胆囊炎和胰腺炎这些别人做不了的，而且这个数字还在持续增加，技术上非常超前，有望颠覆整个医疗行业，相信不久就能取得领头羊的位置了，希望邵总百忙之中抽点时间关注关注。阳光科技马上开始 A+ 轮融资，个人感觉和扬清的 AI 战略非常匹配！”

停顿几秒，初颜又俏皮道：“我做急诊跟思澄可绝对没有任何关系哟！只是自己有新思路，才碰巧在同行业的！”

“谢谢。”邵君理点头，“不过，同个产品扬清向来只投一个，全力助其发展、壮大，没有兴趣搞养蛊，不大可能再投对手，让手下的公司自相残杀。”

不少 VC 爱投对手，把某行业一网打尽，这样总归会有成的，确实十分像养蛊。

初颜僵笑:“所以……”

“所以除了最初的投资对象，其他全部都是要打垮的。”

初颜简直不敢相信她听到的，脸上一阵青一阵白，变幻不定。

“感谢信任，但是不行。”邵君理绕过初颜，“走了，阮总。”

“嗯。”阮思澄也绕过初颜，跟上邵君理。

走出一二十步，想起初颜的脸色，阮思澄的心里痛快，猛拍马屁:“邵总今天英明伟大！一定可以活 200 岁！”

邵君理随口应道:“那你至少得活 195 岁。”

“为啥？”

“我比你大三岁多。”邵君理再次貌似随口应着,“那么老了,早没事业了,再没了你，顶多能撑一两年。”

冷不防地听到这个，阮思澄吭哧半天没找出话来接茬，伶牙俐齿全不见了。

※※※※※※

阮思澄钻进本田车，给叶凤毛打电话，说她想到扬清那边跟邵君理商量一下，不回去了，叶凤毛回复“OK”。

自邵君理逼迫深度把 CEO 给让出来后，叶凤毛等公司高层都从内心敬服他。

两人开车一前一后回到中央别墅区。

邵君理从车里下来，转过头看尾灯后面，回手甩上车的前门，身高腿长，动作潇洒。

“君理，”两人汇合，阮思澄说，“你有时候特别霸总，跟小说里一样一样的。”

“那种小说你都看过？”

“我爱看呀！”阮思澄道，“可玛丽苏了！”

邵君理笑:“仔细说说，小说里面是哪样的？”

“唔，”阮思澄来劲儿了，“这种霸总文呢，一般通过 App 来宣传，就是那种阅读器嘛，手机经常自动给装。这类文通常有几种套路，最常见的是霸道总裁被人下药，强暴女主，男主爸爸看出女主是个好孩子，强迫男主负责、结婚，括号，女主暗恋男主，括号完毕。男主以为是女主下的药，还蒙蔽了自己父母，烦她，虐她，嗷嗷的。第二类呢，是男主的女友死了，男主觉得是女主叫人强暴了她，女友才死了，就把女主给丢进牢里，等她出来也不罢休，烦她，虐她，嗷嗷的。总之，觉得是女主害得他跟女友要么生离要么死别，哐哐一顿虐啊。剧情冲突可激烈了，任意俩人都有仇！虽然比较狗血一点，但是逻辑都是通的。”

邵君理一哂：“没有药能让人发情。”

阮思澄说：“这不可能！”这与她一贯认知不符，古今中外小说里都说可以。

“真的。”邵君理说，“那些所谓的各种药全部都是瞎扯淡的。没有任何药物能够提高人类性欲，顶多加速心跳、血流。哦，还有一些迷幻毒品，如可卡因之类的，可以让人完全放松，使过程舒服一点。还有一类药物，说是能促进女性性欲，不过效果十分有限，跟安慰剂差不太多。性欲来源非常复杂，虽然已知一些元素，比如多巴胺，但都无法单独起作用，你当是研发靶向药呢？”

阮思澄说：“我不信。市面上有那么多药呢！”

邵君理也杠上了：“全都是骗傻子用的。我有朋友在欧洲药房买过两瓶送来，据说效果非常显著，你可以试试。”

“为什么要送你这个？”

邵君理一笑：“是朋友。不过，在我这个位置上，送什么的人都有。身边围着一大群人，恭维你，吹捧你，不是人人扛得住的，多少人都渐渐变了。”

“嗯。”听出话里有一些伤感，阮思澄想邵君理一定认识许许多多这样变了的人，转回话题，“行，行啊！哪天咱俩对瓶吹了，看看效果。”

她也知道那玩意儿绝无大用，不过还是有些好奇——真一点儿用都没有吗？还是有一点儿用呢？而且说来不好意思，对于之后会发生的事，她有一些好奇，还有一些期待……

他们两人说着说着到了三层别墅的正门口——阮思澄懒，不想入库，把车停在院子里了，邵君理便跟着她。

阮思澄又继续说“霸道总裁”的话题：“所以呢，霸道总裁们一方面讨厌女主，一方面喜欢女主，总忍不住强吻对方……哎妈呀，一大帅哥唰地上去，看得老子嘻嘻直笑。”

她刚走上门前台阶，突然感觉手肘一滞，被拉住了。接着，那股力又猛地一翻，阮思澄便转过身子，后背“砰”地磕上木门。

邵君理低头：“怎么吻？说说看？”

被按着手肘钉在门上，阮思澄的身子发软。

邵君理又慢条斯理，面对着阮思澄，两手分别捉起她的两只手腕，一只一只举过头顶，按在门上，然后换成单手掐着，腾出另一只手捏住阮思澄的下巴轻轻一抬，问：“这样？”

阮思澄的手不能动，举在上边，觉得对方力道虽大但动作十分小心，心里一暖。她下巴被固定住了，只能直直地看着对方，没有任何回旋余地，几秒后便呼吸急促。

邵君理把头低下，轻轻抿上对方唇瓣。

阮思澄则调整角度。邵君理并没有动舌，只是微微启开唇瓣，落在对方唇上，轻轻抿抿，而后重复这一过程，每次放开都会发出一点声音，不激烈，却充满渴望。

阮思澄快化成水了。

亲吻过后，邵君理把手松开，单手环住阮思澄的腰，搂起来，自己伸手按指纹开锁。

“欺负人！”阮思澄入戏超深，一边熟练地拿出拖鞋穿上，一边用委屈的语调抱怨道，“邵总，我跟着您，不要名分，不要权力，不要财富……以后还要自己拉扯几个孩子，偷偷摸摸的，您还欺负人！”以上也是“霸总文”的常见套路。

邵君理却没有回话，只见他把颈子一转，突然一顿，接着开口：“爸，您来了？”

阮思澄忙探头一看。不看不知道，一看简直要晕过去！

邵城！

他居然在邵君理家！听到动静正走过来！

邵城肯定是有钥匙，又把车放车库里了。他们俩从门口进来，并未察觉家里有人，而且现在天色还早，邵城在家也没开灯。

想想刚才的那些话，可真是太让人尴尬了！

算了算，两人大约隔着十米，对方应当没有听见，阮思澄把心放了放，露出大方的笑容来："邵总您好！我叫阮思澄。您可以叫我的名字，或者思澄、阮阮，都行。"

"爸，"邵君理把阮思澄往自己身边拽了拽，"这是阮思澄，思恒医疗的CEO，我追来的小女朋友。"

阮思澄想：你追啥了？想了半天想不起来。

不过被他这样介绍自己，阮思澄心里热乎乎的，看看她的男朋友，又看看对面的扬清老总，显得礼貌而又得体："我也是学计算机的，一直特别喜欢扬清，也特别尊敬您，总是盼着能见见您，今天也是赶巧了。"

邵城举止十分儒雅，一看就是知识分子。他跟阮思澄聊了会儿，面向邵君理再度开口："本来想说一点事儿，关于你那农业 AI。既然思澄正好过来，我就先走了，改天再聊也一样。"

"不不不！"阮思澄忙道，"您聊，您聊！思恒医疗这边的事才是改天再聊也一样！"

说完，阮思澄拍了拍邵君理："那个，君理，我先走了，明天再交流。"

"不用。"邵君理语气淡淡的，"你在书房稍等会儿。"

"走。"邵君理拉起她的手。

阮思澄一挣没挣开，只好转头看向邵城："叔叔，我到书房待一会儿。你们好好聊着。别考虑我，我有事干，好多电话需要回呢。等聊完了叫我就行。"

她的样子明媚大方，邵城笑着点了点头。

把阮思澄扔在书房，邵君理回到客厅："怎么了？农业 AI？"

邵城坐下："君君，我听说你打算在医疗、金融、教育、出行这目前的八大场景上再添加几个场景，再加大对 B 2 B 的投入，从工业到农业再到服务业。"

“对。”

“其他几个问题不大，尤其是那个‘酒店机器人’，很有意思。”

“嗯，可以扫描房间号码，给客人送各种物品，节约酒店人力成本。”

“对。可是农业是否需要加大投入？”邵城犹豫，“农民购买力有多强？打个比方，用AI根据牲畜外形等检测它们是否怀孕、是否生病，听着不错，然而推广会很困难。”

邵君理点头：“我也觉得，相比之下，农业这边会最艰难。”

“那——”

邵君理解释道：“但扬清是科技公司，且致力于改变国家。”邵君理淡淡地道：“因为穷，农民们最需要用AI提高效率、改善生活，而不是那些酒店、宾馆。不能因为农民不懂，推广困难，就直接给忽略过去。

“爸，在扬清最艰苦时，您开发过网络游戏。那些游戏当时每年给扬清带来几百亿流水，把扬清给拉上来了。可是外界没注意到，您没有为那些游戏说过一句话、站过一次台。我想您是不好受的……因为扬清是科技巨头。”他对娱乐没有偏见，可是开发游戏不是科技公司该干的事，不管它有多少利润，所以他觉得父亲心里是不好受的。

邵城想想，最后叹道：“行，我老了，按你的想法去布局吧。从个人的工作、生活，到产业的建设、升级。有自研，有投资，挺好的。”

“谢谢爸。”

两人说了一通工作，邵城觉得差不多了，站起身来：“行了，我走了。不需要叫思澄送了，你等会儿说下就好。”

“嗯。”

“君君。”出门之前，邵城欲言又止，最后还是语重心长地劝诫道，“咱们不是影视明星，谈恋爱也没有什么好隐藏的。该娶就娶，别让人家太委屈了。”

邵君理知道，阮思澄说的那句“邵总，我跟着您，不要名分，不要权力，不要财富，以后还要自己拉扯几个孩子，偷偷摸摸的”被他爸给听清楚了。

邵君理按了按眉心：“您听她胡扯……”

邵城却不相信：“小女孩子怎么可能自己瞎编这些事情。”

邵君理想想，唇角一弯："因为她还挺特别的。"

邵君理上别墅二楼，推开书房的红木门，见阮思澄果然正在跟合作方谈论业务。

他默默地等了会儿，阮思澄才挂断电话，回头愤愤道："几家本来要签约的医院突然反悔，说想先看看初颜的产品再做决定！也就是说，它们可能要用'阳光急诊'！"

"嗯，别急。"他想到了。

阮思澄向门口看看："你怎么就上来了？"

"我爸已经回去了。"

"啊？"

"他说不用你下去送。"

"哦，"阮思澄难得紧张，"我今天的表现还行？"

邵君理没忍心告知他爸听见她的话了，含含她唇："不错，他对你印象很好。"

"嘿嘿，那就好。"

"不过你也不用管他，印象好坏都无所谓。"

"那怎么行。"

"好了，说说正题。初颜那个'阳光急诊'能看24种腹部急症，怎么办？"

阮思澄皱眉："我本以为现场一切都是做戏，病历都是精心挑的，AI肯定能诊断正确。AI在这种帮助下自然比人强得多了，这个也是创业公司在当前的常见做法。"

"继续说。"

"但是看完演示，我感觉那些病历还真的是出题者们自己挑的。出题者们个个都是受人尊敬的好医生，其中两个还上过新闻，很难想象他们会与初颜一起制造噱头。创业公司在当前的常见做法用的全都不是初颜这种模式，没有出题者。可是要说病历题目在大会前被破解了，也很难说得通，因为大家都是拿着U盘上去的，题目并未上网。"

"嗯。"

“另外一种可能是，在演示前，初颜告诉出题者们 AI 能诊断哪些分类、能识别哪种片子，让医生们出题往上边靠。然而即使这样，‘阳光急诊’也了不起，说它能诊断 24 种疾病倒也不算特别夸张，思恒深度在现阶段的确无法做到这样。”

“不。”邵君理说，“按照我对 AI 的认识，它已突破当前极限。”

“唔……”

“你不信我？”

“当然信。”阮思澄问，“那初颜是怎么做到的？”

“两个思路。第一，电脑事先知道答案。第二，电脑事先不知道答案。你刚才已排除第一种可能，那就只剩第二种了。这里……”邵君理把身体凑近，对着对方说了段话。

阮思澄目瞪口呆：“她的胆子不至于有这么大吧？”

太可怕了！

虽然知道理论上可行，她也很难真往那方面想！

邵君理的嘴角一撩：“没准儿。”

“那怎么能确认这事？”

邵君理的长睫一动：“我来处理。这个事儿光靠你的资源未必能行。”

阮思澄在心里想想，道：“行。我这边先不添乱了。”

邵君理倒有些意外：“居然这么相信我了？”

“嗯，我在尝试。”自从合并那个事儿以后，她觉得自己应该更相信对方，不管是作为女朋友还是作为被投资者，她都应该更相信邵君理的人品。

邵君理的目光一动，把阮思澄的一缕头发撩到耳后，用他带有磁性的声音说：“阮阮总，你可以完全相信我的。我知道，你觉得你我是你我，思恒 CEO、扬清副总则是另外一回事儿，我们首先是 CEO，其次才是普通人。但实际上，我——”

说到这里，他似乎连自己都挺难以理解：“无论如何会护着你。我首先是你男朋友，其次是 CEO，再其次才是普通人。”

“君理……”

“当然，两边我都能处理好。”

“君理！”阮思澄上前一步，又送上了自己的唇，一下一下慢慢抿着，每回都会发出声音。

一吻结束，阮思澄忽然下定决心：“君理，反正现在没有啥事，我想择日不如撞日，今儿就试试那个神药！”

“你认真的？”

“我不相信没有用，我要证明你是胡说。”

其实，他们两个现在已经十分渴求对方的身体了。但邵君理十分体贴，一步一步循序渐进，让她舒服，怕她害怕，反倒是她有一点儿希望发生更紧密的联系。而且，她也心疼对方，不想让邵君理总是为了照顾她而委屈自己。

她一方面是真好奇，另一方面是找由头。

邵君理盯着她看了半天，才道：“行，我找找，你到楼下饭厅等着。”

“嗯。”

最后东西拿过来时，阮思澄看了看说明，了解到这是套装，里面共有两瓶东西，一瓶是男性用的，一瓶是女性用的，荷兰正规药厂生产，副作用是长期服用可能引起头疼等，禁止用于未成年人。阮思澄把配方表一项一项翻译，发现竟然全部都是维生素和氨基酸等，纯天然的。

果然是卖给傻子的吗？

阮思澄也不管那么多了，按照说明用小滴管吸出一点，丢在水里，搅了搅喝下去。喝之前，邵君理还夺走杯子，再次确认了配方和剂量。

阮思澄按产品说明，静静等了 15 分钟，发现果然没有用，跟喝之前没什么区别。

她所有的渴望、欲求，全部来自对面这个男人。

邵君理问：“认输了？”

阮思澄说：“不，真的有用。”

“嗯？”

“特别有用。”

“阮阮总，”邵君理问，“你就不能承认输了？在家里还这么固执。”

“没输。”阮思澄把一边头发撩到耳后，动作妩媚，而后两手分别覆上对方手背，前后蹭蹭，眼睛直直地望进对方淡色眸子，“我不行了。”

邵君理看起来仍是波澜不惊。

“对你没用，但对我有用！谁也没赢，谁也没输，算平手。”

“算平手——”

阮思澄打断了他，红着脸，又按着对方手背前后蹭蹭：“真的，我不行了。”

听到如此直白的邀请，邵君理的目光变深：“阮阮，你确定要我来帮忙？全都已经上网搜过了？”第一回在他家留宿时，阮思澄说她还是个黄花闺女，作为码农，她得提前在网上搜一下，看看经验，掌握各种方法、窍门。

“早就已经搜好了……”这都已经过去一个月了。

“好，算平手。”邵君理也不戳穿了，“到楼上去。”

“行。”阮思澄的脸全红了。

“一起洗，嗯？”

“哦……”

※※※※※※

整个晚上，阮思澄只觉得自己一颗心满满当当。

三年以前，从扬清用于人类肿瘤筛查的 AI 医疗产品的发布会直播中，她第一次知道对方。接着，在云京人工智能峰会上，她头一回见到对方。当时，她听完了他的演讲，举手问了一个问题。再后来，钱纳、贝恒说邵君理是他们的投资人。

那时候，她绝对想不到在将来的某一天他们两人会这样亲密。

他们十指相扣，阮思澄看着他，知道她的这个男人强壮、强大、精明、有智慧，站在整个世界之巅。而她作为他的女人，同时有征服和被征服的心理感受，她让他心甘情愿，他也让她心甘情愿。

某个时刻到来之时，世界仿佛爆炸一般。

在 29 岁这一年，她……

当然这些无所谓。有喜欢的人，成年了就行，没有喜欢的人，多大岁数都不愿意。

邵君理把自己两手从她腰下一一穿过，阮思澄则乖乖儿地配合对方搂住自己。他用耳朵蹭蹭她的，剧烈心跳还未平复。

阮思澄又再次有了心理上的满足感，问："还……还来吗？"

"不了，"邵君理又吻了吻她，"不要过分。"

"嗯。"

"去洗澡吧。"

"嗯。"

邵君理给阮思澄把浴衣披上，系好扣子，又给她把头发梳顺，用一条长毛巾包了，拍拍她，让她走了。

阮思澄挺不好意思，在浴室里磨蹭许久，穿好睡衣出来时两边脸颊红扑扑的，如同一个初生婴儿，有点羞涩，又有点喜悦。

她散开发，两下爬进温暖的被窝，见邵君理已经睡了，便在旁边轻轻躺下，关上灯，发现已经两点多了。

现在真的是好晚了。

她侧着身，刚合上眼睛，便感觉有一条有力的胳膊从她身后搂住她的腰，与此同时，他低沉的声音传来："阮阮，搬过来？"

"不，远。"阮思澄直接拒绝，"我挺喜欢我的狗窝。以后我可以周五过来，周日回去。我星期六会去公司，不过不用 8 点就到。"毕竟云京市中央别墅区离思恒深度太远了。

"你啊……"

"每天工作 15 个小时，平时觉都不够睡呢，实在不想在交通上耽误时间。"

"好吧。"邵君理退让了，开始琢磨在公司周边买个平层。

不过，思恒深度还在扩张，下一步要搬到哪儿谁也无法预测。

"邵总，君理。"大约沉默了四五秒，阮思澄又突然开口，"我一直在想，等到这天真正来临时，我一定要说些情话。"

"哦？真新鲜。"邵君理知道，阮思澄一向理性。

阮思澄轻闭着眼睛："可自己又想不出来。于是我在网上到处搜，看看人家讲的情话，想偷过来用一用。”

邵君理含笑：“然后呢？”

“然后啊，觉得那些都好一般，没有一句配得上您。”这是她的真心话。她读那些旖旎情话，感觉庸俗而又肤浅，与他不搭。

邵君理问：“再然后呢？”

“再然后，我看到了一句留言，是这么写的：我想知道，一个什么样子的人能让你们到处为他找情话，想让他高兴？能不能讲给我听听？”

顿了顿，她又道：“我看没人搭理这人，觉得他太可怜了，就回复说：我男朋友超级无敌好，在遇到他以前，我不知道这世上还有这么棒的人，我也不知道我自己能变成一个这么棒的人。他给了我好多好多，从各个意义上，不管是成长，是见识，是思想，是事业，还是生活。比起伴侣，他更像是信仰一类的东西,带着我从一个阶段直接到另一个阶段。有他的这一生，与没有他的这一生，是大相径庭的。我是学理工的，但我希望下辈子还跟他在一起。”

邵君理只静静听着。

“然后对方在网上回复:看，你不需要搜什么情话，把这一段给他就好。”

在寂静中，阮思澄的说话声又轻又软，分外撩人。这个小区没有任何光污染或噪声污染，阮思澄经常忘记自己是在云京市区。

“阮阮……”邵君理把人翻过来，自己覆上去，含了含她的嘴唇。

阮思澄本以为两人关系更加亲密后，会进入到如胶似漆的“蜜月期”，一日不见如隔三秋的。

谁知不是这样!

她在公司要忙疯了，都没时间见男朋友!

原因无它，通过产品演示大会快速引起关注以后，初颜的阳光科技正式进驻大医院了!

不过，人家说了，“为了保证服务质量，一期先进 30 家医院”。

因为阳光高端技术，无数医院在求合作，推着挤着地求合作!

而且，每一家进驻医院在使用了产品后都啧啧称奇、赞不绝口。

几个思恒的合作伙伴在引进了阳光后都欲言又止地表示说，“阳光急诊”真的强大，可以用于几十种病，且准确率十分惊人，堪比一个顶级医生，对AI医疗的贡献当真可说是革命性的！

只有两点可以诟病，一是阳光对技术的保护到了变态程度，对医院CIO（首席信息官）也拒绝透露工作原理和数据来源，让各医院有所忧虑并且不敢贸然行动。CEO初颜的潜台词是：要么你把产品拿走，要么我跟别人合作，想打听技术没门。在这样的不确定性下，有些医院选择放弃，但也有些医院愿意承担风险，在30家名额限制和极出色的测试结果之下选择引进。

据说，阳光科技对代码的加密也狠，基本一切都要传输至服务器，在云端完成。而“思恒急诊”的部分功能早就已经脱离网络。

另外就是，有时候“阳光”急诊的诊断时间比预计的要长。不过这也能理解，毕竟覆盖范围广泛。

而在资本的市场上，阳光科技也受到热捧。

尤其是在某个知名的企业家成为独立董事以后。

许多公司都会设置独立董事，思恒医疗也有两个，上市公司则是必须拥有独立董事。独立董事不是公司股东，也不担任公司职务，没有任何业务联系，可对公司事务做出独立判断。

阳光科技新加入的这名独董是实业家，创立了某饮料品牌，曾经当过中国首富，几个月前刚宣布退休，是厉害的老前辈，也是“青竹会”的创始人。青竹会是由众多知名企业家组成的俱乐部，几十名会员十分团结，共进共退，影响颇大，年轻一代的企业家都以能成为青竹会的成员为荣。

在大佬为阳光科技摇旗以后，不少本来因为初颜拒绝透露技术而持观望态度的VC改变最初想法，决定加入追逐行列，生怕自己勾搭不上这拥有最前沿AI技术的新兴医疗公司。

他们觉得大佬成为独董以后需要全面了解公司状况，他如果觉得阳光科技前途无量，那就肯定是没问题的。然而他们却忽略了大佬是做实业的，年纪也大，对于IT知之甚少，未必可以全然信任。

而且VC们想，阳光科技背后站着“青竹会”，不出意外今后的路会非常顺，加上它的技术先进，好评如潮，看起来是非常好的投资对象。

他们有意忽略初颜推广过缓、只进 30 家等问题。

在这样的浮躁之下，仅仅用了一个来月，阳光科技便完成了 A+ 轮的上亿融资，一个领投，一串跟投，热度丝毫不低于两年前的思恒医疗，俨然是当下最受追捧的投资对象。

与此同时，阳光科技频频宣布新的突破。它拥有“黑科技”，不断攻克当前难关，接连发布惊人功能，覆盖的急症越来越多，越来越复杂，让 AI 医疗界仿佛打了一针鸡血。

有这样的后起之秀当竞争对手，思恒深度的市场份额遭到挤压，陷入产品“爆红”后的最大困境。

阮思澄是真没想到，从上学到工作，到创业，初颜始终阴魂不散，处处跟她作对，并且一次又一次地让她几乎功亏一篑。

※※※※※※

在阳光科技的演示大会后，为探查到阳光的真相，邵君理请他熟知的某个知名调查记者负责挖料。他有这样的资源，而且作为扬清副总和“太子”，对方一定会认为他对调查结果十拿九稳。若阮思澄去求记者，别人只会觉得她是狗急跳墙、不择手段。

与此同时，邵君理能为记者们提供各种必要信息。

调查记者名叫何兰兰，带的实习生叫夏九嘉。他们二人费尽心思，终于寻到“阳光急诊”的一名前 AI 工程师。该工程师愤怒地表示，初颜是个偏执狂，一定要他“攻克难关”，在技术上压过思恒。在他说明困难以后，公司高层却并不像一个好领导那样给他支持、跟他商议，同意改变方法甚至目标。初颜只会不停地强调“必须做出”“没有退路”，这让他的压力极大，最终选择了离开公司。

他还说，在天使轮的投资人第一次想看产品时，初颜叫他连夜写代码，终于搞出“造假神器”。他们雇来急诊医生坐在公司的办公室，投资人一上传病历，“阳光急诊”便会传至服务器，再转发给急诊医生，而医生只要点击相应病症就能发回诊断结果，将人工诊断给伪造成 AI 诊断！它等于是把

QQ 中的“发送信息”给替换成“一键诊断”了！在投资人看来，上传病历、拿到结果，阳光科技十分靠谱，根本不会想到 AI 后面坐了一个真人！投资人十分满意，当即决定增资 2500 万。可怜那个急诊医生都不知道他在造假，以为只是帮助阳光科技诊断病症、完善 AI 技术，从头到尾都被初颜蒙在鼓里。这名工程师一周后离职，不大清楚其他的事儿。

何兰兰、夏九嘉请工程师回忆所雇医生的单位和姓名，然后历尽千辛万苦联系上这名医生。没想到医生已与阳光科技签了一年合作协议，因合同有保密条款，他拒绝透露合作细节，只说是在为“阳光急诊”提供辅助，增强客户使用体验。

调查线索再次断了。

邵君理也没太施压，让何兰兰按照自己的节奏调查。

6 月末的某天，阳光科技再次宣布取得新突破，诊断范围又扩大了。它的技术恐怖至极，不断挑战“不可能”，持续发布强大功能，再次引起震荡。

初颜到处参加活动。不仅仅是创业类的杂志、频道，能叫得上名字的传统媒体和新媒体，大多都采访了她，有官方报纸，有门户网站。她受邀出席国际科技头脑风暴大会，还被评为“2021 上半年 30 位 30 岁以下精英”，在大会上发表了主题演讲。《创业》杂志也把初颜评为“2021 上半年最受关注的企业家”，还举办了隆重的活动。

在演讲中、在采访里，初颜一次次甜笑着，说：“女性特质也能成功。在现在的创业领域，女性喜欢模仿男性，有进攻性，非常好斗。在我看来，这并不是‘女性成功’，依然还是‘男性成功’，因为这个女创业者在内心有男人特质。我们没有必要否定男女两性的天然差别，大家都有优势，也都有劣势，女性比较敏感、细腻，关注情感，创业者要好好利用，不需要总是关注自己，为达目的誓不罢休……啊？什么？举例子？没有没有，没有例子，我只是在说一种现象，是我自己在看一些创业实录时发现的。”

阮思澄被气到升天——初颜明显是针对自己！

阮思澄好斗，有侵略性，她在分享“创业路”时曾一次次证明这点：与 CEO 产生矛盾时就撸起袖子自己上了；想让陈一非当 CTO，就跑到峰会和他“当好朋友”；想请卓立投资 A 轮，便杀到地京要求见面……

因此，虽然阮思澄是个美女，却让圈中的男人们不敢亲近。而初颜呢，甜美、可爱，容易叫人心生好感。

阮思澄在心里觉得初颜纯属在放狗屁，表面上听着挺有道理，实际上一字不通，领导者的个人特质从古到今都挺固定，硬要区分男性特质和女性特质，并且讨论谁更适合当领导者才是限制人的自由。可不得不说，她抓住了社会痛点。大部分的女孩子在社会当中并不会有进攻性，也不会有侵略性，这时初颜告诉她们“不这样也可以当 CEO，不这样也可以成功”，无疑可以戳中她们的内心、引起共鸣，她贩卖的是理想化。因此，众多女生支持初颜。对初颜的采访截图在朋友圈还有微博流传甚广，追随者众。

在初颜的风光之下，思恒深度进展受阻。到了 7 月，思恒、深度二者合并已经完成，各种手续都获批了。马诞、原 CMO 和陈一非选择辞职，带着股份坐享其成。

幸好初颜几个月来只进驻了 60 家医院，说是“为了保证服务质量，一期先进 30 家医院，二期再进 30 家医院”，因此思恒深度在农村的根基还未被撼动。不过在大医院，思恒深度的产品使用率已下降约 20%——这是个十分危险的数字了。虽然因为阳光科技不屑于“下基层”，思恒深度仗着推广又新拿下一千来家乡卫生院，总使用率无增无减，但这显然不是个好信号。

于是，在资本市场上，思恒深度受冷落了。

阮思澄也只能盼着邵总赶紧揭穿阳光科技。

7 月最后一天，在等待中，调查记者何兰兰终于取得突破！

“邵总！”何兰兰的语气兴奋，“我联系到两位医生，他们不想再骗人了！”

邵君理的手微微一顿，收敛气势，放柔语气：“谢谢，辛苦了。我能在场一起听吗？从 IT 的专业角度也能提点新的想法，帮你们还原造假过程。”

“我问问。”

最后，两个医生都同意了。

采访安排在某咖啡厅。大上午的，二楼没人，几人围着一张桌子开始揭露一场骗局。

与一般人印象中的记者形象不同，何兰兰的长相不佳、身材较胖，穿着T恤衫、牛仔裤和帆布鞋，看着十分普通、和善，没有任何的攻击性，一般人绝想不到她是著名的调查记者。

但邵君理却觉得,正是这种普通的气质让她非常适合干这行。面对着她，被采访的对象可以卸下戒备、完全放松，说出心里的秘密。

他又看看那实习生——是个大四男生，长得过分英俊，而且清冷，跟何兰兰完全不同。

两位医生一男一女，都挺年轻，紧抿着的唇部线条显示着他们的决绝。男的极力装作冷静，女的则是对邵君理有些好奇，看了好几眼。

何兰兰的采访开始。

她引导着，由浅入深。

何兰兰问:“今年二月，阳光首次邀请二位加入团队，是吗？”

男医生叫邓俊，女医生叫何梦桂，二人异口同声地回答:“对。”

“当时是以什么由头？”

“测试。”两位医生说，“就是给我们患者病历，让我们诊断结果，说是要与AI进行比对，测试产品的准确率。”

“然后呢？”

“然后，工作一直没停。有一天，初颜跟我们说，阳光也和思恒、深度走同样的路线，她会建立网络远程‘会诊中心’，基层医生直接上传影像、数据，AI出具诊断报告，基层医生也可通过AI发送辅助请求，阳光科技背后众多合作医生通过云端给予指导。”

“嗯。”

“阳光给的报酬十分丰厚，时薪250块左右，一天工作2小时，一个月就是一万五，诱惑挺大，我们都签约了。”

“再然后呢？”

“本来并未觉得不对。但是今年4月初，阳光举办演示大会，我们开始觉得不对劲，能看24种腹部急症，这种事情闻所未闻！而且最后几个问题十分冷门，我们从未有针对性地测试过！我们在‘阳光急诊’发布以前每天工作、参与测试，从没见过那几种病……”

停顿了一会儿，他们又道：“我们真正发现问题是在产品进驻大医院以后。我们作为‘会诊中心’专家进行远程协助，可工作量却非常大。‘阳光急诊’跟‘思恒急诊’一样，医生可以点击‘诊断’，也可以点击‘求助’，从客户端看不出来什么东西。可是‘阳光急诊’的客户都是大医院啊，而我们每天收到的请求中，75% 以上是基础病症，甚至是入门病症，根本没有任何难度！大医院的医生真的需要远程求助于我们吗？还有，阳光的目标客户是大医院的急诊医生，为何‘会诊中心’里的专家医生都很年轻？这样真能帮上忙吗？我们几人思来想去，觉得那些基础病症是医生们在‘玩儿’AI，看看结果准不准确。大医院的医生是不会乱点‘求助’的，怕会占用人工资源，导致想求助的求助不上，从而引发悲剧。我也曾在思恒的‘会诊中心’当过专家，跟在阳光科技根本不是一回事儿。在思恒，即使只是基层医生发送的请求，也都具备一定难度，可在阳光……”

听到这儿，邵君理的长眉一皱，问：“能否问问，对于人类医生伪装成 AI 医生，二位有确凿的证据吗？”

以上那些都是怀疑，不是证据。

“有。”男医生邓俊点头，“上个月末，阳光那次演示大会，露馅儿了。”

“哦？”邵君理把上身挺直，修长的十指交叉着，“能具体说说吗？”

“嗯。”邓俊沉吟，“对于这些演示大会，阳光应当是会安排专门医生的，而且水平都比较高。然而医院急诊医生经常会遇到突发状况，比如手术比预计时间长，导致他们未必可以参加每一次的演示大会。那天上午，某负责人打来电话，问我是否比较擅长对消化道异物的诊断，我说是，他就叫我下午两点务必登录专家账号、辅助诊断。我照做了，不过由于心里存疑，全程对着屏幕录像了。第二天，我便见到‘阳光急诊不仅可以诊断消化道异物，还可以说出是什么异物’的新闻，终于确定他们在造假！”

他喝了口水继续说：“何记者，邵总，只要对比演示大会的视频和我录的视频，就能发现，发给我进行诊断的病症，全是演示大会上要让 AI 给出答案的，CT 图像一模一样！主持人始终在点‘一键诊断’，从没碰过‘远程求助’！而且每次 CT 图像同步出来以后，都是我先给出诊断，然后由

AI 呈现答案。”

“嗯。”

“只有最后一道题我有意拖延了一会儿，但 AI 还是给答案了。”

邵君理说：“肯定不止一个医生坐在后头。阳光科技必须保证结果正确，所以会做比对。我猜测有四名医生，AI 先比对前两人的诊断结论，一致则显示答案，不一致则参考第三个人的，还不一致则参考第四个人的。”

“然后那天，我刚做完全部工作，初总就给我打电话了。”邓俊苦笑，“初总发来双方合同，指着其中一条说，这几行是保密条款。我只要泄露一个字的工作内容，就得赔 250 万。”

邵君理的手一顿。

“这个圈子不算太大。我也有在阳光科技‘会诊中心’当专家的朋友，比如何梦桂。我和他们一一聊过，发现他们几乎全都对阳光十分怀疑。但是，阳光科技跟每个人都强调过那 250 万的泄密代价。我们不敢说给记者。也许阳光会被击垮，也许不会，谁知道呢？阳光的公关很厉害的。然而不管会与不会，我们都是违反合约，这一点已是板上钉钉了，难说会有什么后果，想抓我们总抓得到。为了时薪 250 块干活的，谁不在乎 250 万啊？”

何兰兰：“那你……”

“后来梦桂发来消息，说有记者联系到她打听‘阳光急诊’的真相，而她打算说出去。梦桂爸爸在做生意，家里有钱，不担心违约，但她胆小，想起跟我谈过这事儿，就想拉个人一起出面。”

“然后呢？”

“我犹豫了一个来月，最后决定豁出去了。我不想再骗人了！”

邵君理很佩服邓俊的勇气。

“250 万，我卖掉房子，倾家荡产也拿得出。我未婚妻很支持我，她是搞金融的，特喜欢钱，但她说我改变了她，她以前绝对想不到要嫁给穷鬼医生……”

何兰兰说：“谢谢你们肯勇敢地说出真相。”

“要的。”邓俊和何梦桂两人道，“骗人 AI 横行市场，会阻碍真正有技术、有理想的医疗公司。坏公司成功，好公司失败，会影响到医生、患者。

打个比方，真 AI 公司可以救到需要帮助的患者们，就像思恒曾经救了被下毒的学生和被家暴的农妇一样。可若它们都破产了，就会有人因此丢命！而初颜，还在为了新的融资 30 家 30 家地进入大医院，这人真的是太坏了……”

“放心。”与周围几个人相比，邵君理冷静如初，八风不动，他手肘撑着沙发扶手，食指背面抚抚唇下，“假如阳光提起诉讼，我会帮忙请最好的律师来为二位辩护，就算最后结果不好，我也会个人把判赔的 250 万给你们出了。”

两个医生却没狂喜，只道：“嗨，再说吧。”仿佛 250 万已经不是他们当下最关心的。

几个人谈了很久，最后，医生落寞地道：“邵总，我们不懂，为何初颜可以成功？她从不曾公布原理，投行、医院居然全被忽悠过去了？”

邵君理把手指移开：“在商界，有一个词叫 FOMO，Fear of Missing Out，意思是害怕自己错过。现代社会瞬息万变，一旦错过一个风口，也许便会被时代给抛进历史的垃圾堆，让竞争者实现超越。加上初颜一直强调 30 家，VC、医院都怕自己被抛弃，所以即使抱有疑惑，也要一窝蜂地先占住坑位。”

“原来如此。”一个下午聊下来，两个医生、两个记者都对邵总心服口服。

“对了。”分别前，邵君理又道，“何记者，阳光科技很可能会公关二位所在的媒体。”

“上面压稿是吧？没事儿。”

“嗯。”

等医生们先行告辞，何兰兰说：“谢谢邵总。您为采访补充了一些新的东西，比如那个 FOMO，很有意思。”

邵君理却转开话题，只关心稿子内容：“何记者，光这些证据还不够，麻烦二位继续联系会诊医生和公司员工。”

“当然。”何兰兰依然和蔼，“这些专业上的东西就不麻烦邵总想了。”

“抱歉。”

“没事。”何兰兰的话题一转，让气氛变得轻松，“我倒没想到，因为投过思恒深度，邵总竟然愿意花费这么多的时间和精力调查阳光的内幕。跟您商量这个事儿基本没有时间限制，今儿您也亲自过来，占用了您一下午的时间。”

这还真的挺奇怪的。

邵君理说：“因为有要护着的人。”

何兰兰一愣，好像懂了。实习生也是一愣，仿佛想到了什么人。

邵君理倒十分大方。他的姑娘还挺稚嫩，他得为她保驾护航、遮风挡雨，让她长成参天大树，在那以前，他不会让任何意外动了她、伤了她。她做不到的、不想做的，都由他来做。他在前面披荆斩棘，给她开辟康庄大路。创业需要一些运气，而他就是她的运气。

他也想过对于生意这样做是否不够理性，然而成功的创业者总归要有贵人帮忙，他很乐意当这贵人。而且初颜这种不符合市场规律的人，就得用不符合市场规律的方法解决。

邵君理把调查结果全部讲给阮思澄听。

阮思澄的心情复杂，又高兴，又悲哀：“初颜竟然真用真人冒充 AI 诊断病症！她的胆子太离谱了！随时可能被戳穿的呀！”

邵君理说：“野心勃勃却无能力，最后只有孤注一掷。”

“哎……”

阮思澄上网搜索“阳光急诊造假”“阳光急诊冒充”“阳光急诊伪装”，想要看看有无结果。

没想到这一搜，还真搜出了大新闻！

就在刚才，因为 6 月那次“宣布新的突破”，学界出现了对阳光的质疑声。

对阳光的系列产品，他们无法破解、无法重复，绞尽脑汁也没答案。

最先炮轰“阳光急诊”的，是青年学者当中人工智能方面的领军人物，P 大的易均。

他在微博发出 5000 字的长文章，讲他为何认为阳光的 AI 技术不合逻辑，写得图文并茂。

易均说，在专利上，阳光科技只有可怜的四项而已，并不足以支撑产品。

要说希望保护技术，那更应当申请专利——连专利都不提交的“保密”手段闻所未闻。另外，他为研究 AI 医疗，先后 6 次向阳光发邮件询问技术原理，均石沉大海。他是一个大学学者，并不涉及同业竞争，无法理解阳光科技拒绝回复的行为。

最后，易均激烈地表示，他负责任地怀疑“阳光急诊”是人工诊断，并且要求阳光出示是 AI 诊断的证据。

阮思澄看到，在这条微博下，P 大女生都像疯掉了一样。

一向温柔的易教授，刚起来竟然可以这么刚！

※※※※※※

易均炮轰初颜以后，不少学者现身力挺易均。

仅仅过了几个小时，易均再次上传长文，最后一句重重地写道：

“科学，真理，是无数天才终其一生日思夜想、呕心沥血所追求的，它不能被贪婪、野心、谎言、幻觉和浮躁所毁灭。”

下面，几个 IT 大佬冒泡表示支持。

当晚，阳光呈现前后两种截然不同的态度。

公司官方先是发出严正声明，要求易均立即停止对阳光的造谣、中伤，还贴出来一份律师函，说会坚决维护公司权益。

然而紧接着，CEO 初颜在个人微博软软地道：

感谢 P 大易均教授对阳光的关注、观察，也感谢其他业界学者对阳光的关心！

下面解释几个问题。

一、易均教授，实在抱歉！ 6 封 E-mail 全部收到，然而一直不知如何回复，拖啊拖的，拖到今天。因为儿时成长经历，我的人格自卑、多疑，有不安全感，在知道了易均教授曾与对手合作以后，我拿不准该把技术交代到何种程度。现在看到两篇长文，感受到易均教授对科学的爱，我明白自己是以小人之心度君子之腹了——一个学者，不可能将一家企业的商业机密透露给它的对手。一万个抱歉！

二、阳光要向公众道歉。关于AI的核心技术，阳光一直未曾公开，因为担心被人复制、让真正有实力的团队被淘汰出局。我们一直的打算是，选择合适时机公开，而非不公开。

三、因为技术独一无二，阳光并未申请专利。申请专利的实质是用公开来换取保护，可是，倘若这项技术容易被人规避抄袭，发明者就可能选择不申请。‘阳光急诊’正好属于这个特殊类型，非常难以破解、复制，可实际上一点就透。易均教授说得没错，不申请专利十分罕见，可也不是从来没有，SpaceX就基本不申请。若想取得比较大的保护范围，防止竞争对手规避抄袭，申请者就必须证明己方观点，在更大的范围内研发、取证，可阳光的当务之急是研发和拓展市场，不想分心。另外，申请专利的一大意义就是授权别人使用，可阳光科技目前没有这方面的打算！再次抱歉，因为并未解释清楚‘阳光急诊’的特殊点,让学者们产生误会……［跪了］［跪了］［跪了］自罚谢罪！

针对目前的状况，阳光高层讨论以后决定，会连夜整理资料，于近期公布部分原理，以解众惑！希望不会因此遭受竞争者的恶意复制。

另外，作为CEO，我已告知公司法务打消诉讼的念头了。业界出现好技术时，学界质疑是必要的！再出色的专家学者也不可能回回破解，因为这是各个公司耗时数年的心尖血。即使这回专家没看对,也不应当付出代价,这会使学界束手缚脚、阻碍技术向前发展，让造假者有可乘之机！

作为技术的颠覆者，我们一开始就做好了承受质疑、指责的准备，大家别替我们担心。希伯修斯发现无理数时，人们不相信，把他淹死。布鲁诺提出日心说时，人们不相信，把他烧死。阳光科技始终致力于改变传统医疗模式，以后还会在不断的质疑当中砥砺前行。

希望这次事件不会影响人工智能学界与业界之间的关系。希望未来大家继续通力合作，让国家在竞争中取得先机。

感谢大家。

阳光科技CEO初颜

2021年8月xx日

阮思澄看完，心想：果然还是那个初颜。

哐哐哐一顿道歉，说自己有不安全感，自卑、多疑，显得态度无比真诚；再哐哐哐一顿捧，说对方有理由质疑，很负责任，摆出一副痛定思痛的样子；又说自己刚批评了公司法务——学界、业界是合作关系不是敌对关系，让人觉得她很懂事。

只不过，她暗戳戳提了一笔易均合作思恒的事，让围观者浮想联翩，猜测易均是收钱办事。

初颜这封回复一发，“吃瓜者”又不确定了。因为对于关键问题，CEO初颜都正面回答了，也答应公布技术原理，再喷显得咄咄逼人、不讲道理。

一些P大计院学生仍在初颜的微博底下留言。

吃土少女：“近期公布是哪时候？给出一个具体时间！”

八月的梦：“好，别想逃。我会天天来等进展。”

CEO初颜则是永远好脾气地回复网友留言。

回复@吃土少女：“这个需要高层讨论，我会随时更新信息！［心］”

回复@八月的梦：“嗯嗯嗯嗯不会逃的！你一定能等到进展。”

易均教授把初颜的长篇回复转出来了，配着一句短短的话：

“我仍保留我的观点，等待阳光公布原理。倘若确属自己唐突，我会在这公开道歉。希望初总不要食言。”

初颜立即懦懦地评论：

“谢谢易均教授［心］。阳光必会更加成熟，也请易均教授未来继续关注、鞭策阳光。”

倒显得是易均教授在无理取闹、欺负人。

邢笑佳、朱天球两人也看到了这场讨论。

朱天球被初颜气得七窍生烟，在小群里疯狂刷屏。

【这白莲花！】

【大橙子KO这白莲花！让她赶紧死一边去！】

阮思澄只好安抚：

【好的好的！】

【消消气儿！】

论战过去一周后，易均告诉阮思澄："思澄，初颜要求单独和我见面，我没答应。"

"单独见面？"阮思澄问，"初颜又在搞什么鬼？"

"嗯……"易均说，"遭到我拒绝后，初颜说因为技术不便公开，她希望能换种方式，换成她将代码透露给我和另外几名学者。如果证明没有问题，则由我和另外几名学者在微博上做出说明，大意是因为技术不便公开，为了打消公众疑虑，阳光已在P大单独把原理说给我们了，创意当真难以想到，也确实是一点就透，阳光科技希望保密的做法是可以理解的。"

阮思澄："什么？！"

初颜打的好算盘啊！

易均率先出来炮轰，若他看过原理以后改变态度、支持阳光，公开表示技术可行，就可以有力地证明"阳光急诊"并未造假，即使阳光从来不曾公开AI的技术原理。阳光科技还有初颜可能还会因此名声大噪，医院、患者趋之若鹜！

阮思澄的脑筋飞快，问易均："初颜是不是还说，因为过程十分耗时，她绝不让您白忙活，定会好好感谢您？"

易均笑："聪明。"

"创业三年，这些门道我也知道一点儿了。"

"嗯，我也问了要怎么谢，然而初颜比较谨慎，只说会给服务费，到时当面签署协议。"

阮思澄知道，倘若易均答应对方，在所谓的协议上面，初颜定会开出十分不菲的价格来，用以诱惑易均。只要易均出具"技术鉴定"就能拿到这笔费用，但要是不出具则一毛钱都拿不到，或者只有很少一点钱。为做到万无一失，协议也许还会规定，鉴定报告要委托方同意才能公开或向他人提供。

因为是当面签署协议，易均无法拍照留底，也无法公之于众，想要保存协议只能先签字再发网上。然而，首先合同一定有保密条款，而且赔偿金额非常大，这也是阳光惯用的手段。其次，一旦签了协议，上面的巨额鉴定费会让易均十分危险，这等于是他主动承认在拿企业的好处费，如果他曝光协议内容的话，倒显得是他跟初颜分赃不均。

而且因为是以“合法合理合情”的名目来进行，即使易均选择报案，也比较难定罪，初颜这种买通行为被认定为行贿的少之又少，何况交易还未发生，就算警方同意立案，也要以后才能公布。

总之，“搞定”易均这个主意可能能成。

可阮思澄还是觉得，初颜胆子太离谱了！

她忍不住开始琢磨，究竟是什么样的生活环境养成了她如此孤注一掷的性格？

最后，阮思澄又问易均：“那您怎么回复她的？”

“我拒绝了。”易均态度十分坦然，“再次要求公开证据，别暗中搞这一套。”

“好的，太好了。”阮思澄说，“谢谢师兄。”

“没事儿。”易均沉吟，“但我怀疑，她会再找其他学者出具‘技术鉴定’，或者干脆买通某个技术鉴定所——有些私人的鉴定所是能花钱买报告的。我不知道是否有人会跟阳光同流合污，但思恒得做好准备。”

“嗯，谢谢师兄。”

“从事实的层面看，能接触到技术原理的人，可能都签了保密协议，要么支持，要么闭嘴，剩下这些学界教授无法碰到产品代码。”

“嗯，我懂的。”

阮思澄觉得，比起与民间机构合作，初颜会先从炮轰她的那几个教授下手，因为那样才最具有说服力和“打脸”效果。易均不行，还有其他人呢。之前因为娱乐圈的一桩狗血事件，挺多民众都不相信所谓的“鉴定机构”了。

她似乎能看到未来：有四个学者支持她，说技术上完全可行，于是网友都说“散了散了”“阳光急诊是真牛”，大医院争相抢购，各大投行都想投钱！！

跟易均分开后，她连忙给邵君理打了一个电话：“邵总，初颜正在偷偷联系喷过她的大学教授，希望私下提交代码，让人倒戈，替她说好话！”

邵君理则轻笑一声："用钱？"

"嗯。"

"胆子够大。"

"是啊。"阮思澄说，"感觉就跟看到日本跑去轰炸珍珠港似的——你能明白它咋想的，然而还是无法相信，太冒险了。"

邵君理一顿："这是什么新奇比喻？"

"呃……"

"行了，我知道了，先不用管。"

"嗯？"

邵君理从喉头轻笑："我会通知那几个教授，告诉他们阳光马上要完了，这样他们就绝对不会答应了。哦，我还认识其中三个，可以请他们拖拖初颜，先别回复。"

"咦？"

"对了，一周后的《云京都市》，记得买一份。"

阮思澄也感觉到了这句话的背后深意，焦躁散去，笑着说："好！"

《云京都市》是周报，一周一期，十分受欢迎。

度日如年般过了一周，在新一期《云京都市》上市那天，阮思澄刚吃完早饭就跑下楼购买，第一眼便看到大标题——医疗传奇还是骗局：人类医生冒充人工智能。

居然还是头版文章！

真是服了邵君理了。

阮思澄忙买了一份，站在街边开始看。

原来在易学长炮轰阳光以后，著名记者何兰兰的调查进度突然加快！

阳光科技前CTO选择接受记者采访，说这家公司全是骗子！他因为对AI医疗的喜爱加入阳光公司，然而初颜不接地气，总想一口吃成胖子，妄图轰动业界、打垮思恒。他提出了一些功能，可初颜不屑一顾，要求他们专心研发"不可能的产品特点"。

他说："初颜对成功的勃勃野心令人震惊。她一开始骗投资人，融了天使轮和 A 轮，可到四月，眼看思恒还有深度占领市场越来越多，初颜终于等不了了，不顾众议一意孤行，安排演示大会，叫合作医生远程待命，由‘阳光急诊’上传病历，合作医生进行诊断，再把结果回传过去，由‘阳光急诊’显示在大屏幕上！我实在是太失望了，于是辞职离开公司……可因为有保密协议，一直不敢站出来。易均是我同学，为人仗义，古道热肠，现在看见初颜对他冷嘲热讽，我实在是忍不了了！我想让这女骗子的恶劣行为大白于天下！即使违背保密条款，我也必须讲出真相，否则夜夜无法入眠，不断受到良心的谴责。”

不过，虽然他是这样讲的，但也可能是因为他开始感觉到风向不对——阳光科技近来身陷舆论漩涡。

在这篇文章中，何兰兰还把邓俊和何梦桂两名医生的证词给写了出来，比如，“会诊中心”的医生们在一开始完完全全被初颜给蒙在鼓里，而等他们对诊断内容和诊断方式产生疑惑时，初颜则会突然出现，强调违约赔偿的 250 万元。

何兰兰还采访到了阳光的两位在职员工。

这两位员工没有公开职位，在接受采访时说，“初颜为人简直变态，而且对技术并不深入，难以想象她在三巨头还领导过 AI 项目。一个骗局成功以后，初颜更加胆大妄为，五月、六月、七月都宣布了新的突破，在危险的道路上不断加速、无法停止。她沉迷于外界追捧。在面试时，只要谁说思恒深度实力雄厚，还是重要竞争对手，阳光科技不能轻视，她都会让对方走人，还说出了‘讲出这种长他人志气灭自己威风的话，不适合阳光，你的面试到此为止，不要彼此耽误时间’这样的话。”

在文章的最后，何兰兰煽情地写道：

“阳光受捧整个前后，充斥着谎言与浮躁。下期《云京都市》会有更多关于阳光骗局的新内容。”

阮思澄一字一字地读完，心头沉甸甸的。

她本以为，初颜栽了的这一天，她一定会对着天空大笑三声。然而，她毕竟已认识初颜十几年了，当过同学，当过同事，看着对方在歪路上越走越远，从一开始骗班费的几十块，到后来骗公司的每月几百块，到现在骗投资人的几千万、几亿，她发出的竟然不是一声欢呼，而是一声叹息。

她见证了一个人的不断堕落。

她甚至十分“圣母”地想：如果当初和她“当好朋友”，跟她玩儿，跟她说话，能否挽救一个灵魂？

应当还是不行的吧，她可真是想太多了。

她俩一直都不算熟。阮思澄性格外向，初颜性格内向，俩人上研究生之前几乎没打过太多交道。直到保研时，她俩一个全班第一，一个全班第二，初颜问她保研攻略，她才热情地和她分享了，可这么做的结果就是初颜报志愿报的跟她一样，导致她自己差点儿保研失败，幸亏导师高老头儿特立独行。几年后在澎湃科技，大家都是大组同事，俩人关系没多熟，阮思澄“一朝被蛇咬，十年怕井绳”。

这篇报道见光以后，CEO 初颜在被采访时怒斥记者“一派胡言”，语气激烈，毫不嘴软。

初颜表示，一再容忍却迎来更多恶意，这回阳光要用法律保卫自己。

结果到了下午，事态进一步发酵，有关部门成立了联合调查组，打算深挖“阳光急诊”的违法违规情况。

阳光科技再也兜不住了。

初颜消失了。

创业杂志、商业杂志，甚至一些主流媒体都试图挖掘信息，阳光科技的 COO 被推出来选择一家媒体回答问题。

她的语气明显不同。

面对一直关系良好的《创业》杂志，COO 说：“在现阶段，是的，有些大医院的‘阳光急诊’的部分诊断是人工进行的。”

一向关系好的记者突然变得无比犀利：“有多少？阳光号称可以诊断 27 种腹部急症，有几种是由 AI 诊断的，几种是由人工诊断的？”

阳光科技的 COO 回答道：“这个不一定，‘阳光急诊’在不断调整。因为结果不尽如人意，有的病症昨天是 AI 诊断的，今天改为人工诊断了。也可能因为瓶颈得以解决，昨天是人工诊断的，今天改为 AI 诊断。这些调整都是为给客户提供更准确的结果……”

“现在呢？给我目前的数据吧。”

“这个真的不太好说。现在大概有三到四种是由 AI 诊断，有 23 到 24 种是由人工诊断。”

记者：“那为什么在说明书上无法搜到‘人工诊断’的字眼？”

COO：“因为‘阳光急诊’一直在不断调整，很难明确区分是 AI 诊断还是人工诊断。因此阳光并未罗列由 AI 诊断的急诊病症和由人工诊断的急诊病症。”

“那……”

阮思澄在《创业》杂志公众号上逐字逐句读完文章，心里知道阳光再也无法翻身了。

她又为自己高兴，又为初颜悲哀。

当天晚上，处理完公司事务，阮思澄跑到邵君理家。

邵君理来开门时正用蓝牙跟人通话：“对，重新估值，替换评级，嗯，越快越好，辛苦你们。”

阮思澄便静静等着，见对方把手机挂断，才去搂搂男人的腰，扬起脸问：“跟谁通话？”

“几个 VC。”

“哦，”以为又是扬清战投的事儿，阮思澄也不多问，用小鼻尖蹭蹭男人宽阔的胸膛，“邵总，君理，《云京都市》的文章我逐字逐句读完了，谢谢您。”

“谢什么。”

“要谢的呀，嘿嘿嘿嘿。”

“高兴了？”

“嗯，高兴了！”

邵君理看见她的笑容，一时竟然怔了一下。

他都已经好几个月没见她这么笑了，心里只有一个念头：为了让她再多笑笑，他希望为她做更多。

阮思澄又道："不过，你竟认识《云京都市》首席记者何兰兰。"

"嗯。"

"她是一个大美女吗？我一直好崇拜她的。"

"不是，外表十分平凡、普通，可是温和而又有力量，让人愿意给予信任并且讲出事实真相。"

"原来如此。"

"不过初颜因为背靠着'青竹会'，人脉强大，公关能力十分惊人，这篇稿子在发之前曾被上头暗示压着。《云京都市》跟何兰兰并未理会这些，还是发了。"

"那他们会有事儿吗？"

"没事儿的。董铭那个小老头儿精明着呢，联合调查组在调查阳光科技，他不会闹幺蛾子的。"

"那要跟何兰兰好好说声谢谢。"

邵君理一捏她鼻尖："已经帮你说过了。"

"嗯……"阮思澄见对方穿着一件宽松的灰毛衣，一个脑抽，伸手撩起对方衣摆，用力瞅瞅八块腹肌。

邵君理说："你干什么？"

"最近忙，一个月没来这了，每回见面都在外头，你总穿着西装、衬衣，怪见外的。"

"进来。"邵君理抬手看了看他那几百万的有陀飞轮的宝玑手表，"现在时间还有些早，一起看个什么电影？"

"好呀。"

邵君理转过身往负一层的家庭影院走："过来，宝贝儿。"

阮思澄被邵君理的"宝贝儿"给叫蒙了，问："你刚才叫我什么？"

邵君理还维持着半偏着的身子，转头看着她，两边嘴角轻轻一抬："过来，阮阮。"

"切。"

阮思澄也不再计较，穿着拖鞋趿拉趿拉地跟上了，下楼看片儿。

又是一部独立电影。阮思澄穿着毛衣裙、黑长袜，在沙发上扭来扭去。

看完电影大约是晚上 10 点，他们两人一前一后走上三楼，邵君理从衣柜里拿出她的睡衣，问:“在主卧睡？”

“好。”

“那去洗澡。”

“好。”

15 分钟解决战斗，阮思澄把身上擦了，头发吹了。在邵君理进去洗时，阮思澄把衣服换好,趴在床上,打开微信,点击“易均”,觉得也该好好感谢他。

可是，说什么呢?

既不能过于疏远，又不能过于亲密，好难。

一段感谢的话打完了删，删完了打，也不知过了多久，阮思澄忽然感到自己背上一重、身体一沉，接着便听到邵君理那富有磁性的嗓音:“在干什么？”

“哎，下去。”阮思澄说，“你好沉。”

“哦？”邵君理的反讽句式一直用得炉火纯青，“做事儿的时候不嫌我沉，不做事儿的时候就嫌我沉了。”

“邵总，”阮思澄好意提醒，“您这霸总说这些话不大端庄。”

“跟你还要什么端庄。”

其实他俩那事儿做得真不多。两人都是 CEO，忙到“升天”，一月基本就三四回，从来不曾天天折腾，只是每回都特激烈，两三个小时一晃而过。

“再问一遍，在干什么？”

“嗯,”阮思澄把自己手机的屏幕给邵君理看,“我想好好感谢易均学长。”

“应该的。”

“你就写:‘谢谢学长。第一个炮轰阳光，让更多人终于决心接受记者的采访，让阳光的疯狂造假在这时候就败露了。您帮了我，帮了思恒深度，帮了整个 AI 医疗，也帮了创业圈。虽然您是为了学术，但还是想谢谢学长！’行吗？”

阮思澄知道，倘若没有学界质疑，邵君理和何兰兰肯定也能完成报道，但未必能如此顺利，以前调查骗子公司的记者都要花上更久。

“行。”见手机被摆在床上，邵君理把手肘一挪，左右两手分别捏着阮思澄的两根食指，开始在她的手机上打字。因为是在手把手打字，动作有些缓慢，不过一行文字还是渐渐出现在了聊天框中。

【谢谢学长。您第一个炮轰阳光……】

“喂！”阮思澄把手指一缩，“干啥子哟？”

邵君理却还是抓着阮思澄的两根食指，一个字一个字地打着，同时回答她的问题：“正常来讲，外人帮了一个大忙，夫妻两个需要一道出面感谢。”

“只是打字而已！又不是当面说话！”阮思澄的心思转了转，“君理，你吃醋？”

“没有。”

“幼稚！”阮思澄说，“邵总，你居然有这么幼稚的时候！”

“说了没有。”邵君理的声音慵懒，手下动作却没有停，继续打字：

【您帮了我，帮了思恒深度，帮了整个 AI 医疗，也帮了创业圈。虽然您是为了学术，但还是想谢谢学长。】

而后手指一抖，点击“发送”。

阮思澄则低头读着，确定字字都是对的——对于重要的感谢信她不喜欢有错别字。

她趴下时把头发都拢到一起，从左肩垂下，此刻因为垂着脑袋，露出修长而又白皙的颈子。

邵君理看着，只觉对方像只天鹅，心里痒痒的，忍不住在棘突上轻吻了一下。

“唔……”阮思澄对完了，一字没错。

“好了。”邵君理把手机按灭，两只手却不老实。

在撩起她的睡裙时，邵君理明显愣了愣。

因为她竟然穿着白色蕾丝的内衣，而且还非常小。

旁边被子上还有上衫，露肩的，短款，公主袖，半透明，若阮思澄穿上……

邵君理的喉结一滚，问：“你干什么？还知道勾引人了。”

阮思澄的脸红成龙虾：“也谢谢邵总……”

“哦？”邵君理逗她：“差别这么大？给易均就只用微信说声儿，跟我就连这儿都用上了？”

阮思澄手撑着床垫：“嗯……”

第二天一早，阮思澄看《创业》杂志的公众号，发现仅仅一夜之间，全国各大投资公司都把阳光的估值给修改了。

以前都是 10 亿、12.5 亿、15 亿。

现在大家统一给调低了。

初颜创立的阳光科技的新估值是：0 元。

※※※※※※

看到阳光估值清零，阮思澄又轻轻叹气。她走到窗前，拉开窗帘，外面的阳光明亮刺眼，毫无保留地洒进来，让所谓的阳光科技愈发显得龌龊不堪。

她穿好睡衣走下楼。

本来以为邵君理会在书房处理公务，谁知竟然没见到人。她一路走到一楼东侧美式装修的小饭厅，才发现了邵君理。

桌上，煎蛋、烤肠、燕麦牛奶、华夫饼正热气腾腾。

“咦，”阮思澄十分惊奇，“这是谁做的？”

邵君理说：“鬼做的。”

阮思澄被噎了一下：“你做的？”

“不然呢？”

“你会做饭？”

邵君理说：“我自己在美国待了整整 16 年。”

“呃，不是一堆阿姨围着？”

“没有，”邵君理说，“高中住校，上大学后都是自己租小公寓住，不大，只有二十来平。工作以后租了一套一室一厅，后来换成两室一厅，2015 年才买了个三居室，不想显得太特殊了。”

“原来如此。”

“但是我妈……”邵君理的嘴角勾起，“每一回去都掉眼泪，觉得委屈她儿子了。”即使后来他住别墅。

“哈哈。”阮思澄再次觉得，比起那些“霸总文”里天天内斗的男主家，邵君理太幸福了。

她坐在主座上，邵君理则选择了下手位置。清晨阳光铺在桌上，有种久违的静谧美好。

邵君理的厨艺居然还挺不错。阮思澄在今天以前每回吃的都是营养师指导厨师烧的菜，这是首次尝到邵君理的手艺。

她吭哧一口把煎蛋给咬掉一半，一抬头看见邵君理把自己的袖口分别向上挽了一折，拿起刀叉，将那煎蛋从正中间轻轻划开，冒着热气的流心蛋黄缓缓流出，接着他把蛋白切成几份，慢条斯理地用手中的叉子叉起其中一块，蘸了一点流心蛋黄，送进口中。

这……这样吃吗？

阮思澄想想，又吭哧一口，把煎蛋给彻底消灭了。

吃完早饭，邵君理在客厅随意地翻阅杂志，有中文的，有英文的，基本上都跟管理或IT有关系。他垂着的睫毛很长，在阳光下点缀着淡金色，偶尔一扇，好像蝴蝶翅膀。

阮思澄也轻轻过去，让自己的后背靠上一端扶手，把两只脚都挪上了黑色沙发。邵君理坐在黑色沙发正中位置，阮思澄的腿伸不直，于是只能蜷起膝盖，举着手机看。她的脚丫纤细白皙，被黑色衬得很诱人。

没一会儿，阮思澄忽然感觉自己的脚腕一紧，被人捏着一只一只地抬起来，架在一双肌肉结实的大腿上。

小腿肚儿有个托架，挺舒服的，她也没管。

可没多久她便察觉身上的睡裙已被堆到膝盖下面，小腿露在空气当中。

阮思澄把头抬起来，见邵君理五官冷清，有一种禁欲的气质，左手正握着一本杂志，一行一行迅速地扫，右手却是上上下下摩挲着阮思澄光滑的小腿。

“喂，”阮思澄问，“好玩儿吗？”

邵君理的目光一斜，说：“好玩儿。”

说完，左手握着杂志搭在自己身边皮沙发上，右手托起阮思澄的另个脚踝，举高了，而后微微弓腰，在她脚腕上吻了一下。

“哎！”阮思澄一个激灵，赶紧把脚往回抽。

结果，才刚刚把里侧的脚挪到对方背后，另一只还在原处呢，邵君理就突然翻身，卡在那里，一腿站在地上，一腿跪在沙发上，俯首去亲。

一吻结束，邵君理说：“伸出来。”

阮思澄把眼睛闭上，乖乖探出。邵君理则用双唇轻轻地嘬，发出一些旖旎声音。

阮思澄问：“你爸不会来吧？”

“早把他的指纹去了。”

“哦……”

吃了午饭，阮思澄又刷刷网页，发现阳光四面楚歌，而初颜也成被告了。

A+ 轮的创投公司宣布终止对阳光科技的后续注资，并向初颜等几个人发出律师函，要打官司。

初创公司数据造假早已不是新鲜事儿。App 用户量、日活量、月活量，交易金额……还有自媒体的转发、评论和阅读量，几乎全都可以做假，而这些虚假的数据常被用以骗取 VC 的投资。别说初创公司，连独角兽和巨头公司也在纷纷“刷量”“刷榜”，整个行业虚假繁荣，可实际上极不靠谱。各个公司都张口就“用户过亿”“日活千万”，每回听到这些数字阮思澄都只能摇头——她自己在一线城市，也在“精英”圈子，连她都没听说过的东西是不可能“用户过亿”“日活千万”的。一个新鲜的事物一定是从一线开始推广的，一线城市的人都没听说过、三四线城市的人却全都在用的东西是非常少的。

对于造假，AI 更是重灾区，基本上是“人有多大胆，地有多大产”。

阮思澄觉得，在创业圈最可怕的不是“造假”，而是漠然。人人口中说着“当然得刷，大家全刷”之类的话，阮思澄曾亲眼见过有梦想的热血青年被缓缓地拖进泥潭，最终变成无商不奸的生意人。创业圈是泥沙俱下、鱼龙混杂的大熔炉，人进来时一个样儿，等出去时可能已经面目全非。

而初颜，无疑快速地“适应”了。

只是这回她遇到了比较较真的 VC——对方真要告她。同样是创业者，阮思澄自然知道，大 VC 的投资协议上都会有一条，叫“甲方为所提供的一切资料负责，并保证其真实性、完整性和合法性”。

最后如何比较难说。

搞不好还可能是民事官司转刑事官司，虽然阮思澄还没听说过有创业者因为造假吃牢饭的。

阮思澄把这消息给邵君理讲了讲。

“何苦。”他已经换了一身衣服，人模狗样的，“不过，若真如此也是好事，初颜不会有浪花了。”

“君理，”阮思澄说，“万一有天，你和扬清也处在生死存亡的关口上，我好希望我和公司也能帮忙，就和这次你请记者帮思恒渡过难关一样。”

邵君理把右手抬起，拍了拍对方后脑：“能的，丫头。”

“嗯，咱们两个都记着。”说到初颜，阮思澄又想起来了一件事情，“对了，今晚我们 J 大在云京的同学聚会，十来个人，欢迎一个来云京出差的男生。聚完估计要十点了，我可能会直接回家。”

邵君理说：“回这儿。”

“怪远的。”阮思澄说，“那个餐厅离我家近。我们班长特意选的，他说阮思澄是大忙人，就在附近吃饭好了。哈哈哈哈。”

“地址。”

“就在地铁口那。”

“我接送吧。”邵君理说，“我这正好有些工作要回扬清处理一下。”

“哎？”

“几点？”

“七点。”

“行，把具体地址发给我。”

“哦……”

6 点 15 分，阮思澄把妆化好、衣服穿好，回到一楼寻邵君理。

她穿上了在夏威夷开峰会时买的衣服，光彩照人。阮思澄忍不住想：我也能跟邵君理穿一个牌子的东西耶，不过他的是高定的，我的是打折的。邵君理也曾经想送她几十万的衣服和包，她不要，觉得自己目前挣的足够花了。

邵君理正坐在客厅的沙发上随意等着。他穿着一件灰色衬衣，上面解了三颗扣子，露出精致的喉结和两条半拉的大锁骨，还有若隐若现的胸肌。

“哇，”阮思澄说，“衬衣解开三颗扣子？你大白天在家发骚？”

“你太磨蹭。”邵君理道，“我这样舒服点儿。”

“胡扯。”阮思澄说，“我梳妆打扮在女生里是快的了。”

“行吧。”邵君理也走到玄关，把对方手放在自己两边肩上，“那把扣子给我系上。”

阮思澄把手往回抽：“不会。”

“会解，不会系？”

“行了，你闭嘴吧。”阮思澄简直要晕，赶紧替他一一扣好，末了又把刚才因重力而有了皱痕的两边布料理了理、压了压。她的手掌略略用力，贴着衬衣，上上下下来回按压。

邵君理则只是看着她。

感受到了强烈的荷尔蒙气息，阮思澄的目光垂下，看着对方颈间，两手摸着胸肌边沿，上上下下……

感觉又是有些心动。

邵君理笑：“你干吗一直摸我？”

“没，没有……”

邵君理想细细吻她，却见对方涂着口红，只得说：“把舌尖探出来。”

阮思澄挑着眼睛，照做了。

邵君理低头，用唇裹着她的舌尖轻嘬一口。

阮思澄的全身发热，转身走到玄关穿鞋。

她总觉得动心、动情的那个感觉十分美好，对方总能轻而易举地让她身心都被俘获。她也见过许许多多情侣、夫妻，日子久了，他们之间的欢愉和享受、陶醉便透出来一股油滑的味道，仿佛是在完成工作。可她不是，即使已经发生过了无数次的亲密行为，她还是一如最初。

出来坐上熟悉的 Tesla Roadster，邵君理手轻轻一抹，车从车库缓缓驶出。

路程大约 40 分钟，他们随意地聊着天。

到一个十字路口，邵君理又切换话题："你的房东，清臣集团 CEO 周介然，终于解决了公司内斗。"

"我知道，新闻报道铺天盖地。周介然的爸爸去世，股东联合他的大哥在公司内发动'政变'。但是突然一夜之间，股东还有管理层就宣布和解，统一支持他，他大哥辞职了。"

"嗯。"邵君理把周介然的操作手段讲了讲，比如通过并入非上市资产让第二大股东支持他，再通过把个人持股的基因公司全部股份转给第三大股东金鹤保险，让对方能根据基因评估投保人潜在风险，获得了第三大股东的支持……这些东西让阮思澄暗暗咋舌，觉得他们这帮人一个个地成精了。

"今天下午跟周介然通电话聊了聊。"邵君理说，"他大哥周修然，小的时候爸妈正创业，只接受了普通教育。而周介然到学龄时父母已经非常成功，一路读的私立学校。于是他那大哥一直都想证明自己。介然举了一个例子。他们有次一家人到清臣酒店，恰逢一位正在举办豪华婚宴的 VIP 客人大吵大闹，说菜难吃，盐太少，让经理把厨师叫来自己吃吃看，再赔礼道歉。当时他们的父亲问：'如果你是经理会怎么做？'"

说到这里，邵君理问："如果你是经理会怎么做？"

阮思澄明白了。

邵君理想考她呢！

想了想，阮思澄说："我不会让厨师出来，也不会让他道歉。我会自己先吃两三口……挑没人碰的地方啦。然后说，我不认为这些菜口味淡。如果只有一个菜淡了还可能是忘记放盐，可是所有菜都淡那肯定是个人差异。我自己也亲身吃了，结果证明我没想错。我可以给一点折扣，但厨师是无辜的。"

邵君理唇向上勾起："为什么？"

"因为需要保护自己公司最重要的员工。"阮思澄说，"为一点利益寒了人心，因小失大。而且这反而是一个机会，厨师还有其他员工见我为了保护他们连剩菜都吃，他们会对公司更加忠诚。"

"你倒是比介然还狠，他都没敢自己动嘴。"邵君理笑笑，"当时，周修然说他会带着厨师道歉，而周介然说他不会把厨师叫出来，所谓的'淡'肯定只是口味不合，没有理由所有的菜都出岔子。那一天，周国宁对上中学的周介然表示欣赏，对上大学的周修然表示无奈，让周修然心里一直受伤到了今天。"

"哎……"阮思澄不评论人家，回归到了"题目"本身，"我对自己非常狠吗？还好吧。不是说了豪华婚宴，那应该没传染病的。而且我挑别人没动过的，还好了，为得人心是值得的。"

顿了顿，她嬉笑着说："这个答案还满意吗？我算不算成熟的 CEO？邵总有没有流下老母亲的泪水来呢？"

"阮阮总，"正好遇到一个红灯，邵君理把车停下，"听你刚才给的答案，我又欣慰，又心疼。"

"心疼什么，又没真吃。"

邵君理摇摇头。

他知道，虽然这题只是假设，但是在阮思澄创业的这一路上，无数类似的事儿曾真实发生过，或者是会真实发生的。阮思澄作为 CEO，会维持这"为了全局对自己狠"的解决思路，因为她自己舒坦了，公司就不会舒坦。

阮思澄本来就聪明，这两三年对管理的方式方法看得多，学得多，想得多，试得多，总结得多，越来越名副其实。当年他不看好这个丫头，早就已经被打脸了。

见邵君理这个样子，阮思澄又轻声道："邵总，君理，我不委屈，我也真想护着他们，大家一起进步、成长。"

"嗯。"

快到餐厅时，阮思澄又打了几个工作电话。

邵君理听她强硬地说"这月 15 号必须出货。逾期？我们可以不要违约金，但贵公司必须公告，主动承担责任"，又无声笑笑。

这小丫头。

一连几个工作电话，内容全是“吵架”。

放下电话，阮思澄说：“天天都得跟人打仗。这些所谓的合作伙伴就得催，人太好说话了绝对不行。谁催得紧，他们就先干谁的活儿。对我这种大坏蛋呢，他们一边在心里骂，一边先做出来，谁都不想天天被催。”她总是语气柔软，态度强硬。

很奇怪，在生活中人人说她宽和，甚至软，可在外面，好多合作伙伴说“阮总，你是我见过的最强硬的人”。

然而在没矛盾时，她又对合作伙伴特别好。

邵君理非常清楚，她这也是在逼自己。她本性随和，爱让着别人，然而为了思恒深度，习惯性地对自己狠，在需要时咄咄逼人。当年懵懂，可如今她已找到她的理想，也很明白她的责任，会为公司还有员工争取最大的利益。

他喜欢她聪明强大、独当一面的样子，也心疼她聪明强大、独当一面的样子。他的丫头，是个善良的管理者，这注定了她身上有内外两种不同的特质。

到了地方，把车停在路边空位，邵君理突然间想送她到大门口。

他喜欢她、心疼她，想陪陪她，让她尽量开心一会儿。

正常来讲，从停车位到大门口只需要走一百来米，两分钟，阮思澄自己过去就好，可邵君理还是想送。

对于这个奇怪的提议，阮思澄也没有反对。

只是在走路时，阮思澄老时不时地看看男人，而后又时不时地碰碰他手，看对方并没有反对，才安心似的。

邵君理笑：“你干什么？”

“嗯，”阮思澄说，“我可能是太喜欢你了，有时感觉像做梦一样。总要回忆或者试探，确定恋爱不是幻觉，你真的在我身边，你真的是我男朋友。”他们太忙，见面次数一直不多，最近一个月更是不多。

听到这话，邵君理的胸膛一热，右手抓住女孩儿的手，十指相扣。

“喂！大街上！”阮思澄想甩开。

邵君理却无所谓。他喜欢她，心疼她，想让她开心。既然她有不安全感，他便愿意竭尽所能。

手紧紧握着，邵君理道：“在一起的时间长了，烙心里了，成反射了，就好了。”

“嗯。”

等阮思澄到了地方，走进院子，邵君理也一直瞧着。他两只手插在兜里，一动不动，只是看着。他不希望她一回头却只看见他的背影。

另外一边，阮思澄刚登上台阶，便听见有人叫她：“思澄！”

“嗯？”她抬眼，立即发现同班同学张大、张二正在最高一级台阶上站着。她刚才在想工作，所以一直没有发现。

张大、张二问阮思澄：“那男的是你男朋友？”

“啊？哦，对。”她俩肯定是看见了。

“好帅一男的！”

“太配了！”

“嘿嘿，谢谢。”阮思澄略松了口气，看来她俩并不认识年轻的扬清副总。

走进包间，阮思澄跟老同学们打完招呼坐下来，张大、张二又嘻嘻笑：“刚才看见咱们系花的男朋友了，巨帅无比。啧啧！他俩走路还得拉着小手。大橙子的帅男朋友一直把她送到门口，都分开了，还站在那恋恋不舍的，盯着咱们橙子的背影。”她们两个揶揄打趣，还伸出来一根手指勾勾思澄的下巴尖，阮思澄只是笑，心里想邵君理原来没有直接走。

“那是，”老同学跟阮思澄的关系都非常好，“人家是CEO，又白又美又富。”

阮思澄：“哈哈哈哈。说得好！我爱听！来，喝！”

又有人叫：“发红包！找到满意的男朋友，必须得发个红包！”

得到应允，班长便在之前已经图文直播许久了的班级群里再次发消息：【咱们系花刚刚到了！张大、张二在大门口看到思澄男朋友了，巨帅！我们让她发红包。】

立即有人回应:【哎哟，谢谢，谢谢云京前方同志还想着咱后方百姓。】

阮思澄也不扭捏，一口气发出去600块，心想:君理啊君理，你出息了，值600块了。

晚上7点30分，人来齐了，大家开始点菜点酒。

初颜果然没有到场，阮思澄也早已猜到。她们J大本科同学每年聚会一到两次，前几年她每回必到，但从澎湃离职以后，只要初颜去，她就找借口不出席了。

席间自然聊到初颜。

初颜长相清纯可爱，全班男生都挺喜欢她。在“相由心生”的误导下，IT男们纷纷叹道:

“初颜……哎，初颜，怎么可能呢！”

“这应该是别人干的，初颜那人太小白兔，拗不过，也没办法。”

“那可真是太倒霉了。”

“希望最后不会有事。”

张大等几个女生非常清楚初颜的真面目，忍不住狂翻白眼:“你们眼睛全都瞎了！”

她们知道，初颜当年的追求者一直超多，还有男生因为被拒而郁郁寡欢，沉迷游戏，最后期末考试全科目挂红灯。人人都说阮思澄美，可告白者却是寥寥无几。

对于初颜这个话题，阮思澄不想参与。她十分专心地卷烤鸭，放葱丝，放蘸酱，没一会儿吃了五张饼。

接着话题又转到了本市和外市的其他同学，时间过得非常快。

大家年纪30出头，阮思澄算比较小的，又全都是IT男IT女，思想传统，收入也高，因此十几人里除了阮思澄可谓全员有家有口，其中9个同学有孩子，3个都有二胎了，即使聊得再高兴，一过晚上10点，也纷纷建议结账散伙，各回各家，各找各娃，在孩子们睡觉以前看上几眼、道个晚安。

他们没让来出差的那个男生参与AA，最后算下来每人175元，不贵也不便宜，在云京算中等消费水平。

大家撤得过于迅速、毫无征兆。本来氛围高涨无比，突然间就作鸟兽散了，阮思澄十分傻眼，只好站在餐厅外面给邵君理发短消息，让他过来接。

阮思澄正百无聊赖地等着，突然听见自己身后传来一声“思澄”。

“嗯？”她转过去，发现是同班同学曹潇潇，也是初颜当年室友。阮思澄记得对方和初颜关系不错，因为班里一共只有6个女生，初颜和曹潇潇需要跟别的班女生拼住在一个宿舍。作为室友，她俩自然常常走在一起。

曹潇潇问：“嗯……走走？”

阮思澄说：“好。”

她们沿着霓虹闪烁的大路走下去。路灯照在人行道旁的护栏上，护栏呈现出奇异的金铜色泽。10点钟的喧嚣充盈在城市每一个角落，把阮思澄从头到脚包裹进去。天上月亮是一半的，敷着一层好像正在融化着的淡金色。

晚风一吹，酒意也散了许多。

知道要聊的事肯定与初颜有关，阮思澄便主动开始话题：“潇潇，你跟初颜还有联系吗？”单刀直入好了，邵君理要过来接了，他那么忙。

“最近一年都没有。”曹潇潇说，“现在感情比较淡了。我一直劝她调整心态，她根本不听，后来都觉得跟我说话没意思了。”

“哦……”

“思澄，”曹潇潇说，“你应该能猜得出来吧……初颜一直挺针对你。”

阮思澄：“嗯。”她又不傻。

曹潇潇又说：“我个人觉得，她是嫉妒你。”

阮思澄：“哦？”

“她一直都挺出色的。咱们全班40个人，一共只有6个女生。你可能都不记得了，报到那天你来晚了，我们5个先过来的。”

阮思澄疑惑：“所以呢？”她迟到了跟初颜有关？

“一共只有6个女生，班上自然众星捧月。我们4个，哈哈，长得一般，初颜当时挺高兴的。后来你来了，把大家的注意力都夺走了。有些男生都要疯了，又管你叫‘系花’啥的，谁都没有想到班里会有一个这么漂亮的女生，包括初颜。而且大家都更喜欢你。你呢，正直又善良，感觉跟个太阳似的。呃，我是理工女，文采不行。初颜一直看不惯你，希望你能摔个跟头。”

阮思澄不是很能理解。

“但是，当时也就那样。保研时，初颜作为全系第一，总分更高，名次更好，‘套磁’了你联系的P大、Z大的导师，想顶掉你，看你吃瘪，让你别老一帆风顺、得意洋洋的……没想到，P大导师最后还是选择了你，没要她！”

“嗯，高老头儿。”现在他还在当P大院长，说明他的眼光很好、很毒。

“然后初颜真的疯了。你上P大，她上Z大，可系里只宣传你保送P大。从此初颜就以……哎。”

阮思澄知道，曹潇潇的意思是“从此初颜就以搞死阮思澄为人生目标”。

高老头儿要了自己没要初颜，其实可以推测出初颜会有多不甘心——明明初颜的成绩更好，可自己运气好，一出生就长得好看，一路升学都能翻盘。

曹潇潇又继续讲：“她后来到澎湃工作其实也是挺凑巧的，不是故意的。她抢走了你领导位置，老板不让你升职，让她升职。她说，那天看见你跟老板聊完以后哭着跑了，她心里特别爽，多年恶气都出了。可是她完全没有想到，你后来更风光了，创业成功，业内追捧。她心里很清楚，要是她继续给公司打工，可能永远超不过你了。她也想等思恒破产，但不知要等多久才行，心态已经要爆炸了。思澄，那一阵子她天天都搜索新闻，跟我说你各种坏话……算了。正好她在澎湃待不下去，又认识几个有钱的投资人，可以创业。她对AI急诊产品还是有些想法的，可能是看你创业后一直在心里演练吧，就觉得肯定能做出比思恒更好的产品，让你再哭一次。”

“嗯。”阮思澄接着她的话说道，“没有想到这玩意儿跟想象中并不一样。”

“对。”曹潇潇说，“我一直让初颜去看看有名气的心理医生，她不听。她就希望你有天也跟她一样，心机算尽，圆滑世故，别老那么坦荡荡的。”

阮思澄没有接话。

“她开始做AI急诊后，我觉得这太不正常了。一直劝她，也没什么用。”

“潇潇，”阮思澄说，“你是觉得解铃还须系铃人吗？”阮思澄能感觉出来，曹潇潇话虽不好听，却是在为初颜说话，只是这个变态事儿实在没法讲得好听。

“我也不知道。”曹潇潇是真心茫然，“一方面是告诉你真相，让你明白前因后果，小心点儿。另一方面……我也不知道能期待什么，但是觉得你人很好。”

“嗯，我知道了，谢谢你了，以后有空一起吃饭。”

“好。”

说到这里，邵君理来电话了。阮思澄给他发了详细位置，又告诉潇潇说自己的男友要来。曹潇潇也十分知趣，跟阮思澄挥手告别，先离开了。

坐上邵君理的车，阮思澄才开始细想曹潇潇说的那些话。

原来如此。她是嫉妒吗？

不加控制的恶意嫉妒，最后定会毁了自己。有人甚至因为嫉妒伤人、杀人。

阮思澄轻轻叹气，管朱天球要了一个初颜的微信名片，又申请添加为好友。

发名片时，朱天球极其兴奋，在下面刷屏：【大橙子！橙总！发条橙！你要当面骂初颜吗？使劲儿骂！一定要说她是傻子！太解气了！骂完不要忘了把她反应的截图发到小群里来啊！】

没两分钟，申请通过。

阮思澄说：【初颜，我阮思澄。】

初颜说：【啊，思澄！天啊，咱们竟然不是好友？还好现在加上了。】

阮思澄低着头，轻咬嘴唇：【初颜，是我把你删了。再装真的没意思了。】

初颜：【？？？】

隔了几秒，初颜又说：【你还在意当领导的事吗？王思任让我当领导，我当时也好蒙，不明白她为什么要这样做。】

阮思澄则耐着性子：【初颜，这些年我被刻意针对，已经不是第一回了。我的东西你都要抢，升学、升职、合作伙伴。】

初颜:【思澄，你为什么要这样讲？】

阮思澄:【是真是假谁都清楚，事实摆在眼前。初颜，我只想说，这样下去你不会有任何好处。】

她想劝初颜走出来。一方面是为自己不要老被疯子盯着，另一方面也是为了初颜。她们毕竟认识十几年，不管这次造假会让初颜受到什么惩罚，不管赔不赔钱，赔多少钱，坐不坐牢，坐几年牢，她的人生还有很长，对她、对投资者、对合作伙伴、对社会公众赎罪以后仍然可以重新开始。可她若是心态不改，这一生就全都毁了。阮思澄的心里清楚嫉妒不会让初颜舒服，伯特兰·罗素曾说过，嫉妒是人不幸福的最大因素之一，人会备受心理折磨。

阮思澄也觉得自己有些“圣母”。事实上，她周围的所有朋友全都说过她是“圣母”，被伤害时会琢磨对方这样做的原因并试图理解，老觉得大家都是好人，或者说都是普通人，觉得很多时候发生冲突只是由于沟通不够。一开始，阮思澄也挺无奈的，可近几年她想通了，觉得又弱又穷又“圣母”是真的挺讨人厌的，因为总会伤害自己或者周围重要的人，可是又强又富又“圣母”就是另外一回事了！如果不想改变自己，如果认为善良温柔是美好的品质，她可以从先变得又强又富开始。

又再打了几个字后，阮思澄发现邵君理把车停在了路边空地。接着，他用两根修长的手指按开车内的灯。

她问:“君理？”

“车里面黑，路也不好，一颠一颠的，对眼睛不好，等你发完咱们再走。”

“好呢。”阮思澄笑。

邵君理明显看出自己一时半会儿发不完这微信，才把车给靠边停了。

阮思澄把落下来的一绺头发掖到耳后，看看男人淡色的眼珠，又转回头，噼里啪啦打完句子:【你在群里看到了吧，我现在有男朋友了，你也打算抢一抢吗？可他绝对不会动摇。初颜，说句实话，只要他还在我身边，我就有动力、有力量，不会被任何事情影响，你做什么都不会有用。】

末了，阮思澄又说:【别再关注别人了吧。这世界上牛人多了，你比不过来的，也没必要。跟自己比，一点一点逐渐进步，达到自己的目标就好了。大家都是不一样的。好好努力吧，你有真才实学，被别人影响自己的人生感觉还是挺不值的。】

阮思澄永远坦荡荡的，对得起任何人。

初颜没有再回话。

5 秒钟后，阮思澄才发觉自己已被对方给删掉了。

不仅如此，初颜还退出了 J 大同学群和 J 大云京同学群，把一切跟她的交集都删除了。

阮思澄也没恼，反而笑笑。

她不知道初颜以后还会不会跟她作妖，不过在这一个瞬间，初颜好像是想从头来了。

※※※※※※

周日，阮思澄从床上起来，觉得全身都散架了！

他们本来没想做的，然而在阮思澄说了自己给初颜的短信以后，邵君理就不对劲了。他按着她，问："'只要他还在我身边，我就有动力、有力量，不会被任何事情影响'，你真说了这种话？"

阮思澄表示，这是为让初颜死心，自己离了谁都依然会有动力和力量的，可邵君理根本听不进去。

也不清楚怎么回事，在最后那一刻来时，她就觉得特别舒坦、特别满足、特别充盈、特别美好，虽然心里并没想哭，却还是有一颗泪珠顺着眼角滑了下去。当时邵君理特别惊讶，问她怎么了，她说不知道。接着，那颗眼泪就被他用唇轻轻给啜去了。

"今天还要去医院呢……"洗完脸刷完牙，她扶着腰走下楼梯，看见热腾腾的早餐已经摆在桌子上了。

坐下以后，邵君理又无比装样地切煎蛋，问阮思澄："今天到哪儿约会？好不容易清闲清闲。"

"去医院约。"阮思澄说。

邵君理很诧异:“到医院约会?要处理公事?”

“嗯。”阮思澄说,“想亲自走访几个医院,到急诊室看看 AI 的使用频率。不只查看思恒深度的,也查看别家的。这些数据在医院的报告里是看不出来的。”

“嗯。”

“所以,要么在医院约会,要么就分开行动。”

邵君理说:“那我陪着。”在医院约会,真是一个全新思路。

阮思澄笑:“嘿嘿,行!”

他们先是到了云京第一医院。

现在正是冬天,是许多疾病的高发季节,阮思澄发现,急诊室的拥挤程度简直堪比春运!

分诊台前排着长队,无数患者排队等着,告诉医生自己症状,医生根据病情轻重缓急安排诊室和次序。旁边还有护士耐心解释,说红色等级的患者随时会有生命危险,需要立即接受治疗;黄色等级的患者可能会有生命危险,需要密切监视体征,请大家理解并服从安排,共同维护急诊室秩序。

阮思澄知道,扬清集团“互联网+”部门正在开发急诊分诊 AI 系统,到时候患者只需在机器上选择症状及病史,AI 便能初步诊断,给出评级,指引科室。

阮思澄带邵君理在各诊室前探头探脑,看了会儿,发现思恒急诊 AI 正以一种特殊方式被使用着——对心电室发回来的患者心电图等,专人先用 AI 预读,拿到报告再让医生重看一遍,节约时间。

接着,他们来到拥有 48 张床位的留观区。阮思澄看到一些患者正在被 Holter(动态心电图机)监测功能,一名医生急匆匆地赶到 36 床患者身边,手里正好拿着一份思恒急诊 AI 刚出具的异常报告。思恒急诊 AI 如今已经加上 Holter 的监测功能,而这也是被应用得最频繁的一个部分——急诊医生忙成陀螺,自然无法一直盯着 Holter,这个时候思恒急诊 AI 就可以帮上忙了。

“挺好的。”阮思澄对邵君理说,“咱们再到抢救室去看看?”云京第一医院的急诊室，有留观区、抢救室、手术室、卒中中心。

邵君理说：“进不去。”

“我知道，只在门口随便看看。”

“嗯。”

在前往抢救室的路上，阮思澄见一大群人“呼啦啦”地冲过来了！

她和邵君理赶紧闪到一边，靠墙站着，给救护担架让出道路！

医护人员边推边喊：“让一下！让一下！心梗患者！”

而那患者直挺挺的，一点儿反应都没。

就在这时，只见担架旁边那个身高最多一米五的医生突然身手极为矫健，“蹭”的一下蹿上担架，跪在患者大腿两边，低下头，哐哐哐地按压患者胸部。前后两个抬担架的健壮男人继续飞奔，大约 30 秒后消失在了抢救室前。

“哇……”阮思澄叹。

没过多久，又是一大群人呼啦啦地经过他们，往另一条通道去了。

阮思澄没特别注意，可一回头却看见了邵君理那定住的目光。

她问：“君理？”

邵君理却轻轻地道：“竟然是扬清员工。”

“啊？”

“他裤子上别着门卡。”

“啊……”扬清门卡，扬清副总肯定不会认错的。

“那，等等吗？”

邵君理的目光盯着抢救室的门：“可能需要半天时间，今天过完再来吧。”

“好。”

于是，他们两个又去了其他几个医院，临到半夜才又回到云京一院。

阮思澄也再次发现，大半夜的急诊室非常可怕。白天那些患小毛病的基本上不见了，现在的患者几乎全有硬伤，有刚出严重车祸的，有刚被机器弄伤的，每个人都在发出瘆人的惨叫声。

人不多，却都异常脆弱，时不时就能听到家属们悲痛欲绝的哭声。

直到夜里12点，人变少了，才有几个值班医生回到科里的值班室。

等了会儿，阮思澄到门口探头探脑。

她听到一个医生说："那个农妇不想治疗……她说两个孩子都在上学，不能花钱。"

另一个医生说："那就肯定要残疾了！现在赶紧把手指接上，对以后的影响不大。我看了，断指保存得挺好呢！"

"她说小指断了没事……一根一万太贵了，不如把钱留给娃好好上学。她的老公也想算了！"

"哎……"

也没听清是怎么回事，最开始的那个医生提议说"大家凑凑"，接着率先打开钱包，将十来张红色钞票甩在面前的桌子上，剩下三人也开始凑钱。

阮思澄一个冲动，也走进了房间，说："那个，不好意思，我是思恒的CEO阮思澄，本来是想过来看看思恒急诊的使用情况，无意中听到你们刚才的讨论……我也凑凑，行不？"

"哟，阮总！"有个医生认识她。

大家把钱给凑上了，阮思澄替邵君理问："我问问哦，上午有个扬清员工……"

还没等她说完特征，那医生就长叹一声："造孽！扬清集团那么好的福利，还整出了人伦惨剧！"

邵君理一挑眉毛。

医生继续道："那个患者是脑出血，追地铁时突然发病的！扬清集团有个福利，如果在职员工去世，那么他的配偶可以领取他生前的一半工资，连领10年，扬清想帮员工家属渡过难关。患者的收入很高，一年好像有70万，然而配偶没有工作，也没有学历，觉得嫁给优秀老公一辈子都不用愁了。可现在呢，她老公变植物人了，能苏醒的概率渺茫，大概也就百分之一吧。扬清还有一项规定，就是病假最多能请12个月，所以他老婆想拔管子了，这样老公一死，她和孩子就可以每年领取35万，10年就是350万，两个人生活也足够了。可如果不拔管子，那一年病假用满以后，老公一定会被扬清开除的，到那时候再死的话，老婆和孩子就一分钱都没有了。"

阮思澄能听见，邵君理在压抑着呼吸。

他几乎要倒抽一口气。

350 万，和枕边人百分之一能活下去的概率，选哪个呢？

顿了顿，邵君理才问：“那个患者的名字是？”

医生有点奇怪地看着他。

“他是扬清的副总裁，”阮思澄赶紧介绍，“也许可以帮上忙。”

于是医生查了档案，把患者的名字写在一张纸上递给他们。

阮思澄接了，心里还是十分难过，虽然她知道邵君理肯定会叫人力资源部联系家属，把一年病假的规定给暂停掉。她想如果不是来了这里，邵总肯定不会想到公司福利还能酿成这种悲剧。他再聪明再有智慧，在真实的生活和真实的人性面前也只能承认自身的无知和渺小。

“姑娘，”几个医生看她这样，说，“这个就是急诊室啊。一个急诊科室，一个肿瘤内科，绝对让你怀疑人生。”

阮思澄无语。

“正好我们 12 点查房，要不要到抢救室去？”

“可以吗？”

“来吧。”

“哦哦，”阮思澄说，“谢谢。”

在走廊里，阮思澄听说，白天见到的那个被医生跳上担架压胸的心梗患者救回来了。医生说，到抢救室至少还要 45 秒，而 45 秒钟对于一个心梗患者来说可能就是生与死的巨大区别。她如果一边跑一边压肯定无法做到最好，于是干脆跳了上去。

比较熟的那个医生将阮思澄带在后头，走进抢救室，先查看了一个刚出生婴儿的数据，小声说：“妈妈是个女大学生，今天保洁在厕所的垃圾桶里发现了婴儿，赶紧报警，给送来了。现在情况还算不错，已经脱离生命危险。据说，地上的血迹先是到的窗户，再到的垃圾桶，可见妈妈本来是想把孩子给摔下去的。”

阮思澄想：这太可怕了！

接着又看到一个老头，得了难以治愈的病。老头的几个子女不闻不问，嫌太麻烦。今天，老头竟然是被他的邻居给强送到云京一院的。

还有两人头破血流，都接受了急诊治疗。可奇怪的是，他们虽然还在治疗，却被手铐铐在床上！医生说他们两个打架闹事，都给对方造成了轻伤，要判刑，就先铐在这了，而他们本来是好朋友。

溜达了一圈儿，阮思澄果然开始怀疑人生了。

当然，温情的事也有不少。

有妻子卖掉房子给丈夫看病治疗的，有子女不计代价、不管成本、雷厉风行地试验疗法的，有妈妈因没听医生的建议而内疚、后悔的。

可她还是忍不住想，谁能百分百靠得住呢？

丈夫对妻子、妻子对丈夫、父母对子女、子女对父母、朋友对朋友，都可能是极冷漠的。

而在传统的观念中，他们应当不离不弃。

沉重、悲伤的感觉一直持续到他们从急诊病房走出来。

"君理，"她说，"忽然感觉人好孤独。"

"阮阮——"

"有谁是能全然相信的呢？我妈，还有……不知道了，我爸我都不太确定。至于没有血缘的人，是不是不该要求太多？"

"阮阮。"邵君理把她的手捞起，"你可以不相信人性，但要相信我。"

"好。"阮思澄点了点头。

邵君理上前一步，在阮思澄面前站定了："阮阮，你知道，我是一个理性的人，不会给出无法做到的承诺。"

"对，我知道。"

"那你就记住今天这句话，我很可能只说一次。"邵君理一直握着阮思澄的一只手，此时一提，把她的手举到唇下，在她中指和手背之间凸起的骨节上吻了一下，在路灯下微微抬眼，点缀着些暖黄的淡色眸子直直地望着对方的眼睛，终于开口，"阮阮，你比我自己还要重要。"

"君理……"

邵君理说完，又在她的那个骨节惩罚似的轻轻啃咬："以后别想有的没的。"

"嗯……"

阮思澄靠近一步，抬头去吻他的下巴。

等到走出医院大门，阮思澄的眼睛眨了眨，看着夜里十二点半还进出医院的人，突然道："邵总，君理，我再次觉得，从事医疗好幸运啊。"

"怎么了？"

"我本来没想从事医疗的，在澎湃是正好专业对口。说来神奇，AI 医疗是大热门，多亏王思任能力不行，手下员工进进出出，我这个没工作经验的人才能被分到医疗。"

"嗯。"

"出来创业，本来只是希望逃避一些东西，还想跟着大佬起飞。可现在，我一次次看到患者及家属，就觉得，啊，可能他们也不需要百分百地相信某一个人，他们可以相信整个人类，相信医学、药学还有别的，包括 IT。只要那些疾病不再难以医治，原本好好一段关系就不会再受到考验，大家全都开开心心，而真正的患难夫妻也不会家破人亡，可以共享琴瑟之好。疾病、死亡，对于哪个家庭来说都是一场灾难。"

邵君理的声音有点哑："阮阮——"

"治病救人、造福世界，这是一个终极梦想。"阮思澄说，"我也知道天赋有限，注定无法在与疾病的斗争史上面留下浓墨重彩的一笔。但是我想，思恒深度可以专注做 AI 医疗，先和白天跳上担架的医生和晚上凑钱的医生一样，救下一个、两个、三个患者，还有一个、两个、三个家庭，给医生们提供辅助，不让他们误诊、漏诊。而后超过医生，将救下的患者数字扩大到一百、一千、一万、十万、百万。再然后呢，让思恒深度的创意还有技术，给后来的 AI 医疗轻轻铺上一块砖石。我想，等到 AI 机器可以独立看诊那天，医生们就可以从事更加复杂的研究了。那么，思恒深度医疗公司的存在，是否能将某种疾病被攻克的时间提前一点儿呢？哪怕是一秒、零点一秒、零点零一秒也行啊，好多人就不会因此而绝望了。"

她知道，AI 医疗，是学医的、学药的、学生物的、学化学的、学 IT

的……无数人才甚至天才世代努力的结果。

等到各种问题解决，AI 医疗瓜熟蒂落时，当更多人和更多家庭被挽救时，人们一定会赞叹镁光灯前的那些公司。可阮思澄也真的希望，人们可以看看她，看看邵君理，看看易均，看看邵城、何未，看看曾经奋战、努力过的他们这一代互联网人也许早已远去了的背影。

接下来的一段时间，思恒与深度继续整合。此前，思恒与深度两家公司的股东大会都通过了合并决议，把手续也全办妥了，思恒急诊与深度急诊合并后改为思恒深度急诊，在原有的基础上逐步升级、增加功能。

员工岗位尽量不动，思恒做思恒擅长的产品，深度做深度擅长的产品。不过，阮思澄的管理方式比较西化，讲究舒坦，只要有人希望换组、说跟老板不是太合得来，阮思澄就尽量满足，把对方放在别人手下，再跟他的老板谈心，处理好大家的情绪。

全新公司走上正轨，公司规模扩大一倍，员工数量达到 240 人，在 AI 医疗行业已经算是相当不错了。现在，它的背后不仅站着扬清集团，同时还有爱未公司，具备巨大的上升空间。

因为阳光造假的事，有医院也怀疑思恒。不过，因为有了新的专利，解决了新的难题，思恒深度急诊具备了更多的离线功能，即使断网也能诊断出来，这说明思恒深度的技术是有保障的。于是，众多医院医生对 AI 急诊重燃兴趣，思恒深度的影响力也进一步扩大。

在这期间，思恒医疗跟陈一非的官司也落下帷幕。

结果是思恒败诉。

当时，深度医疗通过“派遣”绕过了竞业禁止，于是法院一审判定陈一非是被派遣到深度医疗的，不算违反竞业禁止条款。这个结果阮思澄也早就预料到了，并未上诉。

在个人的生活上，阮思澄跟以前一样，每天早上 8 点走进公司，晚上 10 点走出公司，一天工作 14 个小时，而且通常回到家里还要继续折腾公事。周六也工作，但是一般下午 6 点就走，去邵君理家，周日则是在男友家打电话和发邮件。

比较不同的是，每个周三，偶尔加上周二和周四，邵君理会在下班以后跟她一起回她那间两室一厅的房子里，没啥怨言地和她住一宿。最开始是某个周三，邵君理在扬清集团加班加到凌晨1点，委屈地发微信说他让司机先回去了，但是现在累了、困了，不想再开35分钟的车回家了，想在阮思澄那睡一宿。阮思澄也没想太多，答应了，还傻乎乎地给男友做夜宵。没料到从那天以后，邵君理的来访次数越来越多，把她衣柜都霸占了一小半，放他的衬衣、西服。他们有时做，有时不做。邵君理也没买平层，就赖在阮思澄家了。

因为彻底撒手不管技术，阮思澄跟易均几乎不再联络。他们变为"点赞之交"，每当思恒深度有进一步的发展，比如与超大型医院建立合作，或是发布全新功能，或是拿到重大荣誉，或是接受官媒采访，易均都会点赞留言。而每当易均老师取得成就，比如发表重要论文，或是出席国际会议，或是拿到重大课题，或是被授予奖项，阮思澄也会做同样的事儿。

阮思澄也因此知道，易均学长越来越牛，在学术这条路上脚踏实地越走越远。

他接连取得成果，频频发表高质量的论文，多次获得国际上重要IT会议的最佳论文奖，当上了国内外多个重要期刊的编委，拿到了好多重大科研项目，成了国内人工智能领域的青年领袖，还当上了人工智能学会的常务理事——虽然据说易均并不想当，是被别人硬推上去的。

一言以蔽之，在人工智能领域，易均已经是神一般的存在了。

易均也因此当上了智能科学系的副系主任。

※※※※※※

这天，邵君理要与P大信科院院长高阳、智能科学系副系主任易均一起吃饭，讨论本土人才培养机制。他想起高阳十年之前是阮思澄的导师，于是也叫上了阮思澄。

阮思澄先到某医院讨论合作，大约11点才离开，自己开车来到P大，一进东门就看见了正在等她的邵君理。

邵君理身材高大，穿着雾灰湖绿的衬衣和无烟煤色的西装，居然还能完美驾驭这身搭配。他气质冷淡，从头到脚一派矜贵，一看就是身居上位。

很奇怪，一个动作，一个表情，有人就是有气场，有人则没有。

阮思澄又皮了一下，放缓动作，跑向对方，偏偏看着还巨努力，宛如经典电影当中女主跑向男主的慢镜头，一边还喊："君——理——理——理——"

还模仿出回声来了。

邵君理笑，握住女友的左手，说："高阳已经在等着呢。"

"好！"

邵君理的手掌大，阮思澄的手掌小，被对方给握在手里，只露出了三个指尖，白白的，细细的，尖尖的，葱尖儿似的。

一路走到学院大楼，邵君理带阮思澄走到顶层的长廊里。

墙上挂着信科学院一众老师的相片，阮思澄笑："高阳老师这张特帅。"

"嗯，是帅。"

不过，在颜值上，第二排的易均绝对一骑绝尘。

两人走到办公室时离 12 点还差 5 分钟，正赶上高阳院长在会客前解手回来。

高阳看着两人握着手，一时不知道该说什么。

阮思澄轻轻一抽手，也不遮掩，大大方方地介绍道："高老师，我们俩是男女朋友。"声音清脆。

邵君理则微微颔首："高院长。"

高老头儿却是一笑："可以随思澄叫高老师。"

邵君理便从善如流："高老师。"

"行，进来。"高阳掏出房间钥匙，打开了，一路走到沙发前面。邵君理则带着姑娘在长沙发上挨着坐了。

没一会儿易均也来了，他戴着一副金边眼镜，还是那么温文尔雅，只是身形略显瘦削。

阮思澄也站了起来："学长！恭喜！恭喜当系副主任！"

"谢谢思澄。"

高阳说：“这月开始，由易老师主要管理智能科学的教学了，也主要负责新的人才培养机制。”

“嗯，”邵君理点头，“今儿就是私人间先随便聊聊。”

三人开始轮番说话。阮思澄在沙发一角静静地听，也不插嘴。不过，听着听着，她就对P大与扬清的“精英人才提升计划”的细节感到特别惊讶！

只要作为第一作者在CCF A类、B类的刊物或会议上发表论文，或者获得世界级、国家级比如IEEE和CCF的学术奖项和竞赛奖项，或者作为骨干参加国家级的科研项目，都可以在大三暑假被推荐到谷歌等硅谷的大公司实习，用J1签证，还可以在大三、大四到扬清的几个部门访问、工作。扬清开放部分资料、报告，供这些人学习研究，同时他们也能参与高级峰会、行业论坛、培训活动，等等。

阮思澄明白，邵君理在扛起一个巨头公司应该负的社会责任，帮助政府、帮助国家在竞争中赢得先机。

她双手双脚全力支持！

只用了40分钟，“精英人才提升计划”大致脉络就出来了。至于后续，高老头儿与邵君理将是项目总负责人，但扬清会单独派人与易均沟通细节，实施计划。

几人谈完一起吃饭。

高老头儿一身烟火气，居然问：“要不去吃西门鸡翅？这个时间学生不多，那边现在也有包间，环境、卫生也还不错。”

邵君理笑：“行。”

在西门鸡翅，面对点餐的服务生，高阳说：“我们四个，先来120串烤翅，三分之一蜂蜜，三分之一香辣，三分之一……80串羊肉串，40串烤大虾，40串……好，不够我们再点。”

阮思澄他们三人听了都有点儿吃惊。

高阳抬头问阮思澄：“能吃完吧？一个人30串烤翅，20串羊肉，10串大虾，10串……”

阮思澄说："不能。"

"当 CEO 不要减肥，每天好好补充营养。"

"我没勉强，是真不能。"

易均插话："高院长，我也不能。"

高阳看着对面三个不能吃的人，十分震惊，可阮思澄觉得自己才是那个该震惊的。

高老头儿是什么饭量……

在包间里，三男一女一边撸串，一边自然而然又说到了"精英人才培养计划"。

阮思澄也不太插话。

她拿起一串变态辣翅，舌尖一触就觉得不对劲，她一皱眉，没敢下嘴。

邵君理正说到关键，看她这样，硬生生地停下来，问："怎么了？"

"巨辣。"

"对，我还好，放我盘里。"

"不用不用，拉倒吧……"

这人！

邵君理点了点头，又跟高阳继续聊天："现在，提交大型会议的论文数，几乎一半来自国内，AI 领域的融资中，也有一半是在本土，这是好事。"

"对——"

等到一顿鸡翅吃完，他们已经谈了很多。

第十三章　危机

没过几天，思恒深度的股东大会通过了增加独董的决议。

独立董事不能是公司股东，也不能在公司任职，还不能与公司本身或管理者有业务联系，必须能对公司的事务做出独立判断。上市公司必须有独董，非上市公司可以没有。

此前，思恒深度只有一名独立董事，是原思恒请过来的，原深度的那个独立董事因与金桥有些关联只能离开。现在，思恒深度的大股东希望增加一到两名独董。

这事儿确定以后，阮思澄便开始研究。

她锁定了天天药房的创始人池文俊。池文俊对医疗行业一直有着独特见解，20 世纪 90 年代把天天药房打造成了国内第一大药房，非常会抓患者心理，总能成功推算出哪些药会有高需求、哪些药能卖得好。阮思澄觉得，虽说 AI 医疗的合作对象是医院，但是归根结底，患者方的市场拉动才是最重要的。

去年，池文俊已宣布退休。

怎么能让他答应当独董呢？

阮思澄又使出了自己惯用的招数，把池文俊的微博、朋友圈、采访、演讲、讲座一条一条地刷过去，试图找到突破口。

几小时后，她发现池文俊似乎十分欣赏 T 大商学院教授吴大有写的文章，经常转发。吴大有教授还是个很著名的财经作者，写的文章基本上都与商业有关，包括不少总结、分析和预测。

阮思澄又把吴大有教授的一系列发言都仔细拜读了，最后得出结论：

吴大有也十分欣赏池文俊。因为吴大有经常在专栏文章和视频节目里以池文俊举例，讲述成功的管理者应该具备的视野和大局观。

不过，阮思澄感觉到这两人好像彼此并不认识。池文俊可能是因为看到吴大有提及自己，才关注到吴大有，进而发现对方的文章对自己十分有用，于是经常激情转发。但是从那生疏和客气的口气来看，他俩不像是互相认识，倒更像是神交已久。商业圈子虽然不大，可也不是谁都认识谁，大佬们都习惯于端着。

阮思澄决定，就请他俩当独董好了。

主意拿定，阮思澄给二人分别打了电话，介绍思恒深度以及准备提供的薪水，邀请对方加入董事会。

思恒深度这一两年风头正劲，池文俊和吴大有都听说过，认为这家公司前景不错，给的薪资也很可观，不过因为当独董要经常参加董事会，所以他们都没直接答应，而是说要好好考虑，“一周以内给答复”。

于是，阮思澄又开始“表演”了。

没过几天，她给池文俊发语音说：“池总，对了，那天忘了说，思恒深度打算同时聘请两位独立董事，另外一个候选人是吴大有教授。”

“哦？”池文俊果然感兴趣，“吴大有教授？他答应了吗？”

“还没有呢，正在考虑。”

接着，阮思澄又如法炮制，给吴大有发语音，说：“吴教授，对了，那天忘了说，思恒深度打算同时聘请两位独立董事，另外一个候选人是池文俊。”

阮思澄同样也对吴大有表示，池文俊“正在考虑”。

等了等，阮思澄又回过头给池文俊发微信语音，聊了聊，而后故作无意地道：“大有教授刚也知道另外一个独立董事的候选人是池总了，还问我您答应了吗，感觉他可能是想看看您的意思，不过我也不是十分确定。”

自然，阮思澄跟吴大有也发了基本相同的话，说池文俊问他答应了吗，可能是想跟着他一起行动。

阮思澄两边传话，在刻意的引导之下营造出一种“你去他就去”的奇特氛围。没费太大力气，池文俊和吴大有这两个神交已久却不认识的人就都同意加入思恒深度的董事会了，从今往后一起共事。

想想也是，自己欣赏某人的同时对方也同样欣赏自己，“你去我就去，你不去我也不去”，这诱惑力实在太大！一般人都说不出“那我不去了”这样的话！

于是,董事会被成功改组。一个“天牛”的医疗行业企业家,一个“天牛”的名牌大学商学教授，都加入了思恒深度的董事会，为企业发展共同出力。

对阮思澄的操作，思恒上下已经见怪不怪，不过，原先深度的投资方爱未等却着实是看呆了。

这天，跟俩独董签完合同，阮思澄在思恒深度工作到晚上 9 点 30 分，拎上提包准备回家。

经过某片办公区时，她看到几个原深度的人还在敲码农作，然而表情十分木然。

“王大，王二，王三！”阮思澄准确叫出他们名字，“现在已经 9 点多了，怎么还在公司待着？”她可以记住公司每名员工的名字。

“阮总,”其中一人说,“我们想再工作会儿，早点完成这个项目。”

“赶紧回吧,”阮思澄笑,“晚上应该陪陪家人，项目按时做好就行。”

他们三人简直受宠若惊:“谢谢阮总！”

“嗯。”

阮思澄也不大清楚深度原 CEO 马诞的作风，可看起来比较高压，要求员工急他所急，要求员工把他的公司当成自己的公司，然后上进、拼搏，努力工作，最好天天都跟打了鸡血似的。

两个公司合并以后，原深度的员工仍在继续那套工作方式，可这其实并不见得有多好，反而让原先思恒的人也都变得焦躁起来，不知道该不该比拼工作时间。

其实想想就能知道，写程序非常费脑，极耗精神甚至体力，一天 12 个小时不停地写是根本不可能的。这相当于一天考完高考的所有科目，还有剩余时间，得再考一门。天天如此，不累吐血才怪呢。

因此，在领导的这种要求之下，员工只能耗着时间，干俩小时玩儿一小时，硬是磨到晚上 9 点，然而这样也非常累，因为没有更多时间可以用来休息、调整，反而可能会影响工作效率，员工还很有可能对公司心存不满，缺乏积极性。

怎么办呢？

阮思澄在等电梯时掏出手机看了看，发现思恒深度的公司群“思恒深度 Flower388”此时竟然还挺活跃。

“思恒深度 Flower388”是梁言给取的名字。这岁数的人都知道 F4，于是梁言说他们也是一个团，有 388 个人，CEO 阮思澄就是 C 位，然后还很当回事儿，每招进来一个新人都要改上一遍群名。

阮思澄看见，原先深度最爱表现的一个人叫崔景慧，在群里疯狂刷屏。

【我刚才在公司门口，眼前一黑，竟然晕倒了！多亏欧阳一把拽住！】

【年纪大了，不饶人了。连续两周天天工作到三四点才上床睡，早上七八点又起来，身体真的扛不住了。】

【别说，这人一过 30 岁，肉眼可见地“虚弱”了！我以前也这个作息规律，可是都生龙活虎的！】

崔景慧的好友欧阳楠作为人证非常捧场。

【真的，景慧突然就往下栽！吓死我了！我正刷卡要进门呢，她直直地就晕倒了！】

【我一直都好奇景慧每天到底什么作息规律，凌晨四点还问工作，今天终于知道了……】

阮思澄想起来，最近两天依稀听人说“深度的人好多戏精”。

她在群里翻了翻，看了下最近的记录，发现就在一周以前，欧阳楠刚在群里说她得了个什么毛病，是太拼命了，累出来的，求大家推荐医生，然后崔景慧立刻甩出来几个医生的名字，说他们治这病特好，因为自己都得过两次了。

阮思澄没离开大厦，而是跑到了监控室，随便编了一个理由调了监控，把崔景慧和欧阳楠回公司的过程看了。

根本没人曾经晕倒。

她们两个甚至站在走廊里聊了会儿！

欧阳楠在公司群说刷卡进门，肯定是指大门门口，不可能有别处了。

阮思澄走出监控室，一边等电梯，一边在思恒深度公司群里挺罕见地直接发言：

【@叶凤毛 @顾延之 公司重视员工健康，绝不鼓励熬夜工作。请各总监和各经理对组员们留意，如果有谁在工作上存在困难，请充分给予他所需要的培训、指导及必要的支持等。如果有谁并无困难却依然要牺牲睡眠，请核实一下工作量，看是否需要把他的工作交一部分给别人。】

这话说得冠冕堂皇，然而稍微琢磨一下，就可以发现，CEO 阮思澄对崔景慧的加班表现并没有夸赞，而是怀疑她能力不行，还让她的总监、经理对她进行专业培训。

虽然最后给了她一点面子，说了另外的可能，就是真的工作太多了，可紧接着阮思澄就跟了一句“请核实一下工作量，看是否需要把他的工作交一部分给别人”，这可跟她想出风头的愿望背道而驰了！活儿少了，项目没了，还怎么升职？

阮思澄其实也十分无奈。

因为深度一些“戏精”，部分员工被带偏了，在崔景慧和欧阳楠等程序员成天地装“努力”“拼命”的情况下，也有一些不知所措。

阮思澄觉得，这不是好现象。员工竞争是要比最后成果的，而不是比加班时间这些表面上的东西。

这样下去对公司没有好处。

然而苗头已经起来了，“戏精”不是一个两个，跟崔景慧和欧阳楠单独约谈是压不住的，得在公司“杀一儆百”。如果只是叫总监们在早会上概括性地提一提，不会有效果，也不大好摆在明面上讲，在公司群里单独提点下崔景慧就可以了。

至于崔景慧，明显不会在意同事们的眼光。

想继续干，那就好好干。

阮思澄想：思恒、深度的整合还有的整呢。

10 分钟后，公司群里叶凤毛和顾延之都出来表态：【明白了，阮总，思恒医疗重人性化。】

阮思澄没再回复。

第二天是每半月一次的例会。

阮思澄在会议室听各项目组汇报工作。每一个组的人都要到齐，在约定的汇报时间进来、坐好，再由几个负责人讲述项目进度。

每组都是十几个人，其中 3 到 5 人演示 PPT，其他人听，每组用时 20 分钟。

公司从街对面给每名员工都订了奶茶，放在门口的桌子上，大家都挺高兴。在开会时，阮思澄很用心地听，时不时地问点问题。对于比较满意的项目组，她还会宛如影后附体，用惊讶的眼神扫过项目组的每一个人，说："大家都是一样上班，你们居然能半个月做这么多？看来还是有些低估你们组了，以后会考虑把更重要的研发项目交给你们。"

她能看到，说这话时下面每个人的眼睛都闪着光。

CEO 的这些夸奖，会让他们骄傲、开心、感动、有成就感，甚至许久都不会忘。为了再次看到公司 CEO 的震惊，延续自己"特别牛"的形象，保持自己十分独特的地位，不让欣赏自己的 CEO 失望，不辜负 CEO 的认可和期待，他们会更自发、更自觉地努力工作。

为了达到某个成绩而努力，和为了做给某些人看而努力，是完全不一样的。

最重要的是让员工自己有动力，而不是被逼着赶着。而这动力，不光是物质上的，还有心理上的。

其他组知道以后，自然也会有紧张感、竞争感，不想被人就此甩下。阮思澄作为 CEO，在当前的情况下，根本就不需要批评谁进度慢，也不需要强制谁加班。

大家都是名校精英，谁会甘居人后？

都是有自尊的。

开完会，顾延之跟着阮思澄走进 CEO 办公室，汇报了几项工作，最后叹道："阮总，您还真会对付戏精！深度来的好几个人我也早就看不惯了，他们现在都老实了。"

阮思澄笑笑。

“下边都说您牛呢，直白地讲思恒医疗并不鼓励加太多班！”

“本来就是，谁能一天写 12 小时的程序啊。”想了想，阮思澄挺认真地说，“其实，如果真有那么多活，每一分钟都在产出，咱们员工有一大半都会自愿做完再走，就像思恒之前经历的那几次突发事件一样。可是呢，大多数公司所谓的加班，完全就是管理混乱所造成的。老板一拍脑门，突然决定换个方向，之后再拍脑门，再换个方向，或者老板的老板听完汇报后要求采用新的思路，再或者兄弟部门参与进来，也对项目指手画脚……小兵总在做无用功，自然天天怨声载道，老板们却依然觉得这些都是很正常的，甚至想反正可以加班加点。

为什么要这样子呢？大家都专业一点儿难道不好？”

“阮总，”顾延之笑了，“在这点上，您跟邵总的想法真像。”

“啊？”

“扬清集团刚出八卦，您不知道？”

“不知道，什么八卦？”

“嘿，”顾延之可谓是思恒医疗的八卦中心，谁都喜欢跟他讨论 IT 界的坊间传闻，“扬清集团‘互联网 +’部门的一个总监强制下属每周六到公司加班，从上午 9 点到下午 3 点，项目做完前不会改变！邵总听说这事儿后，把总监叫到办公室里问，为什么要整个大组每周六到公司加班，是不是没计划好，是不是没考虑对，是不是如何如何，把那总监给问得生活基本不能自理！”

阮思澄听着，没说话。

“邵总其实给他留面子了，让他自己回去改进，没想到这个总监被训以后还跟别人讲了一通！也不知道是不服啊还是怎么一回事儿，可能也是个戏精吧。于是，一传十，十传百，整个扬清都传遍了！整个行业也传遍了！大家都想去扬清了！扬清集团‘互联网 +’部门的人简直爱死自家总裁了。”

阮思澄道：“这么说来还真挺像。不过也正常，我的很多招儿都是从他那拿的秘籍。”

顾延之说：“跟对人了。”

阮思澄:“算是吧。”一语双关。

而另一边，像在验证阮思澄的话似的，邵君理在听完手下的人报告以后，眉心轻抬，淡淡地道:“不错，都是一样上班儿，你们竟然能做这么多。”

他也毫不意外地看到了对面几人鲜活的表情。

在邵君理把总监给“问到不能自理”一周以后，澎湃科技大 CEO 在微博上发的几篇关于“年轻人要奋力拼搏”的群邮被骂得火了。

他说，趁年轻时多多工作，多学技能，这是非常幸运的事。

还说，想着朝九晚五准时下班的人生是不思进取的人生，是对国家对人民没有意义的人生。

这自然被骂成狗。

难道年轻人不能陪家人，不能陪朋友，必须拿着一丁点的工资、奖金，以健康为代价帮老板赚钱?

想提高的年轻人不一定非要被迫加班。

在微博上，有人总结了黑心企业名单，还有人总结了良心企业名单。

这个时候，扬清集团“互联网 +”的员工们都跳出来，狂发评论。

“来扬清吧！之前有个总监强迫手下人每周六加班，小邵总把他问到不能自理，N 连问：为什么要整个大组每周六到公司加班？是不是没计划好？是不是没考虑对？是不是……”

“小邵总说过，如果这么努力而产生的利润都不足以招聘新人正常工作，就要反思管理方式。为何 TOP 10 可以做到，我们却不可以做到？还说别让员工做无用功。”

还有人说:“不过，扬清集团‘互联网 +’要求上班时间高度集中注意力，不能上网聊天。对于工作内容，能发邮件都发邮件，一是为了全部留档，二是为了不被打扰。还有，白天不能睡觉，尽量选择在食堂吃饭……如果不想升职，确确实实不算很累，把活干完就可以了。水平不错的工程师，刨掉三餐，一天纯干八个小时，差不多了。公司晚上 6 : 30 开饭，只要待到 6 : 30 就能蹭饭，不像其他公司，八点开饭！”

“楼主，你得除掉几个大组，比如无人车，比如扬清 X，比如扬清大脑，这些组的活儿真的多，一天到晚赶项目。这几个组跟创业公司没有区别，都是‘超人’。”

“回复一楼：哈哈哈哈，特别上进的进去，一般上进的出来，总有地方可以选择。”

在评论中，居然有人提起思恒。

不知是谁匿名发评：“思恒深度也很好呀！有戏精说累到晕倒，我们的CEO 群发消息，说公司重视员工健康，绝不鼓励熬夜工作！”

因为这条，思恒深度被博主给总结进了“良心企业名单”。

这个名单一登上去，思恒深度的 HR 发现，投简历的比前一阵足足多出十倍不止！

思恒深度趁机捞到一些十分不错的人。

之前一直都招不到合适人的几个岗位，也在两周内全填上了。

走的走，留的留，来的来，到这时，思恒深度的人员算基本定型了，企业文化、企业个性也在一系列整合后达到了初步统一。

※※※※※※

把岗位都填上以后，阮思澄说，公司暂时不会再扩张了。

思恒深度比较自由，谁想换组都可以提出来——新的老板要是同意，公司 HR 会尽量协调。在阮思澄看来，“喜欢”是第一生产力。换组代表前功尽弃，员工不会随便换的，除非实在受不了了，或者太渴望了。她让大家喜欢自己的工作，配合一些激励、奖励，有精神上的也有物质上的，全力支持下属。

她基本上撒手不管技术，只把关大方向，比如开发什么产品，增加什么功能，更换什么界面，改变什么操作，更具体的事情都交给叶凤毛。

深度医疗被合并，阳光则以破产收场，思恒完善急诊产品，进驻了更多医疗机构。阮思澄又通过搞活动大力刺激产品的使用率。

同时，她叫上叶凤毛和几个员工，耐心准备申报材料，准备来年正式送审报批。

在生活上，阮思澄跟邵君理算是百分之百的同居状态了。以前，周五、六、日阮思澄到邵君理家过夜休息，周二、周三邵君理到阮思澄家，勉强还能说是“串门”，可渐渐地，周一、周四邵君理也总跟着回阮思澄那，让阮思澄总是害怕自己小区有小偷来——万一邵君理的几块手表被顺走了，她可赔不起。

晚上回来后，他们通常先是各自打电话和发邮件，都挺忙，到时间了才去洗漱，躺着聊天，偶尔做爱。

这天，到了该睡的时候，阮思澄到书房门口，趴在门上听动静，看邵君理是否在开会。如果在开会，她就自己先去睡觉；如果不在开会，就叫他一起休息。

她听见了邵君理的声音一丝一丝地传出来。

哦，在开会。

阮思澄刚拔脚要走，便听见一个男人的声音从音箱中传到门外：“在哪儿呢？椅子后头是大白墙，这个屋子忒小了点。”

邵君理的声音响起：“女朋友家。”

她想，这也太坦荡了，都跟别人直接说了。

“哦？有女朋友了？是什么人？”

阮思澄本以为那人一定会说“以前投资的小丫头”，没想到邵君理回答的却是“一AI公司的创始人”。

一瞬间，她觉得感动。在邵君理内心深处，她最大的标签不是“曾接受过自己投资”，而是“创立了思恒医疗”，他很尊重她。

那边又问：“女强人？”

“挺有本事。”邵君理说，“人聪明，也肯拼。生活中挺有趣、挺可爱的。”

“别。”那人道，“那天刚听说，觉得可爱就完蛋了，就是栽了。可以觉得脸蛋美、身材好，但是不能觉得可爱。”

“嗯，”邵君理轻轻一笑，“挺可爱的，也认栽了。”

阮思澄捂着脸蛋，轻手轻脚地离开了。

12点左右，邵君理把电脑关了，洗澡、漱口，靠在床头继续工作。

阮思澄穿着真丝睡裙摸进屋子，跨过男人两条大腿，从床尾往上面爬。邵君理见了，把电脑给扔在床下，目光从她领口进去。

阮思澄问："刚刚跟谁打视频呢？"

"一个朋友，做制造的，跟扬清是合作伙伴。"

"哦。"

"约好明天继续开会。"邵君理说着，手在身边摸了一圈，又摸了一圈，然后看看床头柜上，又看看两边地上，问，"手机呢。要记录一下。"

阮思澄见对方难得迷糊的样子觉得好笑："一点儿也想不起吗？"

"我感觉是拿过来了。"

"那我给你打个电话。"

阮思澄把号码按下，他们两个立即听见电话铃从某处响起。

"从床头缝掉下去了！"阮思澄说着，趴下身子，两根手指费力一夹，从床垫和床框的夹层里捞出手机，"大总裁，注意点，要把手机丢在外头，公司机密就全曝光了！"

"要解锁。"

"万一刚丢就被人捡起来了，屏幕还没来得及灭呢？"

"还好。最重要的那些事儿我习惯于邮件沟通，方便留档。我邮箱 App 设密码了。"

阮思澄说："那微信里肯定也有见不得人的东西。别人一看，嚯，扬清集团副总裁原来说过这些话，哎哟，人设崩得不要不要的，分分钟就上热搜了，比如吐槽合作伙伴，比如点评同行公司，比如……"

邵君理的语气淡淡的："那你以后少来撩拨。"

"啊？"

"见不得人的，崩人设的，每句都是跟你说的。"

她又想起对方那句"挺可爱的，也认栽了"，只觉全身热乎乎的，从内到外，从头到脚，心想自己难道真是那么特别的存在吗？

大概过了三四个小时，恍惚间，阮思澄的耳朵听到邵君理的手机响了。

她没在意，继续睡觉，依稀感觉旁边的人翻身下地走出去了，心知扬清又有急事儿，邵君理要回个邮件，或者打个电话，等一会儿就回来了。

她怕自己清醒以后睡不着觉，没睁眼，很努力地又睡过去了。

这下到了早上7点。

阮思澄的手随便一捞，却捞了个空，心里奇怪，迷迷糊糊睁开眼睛，发现身边根本没人。

她又一摸，指尖凉凉的，对方竟然早就走了！

“怎么回事？6点起的？昨晚没说要早起呀。”

同居以后，他们基本上都是7点起床8点上班，邵君理很久没有五六点就到公司的。他们早饭各吃各的，而后分别投入工作——扬清食堂是顶尖的，而清臣大厦也有几个餐厅、饭店，如果需要特殊作息邵君理会提前说的。

“突发事件吗？”想起凌晨那个电话，阮思澄略有些不安，打开微博，点开热搜，心里祈祷扬清不在里面。

只要没上微博热搜，说明暂时不算太坏，没被大家口诛笔伐就都有回旋余地。

结果，她在热搜上看见了，而且还是排名第一，“扬清集团智能药盒被曝有毒”的标题。

阮思澄呼的一下坐直身体，简直不敢相信自己所看到的！

智能药盒被曝有毒！

阮思澄的呼吸急促，手指冰凉，点进热搜，就看到《财经网》的新闻报道。

新闻写着：

据外媒报道，扬清集团智能药盒多个批次在欧洲被检查出含有致癌物。

扬清集团智能药盒目前已在国内国外生产、销售了12个月，然而昨天，意大利卫生部门鉴定结果充分表明，扬清集团智能药盒含致癌物重金属锑。目前，意大利卫生部门强制启动一级召回。据悉，一级召回是在最严重的情形下才会使用的，所涉产品的高危险性可能导致严重伤害。

她点进链接，文章给出了更多细节：“制作药盒往往需要用催化剂促进缩聚……锑基催化剂效果好、价格低，因此被广泛使用。而如果工艺没有加入脱锑工序，此致癌物就会留在塑料品中。”

其他几个网站还有补充报道。

“欧洲一些药盒用户已经决定集体诉讼。一位50岁患白血病的意大利患者认为，这款药盒是导致她患上白血病的罪魁祸首。她已使用扬清药盒一年之久，然而就在上个月初，她被确诊为白血病……”

这些新闻下面基本都是网友充满气愤或冷嘲热讽的评论。

“丢人！这些公司毒国人毒出习惯了，连外国人也想毒，结果被查出来了！”

还有网友回复：“什么呀，这才叫作一视同仁！”

阮思澄都有些蒙了。

这怎么可能？

她知道，智能药盒是邵君理那个部门的重要产品，属于扬清集团“互联网+”人工智能八大场景中的医疗场景。

她以前还曾经说过智能药盒创意好呢！

扬清集团这个药盒一共有八个格子，患者可以自己设置提醒吃药的时间。AI药盒可以连接到智能手机的App，准点提醒。而且十分特别的是，它还可以结合智能手环、智能手表使用。在吃药前半小时，药盒会自动搜索，一旦发现智能手环跟它相隔百米以上，就会给手机、手环发送提醒，说人和药目前距离有点儿远，嘱咐患者记得吃药，询问患者要不要回家。这一下就解决了老年人常常忘记吃药的问题。要知道，老年患者即使开启声音提醒也未必真能听得到，除非药盒就在身上！此外，这款药盒到了时间还能检测它是否已打开过了，如果没有则会再次发送信息提醒患者吃药。它还可以自动测量里面药品的颗粒数，并统计在App上，免得老年人想不起来某一种药是吃过还是没吃过，患者操作起来十分简单。

因为这些独特创意，扬清集团的这款药盒在国内外销量极佳。

不少老年人写来感谢信，说自从有了扬清药盒，他们就再也没忘过吃药了，生活健康，吃嘛嘛香。

然而现在，本该为了患者健康、为了老人长寿做贡献的AI药盒，被检测出含致癌物，本身就有毒。

可以想象，这会引起消费者多么强烈的愤怒。

他们几乎都是老年人，最注重身体健康，为了健康甚至不惜拿出存款购买高价的 AI 药盒，可是现在，他们突然之间被残忍地告知，这个药盒本身就在剥夺他们宝贵的生命。

扬清集团“互联网 +”一下陷入惊天丑闻。

※※※※※※

阮思澄在床头靠着，连电脑都来不及开，发神经一样，用手机在网络上不停地搜，搜新闻，搜评论，搜什么是重金属锑，搜每一个相关的词。她不太想打电话问，因为她知道邵君理现在肯定正在开会、在思索、在讨论。相比之下，自己这点焦急、担心根本无足轻重。

她一上午都没上好班。

直到中午，邵君理才终于打来一个电话：“阮阮，我要立即去趟意大利，至少两天不在国内。”

“嗯，好。”阮思澄咬咬红唇，“君理，有任何进展，用一两句话跟我说说。”

邵君理停顿了一下，道：“好。抱歉，让你担心了。”

“别说这些。”

邵君理是在当地时间下午 6 点到意大利的，还接触不到政府官员，要通过一层层关系被介绍认识负责处理这件事的人。扬清集团在意大利根基不深，难免有些力不从心。

到意大利 24 小时后，细节渐渐浮出水面。

邵君理给自己的女友打了一个越洋电话：“可靠消息，是超标了，而且还是三氧化二锑。”

阮思澄急了：“啊？”

“按规定不能超过 200ppm，0.02% 的浓度，但扬清的智能药盒已经达到 2000ppm。”

超标 10 倍！阮思澄傻了。

“不合格的是药瓶。”邵君理说，“AI 药盒是用 Tritan（萃特）做的，然而药瓶是用 PET（涤纶树脂）做的。PET 这东西比较稳定，是药瓶的主流材料，但需要用锑当催化剂，必须控制最终成分。”

阮思澄说：“我猜到了。”扬清集团智能药盒上层共有 8 个格子，下层还有 4 个扁瓶供老人们分装液体。老人喜欢吃保健品，又都相信液态保健品吸收更好、效果更佳，因此扬清药盒带有药瓶。

邵君理继续说：“现在，11、12 两月一共 3 个批次的药盒被查出来不合格。扬清药盒是被一个叫德西利奥的人举报的，据说他是大学教授，11 月买的产品，在测量出锑超标后，12 月又到商店买了新批次的产品，发现锑依然超标，便举报到卫生部门。卫生部门组织抽检，证实了德西利奥的话。扬清集团智能药盒在意大利的官网和亚马逊上已经卖到 1 月生产的批次了，是合格的，但扬清 AI 在罗马的合作方菲菲药房还在出售 12 月生产的几批货。我看到了鉴定报告，确实写着超标，其中两批检测结果是 2000ppm。”

阮思澄问：“扬清自己的检测结果呢？”

“还在召回。”邵君理说，“分公司只负责销售，要带回国内检测。菲菲药房的产品已全部召回。至于顾客手里头的，需要几天才能集齐。顾客可以邮回扬清，写明卡号，也可以到菲菲药房直接退货，但都需要时间。”

“其他国家的同批次呢？”

“其他国家没有。”邵君理道，“那两个批次分别是 12 月 4 日和 12 月 8 日生产的，全部运往意大利了。”

“那几批要真不合格，扬清打算怎么做？”

看起来好麻烦！

邵君理沉默了几秒，回答：“还不知道。先弄明白锑超标的根本原因、责任归属，再做定夺。现在看来不大好。”

“君理……”

“好了，阮阮，”邵君理说，“明天再聊。”

“嗯，你忙。”

挂断电话，阮思澄又登录微博。

果不其然，扬清集团“杀人药盒”的热度还没有下去。

吃土少女：“犯罪成本太低，惯的。该让扬清倾家荡产。”

浊酒一杯："我建议让邵城父子终生使用这个药盒！"

今年一定要过 CPA："天啊，救救老人！扬清，请放过上一代吧！"

脸上露出橘猫微笑："扬清有毒。"

阮思澄用手捂住脸。

她想：怎么办呢？

她受委屈无所谓，她的男人不能受委屈。

他应该是永远干净的，永远保持骄傲与优雅。

因为扬清的"杀人药盒"，媒体记者一路深挖。

一时之间，邵君理掌舵的扬清集团"互联网 +"负面新闻漫天都是。

打完电话 12 个小时后，阮思澄在某大网站看到一篇深度文章，标题是"扬清集团 AI 医疗开杀人药：给出血者开出血药"。

文章中说，扬清集团"互联网 +"内部资料被曝光了：扬清 AI 曾经有过好几十个错误判断，其中最为极端的是，某癌症患者因为化疗感染肺炎正在咯血，而扬清 AI 居然建议该患者用贝伐单抗！要知道，贝伐单抗这款药物的副作用正是容易导致出血。

文章还写道："要给扬清差评。目前，扬清集团'互联网 +'，似乎已经进入一个'急躁冒进，疯狂吹嘘，罔顾安全'的死胡同。如果继续这样下去，在互联网的下半场，扬清基业将毁于一旦。"

阮思澄要被气晕了。

扬清集团 AI 医疗正在初步探索、尝试向医生们推荐方案。

AI 医疗当然也有错误概率。人有错误概率，机器也有。扬清从未说过 AI 医疗出的方案一定正确，甚至明确写了一些"治疗方案以 AI 为辅"之类的话。

更何况，那个所谓对出血者的诊断，其实只是"扬清医者"的内测。医院医生给出案例，"扬清医者"推荐方案，员工在此基础上进行查缺补漏，修改、完善。那个贝伐单抗的错误诊断是由于 bug 导致的，扬清集团之后立即修复了 bug。

在正式的版本当中，“扬清医者”十分慎重，没有把握的不会出治疗方案。

扬清集团针对这个失实报道，在微博上发了公告，表示没人受到影响，那“出血者”是虚拟的，扬清还在摸索、前进。而对于智能药盒，扬清还在进行内部调查，几天以内肯定会把全部细节告知公众。

可想而知，扬清又被骂了。

众网友又是一阵狂欢。

今年一定要过 CPA：“哈哈哈，高，实在是高！只是内测，这个理由实在是高！扬清认准医院不会把真相给抖搂出去的。”

脸上露出橘猫微笑：“闪开闪开，我给大家翻译一下——开出血药的事儿容易敷衍，杀人药盒的事儿不容易敷衍。国内的大医院容易公关，意大利的卫生部门不容易公关！意大利的卫生部门可真是太不像话了，竟然不能帮咱扬清撒撒谎和兜兜屎呢！”

用户 88776655 回复 @ 脸上露出橘猫微笑：“加油啊扬清，加油啊邵城，赶紧想，使劲想，对于那个杀人药盒，期待你们的理由哦！比心！”

代购欧美大牌包包 V：“我赌 3 天内扬清肯定能想出一个借口来堵咱们的嘴！”

下边跟着一串儿的“我赌 1 天”“我赌 2 天”“4 天”“5 天”“10086 天”。

接着，另外一篇文章又爆红了，标题是“人工智能元老痛批扬清集团 AI 布局：这根本是一个笑话。”

阮思澄点进去，发现某个大学教授正在狂喷。

“什么胃部肿瘤筛查、肠道肿瘤筛查，根本没用，只是炒作。对于胃镜、肠镜，患者都在大医院检查，根本不用 AI 医疗。”

“你不知道你会得到什么东西，也不知道你要投入多少信心。”

“对治疗的建议更扯，又大又空而且还假。”

“扬清应当公布它的训练集和训练结果，胃癌病历有多少个，肠癌病历有多少个，让大众来判断它是偏颇还是公正，而不是总自吹自擂、自我陶醉。”

“对癌症的治疗方案更新很快，几乎每年都有新药，AI 根本赶不上趟。”

“还有，‘扬清医者’总看论文，不大明白意义何在——明明可以好好使用最真实的患者病历。”

文章最后写得铿锵有力。

“我问过很多医生，他们观点非常统一——扬清 AI 医疗就是一坨屎！”

“一句话：邵城儿子邵君理炒作一流，眼界末流，努力方向完全错误。”

这篇文章发表以后，一大堆营销号跟风。

“人工智能元老扯下扬清伪 AI 的遮羞布！”

“扬清 AI：被辜负的‘业界标杆’。”

“‘互联网 +’最强调的人工智能虚有其表？”

不少管理学、商学杂志也在探讨扬清集团的事情。

“从毒药盒看扬清的人工智能混乱现状。”

“任人唯亲，‘太子掌舵’，扬清集团大限将至？”

“再次辩论家族企业：都是扶不起的草包？”

一大堆人评论：“想想也是，富二代们个个草包，邵城儿子就那么特殊？还不是炒的。”

阮思澄又气到爆炸。她深信扬清可以翻盘，在这时竟公开站队，登上大号发了一条：“等待结果。个人相信扬清集团和邵君理，他是我的老师、朋友，人品和能力俱佳。”

她也被骂了。

这天晚上，阮思澄洗完澡后没太睡着觉。

大概到了凌晨 6 点，她忽然间听见门锁发出一阵细小声响。

接着，客厅的灯开了，不是大灯，而是小灯，暗色的光透入门缝。

她轻声问：“君理？”

几个月前，邵君理把她的指纹输入了别墅门锁，她也给了对方自己家的备用钥匙。

现在，有人用钥匙开门，还开灯，那肯定是邵君理了。

他从欧洲回来了吗?

他怎么不回扬清，也不回别墅，而是跑到她这来呢?

阮思澄在卧室床上足足等了十几分钟，甚至听到几步外的浴室喷头开了又关，还不见人推门进来，于是起身下床，轻轻开门，往外面看。

邵君理正靠着沙发背，长腿翘着，一手搭在沙发扶手上，一手架在膝盖上，食指、中指间夹着一根烟，烟雾绕着长指弥散。他把衬衣袖子挽了两折，留出一截漂亮的小臂，眼睛看着窗外星光。

“君理，”阮思澄赤脚走过去，“你怎么在这？”

邵君理的目光转过来，嘴角一勾：“刚下飞机，不知不觉就过来了。不过想起你在睡觉，就打算先自己坐坐。”

“你会抽烟？”

“会，但不抽。”

“为什么？”

“这东西有什么好处？”

阮思澄说：“可如果别人都抽，那不如自己也抽。与其吸二手烟，我宁可吸一手烟。”

“我不喜欢，没人敢抽。”

“那今天……”阮思澄的心脏一抽，觉得自己心疼死了。他创业时没抽过烟，当副总后也没抽过烟，今天却……

“刚抽一口，”邵君理淡淡一笑，“点完觉得挺没必要，正想掐了。”

“君理，”阮思澄想逗他开心，“我说没说过，我这辈子最有天赋的一件事儿就是抽烟！我会抽，只是不抽，平均起来每 5 年抽 1 根。然而即使只是这样，我也能秒杀老烟民们！”说完，她侧着坐上对方大腿。

“真的。”阮思澄把烟接过来，说，“我第一次抽烟就会吐烟圈儿，你看着哈！”

阮思澄说完，低下头，邵君理想拦却没拦住，被她抢着吸了一口。

阮思澄把颈子扬起，眼睛微眯，红唇张成一个“O”字，舌尖微抬，“呼”的一口，喷出一股烟。烟雾袅袅上升、扩散，出现一个漂亮烟圈，又大又圆，圈儿薄薄的，中间空空的。

阮思澄又连吐出两个，说：“再来一次，你看着啊！”

说完又是一个烟圈，而后嘴唇略略抿起，呼一下，一道烟从烟圈中穿过，还玩儿出花式来了。

“行了阮阮，”邵君理的几根长指在她头发上滑下去，“我好多了。”他心里清楚阮思澄是在逗他开心。

“嗯，”阮思澄的唇凑近他的唇，“想要尼古丁来解解压，却又觉得不能堕落……那，我替你来……”说话间，她唇间的烟雾飘出，扑在对方薄唇上，渐渐散去。

邵君理的喉头一滚。

“最后一口……”

阮思澄的嘴唇轻抿，把烟雾一点点地送到对方的唇缝间。前边几口还挺短促，最后一口却又细又长。烟雾宛如水柱一般，全都打在邵君理唇缝上。这口呼吸，看得见也摸得着。

邵君理受不了，替她把烟给按灭了，而后掰着她的下巴，深深地吻了上去。

强势、狂乱，似乎要把人生吞活剥，让对方只属于自己。其实，这不是一种非常舒服的吻法。

阮思澄的舌尖发麻，挺半天才挣脱出来，问：“君理？”

“阮阮，”邵君理贴着她的唇，“股东会和董事会里有人说，要是这回真出娄子，我就离开现有职位，把错儿揽走，避免重蹈澎湃医疗的覆辙，现在看来这是一个挺有可能的结果。”

阮思澄：有点吃惊地看着他。

“那样，我在整个扬清都待不下去了。阮阮，虽然知道有你陪着，但我还是想……万一你……”

一句话没讲完，邵君理又再次吻上，一手搂着她的肩，一手抱着她的后脑勺，好像要把她的味道尽数啜进他的胸肺。

若是没有眼前这姑娘，他大概不会难受。即使不在扬清集团，他也可以通过其他一些方式实现自己的抱负。但是现在，就连他的胸口都在微微发紧：他说过要为她护航，可如果被踢出公司，他拿什么为她护航——需要多久成功谁能说得准。他会想，若真要从头开始，那对她来说是否分开才是最好的选择。

他真值得她陪着吗？无论他将要落魄几年？

“你究竟在胡说什么，”阮思澄呼呼直喘，“不管你去干什么，我当然都不会离开。”只要对方别闲着，就算失败十次八次自己也会爱他如初。她喜欢他闪耀的样子，这是一种由内而外因为历经百战而形成的独特气质，与本身的地位无关。

“是吗？”

“嗯。”

邵君理又封住她的唇，带着急切和不安。

阮思澄早感觉到了亲吻后对方的渴望，她想让对方安心，想让对方知道她爱他，于是翻身下来，跪在男人双膝中间，伸手解他的皮带扣。

“喂。”邵君理捉住她的手：“去睡吧，等天亮了还要去公司。”

※※※※※※

白天，阮思澄因为着急，每 5 分钟刷 1 次微博，看看扬清医疗丑闻是不是有新的进展。她在几家科技媒体的官微上来回点，也不知道是希望看到扬清的消息，还是不希望看到扬清的消息。

没有消息自然很糟，扬清 AI 和邵君理注定不会有好结果。但有消息也许更糟，会让年轻的 CEO 死得更快、死得更透，情况转好的可能性微乎其微。

总之，阮思澄的心情十分复杂。

让阮思澄完全没有想到的是，当她中午再次刷微博时，她没看到扬清的丑闻，倒是看到了思恒的新闻！

某媒体发了一段采访视频，标题为“据知情人大胆爆料，‘思恒科技’曾从澎湃窃取大量患者病历”。

那个视频黑乎乎的，人变成了一个剪影，声音也经过特殊处理，又尖又利。

视频中的人说："当时思恒只是初创公司，怎么可能有医院来合作？产品上市那会儿，思恒对外宣称它有四五十家医院的数据，这根本不可能。起初谈了几家医院，次次都吃闭门羹。嗯？什么？你问为什么？医院都是很谨慎的，害怕初创公司技术不行，保密工作做不好，病历会被泄露出去，那可就是严重事故了……对了，患者信息虽会被抹掉，但有时能推测出来，比如一些疑难病症。当时思恒的创始人全都是从澎湃出来的，他们拷贝了大量病历，后来用在了对'思恒急诊'的训练上。可以说，'思恒急诊'本身就是一个，嗯，一个非法产品，风险其实是很大的。嗯？你问什么？哦，按流程，AI 医疗初创公司必须取得医院授权才能使用患者数据。你想啊，患者本人想要影印自己的病历，都要取得医院授权，拿到医生的签字和盖章才行。对的，医院对于患者隐私是非常看重的，思恒医疗这种做法已经突破业界底线。"

而当问到曝光以后思恒急诊会如何时，那个神秘人叹道："AI 技术比较特殊，最终产品基于数据。如果产品本身违法，可能会被封禁处理，大医院和基层医院都不可以继续使用，'思恒急诊'这个产品可能从此就会消失掉。当然，如果用户没有意见，思恒也可以重新训练 AI 机器，搞出干净的版本来。"

阮思澄的指尖冰凉，把视频全看完了。

怎么会有这种事情？！

'思恒医疗'在当时就重新训练 AI 机器了！

可是好难澄清。

"窃取病历"这件事已经过去将近三年，关于当时具体情况的证据都湮灭了，何况因为事情本身非常特殊、不宜外传，只有思恒内部元老知道全部的前因后果，股东大会的决议上没提，董事会的决议上也没提。也就是说，他们很难拿出来让人信服的证据，毕竟一切都发生在思恒医疗内部。

只能间接地证明了。要不贴出合作医院名单，说明思恒并不需要冒风险用偷来的病历？

有些困难。首先，思恒医疗跟所有医院都签了保密协议，不好公布。之前那些达成合作的公关稿都是双方沟通好之后才发的。第二，在这样的节骨眼上把医院给推出去，证明病例是由医院授权，不太厚道，影响双方的关系。在视频底下，许多网友都震惊地表示“并不知道医院可以把病历给 AI 公司”“我从来没有授权过啊”。这个时候列出医院名单，实在显得太不仗义，会阻碍公司今后的发展。业界知道“提供病历”与“使用成果”是一体的，可网友们还不知道。最后，由于当时项目推进分外艰难，跟外地大医院达成合作的时间晚，其实根本不能说明之前从未用过偷来的病历，那些网友看完以后依然可能提出质疑。在阮思澄的印象中，“搞定医院”距离上市并没有隔太长时间。当时他们加班加点，才按进度训练好 AI。

阮思澄委屈死了。

她当时拼掉老命才拿到了宝贵数据！

她一点点琢磨办法。

与此同时，另外一个关键问题在她大脑当中盘旋：视频中的神秘男子究竟是谁？

只看身材，她不觉得认识对方。剪影可能是个替身，专门用来录视频的。

阮思澄仔细回忆。

近三年前，知道“窃取病例”这事儿的，一共只有五六个人——她、钱纳、贝恒、邵君理、王选、CSO 石屹立，这些人都参加了罢免钱纳的那一次股东大会。

某媒体账号说是“据知情人大胆爆料”，这知情人到底是谁？

她自己不可能，邵君理不可能，剩下的人只有钱纳、贝恒、王选、石屹立。王选是天使轮的投资人，不太可能玩儿自杀，而石屹立目前还在思恒上班，是 CSO，又有股份，而且个性十分正直，阮思澄比较信任他。那么只剩两个已经离职了的人了，钱纳和贝恒。贝恒一向软弱，让他出来搞大事儿实在有些强人所难，而钱纳却很会因时制宜，并且胆子也大。

所以是钱纳干的？

可是，已经过去整整三年，他为什么在这时候跳出来呢？

前 CEO 钱纳这人不太会受情绪影响，对花时间打击报复几乎没有什么兴趣，他更注重自己，比较冷静和理性。因此，在被踢走以后，钱纳虽然扣押了公司公章想让思恒停摆，来个鱼死网破，可也并未纠缠不休，在被刘洋用出轨证据威胁以后就罢手了。从某种程度上讲，他会选择窃取数据并不让人意外，因为这也是他冷酷分析和追求最大化利益的结果。

那么，还有谁在他身后吗？威胁他，或者引诱他？

还有，这个时候扬清、思恒一起出事，只是巧合吗？

还没等阮思澄真正确定应对策略，该媒体又发布了一条新的视频！

视频里还是那个嘚嘚瑟瑟、欠了巴登的剪影。

被处理过的男人声音还是那样又尖又利，说："当时，思恒医疗创始团队不是没人表示反对，据我所知，CEO 强烈反对，但阮思澄和 CTO，我就不说他名字了，都想要用偷来的病历。CEO 就想使用管理权限强行制止这个事情，没想到阮思澄和 CTO 竟然取得了投资人的支持。他们召开股东大会，直接罢免原先的 CEO，让阮思澄当新的 CEO，然后使用澎湃病历解决数据难题。否则，哎，别说能到这程度了，思恒可能早就关门大吉了。嗯？什么？投资人？对，是邵君理，就是邵君理，扬清邵城的独生子，扬清集团'互联网 +'的 CEO。邵君理跟阮思澄的解决思路比较相似，就是……呃，我不知道该怎么讲，比较无视法律、道德吧，在医疗行业，患者隐私是最重要的了。什么？怎么不用扬清病历？这是他的个人投资，不能使用扬清病历，而且扬清当时没做脑部，没有数据，澎湃有。"

阮思澄的一口老血差点儿就喷出来了！

屏幕当中，那人还在继续发言："CTO？不，不是陈一非，是另一个人。大家知道思恒医疗原 CTO 陈一非在'思恒 AI'成功以后就被赶走了，却不知道思恒医疗的 CTO 在最开始时是另一个人，只待了一年。原因？嗯，怎么讲呢，当时思恒医疗的员工们比较信服 CTO 吧，但 CEO 阮思澄一直都有邵君理在身后撑腰，于是就让他们都走了。"

阮思澄心想：这完全是颠倒黑白、贼喊捉贼。

然而，她又冷静想了想，发现这事儿不好澄清。

要想证明窃取数据的是钱纳，不是自己和贝恒，看起来难如登天。

除非澎湃愿意发声。

只要澎湃进行调查，就能立即知道偷走数据的是钱纳还是自己或者贝恒，否则思恒就只能凭着自己的嘴巴说“看，我们删了那些病历”“看，我们没有用云京一院的数据”，网友们是不会相信的！但问题是，澎湃干吗蹚这浑水？

思恒深度的投资人是扬清和爱未，是互联网三巨头“PAY”中除澎湃外的两个巨头。

把思恒给救上岸来，对澎湃没有任何好处。

先起诉吧，阮思澄想：先给这家发布视频的媒体发律师函，告对方诽谤，再由民事转成刑事，或者干脆直接报警？看能不能让警方到澎湃科技调查取证，可这似乎还是需要澎湃的配合……

也是因为这个现实，一切都需要澎湃支持的现实，钱纳才能肆无忌惮吧？

那么，还有什么办法呢？

网友也都纷纷评论。

中国锦鲤888：“天啊，天啊，邵城儿子真不要脸到这程度？”

脱非入欧：“呵呵呵呵，还以为能瞒天过海呢，可惜只有投胎好，智商捉急。这IQ，妥妥儿在80以下啊。”

互联网圈一姐V：“我错了，我真的错了，我不应该只看脸的……没有想到心这么丑。”

好多沙雕在网上浪回复@互联网圈一姐V：“纯好奇，有照片吗？”

丸子求雅思过6.5回复@好多沙雕在网上浪：“给。[图片]”

好多沙雕在网上浪回复@丸子求雅思过6.5：“谢了！确实好看（自动加上[doge]保平安，我并没有别的意思。”

睡觉十级：“我早觉得他就是被炒作出来的。”

网友记性实在太差，一瞬间，澎湃成了小可怜儿，扬清似乎十恶不赦。

两个视频，分别是在中午12点和12点15分发出来的。

到了下午4点左右，悄悄地，一篇关于阮思澄的文章开始在朋友圈和微博上流传，题目叫“思恒花瓶阮思澄：天降馅饼，一路躺赢，给你揭示人脉真相”。

作者并未认证身份。

阮思澄第一时间就看到了。

她自己就在创业圈和科技圈中，自然容易最先看到。

文章用了春秋笔法。

思恒深度的美女 CEO 阮思澄，被人称为“创业圈的玛丽苏”，曾在澎湃工作 3 年，接着出来自己创业，一路高歌猛进，势如破竹，然而鲜少有人知道，这是一个关于人脉的故事。

她人生的前 27 年里十分普通，十分平凡。她出生在小康家庭，成长于二线城市，爸爸在设计院当土木工程师，妈妈是同单位的会计。P 大硕士毕业以后，她进入到澎湃科技并度过了三年时光，从事的项目与 AI 相关。

在一次峰会上，她遇到了她的“贵人”邵君理。

邵君理何许人也？邵城独子，扬清集团“互联网 +”的 CEO。

当时谁也不会想到，只因抢到澎湃内部的福利票，命运女神向阮思澄缓缓递出了橄榄枝。

……

邵君理想做 AI 急诊。他当然没时间完成，于是交给了想辞职的阮思澄，自己投资 2500 万人民币，让她拉个创业团队。

有了 2500 万，还有资源，这个任务并不困难。很快，阮思澄便拉来了澎湃的两个技术大佬。

思恒医疗十几个人热火朝天干起来了。

……

A 轮融资，一个领投一个跟投是邵君理给拉来的，因为扬清战投部门一般不在早期介入。

B 轮融资，扬清集团战投部门的负责人亲自上阵。

与深度的合并，也是“扬清太子”邵君理跟爱未方面直接谈的，据说他唯一的要求就是让阮思澄任董事长和 CEO。

有扬清与爱未护航，公司何愁不成？

……

阮思澄看完，感觉文章十分恶毒，把她说成是花瓶——她就如同提线木偶，邵君理则在幕后操纵。

然而，这人十分了解她的创业故事，把各部门重新排列、精挑细选，最后再以这个样子呈现在读者面前。

除了“邵君理想做 AI 急诊。他当然没时间完成，于是交给了想辞职的阮思澄，自己投资 2500 万人民币，让她拉个创业团队”是一派胡言，剩下的内容，比如她在峰会认识邵君理，扬清集团单投 B 轮，与深度进行合并他提出的唯一要求就是阮思澄任董事长和 CEO……都不算错误，只是这样一写出来，整个味道都不对了。

哦，还有 A 轮是她拉的，可是文章作者本来也没说得太绝对。

费尽心思澄清这一条，看起来得不偿失，毕竟文中一共写了 6 条呢!何况对这一条，她也没有强力的证据——是他们找的邵君理，还是邵君理找的他们，知情者也只有自己、钱纳、贝恒、王选和邵君理了。钱纳站在另外一边，贝恒一向软弱，王选本身是投资人，他们的证词都不能用。

当然，想要澄清还是能澄清的，详细说清楚每件事的前因后果即可。

但她遇到了跟邵君理几乎同样的状况——大的丑闻还没驳倒，小的丑闻不宜多管，否则网友肯定会再评论说“对于窃取澎湃病历，期待你们的理由哦”“我赌 3 天内思恒肯定能想出一个借口来堵咱们嘴。”

不先解释“窃取数据”，却说自己不是花瓶，确实像个智障女生。

因此，当务之急还是解决“窃取数据”的事。

可这事目前又卡着。

她看了看朋友圈和微博上的评论、转发。

网友评论果然被这篇文章带跑了。

中国锦鲤 888：“我说的呢！今年 30 岁，以前就是普通女孩，咋突然间那么猛了。”

脱非入欧：“美女的‘成功’人设，一抓基本一个准儿，都是假的。”

brutal boy：“果然是有男人帮忙。不是我说，女人在这些方面就是不行，有统计的，女权千万别杀我啊！”

睡觉十级：“人家命好，羡慕不来，哈哈哈哈。”

还有些人觉得文章与之前的“窃取数据”互相印证了。

还没有sci不配有名字：“这就对了。邵君理在幕后指挥，阮思澄在台前表演。之前的CEO不够听话，不用偷来的病例，立马就被扫地出门了。邵君理觉得还是必须阮思澄上，没有经验也得上，因为她听话。你们看，第一个CTO和第二个CTO在公司里地位更高，最后都是滚蛋的命。”

永远的战神巴蒂：“啊，这样一来全想通了。”

自然也有人在继续猜测。

非要平凡：“邵君理应该认识很多很多想当CEO的吧，干什么找阮思澄啊？”

果子哥哥：“估计是找关系亲密的。至于为啥关系亲密……[哈士奇][哈士奇][哈士奇]”

草莓蛋糕：“你们怎么都不敢说！我说！他们两个有一腿！”

我需要的是毅力回复@草莓蛋糕：“小心啊哥们！当心炸号！”

吃土少女：“所以人家不是靠才华，不是靠人脉，也不是靠运气，还是靠长相[哈士奇]”

浊酒一杯：“太真实了，改命只能靠长相。”

阮思澄看着，心里早已非常清楚：她和思恒被全网黑根本不是巧合。

对方表面上是针对她和思恒深度，实际上却是针对邵君理和扬清集团，想抹黑的不是她和她的公司，而是邵君理和扬清AI。

“助阮思澄使用窃取来的病历发展壮大，”“踢掉正直的CEO，把他赶出思恒医疗，”“阮思澄在公司内部没有威信，他就先后开除掉两个功臣”……这些与思恒医疗有关的一切一切，都在证明邵君理的人品低劣、扬清AI黑幕重重。

这简直是直接证据，比“杀人药盒”还要硬实。

一次锤不死，两次锤不死，这第三个实锤总该把邵君理给锤死吧？

这是一次蓄谋已久的突然进攻。

阮思澄坐在大皮椅上，敲敲桌子，心想：虽然自己对扬清“杀人药盒”的丑闻没有办法，但是对于思恒“窃取数据”的网络舆论，必须迅速解决。

这不仅是为了她自己，为了思恒深度，同时也是为了邵君理和扬清集团。

※※※※※※

还没等阮思澄行动，邵君理就来电话了。

“阮阮，”他说，“网上说的……我看到了。抱歉，整个下午都在开会，抽不出空来打电话。”

“没事儿，”阮思澄说，“一大屋子高管在等，当然不要出来闲扯。”他们两个都分得清公事私事孰轻孰重。

“扬清这儿也想了想，思恒医疗现在可以——”

“邵总，没事儿，我能搞定。”阮思澄却打断了他，“咱们现在分秒必争，所以您去忙活扬清集团自身那些泥点子吧！思恒的事儿我来解决，好吗？”

“阮阮——”

“您别分心思恒深度这边儿的破烂事了。相信我，我能处理好的。”

邵君理略顿了顿，说：“好，那交给你，辛苦了。”

这关系到扬清集团在AI领域的生死存亡，邵君理说相信，是真的相信，并非出于个人感情。

阮思澄笑：“行！走着瞧！您去忙吧！”

在结束通话以前，邵君理沉默半晌，叹道：“阮阮，是我连累你了。”

阮思澄惊：“没有没有！胡说什么？邵总，我和思恒能有今天，您起到了重要作用。没你，我们可能早就完蛋了。这些波折会过去的，思恒和扬清，我和您，都是一家人，有福同享，有难同当，挺好的，别说什么连不连累，不管是我还是思恒，都并非只能共富贵不能共患难的类型。”

听到这话，邵君理的唇弯了弯。

挂断邵君理的电话，阮思澄在心里用一分钟打完草稿，舔了舔嘴唇，拨了那串已经两年没拨过的电话号码，它的拥有者叫贝恒。

电话响过一阵以后，熟悉的声音传出来：“喂？”

“贝恒，”阮思澄说，“我是阮思澄。”

“我知道。”

“今天下午上网了吗？”阮思澄的语气好像在谈天气，“钱纳他说思恒曾经大量窃取患者病历，前CEO因为反对才被咱们给罢免了，贼喊捉贼。”

“嗯，我看见了。”

“贝恒，我很清楚这个事儿跟你已经没关系了，你早就没股票了，但我还是想找你聊聊，今晚6点咱俩在长缘日料见见好吗？”

贝恒稍微犹豫了下，不过还是很快答应：“好的。”

“不见不散。”

晚上6点，长缘京都怀石日料。

一切都是那样熟悉，女服务员穿着和服正坐在地，倒茶、上餐。菜单还是5000元一份，根据当日食材的新鲜度确定。这里见证了他跟她最重要的两个场合，一次是他答应让她当上公司CEO，一次是他决绝地离开思恒医疗，那天他把桌上的餐巾纸给撕成了一条一条，全部丢在她脸上，说自己真的疯了。

贝恒看着稳重了不少。他现在在爱未上班，职位已经冲到七级，结了婚，有了孩子。跟阮思澄寒暄时，贝恒说：“我们打算明年要二胎。”

“恭喜恭喜！”阮思澄的嘴角带笑，要了孩子的照片看，一顿夸，最后鼻子有些酸涩地道，“贝恒，真为你高兴。你得到了自己想要的生活。在思恒的那一年多绝对没有白过，在那样的压力下，你明白了自己想要什么样的生活，也会好好珍惜现在的日子。”

“嗯，可能吧。”贝恒笑了笑，“其实直到现在，我也经常会回想起一起创业的那一年，有酸有甜有苦有辣。现在过的是不是自己想要的生活，我也不知道，但是既然做了选择就要一直走下去。现在还是挺不错的，也不太想那些有的没的。怎么说呢，就好像在超市排队，一开始看这一队短，于是排在这一队里，过一会儿看那一队短，又跑到那一队去，之后不管这两队哪一个快都不会想再换了，只能说现在是最佳选择。”

因为如果再换回去，排在最后，就是平白耽误，平白损失。人必须直面曾经犯过的错误、曾经走过的弯路。

阮思澄垂下眸子，道：“不提这些了。贝恒，现在思恒被全网黑。”

“嗯。”

“你该知道我的想法。”阮思澄抬起眼皮，直直地盯着对方的眼睛，“贝恒，当初咱们打算罢免钱纳那一阵子，董事会和股东大会召开之前的一星期，钱纳曾经从你这里寻求支持，你还记得吗？”

“记得。”当时贝恒含糊回应，给了钱纳一个错误信号。结果到了正式股东大会，贝恒根本没有出席，而是在邵君理的“胁迫”之下让阮思澄代为投票了。

“那，”阮思澄的声音放轻，“我那时请你用移动公证的App把通话给直接公证，你记得吗？”

贝恒沉默了好几秒，才轻轻点头：“嗯。”

阮思澄松了口气：“好。”

一般来说，电话录音不能作为法庭证据，要作为证据必须先去公证。过去，当事人必须到公证处去，在公证员耳朵底下拨电话号码完成通话，然而现在在App的帮助下，人们已经可以进行移动公证。靠谱的App技术很强，能在对方手机上面依旧显示本机号码，云端录音并且上传。只要用户按照规定在电话中确认对方姓名、身份及各项事宜，就可在线申请公证，由公证处按照规定出具有法律效力的公证书。

当时，因为与钱纳已经决裂，阮思澄自己无法完成录音公证，可她十分敏锐、谨慎，担心以后有幺蛾子，于是拜托贝恒做了公证。

在那一通电话中，贝恒不着痕迹地确认了钱纳的名字和他的CEO职务，又说了些诸如“阮思澄反对使用澎湃数据，要不咱们不要用了，别伤和气”之类的话，被钱纳拒绝了。钱纳当时是CEO，有自己的运营哲学，不会受制于阮思澄那可笑的罢免提案。

他们开了两份公证书，阮思澄拿了一份，贝恒留着一份。

他们吃了几口日料，阮思澄再次开口：“贝恒，你能不能……出面澄清？”

贝恒不置可否。

“我现在的形象很差。如果由我发布公证书，微博网友可能不信，觉得这是花钱搞的。就算信了，也免不了会被说成‘心机深沉’‘给人做局’……我思来想去，这个真相由你来澄清才最合适、最圆满。你是直接参与者，又没有利益关系。顺便也能说说阮思澄并非一个喜欢赶走 CTO 的花瓶。”

贝恒依旧不言语。

“贝恒，”阮思澄的眼睛当中流露出了一丝依赖，在熟悉的日料店里，她仿佛再次变成当年那个小姑娘了，“当时，就在这个餐厅，你说祝思恒医疗鹏程万里。”

“嗯。”那天，贝恒把桌上的餐巾纸给撕成了一条一条，说自己真的疯了，阮思澄的眼泪乱滚却一直在努力压抑，最终同意接收股份，批准贝恒离职。之后，贝恒说出了“祝思恒医疗鹏程万里”。

阮思澄看着他，再一次把声音放轻：“你说希望思恒医疗能好好的，贝恒，你记得吗？思恒思恒，‘思’是我，‘恒’是你啊！”

听到“思是我，恒是你啊”，贝恒身子剧颤了一下。

阮思澄觉得自己真的有点卑鄙。贝恒这人内在很软，抹不开面子，拒绝不了别人，她在做着跟几年前他想走时做的一样的事——放低姿态。

足足过了一分来钟，贝恒才问：“电话录音和公证书……钱纳名字要打码吗？”

阮思澄被问得一怔，思索片刻，道：“先打上吧。这对钱纳影响很大，咱们看看事情发展，再决定要不要曝光他。”不过，不管打不打码，澎湃定能揪出他来，就看想不想管了。

“好。”

他也想要强硬一回。事实上，在每一次看到思恒成功时，他都会忍不住想，当时如果他能坚强一点，如果他不那么软弱，他的命运是否会有不同，他是否也能拥有波澜壮阔的人生。

他并不嫉妒，并不希望思恒失败，以便证明他的正确。从某种程度上讲，阮思澄是他希望自己能成为的样子，就好像是平行空间中坚持创业的他。他希望她能成功。

阮思澄眼睛有些热：“谢谢你，贝恒。有些东西听着很假，但其实都出自真心。贝恒，我一直都非常感激，经常想起共事那年。在被迫当这 CEO 以后，如果不是还有你，我很可能撑不下去。”

贝恒长长叹了口气，也说：“谢谢。”

阮思澄笑，拿起清酒，把贝恒的杯子斟满：“来，干杯。”

“嗯。”

晚上 8 点 30 分，贝恒发了一篇声明。

针对一些不实爆料，我在思考几小时后决定出来说明真相，还老东家（思恒医疗，现改名叫思恒深度）一个清白。

我是思恒第一任 CTO，也是联合创始人，贝恒。思恒医疗，“思”取自阮思澄，“恒”取自我的名字。2019 年 6 月，我正式从思恒离职，并转让了全部股份。

在创业的第一年中，思恒医疗的管理层确实因为窃取病历而产生了巨大的矛盾和激烈的冲突。但是，与媒体所报道的不同，窃取病历的人是前任 CEO，反对使用窃取病例的人是现任 CEO 阮思澄。阮思澄曾几次试图说服对方，均不成功。后来，邵君理先生也感到与前 CEO 的理念不合，于是召开股东大会，罢免前 CEO，由阮思澄担任 CEO。在我印象中，邵君理先生、另一位天使投资人、我、公司 CSO——德高望重的急诊科退休医生，都支持了罢免决议。这是股东正常决议，是为公司将来考虑，并不存在其他目的，一切流程合理合法。在召开股东大会之前，为了避免以后可能有的纠纷，我曾经用移动公证 App 将电话录音进行公证。相信网友们可以从中看出孰是孰非。

在罢免了前 CEO 以后，思恒删除了从澎湃窃取的病历。思恒用来训练 AI 的数据都是后来逐步积攒的。阮思澄总结了“对 IT 持开放态度”的外地大医院名单，天天跑医院，才终于有了这些病例。

另外我还想补充一点，我的离职完全是出于自愿。当时技术遭遇瓶颈，患者病历也拿不到，我压力很大，整夜失眠，体重增加，最后认定自己并不适合创业，于是申请辞职，继续回到大公司工作。CEO 阮思澄一直挽留，是我执意抛弃了兄弟姐妹们。

至于2019年6月以后的事，我并不清楚，也不多谈。

我本来以为自己与老东家早已经是平行线了，没想到竟会作为唯一一个不相关的证人站出来。

冥冥当中也许有天命。

贝恒

思恒医疗前CTO、联合创始人

贝恒的声明一发出来，思恒深度CMO（首席营销官）梁言刚联系的平台便纷纷转载，配着各种“震惊体”的标题。

“反转实锤？思恒前CTO隔空发声！”

“思恒医疗上演现代版‘真假美猴王’——谁是那个偷病历的？”

“思恒医疗两位CEO，谁是天使谁是魔鬼？”

网友明显看呆了，纷纷评论。

吃土少女：“阮思澄队加一分，前CEO队加油呀！”

浊酒一杯：“蒙了……不知道了……不说话了……”

懿然易爆炸：“这个看着相当实锤了，有录音，有公证书。对方还能有更实的？”

天平悄悄恢复了平衡。

阮思澄也发表评论，进行转发：“谢谢贝恒。你永远是思恒元老。”

紧接着，趁着当天气势，晚上10点左右，阮思澄在自己的微博发出一篇长文章，标题为“只因你是女CEO”，正面回应那篇“思恒花瓶阮思澄：天降馅饼，一路躺赢，给你揭示人脉真相”的狗屁文章。

她一条条进行解释。

我跟邵总首次见面，确实是在AI峰会，因为我抢到了澎湃内部的福利票。

在论坛的问答环节，我提出了很多问题，也得到了很多答案。当晚，主办方在酒店举办酒会，我毛遂自荐，也想参加，主办方的小姐姐说，因为我在论坛上多次提问，大佬对我有印象了，因此同意我去参加酒会。

但是，我在酒会拼掉老命也只加到几个人的微信，跟邵总和其他老总完全谈不上熟。图一是我从酒会回来后，给邵总发的社交邮件，他没有回。看看我的生疏语气，可能被他指定创业吗？事实上，贝恒、前 CEO 在澎湃时就已经是六七级了，他们拉我加入团队，也搞定了首轮融资，与邵总的再次见面根本就是一个巧合。图二全是往来邮件，可以充分证明这点。

A 轮融资，是我用腿跑出来的。我总结了 VC 名单，选定了目标对象，一个一个去堵、去谈，最后终于有了好消息。图三、图四是大名单，还有当时的融资 BP。邵总要肯亲自找钱，还会需要这些东西吗？

再说 B 轮融资，那时候思恒急诊已经救回了好几个人，记者们纷纷报道，扬清战投其实只是众多候选方中的一个。不是扬清选择思恒，而是思恒选择扬清！

至于合并……

……

当时没有大医院肯冒风险提供病历，于是我总结了“对 IT 持开放态度”的外地大医院名单，想着这些地方没有创业公司扎堆“骚扰”医院医生，我跑得勤，受受累，也许就会有结果的。没有使用窃取病历，也没有借助扬清资源。我记得非常清楚，2019 年 9 月 9 号，某家医院因为刚刚才输了一场医疗纠纷，决定试试 AI 医疗，表达了初步意向。在那以后，局面打开了。图五、图六是三个月的往返机票。

至于技术难题，不少朋友都听说过——CTO 陈一非帮了大忙。我参加峰会，跟陈一非假装偶遇，“当好朋友”，最后终于把他挖了过来。而陈一非离职以后，我又请了那个时候官司缠身无人敢聘的叶凤毛当继任者。PS：我跟一非对公司的发展方向有些矛盾，好聚好散，大家不要过度猜测。

“思恒急诊”做出来后，大医院都不想用，我们完全没有办法跟大公司正面竞争。于是，我想到了基层医院，想着采用“农村包围城市”的战略……

在这三年里，不管拉投资、求合作，还是什么，对方一看我是一个女 CEO，有一半人会立即表现出不信任。我不服，曾分别用“阮思澄”和虚构的男人姓名发送相同的融资邮件，最后，用男人名字收到的回信竟然是用我本名的双倍。

有些时候，我还会被人要求来场桃色交易。

而当女CEO历尽千辛终于取得一点成功，哪怕只是一点点儿，就会有人跳出来说："看啊，她身后有男人运筹，她靠的是'人脉''关系'，她的成功只是因为她认识了一个男人。"更恶毒的是，还有人说这女CEO是小三出身或是小三上位，给女CEO泼一身脏水，让人显得毫无尊严。

我还见过，而且是数次见过，一个优秀的女CEO被周遭定义为"失败"，因为她还没有结婚或生子，因此只是一个"不幸福"的可怜女人。

好像说多了。

但我真的非常难过。

为我的CTO贝恒、陈一非和叶凤毛，为我的CSO石屹立，为我的CMO梁言，为思恒的工程师们、产品经理们、UI设计们、HR们、售前支持们、售后支持们……为300多个思恒员工感到难过。

对不起了。

你们300多人，三年来的日思夜想、披星戴月在一夜间被否定了。

你们300多人，三年来的才高智深、见多识广也在一夜间被否定了。

只因你们的CEO是个女人。

阮思澄也没有想到，这条微博被疯转了！

微博用户以女性为主，在事情反转以后，她们看着这篇微博，想到自己遭遇过的一些评价还有中伤，或者是女孩子学理科是不行的，或者是女孩子到高三就落后了，一个个在一瞬间又真情实感地挺阮思澄。

用户11223344："我的天，做了这么多事！"

用户44332211："产品创意是女CEO提出的，患者病历是女CEO弄来的，P大合作是女CEO搞定的，技术大佬是女CEO拉的，A轮融资是女CEO融的，基层市场是女CEO开拓的，脑部代码是女CEO敲的，腹部难题是女CEO解决的，有些男人居然还说'这个女的啥也没干'，拜托，要干多少才叫干啊？"

我这里有甜甜恋爱回复@用户44332211："永远都是啥也没干［哈士奇］。"

居然还有一些人说：

“小姐姐太优秀了！”

“小姐姐太努力了！”

“感觉自己只是咸鱼……”

“我的妈，竟然需要这么拼的吗？”

“果然，根本不是普普通通就能取得好成绩的……”

“我酸了，我真的［柠檬］了，比你漂亮和聪明的人还胆子大又肯拼命。”

舆论基本扭转过来。

当然也有“呵呵，又是借着政治正确来炒自己女人身份”的声音在。

到晚上 12 点，让阮思澄感到非常意外的是，有一段被剪辑过的视频 @ 了她。

题目叫“思恒员工力挺老大”。

那个视频经过缓冲才终于开始播放。

开头先是一段字幕：“今天，思恒员工力挺老大。”

接着，三个还在公司的人对阮思澄“大胆表白”，他们都是研发部的总监经理，一个长得又白又高，一个又黑又矮，一个一脸的痘痘坑：“我们仨是老员工了，当时阮总临危受命，特别心慌，一直强撑，超好笑的……不过阮总非常努力，气场渐渐就出来了。”“嗯，那时陈一非陈总比较稳重，也算一针强心剂吧，等到患者病历进来，技术难题解决，阮总变得自信很多，尝试、学习，再尝试、再学习，摸出一套管理方法，跟别人的不大一样。”“对，是循序渐进的。”

视频下方字幕打着三个人的名字、职务，还有入职思恒的时间。

后面二三十个出场的人全部是在家中拍的。

梁言就是云京本地人：“说什么啊……”随后竟然一字一字地往出嘣，还嗲嗲地：“阮总，我们 ~ 都喜欢您 ~”

接下来的几人全是市场部的，再接下来的是研发部的。

吴九如说：“A 轮融资没着落时，思恒曾经被迫裁员。我们当时看到阮总在车里抹眼泪，擦干后才上楼的。当时，阮总自掏腰包给被裁员工买招聘网高级会员，还给大家写推荐信，让 HR 帮改简历……帮这些人找新工作。”

叶青补充说：“后来，A 轮资金一进来，她就挨个打电话，请被裁掉的员工再回思恒医疗继续工作。当然啦，有人回了，有人没回。”

另一人说：“阮总，嗨！在第一年，只要有人申请离职，她就觉得肯定是自己哪里做得不好！”

再往后是销售部的人员说话。

“我才工作不到半年，但感觉还挺开心的。阮总生日时，我们部门买了蛋糕，点上蜡烛，想给阮总庆祝生日！结果，阮总一直坐在屋里跟某医院讨论合作，不撂电话，也看不见我们！我们端着那个蛋糕，站在门口等啊等啊，结果蜡烛全都化了，滴滴答答的，贼恶心，我们总监只好自己吹了蜡烛，一边吹一边帮阮总许了个愿！这肯定是真心服气才想给她过生日啊。”

后面还有原深度的人员说话。

“我不了解阮总哎，好像人挺好的。我们想去别的项目组都可以提出来，HR 会协调。”

“她跟邵总没暧昧的了，别听有的网站瞎扯淡了。他们两个绝对就是很纯粹的工作关系。”

视频中甚至安排了几个已经离职的人员说话。

其中一个说：“我是为了追求更好的发展到现公司的，但是吧，思恒医疗真的就像个大家庭，部门后来几次年会还都把我叫上。”

视频临近结束，又是一段楷体字幕：

“迫于时长，只选取了 30 个人的发言视频，但这不是全部素材。在短短的 3 小时内，我们一共收到了 110 条视频和 140 张卡片，而思恒的员工总共才 391 人……”

字幕缓缓淡出以后，其他好几十个人的视频截图呈现出来，屏幕下方用小字打着这些人的姓名、职位。5 秒钟后，这些截图渐渐融入背景，三四十张新面孔又出现了。

视频截图后，表白卡画面来了。有些员工不愿出镜，便写了卡片。有特色的卡片单占一屏，停两三秒，其余的被拼在一起显示。

也不知是怎么回事，阮思澄看着看着，一滴泪从眼角处顺着脸颊滑了下去。

她也没擦，继续看着，然而泪珠从下巴尖不间断地滴落在桌上。

她以前挺容易哭的，但是自从听了邵君理的，内心变得“冷硬”以后，她已经很久没哭过了。

然而今天，在这样的一个深夜，她的眼泪却止不住地流。

她觉得，即使是在几十年后，那时她不再是思恒的CEO，邵君理也不再是扬清“互联网+”的CEO，她也依然会记得这段视频，记得她在受欺负时公司员工的力挺，因为这是对她最大的肯定。

※※※※※※

第二天早上，爱未战投也发表了声明，说爱未对被投资者是关心的、是负责的，在思恒和深度的合并谈判中，让阮思澄当CEO是各方的共同决定，完全基于对思恒深度未来的长远考量，绝对没有被任何人影响决策。

阮思澄对此还感到挺意外的。

这回，因为思恒深度，老冤家扬清、爱未竟然站到同一站线上了。

不过想想也能理解。网文说阮思澄当CEO是邵君理给要来的，等于也打了爱未的脸。爱未、扬清斗了那么久，爱未战投可不会看邵城父子的面子。

爱未的声明也成了挺阮思澄的有力证据。而当时深度的CEO和CMO现在还有公司股份，自然不会跳出来“加戏”。

而钱纳那边，一直没有任何回应。

贝恒发出的之前已被公证过的电话录音，打了钱纳和幕后的人一个措手不及。

显然，钱纳根本没有料到贝恒当时还录音了。钱纳只是个程序员，不太了解移动公证这些东西十分正常。何况钱纳在拉拢贝恒时是非常相信对方的，绝不会想到贝恒已经“背叛”到如此程度。

铁证如山，钱纳无法再颠倒黑白。

阮思澄估计，“思恒花瓶阮思澄：天降馅饼，一路躺赢”这篇文章跟钱纳也脱不了干系，因为其中部分素材根本没有几人知道。在她的印象里，听她讲过跟邵君理初遇经过的人都不超过 5 个。至于思恒、深度合并时的一些细节，可能是谁无意中泄漏出去的。

阮思澄通过微信给邵君理发了好几张图片，疯狂邀功。

邵君理点开图片，发现是思恒和阮思澄的公关原文，以及部分网友的评论。

因为思恒、扬清两家公司的丑闻已捆绑在了一起，思恒这边的反转也导致了部分网友开始怀疑扬清“杀人药盒”的真相。

不少人说：

“邵城儿子不大像是急躁冒进的人设啊！”

“他好帅，希望不是！邵城居然可以生出这个长相的儿子来！”

“不敢站队了！思恒深度反转了，那会不会扬清集团也能反转啊？”

“楼上，扬清集团智能药盒都已经被一级召回了，怎么反转？”

“就我一个人不知道思恒深度是什么吗？”

邵君理笑，发了一个微信自带的表情图，鲜红鲜红的“100 分”。

阮思澄挑了半天，最后选了个“爱心”回复邵君理。

5 秒钟后，阮思澄收到回信，还是只有微信自带的表情图，几大排“爱心”。

“没羞没臊的……”阮思澄不搭理对方了。

另外一边，邵君理放下手机，起身前往会议室开会。

今天上午，他必须要对丑闻的处理方法做出决定。

他穿着一套黑色西装，一手插兜，一手拿着一沓文件，气场惊人，走到桌前缓缓坐下，看着桌子左右两边几十个人，说：“给意大利分公司打电话吧。”

“好，”一个女人点点头，拿起电话按了个键，“各位能听到吗？能听到吗？”

对面回答："能听到。"

"好，开始了。"

"嗯。"

邵君理十指交叉，问："意大利的几批货，检验结果都出来了吧。"

"对，刚刚全部出来了。"扬清集团"互联网+"大事业群质量部的副总经理、质量管理通道分会的会长说，"已经查完那几批货。非常奇怪，每一批货都有部分智能药盒锑超标，另一部分则不超标。"

邵君理的表情不变："在终端，按我说的具体方式召回了吗？"

"都召回了。"

在召回前，邵君理破天荒地定了一套极复杂的召回方法。

一般来说，从分销商比如药店召回的产品，和从最终端消费者那召回的产品，全部会被堆在一起，等待统一处理，因为按理说，一批产品在质量上并不会有多大区别。

然而对于这次事件，邵君理早下了命令：从意大利菲菲药房库存当中召回的，要打标签，放在一块儿；通过菲菲药房从顾客那召回的，要另外堆放，并且附上退款支票接收方的尊姓大名——在欧洲和北美，退款经常使用支票；通过邮政、快递从顾客那召回的，也单独堆放，附上该顾客的姓名、地址等信息。总之，对每一个智能药盒，都必须要能追踪到它曾经的使用者。

这是一种麻烦和不必要的做法，过去从来没人用过，甚至没人听说过，谁都不懂下达这命令的具体理由。

"结果呢？按渠道说。"

"好，"质量副总40多岁，挺胖，说话干脆利落，"12月出厂的两批货，菲菲药房库存里的全部超标，一共4个，锑含量是2000ppm；菲菲药房召回点的部分超标，其中15个2000ppm，剩下都是20ppm；而邮寄回分公司的也部分超标，其中15个2000ppm，剩下的20ppm。11月出厂的那批货，菲菲药房已经售完，菲菲药房召回点的和邮寄回分公司的，都部分超标，三批超标的比例差不太多。"

邵君理的眼睛看向角落处的一名男子，问："同一批货，锑的含量截然不同，怎么回事？难道有的脱锑了，有的没脱，不同时间生产的货被混在了一个批次里？”

“不会的！”那名男子十分激动，正是之前听邵君理说阮思澄“挺可爱的，也认栽了”的从事制造业的好朋友，也是扬清智能药盒代工厂的总负责人，“我们控制非常严格，同一批货是一样的！即使塑料是同一天生产出来的，只要我们换过原料，也会算作不同批次！我告诉过手下的人，每回重启生产流程都要打印新的标签！”

说完，他拿起几个药盒：“你看，这俩药盒都是1号出厂的。这个批次是20210301-1，这个批次是20210301-2，不一样！”

邵君理问：“会不会是底下的人自作聪明偷工减料？”

这位工厂总负责人看向另外一人。

“不应该，”总负责人底下的高管一一列举，“咱们三令五申在批次上不能乱套！小刘天天现场看着，他那人最认真了！而且我们质控非常严格，没随意到那个程度，脱锑程序是必需的，这个也有专人监督！我们还有来料品质管控及出货品质管控。对于扬清的药瓶，在出货前一直是全检，而不是抽检，这也是贵方要求的。三个环节怎么可能同时出问题？会不会是扬清这边在装盒时发生了意外？混入了别家的瓶子？比如以前厂家的？好像也说不通，哎……”

代工厂负责生产智能药盒，扬清自己进行包装。

邵君理却不置可否，抬头望向一名女人：“重金属锑严重超标，扬清抽检没看出来？”

那个女人非常漂亮，一直负责药盒抽检：“邵总，说实话，我想不出这事儿是如何发生的。扬清对于智能药盒一直都是按批次抽检，现在这个缺陷比例已经算是相当大了，差不多有四分之一，每抽检4个就应该能发现1个缺陷产品，而对于这两个批次的产品，扬清一共抽检了10%，14个产品，结果显示全部过关。”她拿出一份报告，继续说：“这是扬前对这两批智能药盒的质检报告，上面显示没有问题。代工厂用无损方法，咱们是用另一种方法。”

邵君理微微点头。

接着，材料供应商也不认为自己有错。

轮流讲完一遍，邵君理仍没发表意见。

公关部的老总急了："邵总，公关的方向，您今天要拿个主意。要是错过这一两天，扬清 AI 就要凉了！"

言外之意，是合作方的问题，是自己的问题，还是临时工的问题，必须要有一个定论。

怎么都得有人负责。真的也好，假的也好，总之要先安抚顾客。

邵君理看向公关部老总。

两秒后，邵君理的目光扫过在场所有的人，高高大大的身子靠在皮椅背上，用有磁性的声音说："我给你们三分钟，你们再认真想想自己负责的环节是否存在漏洞。"

说完抬腕看手表，而后重新抬起睫毛。

每一个人都有些紧张，有些慌乱，与邵君理对视几秒，接着努力反思流程。

邵君理看着，观察着。

三分钟后，邵君理再次发声："有人想出什么了吗？"

众人沉默，全都比较坦荡，觉得不是自己惹的祸。

"好，那说说我的观点。"邵君理的目光再次扫过在场所有的人，知道真的没人心虚，"我认为是有人嫁祸。"

众人："啊！"

这个推测过于玄幻！闻所未闻！

邵君理又开口解释："某个公司购买药盒并且挨个换掉药瓶，再向政府卫生部门举报锑的含量超标。"

大家这下算是明白了："所以邵总一开始就采用了那样一种召回方式？"

"嗯，"邵君理说，"质量部多分析分析，塑料药瓶仿得再像也不可能一模一样，配方、性能，都多看看。"

停顿了一会，邵君理接着说："分公司要想办法把菲菲药房这几个月的所有退货都搞到手。除了官网和亚马逊，智能药盒只在菲菲有售货点，卫生部门接到举报肯定会去那边抽货，所以，被抽走的很可能是刚退货的。当然，要得到顾客信息并不容易，大家尽力而为。”

分公司的人电话里回答：“好的。”

“法务部，把超标的智能药盒顾客信息逐一调查，看有没有中国名字，有没有竞争对手，等等。”

“知道了。”

“最后，”邵君理把领带正正，“要仿得像，需要大量原始样本。销售部，把 4 月到 10 月的所有出货，一个一个地给我查。”

※※※※※※

邵君理把方向定了，扬清开始深入调查。

下午 4 点，扬清集团质量部的报告出来，结果让人不寒而栗。

“杀人药瓶”和原药瓶的各项数字一模一样。

代工厂的负责人、邵君理的好朋友叹道：“看看，看看这个假货！冒牌工厂把我们的工艺全学会了！ PET 原材料 160℃无菌干燥 4 小时，机筒温度 320℃，注塑速度 3.0 秒，背压 90bar，排气口是……全破解了！”

邵君理问：“还能知道这是假货？”

负责人冷笑：“假的就是假的。真东西都会有不断研究、不断调整、不断完善的痕迹在。至于这个假的，它仿的是 6 月到 7 月的 PET 瓶，然后疯狂加重金属。那时候为了防止注塑时过早凝固，注射速度是 3.0 秒，可后来改成了 3.5 秒，让物料更加坚硬，这也是扬清集团根据顾客反馈意见在 8 月提的要求。另外，那时候保持压力是 0.50MPa，后来给改成了 0.45MPa，增加了透明度，但不细看就看不出来。幕后黑手毕竟不是智能药盒的真工厂，不了解里面的这些门道，12 月才在菲菲药房买咱们的智能药盒，用超标的药瓶替换掉真的药瓶，再退货，让意大利卫生部门抽检那些问题产品，可还是那句话，假的就是假的，总归会有破绽的。”

“原来如此。”邵君理想：这样一来就可以缩小调查范围了，因为“顾客”肯定是在 6 月到 7 月买的真品。

这可真是毒辣无比。

负责人又说："不过，幕后黑手还真认真，重新做了药瓶！我们本来以为重金属是抹上去的。"

"嗯，据说可以。"

"把辉锑矿与铁熔炼，金属锑就挥发出来，呈蒸汽状，还不稳定。锑会立即在空气中氧化、附着，只要把智能药瓶放在上方就很容易搞出2000ppm。"

邵君理沉默不语。

"人家居然重新做了药瓶。"负责人又叹道，"君理，他们真想弄死扬清。"

负责人说完后又解释了对锑的检验，是看该容器被浸泡后的锑迁移量，检测方法有石墨炉原子吸收光谱法、原子荧光光谱法、电感耦合等离子体质谱法、电感耦合等离子体发射光谱法等。因此，直接抹锑也能栽赃，只是比较容易被拆穿。

听完，邵君理的眼神冰凉："我知道。"

扬清集团"互联网+"部门整整查了8个小时。

不过，对于幕后黑手，却始终没有头绪。

菲菲药房并不同意泄露自己的顾客姓名。扬清集团只确认了"在卫生部调查当天,有消费者退过货"这样一个关键信息。菲菲药房的退货政策是，对于药品，只要从来没有拆封，7天内可退货换货;对于非药品，比如血压仪、血糖仪、体温计，只要没使用过，1个月内可退货换货。扬清集团智能药盒也在这个范围内。

销售、法务两个部门按邵君理给的方向，把超标的智能药盒顾客信息逐一调查了，没看出什么问题。一共30个智能药盒都是不同的人买的，其中28个意大利人，2个非意大利人，但看不出任何问题。那两个非意大利人，一个是在意大利念书，一个早就移民到了意大利，在超市工作，都十分正常。购买者的姓名和退货者的姓名也都对得上。

至于调查普通顾客，就更没有任何收获了，即使调查范围已被缩小至6月到7月。国内因为网购方便，智能药盒基本是通过网络销售。使用者是老人，购买者是他们的子女，75%的药盒被寄到使用者家里，剩下的则被寄到购买者那。

作为“三巨头”之一，扬清产品早已深入普通人的日常生活。扬清有社交网络，有聊天工具，有购物平台，有支付工具……可以搜到不少信息，并没有人购买过两个以上的智能药盒，也不存在“几个顾客属于一个同事群组”等情况。

这天下班，吃完晚饭，阮思澄问邵君理:【君理，今晚回不回？】

邵君理回:【够呛，别等。】

【还通宵吗？】

【差不多。】

阮思澄又继续问:【现在究竟怎么样了？】

邵君理把当前的困境通过语音讲了几句，继续说:【幕后这人挺谨慎的，不容易被揪出来。】

【君理，】阮思澄小心翼翼地说，【你要自己亲自看吗？】

【嗯，分公司和销售部把查到的数据整理出来了，我今晚自己看。我不相信没有漏洞。】

【需要多久？】

邵君理说:【不知道。估计要12个小时，从现在到明早8点。】

阮思澄问:【我能不能也去扬清？也许可以帮帮忙呢。】

【不用了，你好好休息。】

【我想过去陪你，你看一半我看一半，我要是能和你一样快，咱们2点就结束了，还剩6个小时睡觉。而且就算不这么分，咱俩一人过上一遍也更容易发现问题。】

邵君理想了想:【那行，你来办公室吧。】

【好嘞。】

15分钟后，阮思澄被章锦曦领进总裁办公室。她把外套随手一挂，又把电脑放在茶几上，一步一步走到桌前，说:“把超标的智能药盒顾客信息发过来我看吧，这些不需要扬清的权限，相对比较好入手些。”

邵君理抬头看了看她。

她穿着V领的收腰裙，玲珑有致，长发还是盘在颈后，妆容精致，很成熟，很好看。

邵君理操纵鼠标，按她说的选择文件："刚分享了。"

"好。"

邵君理的机械键盘是分体的，能拆开来，左手摸一半，右手摸一半，不需要把胳膊收着，两半键盘还带弧度，非常符合人体工学。一般来说只有极限黑客才会喜欢这种键盘，阮思澄每回看到都在心里觉得神奇。

阮思澄说："我看看。"

"你就负责那一部分。"邵君理说，"我不管了。工作量比预想的大，我这边没余力了。明天必须开始反击，再久丑闻就过时了，没人关心了，社会公众只会记得'杀人药盒'。"

阮思澄郑重道："好，我知道了。"

回沙发上打开Excel表，阮思澄便开始看了。

章锦曦把一份咖啡放在桌上，阮思澄笑着说谢谢。

她一行行地查过去。

距离明早8点还不足12小时。邵总没让那些副总来查，甚至没让章锦曦看，却叫自己过来帮忙，是不是说明他最相信她的能力？觉得如果她也看不出来，那就确实是看不出来了，换成别人也没有用？是不是说明他认为她已可以和他并驾齐驱了？

阮思澄整颗心都微微发热。

大约12点时，邵君理突然停了下来。

阮思澄注意到了，问："君理，怎么了？"

邵君理的几个指节在桌子上敲了敲，笑："有个公司不太对劲。"

"嗯？"

阮思澄把鞋子穿上，咔哒咔哒地跑过去："怎么了？"

"来，"邵君理把阮思澄给拖到自己的大腿上，"他们查过终端顾客，并未发现任何问题，我相信。所以，我首先从扬清集团在欧洲的经销商入手。"

“嗯。”阮思澄接话，“幕后黑手想做药瓶就必须有真的药瓶，否则扬清一收回来就会觉得不对劲。现在二者完全一样，正常来说，扬清集团会认为是代工厂的错误所致，比如没有脱锑工序。”

“对。所以这个黑手肯定得买一些药盒回去研究。不是一个，而是挺多。”邵君理点了点头，拿出一张纸来，“这是某家 PET 瓶检测机构的报价单。单单总结药瓶配方，比如都有什么填料，增塑剂、阻燃剂、润滑剂、着色剂等，就要 50 克样本，至少需要 6 个药瓶。另外，还要分析物理性能、化学性能，全都需要原始样本。有了数据，才能仿制，才能比较，才能调整。”

物理性能、化学性能可以分出好几十项，比如透光、雾度、白度、含水、吸水、酸碱、刚度、硬度、拉伸性能、冲击性能、弯曲性能、耐磨性能、高温性能、低温性能、老化、耐油……说道不少，全都要查才好造假。

阮思澄问：“然后呢？”

邵君理的右手食指点着屏幕上的一行字：“这是英国的经销商，这是它们的客户名单。看这儿，这家叫 Global Healthcare Wholesale 的公司是 5 月才成立的。咱们两个已经知道，所谓黑手动手栽赃的时间点是这前后，因此，Global Healthcare Wholesale 十分可疑。”

“嗯，明白。”购买药盒是在 6 月或 7 月，仿造的也是 6 月或 7 月的瓶子，如此推算，成立时间在 5 月，没毛病。

邵君理又说：“你再看看，Global Healthcare Wholesale 在 7 月曾一口气跟英国的经销商买了上百个智能药盒，虽然他们从 5 月到 9 月也在同个经销商那买了不少别的产品，但更像是为了掩人耳目。我刚才查了，这家公司在 10 月已经注销，不存在了。”

“哦？”

“它说它是二级代理，可以负责某个区域，英国区的总经销商也没怀疑，签了合同。这也许是一个谎言，只为显得合情合理。”

她很明白邵君理在想些什么。

这家叫 Global Healthcare Wholesale 的公司，存在的意义可能就是做局。

幕后黑手拐了个弯购买这些智能药盒，在欧洲注册公司，从英国的经销商处购买，再注销掉，如青烟一般了无痕迹。

阮思澄问：“那怎么办？能查到这家公司是谁开的吗？”

“可以。”邵君理的手轻按“Ctrl”和“Tab”，切换到一个叫 Company House 的网站，指着上面一个名字，说，“可以查到这个女人，Lizi Zhang，不太确定中文名字。”

“Lizi Zhang……”听着有些耳熟。

“放心，”邵君理的薄唇吻吻阮思澄的一侧额角，一声轻笑，“做好自己那一部分。至于这 Global Healthcare Wholesale，会有马脚的。我已经让扬清的人全面调查这个 Lizi Zhang 了。根据实名，查她在社交网络、聊天工具、购物平台、支付工具等地方的发言记录和其他蛛丝马迹。”

“明白。”阮思澄再次感到“三巨头”的根基之深，一个人在“三巨头”前是不存在任何隐私的。她依稀觉得，未来风口可能是更重隐私的网络服务，甚至有些类似暗网。

说到这里，阮思澄的发髻一松，竟然是发圈断了。

阮思澄问：“君理，你有长铅笔吗？”

“嗯？”

“盘头发。”一根铅笔就能盘了。

“有。”邵君理从面前笔架抽出一支 HB 铅笔，而后生怕有灰尘似的，用两只手的拇指、食指从正中间滑到两端，再回来，再过去，把每个棱都擦干净，才递给阮思澄。

接过带有温度的笔，阮思澄的脸一红，赶紧把头发迅速盘上，觉得脑袋都变热了。

※※※※※※

抬腕看表，已经是晚上 10 点，邵君理叫英国那边的经销商把往来 E-mail 全转给他。

一边是扬清集团，一边是已被注销的 Global Healthcare Wholesale，该经销商也没纠结，把 30 封 E-mail 一一转发。

发信人用的名字是 Liz Zhang，是个女性名字，然而实在是个烂大街的名字。Liz 是伊丽莎白“Elizabeth”的简写，太多人叫这名字了，张又是百家姓中排名靠前的。不过，显然这个 Liz Zhang 和 Global Healthcare Wholesale 的老大“Lizi Zhang”是同一个人。“Lizi”和“Liz”二者谐音。

阮思澄老是觉得她在哪里见过这名字。

到底是在哪儿呢?

Lizi Zhang……Liz Zhang……

她翻腾着层层记忆，把手机电话簿和微信里的每一个人都过了一遍，没想起来谁叫这名字，也没想起谁提过这名字。

怪了。

“行了君理，”不再想了，阮思澄说，“我继续查退款。”

“嗯，好乖。”

“喂……”

被确认是“杀人药盒”的退款者们表面上很正常。于是，阮思澄把 Facebook 和 Twitter 打开，拿着扬清智能药盒退款支票的扫描件一个一个输入名字并且逐一查看“好友”。

在欧洲，基本人人都在用 Facebook，加加熟人，发发照片。

有人不让陌生人看他 Facebook 的好友列表，但大部分都没屏蔽。

没屏蔽的，每个人的好友列表里面都有好几百人，多则上千。阮思澄滑着滚轮，一屏一屏地往下看。

半小时后，凭借超常的记忆力，阮思澄发现，好几位退款者的好友列表里都有一个叫 Benjamin Cheung 的，而 Benjamin Cheung 个人主页的“公司”一栏赫然写着：Peng Pai！

澎湃！

阮思澄把嘴唇抿抿，继续查。

全看过后她发现，还有几位消费者的好友列表里都有个叫 Lindy Fu 的女生。阮思澄想了想，把她头像拷贝下来，发给邵君理，让邵君理在国内的社交网络、聊天工具上搜图。几小时后，扬清 AI 的工程师说，他发现某个聊天账号的头像跟这张一样。他们调出实名信息，请澎湃的一个朋友在内网上查了查，果不其然，这个 Lindy Fu 也是澎湃的员工，目前在意大利的分公司工作。

目标再次指向澎湃！

作为女生，她就知道，Lindy Fu 在几个平台上的头像是同一张照片！

人嘛，都会选择最好看的一张照片当作头像，而各方面都适合的其实还是挺难找的，一个阶段很可能就一张照片看着还算顺眼，觉得其他的都不如它。

阮思澄又从头到尾细致地复查了一遍，发现了两条漏网之鱼。她又想出其他办法，比如用相同名字去查 LinkedIn，最后发现这两人也来自澎湃。

呵呵。

“君理，”阮思澄到他的身边，说，“黑手居然是澎湃！”

“来，说说，”邵君理把对方抱着，“怎么想到的？”

“简单。幕后黑手想做得好，就不能光是把调包了的药盒退给菲菲药房，让卫生部拿走抽检，还需要在扬清宣布召回以后把大量的有毒药盒也交回去，否则就太不对劲了。因此，他们需要提前购买，调包做局，等着召回。幕后黑手毕竟不敢让毒药盒真被卖到顾客手里。”

“当然。”

阮思澄说：“菲菲药房的退货政策一直以来都没变过，怎么买的怎么退。现金买的退现金，信用卡买的退到信用卡，电子支付买的退到电子支付，这样最后才好走账，否则肯定要乱套的。但是对于这次退款，你却决定只用支票，由扬清承担全部损失，菲菲那份照拿不误，还让员工到现场去专门负责这个事情。你这样做的原因是希望拿到顾客信息，你一开始就想到过扬清可能被嫁祸了。”

“嗯。这边整个管理流程应该不会出大问题。”说到“嫁祸”，邵君理的声音冰凉。

“澎湃呢，在菲菲的那些药盒应该是用现金买的，也想用现金原路退了。他们觉得有产品和购物小票，本人过去就可以了。可突然间，你要名字！可以写在支票上的真实名字！还要出示本人证件！这个事儿比较突然，两天以内就得解决，而澎湃为了造假，也只好硬着头皮上了，不然总不好说，菲菲药房库存里的智能药盒全部超标，菲菲药房卖出去的都没超标吧？那实在是太诡异了，一看就有猫腻儿呀。库存里面还有好些个呢！总要把一些超标的混入召回的产品里。”

她顿了顿，又继续说：“然而时间比较紧张，一下子上哪拉 15 个人？只能澎湃自己的人求求周围亲戚朋友。然而嫁祸需要隐蔽，不大可能搞得众人皆知，所以肯定，每一个知情员工都要拉来好几个人！大家工作这么久了，都会有些当地朋友，室友啊、校友啊，等等，拉到几个熟人不难。可是澎湃完全忘了，这些‘顾客’在 Facebook 上有共同好友！扬清没把收回来的智能药盒堆在一起，而是可以精确到谁退回来了哪个药盒，总结出了问题名单，所以呢，我就翻呗，果然发现一些马脚。”

邵君理的眉眼温柔：“嗯。”

“Benjamin Cheung，Lindy Fu，这些小孩也挺惨的。在欧洲可能工作不好找吧，知道点啥也得忍着。”

“嗯。”

就在这个时候，也许因为心情放松，仿佛闪电劈开黑夜，阮思澄一下子想起来 Lizi Zhang，也就是 Liz Zhang，是谁了！

她简直想尖叫一声！

因为那是钱纳老婆！！

当年，她和钱纳、贝恒还是“蜜月期”时讨论过英文名字。贝恒说他没英文名，就叫“Heng Bei”。那时钱纳笑着接道，他老婆叫丽姿，英文名用的是 Liz。阮思澄在那个时候也就听了一耳朵，没往心里去。

阮思澄刚想开口说，邵君理便收到了 E-mail。

对专用来做局的 Global Healthcare Wholesale 负责人的调查来了。很显然，这家公司的存在意义就是购买智能药盒、分析配方、协助仿造。

里面附的文件列出了所有能查到的 Lizi Zhang。

其中第一行就写着，最可疑的“张丽姿”的丈夫是澎湃科技的前员工，叫钱纳。

“邵总，”阮思澄道，“我刚刚也想起来了。钱纳的老婆叫啥丽姿，英文名是 Liz，他以前说过。这样一切都对上了，之前钱纳颠倒黑白说阮思澄窃取数据，说明他早就参与其中，现在他老婆负责采购药盒其实一点也不稀奇。问题是，他为什么在三年后跳了出来？澎湃科技又扮演了什么角色？”

邵君理笑：“接着说。”

“我有一个大胆的想法……”

“说。”

“钱纳是被澎湃逼的。他那个人根本不会钻牛角尖、打击报复，他很理性。他老婆也十分优秀，钱纳天生有白化病，他老婆还特别爱他，当年不顾父母反对硬要跟钱纳在一起，在她家的客厅地上整整跪了两天一夜，现在娃都生两个了，肯定不是一般爱他。我在想，会不会是钱纳窃取数据那个事儿被澎湃给查出来了？钱纳不想蹲大牢，只能答应对方提出来的各种要求。而且想想，对于澎湃来说，钱纳是个很适合的人选。首先他胆子大，从他居然敢窃取病历就能看出这一点了。其次他能力强,这点谁都不能否认。第三，钱纳现在又在创业，不用坐班，比较自由。这也可以充分解释，之前钱纳为什么敢颠倒黑白狂泼脏水，因为只要澎湃拒绝提供这方面的相关证据，社会公众就不可能知道病例到底是我偷的还是钱纳偷的。如果不是那份录音，我跳进黄河都洗不清。”

邵君理的唇角一弯：“跟我想的差不多。”

“嗯，”阮思澄又说，“不过，虽然咱们心知肚明，却还需要更多证据，形成证据链。”

其实，钱纳做得已经很干净了。

然而还是那句话：假的就是假的，绝不可能毫无破绽。

若一件事从头到尾都找不出任何问题，那就只有一个可能：它真实地发生过。

钱纳说服自己老婆在国外开空壳公司，采购扬清智能药盒，分析成分，仿制、加毒，实施完美调包计划，而后举报到意大利卫生部。

他并不敢让菲菲药房真把“杀人药盒”给卖出去，于是选择在被抽检的当天早上上门退货。

若换个人掌舵扬清，钱纳应该就成功了。

意大利的卫生部门鉴定药盒有毒，收回来的药盒也有四分之一无法达标，正常企业都会立即对代工厂产生怀疑，而后甩锅、指责、诉讼，代工厂则百口莫辩。可邵君理觉得不对，竟猜出了事实真相。

除了他，还会有谁想到这些？

同时，钱纳迂回地从经销商处购买药盒的策略也几乎成功了。他没有在菲菲购买，也没有在网上购买——从这两处大量采购都太容易被注意到，他假装是二级代理，与英国的总经销签订合同、打得火热，表面上看毫无问题，在一般情况下真的很难被怀疑到。

与其他产品不同，因为好卖，智能药盒在欧洲的几个国家有总经销，并非只有官网和亚马逊，由市场部负责对接，邵君理都没听说过，市场老总虽听说过，但早忘了。

可是，因为智能药盒仿造的是 6 月和 7 月的旧版本，扬清并不用陷在顾客的海量数据当中，而是可以集中调查这两个月的购买者，效率大大提高了。如此一来，在没有进展的情况下，邵君理会继续思考，Global Healthcare Wholesale 这家公司立即就凸现出来了。

钱纳还特意锁定了比较古板的英国人。

另外，钱纳从澎湃离职好几年了，不好调查，因为扬清也不可能无限制地保存数据。不过显然，有针对性地挖钱纳老婆和澎湃的关系依然还是挖得出来的。

把思路全理清了，阮思澄问邵君理："可是，澎湃为什么要搞这一出？"

"你没听说？"邵君理嗤笑一声，"澎湃打算重回医疗行业。"

"咦？"

"几年前的'天天丑闻'让澎湃被迫退出医疗行业，钱纳、贝恒和阮阮你这才决定自己创业。不过就在去年，澎湃打算重回医疗行业，不想放弃这块蛋糕，毕竟医疗是一个几十万亿美元的市场。"

"嗯。"

"不过，AI 医疗这一块儿，扬清已经确立了业界地位。澎湃也想主攻癌症，据说打算推的产品跟病理检测有关系，而这正是扬清强项。所以，它可能想用当年曾击垮它的医疗丑闻击垮扬清 AI 医疗。毕竟这一招儿已被证明是有用的。”

“太坏了吧！”

“当然，要能把我顺便踢出扬清集团那更好不过了，也正是出于这个原因，舆论一直在针对我，一直在说是邵君理让扬清 AI 走上弯路的。”

是啊，哪个竞争对手不想让邵君理出局呢？他的威胁太大了。

两个人又聊了会儿，邵君理唇轻轻一张：“阮阮，谢谢了。”

“啊？”

“这次风波，多亏你了。”

“大半夜的说什么呢！”

邵君理没再说话，只是凝眸看着姑娘。

她让贝恒澄清真相，她在微博赢下舆论，她查出了菲菲药房“杀人药盒”的退货者大多认识澎湃的人，她确认了 Lizi Zhang 的身份，她猜到了一切因果，她建议了如何反击。

心痒痒的。

“你……”阮思澄的心怦怦跳，“干吗眼睛突然放电？”

邵君理的眼神深邃：“我没有。”

“还说没有？就是放电。邵总，请正常点，咱们还在商量事儿呢。用 3 年前那种公事公办的眼神看人行吗？”

邵君理说：“对你，再也做不到了。”

阮思澄又浑身一麻，好像有股微弱电流走过她的四肢百骸。

邵君理的手突然一动，把脖子扬起来，露出性感的喉结，一手揽住她的后脑勺向他自己的唇边送，一手搂住她的细腰，连手指都紧紧掐着。

阮思澄在他的腿上，冷不丁被覆上嘴唇。

他的亲吻有些狂乱，死死按着她的双唇，舌尖扫动着的动作甚至稍微有点粗鲁，让阮思澄又麻又酸，口水似乎都要溢出。阮思澄的身子直往后缩。

她的一头长发只用铅笔盘在脑后，被这样一抓，渐渐散了，邵君理也不撒开手，就那么按着。等过去了三四分钟，他才微微移开嘴唇，同时放开手，铅笔啪嗒一声落地，阮思澄的双唇通红，带着水光，目光迷离，乌发胡乱垂在肩上，一点平时的精英范儿都没有了。

她把头发胡乱理理，从他腿上站起来，说："行了行了，赶紧工作。"

紧接着，她耳边听到一声低笑。

全忙完时，已是凌晨 4 点。邵君理带小女朋友回到他自己的别墅，打算休息几个小时再回扬清处理丑闻。

阮思澄睡了大约三个半小时，醒了，见男人并不在身旁，穿上拖鞋，轻轻下楼。

她每天休息三四个小时也能正常完成工作，可邵君理好像可以不睡觉的。

到小餐厅，她见到了神奇的一幕：

邵君理把一块绒布铺在面前的桌面上，还在绒布的正中间摆上一块大冰糖，正低着头仔细看。

阮思澄想哈哈大笑，强忍住了："君理，一大早上的，你干吗看一个大冰糖？还那么认真！"

邵君理听见声音，顿了一下，这才发现阮思澄正站在两三米外，因睡眠不足而睡眼惺忪。

他把绒布叠了几下，将大冰糖包起来，放在餐桌的抽屉里："没事儿。"

"难道要做大米粥吗？"

"可以。"

"别整太甜。"

"可以。"

"那我先去洗脸刷牙。"

"嗯。"

他坐在那，十指交叉，看阮思澄又回楼上，心想：几十克拉的方形钻石，她居然能看成是大冰糖。

一个月前订的钻石昨天终于送到了，不过因为忙着工作他今早才让人送过来，刚才只是在确认这块钻石有没有瑕疵。

※※※※※※

钱纳老婆注册的 Global Healthcare Wholesale 的全部作用就是栽赃。它从英国经销商处购买大量智能药盒，然后拿去检测、分析，让塑料厂照葫芦画瓢，生产不达标的仿冒产品。

然而，虽然查出 Global Healthcare Wholesale 的老板就是钱纳老婆，扬清集团却并不容易取得能翻盘的关键证据。在 6 月买药盒前，Global Healthcare Wholesale 声称自己是二级代理，可以在几个偏远的郡铺货。也正因如此，扬清英国总经销商才同意向它供货。

邵君理没打草惊蛇。他让英国总经销商给 Global Healthcare Wholesale 的负责人，也就是 Liz Zhang，发邮件询问此前各种商品的销售情况，不过并未得到回应。他又翻回 Global Healthcare Wholesale 最初说它想要当二级代理的那些 E-mail，发现英国总经销商十分认真地考察过，曾经询问 Global Healthcare Wholesale 的主要销售渠道，而 Liz Zhang 说 Global Healthcare Wholesale 主要跟郡内地方药房合作，还列出了几个名字，装得超像，也骗过了总经销商。

邵君理让扬清的人挨个联系那些药房，装作顾客，问对方跟 Global Healthcare Wholesale 是否有合作关系，自己能不能从对方药房买到 Global Healthcare Wholesale 代理的东西。前面两家并没有回，最后一家回了，然而答案十分出乎意料，居然是“Yes”！对方告诉扬清的人，想要什么都可以说，他们去向 Global Healthcare Wholesale 下单、进货，看起来还不知道 Global Healthcare Wholesale 这家公司已经注销。

邵君理把活儿接来，亲自回复，说他想买扬清集团智能药盒，他的英文流畅，那边回答现在没有。

几个回合下来，邵君理向对方打听，Global Healthcare Wholesale 是否曾在 6 月和 7 月供应药盒，供了多少。

没想到的是对于这个问题，对方药房却回答说：“不能讲！”

对代理的这些信息，尤其是 Global Healthcare Wholesale 能卖多少、销量如何，双方是有保密条款的。

居然又是保密协议！这东西还真是有用。

Global Healthcare Wholesale 这条路被堵死，邵君理便换了思路。

之前，阮思澄把到菲菲去申请退款的顾客名字在 Facebook 上查了一遍，发现其中三人有共同好友 Benjamin Cheung，另外三人有共同好友 Lindy Fu，另外三人也有共同好友，而这些“共同好友”目前都在澎湃科技的意大利分公司就职。

邵君理叫扬清集团意大利分公司的老总联系那三四个“共同好友”，诈了诈，说查出了对方参与嫁祸扬清的烂事儿，想“谈一谈”。扬清集团意大利分公司的老总首先承诺，如果配合调查就招对方到扬清工作，又恐吓说假若不配合就把他们一并告上法庭，软硬兼施，双管齐下。对方几人都是小孩儿，哪经历过这阵仗，一个一个痛哭流涕，坦白承认在几天前，公司老板确实有让他们几人在下班后叫上一些亲戚朋友到菲菲去退点东西。

扬清集团意大利分公司的老总按邵君理说的做了：如果对方还想坚持扛一扛，就冷淡地坐对面看，连纸巾都不给一张，让孩子们无比狼狈；而如果对方有了松口的意思，就摆出春风和煦的样子来，递上纸巾，让人抹泪，哄人别哭了。

年轻人都刚刚毕业，为了工作，为了留下，让干什么就干了。他们的思想十分简单，不会深入思考，总觉得跟自己无关，有问题也轮不到自己，没心没肺的，直到此时才慌了。

意料外的惊喜是，这四个澎湃科技的小孩儿中，有一个知道嫁祸计划的细节，比如他曾亲眼见到钱纳走进公司，他也愿意配合扬清调查。

于是，邵君理毫不犹豫地叫分公司老总在意大利准备诉讼！

刑事附带民事诉讼。

扬清认为，澎湃嫁祸扬清“放毒”，违反了意大利法律，犯下了意大利刑法的诬告陷害罪和假冒注册商标罪。由于东西并未流入市场，其他太严重的起诉都不适用。

先在意大利提起诉讼，是因为若先在国内起诉，会涉及跨国取证，非常麻烦，而欧盟国家之间早已有了多种合作，相对容易，再说这个案子的管辖权在意大利。

扬清集团的律师说，他们已有证人证词——这个步骤非常关键，此外还会申请法院取证，看 Global Healthcare Wholesale 在 6 月和 7 月买的那些智能药盒是否真的被分销了，是否真的给药房了，同时也会建议法院抽调菲菲药房监控记录，看意大利卫生部门在出事当天早上所提走的智能药盒是不是刚被退货的，等等。

与此同时，扬清集团高调举办新闻发布会，宣布对于“杀人药盒”的调查结果。

邵君理在台上坐着，十指交叉，声音带着磁性，说：“扬清集团的结论是，这是一场来自竞争对手的栽赃陷害。”

满场哗然，都觉得这有些扯淡！

邵君理的声音极稳，示意在屏幕打出图片，继续说：“竞争对手的前员工今年 5 月通过家属在英国注册公司，叫 Global Healthcare Wholesale，又在 10 月亲自注销了它。这是官方注册信息，负责人 Lizi Zhang 的丈夫是竞争对手的前员工、AI 医疗的副总监、中层管理者，且被看到与竞争对手存在来往。7 月 31 号，Global Healthcare Wholesale 从扬清在英国的总经销商处购买药盒，一共 120 个，这是双方往来的邮件。然而这 120 个智能药盒却始终不见踪影，不知去向。我们认为，对方购买大量药盒，是为了分析和仿造。当然，在仿造的过程中，有毒物质被添加进去了。”

所有记者都看傻了。

“对方拿着被替换的智能药盒揭发检举。第二天，意大利的卫生部门赶往菲菲药房进行抽检。然而就在当天早上，几个 12 月卖出的智能药盒被退货了，而在此之前，这两批货已经售完。这是扬清和菲菲两天前的往来邮件。因为菲菲按规定拒绝提供顾客信息，只能确认这么多。但是由此可以知道，意大利的卫生部门所抽检的药盒不是出厂货，而是被动了手脚的。当然，新盒子有封口标签，但这些都能伪造。

“不过，真正让扬清敢肯定这是一场嫁祸的，是退款信息。这药盒在菲菲药房有召回点，顾客凭借产品、收据即可退货。不过扬清的退款有些特殊，只同意用支票退款。这就需要来退款的顾客出示证件、提供姓名。大家请看图，我们发现，其中三人有共同好友 Benjamin，另外三人有共同好友 Lindy，另外三人有共同好友……而这些共同好友目前都在竞争对手的意大利分公司工作。要说这是巧合，未免牵强。很明显，这是为了掩人耳目，不让人产生怀疑，他们需要在退货中制造一定的瑕疵率，否则容易被人识破。”

图片上面，每个人的姓名、照片都有一部分被打了码，然而意思是明显的。

顿了顿，邵君理道：“通过几个社交媒体我们联系了这些人。他们承认，是竞争对手的负责人组织他们找人退货。由此我们可以得知，通过菲菲药房召回的‘有毒药盒’，全都经过这家公司的左右手。现在请听一段录音。”

在录音中，年轻人痛哭流涕，连完整话都说不出了，说他们 5 人被要求每人退 3 个产品，一共 15 个。邵君理的表情不变，八风不动，只静静地坐在台上。

“我们实在无法想象，在什么样的情况下竞争对手的分公司会让自己的员工发动亲友退药盒，除了它是始作俑者。”末了，邵君理道，“扬清集团目前已经聘请律师准备诉讼，刑事附带民事诉讼。扬清集团并不请求社会公众给予鼓励、支持，但是请给我们一点时间证明自己的清白，相信法律是公正的，会给扬清一个说法。到那时，再来判断孰是孰非。谢谢。”

台下一片哗然。

邵君理又说：“最后，我还想向大家展示扬清集团的抽检流程。”

屏幕上的 PPT 再次变化，伴随着邵君理的声音：“工厂质控非常严格，规定要有专人监督。同时，因为生产数量不多，扬清要求在出货前对智能药盒进行全检而不是抽检。扬清则在收货以后由质量部安排抽检，抽检率是 10%，要求必须由两人完成，而且每天随机抽检。”

他说话不疾不徐，却能让人产生信任感。

提问环节之后，发布会正式结束。

许多媒体都报道了扬清集团的这次发布会。

而在网友对于谁是“竞争对手”的好奇心到达顶点时，竞争对手的名字被扒出来了。

此时正是欧洲半夜。有留学生扒出了在发布会上被打码的Facebook用户Benjamin Cheung，也看到了“澎湃”字样，再翻一翻Benjamin Cheung的相册，发现里面有他在公司前台的照片，有门卡照片，有团队聚会照片，还有……肯定是澎湃员工，不会有错。

不少网友给他留言，给他发信，他回复道：“扬清说的都是真的，我昨天已提出离职。”

而另一人的Linkedin页面上也写着“公司：澎湃，地点：意大利”，编辑日期是去年。她也同样回答网友：“扬清说的都是真的。”

这下网上真炸锅了，无比热闹。

邵君理在会上说的“竞争对手”竟是澎湃！

而澎湃立即出来，说“一派胡言”“全是造谣”“扬清集团满口谎言、伪造证据，泼脏水”“Benjamin和Lindy已经离职，也许是被收买走了，这是阴谋，是栽赃”“肯定追究法律责任”。

总之，之前对扬清的口诛笔伐在一瞬间缓和下来了。

事情开始悄悄变好。

风波总算压下来了。

但阮思澄十分清楚，澎湃被扒绝对也是邵君理刻意安排的。

他自己在发布会上绝口不提澎湃的名字，转头就在网上发动对澎湃的攻势。

到四月时，扬清与澎湃的纠纷在欧洲宣判。

钱纳、张丽姿，还有澎湃在意大利的负责人全都没有出庭受审。

几次庭审颇一边倒。

首先，扬清有证人，就是Benjamin等人，他们曾在澎湃工作，其中那个知道澎湃计划并在退货当天看见钱纳拿着一兜东西进公司的年轻员工十分重要。另外，“杀人药瓶”上的指纹与钱纳和负责人的入境记录完全一致。

其次，监控显示，意大利的卫生部门拿去抽检的药盒是当天早上才被退货的。

第三，声称自己是代理的 Global Healthcare Wholesale 确实跟偏远郡的地方药房联系过，说有一些好的产品并提供了目录，告诉它们如有顾客想购买就可以下单。然而，那些药房的老板说，在签订了合同以后，Global Healthcare Wholesale 就基本没动静了，不发广告，也不搞活动。偶有顾客看到目录说想买点东西，它们就下单，仅此而已。有人提到，Global Healthcare Wholesale 这家公司签合同时特别强调保密协议，无论跟谁都不能说 Global Healthcare Wholesale 的产品能卖多少。

另外，经过调查 Global Healthcare Wholesale 公司的注册地址，法院发现，在收到从经销商处寄来的药盒的当天，Global Healthcare Wholesale 就通过联邦快递把一个包裹寄往国内的某个地址，这个国内地址所对应的是一家知名的塑料制品及原料检测机构。此外，Global Healthcare Wholesale 在 11 月又收到了一个包裹，来自与澎湃常年合作的塑料厂，也在国内，扬清集团想方设法获取了下单记录。下单记录非常详细，客户名字是澎湃，收件方是 Global Healthcare Wholesale，邮寄日期是 11 月 19 日。法官视频取证、询问，最后搞定了证据。

此外还有其他证据。

被告全体没有出席，本身处于不利地位。

基于以上种种，法院判了扬清胜诉。

阮思澄觉得，澎湃真是拖后腿的！

钱纳几乎做到极致了。为批量购买药盒，他让老婆注册公司并谎称是二级代理，而且，他老婆还真跟某些药房达成了初步协议，但不允许这些药房向外透露供货数量，很经得起扬清调查！除非扬清可以找到其他证据并且诉讼，否则扬清甚至都不知道它应该告哪个公司。

可没想到，澎湃疯狂扯后腿了。

所有关于嫁祸的事，钱纳基本都安排好了。钱纳唯一没有料到的是，菲菲药房的召回点不退现金，只退支票，而且还留底了，于是需要十几个人真身上阵，他自己搞不定，把这唯一一个任务给了澎湃，结果就被扒出来了。

只能说，澎湃科技的“老年人”不懂社交网络媒体的神奇力量。

扬清集团第一时间把判决书公之于众。

整个网络都哗然了。

用下毒来陷害对手简直低劣到地心去了！

虽然澎湃一直删帖，撤热搜，但却压不住漫天谩骂，到处都是网友评论。

吃土少女：“总觉得比杀人药盒还要丢脸……”

浊酒一杯：“都是巨头公司，相煎何太急啊！”

不知道叫什么名字：“思恒医疗反转以后我就不敢骂扬清了。邵城儿子好像挺有大公司的责任感的。”

化学好动车：“不知为何，澎湃输了我竟一点都不意外。”

还有一些挖苦澎湃的。

用户 87654321：“呵呵，几年以前澎湃的 CEO 还出来说反思自己、痛定思痛……”

脸上露出橘猫微笑：“澎湃的 CEO，人帅，有钱，聪明，学霸，就是心眼坏。”

今年一定要过 CPA 回复 @ 脸上露出橘猫微笑：“澎湃的 CEO 肯定在想，嘤嘤嘤嘤，我这么帅，这么有钱，这么聪明，这么学霸，你们怎么不喜欢我，为什么，为什么？”

脸上露出橘猫微笑回复 @ 今年一定要过 CPA：“因为坏！哈哈哈！”

pusipusi：“据说他跟大明星似的，很喜欢被吹捧的。”

网络世界就是这样，简单一句“我看错了”便可以将之前对别人的伤害轻描淡写化解过去，再把责任全都推给“带节奏”的营销号。

因为法院已经判了，这个舆论不好扭转，于是澎湃科技的临时工就被公司推了出来。

澎湃发表严正声明，对于涉案予以澄清，说它自己也是受害者，陷害扬清的事情是极个别澎湃员工的个人行为，与公司无关，还说澎湃会给予重视、调查到底，将害群之马赶出公司。

结果又被群嘲了。

谁都不会轻易相信这样一个需要资源的精心布局没有高层的授意。

接着，仿佛有人推波助澜一般，“澎湃陷害扬清集团”的丑闻愈演愈烈，澎湃以前的烂事又全都被翻出来了。

首当其冲的自然是三年前的“天天事件”。因为“澎湃医生”App上“推广”二字极不明显，一个12岁的孩子天天被吹得天花乱坠的医疗广告误导，到民营医院接受治疗，最终人财两空。这个故事被老网友向新网友一次次地“科普”着。同时，众多网友发现，虽然“澎湃医生”已经关停，但夸张的医疗广告又悄悄在澎湃新的医疗产品“澎湃养生”上线了。有人拿出三年前政府部门的整改要求，说“澎湃养生”目前这种排名方式绝对不是“信誉为主，价格为辅”——澎湃偷偷变回去了，依然还是价高者得，而且还把提示颜色给调淡了。

死性不改的澎湃被口诛笔伐，无数网友出离愤怒。

“要说三年以前，你明知道可能死人却抱有侥幸心理，这事也就算了，然而现在，鲜血淋漓的例子已经在眼前了，年轻鲜活的生命已经消逝了，你却还是置若罔闻，为了利润，为了金钱，把排名系统给改回去？”

在一般人看来，这已经突破道德底线。

而除去“天天丑闻”，澎湃其他的“黑历史”也全都被网友翻了出来。

比如，某互联网大V就在网上说，澎湃几年前就用过“嫁祸他人”这招。澎湃在一款教育类App的论坛上发布大量色情图片，然后疯狂发新闻稿，说对手的教育类App充斥着低俗内容，让家长们纷纷勒令自己的孩子卸载软件，把那家企业给搞垮了，这回针对扬清集团只不过是故技重施。

到了周一，在漫天的丑闻当中，压死骆驼的最后一根稻草来了。

澎湃某HR曝光了公司的一份内部机密文件。

这份文件是关于如何削减运营成本的计划书，是被人用相机给拍下来的。

因为澎湃近三年的业绩表现不如预期，股价持续下滑，澎湃在去年初悄悄启动了一个计划，目的是削减运营成本、提高总体利润。

在表格上，共有 30 项削减计划，有的已经被执行了，有的还没被执行，进度全写在上面。

而令澎湃员工全都倍感寒心的是，凡是针对普通员工的都已经被执行了，而且他们也看到了，比如增加升职的步骤，提高升职的难度，用以保证每年减少大约 5% 的升职人数，具体来说就是“挑动群众斗群众”，让同组人互相打分，只要有人打出低分，这名员工就不能升取。这文件还得意洋洋地声称，因为员工并不知道公司目前的升职率，所以不可能注意到这些变动，只会浑然不觉地丧失升职机会。

还有“过节不再发礼物了”——中秋节时澎湃 CEO 说以后不再发礼物了，而是由公司帮员工们把月饼等捐给穷人，大家也都没有意见，然而现在文件中说，澎湃根本就是诈捐，把费用给省下来了！

还有“如果老板忘记下发项目结束后的奖励，不再发邮件提醒”。

还有“让食堂的饭菜越来越不新鲜”“让公司的零食饮料越来越少”“让员工的各种保险越来越差”“把一些项目组的办公室整个搬到二线城市”等。

与之相反，所有针对高层管理人员的计划全都没有被执行！

计划书第 16 条的“取消公司高管每月 1.5 万元租房补助”，被划掉了，不予执行。

第 17 条的“将公司高管带薪年假减少 2 天，改成不带薪”，也被划掉了。

被公司不动声色地薅羊毛，底层码农全都炸了。

网上的吃瓜群众也一个个目瞪口呆，觉得澎湃高层不仅对竞争对手狠，对消费者狠，对卖命的普通员工居然也这么狠。

为了安抚员工，澎湃科技周二在公司大食堂举办说明会，员工谁想去都可以去。结果离说明会还有大约半个小时，能容纳 1000 人的大食堂就坐满了，澎湃总部差不多有十分之一的人到场。

澎湃 CEO 余慎言在台上艰难解释，含糊其辞，说这只是一个提案，还未提交到自己手里，公司不会悄咪咪地薅羊毛的。他还表示，升职的机会没有任何减少，还会增加，食堂饭菜都是好的，零食饮料也是好的，绝对没有诈捐骗人……总之，一项计划都不承认。

然而这些奇葩说法并不能让员工满意。

在之后的提问环节，许多员工激烈质疑，认为自己被忽悠了！

有员工问："余总，您的工资是多少钱，是怎么计算出来的？我们希望能被告知公司高管的薪酬阶梯。""去年有个高管离职，公司给了 2000 万元的遣散费，为什么？公司压榨底层员工，却总签署这种不靠谱的合同吗？"

员工们把澎湃的 CEO 搞得左右不支、狼狈不堪。

紧接着，意想不到的剧本来了。

因为内部民怨沸腾，员工都说不干了，要去扬清和爱未，最后，在 CEO 与员工之间，股东大会和董事会选择了保员工，让已经在澎湃科技 CEO 位子上干了 5 年的余慎言辞职了。

并且，股东们经过反思，把 5 年前被驱逐出澎湃科技的前 CEO 宋琦给请回来了。

宋琦走得并不风光，基本是被强撸下来的，然而如邵君理说的那样，"宋琦是澎湃历任 CEO 中唯一一个具有长远眼光的。"在 5 年前，宋琦就说过希望拿掉医疗广告等数类"危险广告"，以免日后惹祸上身，可股东们并不愿意，因为那些医疗广告可以带来可观的收入。在类似的冲突一次又一次上演后，澎湃科技的股东们对宋琦感到十分失望，因为他总想干一些会影响业绩的事儿。于是，当 5 年前双方矛盾到达顶点时，股东们把宋琦换掉了，让和他们对路子的余慎言坐上了澎湃 CEO 的位置。

余慎言一直以来将利润作为唯一的追求，衡量任何一个产品成功与否的标准都是 KPI。比如，在余慎言的管理之下，"澎湃医生"App 最重要的考核标准就是挂号数，因为澎湃可以抽成。余慎言根本不关心用户是否有了关于病症的答案，也不关心用户是否正确地处理了当下的状况，他只关心这个用户挂没挂号，于是用户不管上去问什么，结果肯定都是有病，要做检查，得去医院。

可如今，澎湃的股东们通过复盘，发现当年那步的确走错了。

澎湃科技丑闻不断，渐渐失去公信力，渐渐失去用户。没有用户，广告收入逐年减少，而且是断崖式的下跌。

丑闻越来越多，尤其这次更是千夫所指。

澎湃的股东们想要努力挽回局面，于是纷纷放下面子，决定请回宋琦。

而宋琦作为澎湃元老之一，看到如今这种状况，也是十分痛心，决定放下往日仇怨，答应重新入主澎湃。

澎湃科技在网络上直播了新 CEO 的任命会。

在任命会上，澎湃科技的创始人和董事长先是检讨了近几年的发展路线，承认过于急功近利，并在最后真诚地说："出于这个原因，我们决定请回原 CEO、'儒商'宋琦。他一直有着长远眼光、社会责任感、社会使命感，我们相信他可以将澎湃科技带回正轨。现在，有请澎湃科技新 CEO 宋琦讲话。"说罢站到台子一边，一边鼓掌，一边看着宋琦。

宋琦穿一身黑色西装，面目儒雅，走路沉稳。

他讲了很多，关于价值观，关于责任感、使命感，关于科技，关于世界。阮思澄听完觉得，这个宋琦要可信多了。

她同时也有些感慨，这个她曾工作过数年的澎湃科技，改朝换代了。

在澎湃科技大变天的这个晚上，邵君理送阮思澄回她自己的两室一厅。

他们今晚不会腻歪。她老下属朱天球的教育产品做出来了，这个星期住在她家，她们商量着做 BP，这样天球才能更快地融到资金。邵君理最近太忙，几乎顿顿都有饭局，不过他还是会每天接送她，只为每天都能见见面。

"君理，"阮思澄问，"澎湃那个内部文件，削减成本的计划书，是不是你给曝光的？"

"澎湃活该。"邵君理说，"谁让他们先把思恒的秘密给抖搂出去的。"

"是指曾经窃取病历吗？"

"嗯。"

阮思澄："原来这是给我报仇？"

"也不全是。"邵君理踩了一脚刹车，平滑地转弯，"澎湃科技CEO余慎言上任5年，对扬清动的手脚数都数不清。我已经烦了，不想再陪他折腾了。虽然每回出现麻烦都能解决，但也觉得浪费时间。尤其是这回，查了两周，近半个月，毫无意义，因为我的目标不在澎湃。"

"君理……"阮思澄知道，他的目标在更远处。

"这样对扬清不好，对澎湃也不好。巨头之间应该良性竞争，共同发展。说实在的，我不希望澎湃没落。如果只有扬清、爱未，那就只能不断对抗，现在可以合纵连横，在一些领域迅速突破，而且在某几类技术上面澎湃还是挺不错的。"

"这一回的'杀人药盒'可以确定是他搞的吗？"其实答案非常确定，阮思澄也知道。

"不然呢。"邵君理的语气淡淡的，"不是他的主意还能是谁的主意。澎湃医疗在丑闻前十分重视医疗领域，甚至还有专门的医疗事业部，被撤并后损失极大，澎湃是想再抓起来。陷害扬清这种事儿，CEO不点头谁敢动手？何况这回的大阵仗需要调动多个部门。就算主意是别人出的，那也是想讨好他，CEO的个人风格可以主导整个公司。"

"嗯，"阮思澄又问，"你咋知道澎湃那个削减成本的计划的？"

"不难。"邵君理笑。

"哎……"阮思澄又再次问出3年前的那个问题，"澎湃以后会怎么样？"

"应该会比现在好吧。"

"君理，"阮思澄又有些好奇，"你是希望扬清可以对抗国外的巨无霸吗？"

"不止。"

"那？"

邵君理驶进阮思澄家的小区，停在她家楼下，熄了火，目视前方，长睫一动，道："我希望扬清可以成为一家伟大的公司，不只是追随、对抗，而是创新、引领，让世界进入一个新的时代。"

"那……那要像微软、苹果一样吗？"

“嗯。”做科技的，有谁不想改变世界、改变人类？

阮思澄看着对方，觉得自己好爱他啊。她的喉咙“嗷呜”一声，侧过身子，张开手臂，说：“君理，抱抱。”

邵君理的唇角一撩，把女孩儿搂在怀里。

也不知是这么回事，他们俩便吻在了一起。

而且越来越不够，越来越急切。

此时已是半夜一点，小区里的人早已入睡。邵君理的手不老实，从毛衣裙下摆伸进去，阮思澄也不想“输”，撩对方衬衣，撩不动，因为下摆塞在西裤里了，于是一点点扯出来，手指摸在他光滑的背上。

邵君理一僵，坐正身体，接着在阮思澄以为要告别时重新启动车子，猛踩一脚油门，开出小区，开进旁边的一条死路。

这条小路两边都是高高的土，尽头则是一栋已经只剩下一半的小平房，没人住。这个地方十来年前要修路，可修到这儿，平房主人依然不同意拆。这房子早断水断电了，也只剩下一半墙体，可主人还是不同意拆，施工队也没办法，最后就扔这了，成了一条死路，平时从来看不到人，大半夜更不会有人。

没有灯，漆黑一片。邵君理让车头向内，对着平房，又把女人揽到唇边。

阮思澄想想还挺刺激，没拒绝。

他们两人翻到后座，阮思澄还穿着毛衣，被男朋友搂在怀里。她的头发在后颈处用黑皮绳牢牢扎着，还是上班时的样子，低马尾。

邵君理的手轻轻一动，按了车门上的按纽，侧面、后面的遮阳帘便全部拉上了。

至于前窗，顶着墙呢。

这下彻底不会被人看到了。

前后排之间距离很大，后排的车顶很高，是星空顶，十分漂亮，之前已被调亮了些。

邵君理这一个星期没开特斯拉，开的是豪车幻影，又是他妈给他订的。阮思澄十分怀疑，他之所以肯把这车开出来，就是打算找个机会跟自己“来一票大的”。

他喜欢刺激，不然不会真的创业，巧的是，她也喜欢刺激……

回到家已将近两点，朱天球还没有睡觉。

“大橙子！”朱天球从隔壁房间发来微信语音，“这家 VC 你认识不？据说想投 AI 教育！”

她做的是早教英语，AI 可以自动判断用户发音是否正确，及时给出正确的发音，让孩子们养成好习惯，毕竟老师不太可能一对一地进行互动。

阮思澄坐在沙发上，看了看，说：“不认识，我知道的风险投资其实不多。我们 B 轮是扬清投的，接着合并，爱未进来，只有 A 轮跟 VC 打过交道。”

“哎，羡慕，有扬清和爱未两大公司保驾护航……啊，对了！”朱天球突然兴奋，“你是不是总能见到邵城儿子那个帅哥？他最近有好多新闻！一会儿坏一会儿好的！他私底下是什么样的？来，快讲讲好听的八卦！”

阮思澄心想：她都已经结婚生孩子了，还是花痴一般喜欢帅哥。

阮思澄想了一下，觉得朱天球是“大嘴巴”，什么事儿让她知道了，就等于让全世界知道了，而他和她还不适合坦坦荡荡公布恋情。

“不是总能见到，他对自己投的公司几个月才听次报告。”阮思澄觉得自己身上不太舒服，特想赶紧进屋洗澡，于是扭了扭身子，说，“我也不知道任何八卦，跟邵总完全不熟。”

※※※※※※

在阮思澄的帮助下，朱天球把 BP 写好，成功拿到 A 轮融资，投资方是某个大型教育集团，投资额不高，只有大约几百万元，不过还是让朱天球着实兴奋了一阵子。

某天中午，朱天球请阮思澄到一家韩国餐厅吃饭。

朱天球：“大橙子，真的谢谢你！”

“没事儿。”阮思澄笑，用一个铁夹给两人烤五花肉。也许因为是北方人，她在外头永远扮演“老大姐”的角色，包揽一切照顾别人的事儿，从订机票、酒店到做旅行计划，再到租车开车、烤五花肉……别人也都觉得理所应当，但她偶尔也觉得挺累的，好像只有跟男朋友在一起时才是小女孩儿，邵君理从不让她操心。

朱天球继续说："我跟笑佳的融资 BP 全都是你把关的，你现在可真厉害啊！"

"毕竟创业比较早嘛，经验也会多一些。"

"对了！"跟在澎湃那时一样，朱天球是八卦中心，"刚刚听说一个事儿，邵君理是真牛，扬清员工对邵君理又爱又怕，要'精分'了。"

"正常，"阮思澄说，"我总感觉，邵总平时在工作中正常人性被淡化了。"

"那啥性被加强了？""神性？魔性？不知道……"反正夜里只有兽性。

阮思澄把烤好的肉一片一片夹给对方，问："说回正题，什么事儿？"

"哎，扬清校招刚结束。今年政策有变，户口指标减少了，新员工在入职前的动员会上闹开了，一个一个质问扬清，几个 HR 都镇不住场！要知道，对云京的毕业生来说，能否落户是最重要的了！后来，'互联网 +'部门的那些人说，他们相信邵君理，希望他能出来解释。"

"然后呢？"

"新员工有好几百人，人力部门老总又不在。后来实在搞不定了，HR 就只好通过秘书把邵君理请了过去。据说，邵总穿着黑色西装，噼里啪啦走进培训室，手插在兜里，问：'听说你们有问题？'"

说到这里，朱天球把烤肉放下，抬起右手，与桌面平行，手掌朝下，缓缓地，从左到右划了一道横线："他问完后，鸦雀无声——"

阮思澄不解。

"他们刚才还轮番炮轰，这下根本没人敢问！过了半天，邵君理才开口解释这次的政策变动，承诺会再向政府争取名额。上周新人开始入职，据说户口还是都有，那些码农一个一个都说祝他长命百岁，哈哈哈，好能闹。"

"嗯。"

"你居然都没有听说，看来跟他真不熟。"

"对，不熟。"

刚刚说完，阮思澄的微信响了。她担心是公司的事儿，放下夹子，点开手机，发现是邵君理发来的，【宝贝儿，在干什么？】

担心天球看到屏幕，阮思澄把屏幕竖起，回:【别瞎叫，会被人看到。在跟天球吃肉呢，回聊，啵啵。】

邵君理说:【看到没事。】

【怎么没事……】

【你过几天就知道了。不说了，你吃饭吧。】

阮思澄把手机扣下，觉得有点莫名其妙。

他们两个边吃边聊，阮思澄还挺开心的，直到看到一个肤色发白的人进来。

钱纳——

她连肉都不想咬了，只死死地盯着对方。钱纳天生有白化病，眼神差，也没发现不对劲儿，径直走进大厅一侧的小隔间。

阮思澄把眼睛垂下，想了想，对朱天球说："天球，我遇到了一个朋友，过去打个招呼，你自己先吃。"

"好的，大忙人。"

阮思澄把头发理理，又把裙子扯了扯。她梳了高马尾，化着淡妆，看上去顶多二十七八岁。

她走到小隔间前，稍微撩起一点帘子，发现钱纳独自坐着，正在那儿等朋友来。

阮思澄叫："钱纳，好巧。"

钱纳的手明显一顿，而后僵硬地转过身来，说："思澄。"

阮思澄迈步进去，坐在对面，给自己倒了杯茶，开口说："钱纳，意大利的法院判了，Global Healthcare Wholesale 的行为是栽赃嫁祸。"

钱纳没说话。

"确实，"阮思澄又缓缓开口，"只要再也不去欧洲，也不去有引渡条约的国家，意大利就拿你没辙。不过别忘了，扬清可以平行诉讼，在意大利告完，再在国内告。这个案子，意大利有管辖权，国内也有管辖权，都是可以告的。”

诬告陷害、假冒商标。

“当然，扬清集团追不追究，我就不知道了。可是，就算扬清不追究，你两年前开的公司超纳动力也完蛋了。”

两年前，钱纳卖了思恒股份，而后创立超纳动力，做无人车的子系统，最近本来应该要融资了，投资圈内却突然间开始流传意大利某网站上扬清一案的判决截图，说这位是超纳动力的创始人，可能要被扬清集团平行诉讼，于是超纳融资失败，据说已经开始破产清算。

他第二次创业又失败了。

顿了顿，阮思澄又轻声问：“钱纳，能告诉我你为什么要冒险帮澎湃吗？”

钱纳没回应。

“我猜一猜……澎湃发现你三年前窃取病历的事儿了，对不对？说要报案？他们要你负责陷害，你没办法只能答应。”

钱纳一震，紧接着抬起他那猩红的眼。

阮思澄知自己猜对了，轻轻叹气，有些苦涩地说：“钱纳，三年前的那次争论，尘埃落定，是我赢了。”

“嗯？”

“还记得吗，当时你说现在是一个比谁卑鄙的时代，商场就是不择手段，命都没了，道德又算什么。你还说，大家都是这样，干着干着也就懂了。然后我说，大环境里别人都卑鄙，并不说明我们也得卑鄙。”

钱纳低着头不说话。

“钱纳，你如果肯退一步，现在你还会是思恒的 CEO，说不定能干得更好。可是，我当时若退一步，现在受人威胁的就会变成思恒医疗、你、我、贝恒、屹立、所有人。这并不是承担风险，这是被人捏着把柄。一个人面对失败和面对坐牢，在心理上是不一样的。”她很庆幸自己那时作为股东选择坚持，也很庆幸自己那时向邵君理求助了。

“那个时候，为了思恒和所有人，邵总与我别无选择。前一阵子，为了扬清和所有人，邵总还是别无选择。希望你能好好想想，我猜你还想打算创业。一码事归一码事说，对你当年邀我加入思恒医疗共同创业，我一直是很感激的。”

当年可以算是知遇之恩。

不想最后竟如此收场。

在共同创业的那一年，钱纳对她是真心实意，甚至可以说对她非常好，让她成长了许多，不管是在技术层面还是在管理层面，然而，他们两人在理念上有根本性的分歧。

阮思澄其实知道扬清集团不会告他了。一来跨国取证十分困难，二来手头证据不足以将 CEO 余慎言给定罪，顶多关关小鱼小虾。于是，鉴于这次陷害是为了让他再也当不成 CEO，邵君理便以其人之道还治其人之身，让余慎言和钱纳两个人都当不上各自公司的 CEO，一个是被澎湃开了，一个是公司垮了。

至于别的，懒得下手了。

阮思澄把她猜测的前因后果都确认了，也不想再续前缘了，把茶喝光，攥着杯子，撩起帘子走出隔间，见朱天球远远地喊：“大橙子！快快回来！我没有你会烤这个！”

阮思澄也小跑两步：“来了来了，看你笨的！”

不过，在之后的 1 小时内，她总有些心不在焉。

3 年其实不长，随随便便就能过去，然而她却好像经历了好多好多。

东窗事发，钱纳陷害扬清集团，导致创业再次失败。

贝恒入职爱未医疗，恋爱结婚，3 年抱俩娃，二胎马上要出生了。

因为诈骗，初颜马上要坐牢了。

王思任那个没能力的，去年终于被裁员了。

陈一非……不知道，哪天再去打听打听。

当天晚上，阮思澄叫邵君理到思恒深度接她下班。

刚想离开时有电话打进来，她发微信让邵君理上 33 楼先等一下。

15 分钟后，一对男女朋友一前一后走出公司。

到大门口的前台处，阮思澄站住脚，在台子上的糖果罐里翻一翻，找出一颗草莓味儿的，说："我前天让公司后勤把糖换成这个牌子，今天就寄来了。"

"哦？"邵君理问，"为什么要这个牌子？"从外表看，这只是普通的水果糖，最便宜的那种，常见于各公司前台。

"在记忆中，这个牌子的糖最甜了，我总有点念念不忘。"

"这难道是……"

"对，"阮思澄笑，拧开糖纸，送到舌尖舔了一舔，说，"果然甜。君理，你还记得咱们两人第二次见面吗？是在医院。那个时候'天天丑闻'刚刚发生，澎湃医疗一夜之间失去公信力，医院医生不敢再用澎湃医疗的产品了，怕被骂，'眼疾诊断'本来已经是板上钉钉的合作也黄了。那时候我很难受，然后你在路过问诊台时，从里面拿出一颗糖，转身抛给我，还让我别哭丧着脸。"

邵君理也凝眸看去："所以是……"

"这个牌子。"阮思澄的一双眼睛亮晶晶的，全是情意。

"嗯……"邵君理拉了个长音，问："我想知道它有多甜。"

"特甜！你要不要也尝一颗？"

说罢转身，想再拿糖。

没有想到一股大力钳着她的胳膊把她转了过来，接着对方双唇凑近："我一般不吃一整颗的，太甜了，不过，嘬嘬你的小舌尖儿，尝尝味道，再记住了，还是可以。"

阮思澄还没反应过来，便被对方压上嘴唇，还被磨着、抿着，示意她把舌探出来。

阮思澄用右手攥住已被舔过的草莓糖，一手伸开，一手微握，全都搭在邵君理的肩膀上，跟他接吻。

此时已是晚上 11 点，思恒深度已经没人，她刚才也确认过了。

她轻轻地靠着前台，邵君理则正对前台，背对大门，把她搂在怀里。

没有想到两个人正难舍难分，大玻璃门突然之间"唰"的一声打开了，研发总监顾延之和另一个总监走进公司，嘴里说着："今晚咱们弄出框架，阮总要看……我勒个去！”

※※※※※※

阮思澄定定神，从邵君理的怀抱中钻了出来，没有含羞带臊，大大方方走到两位总监的面前，问：“你们两个还在加班？”

顾延之道：“想今晚上做出框架……刚才出去吃饭了。”

“10点吃饭，当心胃病！”阮思澄笑，“别霍霍自己身体。”

“就今天，”顾延之说，“本想做完再吃饭的，结果我们高估自己了，直到10点还没弄完，扛不住了，就先去吃饭了，顺便缓缓脑子，休息休息。”

“早点回去吧，明天中午汇报就行。”阮思澄顿了顿，拉了拉邵君理的胳膊，让他上前一步，跟自己一起，又说：“那啥，咱公司还没人知道，邵总就是我男朋友。我们交往时间还不算长，B轮融资后开始的。”

顾延之开玩笑：“扬清为了单独投资连这招儿都用上了吗？”

“对，差不多！”

“哈哈哈哈，开玩笑了，”顾延之笑，“那邵总是咱姐夫了。”

“别瞎叫。”阮思澄把右手抬起，在对方面前一挥，示意要打他，“我跟邵总现在只是男女朋友。”

听到这话，邵君理的眸子轻转，看了看她。

阮思澄只觉得这一眼看起来挺意味深长的，不过也没多想。

第十四章　未来

两周以后，阮思澄终于知道，邵君理那意味深长的一眼是什么意思了。

某天晚上，出差回来的邵君理订了一家分子料理餐厅，带阮思澄来尝尝新鲜。阮思澄还真觉得分子料理挺神奇的，最常见的食物都用理化方法分解、重组了，16 道菜，有液态的熟鸡蛋黄，有脆皮状的牛奶，还能往里面塞馅儿，有外表是鱼子酱的绿色蔬菜，有外表是白泡泡的柠檬、杜松子——在热热的柠檬当中，混着微凉的颗粒状的杜松子，让食客们在酸涩中一点一点尝到清香。

餐厅大厨一一解释，这个用了球化技术，那个用了脆化技术，这是北美空运来的生蚝，那是北欧刚送来的海螯虾，这个牛排又是用了低温慢煮技术，从里到外整齐划一，都五分熟。

创意爆棚。

等吃完分子料理，两人一起回到扬清。邵君理把电脑打开，正了正键盘，继续加班。对于他们两个来说，晚上 12 点下班早上 6 点起床一直都是常规节奏，有时周日会补补觉。

阮思澄则继续阅读她没读完的一本书，讲云计算的，偶尔回封邮件和接个电话。

偶有一些公司副手进来讨论工作进度，邵君理都耐心地听、耐心了解，而后该给人就给人，该给钱就给钱，该给资源就给资源，该给思路就给思路。

阮思澄突然想起影视剧和小说当中，为了显示“霸道总裁”雷厉风行、杀伐果断，每当下属遇到困难时，“霸道总裁”都会拉下脸说：“你不要跟我讲困难！无论如何都要完成！”看到这种“霸总”，她每一次都会感到很窒息。在阮思澄看来，好老板必须支持下属，如果跟影视剧和小说当中的“霸道总裁”那样，下属就会自己乱转，耽误好多事请。

到了大概 11 点，阮思澄问：“还不走吗？”

邵君理笑：“无聊了吗？”

“还好。”

“不然，你到 32 楼玩玩儿去？”

“32 楼？”

“嗯，B 座 32 楼是做无人车的。上月刚装修完，弄了一个地面 LED 的地图，挺新鲜的。”

“哦，好呀！”阮思澄说，“我去看看是啥东西！”对于新科技，她还有兴趣。

“行。”邵君理把椅子一推，好整以暇站起身来，“我先带着你过去吧。”

“好。”

乘坐电梯到 32 楼，邵君理带阮思澄一路走过办公区，最后到休息区。

扬清集团的主色调是深蓝色，楼的主色调也是深蓝色。这休息室的吊顶是流线型的，极有设计感，几个圆圆的月球灯垂落下来，漫射出温柔的光线。因为顶棚是白色，吊顶是深蓝色，远远看去，吊顶垂下的月球灯宛如镶嵌在夜空中。

休息室的周围都是桌子、椅子，桌子都是白色的，四周散布着淡蓝色的塑料椅子。休息室铺着地砖，外围两圈是和吊顶一样的深蓝色，一些书架和零食架靠墙立着，里面两圈则是淡黄色——桌椅便在这一区域，而再中间便是一块巨大的地面 LED 屏，还是触屏的。

“行了，自己玩儿吧。”说完，邵君理把阮思澄向前一推，道，“多踩踩。”

“干什么？”阮思澄只觉得男人莫名其妙，又犯精神病了。

不管他了。

阮思澄走到地面 LED 前，发现这是云京地图，而且是卫星图，完美再现了整个城市。地铁线路纵横交错，云京市的地标建筑被一个个标了出来。

阮思澄想：这果然是无人车的办公区呢，大概用了“扬清地图”的程序吧。

一踏上去，阮思澄便发现，只要在哪站上三秒，那片区域便会被放大，比例大概是 4 倍，会显示出来更多地标，继续踩还能继续放大。如果走出 LED 屏，地图便会被重置。从理论上讲，人能在这个地图上定位每一栋楼。

她转了转，突然发现地图上的某个位置有红点闪烁。

阮思澄踏上去，地图放大，突然出现一个红点，她又踏上去，地图再放大，踏了几次以后，云京市某商业区的每一栋楼都能看到了。

这回，某大厦前出现一个“终点”标志，跟“扬清地图”产品上的一模一样。

“什么地方？”阮思澄踏上去，脚下地图从卫星图变成了街景图，她身在其中。

3D 街景图一直是“扬清地图”的常规功能，人可以在“街道”穿行，用鼠标或键盘控制前后左右，宛如在游戏地图里一样。

此刻，LED 屏中，她视角的正前方是云京大饭店。云京大饭店金碧辉煌，巍巍矗立，阮思澄就站在门口。

阮思澄感到有点儿惊奇。

紧接着，脚下屏幕“唰”的一下就变了！

整张地图凭空消失，变成“云京人工智能峰会”电子邀请函的图片。信函设计非常好看，受邀人是邵君理！

两三秒后，邀请函的中间部分被叠加上半透明的白色前景，几行文字一一浮现：

“2018 年 3 月 24 日，云京大饭店，云京人工智能峰会，第一次见阮思澄。”

邵君理竟然是在用 3D 地图让她回到他俩第一次见面的现场！

在云京大饭店，邵君理是演讲者，她是听讲的，她提出了一些问题，让主办方印象深刻，最后同意让她参加组委会的社交晚宴。

阮思澄的呼吸一窒，突然意识到了什么，一颗心脏在胸腔中怦怦跳动，仿佛可以顶到咽喉，生疼生疼的。

这时地图被重置了，另一红点开始闪烁。

她不好奇了，有些郑重地踏上去。再一次，某区域被几次放大，“终点”

标志浮现，卫星图变街景图，而这一次，她站在了某医院前。

又是一张图片出来，浮现的文字是：

“2018 年 4 月 15 日，P 大三院，第二次见阮思澄，给她一颗糖。”

阮思澄知道，澎湃医疗丑闻以后，她被医院残忍拒绝，邵君理将问诊台上的水果糖扔给她，还说“别哭丧着脸”。

回忆满满。

她回到了那些地方。通过这种身临其境，她可以在几分钟内回顾过去几年的时光。

而后地图又被重置，第三个红点温柔眨眼。她放缓脚步，想要记住每个细节、每个瞬间。

这回，没等点击“终点”标志，她就看出是扬清了。

果不其然，她站在了扬清门口。阮思澄知道，这里是她第三次见邵君理的地方——钱纳、贝恒和她轮番发言，讲 PPT，最后对方决定投资 2000 万。

跟她想的一模一样，扬清地图消失以后，伴着“唰”的声音特效，《投资协议》被呈上来，说明文字再次出现：

“2018 年 5 月 20 日，承诺注资思恒医疗，当天使轮的投资人，由此产生新的联系。”

一瞬间，阮思澄开始感慨命运。

这个人的翩然出现，让她迈入了一个全新的世界，不管是在事业上，还是在生活上。

LED 上的第四个场景是最初的创业园区——思恒医疗的第一个办公地点，她在这里度过了两年。

她看到了当上 CEO 的股东大会决议文件，说明文字是：

“2019 年 4 月 20 日，让阮思澄当 CEO。”

还有对方写的那张“你也一定会发现，你比想象中坚强”字条，说明文字是：“2019 年 5 月 21 日，被阮思澄要走了一张字。”

这几个字，帮助她度过了贝恒刚走那阵子的艰难岁月。

思恒医疗明显是个重要场景，“唰”“唰”“唰”地，屏幕图像不停变换。

阮思澄再次见到增资时的增资协议以及许多别的文件，说明文字是：

“2020 年 4 月 21 日，增资 800 万，让阮思澄再撑一下。”

“接下来的场景会是哪呢？代表什么？”阮思澄在自己心里勾勒出了几个答案。

结果全错！

她竟然直接出了云京！地图放大到全国，阮思澄踩了半天才终于站在 J 大一院的大门口，配图又是一份合同，配字则是：

“2020 年 7 月 1 日，思恒急诊开始公测，两个人的心血、结晶走入现实。”

在它后面，是思恒急诊爆红期间的文章，有 Z 大学生被下毒的，有农妇主播被家暴的，他们俩的“心血”“结晶”顽强成长。

原来如此！阮思澄想，J 大医院真的重要，是她自己想得不周到了。

第六个场景移动到了思恒医疗的新大楼，也就是思恒深度现在的办公地点。第一张配图是跟清臣的租房合同，配字是：“2021 年 5 月，叫阮思澄搬到附近。”

至于第二张……

阮思澄的眼睛睁大！

是 B 轮时的投资协议。

黑色文字一行一行呈现出来，显得尤其慢，写着：

“2021 年 5 月 20 日，向阮思澄表达扬清对 B 轮的投资意愿，在 33 楼的会议室中，受不住了，说爱她。”

阮思澄回想起当时的情景，两条腿儿又有点软。

那天，她为了刁难对方，重复了增资时邵君理“用三句话给我三个增资思恒医疗的理由”那句话，让邵君理“用三个字给我一个接受扬清投资的理由”，而邵君理在她得意洋洋地从座位上站起来并向门口走的时候，出乎意料地说出了“不，我可以”“三个字，听好了”，还有“我爱你”。

正回忆着，LED 屏幕的地图再次被重置了。这回她被引导到了云京仁爱医院，配字是：

“2021 年 7 月 7 日，仁爱医院，在一起。”

阮思澄的嘴角微勾——那天开始她有男朋友了。

一段段的青春岁月历历在目，原来不知不觉，他们已经一起走过这么多个春夏秋冬。

第八个场景是在深度，合并协议前景是：

“让阮思澄合并深度、扩大规模，被误会，不过也是从那天起得到了阮思澄的完全信任。”

从原深度大楼出来，阮思澄又被小红点带到了云京大饭店。这回图片是初颜的演示大会请柬，阮思澄对烫金大字“IT’S SHOW TIME”印象深刻，而配字则是：“阳光科技抢占市场，在阮思澄的信任下，请何兰兰揭发造假，思恒深度重回正轨。”

阮思澄又轻轻笑了。

多亏信任邵君理，她专心地拓展基层，没让业绩下滑太多，没让阳光一下打死。

最后，小红点带阮思澄又回到扬清，也就是她此时所在的地方。

“杀人药盒”的媒体报道、网友们的漫天谩骂、“偷窃病历”的无端指责，一张一张图片出现了。可紧接着，在极短暂的停顿以后，贝恒的澄清、阮思澄“只因你是女 CEO”的微博、Benjamin Cheung 等人的道歉、欧洲法院的判决书，澎湃的说明，也一个个地出现了，它们代表着他俩曾漂亮地反击对手。这里的说明文字是：“扬清被人恶意陷害，阮思澄拉贝恒出来澄清了相关指责，缓和了舆论氛围，争取了时间，也发现了关键证据，二人一同解决危机。”

阮思澄有一点恍惚。

她依稀记得，自己曾对邵君理说过“好希望有那么一天，我也可以拯救你、拯救扬清”，没有想到真做到了。

他们两人，一路见过风雨彩虹，数次跌落深渊，又数次挣扎着爬上来，在这个过程中始终携手同行、不离不弃，比其他的男女朋友有更深刻的默契和依赖。

他们是彼此真正的“另一半”。

全部播完，地面 LED 的日期变为此时此刻，一个箭头一伸一缩，指向休息室另一侧的玻璃门。

接着 LED 屏地图归位，所有红点一起出现，让阮思澄可以回顾。

阮思澄没着急继续探索，又把全部八个场景踩了一遍、看了一遍，还用手机录了视频，上传到云上备份。

做完这些，她才整整裙子，理理头发，走到对开的玻璃门前。

她伸手一推，没推动，这才发现门是锁着的。

“不是吧，出 bug 了吗？”

正想痛骂邵君理，阮思澄就看见门的一侧摆着一台机器，有点儿像各国海关入境处验证身份用的那种机器。

“唔……”她看了看机器屏幕，确认这还真是验证身份用的机器！

只听女声 AI 发出动作指示：“左手指纹验证”“右手指纹验证”。

阮思澄心想：晕！要不要扫身份证啊？！

不过，吐槽归吐槽，验证还是需要做的。

没有想到，她验证了两手指纹，机器又说还得通过人脸识别。

阮思澄只好又站在机器前面，调整角度，看见自己的五官被投映在液晶屏上。

她让脸蛋停在框内，手指按上触屏的“yes”。这台机器还挺灵敏，立即问是否确定使用现在这张照片，阮思澄想了想，觉得照得不够美，又重来了两次，最后终于觉得满意，上传，验证，通过。

结果，这居然还不算完。

这一次的身份验证居然需要三重验证！仿佛这是天底下最重要的事。

最后一关是声纹验证。阮思澄想起来，前几天邵君理似乎让她读了一串东西……原来是干这个用的吗？

液晶屏上给出指示，让阮思澄回答问题。

阮思澄突然觉得这个东西也挺好玩的——她和邵君理因为 AI 相识，也因为 AI 相知，那现在也可以因为 AI……于是不再疯狂吐槽，嘴巴凑近问答区，一道一道地回答机器的问题，觉得这是属于他们两个的盛大仪式。

机器问姓名，她答“阮思澄”。

机器问生日，她答“1991 年 12 月 24 日”。

一直到最后一题："最喜欢的一个名字。"

阮思澄牙轻咬嘴唇，过了一会儿，才又再次凑近话筒，轻轻地回答，"邵君理"。

只听"咔"的一声，三重验证全部通过，两扇玻璃门十分平滑地打开了。

外面是间阳光房，铺着厚厚的地毯。因为这里是 32 楼，满天星斗争相闪烁，好像离她很近很近，把夜空都给推远了。

几秒钟后，一阵机械音传来，阮思澄偏过头，顺着声音望去，发现扬清集团刚推出的"酒店机器人"端着托盘走过来了。这东西是扬清集团人工智能 B2B 的重点产品之一，可以扫描房间号码，给客人送各种物品，节约酒店人力成本。

扬清集团的"酒店机器人"十分可爱，简直能把客人萌化。

此时，"酒店机器人"的小托盘上摆着封信。信笺素白，信封上是刚劲有力的四个字："阮思澄启。"

阮思澄又咬咬嘴唇，将那封信缓缓打开。

信纸上是一段情书，不长，可每个字都透着温情：

阮阮：

我经常被记者们问，最成功的一笔投资是什么。

我总是答还没出现。

然而现在，我很确定，最成功的一笔投资，是思恒。

我得到的，不是财富，不是地位，甚至不是理念、梦想，

而是一位人生伴侣，或者说，是人生本身。

它凌驾于其他所有之上。

阮阮，

我被科技环绕着，被科学淹没着。

但有时候，我会感到百年太短，希望与你灵魂相依。

最后还有一行字："到楼顶来，推开南面的玻璃门，有楼梯。"

而在信笺的旁边，静静躺着一个深蓝色的丝绒盒子。

知道那是什么东西，阮思澄的呼吸一窒。她小心地打开盒子，而后世

界便安静了。

她看到了一枚戒指。

中间是个巨大的钻石，方形，四周还有一些粉钻。

阮思澄想起来，他们正式恋爱那天去了云京自然博物馆，本意是看大恐龙的，不过那天最后一层的矿石区正在举办珍贵宝石展览，他们两个便也看了。当时她在粉钻项链的柜子前说“好美啊”，被邵君理“科普”了一下，知道粉钻十分少见，基本来自澳大利亚的阿盖尔，一个每年举办拍卖的地方。

这……他还真搞了点儿？

那天之后她查过了，那个地方每年拍卖 50 颗左右 1 克拉的粉钻，每克拉……贼贵，几百万。

阮思澄看着大钻石，总觉得在哪见过。

哪儿呢？

翻着白眼想了半天才终于想起来：大冰糖！

她嘲笑过的大冰糖。

所以当时邵总不是在看大冰糖，而是在看大钻戒。

她想钻到地缝里去。

阮思澄拿着戒指，推开南面的玻璃门，一步一步走上台阶。

楼顶还是那个样子，有木屑，有草坪，仿佛热带雨林，其间散布着一个一个树墩模样的座椅，拢着篝火一般的灯，在云京的霓虹灯中宛如世外桃源。

她走到“雨林”尽头。

二维码状的地砖上早就铺满了花瓣，在夜风中散发着阵阵清香。空地中央有个架子，几个精致的大花球在瓶子里轻轻摇摆，还有几个金属烛台，火光徐徐摇曳，空地边缘铺着一圈黄白小灯。

“你……”阮思澄走了过去，也不知道该说什么，尬聊道，“你这阵子天天出差，那么忙。”

男人一哂：“这个是很重要的事儿，一生一次，不能将就。”

“噢……”

“知道将要发生什么吗？”

“好像知道……”

邵君理也不再逗了，把盒子接过来，打开，拽拽西裤，单膝跪了，动作还是巨拉风，抬着眼皮问阮思澄：“阮阮，跟我结婚好吗？”

在夏风中，阮思澄的额发扬起。她只觉得心弦剧震，久久无法恢复平静，耳朵好像可以听见古琴震动时深沉而又悠远的余音。

她的喉咙有些发紧，不过还是努力地道：“好。”

能有什么不好的呢？

这不是求之不得的吗？

听到回答，邵君理一笑，把手中戒指给女孩儿戴在指根，送到自己唇边吻吻，而后缓缓站起身子，将对方搂在怀里且用力地揉她腰背，问：“阮阮，说说，我现在是你的什么？”

阮思澄翻着白眼想了会儿，小心翼翼地试探着问：“优乐美？”

邵君理一下子无语。

“逗你呢！”阮思澄笑，在对方的肩膀蹭蹭，叫，“老公。”

※※※※※※

邵君理叫策划公司上来顶楼收了东西，自己则带阮思澄到停车场离开公司。

到家已经快1点了。

阮思澄说：“这么晚了……咦？”

她突然间意识到，因为今天是邵君理跟她告白的一周年，对方其实算过时间，让她一过半夜12点就能拿到订婚戒指，并不单单是等扬清人去楼空。

真是有心。

邵君理把衬衣脱了，问：“直接洗澡？”

“好。”

阮思澄在主卧浴室洗了头发还有身子，出来发现邵君理又在床头回

E-mail，想了想，跑下楼，从厨房的调温酒柜摸出红酒拿回卧室，想干个杯，酒是加州纳帕的头牌，啸鹰。

两人坐在小茶几旁一人一杯喝干净了，阮思澄倾过身子，问：“君理，我超好奇，虽说你是一个码农，一直不算非常摩登，但我感觉富二代里好多都奉行不婚主义，你没想过不结婚吗？”

邵君理一顿：“从人类发展的角度来讲，我认为这样没错，人更自由也更随心。但在现阶段，尤其是在我国，女人弱势，如果两人交往，男人一直不娶女人，这个女人肯定会被指指点点。”

“哦……哦。”

所以，还是为了她吗？

阮思澄的酒量颇大，但喝酒时脸会变红。此时她眼睛亮晶晶的，脸颊红扑扑的，很漂亮，走到对方的椅子前，伸手把人给拽起来：“夫妻挺好，灵魂伴侣，省着被说成是出卖色相跟投资人换取资源。”

“你有什么色相？”

“没有吗？”阮思澄手揽住对方有力的腰，十指扣住，压住对方胸膛，抬起头看，亲他的下巴，“真的假的？”

接着感到身体变化。

阮思澄傻笑起来。

她又用自己额头蹭蹭对方胸口：“不过，还是有些意外……没谈一年就结婚了，是不是太早了？”

“我倒觉得是太晚了。”邵君理说，“想想自己三十多了，人生已过三分之一，甚至是二分之一。两个人在一起的日子，也只剩下三分之二，或者是二分之一。”

“别瞎说！至少还有三分之二！”阮思澄急着打断，“而且在2018年时，你不到30岁、我不到27岁，你就已经认识我了，只不过那会你还没得手。”

一下子被打断气氛，邵君理垂着眸子，盯着对方看了半天，才突然道：“那补一补。”

“补一补？补什么？”

阮思澄的大脑当机，几秒后才反应过来自己刚才说的最后那句话。

她“啊”一声后退一步，转身就往门口跑，却在开门时被捉住了。

两人折腾了一会儿，回到床上，邵君理握住她的指尖，送到唇边，在桃粉的指甲盖上落下一个个的亲吻。

最后阮思澄躺在他怀里，突然想起重要的事：“君理，对了，有个事儿，我觉得要商量商量。”

邵君理亲她的额头，逗阮思澄：“为夫听听？”

“切，”阮思澄抬起眼睛，而后异常认真地说，“就是咱们结婚，其他东西可以不管，但是我不要扬清股份，你也别要思恒股份，行吗？咱们签署婚前协议，再让律师把把关，把二人股份还有增值一起划作婚前财产。这样，万一，我是说万一啊，以后分开，公司可以不受影响。或者咱们现在约定，就算拿了对方公司的股票，也必须跟对方一致行动。”

邵君理点头：“可以。”

“嘿嘿。”她高兴了，又变回小姑娘，在CEO、小姑娘之间无缝切换，问，“君理，要是真有一天，我要离开，你怎么办？”

邵君理把台灯关了：“不怎么办。”

阮思澄说：“‘霸总’应该说‘不许不许’！”

“怎么可能？”

邵君理阖上眼，好像真的觉得困倦了，声音轻轻的：“只能自己过一辈子。”

“喂……”对方这句实话不知为何显得怪可怜的。

邵君理又说：“我没闲心谈没那么喜欢的恋爱。以前是，以后也是。”言外之意就是，要是谈恋爱都没工作有趣，那还不如专心工作。

阮思澄笑了，继续故意作天作地：“君理，我跟扬清哪个重要？假设只能拥有一个，你选哪个？”

邵君理的声音更轻了，好像马上要睡过去：“狗屁问题。”

“哈哈哈哈，不用回答。”她就是想作妖儿。

“不过，你。”在睡着前，邵君理的嘴唇未张开，还是含糊地回答了。

第二天一大早，阮思澄从床上爬起，给自己的爸妈打电话。昨天他们

12 点多才订婚完毕，太晚了，爸妈早就睡了，阮思澄也没发微信，想等早上通过视频说这事儿。

与以往一样，她妈妈并没有接听。阮思澄也觉得挺奇怪的，她妈天天玩儿手机，然而就是能错过电话，她从来都没打通过。

大约 15 分钟以后，阮思澄妈才回拨过来。

“妈妈，”阮思澄高兴地说，“我跟你说一个事儿哦。”

“怎么啦，澄澄？”

“就是……”阮思澄还怪不好意思的，“你跟我爸不用催了，我男朋友，就是‘扬清男’，昨天晚上跟我求婚了，我答应了。”

阮思澄妈和她爸一天到晚催她结婚，到了这时，微愣过后却是一派高贵冷艳的模样，说：“澄澄，你自己考虑。这是你人生的重大选择，只有你才知道自己要什么，爸妈只有支持。如果你想好了，要嫁给他，爸妈祝你幸福。”

“谢谢妈妈，”阮思澄道，“我想得很清楚了。跟他生活是我自己最盼望的事情之一，很可能没有之一。”

“哎，”阮思澄妈露出微笑，“那妈妈祝福你们。”

“嗯！”

“不过，领证儿前，要带小邵回家一趟。”

“我知道！”阮思澄一边视频聊着天，一边给邵君理发消息，【君理，明天周六，能不能跟我回东北？】

邵君理查了查日历，回：【上午有会，我可以坐 2 点 20 分那趟航班，4 点 40 分到。】

阮思澄给邵君理回“OK”，然后又跟妈妈说：“妈妈，‘扬清男’明天上午加班，下午 4 点 40 分到。我想你们，先往回走，坐今晚 10 点 10 分的卧铺，明早 6 点 35 分到，行吗？”她还挺爱坐卧铺的，不耽误时间，睡一大觉就到地方了，而且两边的火车站都离住处不太远，比去机场要方便。

“行的。你爸爸会开车去接。”

“不用！我自己叫车就行。”

“你爸肯定会去接，别犟了。”

“哦。”

阮思澄的妈妈又问：“澄澄，你见过他爸妈吗？他家就在云京本地，应该见过吧。”

“唔，我见过他爸爸，没见过他妈妈。”阮思澄完全不觉得见公婆有什么难度。虽然家庭背景上有差距，但见面只会加分不会减分。

“好的，那应该没别的事了。我去饭店问问日子，最早可能要冬天了。咱们这边办答谢宴，云京那边办婚礼，给他家张罗。”

阮思澄的帅气老爸这个时候钻了出来，十分嫌弃自己老婆：“哎呀，看你，什么都不懂！先别动手！”

说完看向了阮思澄：“澄澄啊，两家结婚是大事，什么时候领证，什么时候结婚，在哪儿办酒，怎么办，还有你们房子怎么解决，车子怎么解决，彩礼多少，嫁妆多少，这些都是要商量的。男方父母必须要到女方家里来提亲的。”

阮思澄：“啊？”

还要邵城他们夫妻远赴东北提亲吗？

这会不会太高端了，太那啥了？

她给自己留出余地：“爸爸妈妈，明天你们见完小邵咱们再谈这个事情吧。”她很确定，等见完面了，她可怜的爸爸妈妈就不会再坚持要求提亲了。

她并不想现在就说邵君理是邵城的儿子，否则二老肯定担心，等他们俩实际见过邵君理后，就会放心了。

“好，”阮思澄的爸爸又道，“对了，小邵是做什么的来着？有发展吗？不会被淘汰吧？哪个学校毕业的？在美国是吗？博士对吧？”

“明天聊吧。”阮思澄道，“爸，我不想把他用这些条条框框给判定了。他特别好，会发光。”

阮思澄的爸爸被震了下。

絮絮叨叨讲了很久，阮思澄的爸爸最后又想起来一个十分重要的事儿，严肃而又神神秘秘地说：“澄澄，你是一个女孩子，千万不要在结婚前就把自己交出去。”

阮思澄看了看床尾的垃圾桶，庄严承诺：“我不会的。”

“那就好，相信你也明白这些。”

“嗯，超明白的。”

等一切都安排好了，阮思澄叫邵君理回到卧室。她把窗帘全都拉开，从大大的落地窗看后院的树和花草。外面有个大的缓台，左侧长长的楼梯直通后院。

邵君理从健身房上来，看见阮思澄，走过去与她并排站着：“约好时间了？”

“对，我今晚先走，跟爸妈多待一会儿，你明天上门。”

“行。你爸妈都喜欢什么？”

“我爸喜欢喝酒，我妈喜欢看电视。”

“我知道了。”

聊了会儿，阮思澄把提亲要求当成玩笑讲了一遍，还说“你爸已经要忙晕了，我们不会折腾他的”。

没想到，邵君理却半偏过头，用眼尾扫了她一眼，声音还是没有起伏地说：“行，我知道了。”

阮思澄想：不是，他又知道什么了？

※※※※※※

当天晚上，阮思澄背着一个旧电脑包去云京站，坐 Z61 回老家。

没想到四人间软卧内有个胖子狂打呼噜，她又已经过了 30 岁，睡眠质量不如以前，一晚上翻来覆去一共只睡了个把小时。

回到家里，阮思澄非常兴奋，拉着爸妈聊个不停，聊公司，聊员工，聊她得到的，聊她失去的。

这一折腾就到了 11 点，阮思澄的爸爸妈妈叫阮思澄吃完饭再睡会，还下了馄饨，烙了葱油饼。阮思澄把自己肚子吃得溜圆才爬上床，开始补觉。因为男友下午 4 点 40 分到机场，大概会在 5 点 30 分来敲门，阮思澄便定了一个 5 点 15 分的手机闹铃，又嘱咐爸妈说，如果自己睡过头了，记得叫她，这才安安心心地抱着枕头呼呼睡了。

再醒来时是5点10分。阮思澄再一次感慨她的身体调节能力——说几点醒就几点醒，甚至不需要闹钟。她穿好睡衣，忽然听到外边客厅传来几个人的说话声。

阮思澄将头发梳了梳，走出卧室，发现男友已经到了！

他穿着一件黑色衬衣，坐在一个沙发墩上，微微前倾，十指交叉，这个谦虚的姿势让阮思澄还觉得挺新鲜的。要知道，邵君理在平时都是靠着椅背，长腿交叠，一副大爷的派头。

“君理，”阮思澄走过去，坐在另一个沙发墩上，“怎么到得这么早啊？”

“飞机4点就落地了。”

“哦。”阮思澄发现，当他说“飞机4点就落地了”时，她的老爸脸上露出一副一言难尽的神情来。

怎么回事？

大家聊天聊到5点45分，阮思澄问她的妈妈：“妈，咱们怎么还不做饭？今晚不是在家吃吗？”

“不在家吃了。”阮思澄的妈妈回答，“去饭店。”

“嗯？不是说在家吃吗？”

阮思澄的爸爸解释道：“小邵的爸妈也过来了。”

“啊？”阮思澄一脸蒙圈。

“本来没想今天见的，是在机场撞上的。”阮思澄的爸爸解释。

原来，她爸爸刚买了新车，想要大家都坐一坐，而且二老觉得人家男孩从外地过来，人生地不熟的，让人家自己出站、打车、上门，好像显得太高傲了，应该去接他。于是，将计划从“等邵君理”改成了“接邵君理”。下午3点45分，阮思澄的爸爸进屋叫了两声“澄澄”，没得到回复，他看闺女正睡得香，心疼她整夜未眠，就没叫醒她。

“不是，”阮思澄说，“您根本不认识他啊？”

阮爸爸挺会想招，在接机口举着纸板，上面写着“小邵”，下面写着“思澄”，就这样开始接机。他觉得这样没事——等准女婿走出来，就过去拍拍他肩，说阮思澄没睡好，还在补觉，自己一个人来接的，既显得重视对方，又显得心疼女儿，给对方施加“你对她不能比我对她差”的无形压力。

结果，接是接着了，可邵君理的爸爸妈妈居然也一起跟过来了！

阮爸爸觉得这位亲家十分眼熟，很像是某位企业家。等邵君理介绍完自己爸妈，阮爸爸突然傻傻地站在那里。

阮爸爸没话找话，问飞机咋 4 点就到了，而后得知一家三口是坐私人飞机来的。幸好阮思澄的老家虽是省城，但位置较偏，航班少，机场小，就一个航站楼，所有乘客都必须从同一个出口出来，这才没有错过。

本来是有人来接邵城夫妇的，这下也用不上他们了，阮爸爸先把准亲家送到他们预订的酒店，约好晚上一起吃饭，再把邵君理接回自己家里。

邵君理说：“本来打算两家父母明天或后天再见面的，没有想到……”他本来想来这一趟就把事情都搞定。他跟阮阮工作都忙，可能没什么时间再陪着父母专门来提亲，何况他也想尽快把婚事敲定。

阮思澄听完，低着头，用手心捂住脸颊。

太尴尬了。

不忍直视。

居然把邵城招惹来了，居然会变成这样。

阮思澄给爸爸发微信：【全都赖您，非要提亲。我当笑话随便讲讲，他居然真往心里去了。】

阮爸爸回了一个意义不明的“举杯”表情。

四人聊到将近 7 点，才出发去吃晚饭。餐厅不是特别高档，但阮爸爸也尽力了。

阮思澄终于见到了邵君理的美女妈妈。美女妈妈颇有气质，说话温柔，举止优雅。

包间内，阮思澄、邵君理坐在下首，挨着，两人旁边分别坐着各自的爸妈。

邵城出身普通人家，没有架子，十分随和。他也挺会打破界限，在等菜时说了说自己这些年的努力、辛苦还有心酸，把彼此距离给拉近了许多，自然就过渡到正创业的阮思澄身上了。阮思澄的爸妈都在设计院当领导，也不是没见过世面，不多时大家就无话不说、其乐融融了。

等开始上菜，双方父母便开启了吹自家孩子的模式。

邵城说："君君从小就不用父母操心……"

阮思澄想"噗"，强忍住，邵君理轻瞥了她一眼。

吹完自家孩子，酒过三巡，他们谈到子女婚礼。双方迅速达成共识：在哪办、怎么办都由小夫妻自己张罗；对于亲近的亲戚朋友，也由自己发请帖、出钱、安排食宿，直接请到婚礼现场。

吃完饭后，阮思澄陪自己爸爸到前台结账，扫完码，回头看到君理跟他妈妈站在门口谈话。美女妈妈一直在问什么，邵君理则是摇头。

"唔，"阮思澄有点担心，怕跟自己有啥关系，于是逮着空闲问邵君理，"君理，我能不能知道……刚才阿姨问什么了？"

"嗯？"邵君理了然，轻笑，"问我还有没有钱，够不够花。"

阮思澄想说：阿姨，君君不是小学生了！他是一个"霸道总裁"！

"阮阮，猜猜我到美国的第一年，我妈过去探亲了几次？"

"6次？"

"12次，每次去大约待两个星期。"

看来她输了，她并不是这个世界上最爱君理的女人。

话语间，扬清集团的车来了，邵君理和他爸妈上车回酒店住，阮思澄一家三口则走另一条路回家。

在回家的路上，阮思澄的妈妈纠结了半晌，最后还是开了口："澄澄，你真想嫁过去吗？"

"啊？"阮思澄说，"当然呀！"

"可是，过日子如人饮水，冷暖自知。选另一半要看条件，但又不能只看条件。经济基础决定上层建筑，这话一点儿也没说错，他地位高，你地位低，妈妈担心他不珍惜、不爱护你。"

"您想多了！"阮思澄打了一个饱嗝，打出一股酱骨头味儿，瘫在后座上，吧唧吧唧嘴，说，"您别担心，我俩之间不存在他地位高我地位低，也没有不珍惜、不爱护，是平等的关系，他对我好，我也对他好。”

“哦，那就好。”

“嗯。”阮思澄说，“妈妈，邵君理的爸妈明天一早离开，不用我们送。邵君理会留在这儿等我一起回云京，坐晚上 7 点 25 分的那趟航班。”

“那让小邵过来吧，中饭、晚饭在家里吃。”

“行！”

阮思澄本以为“地位”这个话题已经过去，谁知竟然没有。第二天中午，在邵君理上门之前，阮思澄的妈妈又拉着她说：“澄澄，女儿，我和你爸讨论了半宿，还是觉得婚姻最好门当户对。跳一两层可以，跳太多层会出问题，会受委屈，被看不起。妈妈和爸爸不会干预、不会阻止，但是想把这些道理讲给你听，让你慎重。”

“您和爸爸真想多了……”

阮思澄在心里琢磨：怎么能让爸妈放心呢？

思来想去，觉得好像只能欺负邵君理了。

昨天见面，他英俊挺拔、风度翩翩、气宇轩昂、成熟强大，完完全全挑不出毛病，可爸妈居然还是觉得不行。

哎。

于是，在邵君理进门后，阮思澄就开始欺负邵君理，毫无征兆。

四个人吃完饭后，阮思澄见邵君理在厨房门口有些犹豫，抬起腿，一脚丫子踢在对方屁股上，喝道：“去帮忙！别杵在这！”踢完，她觉得触感梆硬梆硬的，真是个肌肉男。

见阮思澄抬脚就踹，阮思澄的妈妈吓了一跳，忙道：“不用不用！”

邵君理却好整以暇地把袖口挽起来了：“您就让我帮帮忙吧。”

最后居然把碗刷得巨干净。阮思澄想想也是，对方毕竟曾在美国独立生活了 15 年。

吃完饭吃水果。阮思澄手捧着西瓜，把上面的瓤几乎全啃了，啃到瓤还剩下一小条时，伸手递给邵君理，说：“靠瓜皮的地方不甜，不好吃，给你吃。”

邵君理毫无怨言，把接过来的“西瓜皮”一片片吃完。

类似的事情接连发生几次之后，阮思澄的妈妈终于坐到女儿身边，说：“澄澄，你别老欺负人家。”她的口气还有表情虽是无奈和责怪，嘴角却有一丝抑制不住的笑意。

“咦？”阮思澄抬头问邵君理，“君理，我欺负你了吗？”

邵君理笑，带点宠溺：“没有。”

“那如果我欺负你了呢？”

邵君理略一淡笑：“高兴。”

“您看！”阮思澄对她妈妈说，“我没欺负他！”

“说正经的。”阮思澄的妈妈打了阮思澄一下，“谁也不会老让着你。”

“知道啦！”阮思澄见好就收。

“看你那样儿。”阮思澄的妈妈虽然还在教训，但语气明显轻松了很多。

“行啦，我去买点特产，回云京后分给同事。我都两年没回家了，都是你们过去看我。”

“好，应该的。”

“君理，走。”

邵君理的西装裤子被溅了一点西瓜汁，他掸了掸，站起来：“走吧。”

昨晚刚下过雨，院子里都是水坑。碰到大一点的水坑时，阮思澄便往男友的后背上蹿，让他背，说水凉。邵君理也毫无怨言，弯腰背她，过了水坑再小心地蹲下身子，把她放下来。

阮思澄可太爽了。

以前都是她背别人。

上学的时候，她们学校也有水坑，还很深。学校便摆了一排桌子在水坑里，前后各有两张椅子，让学生们踩着过去。如果赶上人多、排的队长，要迟到了，阮思澄就踩着凉鞋，卷起裤腿，把室友背在背上，哒哒哒地蹚水过去——她身高一米六八，腿还长，室友身高一米四八，她不忍心。

阮思澄的爸爸妈妈从自家窗户看见了这一切。半晌过后，阮爸爸轻声叹息，搂住妻子的肩说：“别操心了，相信澄澄的选择吧。”

“嗯，”阮思澄的妈妈有些感伤，“澄澄确实长大了，会自己做选择了，不用咱们当参谋了。咱们两个之前的想法，也许都错了。”

“别这样，女儿长大是好事呀。”

另外一边，阮思澄在超市买了松子、榛子、人参糖、高粱糖，叫服务员分开包装，想给自己手底下的副总、总监一人一份，再给公司每个小组都扔一兜。阮思澄花了几千块，提着一堆大包小包，晃晃悠悠回家。

邵君理来的时候，两个箱子全都装着给她爸的红葡萄酒和给她妈的护肤品，现在箱子正好空了。阮思澄把东西塞完后，正好赶上四点开饭。她又一顿狼吞虎咽，最后点点行李、礼物，哭着嚎着出家门了。

她难过，她想家，可她没办法。

小城市的男孩女孩，一旦离开家，就再也回不去了。

前方等待着他们的，是永无止境的梦想，以及永无止境的流离。

到云京是晚上 9 点 15 分，到家是 10 点 15 分。

阮思澄到主卧浴室洗了个澡，吹干了头发，让男友把干果和糖统统搬到她的车里，自己钻进柔软的被窝，还在脚心贴了足贴，缓解疲劳，舒舒服服地上网。

结果，一开锁屏她就惊呆了。

无数朋友正通过短信、微信和 QQ 等找她！

她在微信里顺手点开朱天球，发现对方正在狂吼:【大橙子！是你吗！你跟帅哥要结婚吗？！你跟帅哥那么熟吗？！】

阮思澄一脸蒙，回:【啊？】

天球:【有人在微博爆料！】

阮思澄:【然后呢？爆啥料？】

天球:【爆料……邵城儿子刚求婚了，结婚对象是阮思澄！爆料人说，‘思恒花瓶阮思澄:天降馅饼，一路躺赢，给你揭示人脉真相’的文章曾广为流传，好多人说邵城儿子已经‘收了’阮思澄，她也看过文章！今天晚上她坐飞机从外地回云京，在公务舱里撞上了你们，你无名指还戴着戒指，上面的

钻石巨大，巨闪！】

确实，那篇文章“火”了以后，她的照片也被扒了出来。这也正常，毕竟思恒爆红以后，尤其是A轮融资以后，无数创业杂志、商业杂志都以“美女CEO”为噱头写她。

还好，爆料人不是策划公司的人，不会知道求婚细节。虽然那天邵君理说策划公司没看见人，只负责摆东西和收东西，可她还是有点担心。

她点开微博，找到原文，看了看评论和转发。

简直是乌烟瘴气，说什么的都有。

有一大堆人留言说：

“emmm……一言难尽。之前还觉得挺励志的，结果果然是靠男人。”

“我的雷达还真是准，我就觉得她不简单。”

“创业是为钓金龟婿，这女的可真聪明啊……我怎么没想到这招？先开公司，再拉投资，然后搞定高帅富！”

“我反对这门亲事……”

“这个女的配不上。普通家庭，普通收入，靠男方才创业成功，长相身材也就那样，我周围都一抓一把。”

“能不能别上热搜了。”

“老实创业，别买热搜了。”

有人回复：“为什么说她靠男人呀？那个不是澄清了吗？”

立即被人批评教育：“现在还能再相信吗？”

也有一大堆人反对他们的这种看法。

“你们拿采访照片跟明星的高P图比？”

“人家明明挺优秀的，P大毕业，搞AI出身。创业成功都要贵人，她男朋友就是她的贵人，怎么了？不行吗？”

“我赞成这门亲事！”

“人家郎才女貌，天生一对，轮得到你这妖怪来反对？”

阮思澄打开word，皱着眉头琢磨解决方法。

然而还没等她做什么，邵君理先说话了。

一个记者通过微信向邵君理直接求证，邵君理点头承认，一一回答了记者的问题，大概意思是：

“我们从来没否认过，只是觉得没必要讲。B 轮融资结束以后，我跟阮阮才在一起，因为对方聪明、勤奋，与我有着共同追求。2018 年到 2021 年，我们只是工作关系，她一个人奋斗了 3 年。2021 年之后，我们才发展为情侣关系，她却也不需要我了。”邵君理还放出了一张截图，是第一次约会以后她给他发的晚安微信。

“君理……”

阮思澄看着屏幕，想当时邵总之所以一直在等，一直没表白，是不是因为他希望等到修成正果的这一天，她的价值不会被别人否定？

阮思澄的眼眶微热，转发了截图，对邵君理说：【在生活中永永远远需要你呀。】

邵君理的答复出来后，网上的风向立即变了不少。

有人说：“看到没有，现实中是强强联手。想要高嫁，自己首先要变优秀。”

下面有人酸溜溜地回复：“在现实中，能干的女人没有不离婚的。”

阮思澄把微博截图，单独发了一条评论：

“谢谢支持，不过，我变优秀，是为了自己，其他一切随缘。”

她刚发完，把手机关上，邵君理便进屋来了。

“君理！”阮思澄叫，“抱抱。”

“怎么了？”

“没事儿。”

邵君理掀开被子，正想进去，却在看见阮思澄的瞬间愣住了，问：“你这穿的什么衣服？”

“小背心。”阮思澄坐了起来，答道，“我一直穿背心睡觉，到 P 大后才换睡衣。昨天回家住了一宿，发现还是背心舒服，就带了两件回来。”

邵君理盯着，说：“你这尺寸穿破背心儿，好像是在存心勾引人。”言外之意还不如不穿。

阮思澄很无语：“邵总，您是淫者见淫。”

没有想到邵君理却大大方方地承认：“对，我淫。”

说完就把背心给撩上去了。

※※※※※※

决定结婚后的几个月，思恒深度的“二儿子”“脂肪肝AI”进入市场，引发了新一轮的追捧。它能给出患者脂肪肝的严重程度，为基层医院的体检、治疗提供极大助力。虽然绝大部分脂肪肝患者没有明显症状，但脂肪肝却能逐渐演化为肝硬化和肝癌。

至于“思恒深度急诊”，也经历了又一次升级。

首先，离线功能更多了。

其次，能看的病也更多了。原深度比较擅长中毒、感染，也拓展了AI对于腹部病症的判断能力。同时，随着心磁渐渐普及，思恒深度也增加了用AI来看心磁图的全新功能，不再局限于心电图了，诊断范围又加大了。

第三，为了解决或者缓解“AI看一遍，医生看一遍”这个问题，阮思澄和叶凤毛对界面进行了优化。AI可在PACS系统上直接给出提示，医生可以自己选择线条颜色、强弱，还能直接修改AI诊断报告，增加了效率，提高了使用率。

最后，思恒深度努力换了算法模型。斯坦福大学在提出CheXNet卷积网络模型以后，又提出了新的模型，并考虑了可解释性。它衡量图像各个位置在决策中的重要性，试图解释决策过程，打破黑箱，帮助医生理解、评估。阮思澄觉得，这会是未来赢得竞争的重要筹码。

升级后的“思恒深度急诊”似乎更受欢迎了。它已进入了450家大医院、一万多家基层医院，帮助了许多医生、患者。

在公司里，阮思澄雷厉风行，重组了部门。她将研发分为几块儿，分别是前端、业务、引擎、算法和数据。前端包括UI等，业务就是账户管理、会诊管理这些东西，引擎包括知识库等，算法包括多个模型，数据包括多个来源。她还组建了安全、伦理等团队，一切都围绕人工智能算法、计算能力、数据这三个要素设计，公司架构清晰、合理。

思恒深度也向政府部门递交了送审申请。不过阮思澄知道，伦理审查、临床测试、签订合同、检测报备、认证销售，这将是一个漫长的流程，但不管怎么说，她已走在市场化的道路上了。

思恒深度可能还要融资。经过几年的大浪淘沙，如今能够获得资方青睐的AI公司数量骤减，然而每笔融资的金额数量却大幅度增加了，这说明在AI的角斗场上，初步的胜负已经分出来了。资本在冷却，竞争在加剧，死亡随时会发生，有人莺歌燕舞，有人长歌当哭。

至于扬清“互联网+”，也经历了几次洗牌。

它被分成AI、云计算、大数据和物联网等几大板块，还有一些小板块，其中“云”是中控台，所有板块相辅相成。

在人工智能上，还是分为硬件、软件，扬清已经搞出来了专门用于AI的芯片，性能还不错，扬清希望逐步摆脱对外国公司的依赖。扬清还跟国内某通信巨头展开合作，布局5G，互利共赢，也架构了开源平台。在软件上，也依然分为B2B和B2C。在B2B上，扬清已经拥有众多合作伙伴，开发出不少产品，有用于物流的，有用于仓储的，有用于安防的，有用于认证的，有用于交通调度的，有用于投资分析的，有用于招聘管理的，有用于合同审阅的……而且扬清还是三巨头中唯一一家做农业的。AI可以根据牲畜外形检测生病、怀孕，可以根据植物情况调节光源、用药。在B2C上，扬清AI分为教育、金融、出行、家居、医疗、养老等八大场景，覆盖范围广泛。

在AI医疗领域，扬清的重点还是癌症。

“扬清医者”能看片子，诊断包括胃部肿瘤、肠道肿瘤、食管肿瘤、乳腺肿瘤在内的十几种癌症。它还可以分析病理，通过获取高分辨率的病理切片图像，进行分割、检测、分类、分级。一份病理可能包含数百万个细胞，医生要看将近半小时，还会有误诊率，AI却能在几分钟之内完成。“扬清医者”还能放疗，自动勾画肿瘤器官和周围危及器官，并在患者上机以后不断跟踪、调整，减少射线的伤害。此外，它还能给出化疗方案。虽然饱受抨击、质疑，但邵君理坚持让AI读论文，而不是只听医生的，他认为单个医生不可能做到与学术前沿齐头并进，AI却能在10分钟内阅读完2000万字的医学文献，是可以比医生强大的。

在手术上，“扬清手术机器人”能准确检测手术环节，建立实时3D模型，帮助医生了解全貌、完成高难度手术。

“扬清药物机器人”也在帮助研发新药。它能预测可能靠谱的化合物，提高筛选效率，还能预测稳定性和药物代谢等，在罕见癌症的药物开发上尤其能起到重要作用。对于这些罕见病症来说，因为销量不容乐观，药厂必须节约成本，再像以往那般动不动就耗资十亿是不现实的。

不过，扬清AI也并不是只做癌症，它还将触角伸到了其他领域，比如精神疾病。扬清推出的某款App已经可以通过对话发现抑郁症和躁狂症了。

不少人问，邵城独子邵君理怎么就能那么厉害，做什么产品成什么产品。邵君理没搭理过，但阮思澄十分清楚，他是因为“看见”了。因为“看见”，所以相信，所以固执。他知道未来会怎样，也知道该怎样做到。

要说失败，也并不是完全没有。7月时，邵君理第一次看走眼了，果断砍掉了整个项目组，承认失败，很有魄力。他群发了一封邮件，检讨，致歉，相信，祝福，安抚首批被砍项目的员工，让员工更爱他了。

而阮思澄的老友们，境况则各不相同。

钱纳二次创业失败，选择蛰伏，寻觅机会。贝恒则是“老婆孩子热炕头”。陈一非加盟了一家人工智能初创企业，还是当CTO，看着前景不错，而且重要的是公司的CEO十分信任陈一非，总让他抛头露面、参加活动，阮思澄也只能盼望他们两个不会“分手”。

初颜坐牢了。据说，初颜的律师在初颜是刑事诈骗还是民事欺诈的问题上扯了许久，因为刑事诈骗要坐牢，民事欺诈不用，关键要看初颜是否以非法占有为目的。最后，法院还是判了刑事诈骗。

至于同为澎湃旧人的邢笑佳，创业创得风生水起。“摘草莓机器人”“摘苹果机器人”在阮思澄的提醒下被介绍给地方政府，得到了一些支持、推广，帮助种植户提升水果产量。而二号产品“喷农药AI”因为可以精准辨别杂草、节约用药、维护生态，已经俨然有要超过“摘草莓机器人”的趋势了，被多个组织大力赞扬，说邢笑佳正在改变广大农民的工作方式。变成成功人士的邢笑佳，也终于得偿所愿，娶到了一个长着网红脸的大美女当老婆。

让人意外的是朱天球。

朱天球虽然是澎湃科技阮思澄组里最后一个创业的人，但是产品不错，融资也顺利，在阮思澄的指导下拿到大约400万元投资，也是够用一阵子的。因此，当阮思澄听说朱天球的AI公司要倒闭时，完全不敢相信。

那天，朱天球打来电话，带着哭腔，上气不接下气地说：“大橙子，大王，怎么办呀？我的400万都被骗了！公司账上没钱了！”

“啊？”阮思澄吓了一跳，急忙问，“天球，别急，慢慢儿说，怎么回事？”朱天球做AI教育，机器可以通过对话识别用户英语水平，根据优缺点制定有针对性的提高方案。

“我……”朱天球哭，“想要再融资，用户必须达到一定数量。只有产品没有用户，是没办法拿B轮的。”

“对。”

“我们招的CMO（首席营销官）一直说，对于教育App来说，最有用的方法就是地推。因为我们是英语类的早教App，就可以到各个城市的幼儿园大门口，通过送礼物的方式让家长们扫码、下载。”

“嗯，可以的。相比传统媒体、网络媒体，地推确实成本最低、效果最好，一个用户的推广费在5元以内其实都是能接受的。你做一个微博广告或者微信广告，花2万其实很难引来4000人。就算做HTML5的小程序，在朋友圈随便发发，找外包做也得花不少钱。”

鼓励完，阮思澄说：“但是地推也有问题，就是用户的日活低。大部分人领完礼品就把产品给卸载了，不会再用。因此呢，必须详细介绍产品，让家长们试用、反馈，这很考验拿抽成的地推人员的专业素质，大部分人根本不会介绍App，光给礼物，冲量，拿钱。”

由于阮思澄语气冷静，朱天球也好过了些，道：“是的，我们公司在招聘网搞了一些地推人员，到各城市的幼儿园分发礼品、请人下载，效果其实是不错的。”

“然后呢？”

“然后……”朱天球的声音变小，“一个月前，有一个人打电话来，说他是某幼儿园的教导主任，认识云京许多教导主任，可以发动大家一起下载我们的 App，一个用户 5 元，他还发来了工作证，看不出来有问题！”

阮思澄继续听着。

“我没怀疑，就答应了。我要给他邮寄礼物，他说不用，太麻烦了，他们自己准备礼物，我按每个用户 5 元付款就行。”

“然后呢？”

“那个星期我特别忙，把这活交给 CMO 了，我只知道在幼儿园教导主任参与推广后，用户增长十分迅猛，每天都有好几万个新用户。”

“然后呢？”

“然后……一个星期以后，我看了看后台数据，感觉哪儿不太对劲！虽然用户数量激增，但日活却没有变化！也就是说，这些新来的用户，全都只打开过一次，没有第二次！”

阮思澄一边听着一边直摇头。

“我一开始怀疑这是有人使用机器刷的，于是叫人检测、分析，发现确实都是真人。我们的 App 注册需要填写电话号码，我也亲自回访了，对方都说他们知道这个 App，在幼儿园扫码下的，不过感觉产品不好，于是没再用过。我们也有反馈信箱，他们都填写了反馈意见。”

朱天球的语气带着强烈的懊悔和自责，又说：“我就以为没有问题，让工程师改进产品，增加吸引力。同时，我给那教导主任打电话，叫他再多介绍功能，增加回头率，增加日活。他答应了，说再试试。”

说到这里，阮思澄已经知道接下来会发生什么了，没打岔，只静静地听。

朱天球继续讲述她的创业故事：“然后，在改进了产品以后，也增加了宣传，我发现用户日活涨上去了，回头率变高了！我特别高兴，特别开心，谁知道在我觉得用户够了，可以出去再融资了，叫停这个地推以后，每天的 App 使用量从几万个瞬间趋近于零了……”

阮思澄长长叹了口气：“天球，你好糊涂！你碰上‘羊毛党’了！这些

‘羊毛党’的头目，每人都有几十个群，几万个人，还都认识别的头目，专挑做App的公司下手，拿补贴！他们只是在千人群发二维码，叫人下载，如此而已！而千人群里面的人全部都是拿补贴的，根本不会使用产品，只在群里根据指示一个一个地下载App，拿分成！他们每天都下载好多，根本没有做推广啊！在你想要日活以后，头目为了能继续薅羊毛，就让手下‘羊毛党’时不时地打开一下App，装成真实的用户，而等到你没有钱了，‘羊毛党’就一哄而散了！”

朱天球黯然：“大橙子，我上周才刚刚知道有‘羊毛党’。A轮融资拿到的钱，被‘羊毛党’给薅光了，就像很多创业公司一样。我得到了几十万个假用户，毫无用处，却花掉了200万元。现在，公司要倒闭了，我们已经没钱了。”

“天球，”阮思澄鼓励她，“咱们一起想想办法，我相信天无绝人之路。”

“嗯。”

因为觉得产品不错，阮思澄自己投了一些钱进去，还介绍了卓立、戴溪等VC给朱天球。

然而这些努力并没能扭转乾坤。

几个VC都不看好，说朱天球把时间花在“羊毛党”上的几个月中，有一两个同类产品已经抢占了市场。

在一天早会上，朱天球虽十分努力地想要维持体面，却没忍住，涕泪横流地对大家说，这家公司已经完蛋了。

她失败了。

※※※※※※

10月，世界互联网大会在云京市开幕。

早上，阮思澄在邵君理家主卧卧室的玻璃前，“唰”的一下拉开窗帘，迎接阳光进来。这玻璃窗十分奇特，有一层半透明的薄窗帘，有一层深灰色的厚窗帘，而在两边的墙壁里，还有可以用来遮阳的乌木板，一按按钮就能出来、合上，使整个卧室黑到伸手不见五指。多光、少光、完全无光，想要什么就有什么。

她刚刚才度假回来。创业四年来首次休息，她和邵君理去了邵城夫妇几年前买的海岛，据说连着上边的酒店价值一亿欧元。买岛容易养岛难，岛上水电、网络、垃圾都要银子。不过邵城买它是为了聚会、招待、社交、谈合作、签合同，也可算作投资了。邵君理对这些开销倒是没有太大兴趣。

见阮思澄已经起床，邵君理推门进屋。他穿着深黑的衬衣、浅黑的西装，扎着一条银灰色领带，高高大大，气场十足，走到窗前搭她的肩："阮阮，走了，别迟到，你等一下还要演讲。"

"我知道呀，早准备好了。"阮思澄回头，眼睛弯弯的，"真没想到，思恒深度的演讲被安排在了主论坛，而不是分论坛！"

她穿着过膝裙子，既职业又好看。

邵君理见阮思澄已涂好口红，不好破坏，低头吻吻她的肩膀，还抿了抿，说："我想到了。"

"为什么？"

"因为你很好，思恒很好。"

阮思澄想被他亲亲，于是探出舌尖。邵君理心领神会，啜了一下，拉起她的手，走过厚厚的地毯，下楼。

国际饭店主会议厅被布置成了深蓝色，这也是"IT"的代表色，深沉、冷静，舞台的背板上写着"世界互联网大会"和本次大会的主题"互信互助，携手前行"。

因为邵君理已经公开说阮思澄是他的未婚妻，世界互联网大会组委会将两人的座位安排在了一起，是第三排，前面两排全是各国政商两届的大佬。

今天已经是大会的第二天了，昨天主办方安排了签到、欢迎会和欢迎晚宴等活动，在主会场举办了领先成果发布活动，还在某个山清水秀的山庄里进行了水下驾驶挑战赛和空中驾驶挑战赛。

暖场过后，9 点 30 分，大会正式开幕。

云京市领导十分激动地宣读了上级领导的致信。在致信中，上级领导向大会的召开致以了热烈的祝贺，向出席会议的国内外企业家和专家学者等各界人士表示了诚挚的欢迎。一大群人啪啪鼓掌，经久不息。

10 点 15 分，高峰会开始了。

爱未的 CEO 何未，扬清的 CEO 邵城，澎湃的新 CEO 宋琦，还有一堆全球公司的副总等一一发言，讲他们对人工智能的看法，有技术方面的，有推广方面的，有生态方面的，也有伦理方面的；有关于创新的，也有关于破局的。邵城还见缝插针给“扬清翻译”做了广告，说这次峰会的全部字幕都是由“扬清翻译”提供的，而非人机协同。

上午的最后一名演讲者是易均。

阮思澄已很久没有见过易均了。

他依旧温和、儒雅，让所有人如沐春风。他演讲的重点是“小数据”，阮思澄只听他道：“对于 AI，大数据非常重要，但小数据同样重要。在目前的许多领域，我们根本无法取得大量数据、大量图片，比如 AI 医疗。”

说完，他望了眼阮思澄：“在 AI 医疗这个领域，有许多的‘孤儿病’，也就是罕见病。医生没有大量数据，AI 也没有。但是，如果只能看常见病，分辨不出罕见病，AI 的优势又在哪里？我认为，通过 AI，我们应该更能分析小数据间的异和同，这一点不该被忽略，而应被重视。首先，如何打破地域限制并且得到更多数据，是值得关注的。其次，如何使用一二百份数据获取普适算法，同样值得探索。我进行了一些实践，也有了一些成果。”

阮思澄在下边听着，觉得易均还是很厉害。

易均演讲完正好是 12 点。阮思澄跟邵君理到一楼餐厅吃了午餐，与遇到的熟人寒暄，又到某个大厅参观了科技展，看到了不少有意思的东西。

“君理，”阮思澄说，“还记得吗，咱们是在 AI 峰会上认识的，当年你的演讲题目是‘人工智能 2.0’，我提问，那是咱们头回说话。”

“记得。”邵君理的笑声低沉，“你说，虽然公司鼓励创新，但员工要承担风险，员工老老实实完成工作可以正常升职加薪，万一创新没搞成功可能工作都要丢了。”

“对！”

邵君理一哂：“说得挺好。”

“哇，你终于承认了！”

“我当时也承认。”邵君理说，“不过，今天你不会再唱反调了吧？”

“那不一定。”阮思澄说，“除非你能给点什么好处。”

“什么好处？”

“嗯……一个吻？”

邵君理瞥了她一眼，说：“你确定。”

“那有什么不确定的？”

“行，来吧。”

邵君理说完，长腿迈开，带阮思澄到了酒店一个无人的楼梯间。

阮思澄有点蒙，她本以为这将会是蜻蜓点水的一个吻。

邵君理用手抬起她的下巴，开始“给好处”。没过多久，阮思澄就站不住了，也明白刚才对方为什么要问“你确定”了。

他太强势，还爱发情。这不，一回忆起4年前她在台下的样子，就又想要吻吻她了。

仔细想想，除了他家的桑拿室，邵君理可能随时随地都想吻她，事先毫无征兆。

真是……

一个长吻终于结束，阮思澄到女盥洗室把擦掉的口红补上，挽着男人的胳膊，走到“互联网与公共服务”的分会场。

邵君理有一场演讲，下午3点还有一场圆桌会话，是在另一个分会场，内容是关于大数据时代的个人信息安全。因为邵城已经代表扬清集团做过演讲，邵君理便自然而然地被安排在分会场了。

分会场没座位了，阮思澄便靠着墙听。

活动开始，男人上台，语速不急不缓，一句句说。

他的演讲主要围绕扬清集团旗下的产品，十分无私地分享了互联网与公共服务的结合思路、思考方式，字字句句切中要害，阮思澄再次觉得自已好爱这个男人。

她都听得有点激动。

科技真是无比迷人，吸引着一代又一代天才，打造着一个又一个神话。

1975 年，比尔·盖茨创立微软。同是 1975 年，乔布斯准备要开发个人电脑。

大约 10 年后，1984 年，划时代的图形界面 Mac OS System1.0 问世，1985 年 Windows1.0 问世。

又一个 10 年后，1994 年，杨致远和大卫·费罗创立雅虎，开启了互联网浪潮。

又是 10 年后，2004 年，脸书诞生了，社交网络横空出世。

到了 2014 年，人工智能、云计算等创业公司如雨后春笋一般涌现，谷歌的 CEO 将公司战略由 Mobile First 升级为 AI First，另一个帷幕就此拉开。

她也正在此处沉浮。

阮思澄陪她男朋友参加完两场活动，回到主会场。此时下午的议题“‘互联网 +’创新、破局”已经过去一大半了。

她的演讲被组委会选中，是倒数第三个上台。

何其有幸。

上台前，阮思澄薅下了“大冰糖”，递给邵君理，让他拿着，不想搞得太显摆。

码婆要有码婆的样子。想到邵君理说这回求婚时间有限，工作上的事又多，等以后有又大又好的粉钻再拍回来，她就头疼。

站到台上，阮思澄两腿并拢，把手搭在讲桌前沿，对主持人笑了笑，又对主办方笑了笑，才凑近话筒：“各位领导，各位来宾，非常感谢大会能给思恒深度这个机会，分享、探讨 AI 医疗的困境，以及创新、破局。”

“常有人说，AI 医疗不好发展，是个噱头，是个泡沫，吃激素了，是虚胖。我个人的看法是，做医疗需要耐心。那句话是怎么说的，‘未来已经到来，只是尚未流行’。今天，我想说说思恒深度切实遇到的一些问题，还有思恒深度所采取的破局方式。当然，我们的努力还远远不够，但一切都在朝着好的方向发展——下面请看大屏幕。”

她总结了许多问题，比如患者隐私难以保障；数据标准无法统一；市场准入难以获取；医生个性各不相同，有人拥抱有人抵触；大医院不易进入，基层医院不愿付费……

而后，她又一一讲述了目前政府、大企业、中小企业、医院、大学在这些方面的努力，比如国家新制定的诸多政策；扬清集团和众多医院已建立的医疗影像联盟；各级医院刚发布的AI器械筛选标准、患者病历脱敏标准，还有斯坦福等大学开发的人工智能医疗模型都考虑到了可解释性……

阮思澄的演讲重点自然还是思恒深度的一些做法。她介绍了在数据标准无法统一的情况下，思恒深度是如何校正数据的；在市场准入难以获取的情况下，思恒深度是如何为审核提供方便的；在医生个性各不相同，有人拥抱有人抵触的情况下，思恒深度是如何打动医生的；还有在大医院不易进入，基层医院不愿付费的情况下，思恒医疗是如何赢得竞争的……

参会的人都觉得这小姑娘挺会想招儿。

最后，阮思澄又回到主题，有些动情地说：“我们大家需要记住，医疗是个艰苦的行业，不能因为它搭上了互联网，就指望它一飞冲天。制药行业一直都有‘双十’的说法，意思是一款新药的推出需要耗时十年、耗资十亿美金，近些年甚至变成‘双十五’了。”

所有人都在听着。

阮思澄又说：“不少身处这个行业的人在深夜时都会自问，为什么上天给了人类这样的智慧，却又给了他们数不清的重症，让他们空有智慧却无能为力，徒留痛苦。然而庆幸的是，人类仍未丧失对抗疾病的勇气和决心，这是你我还在努力的意义。”

“我相信，人工智能就像过去三次工业革命一样，会把人们从繁琐的工作中再一次地解放出来，这些工作包括各行各业，当然也包括医疗，否则不符合常识。到时候，读CT、读ECG、看病理等常规工作可以交给AI来完成，而医生们就能专心做研究、治疗更为复杂的疾病了。AI 与人类绝不冲突，而是互帮互助、相辅相成。过去几百年间，在大规模生产机器出现时，还有在电脑出现时，都有无数人担心它们会让人类失业，而事实上这种事从未发生。有了机器和电脑后，这世界上又出现了许多过去没有的工作。”

阮思澄在 5 点 20 分准时收尾，稍稍提高了声调：“我想说，坐拥百万雄师，打胜仗并不值得夸耀，伟大的东西往往是在逆境中诞生的，谢谢大家。”

台下掌声经久不息。邵君理的嘴角噙笑，看着她，为她鼓掌。

世界互联网大会这天的最后一项活动是颁发“互联网杰出贡献奖”，这是今年大会新增的环节。

颁奖嘉宾又走上台，打开信封，宣读名单。

阮思澄在座上发呆，听见了邵城的名字、何未的名字、易均的名字……

她没觉得这奖会和自己有关，直到她突然依稀听到颁奖嘉宾念出“思恒深度医疗公司，阮思澄”。

阮思澄怕自己听错，十分茫然地转过头问：“什么？”

邵君理轻咳了一身，把笑意给压了下去，靠向她，在她耳边小声说：“上台。”

“哦……”

她完全没想到！

颁奖嘉宾给她颁奖，主持人则在一旁解释：“思恒深度急诊 AI 达到国际先进水平，在腹部的急症诊断上突破了原有格局，而新产品思恒深度脂肪肝 AI……”

阮思澄接过证书，微微弓腰，微笑，感谢。

发表获奖感言时，阮思澄把话筒举起，看了看邵君理，笑着说：“这实在太突然了，我都不知该说什么好了。”

停顿了一会，她继续说：“感谢大会的认可，我会始终为此自豪。感谢父母，感谢思恒深度的所有员工、投资者和合作伙伴，也感谢即将成为家人的人。

“作为一个女创业者，我经历过太多挫折。不管是融资、合作，还是推广，不被信任才是常态。但我想说，如果持有这种偏见，您也许会错过很多。

"'梦想还是要有的，万一实现了呢'，我讨厌这句话。如果想要实现价值，请抱有坚定的决心，像溺水者渴望空气那样渴望实现目标，即使过程狼狈不堪，即使最后一无所有，也要拼尽一切、永不后悔。谢谢大家。"

她这次没"讲相声"，而是非常认真、非常诚恳地发表感言。

至此，大会第二天的全部环节圆满结束。

业界精英、学界大佬还有其他与会者们纷纷站起来，一边聊着天，一边走出主会场，踏在酒店柔软的地毯上。

阮思澄也挽着男友，慢腾腾地走在熙熙攘攘的人流中。

此时正是云京秋天。

橙黄色的太阳光芒刺穿晚霞，透过走廊的落地窗，暖暖地洒在所有人的身上、脸上。

阮思澄并没有说话，她看着自己前方那些互相讨论、互相激发的从业者，很莫名地想起了莎士比亚那句十分著名的话。

计算机，互联网，人工智能，AI 医疗。

澎湃，爱未，扬清。

思恒深度。

宋琦，何未，邵城。

她自己，邵君理。

高阳，易均。

钱纳。

贝恒，陈一非，叶风毛。

邢笑佳，朱天球。

许许多多其他的人。

所有过往，皆为序章。

番　外

因为创业一直没闲着，阮思澄是在 34 岁那年开始备孕的。邵君理的年纪更大，但却从来没催过她。

她性子急，而且因为是个当 CEO 的，重结果，重效率，最讨厌做无用功，从备孕的第一个月开始就天天心急火燎，掐着日子指挥老公一天大战三个回合，从那之后第五天起就天天拿验孕棒测，只要周期宣告失败，她整个人就很沮丧。邵君理说压力别太大，阮思澄还觉得生气，认为对方不够努力、不够上心。

这样过了大半年后，阮思澄开始觉得他们两个有些问题，于是拉着邵君理去医院检查，她觉得自己每天基本只睡五六个小时，邵君理也差不太多甚至更少，平时工作压力又大，他们两个一定是有问题了。

结果她的数值很好，邵君理的数值更好，远远超过平均水准。阮思澄回家后越想越觉得没道理，认定自己是有医学查不出来的棘手问题，开始做研究，把美国和日本的试管中心一顿研究，综合分析，最后定下一家位于南加州的医院，非要去。她的性子一向如此，想要什么非要到不可，讨厌失败，也讨厌不确定。

邵君理认为现在根本没有去的必要，劝她冷静地再试试，又被老婆骂了几顿。见阮思澄心态崩了，他也实在是没办法，一边无奈，一边心疼，把所有的工作安排好，准备陪着她去洛杉矶。

结果，在出发前最后一月，马上就要过 35 周岁的生日时，阮思澄那紧绷的心终于暂时放松下来，竟然……中了。

怀胎十月，阮思澄又整天提心吊胆的，邵君理总受无名火，他温柔地安抚对方，每回产检都陪着她去。

生产是在清臣医院。阮思澄躺在产房还在收发工作邮件。医院要等到开四指才上麻药，阮思澄就一边捧着手机噼里啪啦打字，一边自言自语“疼疼疼”，到了开十指要用力，阮思澄还拿着手机最后嘱咐叶凤毛说：“好了，那就这样，我先去生个孩子，一个小时后再聊！”邵君理非常无奈。

在生产的过程中，邵君理始终陪着。他紧攥着妻子的手，只觉得心脏都被拧紧了。阮思澄一向坚强，没叫一声，非常聪明、非常配合，宛如完成一个高难度项目，从头到尾非常冷静，然而在听到婴儿啼哭时，她终于抛掉了人前的样子，内心软得一塌糊涂。

生的是个小公主，处女座，很聪明，也很漂亮，像爸爸妈妈。

阮思澄好爱她，好爱这个家；邵君理也好爱她，好爱这个家。

有了小孩对两个人的工作自然会有影响，阮思澄和邵君理的睡眠时间都变少了。尽管他们作为成功人士基本可以掌控人生，可是小孩子什么时候吃、什么时候睡、什么时候闹，全都是不确定的，他们每天都有好几次要被迫放下工作、被迫终止思路，好好养小公主。

可是这样也很温馨。

阮思澄觉得自己真的特别幸福。

她爱的工作、她爱的人，永永远远都在身边，她在这样的年纪里并没庸庸碌碌，并未按部就班，对未来仍充满期待。